中国农林水利气象工会长江委员会

中国水利作家协会 编

三峡工程情怀

漫忆篇

长江出版社
CHANGJIANG PRESS

序

    长江是中华民族的母亲河，哺育了世世代代的中华儿女，孕育了悠久灿烂的华夏文明，但她频发的洪灾又给两岸人民带来深重的灾难。

    几千年来，长江洪灾一直是中华民族的心腹之患。据文献记载，自汉朝至清末的2000多年间，长江流域共发生较大洪灾214次，平均约10年一次。

    水患频仍，百姓难安，两岸人民祈盼治理长江。新中国成立后，在党中央、国务院的领导下，长江防洪关键控制性工程——三峡工程建设被提上了重要议事日程。长江水利委员会（简称"长江委"）从20世纪50年代初开始，对三峡工程进行了大量的勘测、论证、规划、设计和研究工作。

    从古老峡江畔的第一个钻孔到坝址的最终确定，从举世罕见的反复论证到工程开工兴建，三峡工程在几代长江委勘测设计工作者的不懈努力下，从梦想变为现实。1992年4月3日，代表着12亿中国人民意志的全国人民代表大会，在首都北京作出了一个关于长江的重大决策：兴建三峡工程，从根本上改变长江流域的防洪形势，并最大限家对我们最大的信任。我作为长江委总工程师，全面负责三峡工程设计工作，深感肩负的责任重大。在三峡工程建设的日日夜夜里，我始终铭记周总理"在长江上建坝，要战战兢兢，如履薄冰，如临深渊"的叮嘱，组织设计人员科学攻关、精心设计。

我们一起深入研究解决了泥沙、水库诱发地震、库岸稳定、大江截流和二期深水围堰、永久船闸高陡边坡稳定和变形、大坝混凝土快速施工、特大型金属结构、垂直升船机、特大容量水轮发电机组、环境影响与评价、水库淹没和移民安置等多项重大关键性技术问题，为国家决策和三峡建设提供了强有力的技术后盾，为中国水利水电设计行业打造出了辉煌的民族品牌。

在三峡工程实施过程中，通过多方案研究与试验，取得了多项技术创新和突破：

提出了应对泄洪、防洪、导流流量大、排沙任务重、上游水位变幅大等多重世界性挑战的完美枢纽布置格局；

创造性提出"预平抛垫底、上游单戗立堵、双向进占、下游尾随进占"的截流方案，使我国河道截流技术跃居世界领先水平；

运用混凝土骨料二次风冷技术，开创了夏季浇筑大坝混凝土3米升层技术先例，实现了三期大坝无缝的世界奇迹；

攻克单机容量大、水头变幅大、过机水流含有泥沙和启停频繁的世界性难题，成功实现了巨型混流式水轮机组稳定运行；

设计了世界首座"全衬砌式"新型船闸——三峡双线五级船闸，并研究解决了船闸总体设计、特高水头大型船闸输水、与岩体共同工作的大型衬砌式船闸结构、人字闸门及其启闭机、多级船闸监控系统、船闸施工等关键技术难题。

三峡工程建设实现了一个又一个世界零的突破，创造了一项又程投资节省了数亿元人民币。

大江奔腾，浩荡向东。今天，巍巍大坝截断巫山云雨，三峡工程已成为长江上最醒目的新地标，中华民族伟大复兴的重要标志。千百年来，峡江的水从未这般宁静，从青藏高原奔腾而来的滚滚江水在雄伟的三峡大坝前化为一片平湖。

大音希声，丰碑无言。三峡工程不仅是世界上最大的水利枢纽，更是一座科学求实、创新进取、团结协作、无私奉献的精神丰碑。在工程竣工之际，有关部门组织编撰《三峡工程情怀》，这是一项壮举和善举，必将再现长江委人与三峡工程那段艰难而又辉煌的历史，铭记长江委人在三峡工程建设中的贡献，传承和发扬"团结、奉献、科学、创新"的长江委精神，让世人真正了解长江委，了解治江事业，了解中国水利曲折而辉煌的发展历程，唱响主旋律，传播正能量。

是为序。

中国工程院院士

郑守仁

2019年8月26日

开工典礼

大江截流

施工现场

电站 ▶

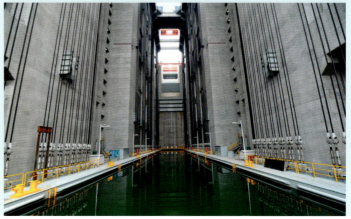

升船机 ▶

◀ 五级船闸

◀ 大坝泄洪

三峡工程 情怀

▲ 工程全貌

前 言

　　在长江委党组的关怀下，历时8年的努力，《三峡工程情怀》一书终于在三峡工程正式开工30年后正式出版了。

　　《三峡工程情怀》是长江委历史上耗时最长、规格最高、规模最大、参与人员最多的文学丛书。在长江委各部门、各单位，以及全委职工尤其是广大老领导、老专家的支持与帮助下，最终高质量完成了本丛书的编纂工作。

　　一、缘起

　　长江是中国第一大河，长江委是全国水利系统中最重要的流域机构，以三峡工程为代表的治江工作，是新中国水利事业的重要组成部分。长江委成立70多年来，始终致力于兴水利、除水害的治江事业，兴建了一系列重要的水利工程，其中以三峡工程历时最长、规模最大、影响最深，其综合效益也最为显著。以文学的形式全面反映长江委在三峡工程建设中涌现出的典型事件和典型人物，一直是长江委人的夙愿，也是治江事业和长江委高质量发展的必然要求。

　　早在2008年，长江委老领导季昌化就组织老同志撰文，出版了《三峡工程往事漫忆》一书，在社会上引起了强烈反响。此后，长江委又先后出版了《丹江口工程往事漫忆》《葛洲坝工程往事漫忆》，并启动清江治理开发丛书、《"长治"工程往事漫忆》的编纂工作。

2016年9月，随着升船机建成并试航成功，三峡工程全面建成。为弥补《三峡工程往事漫忆》出版较早、内容不全的缺憾，长江委党组批准了大型纪实文学丛书《三峡工程情怀》的出版计划，并成立编委会和编辑部，邀请委老领导季昌化、傅秀堂担任顾问。

2016年12月28日，长江委组织召开《三峡工程情怀》丛书编纂工作会议，至此，本丛书的编纂工作拉开序幕。

二、编撰过程与稿件组成

本丛书编纂工作始于2017年初，2019年提交初稿，此后经数次修改，于2020年按《三峡工程情怀·历程篇》《三峡工程情怀·漫忆篇》《三峡工程情怀·人物篇》《三峡工程情怀·文学篇》四卷定稿。整个编纂过程分为征稿、约稿、组稿三个阶段。

1.征稿与自由来稿阶段

丛书征稿工作始于2017年1月，2017年7月截稿。此后因部分老同志写稿或投稿不便，以自由来稿的方式，向编辑部投寄了稿件，其实际收稿时间持续到了2018年初。在此期间，编辑部收到各部门、各单位的稿件100多篇，总字数超过70万。这些作品大多收录于《三峡工程情怀·漫忆篇》和《三峡工程情怀·文学篇》中。

2.约稿阶段

2017年7月征稿结束后，为全面反映长江委各专业部门为三峡工程所做的各项工作，弥补征稿和自由来稿出现各门类畸轻畸重的不足，编委会约请对三峡工程有突出贡献的老领导、老专家撰写回忆稿。对部分年事已高、写作不便的老同志，编委会请其所在单位年轻人，或组织人员以口述笔录的形式，采写文稿，并于2018年初基本完成。

3.组稿阶段

2018年初，主要稿件收集完成后，编辑部在编稿过程中发现来稿的个人回忆主要反映自身的所见所闻，无法对长江委所涉及的各个专业进行宏观描述。为此，编委会又组织作家与记者就三峡工程的规划、设计、科研、水土保持、水资源保护等重大课题，集中采写篇幅较长的报告文学。截至2019年，累计收到相关报告文学11篇，约20万字。

在征稿、组稿的同时，编辑部还广泛收集整理以往发表于各报刊中的相关文学作品。在两年多的时间里，共查阅《大江文艺》《人民长江报》《人民长江》《中国水利》等报刊数十年的资料，同时在中国知网上初选文章近千篇，最后从中选取近200篇优秀文章。

就字数而言，征稿与自由来稿约占50%的篇幅，组稿约占15%的篇幅，现存历史稿件约占35%的篇幅。

三、篇章设置

《三峡工程情怀·历程篇》共有61篇文章，搜集了上起1919年孙中山的《建国方略》，下到1992年全国人大会议表决通过的《关于兴建长江三峡工程的决议》，共70余年有关三峡工程讨论与决策的重要历史文献，分为新中国成立前和新中国成立后两部分，全面反映三峡工程的来龙去脉及其在国民经济中的重大作用。

《三峡工程情怀·漫忆篇》共有96篇文章，主要为长江委老领导、老专家对参加三峡工程勘测、规划、设计、科研，以及水文、水资源保护、水土保持等前期工作的回顾，全面反映了三峡工程的技术含量和长江委的技术实力，以及长江委人对三峡工程作出的贡献。

《三峡工程情怀·人物篇》共有62篇文章，重点搜集发表在国内外重要刊物上，有关对三峡工程作出突出贡献的老领导、老专家的通讯或报告文学，全面反映三峡工程建设者的风采，体现团结、奉献、科学、创新的长江委精神。

《三峡工程情怀·文学篇》共有81篇文章，分报告文学、散文、诗歌三个体裁。选取长江委人以三峡工程建设为主要内容创作的文学作品，既反映了长江委人对三峡工程的情怀，也体现了长江委的职工文化成果与创作实力。

四、几点体会

1.长江委党组的关心是本丛书编纂完成的根本保证

本丛书的编纂工作，得到长江委党组的关怀。长江委原主任魏山忠、马建华高度重视，刘冬顺主任亲自关心本丛书的出版工作。

长江委原副书记、副主任熊铁主持了2016年12月召开的《三峡工程情怀》编纂工作会议，指出："三峡工程是长江委历时最长、专业最广、参与人数最多，也最能锻炼长江委队伍、体现长江委实力的水电工程。在三峡工程全面竣工并通过验收之际，出版一部全面反映长江委工作的大型文学专辑十分必要。"

长江委党组的关怀，为我们增添了信心，指明了方向，也时刻鼓励着我们在工作顺利时戒骄戒躁，遇到挫折时愈战愈勇，为本丛书的编纂工作提供了最根本的保证。

2.长江委属各部门、各单位的支持是编纂完成的必要条件

在本丛书的编纂过程中，长江委属各单位、各部门精心组织，各司其职，确定由本单位工会或离退休部门负责同志作为第一联络人，建立联络渠道，及时听取老同志的意见和建议，帮助解决实际困难，推动编纂工作。针对行动不便的老同志，编委会还专门安排工作人员随时上门为他们做好记录。长江设计集团有限公司（简称"长江设计集团"；前身为长江勘测规划设计研究院，简称"长江设计院"）、长江科学院、水文局、水电集团专门召开项目启动会，邀请

老领导、老专家与编委会同志座谈，共商编写事宜。委属各部门、各单位的支持，为本丛书编纂工作提供了必要的条件。

3.广大老领导、老同志的积极参与，为编纂工作提供最鲜活的素材

本丛书的编纂工作在长江委内外，尤其是参加过三峡工程一线工作的老领导、老专家中，引起了强烈反响。项目启动后，他们向编辑部踊跃投稿，稿件数量和质量远超出我们的预期。

95岁高龄的长江设计院原总工程师魏璇，不顾年老体弱，在大约已有30年历史的窄小便笺纸上一笔一画地写出3000字的文章，令我们无比敬仰和动容。魏老在交稿不久之后就离开了人世。

傅秀堂、陈德基、陈济生、季学武、包承纲等德高望重的老专家，虽年事已高，但积极响应号召，提笔创作，为丛书奠定了坚实的基础。

长江委水电集团号召广大年轻同志撰稿，积极展现"后三峡"时期长江委人的工作，也展现了长江委年轻一代三峡工程建设者的风采。

在不到半年的时间里，来稿数量就突破100篇，加之此后陆陆续续的自由来稿，数量近200篇，总字数近百万，这为我们提供了丰富的素材，为丛书编纂完成打下了坚实的基础。

4.各位编辑同仁的努力，为图书编纂完成增添了色彩和保证

本丛书编辑工作主要由《大江文艺》编辑部承担，总顾问季昌化是长江委老领导，也是长江委文协的创始人。2008年编辑出版《三峡工程往事漫忆》时他就是主编，此次又担重任。他不顾年事已高，多次往返于武昌家中与长江委，先后主持召开长江设计院、长江科学院、水文局的启动会，还顶着高温前往陆水和宜昌召开约稿会议。在丛书编辑的过程中，他认真修改了全部稿件，并提出修改意

见，可谓全书编写的定海神针。

长江工会、离退局、宣传出版中心等单位多位同志参与了本丛书的大纲审定及部分编辑工作，正是在各方的不懈努力下，才确保了《三峡工程情怀》各项工作的稳步开展，为其成功出版持续发力，最终结出丰硕的果实。

在本丛书编纂过程中，《大江文艺》编辑部成员以及参与工作的每一位同事，一方面感受到极大的压力，另一方面又感受到长江委党组、委属各单位和各部门支持与帮助的温暖。与此同时，我们也强烈地感受到"时不我待，只争朝夕"，这种抢救式的挖掘，是我们义不容辞的责任，因为这一笔历史是我们长江委几代人亲历和书写的。为此，我们为能参加这部"集体回忆录"的创作，并为之作出一点贡献，深感荣幸。

如切如磋，如琢如磨，艰难困苦，玉汝于成。感谢为本丛书的编纂出版作出贡献的人们！希望得到广大读者的喜爱和认可！

编　者

2025年5月

目录

漫忆篇

漫忆篇

漫忆篇

我与朱镕基总理的一张合影

杨浦生

1998 年，是不平凡的一年

为适应长江三峡工程建设进展，以及长江三峡工程开发总公司（以下简称"三峡总公司"）委托监理项目工作开展要求，1997 年 8 月，长江委将左岸工程监理总站和右岸工程监理总站合并，组建长江委三峡工程监理部。我为总监理工程师，许春云、杨天民、林水生为副总监理工程师，林斌为总经济师。1999 年，随着大坝工程混凝土浇筑进展，张小厅也调任监理部副总监理工程师。

长江委三峡工程监理部除承担三峡右岸工程、大江截流与二期围堰工程监理外，还承担左岸大江河床泄洪坝段、左岸厂房 11~14 号坝段，以及大坝工程施工栈桥、施工生产系统、塔带机安装与运行等许多重要工程项目监理。

1997 年 11 月 8 日，长江三峡工程实现大江截流，标志着为期 5 年的一期工程胜利完成。1998 年，是三峡工程转入二期工程建设的第一年。这一年，也注定是不平凡的一年。

1998 年 1 月中旬，江泽民总书记视察重庆市及库区，要求把移民放在大事之首，抓住机遇，埋头苦干。

5 月 1 日，三峡临时船闸通航。

6 月 1 日，三峡工程二期围堰防渗墙全线封闭。由纵向混凝土围堰、上游土石围堰、下游土石围堰及左岸岸坡共同围成的三峡大江基坑，降雨汇流面积超过 100 万平方米，基坑河床部位施工面积超过 60 万平方米。

经过 200 天的日夜苦战，三峡二期上游围堰、下游围堰填筑及防渗工程全部完成并通过基坑抽水前验收。6 月 25 日，按期实现二期工程基坑抽水的节点工期目标。

7 月，三峡坝区遭遇 57700 立方米每秒流量的洪水，坝址水域来水量达到 1877 年以来历史同期最高值，三峡大江围堰工程首次经受住洪水考验。

随着基坑抽水分阶段进行，大坝河床导流底孔坝段、泄洪孔坝段基础开挖也在按预定计划同步开展。

9月12日，大江基坑积水基本抽干，隐藏水下千万年的江底岩石出露在三峡工程建设者面前。9月30日18时30分，三峡大江泄洪坝工程基础混凝土开仓浇筑，大坝河床坝段将由开挖阶段逐步转入混凝土浇筑阶段。

1998年10月21—22日，三峡工程验收领导小组和特邀专家对大江截流及二期围堰工程基坑经常性排水进行阶段验收。意见认为：大江截流及二期围堰工程设计方案先进，设计基本参数合理；施工单位精心组织，精心施工；监理单位认真负责，严格履行监理职责；科研、监测单位密切配合，提供科学依据。在业主的统一组织和部署下，经过各参建单位的艰辛努力，大江截流及二期围堰合同项目工程按合同规定的阶段目标完成，已验收项目的工程质量满足设计及合同文件要求，已完工程满足基坑经常性排水条件。会议认为：大江截流是成功的，二期围堰工程也是成功的，围堰防渗效果好。

1998年，三峡工程施工在业主、设计、监理、施工等工程建设各方又紧张、又忙碌、又争吵、又协调的工作气氛中，在近万名工程建设者不分昼夜、不惧寒暑的奋力拼搏下，按进度计划顺利开展。

1998 年最后三天，朱镕基总理到工地视察

随着二期工程的推进，赴工地参观考察的人员与日俱增。

按三峡总公司工程建设部安排，监理部指示葛洲坝工程局三峡工程指挥部，在上游围堰堰顶主河床深槽部位临基坑侧、下游围堰堰顶靠近混凝土拌和系统部位临基坑侧各修建一个参观平台。平台上用混凝土浇出宽台阶并沿基坑施工区侧架设约 1.5 米高的钢管护栏，以便来宾参观并保证安全。

这已经是 1998 年最后三天了。三峡总公司通知，国务院总理朱镕基到工地视察。三峡总公司领导特别交代，不献花、不要求题词、不要求照相。

这一年，我们常在电视里见到朱总理在各地奔忙的身影。他作风严肃，雷厉风行，对弄虚作假深恶痛绝，对豆腐渣工程痛加斥责。我因此对他很是敬畏。

1998 年 12 月 29 日，我把长江委三峡工程监理部副总监理工程师许春云、杨天民叫到一块，安排好各自手头工作后提前赶到下游围堰参观平台区等候。

这时，下游围堰参观平台区已聚集有三峡总公司、长江设计院、葛洲坝工程局等工程建设各方和地方政府领导，以及一批中央、省、市和三峡总公司的新闻记者。

不一会，朱总理乘坐的中巴车首站到达下游围堰参观平台区。车门一打开，朱总理还没走出车门就喊："监理，监理！"

站在聚集人群前面的三峡总公司领导找我，喊道："杨浦生，总理叫你！"

事出突然，来不及多想，我从聚集人群中挤出，走到车门边。

朱总理下车，握住我的手，亲切又严肃地说："工程监理，责任重大，你们要流芳百世，不要遗祸子孙。"

随后，朱总理一边与在场的业主、设计、施工现场主要责任人握手，一边走向参观平台。我陪同在总理身边，朱总理站到参观平台前缘台阶上很有兴致地察看基坑内施工及大坝河床部位浇筑。我则不时向他汇报有关情况。

然后，朱总理转身迈下台阶。旁边有位记者提议总理与夫人以施工中的三峡大坝工地为背景照相留影。

朱总理一言不发，停下脚步留影后，正准备离去，人群中突然有人喊道："总理，我们想跟您合影。"朱总理闻声停下，在场的几十人迅速围拢过来，与他拍了一张集体照。

合影后，朱总理再次准备离开。我鼓起勇气上前说："总理，我想跟您照张相。"朱总理爽朗一笑，说："好！"

他的话音刚落，好多人又围了过来。总理见状补充道："我只跟监理照。"话音刚落，围拢的人群"哄"地一下散开了。

曾采访过我的一位中央电视台记者在旁边喊："杨总，这下你的知名度提高了。"

朱总理听见了，笑了笑说："我就是要提高监理的地位。"他又对着我说，"当然，这不是说要给你涨工资。"我很兴奋地说："比涨工资还高兴！"

朱总理要我叫来在场的许春云、杨天民两位副总监理工程师，站上观礼平台前缘宽台阶，他指着三峡总公司陆佑楣总经理说："把你们的监理对象叫来。"

我赶紧说："他是我们的业主。"

我环顾四周，看到葛洲坝工程局集团公司董事长乔生祥和他身边的葛洲坝工程局三峡工程指挥部指挥长陈飞。我指着陈飞说："我们的监理对象是他。"

朱总理把陈飞叫过来，指着陈飞对我说："把他监理好！"

第二天，三峡工程参建单位与地方政府领导汇报会上，朱总理语重心长地说："三峡工程巨大，技术复杂，千年大计、国运所系。'千里之堤，溃于蚁穴'。质量是三峡工程的生命，质量责任重于泰山，要百倍小心，千倍注意！质量出了毛病，会遗祸子孙！"总理说："为了提高监理的地位，照相时我要监理上一个台阶。"朱总理还强调："工程监理要忠于职守，切实对项目质量负责，履行职责，不讲情面。"

漫忆篇

朱总理的讲话，深深铭刻在我的心中。

2000 年，朱镕基总理再到工地视察

1999 年，三峡工程全年完成混凝土浇筑 450 余万立方米，已超过巴西伊泰普水电站约 20 年前创下的年浇筑混凝土 320 万立方米（实际施工记录为 304 万立方米）的世界纪录。这一年，长江委监理的大坝河床段即泄洪坝至左岸 7 房 11~14 号坝段，全年完成混凝土浇筑约 230 万立方米。

1999 年 10 月 12 日上午，李鹏委员长视察三峡工地。1999 年 11 月 1 日，吴邦国副总理视察三峡工地。我和副总监理工程师张小厅按三峡总公司安排，与施工单位葛洲坝工程局三峡工程指挥部指挥长陈飞等，向中央首长汇报大坝河床段工程进展、陪同视察大江基坑工程施工现场。

2000 年 1 月，大坝河床段基础固结灌浆基本完成。

2000 年 5 月，导流底孔全部浇至底板高程。

这一年，朱总理再次视察三峡工地。我和葛洲坝工程局张野局长等七八个人在上游围堰参观平台列队等候。

当朱总理和我握手时，我从上衣口袋掏出一张照片——那是上次与朱总理合影的大 4 寸彩色照片，由《三峡工程报》摄影记者拍摄并洗印给我。

朱总理接过照片看了一下，问："是不是要我签名？"

我说："总理，这照片是给您的，您笑得很灿烂。"

一脸凝重的朱总理笑了。

他与另一个人握手后又转过身来，问："这几个人叫什么名字？你把他们的名字写到照片后面，我带回去，以后就能记得你们。"

总理离开工地后，我的心是凝重的。中央首长多次视察工程，对工程质量、施工安全、工程进展的关注，使我备感肩负的重责。

2000 年，监理部与承建单位一道，进一步加强全员质量意识教育，加大现场施工质量、施工安全全过程控制，加大施工资源投入及施工组织管理与协调力度，大坝河床坝段在完成质量缺陷处理的基础上，累计完成约 250 万立方米混凝土浇筑。三峡大坝工程建设按计划有序进行，三峡工程施工质量、施工安全、文明施工再上新台阶。

陪国务委员陈俊生考察三峡

赵时华

三峡工程经过1986—1989年大规模的重新论证和可行性研究后,一度似乎沉寂,1991年3月召开的全国人大七届四次会议上,并未发现关于三峡工程的新进展或议案信息。4月上旬传来了要长江委派人陪同国务委员陈俊生考察三峡库区的通知。陈俊生同志曾任国务院秘书长,时任国务委员,分管农林水、气象、民政等方面,还担任国家防汛抗旱总指挥部总指挥、国务院贫困地区扶贫领导小组组长,两年前主持审查通过了《长江流域规划报告》,对长江流域情况和开发布局十分熟悉,因此他在这个时候到三峡库区考察像一股春风,大家都十分期待。考察组成员有国务院副秘书长李昌安和国务院三峡地区经济开发办公室主任李伯宁及赵书鹏、姚炳华同志,三峡工程论证办公室副主任杨启声、水利部副总工程师何璟、中国城市规划院院长邹德慈以及国务院有关部门的同志。我作为移民专家工作组成员和长江流域规划办公室(1956年以前、1989年以后为长江水利委员会,简称"长江委";1956—1989年为长江流域规划办公室,简称"长办")联络员,随潘天达书记去介绍三峡工程论证及可行性研究情况,还有周惟本同志录像,全程陪同考察。

陈俊生同志一到重庆就说:"我这次来主要是了解移民的。三峡工程'八五'没列上但前期工作要搞,前期工作就是移民。"考察从重庆出发,先后到长寿、涪陵、丰都、万州、云阳、巴东、兴山、秭归,经宜昌、荆州到武汉结束考察。陈俊生在各地反复指出"上三峡工程是战略问题,对库区也是机遇,要抓住机遇","要用发展眼光看移民,从历史上看无论国内、国外大转移,大移民都带来大发展","移民与工程同步还不行,要提前,走出这条路,在国际上都有意义,搞好了,贫困地区会成为富裕地带"。他称赞了各地的移民开发试点,并提出"小试点已过去了,要搞全面试点"。他强调要坚持开发性移民,并提出要开发和开放相结合等八个方向性意见。陈俊生同志在各地都征求地方政府对三峡库区移民管理的意见与建议,还部署了当时从思想政治到政策研究,从严格控制水下建设到向移民宣传补偿政策和标准等当时要抓紧的工作。陈俊生同志白天考察淹没区的城镇,考察农村开发性移民试点、城镇建

漫忆篇

设试点项目、听取地方政府汇报，晚上查阅文件资料。短短十余天的相处，他认真细致、一丝不苟的工作作风和勤政精神，给我留下了深刻印象，给我的启发和教育很大。兹记下几个片段。

一、秭归县城搬迁选址

秭归是三峡工程库区移民大县，在考察船到秭归之前，我向陈俊生同志汇报了秭归全县的辖区面积、耕园地与总人口等基本情况和三峡水库直接淹没人口、土地等指标。到秭归后，首先考察李家坡移民土地开发试点。这是一个开垦荒地和改造低产地兴建的柑橘园，土地开垦、水利配套、道路建设和柑橘种植都搞得很好，是个试点典型。陈俊生看了很高兴，在橘林一边走，一边听一位县长汇报。突然他把我叫过去，很严厉地问我："你说秭归移民6万多人，为什么他说8万多人。怎么回事？"我一听先是一蒙，但很快把脑子清理一下回答："秭归县我们调查175米淹没线以下直接受淹的人口是6.494万，县长说的8万多人我不知道哪里来的！"我又想这位县长说是估计的搬迁人口，就又对陈俊生同志说："由于城镇、集镇、居民点专业项目或搬迁或改建都要占用淹没线上土地，会有二次搬迁人口，因而一般来说总搬迁人口都会比淹没人口多一些，但我们还没开展规划，具体增加多少不知道，这是不能估计的！"陈俊生看了我一眼说："噢！知道了！"对县长说："你继续说吧！"

看完李家坡开发试点项目，就到屈原祠听县政府正式汇报。屈原祠进门左手的接待室很小，我坐在门槛上靠着门框。陈俊生同志听汇报聚精会神，十分专注，一旦听到口头汇报与汇报材料上的文字或数字不一致，就马上停下来问为什么？要问清楚才行。当汇报到县城要搬迁，新址选在茅坪镇九里坪时，陈俊生头也没抬，问了一句："设计单位什么意见？"我由于不赞成这个选址，加上坐得远了一点儿，就大声回答："设计单位反对这个意见。"陈俊生刚才也许是不经意的一问，但听到这么明确又大声表示反对，可能没想到。一听就迅速抬起头盯着我问："为什么？"这时考察组和省、地、县参加汇报的一屋人，也都扭头望着我。我回答说："第一，九里坪是茅坪防护区。秭归县耕地资源短缺，人地关系复杂，三峡工程淹没后将更加突出。在茅坪溪进行工程防护是为了保护秭归县少有的一片6000多亩平坝耕地和5800多名居民。是为防护大片基本农田，解决移民安置压力太大的问题，不是为了建新县城。第二，九里坪紧靠近百米高的茅坪防护大坝（土石坝）之下，有潜在的防洪隐患问题。第三，九里坪三面环山，一面临近百米高坝，空气不流通，局地气候环境差，也不适合建县城。"

陈俊生接着追问："那，你说应该搬到哪里？"

我回答说："为了秭归新县城址，长办、地方政府和有关部门在西陵峡以上长江两岸做了许多工作，但那里地形、地质条件都不行，才选到茅坪一带。但新县城应该在三峡正常蓄水位以上，搬到高程182米以上的荒山荒坡，不占良田好地的地方！"

陈俊生说："这个意见对呀！那具体是什么地方？"

我回答："具体地点在茅坪镇背后山上的剪刀鱼一带，那里居民很少，是荒坡疏林，耕地很少还都是低产坡地。又是花岗岩区，没有大的地质问题。"

这时地方有同志说，九里坪和剪刀鱼都是一个地方（九里坪乡）！我马上纠正说："不对！九里坪和剪刀鱼虽然都是茅坪镇（九里坪乡）的土地，但九里坪是平坝，高程只有100多米。而剪刀鱼高程是在180米以上的山坡上，不是一回事！"陈俊生看着大家说："设计单位搬迁到182米高程以上，不占良田占荒坡的意见很对，应该按设计单位的意见办。三峡工程建设要淹几十万亩耕地，新县城建设不能再大量占用良田好地。茅坪溪防护区要作为基本农田，做出规划保护。对坝区环境和副食品供应也有好处。秭归县紧靠大坝，首先被淹，搬一个县城不容易，要做很多工作。新城址要先定下来，你们县政府打报告附上有关选址资料，报省报民政部批。"又对国务院副秘书长李昌安说："你回去过问一下，秭归县的报告送去后抓紧审批，咱们自己管的事，不能耽误了！"又对省、地、县领导说："这事就这么定了。接着往下汇报吧！"

第二天早上，在平湖四号船走廊上，我同杨启声主任准备去吃早餐，陈俊生同志在走廊上又叫住我，很严厉地问我："你昨天说九里坪，他（指跟在他后面的中国城市规划院邹德慈院长）怎么说还有一个选址在银杏沱？"并指了指手里又翻开的资料，那是我放在展览架上一本新城选址文件集，显然他昨晚已经看过了。我赶紧回答："是的，中国城市规划设计院选址是银杏沱。剪刀鱼和银杏沱都是当地小地名，两个区域是紧挨着的，银杏沱在上游3~4千米长江边上，但它的地形破碎，完整性差，基础投资大。剪刀鱼是茅坪镇的搬迁新址，那一带地形比较完整。至于新县城远期发展还是要向银杏沱发展，远期都是新县城的一部分。"陈俊生听了说："昨天你怎么没讲呢？"我说："俊生同志，昨天大会上我不是紧张嘛！所以只汇报了我的意见，别的没敢多说！"说完我抱歉地看了看邹院长！陈俊生同志板着脸说："都是你有理！"我一下也没听出他是满意还是不满意，旁边的邹院长笑了笑也没有讲话，我紧张得连手心都出汗了！

后来，李昌安副秘书长又单独要我介绍情况，我详细汇报秭归新城选址情况。秭归是全淹县城，在兵书宝剑峡以上勘察多处都不适宜，最后找到牛肝马肺峡下游的宽谷地段的茅坪。茅坪防护区有7.5平方千米，主要是保护茅坪河下游6000多亩优良基本农田和5800多名居民，防护不单是为减轻秭归县移民压力，同时还为三峡坝区保管一个农副业基地，不是为建县城的。同时，九里坪是茅坪河下游的平坝盆地，地面高程 100~130 米，茅坪防护大坝是沥青心墙土石坝，高程 185 米，把县城放在坝下有防洪隐患，而且日照和空气流通差，局地气候也不适宜建县城。剪刀鱼现在是茅坪镇的迁建新址。前年我在做《茅坪河防护方案专题研究报告》时，在这一带查勘过，地形比较完整，建设用地范围比较大，都是荒山疏林，地质是风化花岗岩，没大的地质问题，完全可以把秭归县城、茅坪镇合并搬迁，只给建一个集镇是大材小用！

向昌安副秘书长汇报之后，我问他："民政部批文会怎么写？"昌安副秘书长说："一般会批迁到某某乡镇和迁建原则要求。怎么啦？"我补充说："秭归人在高高低低的葫芦城住怕了，很向往有块平地建县城，如果只批迁到茅坪镇，估计他们可能还是会建到平坝上！"李昌安笑笑："不要紧！我们在茅坪镇后加一个括号，注明剪刀鱼！"

我的担心还真不多余。后来，秭归新县城第一片迁建区确实建在平坝上，正式名称为开发区。之后，经上级部门的检查纠正，秭归新城便都建在 185 米高程以上的山坡上。秭归的这一选址调整，可能不只是为了保护那片平坝良田，大约也认识到，把县城建在与三峡大坝互为对景的山坡上，远比放在山窝窝里更具优势！

十余年后，我碰到不少秭归同志，他们都说感谢你赵老总！当年要真把县城建到副坝后面，那可真的糟透了！当然这都是后话了。

二、你是组织部部长

考察船过了三峡坝区，陈俊生召开全体考察人员开会，要求每个人都简明扼要地谈谈对三峡工程库区移民工作的看法。他说："出来十多天了，大家看了这么多地方，听了这么多汇报，都说说你们认为三峡库区移民该怎么搞？"

首先发言的是李昌安副秘书长，他一开口就语出惊人："要我搞三峡，我要先建个监狱。为什么？我在山东迁一个县城，十年了还没完成，可复杂了！三峡库区移民不说别的，光县城就 11 个，还有 2 个城市。这工程有多大！投资有多少！贪污、浪费、玩忽职守的人肯定多，得有地方关。当然我说建监狱只是个比喻，我的意思是要加强思想教育，完善规章制度和检查、审计，严格管理使他们不犯错误。"如今，三峡工程已顺利建成多年，在库区移民迁建安置中，由于从中央到地方，从一开始就加强政治思想教育，加强规划、计划管理，严格执行检查、审计和稽察制度，全面实行工程建设监理，创新性地推行移民综合监理，虽然仍有贪污、浪费及玩忽职守者，但与以往工程和同期大型基本建设项目比都很低。这当然也是后话了。

李昌安副秘书长这样一讲，使大家紧张情绪放松了，之后各位领导依次讲自己的看法和意见。国务院三峡论证办公室副主任杨启声发言：三峡实行开发性移民，不但要发展经济，开发自然资源，还要开发人的资源。移民不仅是被动安置对象，也是开发对象，因此中央要出优惠政策，支持库区文化教育提高，开展职业培训，普及科学知识。

有一位同志说："一路考察感到三峡地区干部群众都真心支持三峡工程，应该让反对三峡工程的戴晴等人来看看！"陈俊生说："不要提那几个人了！他们另有目的，他们已经过时了，他现在说三峡好也没价值了。"

这时船正行驶在西陵峡下段，景色壮丽。有同志不免向舷窗外张望。陈俊生看到了立即批评："不要东张西望了，一路上山水看了不少啦！现在该集中精神开会。"吓得大家赶紧正襟危坐不敢分心。轮到我发言，我说："建三峡工程中央应成立一个能管两个省的机构才能顺利进行！因为三峡库区这么大，移民任务这么重，涉及部门这么多，没有一个这样的机构，政策、标准、进度安排难以协调，出了事影响就大了！"陈俊生一面记笔记，一面说："你讲具体点！"我接着说："如国务院成立一个指挥部或委员会之类的部门，由一位中央领导负责，譬如由俊生同志你负责才行！"

陈俊生同志抬起头瞪了我一眼说："你是组织部部长！"原来船过长寿，杨主任就找我说："刚才俊生同志问我，船舱门外那么多资料谁放的？是不是专为我放的？"杨主任解释说："历次我们陪同考察都在船上展放相关资料。这次是长办小赵背来摆放的，船上的人都可以看，有什么问题都可以问，他和我们最想让你多了解些情况。"俊生同志说："嗯！小赵是个有心人，给你放资料，考察干部看不看，他是组织部的部长。"杨主任开玩笑说："你被国务委员任命为组织部部长了！"晚上我和杨主任去他房间给他送消痛喷雾剂，没想到一进门他就笑着说："组织部部长来了！"把我搞得脸红。不想这次他当这么多人开玩笑，我就更窘迫了，只好吐吐舌头笑着说："群众可以提建议嘛！"以后有人笑我是组织部部长，就是这么来的！

后来成立国务院三峡工程建设委员会（以下简称"国务院三峡建委"），陈俊生同志担任第二副主任。

三、我离开北京没有向中央报告这项任务

陈俊生同志上考察船以后，白天到岸上查勘调查、听地方政府汇报，晚上还抽时间或听水利部总工程师何璟汇报大江大河防洪建设情况，听潘天达书记汇报长办工作，或看资料，我背到船上的一大箱子论证和可行性研究成果资料，考察人员多是在客厅

漫忆篇

翻看，陈俊生同志是拿回船舱看到很晚。有一位同志对他说："俊生同志你很辛苦啊！晚上看资料到12点以后还没熄灯。"陈俊生板着脸说："我当秘书长那阵比这还辛苦！"又指着我摆放在走廊上成排的资料，一本正经地说："没办法，组织部部长给我布置的任务啊！"

他原则性很强，在兴山县考察时，他来到南阳镇的阳泉柑橘园，看到即将成熟的夏橙，十分高兴，认为这种错开时令的品种很有前途。有人向他建议："去神农架看看开发情况吧！只有几十里路，一个多小时就到了！"他严肃地说："不去！我离开北京没向中央报告有这项任务。"

我们离开宜昌在去武汉公路上，他沿途视察了好几处临时粮仓，看到用麻袋装的粮食堆几米高，地下只铺两层砖，上面用毡布一盖，放在路边，很是痛心，忧心忡忡说这样保存粮食损耗太大，得抓紧建正规标准粮食仓库。

四、信息报告曹老总，他两眼含泪连说：谢谢！谢谢！

陈俊生同志在库区一路上的讲话和部署，说明中央已考虑把三峡工程纳入计划，虽然他从没说一句这样的话，可连傻子也看得出来。但根据他在考察总结会上"要写个报告，一切按国务院文件办和不登报、不宣传，作为资料保存"的指示，我们对谁也不能说，但有一个人得告诉，就是曹乐安老总。

曹老总是第一批全国工程勘察设计大师，退居二线之后不但负责几个大型工程的技术总结，而且为三峡工程论证奔波。他以70岁的高龄常住北京水利部招待所5~6年之久，他是三峡论证办公室副主任兼总工程师。三峡工程论证14个专题都有一位长江委同志担任联络员，承担该专业与水利部和论证专家组具体沟通的繁忙任务，而曹老总被我们称为总联络员，他最忙、最累，老同志称他为真正的老黄牛。他是全国政协第六届、第七届政协委员，1990年3月全国政协七届三次会议上，他不顾多日高烧，书写了兴建三峡工程的提案，还忍着肝癌的剧痛，坚持到人民大会堂主席台作大会发言。他是从会场上直接送到医院的，是病倒在岗位的！

我们于4月23日夜晚陪同考察组到了武汉。杨启声主任对我说："明天咱们去看曹老总，得把这个消息告诉他！"

4月24日，当我们轻轻推开病房门，见他闭目躺在病床上，他夫人走过来低声说："老爷子这两天已不睁眼，不说话了，病得太重了！"我们点点头，轻手轻脚地放下花束和果篮，走到病床前。曹老总比我去年中秋节来看他时消瘦多了，虚弱得很，但大样子没变，仍是那么慈祥。杨主任弯下腰，稍提高音量，一字一字缓缓地说："曹老总，我是大杨，陪国务委员陈俊生考察三峡回来了！中央已决定三峡工程上马，已列入中央计划了，特地来告诉您老！"只见他睁开眼，挣扎着坐起来，缓缓伸出瘦骨嶙峋的右手握住杨主任的手，连声说："谢谢！谢谢！"说完才躺下。他声音很小，很虚弱，但很清晰，他的眼眶有些湿润，我感受到他内心的激动。看到曹老总虚弱的样子，我们很伤心，只简单补充几句陈俊生讲的移民要全面试点、搬迁县城要抓紧选址前期工作等鼓舞人心的指示，就不敢再多说什么。我看他很用心地听着，两眼饱含泪水。

走出病房，杨主任对我说："平生说了次不完全是假的假话，我不能让一位40年代留学归来与党肝胆相照，为我国水利水电事业奋斗终身功勋卓著，为三峡工程呕心沥血的一代工程设计大师、爱国民主人士带着遗憾离去！"

4月27日，曹老总走完了75年的人生旅途，与世长辞。杨启声主任和我拟稿，由徐阿生同志书写的一副缅怀他在大江南北、汉江上下的治水功绩的长长挽联，送到他在上滑坡的家中，他夫人对杨启声主任说："前天和你握手之后，他没再和别人握手了！"

在长江委机关一楼一间办公室，我和徐阿生同志，用一周时间把陈俊生同志考察中，在各县讲话录音整理成文字资料——《国务委员陈俊生在三峡库区考察的重要讲话（未经本人审阅）》。4月30日夜晚，杨启声主任回京，下火车后直接送到国务院。

时值季春。送走了资料，我们默默地憧憬着，北京什么时候发出三峡工程的春天信息！

漫忆篇

征服长江

方　纪

在三峡修筑大坝，拦蓄长江的洪水，并且利用其无限丰富的水能发电——这是一个伟大的理想。

早在 1919 年孙中山先生的《实业计划》里，就提出过利用三峡河段"资其水力"的设想；抗日战争以前，也有过怀抱理想的工程师考察三峡，提出在宜昌建立小型水电站的建议；抗战末期，美国高坝专家萨凡奇也看中了三峡河段丰富的水能资源。随后，美国政府提出由美国投资建坝，建成后 15 年内，用所发电力的一半制造出每年 500 万吨氮肥，廉价售予美国，作为投资的偿还。

无论是孙中山的计划、工程师的理想，还是美国人的想法，都无法实现或没有结果。现在，当我们的国家进入社会主义时代，三峡新的历史时期也开始了。

1955 年，毛主席和周总理以及国家有关部门的领导人员察看了长江情况，提出了长江综合利用的全面规划方向和当前的工作任务，预定在 1979 年内首先完成规划要点，并提出第一期工程的比较方案。现在，正有成千上万的人，在从上迄长江源头的通天河，下到吴淞口入海处，长达 5000 多千米的长江两岸，进行着伟大的工作……

5 月间一个阴雨的早晨，我在武汉市边缘区新建的一所红色办公大楼里，会见了长江委的负责人——林一山。

因为下雨，天有些凉，他披了一件黄色的薄呢军大衣，伸出受过伤的手来和我握手。

"想去看看三峡吗？"他看着介绍信，一面说，"这倒是一个很使诗人们感兴趣的地方。"

他很随便，很开朗，有些幽默，似乎仍然保持了一种军人风度。于是我也开门见山地说道："但是，恐怕最有兴趣的，还是你自己……"

"不只是自己。"他截断我的话，同时笑了。但沉思了一下，他接着说："难哪！我之所有兴趣，也许正因为它太难了！"

我不明白他的意思，望着他，以为只是一种普通的谦虚。但他立刻熟练地摊开一张《长江流域图》，指着那条横贯祖国南部的蓝色河流说：

"这就是长江。"顺着他的手指，他一眼从青藏高原东北部，一直扫到吴淞口外蓝色的海面上。

他接着说："流经 9 省，流域面积 190 万平方千米，占全国总面积的 1/5；流域农产量占全国农产量的 43%；流域人口 2.3 亿，占全国人口的 2/5；年径流量 1 万亿立方米，等于 25 个黄河；水能蕴藏量，根据已知的材料，可以发电 1.4 亿千瓦，相当于美国全部水能蕴藏量的 160%。现有的自然通航里程是 5.4 万千米，占全国水运年总量的 75%。至于长江流域的地下资源，那更是一片未开垦的处女地了！"

他一口气说下来，最后想用一句带有文学趣味的话来做结束。也许他觉得这些数目字对我来说可能太枯燥；或者他觉得自己无意中透露了对长江的热爱和骄傲心理，而有意地想冲淡它。但是不论如何，这些数目字他一口气说下来，不假思索，不查笔记，"如数家珍"一般，确实值得自豪呢！

"可是，"他沉思了一会，转了话题，加进了一个对任何谈话都至关重要的"但书"："长江并不是现成的饭，端起来就能吃的！"

他把手掌在长江下游沿岸的江汉平原上抹了一把，显然有些激动地问道："你知道 1931 年的洪水吗？淹没面积是 10 万平方千米，耕地 5660 万亩，受灾人口 2898 万，其中死亡了 18.5 万！损失按银元计算，是 12.8 亿！"

他停了下来，喝了一口茶。

"1954 年的洪水呢？比 1931 年的大得多！虽然被我们制伏了，但淹没的面积还有 1931 年的 1/3!"

他站在桌子对面，身子倾向我，像是等待我的回答。而我，听着这些惊人的数字时，对他微微有些激动的心理，产生了一种由衷的同情。我点点头，不知怎么叹了一口气。

他有些察觉了，似乎抱歉地笑了笑，然后把一只手掌在长江中段靠近下游的地方有力地砍下去。

"如果在这里放一座坝呢？"他说。我欠起身来，看看地图，他的手掌正像一座大坝，横在三峡上。

"或者这里，这里。"

他把手掌连续向上游移动了两下，那位置是重庆和宜宾。

"当然，也可以考虑从支流上解决问题。例如，他抬起那高坝似的手掌，用一个手指在长江中游从宜宾到汉口之间画了一个东西长的椭圆。这个范围，包括了岷江下游，嘉陵江下游，和沅江、资水、汉江等几条长江的主要支流。"

"或者，这样，"他又把范围缩小，在三峡到汉口之间的长江两岸画了一个南北

漫忆篇

长的椭圆，里面包括了干流的三峡、支流的沅江和汉江。

"各种方案都可以考虑。"他爽朗地说，似乎准备随时修改自己的意见。"但是，首先要考虑防洪，同时也要考虑发电、灌溉、通航等。用最好的办法，实现对长江的综合利用。"

他说最后这4个字的时候，好像旁边都加了重点，一字一顿。

"这样，"他又把那只高坝似的手掌放在三峡上。"如果大坝修在这里，会给我们的国家带来多大利益！"

他用一种惊叹的口气提出问题，望着我。我发现，他的眼睛忽然透过眼镜发出光来。

"长江洪水问题可以根本解决了。"他接着说，声音是平静而乐观的。"万吨轮船能够终年直航重庆，长江洪水能够经过汉江、淮河、黄河，而灌溉华北；更重要的，它能够发电1500亿千瓦时！就是说，按工作能量计算，相当于我国全部人口的劳动力增加了1倍。"

他说得那么乐观、自信，像是充满了热情的幻想。但对于我，这样大的数目字，头脑里是缺乏具体概念的。

他大约看出了这点，接着说："当然，这在目前，还是一个理想，一个计划。毕竟，它太大了，太集中了，工程需要的时间也太长了，而且这在规模和技术上，都是世界性，没有前例可循的。这样，便使我们碰到了不仅是极端困难的技术问题，而且涉及极为复杂的经济问题。"

他停下来，沉思了一会儿，带着一种自言自语般的探索的口气问道："比方，在相当长的施工期间，如何提前发电，来满足国家建设的需要呢？如何在施工中间，不致中断这占全国水运3/4的长江航运呢？这对于三峡方案，是具有决定性的前提条件。"

谈话停顿下来。我也被这些在我听来差不多有些神秘的问题吸引了，与他一起，陷入沉思里。好半天，我们谁也不说话，仿佛这时候有声音，就会妨碍对这些问题的合理思索似的。

就这样沉默着，直到我抽完了一支烟，他喝光了一杯茶，才慢慢把茶杯推开，带着一丝苦笑向我问道："你知道创造性是怎么来的？"

望望他那消瘦的、戴眼镜的脸，我明白他的意思，但没有作声。接着他说下去："一种是在劳动过程中无意发现的；而另一种是在有意识的克服困难中产生的。"

说完了，他慢慢站起来，开始在房间里走来走去，又陷入深深的思索里。显然，方才的话，不是对我，而是对他自己说的。

但是不知怎么，这话却对我产生了这样一种力量：不是对这个人，而是对长江本身，产生了深深的同情。

也许他觉得自己无意中说出了心里的秘密，有些不好意思。忽然走到我面前，伸出他那受伤的手说："你还是去看看三峡吧！那里的壮丽的河山，古迹名胜，比起这些伤脑筋的问题来，也许会使你更感兴趣些。现在，我们正有一个查勘队，就要出发了。"

试想一下吧，当三峡大坝建成的时候，我们的国家将发生什么事情！这时，憧憬把我带回到三峡……我仿佛看到：三峡已经变成了一个浩瀚千里的人造海洋；在西陵峡口，横断长江，升起了一座高200多米的混凝土大坝，江水穿坝而过，构成了一个约高200米、宽400米的悬天瀑布！在它右岸，是长达2千米的地下电站，岸上是森林一般的钢塔，从那里向四面八方伸出并网的高压电线，把源源不断的电流送往北京、上海、兰州、昆明等地，大半个中国为它所发出的电力照耀得一片通明！在它左岸，是连续3千米长的爬山船闸，万吨级的轮船互相鸣笛致敬而过，来往于上海—重庆之间。从三峡往上，整个富饶的西南地区，开发了无限丰富的地下宝藏，立起了如林的烟囱；三峡以下，直到吴淞1800千米长的沿江两岸，根绝了水患，消灭了血吸虫病；电动拖拉机在田野工作。而向北，三峡江水经过一条长达100千米的隧洞，由汉江流入黄河，再经渭河入海河，灌溉着华北大平原；使这一片肥美而雨量不足的土地，变成了一年两收的水田。向南，恢复了古代的湘桂运河，由海南岛经长江，过黄河，而直达北京！在我们祖国的土地上，南北东西，纵横贯通，成为一个由统一的水系所联结的航运、灌溉和发电的整体！

这是幻想吗？是的，但是科学的，有根据的幻想。正是那些奔走在烈日下，埋头在研究室中的地质师、工程师、钻探队员和测量队员们，为把幻想变成计划，把计划变成现实，而昼夜不停地工作着……

（摘自人民文学出版社1979年8月出版的《方纪散文集》，本书转载时有删节）

漫忆篇

伟大的三峡水利枢纽勘测设计和科学研究工作

洪庆余

一、举世无双的水利枢纽

三峡水利枢纽是我们祖国伟大的长江上的一颗明珠。它的效益巨大，规模宏伟，是一个举世无双的水利枢纽，也是征服长江的主体工程。建成后，它将雄踞在长江三峡的西陵峡中，控制着 10 万平方千米的流域面积，控制着长江一半的水量（每年约有 4500 亿立方米），对我国国民经济的发展将产生巨大的作用。首先，在防洪方面，它有巨大的库容可以调节洪水，保证在遭遇最大的设计洪水时控制荆江不超过安全水位，以确保荆江大堤的安全，防止荆北平原毁灭性灾害的发生，并可封闭或控制长江向洞庭湖分流的四口，以减少长江入湖的洪水。这样就使千百年来两湖地区严重的洪灾问题得到根本解决；同时配合长江中下游支流水库及其他防洪除涝工程，可使长江中下游汛期水位普遍降低，而大大改善防洪除涝条件。在发电方面，它可发出大量廉价的电力，对促进我国工农业发展具有重大意义。电站保证出力在 1000 万千瓦以上，装机容量达 2500 万千瓦左右，每年的平均发电量有 1300 多亿千瓦时，比 1958 年英国全国发电量还要多 30% 以上。可抵上 6 亿劳动力，可供应 110 个像武钢这样规模的钢铁联合企业用电的需要。它的电价非常低廉，每千瓦时电的成本仅约 1.7 厘。由于它发电能力强大，而位置又极适中，因此将促进以它为核心的全国统一动力网的形成，而大大有利于全国各电站之间的互相调度与补偿。在航运方面，由于重庆到三峡全长 600 多千米的川江航道全部都在三峡水库范围以内，因而素称天险的川江将变为优良的深水航道，终年可通航万吨船队；枢纽下游航道也将因流量获得调节而大为改善；这样就将逐渐形成以长江干流为中心的全国水运网，使我国水运事业获得无比巨大的发展。在灌溉方面，将为向华北自流引水创造条件，以满足华北农业发展的需水要求。此外，促进渔业发展等方面也有很大的作用。三峡枢纽的这些巨大的综合效益，世界上没有任何水利枢纽可以和它比拟。

三峡水利枢纽的工程规模也是举世无双的。它主要包括拦河大坝、电站厂房和过船建筑物三个部分，将来引水华北时还要加建一个规模巨大的引水枢纽。不论从枢纽的整体还是从各个组成部分来说，它们都具有超世界的规模。

大坝坝高约205米，坝顶总长约3600米，溢流段长约300米，最大溢洪量达6万多立方米每秒，枢纽的混凝土工程量总计在2800万立方米左右，约为目前世界上已建成的混凝土工程量最大的两座水利枢纽——苏联的古比雪夫和美国的大古力的4倍，约为目前国内大型枢纽三门峡的10倍、丹江口的8倍多。电站装机达2500万千瓦左右，最大水头150多米，初步拟定安装容量为45万千瓦的机组，将来也可能采用75万千瓦甚至100万千瓦的机组，采用45万千瓦机组时，厂房宽约25米，高50多米，总长达2千米左右。过船建筑物第一期拟采用双线梯级船闸或升船机，每个闸室年通过能力约8000万吨，闸室平面尺寸为270米×31米（长×宽，下同）可通过在长江航行的大型万吨级船队。

三峡枢纽规模巨大，技术复杂，根据"充分可靠""多快好省"的方针兴建三峡必然会突破一些水利水电方面的尖端技术，因此三峡枢纽的兴建不仅标志着我国社会主义建设事业进入了一个新的发展阶段，而且也标志着我国水利水电及其有关方面的科学技术水平登上了世界的高峰。

二、党中央的重视与关怀

三峡枢纽的建设问题，毛主席和党中央其他领导同志一向非常关心。早在经济恢复时期的1951年，中央即指示要积极进行三峡枢纽的研究，1952年兴建荆江分洪工程时，毛主席又表示了要根治长江的决心，1953年初毛主席在了解长江水利工作时又指出应积极研究三峡枢纽。1954年秋中央决定以三峡为中心进行大规模的长江流域规划工作。1955年正式开始规划工作以后，更不断地得到了党中央和毛主席的指示和帮助，这样就保证了复杂的长江规划工作能遵循着正确的方针进行。1958年春毛主席又指示了三峡枢纽的建设方针——"积极准备，充分可靠"。接着周总理和中央其他领导同志亲自查勘了三峡，召开了三峡现场会议，讨论了三峡枢纽的建设问题，并作了具体而重要的指示。1958年8月北戴河会议和1959年8月庐山会议期间，周总理都根据会议的精神对三峡枢纽的建设问题作了重要指示。几年来，三峡枢纽的勘测设计和研究工作就是在中央这样密切关怀和指导下进行的。党中央和毛主席的这些关怀、指示，使我们的工作有了明确的遵循方向，鼓舞着成千上万正在为这一伟大工程进行准备的人们。同时，每一次指示都成为推动工作前进的更大动力。

漫忆篇

三、积极进行中的勘测设计工作

1955年开始进行长江流域规划，可以说是正式揭开了三峡枢纽设计研究的序幕。不过在这以前，已根据党中央和毛主席的指示进行了一些准备，在全国解放后不久，还在和长江洪水作紧张斗争的时候，原长江委上游工程局就开始了三峡枢纽的初步研究，到1953年初，根据研究的结果，已明确了兴建三峡枢纽对解决长江洪水有决定性的意义，这样就提出了进一步研究三峡枢纽的任务。长江流域规划工作开始后，在全国各有关单位的配合下，在苏联专家的帮助下，展开了大规模的勘测研究。通过两年多的工作，基本完成了长江流域规划要点报告，拟定了长江开发的宏伟远景和逐步实施的步骤；肯定了三峡枢纽对我国国民经济发展的重大意义，肯定了它在开发长江中的重要地位——开发长江的主体工程，同时也肯定了它的兴建在技术上是完全可能的。因此，这一阶段工作解决了三峡枢纽必须修建和可能修建的两个重大原则问题，澄清了对兴建三峡枢纽的一些怀疑，为积极准备兴建三峡打下了初步基础。

1958年是我们祖国全面"大跃进"的一年，也是三峡枢纽勘测设计和研究工作"大跃进"的一年。就在这一年的年初，毛主席提出了"积极准备，充分可靠"的建设方针。这一方针给每一个参加三峡工作者以莫大的鼓舞，成为参加三峡工作者的行动指南。1958年3月，周总理和其他领导同志查勘了三峡，并作了重要指示。三峡工作也随之跨进了一个新的阶段——在三斗坪花岗岩坝区和南津关石灰岩坝区同时开展三峡枢纽的规划性设计。

1958年8月北戴河会议以后，根据周总理指示的精神，决定将三峡枢纽的规划性设计转为初步设计要点，于是设计工作又向前跃进了一步。在"大跃进"和全民大办钢铁的伟大群众运动的鼓舞下，参加三峡枢纽勘测设计的同志掀起了一个新的生产高潮。经过三个月的苦干巧干，1958年底，即在原规划性设计的基础上基本完成了初步设计要点阶段的工作。全面论证了三峡枢纽的坝区和正常蓄水位问题，证明三斗坪坝区远较南津关优越，证明正常蓄水位采用200米是合理的、可能的，也是必要的。这样就又解决了兴建三峡枢纽的两个重要问题——修在哪里和修多高，从而使正式进行初步设计有了更好的基础。今年二季度已在初步设计要点完成的基础上开展了初步设计工作，目前正在为明年第三季度完成初步设计方案报告而积极努力。

为了配合三峡枢纽的规划设计。几年来，根据不同设计阶段的要求进行了大量的勘测工作，例如，在地形测量方面，已完成了大面积的水库区航空测绘，完成了坝址区、施工场地、建筑材料产地等不同比例尺的地形测量共约1100平方千米，已基本满足初步设计阶段的要求；在地质方面，完成了区域地质和水库地质测绘 1 万多平方千米，坝址区各种比例尺的地质测绘 1100 多平方千米，钻探了 600 多孔，进尺 5 万多米，此外还完成了坑槽探和平硐等大量的山地工作，现正在继续为初步设计收集必要的地质资料。这些勘测工作已为规划设计提供了大量的基本资料，使三峡枢纽设计有了可靠的依据，为积极准备创造了条件。

四、蓬勃开展的群众性科学研究工作

从"战略"上说，根据当前世界水利水电建设的水平，兴建三峡枢纽在技术上是完全现实可能的，但存在任何超越当前世界技术水平而影响兴建枢纽的技术可能性问题。但从"战术"上说，兴建这样一个超巨型的枢纽确实是一项十分复杂而艰巨的任务，它涉及很多水利水电建设的尖端技术，在设计和施工过程中有很多重大的科学技术问题需要创造性地加以研究解决。例如，在经济方面，三峡枢纽影响地区广阔，因此建设三峡的问题和整个国民经济的发展有密切关系，必须联系全国国民经济的远景发展，研究三峡影响地区内的经济情况及其发展规律，然后才能为综合利用三峡枢纽提供科学的经济依据，才能制定出最合理的综合利用计划。又如，在地质方面修建三峡这样万年大计的工程，在开工以前必须彻底查明坝址区的工程地质和水文地质条件，绝不允许在施工过程中出现任何出乎意料的重大地质问题，如此不仅要采用一般的勘探方法进行大量的地质勘测工作，而且还需要配合采用各种勘探新技术，并需要研究大区域的地质构造、地震地质、长江河谷地貌及其发育史等，借以多方面论证坝区的地质条件。在水利规划方面，三峡水库的调度问题非常复杂而重要。为充分发挥三峡水库的综合效益，需研究解决其与上游水库群的联合运用问题，以及合理协调各项水利任务之间的矛盾等问题。同时水利化对水文条件的影响以及气象水文的中长期预报等均将直接影响到水库的效用和运用方式，所以在三峡设计中也需要加以研究。又如，水工建筑物方面，三峡大坝最大坝高约 205 米，最大水头 150 多米，溢洪流量很大，因此需要结合三峡的具体条件研究有关高速水流的问题；为了使结构安全经济，除了需对坝体和坝基应力进行一般性的试验研究外，对孔口应力、混凝土徐变及温度应力、钢管与周围混凝土联合作用等问题均有深入研究的必要；对基岩微风化带和弱风化带的固结处理、防渗处理，大型地下建筑物的开挖及明槽深挖的稳定性问题，以及爆破震动对岩石的影响等也需深入研究解决。在建筑材料方面，需掌握制造大坝水泥的技术、研究利用当地建设材料作围堰材料及混凝土骨料问题，特别是利用风化砂作混凝土骨料的问题。在施工方面，围堰和截流是一项关键问题，需要加以慎重研究。为了加速施工进度，对混凝土散热措施、混凝土高块浇筑、新的施工方法及重型施工机械等方面均需进行研究。在动力方面，三峡电站远距离输电线的总长将达 7000 千米左右，投资仅略小于枢纽总投资，如能采取措施提高输电线的传输容量，在线路的杆塔、导线、绝缘子、金具等方面采用新技术，均可大量节约投资，因此也需要研究。在机电方面，三峡电站将采用 45 万千瓦或容量更大的机组，将采用 50 万 ~65 万伏的高压输电，所以对超巨型的水轮机、发电机，超高压大容量的变压器、断路器、隔离开关、互感器、避雷器、电缆等全套电器设备均需进行研究、设计和试验。三峡枢纽所用的高压闸门及起重设备多接近或超过世界水平，过船建筑物的比较形式之一——升船机更远远超出当前的世界水平，因而这些机械设备均需加以研究，并进行设计和试制。三峡电站及以它为中心的电力系统必须采用最现代化的自动化控制设备才能保证系统运行的安全可靠，提高运行质量，使电压稳定、频率稳定，合理分配有功及无功负荷，达到较高的经济效能，因此必须研究自动化方案及其所需的元件和装置。以上列举的一系列科学技术问题以及其他有关的重大科学技术问题如能获得圆满解决，即可使枢纽投资大大节省，施工期限大大缩短，建成后的枢纽稳如磐石。

为了贯彻"积极准备，充分可靠"的精神，组织全国科学技术力量，研究解决有关三峡枢纽的重大科学技术问题。1958 年 6 月，由中国科学院第一机械工业部、水利电力部和长办召开了第一次三峡科学技术研究会议，出席的单位共 82 个，代表 368 人，并有苏联专家 13 人参加指导。这次会议在总路线的光辉照耀下，贯彻了破除迷信、解放思想的精神，发扬了敢想敢说敢做的共产主义风格，讨论了有关三峡的重大科学技术问题，确定了 200 多个研究课题，并本着共产主义大协作的精神，分工承担了这些研究课题，到会代表都纷纷表示要在三峡科研工作中创造奇迹，为建设三峡枢纽贡献出自己的力量。会后，很多未参加会议的单位也踊跃地自愿参加到三峡研究工作的行列中来，承担了很多研究任务。截至目前，已有 250 多个单位参加了三峡科研工作。

一年多来，三峡科研工作在全国工农业"大跃进"的影响和鼓舞下，已获得蓬勃发展。参加三峡科研的总人数在 1 万人以上。大家热情很高，干劲很大，都为能参加三峡工作而感到光荣。各单位的组织和领导也都能在人力和物资方面予以积极的支持，很多单位组织了很大的力量参加这项工作，有些单位还专门成立了三峡科研组织，有些单位的党组织直接领导三峡科研工作并列为重点任务。因而就形成了一个三峡科研的群众运动，打破了过去少数专家学者冷冷清清搞科研的局面。一年多来，出现了很多生动事例。例如，研究水利化对径流影响的问题，共有 13 个单位参加。为了满足初步设计要点阶段的需要，他们迅速集中了 400 余人，突击完成了现场调查和分析研究工作，如期提出了阶段性的研究报告。又如某单位为了研究坝体和坝基弹性模数不同对坝体应力影响问题时，曾动员了100多人制造了一部电模拟计算机，最后调整这架模拟机时，很多青年同志干劲冲天，通宵不睡地进行工作。又如某单位为了试制水内冷发电机，动员了很多人参加试制研究，并连续苦战了40个昼夜，终于试制成功。又如有些生产单位，虽然生产任务非常紧张，但仍挤出时间和人力积极投入三峡科研工作，如期完成了任务。例如，某单位为了如期提出三峡枢纽容量的论证资料，在生产任务非常繁忙的情况下，抽出大批设计力量研究了几个月，最后由该单位负责同志亲自挂帅，发动群众集中讨论了将近一个月。像这样积极热情的生动事例真是不胜枚举。正由于各单位和群众的积极努力，一年多来，三峡科研工作已取得了巨大的成绩，仅完成的专题报告已达600多件，为设计工作提供了极为宝贵的资料，使设计工作有了更为可靠的科学依据，从而提高了设计质量，加快了设计进度。随着设计工作的逐步深入，科研成果的作用还将愈加显得重要。同时，一年多的科研工作还促进了水利水电技术及其有关学科的发展，提高了这些方面的科学技术水平。例如，三峡船闸水力学的试验研究，推动了高水头水利枢纽通航建筑物的研究工作，为进一步的理论研究积累了丰富的资料。又如，岩基的试验研究推进了在我国目前几乎是空白点的岩石力学方面的研究工作。此外，大坝混凝土高块浇筑，装配式建坝，定向爆破筑坝，大容量机组的研究，水内冷发电机的试制，超高压输电技术的研究和设备的试制，中长期的温度应力的研究，三向偏光弹性试验，混凝土徐变的温度应力的研究，巨型升船机，巨型施工机械的研究设计，新型凿岩技术以及爆破理论的研究等，都是在三峡科研工作中开始进行或得到促进的。这些例子充分说明三峡科研任务带动了有关学科的迅速发展。

科研工作是兴建三峡枢纽的重要准备工作之一，因为只有通过大量的科学试验研究，才能使设计工作建立在充分可靠的基础上，才能最完善地解决三峡枢纽建设中的重大科学技术问题。一年多来，根据中央"积极准备，充分可靠"的指示精神，科研工作已有了一个很好的开端，预计在党的科研与生产相结合的方针指导下，在各单位的大力支持与协作下，群众性的三峡科研工作一定会继续取得更伟大的成就，并大大促进兴建三峡的准备工作，并提高我们的科学技术水平。

在党的正确领导下，在党中央和毛主席的重视和关怀下，几年来已为兴建三峡枢纽做了大量的准备工作，特别是在1958年，准备工作也大大前进了一步，取得了巨大的胜利。让我们继续遵循"积极准备，充分可靠"的指示乘胜前进，力争"高峡出平湖"的宏伟图景早日实现。

漫忆篇

三峡工程水工建筑物设计的若干问题

洪庆余

三峡工程位于湖北省宜昌市三斗坪镇,距长江西陵峡峡谷出口的南津关约 37 千米。坝址以上流域面积约 100 万平方千米,年平均径流量约 4500 亿立方米,年平均输沙量约 5.3 亿吨。

三峡工程是治理开发长江的一项关键工程,承担着以下重要任务:调蓄川江洪水以减轻中下游的洪灾;开发三峡河段的水能资源,为华中、华东和川东地区提供大量廉价电力;改善重庆以下川江的航道条件。

为了满足上述水利任务的要求,结合三峡河段的自然条件,先后研究比较了大量的坝址方案和正常蓄水位方案。坝址方面比较过两个坝区(美人沱火成岩坝区和南津关石灰岩坝区)的十多个坝段。正常蓄水位比较过 126~260 米的各种方案,还研究了分期建设和分级开发的各种方案。通过 1986—1989 年重新论证,确定采用火成岩坝区的三斗坪坝址和正常蓄水位 175 米方案,一次建成,分期蓄水,初期运用水位 158 米。现将 1986 年 6 月 19 日至 1989 年 3 月 7 日论证中推荐的枢纽布置方案和主要建筑物以及设计中的若干重点问题简介于后。

一、枢纽工程及主要建筑物概况

三斗坪坝址位于弯曲河段上,河谷相对较宽,左岸为凸岸,河中有一小岛(中堡岛),岛左侧为主河槽,右侧为支汊。坝址基岩为闪云斜长花岗岩,基岩完整,强度高,新鲜基岩湿抗压强度 1000 千克每平方厘米,断裂规模小,以高倾角为主。坝区地壳稳定,属弱地震区,基本烈度为Ⅵ度。坝址距宜昌 40 余千米,中间无大支流汇入,坝址水文条件以宜昌为代表,实测最大流量为 71100 立方米每秒,最小流量为 2770 立方米每秒,调查历史最大洪峰流量为 105000 立方米每秒,多年平均流量为 14300 立方米每秒。

三峡工程主要由大坝、水电站厂房和通航建筑物三个主要部分组成。推荐的枢纽布置方案是：河床中部布置泄洪坝段，两侧布置坝后式厂房，通航建筑物布置在左岸。

三峡工程的拦河大坝为混凝土重力坝，河床中部的泄洪坝段泄流前沿总长483米，设23个7米×9米的深孔（孔底高程90米）和22个净宽8米的表孔（堰顶高程156米），深孔与表孔相间布置。泄洪坝段左侧导墙内设2个6米×9米的深孔（孔底高程90米），右侧纵向围堰坝段内设2个8米×11米的中孔（孔底高程117米）。

电站厂房分别布置在泄洪坝段的两侧，均为坝后式。左侧厂房装机14台，右侧装机12台，共26台，单机容量均为68万千瓦，总装机容量1768万千瓦。左右岸厂房长度分别为634米和575.8米。厂房的中间安装厂坝段设5个4米×5.5米的排沙孔（孔底高程75米），在库水位低于145米时可参加泄洪。

永久通航建筑物设有双线多级船闸和一线一级垂直升船机，均布置在左岸。船闸闸室有效尺寸为280米×34米×5米（长×宽×槛上最小水深），升船机承船厢有效尺寸为120米×18米×3.5米。施工期另设一线一级临时船闸（闸室尺寸为240米×24米×4米），结合升船机和导流明渠维持施工期的过坝航运。

三峡工程的主要工程量：土石方开挖约8800万立方米，土石方填筑约3100万立方米，混凝土浇筑约2700万立方米，金属结构安装26万吨。

三峡工程施工分三期进行，包括施工准备期3年在内，总工期18年，第一批机组发电工期12年，施工准备期主要进行场地平整，修建场内外交通工程及施工企业。一期工程3年，主要修一期围堰，围中堡岛右侧，开挖导流明渠，修建混凝土纵向围堰，同时进行左岸临时船闸及升船机等工程的施工；二期工程6年，主要修建二期围堰，围中堡岛左侧主河槽，利用右岸明渠导流，进行泄洪坝段及左侧电站坝段及厂房的施工；同时进行永久船闸及升船机的施工，本期期末在导流明渠内修建三期围堰，并开始蓄水发电、通航。三期工程6年，主要进行右岸大坝和电站施工，并完成全部机组安装工作；施工发电期间，由二期工程建成的泄洪深孔和表孔下的预留部分缺口过流，缺口高程109米。

移民安置共用20年完成，分阶段连续搬迁，满足水库各阶段的蓄水要求，第12年至第16年水库蓄水位135米，第17年至第20年蓄水位156米，第20年开始，水库可蓄水至正常蓄水位175米。

以1986年末物价水平估算，三峡枢纽工程投资187.7亿元，水库淹没补偿费110.6亿元，总投资为298.3亿元。输变电投资62.8亿元，按水利水电工程投资估算惯例，不列入枢纽工程项目总投资，而列在电网投资内。包括输变电投资在内的项目总投资为361.1亿元。自施工准备至一批机组发电前的投资为169.2亿元。

漫忆篇

二、三峡工程水工建筑物设计中几个重点技术问题的研究

一项水利枢纽工程的设计，必须既能满足枢纽任务要求，又要适应地形、地质、水文等自然条件。三峡工程是一项综合利用的水利枢纽工程，主要承担防洪、发电、通航等任务。枢纽设计必须满足这几方面所提出的要求。根据推荐的正常蓄水位175米方案，枢纽建筑物中的主体工程——大坝，最大坝高175米，和当前世界水平相比并不算高，坝址地质条件又非常优越，坝型采用普通的混凝土重力坝。因此，在坝工设计方面并没有遇到什么特殊困难的问题。但由于长江是一条通航的大河，流量大，河谷深，工程规模巨大；同时，为充分发挥枢纽工程的防洪、发电、航运效益，又对枢纽工程的建设有些特定的要求，这样就给枢纽的设计和施工带来一些比较复杂或比较特殊的问题。例如，三峡坝址处流量大，枯季一般流量也在10000立方米每秒上下，河谷窄深，最大水深达40~80米，在这样条件的河流上修建枢纽工程，必然要碰到比较复杂的围堰和导流、截流问题，所以围堰和导流、截流工程一直是三峡工程设计研究中的一项重大课题；又如长江不仅通航，而且通过坝址的运量较大，目前已达500万吨每年，三峡工程施工期将达1500万吨每年，因此施工期通航问题给设计和施工都带来一些特殊而又复杂的问题；又如，由于工程规模巨大，工期较长，因此要考虑提前发挥工程效益或分期建设、分期蓄水运用等问题，这些均需在水工设计中采取相应的技术措施。

1. 关于三峡工程的围堰和导流、截流工程

三峡坝址处水深，流量大，围堰和导流、截流一直是建设三峡工程的重大技术问题之一，20世纪50年代世界上尚无类似规模导、截流工程的先例，当时甚至有人以此否定修建三峡工程的技术可能性。在50年代比较坝址阶段，曾研究过两个不同类型的坝区，即南津关石灰岩窄河谷坝区和美人沱结晶岩宽河谷坝区。前者河槽窄深，该坝区中的南津关坝址枯水水深约80米，围堰高度超过100米，截流和围堰成为工程能否修建的一个关键。曾研究过各种可能方案，包括采用武汉长江大桥管柱桩的方案，围堰和导流、截流工程难度太大也是后来放弃这一坝址的重要因素之一。美人沱坝区河谷相对较宽，水深较浅；现在选定的三斗坪坝址，河底高程一般在20米左右，枯水水深20余米，葛洲坝水库蓄水后，枯水水深增加到40余米。按目前推荐的明渠导流方案，二期施工中围主河槽的上游横向围堰高80余米。在40多米深水条件下填筑这样高的围堰，技术上是比较复杂的，在巴西伊泰普大坝修建前，世界上还没有修建这样深水围堰的实践。

三峡工程二期深水围堰仍是三峡工程设计、施工中的重大技术问题之一。特点是施工水深，流量大、枯水季（11月至次年5月）施工流量达5910~23100立方米每秒，最大施工水深60米。围堰工程量大，工期紧，施工强度大。上游横向围堰最大高度84米，长1070米，土石方约650万立方米；下游横向围堰高70.5米，长927米，土石方约570万立方米。围堰除施工期紧、施工强度大外，关键技术之一是防渗问题。防渗问题困难也与工期紧有关。这次论证中，在过去研究的基础上，进一步比较了三种代表性的方案：①上、下游堆石堤，中间填筑风化砂堰体，双排刚性混凝土防渗墙防渗。②上、下游堆石堤，中间填筑风化砂堰体，单排塑性混凝土防渗墙防渗。③下游堆石堤，风化砂壤土混合料斜墙防渗。三种方案在国内外工程中都已有先例可循（规模比三峡工程小），在技术上都是可行的，现阶段推荐采用方案①，并继续对风化砂深水抛填、水下压密及防渗墙施工等复杂技术问题进行研究，对其他新型防渗心墙及适于风化砂施工的高效机具也拟抓紧进行研究。

三峡主河槽截流时选在12月，截流设计流量9010立方米每秒。截流流量虽然较大，但是截流期泄水条件较好，有较大的导流明渠。据初步计算和水工模型试验表明，截流难度低于葛洲坝工程的截流，在技术上不存在问题。截流方式采用我国经验较多的立堵方式。

2. 关于施工通航问题

三峡工程分三期施工。施工准备及一期导流期间，长江主河槽可正常通航。三期导流期间，永久船闸已投入运行。因此施工通航主要是解决二期导流期间约6年的通航问题。50、60年代研究三峡工程时，曾研究过采用临时船闸或升船机解决施工通航问题。1983年编制的可行性研究报告推荐采用垂直升船机，国家计委主持的审查会议在总结中指出："关于施工期通航问题，许多同志认为采用升船机的方案是比较合适的，但是……其规模超过目前国际上已建和在建升船机的水平，技术上、施工上难度都很大，国内能否在6年内完成科研、设计、制造、安装和试运行任务没有把握。"因此要求在初步设计阶段进一步作方案比较。1984年研究了升船机、临时船闸和导流明渠通航及三者相结合的各种方案。在讨论会上，长办推荐明渠结合升船机方案，水电部专家主张临时船闸结合升船机方案，交通部主张临时船闸、升船机结合明渠方案。会议同意按交通部意见上报国务院。国务院领导批示："原则同意，但只作为中间审查，在国务院批复初步设计（指160米方案的初步设计）时正式批准。"这次论证中，各方面专家仍有不同看法，最后论证领导小组研究确定从难从严考虑，采用临时船闸、升船机结合明渠方案作为论证的代表方案。由于导流明渠要兼顾通航，其平面布置和断面既要适应导流时的过洪要求，还要满足一定流量条件下的通航要求；不仅明渠断面要比单纯导流时大，而且导流渠内部不能修建导流建筑物，从而需要进行第二次截流（在导流明渠内）和三期导流，增加了后期施工的复杂性。因此很多施工专家不赞成明渠通航的方案。但这一方案一期工程在明渠内不修建导流建筑物，主要是明渠土石方开挖和纵向围堰的混凝土浇筑，从而简化了一期工程。因此，明渠通航方案对施工来说也是有利有弊，由于考虑的侧重点不同，对方案的评价也就不同。

导流明渠通航，虽然从"理论上"说，可以做到和天然河道相近，但从经济合理考虑，只宜在一定流量范围内通航。因此，如只有明渠通航，虽然通过能力很大，但是每年洪水期在流量超过通航标准时需短期停航；另外，封堵明渠直至永久船闸通航前需断航约 7 个月。如不允许断航，则还需有辅助措施，如临时船闸或升船机等。临时船闸通航流量标准较明渠高，断航时间较明渠短，在蓄水前需封堵临时船闸，封堵过程至永久船闸通航需断航 2~3 个月。升船机可以不断航，且可作为永久通航建筑物使用，但一线升船机通过能力较小，特别是升船机规模大，无实践经验，很多专家担心工程进度无把握。临时船闸及升船机结合明渠通航方案，从航运条件考虑，施工期可以不断航，三线通航互为备用，通航保证率高。这一方面的优点是比较明显的，但工程量较大，投资较多，且为使导流明渠能适应通航的要求，增加了施工某些方面的复杂性。预计施工通航方案仍将是下一设计阶段需要重点研究的一个问题。

3. 关于船闸设计中的几个问题

三峡工程 175 米方案的船闸总水头为 113 米，根据当前水平和过去的设计研究成果，这次论证阶段主要研究了两种方案，即连续五级船闸和带中间渠道的分散式三级船闸，均采用双线。两种方案都可满足 5000 万吨左右的运量要求，技术上也都可行。后者工程量较大，投资较多，很多专家都不倾向于这一方案。但对运行的可靠性问题，各方面认识还不一致：连续梯级船闸若双线同时有一级发生事故，船闸即将断航；分散船闸双线同一级船闸同时发生事故才断航；从断航概率来说，分散船闸较优；但据国内外经验，船闸发生事故率极小，因此两种方案理论上的断航概率虽然不同，但对通航并没有实质性的影响。论证阶段以连续五级梯级船闸为代表方案，下一设计阶段还要进一步比较论证。

在连续五级梯级船闸设计中有以下几个主要问题：①船闸线路选择问题。选线与地形地质条件有关，但决定线路的重要条件之一是满足上下游引航道尺度和口门区的水流条件。在大江大河上修建大型船闸，我国还缺少丰富的设计和运行经验，因此对一条线路是否满足运行条件，尚有不同看法，从而对线路的选择也就存在不同的意见。

论证阶段暂定了一条工程量较大的线路作为代表，下一设计阶段再优选决定。②高水头船闸的水力学问题。核心在于确保输水阀门的工作条件可靠。三峡五级船闸方案的最大工作水头达49.5米，单次输水量达26万立方米，综合指标居世界前列。多年来，通过模型试验，已对各种解决阀门区空化问题的措施进行了研究。根据试验研究成果，水头49.5米时，可采用一道阀门快速开启和降低阀门高程等措施解决。如再辅以阀门变速开启，门后过水断面突然扩大等措施，水头还可提高。总之，高水头水力学问题可以解决。下一设计阶段将进一步优化设计，选定具体设计方案。③船闸第一级闸门及启闭机设计问题。人字门具有运转灵活、便于维修、工程量省等优点，因此各级船闸上、下闸首的工作门均采用人字门。第一级船闸上闸首人字门高37米，比葛洲坝船闸34米高的人字闸门高得不多，但淹没水深最大达35米，需要的启闭力超出现有水平较多，按现有水平考虑，淹没水深不宜超过95米。为此，研究采用以下运用方式：淹没水深小于25米时（一年中大部分时间如此），使用人字门；淹没水深超过25米时，用事故检修平板门及叠梁作工作门运转，或仍用人字门，但须降低启闭速度。其余各级人字门，虽然最大门高有达39.75米的，但淹没水深小，启闭容量不超出葛洲坝船闸的水平。④关于引航道泥沙淤积问题。长江三峡坝址处的水流含沙量平均约1.2千克每立方米，还不能列入多沙河流，但由于水量大，输沙总量也就较大，年平均达5.3亿吨，三峡建库后泥沙将在库内淤积，据计算和模型试验，在三峡枢纽开始运行的30年间，坝前淤积不多，上下游引航道均无严重的碍航淤积。但当水库运用80~90年，水库冲淤接近平衡时，上游引航道年碍航淤积量36万~71万立方米，下游引航道年碍航淤积量79万~154万立方米。在这次可行性研究中考虑在船闸两侧布置3条10米直径的冲沙隧洞，以及将临时船闸改建为冲沙闸等措施。初步定性试验表明可以基本满足冲沙要求。以上措施在工程布置中预留了位置，水库蓄水后难以施工的部分则考虑与船闸同时修建，并按此预列了工程量及相应投资，下阶段设计中将再结合船闸定线进一步研究其必要性及具体防淤冲淤方案。此外，三峡船闸开挖边坡最大高度达150米左右，边坡设计及稳定问题对施工和运行都十分重要，也是船闸设计中研究的一个重要课题。根据岩石力学试验和地应力测试成果，通过地质力学模型试验、数学模型分析，以及施工方法和加固措施的研究表明，船闸沿线地质条件较好，合理确定开挖坡度和施工措施，并采取必要的加固，支护措施和加强监督，船闸高边坡开挖问题可以解决。

4. 关于泄洪建筑物的形式

长江洪水峰高量大，三峡建库后，为确保大坝安全，校核洪水时的最大下泄量约为 100000 立方米每秒，同时根据防洪和排沙要求，在防洪限制水位 145 米时，还需要有下泄约 60000 立方米每秒的泄洪能力。另外，由于三峡电站总装机容量很大，需要占用很长的引水前缘，因此泄洪建筑物的前缘长度以尽量缩短为宜。通过多种方案比较，采用了深孔和表孔相结合的泄洪形式，深孔主要满足库水位较低时的泄洪和排沙要求，表孔则配合深孔，满足泄放校核洪水的要求，以保证大坝安全。主泄洪建筑物布置了 23 个 7 米 ×9 米的深孔，孔底高程 90 米，22 个 6 米宽的表孔，堰顶高程 156 米，并将深孔与表孔间隔布置，表孔跨两个坝段的横缝，以节省前缘长度。

5. 提前发挥工程效益和分期蓄水运用问题

三峡工程由于规模大，工期长，长期以来即研究了提前发挥效益、分期蓄水运用、分期建设等方案。这次论证推荐的方案是：正常蓄水位 175 米，汛期防洪限制水位 145 米，枯水期消落最低水位 155 米；初期蓄水位 156 米，防洪限制水位 135 米，枯水期消落最低水位 140 米。为提前发挥效益，三期围堰封堵导流明渠后，即蓄水至 135 米开始发电、通航。因此，工程虽一次建成，但需适应不同时期的运用水位。围堰挡水发电期的最低水位采用 135 米，与初期运行的最低水位相同，以尽量减小不同运行阶段的水位变化幅度，设计中水轮发电机组、电站进水口和引水钢管均按后期运行水头选择，但考虑了满足初期和围堰发电期的运行要求，因此电站后期运行时这些部分不需更换或改建。泄洪建筑物初期运行时，为控制设计洪水位不超过初期运用标准，将泄洪表孔的堰顶高程定为 148 米，后期再上升到 156 米。围堰发电期，为控制设计洪水位不超过围堰设计标准，在泄洪坝段表孔下预留顶高程 109 米、宽 8 米的缺口，随着明渠坝段施工进度将缺口逐步回填至 148 米高程。

船闸为适应初期、后期运用水位的变化（初期 135~156 米，后期 145~175 米），第一级船闸需要采取特殊措施。现阶段暂按采用下述措施考虑，即初期运用时，第一级船闸作为过船通道，只使用第 2 级至第 5 级，第一级船闸上、下闸首及闸室底板高程，按初期通航最低水位能运转的要求浇筑至 130 米，将第一级船闸的下闸首作为第二级船闸的上闸首运用。下闸首设两道人字闸门。第一道按门槛高程 130 米安装，供初期运用；第二道按后期门槛高程 140 米安装，安装后锁定在门龛内。上闸首的人字门安装后锁定在门龛内。后期运行时，先在上闸首上游的挡水门槽内下放叠梁闸门，并将上、下闸首底板混凝土浇筑至高程 140 米。随后，启用锁定在门龛内的人字闸门，同时拆除下闸首初期运用的人字闸门，或将其锁定在门龛内，船闸即可投入后期运行。浇筑混凝土期间，该线船闸停航施工，另一线船闸及升船机维持通航，然后再改建另一线。

三、关于三峡枢纽工程总布置的几点规律性认识

枢纽工程设计必须根据枢纽任务要求，适应地形、地质、水文等自然条件，选择主要建筑物形式，结合施工导流方案，合理安排各项建筑物的位置。通过各阶段对三峡枢纽布置方案的研究，对三斗坪坝址的枢纽总布置有以下几点规律性的认识。

（1）三峡工程泄洪流量大，导流流量也大，机组台数多。在这一条件下，以选择河谷相对较宽的坝址为宜，因此三斗坪坝址是比较合适的，坝型以采用混凝土重力坝为宜。

（2）施工导流宜采用分期导流方式，利用中堡岛的有利地形布置纵向围堰，利用岛右天然河汊布置导流明渠。这一导流方式比较符合坝址的自然条件。

（3）枢纽的泄洪流量大，防洪、排沙任务重，特别是在水位较低情况下仍要求有较大的泄洪、排沙能力，加之库水位变幅又较大，因此泄洪建筑物采用深孔结合表孔的布置是合适的；泄洪坝段位于主河槽部位，水垫最深，消能效果最好，顺应河势，使下泄水流顺利归槽，减少对下游两岸的冲刷，及对航道口门的影响。

（4）电站厂房从经济、施工和运行条件考虑，以充分利用两岸河滩，布置坝后式厂房最为合理。

（5）通航建筑物以布置左岸凸岸为宜，可使上下游引航道具有良好的进出口条件。

四、论证专家组对三峡枢纽建筑物设计的主要结论

经过近两年的研究和论证，三峡论证水工建筑物专题专家组所作的主要结论是：

（1）三斗坪坝址河谷开阔，基岩完整，力学强度高，透水性弱，可满足泄洪、发电、航运以及施工布置的需要，是修建大型混凝土高坝枢纽的优良坝址。

（2）两岸坝后式厂房的枢纽布置方案，可作为本论证阶段的代表性方案。

（3）三峡船闸水头高、规模大，综合指标居世界前列，技术难度大，必须审慎对待。针对引航道泥沙淤积及船闸水力学等关键技术问题，在通过进一步深入细致的试验研究后，采取相应措施，预计可以得到解决。

（4）双线连续五级船闸或分散式三级船闸，技术上都是可以成立的，暂以连续五级船闸方案作为论证的代表方案。

（5）为适应分期蓄水运行所采取的有关泄洪、发电、通航等技术措施，基本可行。

漫忆篇

启　程

——忆首次查勘三峡

季昌化

2008年，我主编了《三峡工程往事漫忆》一书。当时因忙于组稿、编辑、出版等事务，自己竟未写片言只字。十天前接到《大江文艺》主编刘军的电话，约我写篇类似"漫忆"的文章，并说，你长期参加三峡和葛洲坝工程，写起来不会有困难。一石激起千层浪，许多已沉淀于脑海深处的往事又涌上心头。思前想后，我决定再回忆一遍我第一次查勘三峡坝址的往事。

蓦然回首，那已是五十年前的事了。

1956年大学毕业分配时，我怀着参加三峡工程建设的理想，第一志愿报了长办。我的愿望有了良好的开端，走进了长办。1958年3月，我又调到枢纽处三峡组，踏上了三峡圆梦之旅。

1958年3月，党中央召开的成都会议上，作出《中共中央关于三峡水利枢纽和长江流域规划的意见》的决议，决定兴建三峡工程。为此，要加快三峡工程的勘测设计，要求长办当年完成《长江三峡水利枢纽初步设计要点报告》。其中，研究和选定坝址是主要任务之一。这项任务涉及众多专业领域，三峡组的工作是综合各专业的成果，形成最后的结论，是集大成者，也是龙头。全组十多个人，半数是刚参加工作的年轻人，缺乏相关经验。为了使我们能直观了解坝址地形、地质等自然条件，掌握更多的第一手资料，避免日后工作流于纸上谈兵，领导于1958年4月组织我们前往坝址实地查勘。这是我第一次踏上三峡这块土地，也是我一生中首次参加工程现场查勘。

坝址研究的范围是三峡出口南津关以上50多千米的江段。根据地形地质情况的差异划为两个江段，我们称之为坝区。上段从美人沱（今太平溪以上约5千米）至莲沱，长约25千米江段，称为美人沱坝区，含10个坝址。下段从石牌至南津关长约13千米江段，称南津关坝区，含5个坝址。

我们从武汉坐汽车花了一整天才到宜昌，住在三峡地质大队的招待所。第二天，请地质人员介绍情况和查勘安排，做些准备工作。次日，查勘南津关右岸。从宜昌九码头过江沿紫阳河登山。地质人员带领我们沿山间小路前行，沿途边走边讲解一些地质现象。有时要离开小路钻进树林或草丛才能看清楚。经过南Ⅳ、南Ⅲ、南Ⅱ三个坝址，因为这些坝址处的水电站厂房、泄洪隧洞和导流隧洞等建筑物都布置在地下，所以我们很难准确判断它们所在的位置，只是知道将来会碰到什么地质问题。中午时分，难得经过一户农家，决定在此休息一下，吃干粮。家中只有一位60岁左右的老奶奶。我们说明来意，她和蔼地邀我们进屋去坐坐。堂屋挺宽敞，刚好坐得下十多个人。万万没想到，没过多久，老奶奶竟端出一钵热气腾腾的玉米粥，又拿出大碗泡菜招待我们。那粥的香，泡菜的酸脆，还有那个背已微驼的慈祥老奶奶，我一生都无法忘记。她或许听不懂我们所说的工程是什么，但她一定看出我们是来搞建设的干部。

下午，我们继续前行至黑石沟（南Ⅱ）坝址。勘察结束后，便从黑石沟下山。那是一条又陡又窄的冲沟，长满了灌木和杂草，无路可循。我们循着当地人踩出的小径下行。江边有片不大的台地，名为平善坝，住着几十户人家。南津关坝区十几公里河道两岸皆是悬崖峭壁，唯独此处有一片小平地。村中一栋白色的两层小楼十分显眼。据说，那正是14年前（1944年）美国著名工程师萨凡奇勘察三峡时下榻之处。他选定的三峡工程坝址位于南津关。当时宜昌尚在日本占领之下，他无法进驻该地。想到此，我对这位前辈不畏艰险的精神肃然起敬。从平善坝乘船顺流而下，很快抵达南津关。驶出三峡，河道以90度急转，江面骤然开阔数倍。两岸高山隐去，代以绵延丘陵，宜昌城已遥遥在望。此情此景，我不禁吟出李白的诗句："山随平野尽，江入大荒流。"

第二天，查勘南津关的左岸。从南津关口的下牢溪开始登山，很快来到了三游洞。这个溶洞非常大，高、宽、深均达十多米，洞的四壁很干燥，出露着石灰岩层。虽然没有后来游览的许多溶洞中多姿多彩的钟乳石等构成的奇妙景观，但是作为考察地质现象，却是一目了然的。我惊奇于天公的伟力，需要多么大的水力和多么长的年代才能溶蚀出这么大的溶洞，又经历过多少亿年才将它从海底抬升到今天的高山上来。同时也引起我深深的忧虑，如果工程的地下建筑物碰到这样的溶洞该是多么大的麻烦。特别听到地质人员介绍说，在南津关一带水上钻探中，在水下几十米不仅发现了溶洞，还取到过一只活螃蟹，这就更令人忧虑了。打听洞名的由来，据说与苏轼有关。一说是苏轼父子曾三游此洞，一说是苏轼与朋友共三人曾同游此洞。我诧异于900多年前此洞真的会吸引来苏轼。十年前我作为一个游客第三次来到此洞，它已被建成一个旅游景点。在我看来，这既失去了自然价值又失去了人文价值。南津关左岸一带沟壑纵横，地形比较破碎，从工程技术角度看不怎么有利。

查勘完南津关坝区后，我们前往美人沱坝区。这期间我们驻在三斗坪镇。三斗坪坝址就是最后选定的三峡大坝坝址。起初称美Ⅷ坝线（美人沱坝区Ⅷ号坝线）。周恩

漫忆篇

来总理查勘三峡时指出，抗日战争期间宜昌县政府曾驻在这里，毛主席知道这个地方。从此，我们就称之为三斗坪坝址。当时的三斗坪镇，就在今天三峡大坝右岸坝下游的一级阶地上，比河滩高出20多米。镇上只有一条街，长约千米，宽不过5米，石板路面。两侧多为平房，前店后宅，卖些农民常用的日杂百货。镇上有个旧式旅店，两层楼房，每个房间里放着几张床、一个桌子和几把木椅。桌上放着一把茶壶和几个茶杯，还有一盏煤油灯，此外，什么设备都没有。我们就住在这个旅店里。三峡工程开工前，它被完全拆除了，开工后周围的环境也完全改变了。但是，我确信，我们这些最早到来的三峡建设者们是永远不会忘记它的。

　　第二天一早，我们登上了海拔300多米的白岩尖。这是个延伸至江边的山脊，也是大坝右坝头所在。举目四望，整个坝区的全貌几乎尽收眼底。长江从西北流来，在三斗坪拐了个大弯，又向东北流去，像一条银光闪闪的素练飘荡在苍翠群山的谷底。向上游可望见太平溪坝址，向下游可望见黄陵庙坝址，即10个坝址中有7个历历在目。极目远眺，海拔2000米左右的高山环绕。明显可以看出，那些山是由石灰岩构成的。高山环抱中是上百平方千米的山岭或山地，从海拔千米左右逐渐降低到滨江的三五百米，再往下依次就是沿江海拔百米左右的低丘地带（地质上称一级阶地）和江边的河滩。这些地方是由花岗岩风化冲刷构成的。地质人员介绍说，多少亿年前这些花岗岩上面原来覆盖着石灰岩，后来这块地壳抬升隆起，上覆的石灰岩被风化侵蚀冲刷而去，像揭去了一个大盖子，才露出了基底的花岗岩。所见所闻使我震惊于天公的神功伟力，大自然的沧桑巨变，也庆幸于上天为我们创造了这么理想的大坝坝址。

　　与白岩尖隔江相对的山头叫坛子岭，海拔也高于300米，两者相距4000多米，这是一个非常理想的坝址。因为河谷宽度基本上可以容纳下溢流坝、电站厂房、船闸等主要建筑物，两岸的低丘地带可满足施工场地的需要，宽阔的河滩可满足明渠施工导流的需要。特别巧合的是，在主河槽右侧有个窄长的中堡岛（现溢流坝右导墙位置）。岛的右侧与河岸之间是条微弯的汊河，大水时过流，枯水期不过流。后来我们设计中将导流围堰就布置在中堡岛上，汊河经开挖整治后成为导流明渠（今右岸厂房所在）。当我们对照图纸讨论枢纽布置方案时，那一米见方的图纸在眼中突然化成了起伏的山川，未来的宏伟工程渐渐清晰地浮现于脑际。一种指点江山、驾驭自然的豪情油然而生。

　　下午，我们踏上中堡岛。岛上只住着几户人家，他们主要种些蔬菜，还有一片橘子林和几十株高大的柚子树。勘探队在这儿放着很多岩芯，分钻孔一箱箱地摞起来放着，中间夹着小木牌，说明它们的高程。别看花岗岩那么坚硬，经过亿万年地壳的运动、水的渗透和温度的变化，居然能将它"风化"成沙粒。地质上根据风化程度和物理力学指标的不同，将其划分为强风化带（用锄头就可挖动）、弱风化带、微风化带和新鲜基岩。微风化带的完整性和强度已接近于新鲜基岩，只是裂隙还比较发育，裂隙表面可见锈斑样的风化痕迹，它的下部已可以作为大坝的基础。我们在地质人员指导下认真地观察和辨认。因为大坝基础设定在什么高程不仅决定着大坝的稳定，同时又影响着工程量的大小。这些不仅是书本上没有的，也是其他大坝工程中没有的问题。

　　第二天，我们沿江向下游查勘。出了三斗坪镇，是美Ⅷ中线和美Ⅷ下线右岸坝头所在。因为三斗坪坝址是重点研究的坝址，所以设了三条坝线，它们呈扇形分布，左岸的坝头都在对岸坛子岭。过了高家冲（一条小溪），前行10千米左右到达黄陵庙，这里是美Ⅸ坝址所在。其间也确实找不出适合的坝址了。到达黄陵庙已是中午时分，午餐，小憩。当年黄陵庙周围是绿色的橙子树林，林中散布着低矮的农舍，衬托得庙宇格外高大宏伟，老远就能望见它金黄的屋顶。如今，新的三斗坪镇迁建于此，它陷入鳞次栉比的高楼包围之中，已不再那么引人瞩目了。我边吃干粮边读碑文，方知此庙是诸葛亮入蜀时经过这里，见后山上云雾缭绕，状似黄牛，聚有仙气，故建庙祭祀，名曰黄牛庙。此说虽不一定属实，但比称为黄陵庙还是有道理些。我又联想到近代的两件实事。1919年孙中山先生在他的《实业计划》中就提出了在三峡建坝的设想。1932年民国政府建设委员会就曾提出过在黄陵庙建坝的方案，我对前人的抱负怀着深深的敬意，我对三峡这个富有灵气的地方和即将兴建的伟大工程无限向往。

　　第三天，我们到左岸查勘。首先登上坛子岭。这是左岸距江岸最近的山脊，也是三斗坪坝址左岸坝头所在位置。坛子岭是个馒头形的山包，树木葱茏，并不像坛子，也打听不到为什么叫这个名字。对于我们来说，重大的意义在于整个坝区的地形地物测量的基础标桩就设在这里。不仅勘测设计阶段、建设阶段的一切测量以此为据，今后的运行期也以此为据。现在为了发展旅游，需要真的把它开挖切削成一个坛子状，似乎太形式主义了，不如尽可能保持其原貌，另外择地建观光平台。下游10千米沿江是宽阔的海拔百米左右的丘陵，是良好的施工场地。我们当年规划设计的施工场地后来都成为现实。

　　我们继续向上游行四五千米，查勘美Ⅵ和美Ⅶ坝址。

　　第四天，沿右岸向上游查勘。第一站到茅坪镇，它也位于沿江的第一级阶地上，其规模比三斗坪镇略大。这里是美Ⅶ坝址右岸坝段所在。今天已被三峡水库淹没，迁到它后面山上，成为新秭归市区的一部分。我们登上海拔200多米的山上，俯瞰坝址全貌并查勘右坝头的地形地质情况。继续前行到达长木沱，这里是美Ⅵ坝址所在。查勘后已是中午，我们在路边一个小饭铺里吃午饭。饭端上桌，闹了个小小的笑话。当地供应的是玉米糁和大米混合煮成的饭。一位没见过玉米的同志惊叹道："怎么还有蛋炒饭吃？"引得满桌大笑。下午，我们沿途不敢多做逗留，因为要走30多里山路

漫忆篇

赶到偏岩子，到那儿才有过夜的地方。

偏岩子是美Ⅱ坝址所在地，靠近曲溪口。它的斜对面有百岁溪，下游不远就是太平溪。不知道该称它为小镇还是村庄，只是沿江山路旁有几家小商店和一个小客栈。我们就住在这小客栈里。从这里开始，长江又进入峡谷地带。当晚我看到了一种永远不能忘记的景象。

天黑后，我推门出去想看看山中夜景，不料抬头一望，对面黑黝黝的大山像一堵高墙朝我直逼而来，令人望而生畏。我赶快退回屋里，定下神来，才想起是因为四周笼罩于黑暗中，没有参照物，才产生如此视觉误差。想起李白诗句"山从人面起"，不过眼前的景象要惊险多了。

次日早饭后，我们过江到太平溪口。百岁溪和太平溪是这一带两条较大支流，出口相距约4千米，两者之间为太平溪坝址。相传在百岁溪洗脚可长命百岁，在太平溪洗手可一生太平。这里河谷宽度比三斗坪稍窄，但溪口的滩地比较宽，仍可采用明渠导流分期施工，下游的一级阶地也较宽，适宜布置施工场地。20世纪60年代，为了考虑大坝防空炸问题，对它再做深入研究，与三斗坪坝址作进一步比较，直到80年代才最后确定三斗坪坝址。查勘完太平溪，沿江向下游走，经过美Ⅳ坝址到伍相庙（美Ⅴ）坝址过江到茅坪，步行回到三斗坪，完成了整个查勘。

这次查勘是我圆梦三峡的真正开始，是我攀登事业高峰的第一步。它让我深深体会到要设计好、建设好一个水利工程必须深入现场，一步步踏实地往前走。要很好地运用书本知识于实际仍然是一个艰苦学习的过程，并且在实践中还能学到许多书本上学不到的东西。"读万卷书，行万里路"这个格言对工程师也是有益的。

2010年秋，三峡水库首次蓄水175米后，我再次登上了坛子岭。眺望着雄伟的大坝、广阔的湖面和沧桑巨变的山川，思绪万千，感而赋诗。诗的开头写道："又登坛子岭，湖水大坝平。标桩岿然立，心潮蓦然生。游人如潮涌，赞叹不绝声。几人辨沧桑，几人识艰辛。"这篇短文算作对这几句诗的一点诠释吧！

我与三峡移民工作的不解之缘

傅秀堂

在三峡工程即将竣工之际，我们迎来了共和国 60 华诞。我深感欣慰的是，我曾为共和国繁荣昌盛尽过绵薄之力，这要从我与三峡移民工作的不解之缘说起。

我是主张换位思考的。我搞技术时，认为政治思想工作重要；我搞坝工设计时，认为水库移民当紧。但真要我交换场地，我还是不愿意的。事情就如此之巧，22 年前的 1986 年 5 月，时任水利部副部长的黄友若在宜昌火车站对我说，长江委欲调我到库区规划设计处当处长，我不假思索地说："我不去，干不了。"黄部长以特有的慈祥语气说："党组是好意。"我也顽固地说："我不需要这个好意，谢谢了。"

对一个半辈子画钢筋图的工程师来说，搞水库移民简直不可想象，害怕极了。一向不爱找领导的我，开始活动起来。我几乎找遍 6 个党组成员坦言搞移民非我所长，非我所能，非我所喜，非我所愿，我愿以一个普通工程师的身份老死在枢纽处。意思是说，枢纽处副处长也可以不当，更不用说去当库区处处长。但游说成效不佳。魏主任说是洪总的推荐。洪总是我的老处长，我说得很直："你都快退休了，还管我的事干啥？"黎主任说，去找找杨顾问，试试看。杨顾问呢，你说你的，他看着你，笑眯眯的，笑而不语。恰在此时，葛洲坝右岸换流站导线排架需要加固，派我去当加固处理小组组长，调动工作一事就搁了下来。经过一个多月，我带领人员完成了加固工作，保证了二江两台机组于 6 月 15 日如期发电。随后，去成都参加国家计委举办的全面质量管理培训班学习，又去参观了鲁布格水电站的地下厂房和广西的大化水电站。回到武汉，已是 8 月中旬了。我以为党组已经忘记了调我去库区处一事或者改变主意了，心中大喜。不意，党组签发的任命书很快下来了。有同志劝我"抗命"，硬顶着不去。当然，我不会采纳，因我是一个党员。有同志说，要长江委领导送我去，我认为没有必要。再说，我也无此面子。我决定自己去上任。

关于"开发性移民"的回顾与思考，现在细细想来，我与三峡移民工作的"缘分"早从 1982 年就开始了，而且与"开发性移民"方针的形成有关。那年的 10 月下旬至 11 月中旬，时任长办党委第一书记、主任的黄友若同志和副主任文伏波同志查勘了

漫忆篇

長江干流宜渝河段三峡水库淹没区，云阳鸡扒子滑坡，葛洲坝水利枢纽工地，乌江的彭水、武隆坝址，清江的高坝洲、隔河岩、水布垭、大龙潭坝址，荆江大堤和下荆江裁弯。沿途听取了长办工程技术人员的汇报，与地方领导进行了座谈；了解各地区的经济社会情况，以及地方对兴建水利工程特别是水库移民的意见。在长阳县座谈时，丁副县长反映，移民安置应带有开发的性质。移民安置不好，县长年都过不成。"钱不是发给移民了吗？"移民答："是的，发给我了。但我没有地，没有工作，发的钱吃完了。"回武汉以后，黄友若主任给钱正英部长写信汇报考察情况，其中讲到移民应带有开发性和地区经济发展结合起来。黄书记要我起草这封信，至今记忆犹新。后来，在三峡移民试点中，渐渐地出现了开发性（有的提开发型）移民的提法。

我到库区处走马上任不久，1986年9月中旬，全国政协副主席程子华同志视察三峡库区，洪总和我代表长江委陪同。视察巫山时，县委书记说："早定工程早投资，早安移民早受益，我为三峡做贡献，三峡为我谋幸福。"时年81岁的程老用当年在战场负过伤的手，颤抖着一字一句作了记录。程老当过民政部部长，搞过救灾，对民情非常了解，深知穷人之疾苦。他说，冬天，你救济给灾民一件棉袄，夏天来了，他将棉絮抽掉改作单衣穿。衣服再到冬天时已破成渔网，又无棉袄了。又说，救灾与其给几元钱，不如给他买根扁担，两只水桶，让他卖水谋生。这些有关生产、生活的生动故事和深入浅出的道理，我认为就是移民安置的理论，使我明白了，移民安置要做生产规划，有了生产基地和谋生手段才算解决了根本问题。

1989年4月，为了学习水库移民的国际经验，长江委邀请世界银行社会学顾问、斯坦福大学行为科学高等研究中心和荷兰高等社会研究所的研究员、美国人怯尼亚先生来长江委作学术报告。他介绍了他的论文《非自愿重新定居与发展》，从理论上阐述了国际上水利工程在处理移民问题上的教训和经验。他最后提到，社会学家研究认为，移民使原有的社会和亲属关系解体，往往感到孤立，文化凝聚力减少，生活依赖性加大。鉴此，世界银行政策的主要特征是把赔偿的、福利性质的解决方法转变为全面综合的、发展导向的解决方法。移民规划的各个项目必须纳入技术上和社会意义上都比较健全的计划中去。

1986年11月5—13日，三峡工程移民专题论证专家组在"神峰"号轮举行会议。参会的有国务院三峡工程筹备领导小组、国务院三峡地区经济开发办公室、中国城市规划设计研究院、珠江水利委员会、湖北省民政厅、四川省建委、重庆市、宜昌、万县、涪陵地区等单位的领导和专家，专家组组长是留苏的李雨普。我代表长江委参加。会上，川、鄂两省分别提出了《三峡工程移民政策和淹没补偿标准》，介绍了长江委、国家科委移民专家组、中南勘测设计院对三峡工程移民投资的论证意见。对农村移民的安置方向、移民工程的规划设计、移民搬迁实施进度计划等技术问题进行了探讨。专家们溯江而上，查勘了若干移民试点现场。经过现场查勘和热烈的讨论，制定了三峡移民政策和库区淹没补偿标准，报三峡工程移民专题主持人会议审议。

1987年5月下旬，我参加了国务院三峡地区经济开发办公室召开的移民试点经验交流会。三峡地区经济开发办公室李伯宁主任主持了这个会议。代表们乘轮船溯江而上，一边参观移民试点，一边开会交流经验。三峡移民试点工作始于1985年，有21个点。这些试点两年来，取得了一定的成绩和经验。代表发言中指出，移民安置要贯彻开发性移民的方针。

通过这次会议，我欣喜地看到，"开发性移民"的思想为愈来愈多的人所接受，而且在实践中被深化和发展。

1987年8月下旬，水电部钱正英部长在成都召开三峡工程移民专题主持人会议。国务院三经办李伯宁主任，国务院三峡工程论证办公室黄友若主任，湖北省、四川省领导及两省有关部门和地市领导，以及长江委、三峡总公司部分移民专家参加了会议。会议讨论并通过了《三峡工程移民政策和迁建补偿标准》。

1987年11月中旬，三峡工程移民专家组召开专题会议，研究三峡移民安置的环境容量问题。会议由移民专题论证主持人黄友若主持，我参加了这次会议。会上得到一个重要共识：目前，三峡地区的生态与环境虽然存在一些问题，但改善生态与环境的根本出路是发展经济。通过资源的优化配置、产业结构的调整、三峡巨额移民资金的投入，三峡工程的兴建不仅可以扩大环境容量，而且有利于生态与环境的改善。

1987年12月下旬，在北京举行移民专家组（扩大）会议，讨论通过了由中国科学院、水电部、建设部、长江委、川鄂两省组成的移民专家组编制的《长江三峡工程移民专题论证报告》。该论证报告指出，正常蓄水位175米方案的各项实物指标基本可靠，可以作为工程决策的依据。三峡工程移民政策和迁建补偿标准是根据国家现行政策和库区经济发展的实际需要，经与川鄂两省反复协商制定的，是可行的。移民投资是包得住的。移民安置可以在本县市内解决，农村移民大部分可以不出乡。只要坚持改革，用足够的投入把移民安置同水土保持、生态与环境保护、经济发展结合起来，移民安置区的经济和环境都可以得到改善。会议的成果为后来移民工作的开展创造了良好条件。

1990年，我调任长江委规划局副局长，离开了库区处。这5年的移民工作使我受到很大的教益。1991年发布的《大中型水利水电工程建设征地补偿和移民安置条例》和《长江三峡工程建设移民条例》中，都明确提出了"开发性移民"的方针。我有幸亲历了这一"从群众中来，到群众中去"，不断总结、提高，最后形成党的政策的这

漫忆篇

样一个实践过程。这对我后来的工作有着极大影响，也大大加深和丰富了我对移民工作的认识。我不再单纯地把它作为一项工作，而是把它作为一门学科、一门科学。为此，我后来还写了《论三峡移民工作》一书。

1991 年 7 月，我被任命为长江委副主任。同年，又被任命兼设计院院长。党组分工时，"自然"要我分管移民工作。我想回头再搞大坝设计的梦从此彻底破灭了。

1992 年，三峡移民领导小组在京西宾馆召开移民工作会议。有同志在小组讨论会上反映，移民工作没有规划；长江委还说，移民规划要由他牵头进行，地方做了规划长江委又不给钱。国务委员陈俊生派人把我叫到会场，询问此事。我说："移民工作不是没有规划，规划是分阶段的。论证阶段的规划已经钱正英副主席主持的移民专家组会议审查通过了。可行性研究阶段的规划已经邹家华副总理为主任委员的审查委员会审查通过了。现在要做的是初步设计阶段的移民规划。作为第一步核实实物指标，长江委人春节未休息，已完成了湖北 4 县的调查，四川 16 县正在调查中。"俊生委员问："为什么规划要长江委牵头？"我答："不是说我委高明，由我委牵头。因规划无牵头单位就不能有统一的标准，统一的概算，就会造成八仙过海，各显神通，概算无法控制。"晚上我又要向他详细汇报规划问题。第二天，俊生国务委员在大会作报告，采纳了长江委的意见，明确了三峡移民规划由长江委牵头负责。长江委搞得了的，长江委搞；搞不了的，委托出去搞。但不要等搞不了的时候，再委托出去。我又提出勘测也由长江委搞，俊生委员也同意了。由此，三峡移民的勘测和规划工作均由长江委牵头，并负责《三峡移民条例》的编写工作。

1993 年底，对于三峡坝区的征地移民概算，在宜昌进行激烈的讨论。有人反映，在与移民签订购地合同时，发现合同中的总亩数和调查数不一致，认为长江委的实物指标不可靠。长江委的工程师坚持说，实物指标绝对可靠，却遭到反诘："实践是检验真理的唯一标准，购地就是实践。怎么能说是绝对可靠呢？"双方争执不下。对此，我讲了三点意见：①实物指标是规划的基础，规划是概算的基础。实物指标不可靠，规划和概算都失掉了基础。今天这个概算会没有必要开了。请大家务必认识到实物指标的重要性。②实物指标虽然是长江委调查的，但是经过移民局专家组评审的，认为实物指标基本可靠，可以作为规划的基础。现在仅凭购地合同就推翻专家组的结论，我认为是很不严肃的。③关于调查数与合同总数二者不一致问题，我认为是属于允许误差问题，是批发和零售之差的问题。按照规范，人口统计允许误差为 10%。现在的实物指标是满足这一要求的。这时，提意见的人才说，长江委调查的实物指标基本可靠，只是学校和公路还差点钱。我说，具体问题好商量，这场风波总算平息了。

1994 年 3 月 24 日，我向国务委员陈俊生再汇报移民规划问题。首先汇报了修改"移民规划大纲"的必要性。其次，我向他汇报了移民规划工作进展情况，并提出了规划中的几个难点。俊生国务委员长期担任三峡移民领导小组组长，对情况很熟悉。他很倚重和信赖长江委的设计人员，重视我们的意见和建议。

1995 年 4 月 12 日，邹家华副总理在万县市主持召开国务院三峡工程移民工作会议。我在大会上发言，汇报移民规划工作。

移民规划先分县编制，由各县编制初稿，最后由长江委汇总。经过初步实践，我们提出了分县的移民规划必须实行"投资包干，限额规划"的原则。根据可行性研究阶段的规划，整个移民任务涉及两省 20 个县（市）100 万人口，包括 2 座城市、11 座县城、114 个集镇的迁建。总的概算为 400 亿元（1993 年价格），历时 10 多年。如果不按"限额"规划原则，把资金"切块"到县，实行投资包干，整个任务和资金很容易失控。资金首先分到两省。两省都感到将钱再"切块"到县，难度之大不难想象。两省都把这艰巨的事委托给长江委。

1995 年春，湖北省 4 个县的规划完成评审会后，有人向上级反映，规划应该"补多少钱就做多少事"。如果按这个意见办，实际就是全盘否定"投资包干，限额规划"的原则，移民的任务和经费就无法控制。国务院三峡办郭树言主任要我去北京汇报。我在会上说：《三峡移民条例》清楚规定，要按原标准、原规模计列补偿费，超标准、超规模的部分应由地方政府和有关单位自行解决。采用"钱图一致"，即补多少钱就做多少钱的"规划"，不仅违反了《三峡移民条例》，也不符合实际。我的发言最终说服了持这种意见的人，平息了这场争论。

1996 年，长江委完成了四川省分县移民规划的汇总工作。国务院三峡办和移民局分别于 5 月和 6 月致函长江委，予以表彰。这时，我才深深地舒了一口气。因为四川省的规划更复杂，有 100 多个设计单位，不易完成。国务院三峡办领导曾半开玩笑地对我说，如不能按时完成移民规划，要打傅秀堂 60 大板，万县市某副市长 30 大板，国务院三峡建委移民局某副局长自领 10 大板。1997 年 2 月、3 月、4 月分别在长沙、成都、昆明召开了 3 次评审会，移民规划顺利通过了评审。

1998 年 5 月 13 日，在北京顺义国务院三峡办召开的三峡工程库区移民迁建进度及分年投资规划专题报告评审会上，有同志提出要全面复核实物指标。我认为无此必要，不如对重大漏项，或者由于政策变化而产生的问题按个案处理好，由地方申报，长江委复核，国务院三峡建委批准所需经费在预备费列支。这一意见后来被采纳。

1998 年 1 月 12 日，我接受了电视专题片《中国治水人》摄制组的采访，就三峡移民问题讲了四点：

（1）李鹏总理多次强调移民问题是三峡工程成败的关键。长江委从林一山主任

漫忆篇

开始，历届领导都十分重视水库移民工作。长江委于 1983 年成立库区规划设计处，技术力量占全国移民规划力量的一半。

（2）长江委为三峡移民工作呕心沥血地做了大量工作。从淹没实物指标调查、环境容量分析、可行性论证报告到投资总额测算，都充分体现了长江委人努力拼搏、无私奉献的精神，从而为三峡工程开工奠定了基础。长江委做的切块包干方案、分县规划报告分段投资规划都得到国务院三峡办和移民局的好评。

（3）移民工程是一项涉及社会、经济、自然、生态、技术的边缘学科，具有社会科学和自然科学的双重属性，是一项系统工程。移民的任务是社会的恢复、重建，妥善解决好移民的生产和生活，使移民和安置区的原居民的生产和生活达到或超过原有水平。移民安置一定要和地区的经济发展规划相结合，通过移民安置促进地区的经济发展和生态环境的改善。

（4）三峡移民工作锻炼了长江委的队伍，促进了长江委技术水平的提高和事业的发展。

2003 年 7 月，我已 63 岁了。在长江委由蔡其华主任、周保志书记主持的一次大会上，我作了从长江委副主任岗位退下来的讲话，其中谈到我搞三峡的历史。上初中地理课时，我知道长江三峡处可建座水电站；高考填志愿时，报了武汉大学水利枢纽及水电站水工建筑专业。大学毕业后分来长江委，先从事三峡大坝设计，后搞三峡水库移民规划。但是，做梦也没想到在退下来之前能看到三峡水库于 6 月蓄水、通航发电，所以我是非常的高兴，非常的感动，非常的感谢。

退休后某日，我与洪总在办公室聊天，我半开玩笑地说："至今我还'埋怨'你，不该推荐我搞三峡移民。"洪总不假思索地回答："到现在为止，我仍认为推荐你去搞三峡移民是正确的。"细想起来，三峡移民工作让我学习了新知识、积累了新经验，让我日益成长和成熟，使我未曾虚度此生，为祖国的昌盛尽了绵薄之力。这便是我同三峡移民工作的不解之缘。

三峡工程生态调度的若干探讨

钮新强   谭培伦

三峡工程是治理开发长江的关键工程，具有并已经开始发挥巨大的防洪、发电、航运等效益。本文在研究其传统的水库优化调度的同时，对三峡工程如何实施生态调度也进行了初步的探索。

一、三峡工程为改善长江口咸潮入侵情势的调度

1. 长江口河道及咸潮入侵概况

长江口从徐六泾至河口 50 号灯标，全长 181.8 千米，平面形态呈扇形分汊，江面宽由约 5.7 千米扩展为约 90 千米，在吴淞口处有长江支流黄浦江汇入。在徐六泾以下，长江口河段先被崇明岛分成南、北两支，在吴淞口处南支又被长兴岛和横沙岛分为南、北两港，南港又被九段沙分成南、北两槽，形成三级分汊、四口（北支、北港、北槽和南槽）入海的格局。

近年来，进入北支的径流量减少（1992 年枯季各潮型为 0.45%~1.8%，1993 年洪水期为 3.5%，1999 年枯水期时已不足 1%），潮流作用相应增强，使其成为涨潮流占优势的河道，在径流量小和潮差大时有水、沙、盐倒灌入南支，影响南支淡水资源利用和河势稳定。

长江口盐水入侵是由潮汐活动引发的长期自然现象。长江口盐水入侵距离因各汊道断面形态、径流分流量和潮汐特性不同而存在较大差异。北支盐水入侵距离比南支远。北支盐水入侵界枯季一般可达北支上段，洪水期一般可达北支中段；南支盐水入侵界枯水期一般可达南北港中段，洪季一般在拦门沙附近。

长江口盐度随时间的变化表现为：①盐度日变化过程线与潮位过程线基本相似，在一天中出现二高二低，且具有明显的日不等现象。②在半月中有一次大潮和一次小潮，日平均盐度在半月中也有一次高值和一次低值。潮差对盐度影响的大小与上游来

漫忆篇

水量多少有关，当大通站月平均流量在 3000 立方米每秒以上时，潮差对吴淞水厂含氯度的影响甚微。③长江径流有明显的季节变化，长江口门处的盐度也有相应的季节变化，一般是 2 月最高，7 月最低；6—10 月为低盐期，12 月至次年 4 月为高盐期。④盐度的年际变化与大通站年平均流量有良好的对应关系，丰水年盐度低，枯水年盐度高。

长江口盐度随空间的变化为：①盐度一般是由上游向下游逐渐递增，过口门后急剧增加；②4 条入海水道中，北支盐度远远高于南支；③盐度垂向分布主要取决于盐水和淡水的混合类型。长江口盐水入侵一般发生在枯季 11 月至次年 4 月。北支近百年来径流量逐年减小，潮流作用相应增强，咸潮入侵加剧，盐度居 4 条入海通道之首，在径流量小和潮差大时，出现盐水倒灌南支现象。因此，南支河段有两个盐水入侵源，即外海盐水经北港直接入侵和北支向南支倒灌。北支倒灌是南支上段水域盐水入侵的主要来源。

2. 三峡工程对长江口盐水入侵情势的影响

三峡工程设计调度方式为：汛期 6 月中旬至 9 月底，水库一般维持防洪限制水位 145 米运行，遇大洪水，则按照防洪调度方案蓄泄；10 月水位由 145 米均匀充蓄至 175 米，11 月一般维持在正常蓄水位 175 米运行，以后如来水不满足电站发保证出力（499 万千瓦）需要，则水库水位逐步消落。5 月底，水库应维持水位不低于 155 米；6 月 10 日，水库水位应降至 145 米。

三峡工程的主要任务是防洪、发电和航运。按照这些任务的要求运用，其水库对长江来水进行调节，改变了大坝以下的径流情势。其改变主要在 3 个时段：一是在 10 月（少数年份延至 11 月），由于要从 145 米蓄水至 175 米，蓄水量 221.5 亿立方米，相当于减少了月平均流量 8400 立方米每秒；二是在 1—3 月，这时长江处于最枯水期，宜昌流量一般为 3000~5000 立方米每秒，而三峡电站发保证出力一般需要流量 5800 立方米每秒左右，故需从水库中放水 1000~2000 立方米每秒（具体数视当年来水流量确定），也就是说，1—3 月宜昌以下的流量要较天然情况增加 1000~2000 立方米每秒；三是在 5—6 月，这时三峡工程放水较多，使长江中下游流量增加。

为了具体分析不同水文年三峡工程水库调节对径流情势的实际影响，选择 1954 年代表丰水年、1970 年代表平水年、1957 年代表枯水年进行研究。

在丰水年、平水年、枯水年 3 种典型年中，10 月大通站平均流量与天然情况相比，分别减少 16.2%、18.3%、29.0%，对河口径流有一定的影响，以枯水年影响比例为大；平水年、丰水年大通站流量减少后仍有 31000~43000 立方米每秒，影响不大。

枯水期 2 月与天然情况相比，丰水年、平水年、枯水年三种典型年，大通站下泄流量分别增加 9.3%、7.8%、20.7%。可见，枯水期下泄量增加，以枯水年最为显著。

根据以上对径流情势影响的分析结果，长江口地区各部位盐水入侵情况变化如下：①在长江出口与东海接合部位，三峡蓄水后 10 月盐度增加 0.15%~9.27%，但由于 10 月盐度本底值较低，尚影响不大；2 月盐度减少 0.05%~0.12%，对高盐度具有一定的冲淡作用。②在吴淞水域，三峡工程兴建后枯水期出现氯度超标的时间较建坝前有所减少。③宝钢水库，在三峡后枯水期氯化物峰值减少 8.3%~51.3%，改善明显。④南支浏河口水域，在三峡后枯水期盐水入侵情况也有一定缓解。综上所述，三峡工程对改善长江口盐水入侵情势是明显的。

3. 增强三峡工程抗御咸潮入侵作用的调度研究

三峡水库其有较大的调节库容，能否利用这个十分有利的条件，在满足原定防洪、发电、航运等基本要求的前提下，适当改变调度运行方式，以减少在枯水年 10 月三峡水库蓄水期对咸潮入侵的不利影响，增强三峡工程在长江的最枯水期抗御咸潮入侵的作用，值得深入研究。

（1）关于三峡水库蓄水期的考虑

三峡水库在汛后要蓄水 221.5 亿立方米。从前述分析可知，10 月蓄水时，由于此时长江流量较大，长江口段盐度本底值较低，故流量减少后对咸潮入侵虽有些不利影响，但一般年份均很小，特枯水年要大一些。如能在枯水年适当提前蓄水，使在 10 月所蓄水量减少，则上述影响可有所缓解。事实上，设计中规定 10 月才能蓄水，主要因素之一是考虑泥沙冲淤的要求。金沙江干流上的溪洛渡、向家坝水电站已经开始建设，约 10 年后即开始发挥巨大的拦沙作用，因此可以考虑在枯水年的 9 月，长江来沙量不大，在不影响重庆河段走沙的条件下，三峡水库适当充蓄一定水量（如库水位在 9 月充蓄到 155 米），则可减少 10 月的蓄水量，对长江口的影响便可明显减轻。至于 9 月蓄水，由于尚处于汛末，更不会对长江口有影响。

（2）增大最枯水时期三峡工程抗御咸潮入侵作用的调度

按设计的调度方式运用，三峡工程在长江最枯水时期可使长江口河段流量增加 1000~2000 立方米每秒。在此基础上，还可以研究适当改变调度运用方式，进一步增大这方面的作用。初步设想为：长江口最枯水一般出现在 2 月，因此可以考虑三峡水电站在 1 月底以前均按天然来水量发电，库水位不消落。2 月初开始（如考虑水流传播时间可能要提前 10 天左右）加大发电，将原设计在 1 月底以前放出的水与本应在 2 月放出的水一起集中在 2 月放出发电，从而可进一步增大三峡工程在长江最枯水期抵御咸潮入侵的作用。这样调度虽然削弱了12月、1月三峡工程对盐水入侵的有利影响，但是由于此时一般不是盐水入侵最严重时期，故影响较小，而对于最枯水期的2月，由于又增大了近1000立方米每秒下泄流量，对抵御咸潮影响显然是十分有利的。

按这种方式调度，对三峡电站发电的影响为：12月平均出力约减少10万千瓦，1月平均出力约减少75万千瓦，而2月平均出力约增加95万千瓦，正负相抵。三峡电站发电量要增加0.73亿千瓦时，这是由于1月以前不放水，相对增大发电水头，从而在总体上增加了一些发电量。

从电网运行情况分析，三峡水电站主要供电华中、华东及广东系统。2020年，华中电网容量将达约8000万千瓦，华东电网容量将达约11000万千瓦。尽管三峡水电站1月的出力比保证出力少75万千瓦，但对如此大的电力系统来说，完全可以调剂。近年来，由于空调负荷大量增加，电网的年最大负荷都出现在7、8月，1月的负荷一般只有年最大负荷的90%左右，因而电网调节的裕度是相当大的。至于在这种情况下三峡水电站的发电出力小于保证出力，并不是本身能力不够，而是出于对抗御咸潮入侵的考虑，这样的调度是合理的。

在实际运行中，还要根据长江枯水期水情预报，把三峡水库蓄存的水量用到最关键的时期（即不一定是在2月加大放水）。特别是如果长江出现了特枯水，长江口咸潮入侵形势特别严峻时，必要时国家还可实时调度三峡水库，在最需要的时段加大放水发电，以缓解这一关系到长江口地区可持续发展的重大难题。

此外，三峡以上的金沙江干流上即将兴建一系列巨型水电站，仅下段向家坝、溪洛渡、白鹤滩、乌东德4级就具有调节库容近200亿立方米，且都将在2020年左右建成，如果能按上述设想进行生态调度，则还可使长江下游枯水期流量有较大幅度增加，可进一步增强抵御长江口地区咸潮入侵的作用。

二、三峡工程适应"四大家鱼"繁殖的调度

青鱼、草鱼、鲢、鳙4种鲤科鱼类，是我国传统的优良养殖对象和主要经济鱼类，习惯上称之为"四大家鱼"，它们的自然产卵繁殖需要适宜的水温和水流条件。最低繁殖水温为18摄氏度，适宜水温为21~24摄氏度。在天然情况下，这一水温条件一般在4月下旬至7月上中旬达到。同时，"四大家鱼"产卵需要河道水流涨水的刺激，其产卵场一般位于急流弯道、江面狭窄、江心有沙洲或一岸有矶头伸入江面的江段。据调查，从重庆至九江段具有一定规模的产卵场有30处，其中宜昌以上11处，产卵量约占30%，其他位于长江中游河段。

三峡工程的兴建完全改变了原库区河道的水流条件，从而使重庆至宜昌的原有产卵场基本淹没消失，新的产卵场将上移至库尾以上干支流。出流水温有所降低，但预测表明4月末水库水温已超过19摄氏度，故不会成为影响产卵的限制条件。最重要的是，在"四大家鱼"产卵高峰的5、6月，天然情况下产生的小洪峰过程，可能被水库调平，均匀下泄发电，从而不利于坝下游荆江河段"四大家鱼"产卵繁殖。这是三峡工程对长江水产的不利影响，应当尽可能采取措施加以消除或减缓。

　　通过有关部门研究，认为可以采取一定的水库调度措施泄放"人造洪峰"，为"四大家鱼"产卵创造合适的水流条件。实际调查表明，只要河道水位在4~5天上涨2~3米，就能形成产卵的良好水流条件。由于三峡水电站采取尽可能维持高水头发电的运行方式，因此在一般年份4月底库水位还是较高的，而防洪要求6月10日库水位要下降到防洪限制水位145米，因而在5月至6月上旬本来就有较大的蓄水量泄放出来，加之这一时段天然来水已较丰，故完全有条件创造"人造洪峰"。具体实施时，可通过电网调度在前一天先将发电出力适当减少，然后逐步加大。例如，把流量从15000立方米每秒（相应出力约1100万千瓦）在4~5天逐步加大到24000立方米每秒（相应出力约1800万千瓦）就可以使水位上涨约3米，从而可形成较大的苗汛。在5—6月安排泄放2~3次这样的"人造洪峰"，就会对"四大家鱼"繁殖产生良好的促进作用，而通过电网适当安排，有序改变出力过程，其电能也完全能为电网吸纳。因而这种调度既有利于生态，也不会影响发电效益。

三、三峡工程为防止和缓解重大环境事故的调度设想

　　近年来，我国出现过不少重大环境事故，其中有一部分是由易燃、易爆、剧毒品在运输过程中发生交通事故所造成的。在三峡、葛洲坝枢纽上下航道中，同样有运输这些危险物资的船舶在航行。这些船舶一旦发生搁浅事故，极易造成倾覆、断裂，从而引起危险品外泄，污染大片水域与河岸，后果十分严重。三峡水库具有较大的调节库容，如果在发生搁浅事故后短时加大出力发电，使下游河道水位上升，将有助于搁浅船舶复航，消除重大环境事故隐患。对已经发生的污染水质的事故，必要时也可通过加大出力发电进行稀释。在坝上游万一有失控船舶进入坝前警戒水域而即将发生撞坝事故时，还可通过临时关闭运行机组以方便实施救援。这些调度措施，在围堰发电期已经实施。如2005年5月，一艘2000吨级的船舶满载成品油在枝江附近搁浅，三峡工程管理部门闻讯后立即调整发电计划，加大泄流，解除了险情，从而避免了一次环境事故。

漫忆篇

四、结语

　　以上介绍了三峡工程实施生态调度两个方面的探索和对防止与缓解重大环境事故的调度设想。从三峡工程涉及的生态与环境问题考虑，还有不少值得研究的地方，诸如库区支流库汊的富营养化问题、水质问题、中华鲟保护问题等，除了原有的治理措施外，都可以研究尝试通过实施某种生态调度来加以改善。

　　实施生态调度，牵涉面很广，如要实施为改善长江口咸潮入侵情势的生态调度，就需要电力、水利、环保及有关地方的通力合作，必须事先制定好协调机制，制定可操作性强的实时调度方案，充分发挥流域机构在实施生态调度中的作用。

攀 登

袁达夫

　　我作为三峡机电工程设计的主持者，从 1986 年开始，参加了"长江三峡工程机电设备专题"重新可行性论证直到左岸电站、右岸电站、地下电站、电源电站等的初步设计、单项工程技术设计、招标设计、施工图设计、电站充水调试、2003 年 7 月三峡左岸电站首台机组发电直至 32 台 700 兆瓦水轮发电机组投入商业运行的全过程，弹指一挥间已过去 30 余年。随着时光的流逝，我已从精力充沛的壮年变成了白发苍苍的老翁，记忆也在渐渐淡去。2017 年 3 月 1 日 12 时 28 分，三峡水电站累计发电突破 1 万亿千瓦时大关，成为我国第一座发电量突破 1 万亿千瓦时的水力发电站，这一喜讯如同一石激起千层浪。在兴建三峡工程风风火火的日子里，遇到的难题、被人"将军"的场面、成功的喜悦……多少往事遇上心头，深藏在心中难以忘怀的场面，像火山一样爆发出来，像放电影一样，一幕接着一幕在脑海中出现，真是心潮澎湃，感慨万千。

一

　　人们一谈到三峡发电工程，备受各方关注的往往是 70 万千瓦水轮发电机组这个关键设备，谈它的国产化制造、快速优质安装、发了多少电等。我不否认，这是三峡工程电站建设进程中不可缺的项目，三峡电站目前发电量突破 1 万亿千瓦时，有他们的丰功伟绩。但在日常生活中，人们往往只知道演员，却忘了"三峡工程建设这部宏大、轰轰烈烈巨戏"的作者。好似不要工程设计，机组制造厂就能自己制造出适用于三峡工程的水轮发电机组，只要安装了水轮发电机组就能发电了一样？就好像做衣服要"量体裁衣"，三峡电站按其运行条件，装什么样的水轮发电机组、装多少台、性能参数、结构形式等，这些就是工程设计需论证研究完成的任务，它决定了机组技术先进性、运行的安全稳定性，关系到三峡工程发电效益最大化能否实现、工程造价、建设工期长短等，一句话，机电工程设计直接关系到三峡工程的成败。而机组制造厂只能按工程设计编制的合同文件"技术条款"进行制造，并对制造质量负责。

2015 年 5 月，中国工程院对三峡工程建设进行第三方独立评估，机电设备评估课题提出《三峡工程建设第三方独立评估报告》中指出："长江三峡机电工程规模宏大，是世界上装机容量和金属结构工程量最大的水电站，机电设备技术复杂、性能先进、品种繁多，且很多设备在国内外是首次遇到的。长江设计院作为设计总成单位，对工程的众多机电设备和金属结构设施的形式、性能参数选择科学、合理匹配，以最优的系统方案和最少的设备数量完成包括葛洲坝梯级枢纽在内的各种机电和金属结构设备的集成。自三峡水库蓄水发电通航以来，实现了监控自如、信息畅通、调度灵活、运行安全可靠的机电工程设计目标，通过了洪水期、枯水期各种运行方式的考验，确保了三峡—葛洲坝梯级枢纽综合利用效益的最大发挥。实践表明，电站机电设备和金属结构工程设计迈入世界领先水平。"这是对三峡机电设计成就的客观评价和真实写照。三峡电站发电量突破 1 万亿千瓦时是对上述"第三方独立评估"的最好验证。

几十年来，长江设计院几代机电工程设计人员不怕艰险、不懈努力、攻坚克难、不断攀登。有颇多可圈可点的事可回忆、讲述。篇幅有限，几经斟酌，以 70 万千瓦水轮发电机组设计研究作为一个窗口，呈现给读者，留传后世。

二

三峡工程水轮发电机组容量首次论证始于 1958 年 6 月，在武汉召开第一次长江三峡水利枢纽科学技术研究会议，长办提出了《三峡电站初步设计要点报告》。在该报告中提出：三峡工程正常蓄水位 200 米，第一批装机容量 2800 万千瓦，近期总装机容量 3500 万千瓦。坝址为三斗坪 8 号坝轴线，要求 1964 年开始发电，在七八年的时间内全部完工。

1958 年 8 月和 11 月在哈尔滨举行了两次三峡水轮发电机组及水轮机科研会议。长江委、哈尔滨电机厂、中国科学院机械研究所、大型电机研究所等单位参加。会上长江委对三峡工程选用的水轮发电机组容量、特性参数等提出了具体要求，共同商讨如何立题、开展设计研究工作，组成了"水电设备专家组"进行专题论证研究。会议认为：三峡工程装机容量达 3500 万千瓦，必须采用大型容量机组才能满足工程的需要。讨论确定，对三峡电站可能采用的 300 兆瓦、450 兆瓦、600 兆瓦、800 兆瓦和 1000兆瓦的单机容量，在同一基础上进行论证比较。在对水轮发电机组全面论证探讨的基础上提出了《1958 年三峡枢纽水电机组容量初步论证报告》。论证结论为：单从机组的制造可能性与制造速度上来看，第一批机组宜于制造 450~600 兆瓦的机组，以便在这个基础上制造出容量更大的第二批机组。

参加这一报告编写的老一辈水电设备专家有俞炳元、朱仁堪、吴天霖、王述羲、陶伟、施作沪、曲述曾、张策瑜、吴家声等，长办有沈克昌、吴鸿寿、孔宪志等。2015年参加第三方独立评估的机电专家拜读后，一致认为20世纪50年代一批老机电专家远见卓识，用自己的智慧和心血写出了具有当时世界先进水平的机组论证报告，真是了不起。

三

1986年我当了机电处处长，迎接我的第一项工作就是完成三峡工程"机电设备"的重新可行性论证。从此，我与三峡工程结下了不解之缘，从重新可行性论证开始，到三峡工程首批机组发电直至32台700兆瓦和2台50兆瓦全部机组的投产发电，度过了人生辉煌的28年。28年间，我踏遍了三峡工程的每一个施工场地，有多少技术难题在研究攻关中取得丰硕的成果用于三峡工程，有多少问题是在现场施工争论中得到解决……

摆在我面前首要考虑的问题是如何把握好机电工程设计研究的全局。根据三峡工程总体目标，结合国内外水电站机电工程建设经验及近期发展，首先应从明确三峡工程机电工程设计研究应实现的目标、分析机电设计的特点和难点、如何立足于技术创新等方面入手，掌控机电设计的全局。

我认为三峡工程机电工程设计的目标是：将三峡工程包括葛洲坝梯级枢纽在内众多的机电、金属结构等设施，采用当今世界一流的控制、网络、通信技术集成起来，实现监控自如、信息及时准确畅通、安全稳定运行、可靠的梯级枢纽联合调度，达到梯级枢纽综合利用效益最大化和投入运行时的世界先进水平。

在深入分析三峡水库调度、电站运行方式的基础上，三峡工程机电设计的特点和难点是：

（1）兴建三峡工程将长江的防洪放在第一位。水库调度涉及防洪、发电、航运及水资源利用等，运行方式复杂多变，导致与世界上已投入运行的同类机组特征水头相比，三峡机组额定水头偏低、水头变幅居世界之最、过机水流含有一定的泥沙等最为苛刻的运行条件，给机组等主要机电设备的选择及集成设计带来前所未有的困难。

（2）三峡电站装机容量巨大，是当今世界第一大水电站，采用的700兆瓦混流式水轮发电机组，840兆伏安、500千伏三相变压器，开断电流达63千安规模最大的500千安GIS配电装置，26千安、20千伏大电流母线，枢纽综合，自动化，葛洲坝一

漫忆篇

三峡梯级调度，双线连续五级船闸和升船机的电气拖动及控制，1200吨桥式起重设备，三冗余的调速系统，数字化励磁装置，可靠性要求极高的厂用电系统，高土壤电阻率地区的接地技术，全扬程大流量的排污泵等设备，在国内均属首次采用，技术难度大，需要研制。

（3）三峡水电站地处中国腹地，装机规模巨大，是电力系统中的骨干电站，依托华中电网进行东、西、南、北跨区域电网的连接，促进全国统一电网的形成，对三峡发电工程安全稳定运行和灵活调度提出了高要求。

（4）确保设备的可靠性、先进性。当今迅猛发展的计算机技术被应用到各个领域，同时新材料、新工艺的不断涌现，加速了技术的进步，缩短了设备的更新周期。三峡工程自1992年4月全国七届人大五次会议批准兴建，到2003年6月开始蓄水、通航、发电，历时12年，机电设计要实现达到投入运行时的世界先进水平，除及时了解及跟踪世界机电技术发展动态外，更主要是立足国内，通过设计研究解决机电工程中遇到的技术难题，追求优配和不断创新。

（5）接口众多，集成设计要求高。接口可分为内、外两大部分。内部接口是指工程范围内为实现统一监控、监测，机电和金属结构、各分系统之间的监控相互连接的接口；外部接口是指与国家防汛办、国家电力公司、南方电力公司、交通航运调度等部门间的调度接口相适应，与电力系统的自动、遥控、遥测、继电保护、通信等方面的接口及与众多制造厂间的设备接口。内外接口成百上千，若某一个接口协调不当存在问题，将会影响三峡工程局部和整体的安全稳定运行，降低综合自动化水平，必须重视各种接口，尤其是通信规约的协调。

（6）三峡工程综合效益巨大，但防洪、改善航运、补水等是社会效益，而工程建设还贷和运行维护所需的资金，要依靠巨大的发电效益取得的经济收入。

从以上分析可以看出，三峡机电工程设计具有水库运行调度方式复杂、是电力系统中的骨干电站、需依靠发电收益偿还贷款、内外接口众多、主要机电设备在国内水电建设中多为首次应用且需达到投入运行时的世界先进水平等特点。这些特点也正是机电工程设计的难点所在，面临的技术问题难度大且无先例可循。国外著名机组制造专家了解到上述情况后曾感慨道："三峡工程的机组设计不仅是对中国同行的挑战，也是对世界同行的挑战。"

四

众所周知，水轮发电机组是将水能转为电能的一种设备，选用什么形式的水轮发电机组及单机容量，直接影响到三峡工程的枢纽布置、工程投资和发电效益，事关三峡工程综合技术经济指标，也是水电站中的关键设备，长期以来受到国内外专家、学者的高度关注，始终是机电设计研究的重点。三峡电站选用什么样的水轮发电机组才能既适应三峡水库调度、满足电力系统要求和电站的各种运行方式，具有先进的能量指标、在预想出力范围内无气蚀、水力脉动值在可接受的要求范围内，又能安全稳定运行、获得最大的发电效应，达到投入运营时的世界先进水平，始终是我们追求、攀登的目标。长江设计院在不同时期，根据三峡工程不同的正常蓄水位，始终将机组运行的稳定性放在首位，对单机容量的选择、机组主要性能参数的优化匹配、结构、主材等方面的设计研究没有停止，始终与时俱进。1986 年 6 月，中共中央和国务院要求对三峡工程重新开展可行性论证，解决了三峡工程主要机电装备的可行性问题；1992 年 4 月，全国七届人大五次会议通过《关于兴建长江三峡工程决议》后，开启了初步设计，解决了三峡电站机电装备轮廓性的大方案问题；而要具体选择好各种机电设备的性能参数、结构、控制、布置，并将成百上千的各种机电设备集成起来形成可控的系统，攻克遇到的技术难题，则是在 1993 年 8 月开始的单项工程技术设计、招标设计、施工详图设计中解决，各种研究成果集中体现在长江设计院提出各种招标文件和施工图中。

1. 额定水头

水轮机额定水头是指发出机组额定容量的最小水头，它的选取关系到水能利用、机组尺寸和造价、枢纽布置及机组制造的难易，是机组的关键参数之一，应根据动能利用、水轮机运行特性和制造的难易比选确定。

1986 年 6 月开始的三峡工程重新可行性研究阶段，确定三峡水利枢纽正常蓄水位为 175 米后，我们从工程技术可行性、经济合理性等方面考虑，动能规划提出三峡水轮发电机组额定水头为 80.6 米，装机 26 台时，单机额定容量为 68 万千瓦。在重新可行性论证期间，机电设备专家组从有利于机组制造和安全运行出发，要求提高额定水头。我们经过多次设计研究，认为额定水头 80.6 米虽然相对偏低，机组可以制造，若进一步提高额定水头，将减少发电量，对三峡工程技术经济综合指标带来不利，不同意抬高。双方相持不下，我们建议机电专家组与综合规划与水位论证专家组进行协调。机电专家组组长沈维义，副组长施作沪、王冰参加了与综合规划与水位论证专家组的协调会，在协调会纪要中指出："当额定水头为80.6米，对机组制造虽增加困难，但是可行的；若进一步提高额定水头，对三峡水利枢纽综合效益影响较大，对综合经济评价不利，从全局考虑，额定水头仍定为80.6米。"这是第一次较量。

在机电单项工程技术设计期间，1995年6月召开机电专家组审查会议上，大多数水轮机专家认为额定水头（80.6米）和最大水头（113米）之差过大，水轮机在高水头区的运行工况可能变差，专家建议较大幅度提高额定水头，意见比较尖锐。在会议期间，三峡总公司总经理陆佑楣为此召开了座谈会，听取意见。与会专家都力推提高额定水头，我代表长江设计院在会上明确表示：额定水头80.6米虽增加了机组的制造难度，但并非制造不出满足三峡电站要求的机组，提高额定水头，主要是发电量有较大的减少，对电力系统的电力电量平衡、综合经济评价有影响，且全国人大七届五次会议审议刚通过了《关于兴建长江三峡工程决议》，改变主要设计参数理由不充分，不宜改变。1995年11月三峡总公司发文明确：应维持已审定的水轮机在额定水头80.6米机组额定出力为700兆瓦不变。经第二次较量后，左岸电站按额定水头80.6米设计总算明确了。

对额定水头的争论并没有结束，1999年5月对三峡左岸电站VGS和ALSTOM（阿尔斯通）的水轮机模型试验结果进行了验收，能量和气蚀指标满足合同要求，某些区域的压力脉动值未达到合同保证值。特别在高水头运行区，存在一个带宽2万~5万千瓦的水力脉动过大区，三峡总公司对模型转轮进行了有条件验收，此事引起国内机电专家的强烈关注。1999年10月，在总结左岸电站机组参数选择的基础上，三峡总公司召开对右岸电站机组性能参数选择讨论会，额定水头选择再次成为讨论的焦点。会上点名要我发言，目的是要我同意对右岸电站机组的额定水头再次进行设计研究，围绕上述问题我作了一个较长时间的发言。我考虑到左岸电站14台700兆瓦机组已按80.6米额定水头制造及真机效率有所提高，右岸电站适当提高额定水头，发电量减少有限、对稳定运行有利，我同意对右岸电站的额定水头采用80.6米、83米、85米、90米、95米等方案进行设计研究。研究结果表明，三峡右岸、地下水电站水轮发电机组的额定水头可为80.6米或85米，由制造厂选定。同时指出：要更进一步提高机组运行的稳定性，必须采取综合措施，如进一步优化水轮机流道和转轮。

经近20年的反复论证，三峡电站水轮机采用什么额定水头总算敲定！

2. 机组形式及单机容量的选择

长江设计院的水电建设工程实践表明，当一个水电站的装机容量确定后，机组单机容量愈大，装机台数越少的方案，电站所需的前沿长度愈小，既可减少工程投资，又可增加施工期的发电量。只要机电设备能制造，重大件运输无问题，一般采用较大单机容量的机组较为有利。

三峡工程不同蓄水位及相应水轮机运行水头范围表明，历经多次形式比选，采用混流式水轮发电机组比较好，一直以来，意见比较统一，无多大争论。

对机组单机容量的选择始于 1958 年 6 月在武汉召开第一次长江三峡水利枢纽科学技术研究会议，长江委提出《三峡电站初步设计要点报告》中指出：正常蓄水位 200 米。1958 年 8 月和 11 月在哈尔滨举行两次三峡水轮发电机及水轮机科研会议，组成了"水电设备专家组"进行专题论证，研究表明：单从机组的制造可能性与制造进度上来看，第一批机组宜于制造 450~600 兆瓦的机组，以便在这个基础上制造容量更大的第二批机组。

1982 年 11 月，水利部指示长江委研究设计水位 150 米方案的可行性。长江委于 1983 年 3 月完成了可行性研究报告，正常蓄水位 150 米，装机容量 13000 兆瓦，机组单机容量为 500 兆瓦，采用 500 千伏超高压输电，年发电量 650 亿千瓦时，提交了《三峡水利枢纽可行性研究报告（150 米方案）》。1984 年 4 月国务院原则批准了这个报告。要求年底完成初步设计，争取 1986 年正式开工。

国务院的上述决定，引起了很大反响。1986 年 6 月，中共中央和国务院共同发出了《关于长江三峡工程论证工作有关问题的通知》。因三峡工程已论证过，将这次论证称为"重新论证"。水利部组成了一个论证领导小组，将待论证的问题分成了 10 个专题 14 个专家组，其中机电设备（包括升船机和金属结构）专题组，聘请了 53 位专家，对水轮发电机组的形式、单机容量、主要参数、机组适应分期蓄水发电和电气设计及主要设备等进行可行性论证，其间长江委提出了《机电设备专家组论证工作纲要》《三峡水电站机电设备专题论证汇报提纲》《三峡工程 175 米分期蓄水方案机电设备、升船机和金属结构专题的可行性研究报告编制工作要点》等报告。专家组以长江委提出的报告为基础进行论证，基本同意长江委报告的主要结论。机电设备专家组对机组的论证结论为：三峡正常蓄水位为 175 米，并从工程技术可行性和经济合理性等方面考虑，确定三峡水轮发电机组额定水头为 80.6 米，电站装机 26 台，单机额定功率为 68 万千瓦。

1992 年 4 月，全国七届人大五次会议通过《关于兴建长江三峡工程决议》后，长江委开启了三峡工程的初步设计。根据重新可行性论证报告的结论："按转轮直径 9.5 米，单机容量 68 万千瓦编制了初步设计报告。"考虑到采用更大容量的机组，制造技术难度相应增大，工厂的技术改造费用相应增加，但可降低电站造价，提高初期

漫忆篇

发电效益，有潜力可挖。在初步设计期间，长江委对单机容量以 680 兆瓦为基础，进一步研究了 680 兆瓦、737 兆瓦、804 兆瓦，装机 26 台、24 台、22 台等方案，结合枢纽总体布置、机组和电气设备制造的可能性、电站接入电力系统、发电效益和经济指标等方面又全面进行了论证比选。结果表明，单机容量由 680 兆瓦增大到 700 兆瓦优势明显，设计予以推荐。水电部重大办于 1993 年 3 月在哈尔滨召开增大单机容量会议，与会专家一致同意将单机容量由 680 兆瓦增大到 700 兆瓦。于是，长江设计院在已按单机容量 680 兆瓦印刷好机电初设报告的基础上，又编制了《三峡水电站水轮发电机组容量研究补充报告》作为初步报告的附件上报国务院三峡建委审查，审查批准单机容量由 680 兆瓦增加至 700 兆瓦。

单机容量为 700 兆瓦明确后，研究和争论仍在继续，在单项工程技术设计审查期间，水轮机审查专家组，从有利机组稳定运行出发，提出设置发电机最大容量问题。长江设计院和国内外制造厂认为，即使不设置最大容量，机组也能安全稳定运行（已得到运行验证），倾向不设置发电机最大容量。当时，考虑到对三峡机组运行条件是同类机组中最苛刻的，国内对 700 兆瓦巨型水轮发电机组没有运行经验，设置发电机最大容量，对机组安全稳定运行有利，鉴于上述，我们同意设置发电机最大容量。因此，三峡电站机组实际的单机容量从 700 兆瓦（778 兆伏安）增加至 756 兆瓦（840 兆伏安）。这是一个更复杂的技术问题本文就不多谈了。

机组主要性能参数的匹配、选择：机组主要参数选择决定了机组先进性，关系到电站在各种运行方式下机组能否按预想出力运行及工程造价。参数选择时，将机组运行的稳定性放在首位，追求机组的能量、气蚀、稳定三大指标先进合理，但绝不是世界上已投产的各大型机组最优参数的堆砌。机组的主要性能参数互相制约，应经充分论证，求得机组整体性能最优。机组性能参数选择、彼此间匹配不当，导致机组不能正常运行，这是设计的大败笔，绝不允许发生。

三峡工程将防洪效益放在第一位，洪水期须将坝前水位降低至 145 米，枯水期库水位又上升到 175 米。整个汛期库水位随着拦洪的需要，水位时升自降，由此对机组参数选择带来了几个问题：①运行水头变幅大，机组需在 61~113 米水头范围内运行，在单机容量 700 兆瓦级水轮发电机中当今世界绝无仅有，给机组的安全稳定运行带来了难题。②在汛期坝前水位 145 米，发电水头一般小于 80 米。但由于水量充沛，枯水期坝前水位蓄至 175 米，发电水头大于 90 米，来水量少，汛期和枯水期的发电量分别约占全年发电量的 45%、50%。形象地说，三峡的发电量形同哑铃，对机组参数提出了"汛期要出力、枯水期要效率"的要求。③三峡电站装机容量大、台数多，若机组平均效率提高 0.5%，则年发电量可增加 4.23 亿千瓦时，相当于一个中型水电站的发电量。机组参数选择必须适应三峡电站上述苛刻的运行条件。

优配好机组的主要参数，必须对国内、外巨型水轮发电机组当前的世界水平及技术发展趋势有所了解。我们采取请进来、走出去的方式，调查研究了所有生产运行过700兆瓦机组的经验，在此基础上，结合长江设计院与国内制造厂长期设计研究成果，集思广益。对每一个主要参数充分论证，提出专题报告请单项技术设计机电专家组审查。我清楚地记得：在每次开审查会时，发电机专家组基本同意长江设计院提出的意见，争论较少。而水轮机专家组的情况就不同了，专家之间经常出现不同意见，争论十分激烈。我对水轮机专家组开玩笑说，发电机有序才能发出 50 赫兹、ABC 三相交流电，而你们水轮机是"混流式"，流态复杂，因此讨论也就格外热闹，这些争论对我们大有裨益！如何统一，往往要长江设计院进行专题论证并提出报告。据不完全统计，在单项技术报告审查期间，我们提出了约 25 份专题报告，摞起来近 35 厘米高，审查结束时，专家们对我说，资料丰收。

机组整体性能参数匹配优越并达到投入运行时的世界先进水平是我们追求的目标！三峡电站建设时间长，我们在各个设计阶段始终没有停止对机组主要参数的优化匹配研究，将优化成果用于三峡左、右岸电站和地下电站水轮发电机组的招标文件中。三峡电站十多年来安全稳定运行实践证明，机组整体性能优、匹配得当，参数具有当今世界先进水平，为国内 70 万千瓦级、80 万千瓦级、100 万千瓦水轮发电机组性能参数优化选择作了开路先锋。

3. 机组运行稳定性设计研究

机组运行稳定性是指在运行水头范围内的各种运行方式下水轮发电机组按预想出力能长期安全运行。如果机组不能安全稳定运行，发电时断时续，何谈三峡工程的发电效益？

1998 年左岸电站对 VGS、ALSTOM 水轮机模型转轮进行了验收，能量和气蚀指标满足合同要求，某些区域的压力脉动值未达到合同保证值。特别在高水头运行区，存在一个带宽 2 万 ~5 万千瓦的水力脉动过大区，三峡总公司对模型转轮进行了有条件验收。

此问题引起了轩然大波，除国内机电专家高度关注外，甚至还怀疑左岸电站已订货的 14 台机组，从围堰发电开始能否安全稳定运行？有的专家给党中央写信反映此问题。国务院三峡建委三峡枢纽工程质量检查专家组《关于三峡枢纽工程 2001 年度质量检查报告》中也提出："鉴于对三峡水轮发电机组性能的疑虑，关于右岸水轮发电机组设计参数，宜等左岸电站发电以后研究再定，为稳妥计，建议推迟一年招标。"

漫忆篇

国务院三峡办向三峡总公司、长江委、哈电、东电发文，要求对这个问题做出回答，一时大有"山雨欲来风满楼""黑云压城城欲摧"之势。委内外不少领导和专家也问我，三峡的机组行不行？可见当时所面临的压力。

三峡总公司对上述情况十分重视，于1999年10月召开对右岸电站提高机组运行稳定性为主题的机组性能参数选择讨论会，额定水头选择再次成为讨论的焦点。1999年11月，三峡总公司机电工程部下达了由长江设计院牵头，哈电、东电参加，对"三峡工程右岸电站水轮机参数研究"的任务书，提高机组运行稳定性是研究的主要目标。

为解决这一难题，我们从分析影响混流式水轮机运行稳定性的因素。例如：尾水管涡带、叶道涡流、空化、高部分负荷压力脉动等入手，对20世纪70—80年代已投入运行的单机容量与三峡电站接近的伊泰普、大古力、古里等大型水电站机组的运行情况进行调研，特别是1992年投产的单机容量440兆瓦的巴基斯坦塔贝拉水电站13号和14号机组，水头变幅很大，由于偏离最优工况运行造成机组振动尾水管破裂、转轮叶片产生裂纹等严重事故，从中吸取教训。对国内近年相继投产部分大型混流式水轮机，在运行中出现一些不稳定运行情况进行详细的调查研究，提出了有针对性提高稳定运行的措施。

国务院三峡办邀请国内机电专家于2002年10月在北京召开了二次会议，讨论上述问题。会上安排我发言，表明设计的看法。我认为："我委初步总结了左岸电站机组的主要性能参数、结构、各次设计联络会上与制造厂所达成的协议，对国内大型水电站机组运行中出现问题的原因进行了分析，向三峡总公司提出了《关于提前研究三峡工程左岸电站水轮机在低水头安全运行防范对策的函》，左岸电站机组在围堰发电期能安全稳定运行。在总结左岸电站机组性能参数选择的基础上对右岸电站机组的参数上进行了优化，对提高稳定性措施已做了研究，机组招标推迟一年影响三峡建设总工期推迟一年及以上，即使推迟一年招标，高水头段机组运行性能得不到考核，推迟没有必要。"经工程验证，上述意见是正确的。

2001年7月，长江设计院以提高机组运行稳定性为主题，提出了《三峡右岸电站水轮发电机组额定水头选择研究》等报告，对提高机组运行稳定性措施还在继续研究，直到右岸电站机组招标文件编制过程中逐步完善，并完整、系统地提出了700兆瓦混流式水轮发电机组提高稳定性运行的措施

长江设计院上述系统、全面的研究成果，用于三峡电站700兆瓦水轮发电机组，经真机试验和十几年来电站的各种运行方式考核表明，机组能安全稳定运行。

湖北省科学技术厅于2006年2月主持召开了"三峡右岸电站巨型水轮发电机组参数及水轮机水力设计优化研究"项目的科技成果鉴定会，鉴定意见中认为该项目创

新性成果如下：

（1）针对三峡电站水头变幅大、机组容量和尺寸大等特点和难点，研究了额定水头、转速等参数与机组稳定性的关系，综合工程设计优化、机组参数优化、水力设计优化和模型试验验证，成功地降低了三峡右岸电站水轮机压力脉动幅值，消除了高水头高部分负荷特殊压力脉动峰值带这一世界性的技术难题，提高了三峡右岸电站机组的运行稳定性。

（2）为拓宽高水头工况机组的稳定运行区域，发电机设置最大容量840兆伏安，提高了机组调峰能力和运行灵活性，更能适应日益扩大的电网对调峰的需求。

（3）首次提出水轮机尾水管、无叶区等各测量部位压力脉动幅值的考核指标，在三峡右岸电站机组招标文件中采用，并在全国各大水电站机组招标采购中得到推广应用。

（4）首次提出了在三峡右岸机组投标时带水轮机模型试验成果的方法，并在投标后进行同台对比复核试验，以检测其模型试验成果的真实性、可靠性，保证获得优良水力特性的转轮。这种做法，已在锦屏和小湾等大型电站参照采用，具有推广价值。

综上所述，该项目内容丰富，难度大，应用效果好，已成功应用于三峡右岸电站机组的研发和设计中，成为国内自主研发700兆瓦级巨型水轮发电机组的核心技术，有力地促进了行业的科技进步。该科技成果还应用于三峡地下电站、向家坝、溪洛渡等特大型电站，具有广阔的应用前景。鉴定委员会一致认为，该项目已达到国际先进水平，其中在解决水头变幅大的巨型机组水力稳定性问题上达到国际领先水平。

4. 巨型水轮发电机冷却方式

发电机的冷却方式，关系到水轮发电机参数选择、结构设计、重量和造价以及是否能长期安全稳定运行等方面。三峡巨型水轮发电机选用何种冷却方式，一直是各方关注、争论的又一重点问题。

左岸电站发电机的冷却方式是选用全空冷还是选用半水冷争论激烈。从长江设计院内到三峡总公司都有两种意见，特别是运行单位更倾向于全空冷，当时我是倾向采用全空冷，运行单位力挺我，要我坚持！在机组评标过程中，投标者多数选用半水冷，且有善于制造半水冷水轮发电机的国外制造公司中标。在决定时刻，从安全和制造经验出发，我同意在左岸电站14台水轮发电机选用半水冷方式。运行人员知道后，一见就说："你是叛徒！"

在左岸电站投入运行后，发现少数水接头滴漏水时有发生，且产生过长期处在微振动环境中运行，汇流环冷却水管接头松动，水接头漏水导致三相短路故障。在厂房

漫忆篇

布置中，由于半水冷方式的纯水处理装置和相应的冷却管路需占厂房空间，在地下厂房中布置增加困难。有鉴于此，我们又转向全空冷方式的设计研究，到哈电对全空冷方式研究情况进行调研。鉴于为提高风冷效果、降低线棒的运行温度且使温度均匀分布、减小热应力、避免铁芯翘曲、适应机组启停机频繁等方面试验研究取得了丰硕的成果。如风循环系统和风沟的合理设置、风道密封、减少风损、发电机座应对温度应力的变形措施等方面技术取得了长足进步。我们对三峡右岸电站水轮发电机冷却方式进行重新论证，从稳中求进出发，推荐部分机组采用全空冷，得到三峡总公司的批准。经招投标后，右岸电站由哈电制造的 4 台水轮发电机组采用全空冷。2007 年 8 月世界上首台最大容量 840 兆伏安、国内自主研发全空冷水轮发电机经形式试验后成功投入运行，至今运行良好。突破了全空冷水轮发电机单机容量设计制造传统上限，为设计制造更大的全空冷水轮发电机如 800 兆瓦级、1000 兆瓦创造了条件。

我国从 20 世纪 50、60 年代开始对蒸发冷却的基本理论、冷却介质特性等方面进行研究。1983 年在云南大寨水电站，额定容量 10 兆瓦、额定转速 1000 转每分钟的蒸发冷却水轮发电机投入运行成功。但是，此冷却技术要应用到三峡电站 840 兆伏安巨型水轮发电机上，尚有很多问题需要解决。我和一些专家建议进行真机模型试验，三峡总公司接受了此建议。21 世纪初在东电进行 1/4 支路真型水轮发电机仿真试验，当时我作为每次试验评审的专家组长，重点对：①蒸发冷却水轮发电机的设计原则；②从环保角度出发，对蒸发冷却介质的物理、化学、生理特性，以及在电弧作用下性能进行试验研究，优选介质；③静态液位的确定和蒸发冷却系统的设计；④铁芯和绕组（或线圈）极限温度的确定；⑤整体冷却系统的仿真计算；⑥蒸发冷却水轮发电机的总体结构及布置设计；⑦监测与保护系统的设计。这些研究为蒸发冷却技术成功应用于三峡地下电站 840 兆伏安水轮发电机奠定了基础。2011 年 11 月，我国首台具有自主知识产权的 840 兆伏安蒸发冷却水轮发电机成功投入运行。性能参数满足工程设计要求，运行良好，在巨型水轮发电机内冷方式中优于水内冷方式。

三峡工程 32 台 700 兆瓦水轮发电机采用半水冷 24 台、全空冷 6 台、蒸发冷却 2 台，在同一个水电中对 840 兆伏安巨型水轮发电机选用当今世界可能采用的三种冷却方式，在水轮发电机冷却技术上是一种创举。其中全空冷、蒸发冷却 840 兆伏安水轮发电机是我国自行研制、具有中国知识产权的冷却技术，促进了世界巨型水轮发电机冷却技术的发展。

5. 推力轴承

推力轴承是支撑水轮发电机组转动部分重量和水推力的部件。20 世纪 70—80 年代，我国推力轴承烧瓦事故时有发生，特别是葛洲坝二江电站170兆瓦轴流转桨机组，其推力负荷达3800吨，为当时国内最大，在投产调试和初期运行中，经常烧瓦，不得不停机刮瓦，给我的印象极深。700兆瓦的三峡水轮发电机组的推力负荷估算近6000吨，是世界上推力负荷最大的机组，我对此问题特别重视。长江设计院会同国内相关制造厂对推力轴承的支撑方式、瓦材、润滑冷却系统等方面进行了重点研究，最终选用了小弹簧束支撑或小支柱簇支撑、钨金瓦，并将瓦温控制在80摄氏度，采用了外循环润滑冷却系统的推力轴承，运行至今情况良好。另外，通过技术引进，在消化吸收的基础上，立足于国内再开发创新，形成了有自己的结构特点和制造工艺，在自主设计制造、安全稳定运行方面，迈入世界先进行列。

6. 分期蓄水发电研究

三峡水库蓄水位上升需经135米水位围堰发电期、156米水位初期运行，175米最终设计水位运行三个阶段。水库分期蓄水过程中，水轮机的初期运行水头为61~90米，到后期运行水头为71~113米，按初步设计审定的过渡期约需10年。如何尽快提前发电获得效益，以减少工程投资积压并达到以电养电滚动开发的目的，是三峡工程机电设计研究的一项重大课题。

如果按初期运行水头、后期运行水头分别设计制造水轮发电机组，可减少运行水头的变幅，有利于机组稳定运行，施工期可获得更多的发电效益，减少机组制造难度，但增加了中间需更换机组的工序。为此，我们又研究了既能适应初期低水位运行，又能适应设计最终水位的机组，如永久转轮、初期转轮、更换水转机转轮、发电机变转速、变频直流送电、交流励磁等方案。研究发现，有的方案技术复杂且不成熟，集中到更换水轮机转轮、永久转轮两种方案进行深入研究。我们推荐永久转轮方案，同时，设置4~6台初期转轮。1997年4月在评标期间，分析研究了VGS、ALSTOM等投标者在投标文件中水轮机的技术参数及性能，认为根据三峡电站的水头变幅，采用永久转轮可以适应初期和后期水头的运行条件，不需要更换转轮，对工程建设和电厂运行有利，最终三峡工程采用了永久转轮方案。

7. 发电机继电保护

三峡电站设计正处在继电保护技术向计算机化、网络化、智能化发展期。三峡水电站采用特大型水轮发电机，国内首次遇到传统的继电保护方式难以满足发电机各种内部故障继电保护快速性、灵敏性、选择性和可靠性的要求，对此，长江设计院必须研究解决。

我们在"七五""八五""九五"国家重大科学技术项目攻关中，完成了包括"三峡发电机定子线圈多分支主保护的方案研究""三峡发电机定子单相接地保护方案研究""三峡发电机保护自动适应运行方式变化的失步预测的实施方案研究"等科研成果。关于发电机内部故障研究，提出了发电机内部故障仿真计算及主保护灵敏度分析方法，建立了计算机仿真计算模型。根据仿真计算结果，结合工程设计、发电机制造、经济指标等因素综合研究，最终确定发电机主保护的配置方案、发电机中性点侧分支引出方式、发电机中性点和主引出线侧保护用电流互感器的选型及配置，大大提高了保护的灵敏度，实现了发电机主保护的设计由"定性化"提升到"定量化"设计。

8. 励磁、调整器

水轮发电机组除主机外，发电机励磁、水轮机调速器是水轮发电机组运行不可缺的配套设备。在三峡工程重新可行性论证阶段，我们深刻认识到：当时我国水电站的水轮机调速器、发电机励磁装置、自动化元件均存在一些问题，与国外先进水平相比差距较大，应引起足够重视。对自动化元器件，当时我积极主张引进，同时对三峡机组辅机开展全面研究，发挥设计、科研、制造、运行部门的技术力量，组织元、器件专业化协作，进行技术攻关，开展中间工业性试验，使三峡机组的辅机达到国际水平。1988年后，长江设计院组织东电、哈电、哈尔滨大电机研究所等单位，对调速和励磁，跟踪国外先进技术，引进关键技术，加大技术改造力度，完成了多项微机励磁和微机调速器的研制，并在一些中间电厂投入运行，同时完成了三峡工程的初步设计方案。由于当时设计所采用的部件是基于国产部件，没有站在国际先进水平的基础上，所设计的产品不能达到世界先进水平。

"九五"期间，国务院三峡办、三峡总公司委托长江设计院进行国家重点科技项目：① "三峡电站全数字式水轮机调速器研制"专题研究在前期研究基础上，成功试制了6.3兆帕液压系统样机并完成工厂试验。经不断改进完善，首台型号为YZ-2.5-7型的油压装置在二滩水电站进行了工业试验 / 现场试验，运行效果良好。该成果将调速器油压等级由4.0兆帕提升至6.3兆帕，可满足大型及巨型水轮发电机组的调节控制需求。② "水轮发电机组励磁系统及装置研制"专题研究通过上述攻关及在中间电站的成功运行试验，解决了调速器和励磁装置国产化设计与制造中的关键技术问题，为700兆瓦机组调速器与励磁装置的招标文件编制做好了技术准备。

考虑到国内的实际情况，左岸电站14台机组(包括调速器、励磁系统设备)采用"技贸结合、引进技术、合作生产"的国际招标方式，分别由 ALSTOM 公司联合哈电中标、德国西门子公司与南瑞集团联合中标。通过技术引进、消化吸收和再创新，国内厂家掌握了 700 兆瓦水轮发电机组调速器、励磁系统设备设计制造技术，生产的产品达到了世界先进水平。三峡右岸电站 12 台机组调速器、励磁系统设备国内自主设计、制造，全面实现了 700 兆瓦水轮发电机组调速器、励磁系统设备的国产化目标。

9. 电站安装进度

电站装机进度不仅与三峡工程建设工期密切相关，还影响到建设期发电量。在可行性研究、初步设计阶段，26 台机的装机进度为 2-4-4-4-4-4-4。在单项技术设计、招标设计阶段，根据三峡工程建设进度，只有重大部件安装计划详细、工期得到有效控制，才能与土建进度合理衔接，确定机组埋件、机组和其他机电设备的交货期，进一步加快机组及相应机电设备的安装进度，实现增加施工期发电量和缩短三峡建设工期的目标。

电站装机是一项系统工程，控制进度的关键是弄清机组部件直线安装所需的工期、安装工艺、工序衔接、典型单机进度。当时，国内没有安装过 700 兆瓦混流式水轮发电机组，更谈不上有可借鉴的安装经验，且还应考虑三峡电站安装单位多、重大装备交货厂商多等特点。根据调查结果，首先确定三峡水电站全空冷机组典型单机安装直线工期为 31 个月、半水冷机组安装直线工期为 33 个月，再考虑每台机组间最短的间隔时间，排出全电站的装机进度。

随着机组已安装台数的增加，安装技术逐渐熟练，经验得到积累，安装工期有缩短的趋势。工程设计人员与时俱进地对加快装机进度进行研究，如在左站电站加快装机后，部件堆放场地不够，经复校核后允许在机组间堆放部件，右岸电站为加快装机进度，设置临时第四安装场等。三峡工程左、右岸电站的装机进度从初步设计批准的 2-4-4-4 方案，到机组招标文件中的 4-4-4-2 方案，再到三峡二期工程土建招标文件编制的 5-4-4-1 方案，直至三峡左岸电站最终实现的装机进度为 6-5-3、右岸电站最终实现的装机进度为 6-6，提前一年完成三峡左、右岸电站 26 台机的装机任务。三峡工程创造了世界水电机组安装史的奇迹，长江设计院对加快装机进度的设计研究功不可没。

10. 充水调试

水电站机组充水调试分为充水调试、电站接入电力系统调试、新机组形式试验等。其中，充水调试是按电站各种正常运行工况和相关事故工况进行真机系统调试，检验水电站机电、金属结构设备制造和安装质量是否满足工程设计要求、系统是否具备运行条件，是对水电站正式投运前工程质量的最后把关，对确保水电站安全、稳定运行起着重要作用。

根据规程规范，机组调试大纲编写应该由机电设备安装单位承担。三峡枢纽工程规模大、机电设备类型多、700兆瓦水轮发电机组等主要设备在三峡工程中首次采用；三峡二期工程机电设备安装分为3个标段，由3个单位承担机电设备安装；电站充水调试涉及电力系统首批机组发电相关的500千伏输电线路验收，线路等继电保护的调试及整定，葛洲坝—三峡枢纽梯级调度的调试，梯调、三峡电站对外通信的调试，三峡左岸电站500千伏高压配电装置（GIS）的升压、充电、主变冲击等特殊情况；在首批机组调试期间，左岸电站尚未建成，机组又分批投入调试，涉及电站充水调试所需的临时厂用电源、供水、消防等措施问题。出于上述考虑，2002年5月，三峡总公司机电工作协调领导小组在第55次协调会议上，三峡总公司委托长江设计院编制《三峡左岸电站系统联合调试大纲》。长江设计院于2003年2月提交了《左岸电站首批机组启动试运行联合调试大纲》主报告和8个附件。

2003年6月，三峡工程实现蓄水、通航、发电三大目标，长江委几代人为之奋斗的"高峡出平湖"将初步展现在人们面前，我充满着欢乐、紧张、担心的复杂心态。三峡左岸电站成立了"机组启动验收委员会"，杨清副总经理邀请我参加启动委员会，陆佑楣总经理又任命我为调试的副总指挥，我参加了每台机组调试的全过程。机组还没有转起来前，我心里就盘算着可能会出现的问题及应对措施，第一台机组开机前，陆佑楣总经理在调试现场问我"机组能行吗？"对这样的巨型机组，我心里也没底，只能回答"等转起来看！"第一台发电的是VGS制造的2号机，从点动开机开始，后逐步升至额定转速，各部位摆度、振动、噪声、各轴承温度等基本正常，接着过速试验顺利通过，我心里踏实了一些，严格按调试大纲的要求，调试一步一步进行，到机组做完甩负荷试验后，看了实时录制的甩负荷曲线满足要求，初步判定该机组能安全稳定运行，内心充满欢乐。

ALSTOM制造的5号机调试却给我们带来了麻烦。在做过速试验时，出现了少有的进口流道、控制环等部位的强烈振动，我在水车室现场感到地动山摇、震耳欲聋，见此情此景，调试人员纷纷外走，我是副指挥长，必须坚守岗位，现在回忆起来也是心有余悸。在杨清总指挥的带领下，在不影响机组安全的前提下，其他调试项目继续进行。对过速试验中产生的问题，要求参战各方分析原因，找出解决办法。当时对产生剧烈振动的原因各有各的说法，监测数据表明，每当导叶关闭到4%，机组在定额转速附近就产生剧烈振动。长江设计院分析后初步认为是水力共振所致，至于什么原因引起水力共振还需进一步分析。通过对导叶三段关闭时间的调节，避开共振点，可消除强烈振动。但在缩短还是延长导叶特别是第三段导叶关闭时间上意见不统一，用缩短第三段导叶关闭时间做过速试验没有成功。我提出，从安全出发，延长导叶关闭时间为好，ALSTOM 公司同意，最后试验成功。经过约 25 天的日夜奋战，5 号机调试过关了，我心中悬着的石头也随之落地了。三峡首批 700 兆瓦巨型水轮发电机组投产发电了，欢天喜地，翻开我人生中不能忘记的光辉一页。

左岸电站 14 台 700 兆瓦水轮发电机组总体调试顺利，没有出现大问题，逐台投入商业运行。但是也出现了 ALSTOM 机组过速试验时激发水力振动、导流板撕裂，VGS 机组出现推力瓦温过高等问题，如不解决，将危及机组安全稳定运行。三峡总公司委托长江设计院牵头会同哈电、东电、华中理工大学等单位经近一年的设计研究，长江设计院提出了《三峡左岸电站 ALSTOM 机组异常振动现象专题研究》等报告，找出了原因，提出了对策，解决了上述问题。

国产化是国家根本利益所在，也是工程设计总成单位的重要职责。

在初步设计期间，我们对国内重大水电装备制造厂进行了考察，三峡工程采用的 700 兆瓦水轮发电机组、500 千伏（840 兆伏安）三相变压器、500 千伏开断电流 63KAGIS、20 千伏额定电流 26 千安大电流母线等重大装备，当时国内工厂没有制造过，要自主生产上述装备，工厂的生产装备需改造，技术准备有差距，需过渡期。为此，在初步设计中我们提出，在三峡电站首批使用的上述主要设备建议部分引进，如 700 兆瓦水轮发电机组从国外采购 4 台套，通过引进技术、联合设计、合作制造，逐步转为国内生产的建议。1996 年 4 月，李鹏总理主持国务院三峡建委第 19 次办公会明确，左岸电站上述设备除大电流母线外全部采用"技贸结合、引进技术、国际公开招标方式"进行采购，又明确：为使哈电和东电两家企业在左岸电站 14 台机组招标中，通度过参与前 12 台的"联合设计、合作制造"，达到能制造后 2 台整机（外方监造）的水平，前 12 台的中方交货份额比例不应低于 25%（按合同总价计）。

国内用 3~5 年的时间追赶了世界 35 年的水平，实现了国家对三峡工程重大机电装备国产化的战略决策，走出了一条技贸结合、消化吸收引进技术、立足于自主再研发创新、创造出中国品牌的成功之路，为举世瞩目的长江三峡工程右岸电站、地下电站以及金沙江下游和其他大型水电站的兴建提供了具有世界先进水平的国产重大机电装备。从此，我国水电重大机电装备的研发、制造迈入世界先进行列。

长江设计院历来将水电重大装备国产化视为工程设计总成单位的重要职责。长江设计院明白国内工厂制造什么样的设备才是三峡工程所需的，对设备的形式、性能参数、结构等方面提出全面、技术先进的招标文件，明确了制造厂生产设备类型及质量要求；对制造厂提出了加工能力的要求，作为工厂技术改造的参考；积极支持采用新技术，以创新促进国产化，为创新研究提供咨询并参与设计研究；工程设计在各方

漫忆篇

面为使用国产化设备创造条件，并积极、及时修改设计。

三峡电站水轮发电机单机额定容量 700 兆瓦（778 兆伏安），而实际的单机容量可达 756 兆瓦（840 兆伏安），是当时世界上最大的水轮发电机组。自 2003 年 7 月首批机组投产发电以来，水轮发电机组运行安全稳定，各项性能指标优越稳定，实现了工程设计的目标。它的成功表明工程设计是工程建设的灵魂，凝结着长江委设计人员几十年艰苦的探索和攀登。

此时此刻，想讲的很多，可是篇幅有限，尽管心潮澎湃，也只能写这么多了。

谨以此文，献给那些为三峡工程献出毕生精力的战友们！

忆三峡工程设计往昔

傅正义

万众寻他千百度，举国上下看三峡。

青春铸就巍峨坝，心血化为高峡湖。

从 20 世纪 70 年代到 1981 年初，我的工作重点是葛洲坝工程导流设计，同时也兼顾三峡及其他枢纽的设计，其中以三峡工程占的比重较大。从 1981 年到 1984 年，我的工作重点是三峡工程。

一、20 世纪 70 年代的围堰发电方案

经过 1979 年对太平溪与三斗坪两个坝址的比较选择，两个坝址各有优缺点，长期争论难下结论。下面追记过程中的一二细节。

在我们进行坝址比较的工作过程中，于当年 6 月在施工处开会时，听说国务院要召开千人大会讨论三峡选坝及相关问题。部领导意见：长办要做好召开千人大会准备。还说，选坝不是大问题，主要是上不上的问题。大会听听各方面意见，趁此机会将坝址定下来，两个坝址都能做坝就好办。

在此之前，我也不止一次地参加过技术性的讨论会与审查会，到会人数从几十人到近二三百人。难以想象，千人大会怎么个开法，千人大会以后是否开得了，我不清楚。后来听说 6 月 19 日水利部在廊坊召开过一次选坝会议，会后新华社有三位记者写了内参，反映会上对三峡是否立即上马有不同意见，对选哪一个坝址意见不统一。国务院有关领导看了内参后批转水电部党组，并请林一山同志阅后提出意见。据说林主任看后表达了三个想法：①新华社记者反映的一个方面的意见很好。②我在选坝会议上的讲话未反映，我积极主张上三峡的意见未反映。要将各方面意见都反映出来，便于领导下决心。③召开千人大会的必要性。在 8 月 4 日处里开会时说，关于三峡工作，部领导提出先向国务院汇报。汇报前，水利部党组先开会研究汇报的问题。后来，

漫
忆
篇

到1980年1月10日，由长办洪庆余副总工程师传达林一山主任1月8日的电话内容：关于三峡坝址，水利部党组织在廊坊会议后，已报告国务院，建议选三斗坪作坝址。我们与部里不要有两种意见，就不要另做一套了，我们工作以三斗坪为主。三斗坪可能比太平溪多花10亿元。但如能围堰发电，可多收几十亿元。三斗坪坝址方案要特别抓紧围堰发电。要迅速提出围堰发电，早期受益方案，争取中央早批准，否则会失掉机会。反对建三峡的人，理由是要投资200亿元。围堰发电只投资40亿元就可以发电，比做别的枢纽有利。现在三峡关键是围堰发电。以上电话内容表达了我们备受尊敬的长江建设的开拓者、老前辈林一山同志为建设三峡造福人民顾全大局、只争朝夕的赤子之心。我们后来也的确是把围堰发电作为重要工作项目来做的。我们认真地研究坝址方案，并进行比较工作之后，快速地选定了坝址——三斗坪。另外，我们做的太平溪坝址的工作也不白费，起了比较作用。如果再有人提太平溪坝址，我们也有成果对答。后来，三峡工程建设中果真采用了三期围堰挡水提前发电的方案，实现了这一创举。

二、20世纪80年代三峡上马的热潮

进入20世纪80年代，邓小平同志关心三峡工程。他于1980年7月考察了三峡，并要求国务院召开一次专门会议研究三峡工程问题。这次考察后，国务院召开了常务会议，研究三峡工程问题。据传达，在会上对近期是否上三峡有不同意见。后来决定由科委、计委组织水电等部门开会，论证三峡上不上和什么时候上的问题。水利部要求长办准备回答任何问题。要长办9月5日前将有关问题，重点是工期、造价和围堰发电的报告底稿送部里铅印。长办决定主要工作由布置科、导流科做，还说林一山主任下周回来，工作要赶在前头。我们当时工作的重点是右岸明渠通航、三期围堰发电。这是一套比较新的方案，限于时间，工作不能做细。不过从工作中也感觉到了这个方案的优点与不足之处，但未来得及深入研究。我们用了一周时间将方案赶了出来。9月下旬，部里开会时，很多人不主张围堰发电，认为技术上不可靠，也有人认为工作深度不够。以后我们又做坝体挡水发电方案，同时完善围堰发电方案。1983年5月，国家计委审查长办编制的《三峡枢纽可行性研究报告》，认为还是按150米正常蓄水位，坝顶高程165米，明渠内修建电厂，坝体挡水初期发电方案。经过审查，国家计委基本同意可行性研究报告。

以后至1983年12月，导流科经过前一段时间的紧张工作，除了进一步细化可行性研究报告方案外，还提出了大明渠（渠底宽450米）与小明渠（渠底宽300米，

配临时船闸或一线升船机）施工通航方案，共三种方案的设计成果。我们科里倾向于小明渠配临时船闸方案（后来成为三峡开工后实施的导流明渠兼作施工通航方案的原型）。

1984年1月10日，传达说国家计委要做"七五"计划，关于三峡，计委提出"七五"时期三峡上马需要什么条件，"七五"投资及分年投资多少，"八五"投资及分年投资多少，需要引进外资多少，三峡技术经济指标等问题，并要长办去人参加有关内容的编报。我们当时感到三峡工程真的是要在近期上马了。我估计有可能在葛洲坝工程全部完工之后，在"七五"上马，心里很是高兴。

1. 补做不同正常蓄水位方案，任务紧急、心情愉快

1983年12月31日，听处里传达说宋平同志认为三峡150米正常水位方案解决不了防洪问题，做了三峡工程大水来了淹了江汉平原不好说话；要求做180米正常蓄水位，坝顶高程195米方案。处领导当天即布置先按180米水位，赶紧做出一个方案来，在1984年1月下旬要提出报告，明天与枢纽处一起讨论方案，枢纽处一个星期给工程量。我们以前做过明渠内修建筑物不通航和大明渠通航，小明渠配临时船闸或一线升船机的二期导流方案，从未做过180米水位的导流（三种类型）方案。由于1月13日长办要去人配合国家计委做"七五"三峡计划，于1月10日要求13日之前提出180米水位各专业有关工程量，然后继续相应工作（包括模型试验），并准备必要图纸。长办领导春节期间要向水利部领导写报告，各处1月20日前要拿出工作成果，拿不出来春节要加班。1月23日处里开会，肯定大家的努力，如期完成了任务。接着根据长办领导春节期间去北京向水利部汇报情况，对工作进行了安排。据水利部领导的意见，当前，首要的问题是决定正常蓄水位是150米还是180米、170米、160米。对施工通航的影响：认为明渠通航比较现实，问题是要断航8个月。要求长办春节后提补充报告，1月31日全部完成，给我们的时间只有一周，还加了两个水位的方案，工作怎么做？经请示领导，以已经做的150米水位与180米水位为基础，对160米、170米方案，用"内插"法，推求挡水建筑物断面的方法得出成果。我们当时几乎动员了全科力量赶工。到1月31日前，提出了4个水位的成果。这次补做不同正常蓄水位方案，虽然任务极为紧急，我们感到可行性研究报告确定的150米水位偏低，今后可能会有所提高，心里还是乐意和高兴的。

2. 传达水电部文件，长办掀起了一阵三峡上马热潮

1984年2月22日上午，长办领导召开会议，传达水电部1984年第1号文件《建

议立即着手兴建三峡水利枢纽的报告》。建议为争取时间，立即着手兴建三峡工程，建议从今年（1984 年）开始进行"三通一平"准备工作，准备两年，后年开工。接着传达了 2 月 17 日上午国务院领导同志听取水电部汇报后的决定，其中包括对正常水位、坝高（水位 150 米、坝顶高程 175 米）资金、移民、组织领导及立即着手准备，搞"三通一平"，准备两年，1986 年开工。这次会议还传达了长办党组扩大会议的决定：其中，对施工通航，倾向于明渠通航，围堰发电、短期断航几个月，明渠加临时船闸方案也做，还要抓紧做模型，将方案做好，于 3 月报出去，4 月（施工通航会议）将方案定下来。今年第三季度提初步设计报告。混凝土纵向围堰采用碾压混凝土，今明两年做试验，后年开工。下午长办三峡工作碰头会布置施工通航做三个方案：升船机方案、大明渠方案、小明渠加临时船闸方案，并要求导流科 6 月中旬交初步设计成果，年底前提一期土石围纵向围堰与二期混凝土纵向围堰单项技术设计图纸，做施工准备。明年开始混凝土纵向围堰基础开挖，后年浇混凝土。

我当时在听了传达和上级布置的工作任务之后，首先是感到有一股三峡上马的热浪扑面而来，三峡就要上马了，我的浑身也热了起来，在这以前我还真不敢想会这么快就上马，现在就来了，惊喜、憧憬。但在我惊喜、憧憬之后，想到我们的工作和联想到一些其他相关重要问题之后，我又担心起来。首先担心的是我们的设计工作能不能跟上，要求 6 月交初步设计，年底前交一期土石纵向围堰、二期混凝土纵向围堰技术设计与施工图，时间太紧，设计所需的相关的基本资料与模型试验资料还不够，还需要补充。有些设计条件与参数，还要研究、斟酌、确定。另外，也感到准备时间较短。按可行性研究报告和以后安排的施工进度以及导流工程进度，准备期是三年，现在的准备时间包括今年在内，还不到两年。从初步设计到第三季度提交，第四季度能否审查，还要经过全国人大审查通过，这些过程需要多少时间？在此之前能否就进行"三通一平"？但三峡工程尽快上马是我们多年的期盼，是件大好事！我们当前只有趁着这股热劲，全力以赴尽可能把工作做好。回到科里传达之后，一些同志与我也有同感。后来三峡工程直到 1992 年通过全国人大审议上马，1994 年底才正式开工。

回首当年，我和参加三峡工程设计的同志们，真可谓："只争朝夕赤子心，梦寐以求三峡情，全力以赴无怨悔，唯恐设计未精心。"至于当时设计工作的成果，在紧张的赶工中尽管有些成果急于求成，有些粗糙，不够完备，但它们为后来设计方案的选定和选定方案设计的完善、精细进行了有益探索与实践，有的甚至成为后来设计方案的原型。现在历史地看当时那段工作的历程，首先应该肯定广大三峡建设者与设计人员只争朝夕的炽热激情，他们对工作具有主动性、积极性、坚韧性，然后再来总结其中的经验与不足。我看主要还是要把办大事、办好事的愿望和热情与从实际出发的科学态度和民主决策结合起来，使愿望、热情与效果更快、更好地达到统一。

三、导流明渠兼施工通航方案最终胜出

三峡工程二期导流方案历经多年研究，开始做的二期导流方案是导流明渠不通航，在明渠内修建坝体，二期靠设置在坝体内的导流底孔导流。

二期大江围堰截流后，在围堰内修建二期建筑物时，靠大型升船机通航。这个方案一直做到可行性研究报告阶段。在可行性研究过程中，经过调研，发现大型升船机技术难度大、工期长、造价高，国内尚无先例，缺乏经验。交通部、机械部都认为这个方案不可靠，不同意。1983年5月在北京审查三峡工程可行性研究报告时，机械部的一位老部长、老专家就表态："用升船机我可不敢签字。"因此在可行性研究报告审查前后都想找到一个既能满足二期导流，又能实现施工期通航要求的方案，这个方案就是后来实施的导流明渠施工通航方案。

根据我的记忆，这个方案最早发源于林一山主任对围堰挡水发电方案和施工通航的一种新的构想，这种构想使我们这些设计人员受到启迪。就是在1980年8月4日下午，处里开会时，传达说林主任非常关心围堰发电，提出第一期围主河床，在明渠中修围堰发电。关于通航问题，林一山主任的意见是在后河通航或设绞通航。处里要我们做工作，当时我们也议论过先围主河床，中堡岛要不要延长，要多大流量、多少流速才能通航，天然后河不拓宽、加深行不行等问题。

很快，长办领导召开围堰发电与施工通航讨论会。到会的有枢纽处、施工处、机电处的有关领导与技术人员。在会上有如下一些意见：先围主河床，在后河通航，就会成为后河变大江，大江变二江，明渠挖方量太大，这样做的好处是大江围堰高度可降低，对截流也有好处，通航用斜面升船机。或是先围右岸，挖明渠，明渠内不做建筑物，工期可少一年半，流量在1万立方米每秒左右可通航，汛期断航半年；围堰挡水方案不可靠，大坝挡水方案可靠，8年后可以发电；导流明渠内先不修建筑物（简称光板明渠或光明渠），施工期通航要想办法减少挖方，把明渠布置左岸，在明渠内修围堰（三期围堰）挡水发电；围堰挡水与坝体经济断面挡水相结合；同意围堰挡水发电，但不同意明渠通航等。

对我们而言，这次会议奠定了往后研究和设计二期导流明渠兼做施工通航，明渠内三期围堰挡水提前发电（还可降低大江二期围堰高度）方案的基础。我们认为这是一个"一举四得"而且可行的方案。它虽然是一个后来的方案，由于它的优越性，竟后来居上！长办和施工处的领导对这个方案也很重视和关心，希望它能成立。

漫忆篇

但这个方案从面世到成立，中间也经历起伏跌宕，坎坷磨难，最后脱颖而出。设计方面，一方面要不断探求方案的经济、合理与可行，力求完善，不断地进行大量的试验研究与分析计算；另一方面又要不断地应对内外特别是外部出于各种原因提出的质疑甚至反对意见或一些新的方案，需要不厌其烦地通过工作提出资料予以回应。就我们科里的工作而言，为了满足交通部提出的施工期通航的流量和相应流速、比降的要求，我们对明渠的断面大小和断面的纵、横断面形式，二期混凝土纵向围堰的长度、形状，特别是与明渠进口水流平顺，和水位跌落有关的上游纵向围堰头部形状与弯曲半径，进行过多次水工模型试验和遥控船模航行模型试验。有时是与长办和施工处领导一起在模型场，边进行试验边研究修改渠道断面形式与上纵头部形状的意见。试验出了可行的断面与形式后，还要赶紧计算工程量。好在科里当时有两位同志会用108计算机进行快速计算，否则工程量过大，还得调整渠道纵横断面，再进行模型试验。

明渠通航方案，大明渠通航流量大，但挖方太大；小明渠挖方较小，但施工通航流量较小，在流量较大时要另想办法。后来设计上考虑小明渠配合临时船闸或一线垂直升船机。较小流量利用明渠通航，较大流量用临时船闸或一线升船机通航。我们倾向于采用小明渠配合临时船闸方案。这个方案也得到交通部航运部门的同意与支持。他们认为明渠施工通航配临时船闸方案，通航方便可靠，一年中有大部分时间可以通航，在汛期还有临时船闸通航，通航保证率高。这个方案在以后虽又多次遭到质疑与反对，但后来通过施工处导流科与相关单位不断共同努力，一次又一次地得到肯定和再肯定，最后经国家三峡工程建设委员会批准，为施工采用方案。现在三峡工程全部建成，二期导流施工通航方案早已胜利地完成了它的历史使命。实践证明了它的合理性与正确性。

篇末感言

以上是我当初参加三峡工程设计的一些工作经历，虽然已过去30多年，然而至今回忆起来，仍记忆犹新，令人振奋。在我这一生中，能有幸参加举世瞩目的三峡工程设计，并为三峡工程的建设尽自己的一份力量，我感到很自豪！这些珍贵的工作经历是我人生中的闪光点，鼓舞着我，现在写出来与大家一起分享，让我感到由衷的高兴！

三峡工程经济研究工作回顾

邱忠恩

我1955年到长江委参加工作，被分配到测量总队基本资料组下设的经济组，参加整理水库经济资料工作，从此与工程经济研究工作结缘。1956年春，长办组建经济室，我被调入经济室淹没问题组（后来的水库组）参加水库经济工作；1959年春，从水库组调入动能经济组，参加动能经济工作；1965年动能经济组与综合经济组合并，又参加综合经济工作；1981年后，参加长江流域综合利用规划修订和三峡工程规划设计、论证、可行性研究、初步设计的综合经济分析与评价工作，经历了三峡工程经济研究的全过程。

一

1956年1月长办正式成立。按专业需要成立经济室，下设综合经济组、区域规划组、动能经济组和水库淹没问题组，三个经济调查队作为水库经济的外业单位划为经济室领导。交通部派员组成长办交通运输处。三峡工程经济研究工作全面展开。

1956—1960年是三峡工程经济研究高潮期，经济室有设计科研人员100多人。经济室主任由江尚明担任，副主任有章冲、冯华德、乔毅（交通部长江航运管理局处级干部）；综合经济组组长是刘一是，区域规划组组长是王军韬，动能经济组组长是王有秋，淹没问题组组长是吴志达（1956年12月，区域规划组与综合经济组合并，淹没问题组改名水库组）。在他们的领导和努力下，开启了三峡工程经济研究的先河。

当时，新中国成立不久，对编制全面的流域综合规划和大型水利水电工程的经济研究还缺少经验，中央政府从苏联聘请了7位经济方面的专家到长办帮助工作，7位苏联专家中综合经济专家2名、区域规划专家1名、动能经济专家3名、水库经济专家1名，他们先后到相关的专业组具体指导工作。苏联专家组长德米特利也夫斯基极为关心经济工作，提出了许多建议，并经常听取经济工作进展情况的汇报。

长办林一山主任对经济工作极为重视，除抽调得力干部配备经济室及其下属各专

漫忆篇

业组外，还亲自带领经济工作组同志学习《苏联工业地理》，亲自聆听经济工作汇报并提出经济研究课题。经济资料涉及国家机密，搜集资料很困难，林一山主任亲自写信介绍工作人员给中央各部委领导。1956 年 7 月派综合经济组组长刘一是到北京搜集经济资料时，林一山主任亲自与水利部李葆华副部长联系，取得国家计委"15 年国民经济发展规划"的绝密资料。

这一时期经济研究工作涉及的范围很大，内容很多，其中涉及三峡工程规划设计的除搜集了大量社会经济基础资料外，主要研究的问题和成果有：①三峡影响地区主要工业部门生产发展水平的预测；②三峡基本受益区国民经济近期和远景发展的初步设想；③全国和三峡受益区人口增长及其构成变化估计；④三峡基本受益区燃料动力与矿产资源评价；⑤三峡季节性电能利用初步意见；⑥三峡基本受益区钢铁、化肥、炼铝、机械工业布局研究；⑦关于鄂西地区钢铁、电冶铁、铝、镁、钛布局研究；⑧关于鄂西地区远景工业布局初步意见；⑨三峡枢纽综合效益论证；⑩三峡工程防洪、发电、航运效益研究；⑪三峡工程综合投资分摊问题的建议；⑫三峡建设时期全国及三峡影响区基本建设投资发展趋势研究；⑬为利用三峡电能而引起的工业建设投资预测；⑭对三峡河段货运量的估算；⑮三峡引水北调对改变北方农作物布局因素的初步研究；⑯三峡投资的可能性和合理性研究；⑰三峡枢纽不同正常蓄水位和死水位的比较研究；⑱三峡电站合理供电范围及其在全国电网中作用研究；⑲三峡电站装机容量选择；⑳三峡电力系统动能规划；㉑三峡水库淹没指标分级调查；㉒重庆市的淹没处理和城市改造规划调查。

这一时期三峡工程经济研究的成果满足了编制《三峡水利枢纽初步设计要点报告》的要求，同时探索了方法，积累了经验、教训和基础资料。

二

20 世纪 80—90 年代，在改革开放的大好形势下，三峡工程再次被提上议事日程，同时，1959 年编制的《长江流域综合利用要点报告》需要根据新的情况进行修订。这两项大的任务都涉及国家的经济布局，需要加强经济研究。为此，长办于 1981 年重建了经济科（后改为经济室），该部门由经济、航运、水产、旅游 4 个专业组成，配合三峡工程论和规划设计开展了大规模经济研究工作，掀起了三峡工程经济研究的高潮。

1980 年 7 月，邓小平同志视察了三峡和葛洲坝，他建议国务院考虑三峡工程的建设问题，同年 8 月，国务院开会研究决定，由国家科委和国家建委负责，组织专家论证三峡工程到底上不上、何时上。为配合此项论证，长办决定编制《长江三峡水利枢纽论证报告》，经济科参加了论证。经过近一年的研究，得出了肯定的结论：从防洪、航运特别是发电方面来看，均要兴建三峡工程；同时，对国家基建投资能力进行了分析，亦认为国家有财力兴建三峡工程。

1982—1983年，长办根据上级部署，开展三峡工程150米方案可行性研究和初步设计，经济科除进一步分析研究了兴建三峡工程的必要性和投资可能性外，还按电力部1982年制定的《电力工程经济分析暂行条例》对兴建三峡工程的经济合理性作了初步分析，并增加了综合利用各部门效益估算和投资分摊的研究成果，均给出了肯定结论。

1986年4月，中央发出了《中共中央、国务院关于长江三峡工程论证有关问题的通知》，要求水利电力部重新论证三峡工程，广泛组织各方面的专家（包括有不同观点的专家）进一步修改原来的三峡工程可行性研究报告。在广泛征求意见、深入研究论证的基础上，重新提出三峡工程的可行性研究报告。为此，水利电力部从全国聘请了412位专家（包括综合经济评价专家）组成的14个专家组，进行了长达3年的论证工作。

综合经济评价专家组由中央有关部委、科学院、大专院校、银行、科研、规划设计等27个单位的57位专家组成。专家组下设工作组，工作组有科技人员27人。长办参加论证和配合论证的技术人员约30人。专题论证主持人为水电部苏哲文副部长，专家组组长为水电部计划司游吉寿司长，专家组工作组组长为水电部计划司综合处朱成章处长，长办规划处副总工程师罗泽华为长办联络员（航运专家组长办联络员为经济科姚聆泉高级工程师），我具体组织经济科（室）技术人员参加论证和配合论证工作。

根据专家组和长办的指示，我们参加和配合三峡工程综合经济论证的主要方式是：①向专家组介绍三峡工程基本情况和进行经济研究的情况；②向专家组提供有关的基本资料；③配合专家组拟定经济比较方案的计算和设计条件；④与专家组平行进行三峡工程的各项经济研究，形成长办的研究报告，供专家组汇总参考；⑤参加专家组组织的会议，互相交流研究成果。

这一时期的综合经济评价分两个层次进行：一是建三峡工程与不建三峡工程的评价；二是如果建三峡工程是早建还是晚建的评价。我们根据我国第一部国家级的经济评价规范——国家计委1987年9月1日颁布施行的《建设项目经济评价方法与参数》进行了一系列的调查研究和分析论证工作。内容包括兴建三峡工程的战略意义、三峡工程综合效益分析、三峡工程国民经济评价、三峡工程财务评价、三峡工程国家承受能力的分析（又叫"国力分析"，曾叫"国家投资能力分析"）。综合经济分析的结

漫忆篇

论是：建比不建好，早建比晚建有利，建议早做决策。

苏哲文副部长、游吉寿司长认真听取各种意见，也很重视长办研究成果，发挥长办参加论证的技术人员的积极性，每次召开专家组会议都通知我们参加。1987 年 5 月（或 6 月），当有第一批经济论证初步成果后，专家组在北京召开了第一次专家组全体会议，游吉寿司长安排我们将研究的报告与专家组的研究报告一一对应地在大会上进行了交流；8 月，游吉寿司长带领部分专家组专家和工作组成员到汉口与我们讨论三峡工程综合经济评价中的问题，并传达了苏哲文副部长对我们初步研究报告的评价，说苏哲文副部长暑期认真看了专家组和我们在大会上交流的报告，对报告给予了好评。

论证期间，社会上对兴建三峡工程的时机议论很多。洪庆余总工程师要我邀湖北省社会科学院副院长张思平同志合写一篇文章，阐明对兴建三峡工程时机的看法。我们联合署名写了一篇《论兴建三峡工程的时机选择》的论文，内容包括如何分析控制三峡工程修建的主导因素，如何科学地估计国家对三峡工程建设的投资能力，从长江流域经济发展，长江中游特别是荆江地区防洪、长江流域电力供应和一次能源平衡，解决施工通航的难度和发展长江航运，减轻库区移民难度，实现国家经济发展战略目标等六个方面分析了三峡工程早建与晚建的利弊。论文认为"时至今日，兴建三峡工程的条件已经成熟，权衡得失利弊，早建有利"。这篇文章先发表在《人民长江》1988 年 8 期，后被选入由上海发展战略研究会编的《三峡工程的论证与决策》（上海科学技术文献出版社，1988 年 10 月）。苏哲文副部长阅后，要曹乐安总工程师（时任长办派驻水电部的代表）打电话通知我，说苏哲文副部长要接见我，要我赶快去北京。我赶到北京后，苏哲文副部长安排专车叫施工处的时新民同志到北京火车站接我到会议室。苏哲文副部长鼓励我说："你们那篇文章写得好，是对专家组论证报告的补充。"

在三峡工程重新论证阶段，我们除全面配合综合经济评价专家组和航运专家组的论证工作外，还配合防洪专家组研究防洪经济效益，配合电力系统专家组研究发电经济效益，配合综合规划与水位专家组研究综合替代方案。同时，还配合加拿大国际项目管理集团长江联营公司编制《中华人民共和国三峡水利枢纽工程可行性研究》；参加"七五"国家重点科技攻关和三峡工程前期科研中有关三峡工程经济专题的研究，积累了大量水利水电工程综合经济评价的经验与资料。1988 年 5 月在北京卧佛寺宾馆召开综合经济评价专家组大会期间，专家组朱成章处长对我说："邱工，你们长办研究三峡时间最长、接触面最广、资料最全，建议你们写一本经济分析与评价的书。"我说："我们做具体工作，请游司长当主编，游吉寿司长也同意。"当时由于论证工作繁忙，未能动手写，论证工作结束后，游吉寿司长又调任新的工作岗位，写书的事就搁了下来。

论证工作结束后，我们根据论证成果重新编制《长江三峡水利枢纽可行性研究报告》，接着又编制初步设计报告。在编制可行性研究和初步设计报告中，除对论证中经济研究内容根据新的条件进行复核外，补充进行了物价上涨和假定开工时间推迟对综合经济评价影响的分析。同时，带着三峡工程经济研究的经验和资料，参加由水利水电规划设计总院主持的《水利建设项目经济评价规范》的编写工作。该规范于1994年3月9日由水利部批准发布，5月1日起施行；组织有关技术人员根据自己的体验撰写《大型水利水电工程综合经济评价理论与实践》书稿，该书于1997年1月由科学出版社出版。中国水利经济研究会理事长张季农在序言中写道："由长江委黎安田、邱忠恩、王忠法任主编，组织专家编写的这本十五章的《大型水利水电工程综合经济评价理论与实践》，是一本理论与实践相结合，普及与提高相结合，以国家有关部门新近颁布的工程综合经济评价规范为依据，突出我国经验和特点的新著。这本书的出版、发行，将为我国大型水利水电工程建设进行综合经济评价提供新的理论和实践经验及案例资料，为加快我国水利水电工程的综合经济评价，为水利水电经济学科的发展提供新的动力，并将不断提高大型水利水电工程建设和运行管理的经济效益，促进水利经济的良性循环。"

三峡工程经济研究成果为三峡工程的科学决策提供了经济方面的依据。现在，三峡工程已全面建成，开始发挥巨大的防洪、发电、航运、补水等综合效益。自运行以来的结果表明：经济研究中所预测的三峡工程综合效益均可实现。进一步研究的结果表明：三峡工程凭借优越的地理位置和自然条件，建成后不仅可获得巨大的综合效益，而且可以长期保持并呈现增长趋势。

回想半个世纪参加三峡工程经济研究工作的峥嵘岁月，能为三峡工程成功建设尽微薄之力，没有虚度此生，我深感荣幸。

漫忆篇

忆当年剖析三峡工程对 1998 年洪水发挥的防洪作用

谭培伦

1998 年长江中下游的抗洪斗争，真是"惊天地，泣鬼神"，数百万抗洪大军奋战数月，在党中央的召唤下十多万解放军战士来到长江参加抗洪，据说是解放战争以来在长江沿线的"最大集结"。经过艰苦卓绝的斗争，"严防死守"，终于取得了决定性的胜利。作为多年从事长江防洪规划设计的我，自然感触良多。当时就想起力主兴建三峡工程的王任重同志的一个著名观点，他说，长江造成严重灾害的大洪水迟早要发生，如果发生了这样的大洪水时我们还没有决策兴建三峡工程，那是无法向人民交代的；如果在发生这样的大洪水时我们已经决定兴建三峡工程，即使还没有建成，也说明我们已经认识到这一问题，也算交了一份合格的答卷。1998 年的情景正好印证了他的观点。

当年三峡工程施工尚处于大江截流刚过、主体工程施工初期阶段，除了二期围堰形成的水体对洪水有微小的调蓄影响外，不能起大的作用。但人们很自然地会想到，如果这时已经有了三峡工程，它会发挥怎样的作用，那么 1998 年的抗洪斗争会是什么样的情况，不少友人在遇到我时也常问这样的问题。这时，三峡总公司主持的《三峡工程建设》杂志的编辑找到我，希望我们能写一篇有关三峡工程能对 1998 年大洪水起什么样的防洪作用的文章，以正视听，这就促使我们对此问题进行较深入的剖析。

为此，我找了仲志余、宁磊商量，拟定了几条研究的原则。

首先，必须反映当年的实际水情，这就需要大量的水文数据。三峡工程的防洪调度涉及长江流域洪水的整体情况，从上到下要有数十个水文站的资料，当时资料还未整编，分散在各部门，搜集十分困难。我们在一些友好人士的协助下，终于基本上掌握了当年长江上中游各主要站的洪水数据，为研究打下了良好基础。

其次，研究不能脱离三峡工程设计情况。三峡工程自 1986 年进入重新论证、可行性研究、初步设计以来，对水库防洪调度进行了不少研究，形成了较为明确的几个调度方案，应当以此为基础，但又要考虑到实时调度可能遇到的具体情况，对调度方式作进一步推断。

再次，必须把三峡工程的防洪调度过程放到整个长江中下游防洪系统来研究。对洪水的推演进行仿真模拟，比较准确地进行数模计算，为论证三峡工程的防洪效能提供可靠的数据。

三峡工程设计中拟定的洪水调度方案主要有两种：一种是针对上游型洪水，以保荆江防洪安全为主进行调度，称为"对荆江补偿调度"方式；另一种是针对全流域型洪水，采取既保荆江又减少城陵矶附近分洪量进行调度，称为"对城陵矶补偿调度"方式。按照1998年洪水的实际情况，明显应当按全流域性洪水来调度。有鉴于此，我们设想了三种可能的实时调度方案。

方案一：完全按照初步设计中表述的前述"对城陵矶补偿调度"方式作实时调度。先按控制城陵矶流量不超过60000立方米每秒调度，三峡工程蓄水100亿立方米后，改按控制沙市水位不超过44.5米调度。这种调度方案三峡工程需蓄水128亿立方米。

方案二：由于按调度方案一运行时，城陵矶水位还比较高，根据1998年水情实况，很可能是三峡工程蓄水100亿立方米后，仍继续按城陵矶流量不超过60000立方米每秒的要求控制调度。这种调度方案三峡工程需蓄水197亿立方米。

方案三：按方案二运行，三峡工程具有的221.5亿立方米防洪库容还未蓄满。由于三峡工程坝顶高程为185米，超蓄的潜力还很大。因此在1998年的实时调度中，也有可能把防御更大洪水的问题按超蓄考虑，而对已出现的洪水按蓄到175米控制下泄，进一步发挥调洪能力。故方案三是在方案二的基础上，在发生最大的第六次洪峰时减少下泄量，从而可能进一步降低下游各地水位。

根据初步的洪水资料，按照以上三种调度方式进行了模拟调度运算，结果见下表。

1998年长江中下游各站最高水位 （单位：米）

防洪控制站		沙市	城陵矶（莲花塘）	汉口	湖口
堤防设计水位		45.00	34.40	29.73	22.50
1998年实测最高水位		45.22	35.80	29.43	22.58
有三峡工程后	调度方案一	44.48	35.03	28.99	22.34
	调度方案二	44.02	34.40	28.49	22.34
	调度方案三（第六次洪峰）	43.79	34.20	28.39	

当年由于长江干堤尚未达到防御堤防设计水位的能力，在发生大幅度超过设计的实际高水位后，产生了大量险情，从而使防汛斗争十分艰巨，甚至有的同志献出了宝贵的生命。从上表可以看出，如果当年有了三峡工程，无论采取什么调度方案，长江

中下游洪水位均将大幅度降低。尽管限于当年堤防情况，防汛斗争形势仍会比较紧张，但与当年实况相比，将会有根本的区别，防汛情势将完全可控。

根据以上计算分析成果，我们写成了《1998年：倘若三峡工程已经建成》一文，发表在《中国三峡建设》1998年第12期上。

20多年后的今天，情况已发生根本变化。三峡工程早已建成，而长江中下游干流堤防也已经完成了加高加固，达到了设计标准。因此，如果现在再来1998年大洪水，尽管还要防汛，但绝不会是当年的情景了。

回忆三峡双线多级船闸分级方案审定

宋维邦

世界各国目前已建船闸的设计水头，一般都在40米以下，船闸的级数通常采用单级。对于个别水头超高的船闸，在规划运量不大的情况下，船闸的级数仍有可能采用单级。但船闸闸室的输水，仍必须按照闸室安全输水的要求进行分级。通常的做法是在船闸闸室的旁侧，不同高程布置多个蓄水池，船闸输水需逐个通过蓄水池再进入闸室。由于闸室的充、泄水过程太长，船舶在闸室内等待的时间太久，船舶过闸的效率较低，对船闸通过能力的影响较大，一般较少采用。

三峡工程船闸的设计总水头高达113米，远高于世界上已建和在建船闸。对于这种大型超高水头的船闸，为解决闸室安全输水的问题，唯一的办法就是将设计总水头进行分级。

根据资料介绍，在三峡工程之前，世界上已有船闸对设计水头进行分级建设的先例。国外有一个水利枢纽船闸的设计总水头，仅次于三峡船闸，为72.8米。采用了将总水头平均分为两级，分别在两处修建两座船闸的办法，每座船闸承担的最大输水水头为36.4米。该船闸先在坝址处修建一座船闸，承担上一半设计水头，再在下游离开坝址较远处，修建一座船闸，承担下一半设计水头。在两座船闸之间，修建一条中间渠道进行连接。在我国的湖南双牌，早年也有一座分开布置的两级船闸，该船闸修建的时间比较久远，设计比较简单，在由第一级船闸向第二级进行输水时，中间渠道船闸的水流条件很差，完全不能行船。另有资料表明，国外一条连通某两个国家的运河上，建有一座双线连续布置的三级船闸。

按照目前世界上已建船闸的经验，面对三峡超高水头大型船闸唯一能成功解决三峡船闸闸室输水问题的方法，就是对船闸的总设计水头进行分级。因此，三峡船闸应该分成几级，船闸分级后在相邻两级船闸之间是分开布置还是连续布置就成为三峡船闸有关各方争论的焦点。在三峡船闸闸室分级之后，需要考虑怎样进行布置才能保证闸室的输水在足够安全的情况下有较高的效率，使船闸工程的总体设计能全面达到经济合理的要求。

在三峡船闸如何分级的问题上，一开始就存在多种方案供比较，这些方案经广泛比较并归纳，最后争议集中在应该采用分开布置三级船闸还是采用连续布置五级船闸这两个具有代表性的方案上。

分开布置三级船闸方案，是在三峡船闸设计总水头满足安全输水要求的前提下，将船闸的设计水头等分成三份，按坝址的地形条件，船闸的线路只能采用一条设有两个弯段的曲线，在大坝的左岸分开修建上、中、下三座船闸，每级船闸承担的最大水头为39.67米。船闸从上游靠近岸边处进口，布置长度为1410米的上游引航道，船闸的第一级布置在三峡大坝轴线上游的位置，船闸第一级主体结构的长度为440米。第二级船闸的主体结构长度同样为440米。在第一和第二级船闸之间，按照三峡工程逆向运行的船队可以在中间渠道内会船的要求，布置了一条带有一个弯段的中间渠道，渠道长度为3114米。从第二级船闸再往下游，第三级船闸的主体结构长度也为440米。在第二和第三两级船闸之间，同样布置一条带有弯段的中间渠道，渠道长度为2880米。中间渠道大部分是在左侧山坡上开挖形成的，在遇到冲沟时，需在渠道的右侧修筑挡水坝，最大坝高70米。在第三级船闸下游布置长度为1160米的船闸下游引航道，与枢纽下游的主河道相连接。船闸及中间渠道的顶部、底部高程均按照枢纽上游的最高通航水位和枢纽下游的最低通航水位拟定。船闸线路全长约10千米。

连续布置五级船闸方案，将113米船闸总水头平均分为五份，根据枢纽上、下游船闸通航水位的变化统计，有3个多月船闸上级与下级之间输水的最大水头为45.2米，另有8个多月船闸闸室的输水水头为41.5米。船闸线路位于坝区最高点坛子岭左侧，按直线进行布置，从大坝上游进口，上游引航道左侧由岩坡开挖形成，右侧由填筑防淤、隔流堤形成。上游引航道约长1800米。五级船闸主体结构的长度为1621米，下游引航道长度为2780米。船闸建筑物的顶部和底部高程按照船闸上游最高通航水位和下游最低通航水位拟定。三峡枢纽的坝顶公路与船闸的第二闸首相接。船闸在闸室充水时，只在极少数情况下需要补水。船闸在泄水时，完全不需要溢水。船闸线路全长约6千米。

对于两种方案不同意见的争论，主要发生在船闸工程的设计和运行管理的双方，争论的焦点集中在船闸的运行的安全可靠性。长期争论意见始终无法统一，已经影响到设计工作的进一步深入和现场的开挖施工。因此，必须集中进行一次技术审查，以尽快获得进一步深入开展设计与施工的依据。

三峡工程船闸分级方案的审查工作由三峡工程专家组组长潘家铮总工程师主持，在北京友谊宾馆进行。审查专家和设计、运行、三峡工程开发总公司等单位的代表出席了会议。

在会上，设计方面，对三峡船闸的水级，按分开布置三级船闸和连续布置五级船闸两种方案进行了详细汇报。

通过热烈讨论，到会的专家和各方面代表逐渐意识到造成意见长期不能统一的关键，不在于将113米总水头划分成多少级，而在于大家对三峡枢纽坝址具备船闸布置条件的了解和对船闸进行分级后的布置，以及看待一些问题时的出发点存在分歧。

首先，两种船闸设计总水头进行分级后，闸室在最高水头时的输水时间是确定船闸分级的一个重要指标。分开布置三级船闸方案，最大输水水头主要由第二级闸室的最大运行水头39.67米控制。水力学模型试验结果，一次闸室输水的时间为16分钟。连续布置五级船闸方案，由上、下两级间闸室最大输水水头为45.2米控制，水力学模型试验的结果，闸室一次输水时间为12分钟。对两种方案进行比较，由于闸室分开布置和连续布置输水过程不同，一次闸室输水需要的时间不同。连续布置五级船闸方案的输水水头虽然略大于分开布置三级船闸方案，但是其闸室输水时间明显短于分开布置三级船闸方案。船闸水力学模型试验还表明，在闸室输水方面，三峡船闸还存在采用连续布置四级、级间输水水头达56.5米方案的可能性。分开布置三级船闸方案的单级水头已接近极限，连续布置五级船闸方案还留有一定的余地。总之，连续布置五级船闸闸室输水的效率明显高于分开布置三级船闸方案。

其次，按照世界已建分开布置多级船闸的经验，船闸之间中间渠道需要有相当大的水域面积，使闸室泄入渠道内的水体能够满足正在航行船舶的要求。三峡船闸受地形条件限制，没有布置足够的水域条件，只按满足上、下船舶错船尺度的要求，利用山坡上的冲沟布置中间渠道，中间渠道的水域偏小，在船闸输水最大流量接近1000立方米每秒的情况下，航道内将产生涌浪和往复流，难以满足在内航行船舶的安全。

再次，中间渠道作用是受到长期争论的主要问题之一。主张分开布置三级船闸的意见认为，采用闸室分开布置中间渠道的最大好处是当两线船闸中有一座船闸发生事故时，该线船闸的其他两级仍能通过中间渠道和另一线相邻的船闸继续运行，不会造成该线船闸全线停航。如两线船闸同时有一座船闸发生事故，只要发生事故的船闸位置不处在同一级，通过中间渠道，就可利用两线未出事故船闸，保持一线船闸继续通航，不会造成两线船闸全部停航。将两种方案进行比选，相对于无中间渠道，有中间渠道船闸有更大的安全度，所以应选用带中间渠道的分开布置三级船闸方案。但持相反的意见者认为，在船闸运行的过程中，出现事故的可能性是客观存在的。船闸出现事故概率非常低，在一线有一座船闸发生事故的情况下，虽然该线其他两座船闸仍能运行，但是仍然只有一线船闸有通过能力。两线船闸同时发生事故的可能性接近于零。减少事故的发生主要依靠工程设计、施工和运行管理的质量。在运行管理的计划中，

漫忆篇

也已经安排了船闸检修时间。且双线船闸的本身也有相互保护的作用。两种方案的比选应该全面客观、实事求是。从问题的主次进行分析，两种船闸布置方案适应坝址条件、船闸的通过能力，影响施工布置、枢纽施工工期和发电工期、工程造价、运行管理，以及利用船闸解决三峡工程第三期施工通航问题等方面。连续布置五级船闸方案总体上较之分开布置三级船闸方案，优势明显。除此以外，受三峡船闸地形条件的限制，若采用分开布置三级船闸方案，所布置中间渠道的长度和水域面积能否满足通航条件的要求，以及中间渠道内泥沙淤积碍航如何处理等方面还缺乏应有的资料，存在尚需要深化研究的问题。因此，应该采用连续布置五级船闸的方案。

通过充分讨论和审查，会议最后决定，三峡工程采用连续布置五级船闸方案。目前，三峡船闸已运行20多年，运行状况正常。船闸的年过坝货运量在2013年已经超过设计年通过能力单向5000万吨。

三峡工程防护问题研究始末

徐宇明

三峡工程规模巨大，影响深远，若遭受核武器攻击，将产生怎样的后果？人们往往存在上述疑问。因此，人防安全受世人瞩目，曾是长江三峡工程论证过程中的重大课题之一。党中央、国务院历来十分重视，将三峡工程防护问题研究列为国家重大科研项目。

该项研究工作历时 30 余年，其成果为三峡工程的决策提供了重要依据，为三峡工程的兴建解决了一个关键性的难题。"长江三峡工程防护问题研究"课题于 1995 年荣获水利部科技进步奖一等奖、国家科技进步奖二等奖。三峡工程防护研究是在特定的国际环境和政治气候下进行的，问题的提出有其确凿的渊源和背景，课题的研究采用了多种手段，经历了漫长的岁月。对于这些，或许今天生活在太平盛世下的人们较难理解，也许已感到遥远而陌生，然而在成就三峡工程这一千秋伟业的历史篇章中，工程防护问题研究是不可或缺的一页。

1958 年由长办提出，经周恩来总理指示，由军委总参谋部主持三峡工程防空研究工作。1959 年成立了以张爱萍副总参谋长为首，钱学森、钱正英和林一山等组成的"三峡枢纽防空领导小组"。下设"三峡枢纽防空研究试验组"，代号 751 组。751 组在北京东华园工程兵试验场开展工作；同时，在水科院进行了小比尺的溃坝水力学模型试验。为方便工作起见，从 1961 年起 751 组及其后续任务交由军委工程兵负责。

1964 年初，由军委工程兵为主，组织长办、水科院人员，着手进行三峡大坝的核爆炸效应试验。1966 年起，751 组的核爆效应试验工作，改由水利部防护组负责，长办、工程兵、水科院和电科院等派员，先后参加地（面）爆、空（中）爆等六次现场效应试验，在现场共修建了四座试验坝。至 1972 年，完成了全部效应试验总结，成果纳入国防科委的《核武器试验技术汇编（第四册）》中，后为工程兵和海军引用于防护工程设计手册和教范。

我们在核试验基地现场修建的水坝模型有 6 米多高，成为当时整个场区最壮观的效应试验物。坝前设有一座水池,水需要从几十千米之外用水车装运来。在茫茫戈壁滩上用人工蓄起一池清水,简直是一道奇观。当我们参试的工程技术人员还在为模型坝前是否设模拟水库而争论、犯愁时,从北京就传来消息:中央首长已确定模拟水库,并下令部队组织运水,足见中央领导对三峡工程防护问题研究工作的高度重视和支持。当年,张爱萍将军在视察场区时曾经特意登上试验坝顶察看这"高坝大库"的壮美景象。

与此同时,长办自 1967 年起在丹江口化爆(用化学爆炸模拟核爆炸)试验场进行了大量、深入、全面的水中爆炸补充试验,并开展过接触爆炸与核弹坑模拟试验;长办和工程兵合作进行了大坝激波管试验,为检验泄水闸、水工闸门等结构抗爆炸能力,对三峡的反调节梯级——葛洲坝水利枢纽也进行了抗爆炸模型试验。通过1966—1978 年的系列研究工作,基本上搞清了多种大坝剖面,在各种爆炸方式的荷载作用下的动力反应规律和破坏机理。

1979 年 4 月在武昌召开了由 200 多位专家参加的三峡论证讨论会,工程防护问题是会议关注的重点之一。我们向有关专家介绍了工程防护研究工作的主要成果,引起他们的浓厚兴趣和热烈讨论。这次会议首次让业内相关专家知晓了三峡工程防护课题,中央以高瞻远瞩的战略眼光,早在 20 世纪 50 年代就启动了相应的试验研究工作。

1979 年 7 月在河北廊坊,钱正英、沈鸿、林一山等国家有关部门领导同志在听取有关三峡工程防护问题的汇报后认为:在前 20 年研究工作的基础上,随着核武器规模和投射工具的发展以及命中精度的提高,课题研究的目标应转向溃坝对下游的影响。

1979—1988 年,在蒲圻陆水工地进行了三峡工程溃坝水力模型试验。模型范围上自奉节、下至沙市以下,模拟河道长度 366 千米,采用水平比例尺 1∶500、竖直比例尺 1∶125 变态模型,模型长 730 多米,面积 1.4 万平方米。对汛期、非汛期不同来水与不同库水位的组合工况,分别按大坝瞬时全溃、部分坝段全断面溃决和局部断裂溃口等不同情况进行了溃坝洪水对下游各地区灾害影响试验。

三峡水库是典型的河道型水库,坝址以下河道,峡谷与宽谷相间,且多急弯转折,对溃坝后库水下泄有较明显的滞止影响,而坝址下游的莲沱至南津关段峡谷对溃坝洪水演进起很大的约束作用。由于溃坝洪水峰高、量小、历时短,经沿程河槽及分洪区的调蓄,洪峰进入沙市以下的流量将比特大自然洪水为小。因此,若将加固整修下游堤防和分蓄洪区、完善预警通信指挥系统,纳入战略性战备措施,临战需要时适当降低库水位运行,则可将溃坝洪水的淹没影响控制在一定的范围之内,造成的灾害只是局域性的。

总之,三峡溃坝模型试验表明:三峡大坝在战时紧急状态下,若控制水库在 145

米水位运行，即使大坝发生最不利的瞬时全溃情况，溃前沙市起始水位44.5米，枝城基流为56700立方米每秒，则溃洪抵达沙市最高水位仍不超过防汛保证水位45米；溃坝洪水历时仅约三天，荆江大堤及沙市以下安全有保障。

1992年2月两会前夕，我们专程赴京向水利部杨振怀部长汇报了三峡工程防护问题研究的过程和主要成果结论，为部长应答两会代表质询提供了背景材料和技术支撑。

三峡工程防护问题研究始终配合着三峡工程的论证过程而进行。以30年的人防研究成果为依据，在1986—1988年的论证期间，提出了《三峡工程人防问题研究工作概况》《人防问题分析》以及《基本认识和意见》等资料，对三峡工程受袭分析、防空特点、大坝破坏方式、溃坝试验结果及影响分析等作了全面阐述。三峡工程防护问题研究项目成果，经三峡工程论证领导小组审查通过，由长江委编入《长江三峡水利枢纽可行性研究报告》中。邹家华副总理在《关于提请审议兴建长江三峡工程的议案的说明》中，就人防问题亦作了专门的分析引用。三峡防护研究成果结论的公开，说明人防问题不至于成为可否兴建三峡工程的决定性因素，这就为三峡工程的兴建扫清了一个重大的障碍。至此，历时30余年的三峡工程防护问题研究完成。

三峡工程防护问题研究是国际形势尚处于"冷战"年代提出的，即便是1960年国民经济暂时困难时期，周恩来总理仍指示"雄心不变，加强科研，加强人防"。我们感念党和国家的最高领导层对三峡人防问题的深谋远虑，对事关人民生命财产安全大计的高度负责，以及对三峡重大决策所作的科学而谨慎的战略部署。

我十分庆幸自己能参与三峡工程防护研究这项工作，并有机会参与核武器效应试验。尽管三峡工程防护问题研究耗去了我近一半的工龄，当年曾一同在罗布泊度过峥嵘岁月的战友有好几位已经作古，但在大漠戈壁从事核效应试验的往事将永远留驻在我心间。我为自己曾经为三峡工程的决策兴建尽过力而感到踏实而自豪，从事三峡工程防护问题研究的火红年代，我将永生难忘。

漫忆篇

兴建三峡　陆水先行

周建国

　　1958 年，林一山主任向党中央提交了"在湖北省蒲圻县陆水河上修建混凝土预制块安装建坝和从事其他试验项目，将修建陆水蒲圻水利枢纽作为三峡试验坝，为兴建三峡工程做技术准备和培养锻炼设计、施工等技术人才"的请示，得到了毛主席、周总理等党和国家领导人的赞同和批示，同意修建陆水三峡试验坝。

　　陆水蒲圻水利枢纽位于长江中游右岸支流陆水干流山谷出口处，距蒲圻县城 3 千米，距京广铁路大桥 1.5 千米。工程具有防洪、发电、灌溉、航运、养殖等综合利用效益。科学试验任务有采用混凝土预制块安装筑坝、水电站晶体管弱电控制技术、通航升船机、水库拦鱼、预留试验发电机组引水管等。这些试验项目将为三峡工程和其他大中型水利水电工程提供科学试验成果，为采用先进技术积累经验。枢纽由主体拦河坝（主坝）和 15 座副坝及南、北灌区渠首组成。主坝和 3 号副坝为混凝土重力坝，采用预制块安装筑坝。主坝由挡水、泄水、发电、升船机、拦鱼设施等组成。工程于 1958 年动工修建，1973 年竣工完建。

　　参加水工设计的人员除设计负责人工地设计代表组（以下简称"设代组"）组长吴松樵工程师和胡兴祥、吴延册 2、3 级技术员外，都是 1954—1956 年大学或大专毕业参加工作的技术员。随着工程建设的进展，为加强设代组的领导和技术力量，增派了司兆乐工程师为设代组组长和枢纽处龙燕副总工程师，蒋季恺、邹煜荪工程师及 1962 年大、专毕业的技术员。大家都具有一定的理论基础知识，虽然缺乏修建大型水利工程的实践经验，但是积极性很高，都有为三峡作奉献、建好三峡试验坝、做好先行的决心。大家在设计中认真负责、精心钻研，深入现场，调查收集第一手资料，开展技术讨论，结合实际情况做好每一项设计，圆满解决各项技术难题。那段时间，同志们一直在工地进行现场设计，特别是在三年经济困难时期，在工地身住草房，缺乏营养，大多同志都不同程度患有肝炎、浮肿等疾病，却仍然坚持每天工作到深夜，毫无怨言，表现了较大的热情和干劲，实现了为三峡做好先行的承诺。

　　我从 1959 年初由三峡设计组调到陆水设计组工作。年底，下工地到设代组进行现场设计，在工地一待就是 16 年，其中 1962—1964 年上半年和 1970—1974 年领导委派我全权负责设代组在工地进行设计技术交底和解决施工中出现的问题等工作。我参加了大坝设计、试验、施工、运行、技术总结全过程。10 多年来，我经历了不少磨炼，通过认识—实践—再认识—再实践，实现从感性认识到理性认识的转化，学到了很多从书本上学不到的知识，取得了很多经验教训，设计思想、技术水平得到了很大提高。回顾往事，很多事情都记忆犹新，一些印象尤其深刻，至今难忘。

一、歌唱三峡，歌唱试验坝

1959 年春节，长江委组织文艺晚会庆贺新年。陆水设计组全体同志怀着极大的热情，集体编撰了一首歌唱三峡、歌唱试验坝的歌曲。在晚会上，全体同志激情高昂放声歌唱，获得领导好评，在全委系统掀起了建设三峡、建好试验坝的高潮。

二、克服"三怕"

1959 年冬，为配合工程施工，全体同志下工地进行现场设计。在当时先生产后生活的大环境下，工地除几座原由农民居住的土砖瓦房外，我们的住房和工作房都是用竹子搭盖的茅草房。住房中的床铺是用两张竹凳架起的竹条板床，每人占用的面积仅有 2 平方米，办公室内每人只有一张小木桌和木凳。到工地后不久，一天深夜，住在河对岸的工人不小心引发火灾。一部分未上班的工人正在熟睡中，扑救不及，一刹那，风助火神发威，不到半小时，10 多栋工棚化为灰烬。经抢救后，还是有多人遇难，不少人被烧伤。这次大火灾给大家敲响了警钟，提高了防火意识。一次，天下大雨，房顶漏雨，大家毫无防备，好几位同志床上衣服、被子被打湿，地上也回潮积水。为了避免给生活、工作带来负面影响，大家在床顶上用油布或油毛毡搭起防漏棚，并在房屋四周深挖排水沟，对办公室也不例外。一次雷雨交加，一座草房电闸刀被雷击，好在附近无人，未引起火灾，但让人受到惊吓。由此大家体验到"三怕"，即怕失火、怕下雨、怕雷击。尽管如此，大家仍然在思想上、行动上克服"三怕"，做好一切防御措施，防患于未然，热情洋溢地做好设计工作。

三、清油炒菜，生活生产两手抓

1960 年，国家处于经济困难时期。国家供应每人每月粮食定量 27 斤、食油 2 两（1

斤 =0.5 千克，1 两 =0.05 千克，下同），无副食品，每天吃的都是萝卜、青菜，仅在春节给每人供应猪肉 2 两、鱼 4 两，生活十分艰苦。5—9 月，县里连食用油也无法供应，每天只好盐水煮青菜。一天，食堂挂出清油炒青菜的菜牌，每人限购一份，大家欢欣鼓舞，高兴得像小孩子过年一样，好不容易美滋滋地吃到了一点油水。

困难时期连蔬菜供应也很少，设代组号召大家开荒种菜，解决供不应求的矛盾，做到生活生产两不误。大家便在晚餐后开始挖地施肥种菜，每天劳动到天黑看不见才休息。大家虽然累得汗流浃背，但是情绪仍然饱满，看到种的菜生长得好，都由衷地感到高兴，收获时满怀喜悦将菜无偿地送到食堂。吃到自己种的菜，心情特别愉快。大家每天种完菜后，稍作休息便又加班工作到深夜，毫无疲劳之感，做到了生活生产两不误。

1961 年春，吴松樵同志将一大把葵花种子给我，叫我种葵花好秋后收获葵花籽，给大家增加点营养。我挖了一块地施上肥料，再将种子播下。10 多天后，幼苗破土而出，看到幼苗一天天茁壮成长，根深叶茂，开花结果，一盘盘硕大的葵花朵朵向太阳，我的心里格外愉快。收获后，每人分一大包葵花籽，大家非常开心。

四、战胜病魔

困难时期，由于缺乏营养，很多同志不同程度患有营养性肝炎、浮肿，还缺乏治疗药物，工地施工又紧张。为满足施工要求，大家仍夜以继日地不停工作，毫无怨言。为了提出符合客观实际的设计和图纸，不怕劳苦深入现场调查研究，收集第一手资料并将其融合到设计中去。为战胜病魔，大家锻炼身体，提高体质，增强抗御能力。领导为给大家增加一点营养，弄来了一批榨过油的芝麻枯饼，给每人分发四块，每天吃一小块。同志们就这样带病工作坚持到 1961 年秋，在国家经济进行调整，工程处于基本停建时，大家才暂时离开工地，回到汉口单位进行治疗以恢复健康。

五、重大突破，一锤定音

在陆水设计组工作时，领导分配我负责基础开挖、处理、验收及基础渗流控制帷幕灌浆、排水的设计。这门学科综合水工结构学、工程地质学、水文地质学、岩土力学、地下水动力学等，接受任务后，我感到很为难，不知从何做起。于是，我便积极收集全国已建工程有关这方面的资料进行学习。当时，丹江口工程已开工兴建，负责该项目设计的有张鸣冬工程师和丁琦等同志，领导便派我到丹江口去向他们请教，同时到工地现场学习。约一个月后，我基本入门。从丹江口回来后，我便开始进行基础开挖设计，编写技术要求。在设计中首先遇到两个难题：一是大坝左右坝肩基础岩石强弱风化带较深，能不能在这样的基础上建坝，是问题的关键；二是河床中部存在一深槽，如何开挖处理。对于第一个难题，按当时的技术规范，在这样的基础上建坝是不允许的。当时苏联专家提出了一个处理方案，但该方案仍存在一些问题，不够完善。为解决问题，我们多次与地质人员到现场勘察，收集资料。经分析研究讨论，我们认为两坝肩坝不高，对基础的要求可以放宽。这样做虽然存在缺陷，可以采取固结灌浆提高其整体性，但是风化岩基灌浆在国内尚无先例，能不能达到目的，必须通过试验论证。经试验，最后决定打破陈规，将两坝肩坝体建在强弱风化岩基上。对于第二个难题，一开始决定按常规进行开挖处理。在开挖清除覆盖在深槽的砂卵石后，发现深槽两壁狭窄、峻峭，两壁和槽底岩石完整坚硬，仅局部有些缺陷。经大家分析研究讨论，决定打破常规，不进行开挖处理。在对基础进行开挖、处理、渗流控制设计和基础验收的实践过程中，我学到了很多东西。

六、大战红五月

1961年，为了确保大坝度汛安全，不被洪水损坏，长江委决定将大坝修成防汛经济断面，要求在汛前保质保量完成任务，派李镇南总工程师坐镇工地，督促协调解决设计、施工问题；派承嘉谋、王昌达两位工程师到设代组加强领导。施工总队召开动员大会，决定大战红五月，建好大坝防汛断面。工地上到处红旗招展，巨幅动员标语挂遍全工地，到处洋溢着干劲冲天的气氛。设代组全体同志为满足施工要求，加班加点工作。同时，领导派我和刘铎荣同志两人每天分两班去现场值班，了解和掌握施工进展状态，及时发现问题，并将施工人员对设计的意见向领导汇报，研究解决问题的方针和措施。经过一个月的精心设计和施工，保质保量地完建了大坝防汛经济断面，确保了度汛安全。

七、差之毫厘的场外指导

主坝溢流孔坝顶人行桥钢筋混凝土板和电站厂房内楼梯踏步均采用预制安装。由于设计人员缺乏经验，没有考虑到板与板、踏步与踏步连接缝不可能完全密合，结果安装时多出了半块板，踏步多出了半个，工人很气愤。当时，正值"文化大革命"时期，工人要设计人员去凿混凝土，负责安装好。而设代组领导要大家一起去处理，劳

漫忆篇

动了一天，在工人的指导下安装好。这给大家上了一堂教育课，大家深刻地体会到设计时要考虑如何施工。

"文化大革命"后期，设代组仅留下我和武斌生同志两人在工地，其他同志都回汉口单位。1970 年电站发电机组安装，进厂房工作要凭"革委会"发的出入证。我们两人因家庭出身不好，不得入内。厂房施工中经常有问题需要设计人员解决，工人同志来找我们。我们说不能进厂房，不了解具体情况，不好解决，负不了责，你们去找"革委会"吧！但工人师傅很诚恳，希望我们能提出解决措施。我们考虑到对工作负责，为了建设好三峡试验坝，对人民负责，不能因不能进厂房的小事而影响大局，便在场外了解具体情况，提出处理措施，形成场外指导场内的局面。后来，叶扬眉处长来工地，我们向他汇报工作，也提到不能进厂房一事。汇报完后，叶扬眉处长说：坐我的车一起到厂房去，这才堂堂正正地进了厂房。

八、有惊无险，经受考验

1967 年汛期，主坝溢流坝泄洪，领导派我到主、副各坝观察运行状况，当我进到主坝廊道内时便听到类似放鞭炮的噼啪响声，不知发生了什么事，是不是大坝出了问题。为了查明情况，我便提心吊胆地一步步慢慢往下走，越往下走声音越大，便赶紧回去汇报，大家一起到廊道内去了解情况。经分析研究，我们认为是泄洪孔发生了气蚀，冲坏了混凝土和钢筋，对大坝的安全尚不会造成威胁。汛后，请潜水员水下检查，发现坝脚下的护坦混凝土遭到破坏，钢筋也被冲断，在每个泄洪孔下左右各冲蚀一个坑。于年终进行了改造修复，问题终于得到解决，可谓有惊无险。

"文化大革命"中期，军管会进驻各单位主持工作，陆水施工总队亦然。1973 年汛期，陆水流域上游普降暴雨，洪水来势凶猛，流量很大，坝前水库水位迅速升高。当时，我在设代组留守，负责处理有关设计事项。军代表召开防汛会，召集施工总队吴述舜总工程师、李恒庆副总工程师，水文调度陈竹生同志和我，研究防洪问题。当时主坝下泄流量较小，我们一致要求增大下泄流量，确保主、副坝的安全，军代表按照咸宁地区军管会的意见，要保下游防洪安全，减少淹没，不同意增大泄量，要等等看再说。随后，李总和我及其他同志到主副各坝去视察其运行状态，发现有四座土石坝坝脚渗漏，有一座土坝坝脚下游因渗漏形成沼泽化。看到水库水位不断提高，几座副坝存在险情，大家心急如焚，赶紧回来，商量应对措施。一方面派专人去监视，组织抢险队，万一出问题进行抢险；另一方面向军代表汇报情况，要求立即下令增大泄量，降低水库水位。在会上，军代表仍不同意。当水库水位快涨到千年一遇的洪水位时，军代表再次召开会议研究。我们指出应当立即加大泄量。如再不放，万一有一座坝承受不了发生溃坝失事，那就会造成特大洪灾，下游的京广铁路、县城、乡镇及村庄、农田等将被冲毁，人民的生命财产将受到极大的损失，我们都将成为罪人。军代表仍不同意，说他是军人不懂技术，技术上由我们负责。我们提心吊胆，坐立不安，只好静等。好在天公作美，上游不再下大雨，才逃过了此劫。好在主、副坝承受了压力，安然无恙，经受了洪水的考验。后来，水利部向全国通报批评不到 20 年一遇的洪水造成水库水位达到 1000 年一遇水位的险情，要求各单位通过此事吸取教训。

三峡试验坝——陆水蒲圻水利枢纽的建成，标志着为三峡工程做准备的各项科学试验取得了圆满成功，也达到了培养锻炼技术人才的目的。各项科学试验成果、资料数据，在当时的科学技术条件下起到了一定的推广、借鉴作用，以后在一些工程中得到了应用和发展，为我国水利水电建设科学技术水平的提高、发展和创新作出了一定的贡献。

1994 年 12 月三峡工程正式开工兴建，随着科学技术水平、新技术、新材料、新工艺日新月异，陆水工程的各项科学试验虽未得到直接应用，但所取得的丰富经验成果仍有借鉴的价值。陆水工程作为兴建三峡的试验坝功不可没！

漫忆篇

回顾三峡试验坝的建设过程

李博勤

今年 3 月，陆管局离退处给我寄来一份邀稿函，请我回忆一下三峡试验坝的建设过程，为《三峡工程情怀》投稿。我已经 92 岁了，接到邀稿函时激动不已，几十年前那段经历我仍历历在目，印象深刻。

1949 年夏秋，长江发生了特大洪水，堤防损坏十分严重。新中国成立后，党和人民政府为保护广大人民群众的生命财产安全，开展了对大江大河的堤防修建工程。经过连续几年的努力，长江堤防建设取得成果，防御洪水的能力大大提高。1958 年，林一山同志设想在湖北陆水河上先建造一座试验坝，为三峡建坝提供技术资料和施工经验。这个设想很快得到党中央和国务院的批准。经过多方研究比较，试验坝址选定在陆水河蒲圻县上游约 2000 米处。坝址天然条件很好，左右岸远处有山头紧锁，形成颈状。右山头的右侧是丘陵山谷，是施工期明渠导流的地方；坝址左岩下游是一片很大的开阔地，有利于施工设施的布置，而且紧邻京广铁路和公路，对外交通条件十分优越；紧靠京广铁路有一座凤凰山采石场可提供石料。坝址下游河段盛产沙砾石可供使用，在此建坝非常理想。由于试验坝地处丘陵，因此副坝多达 12 处，其中最大的是 8 号副坝，其次是 1 号和 6 号副坝，施工期的导流明渠是 3 号副坝。

试验坝的主要任务有三：一是坝体采用预制块砌筑，以代替现浇大体积混凝土，解决水泥的水化热问题。这个课题涉及预制块的形状、尺寸、重量如何选择，相邻预制块如何胶结成整体，施工工艺如何制定，胶结强度如何测定，施工机械如何配置等。二是解决砂砾层地基防渗的问题。三是大坝建成后要取得试验电站对新技术、新设备研制和运行的第一手资料。

通过试验人员和广大职工的多年努力，各项试验任务都取得了满意的成果，为建设三峡提供了可靠的经验。预制块的胶结强度试验成果和预制块安装的一整套施工工艺，成为国内外稀有的宝贵资料。

当地群众知道要在蒲圻建造三峡试验坝，无不欢欣鼓舞，举双手赞成，乐意在长办的技术指导下主动承担施工任务。1958 年，蒲圻县委成立了"陆水工程指挥部"，县委书记兼任指挥长并筹备开工。长办还组建了施工试验总队（以下简称"长办施总"），并进驻工地配合地方做好开工准备。

1958年汛后，指挥部开始调集民工从事副坝修建、石料的开采、加工运输、明渠开挖、大坝基坑开挖等。高峰的时候民工达3万余人。1960年汛期后，基坑开始浇筑混凝土。为加快施工进度，1961年春大战红五月，大坝升高较快。但由于三年困难时期，国家经济困难，工程被迫停工。随后指挥部撤销，民工全部撤走，此后的施工任务全部交由长办施总负责。

1962年，长办施总重新组织施工队伍，做好复工准备。除总队机关科室外，还组建了6个大队，即浇筑大队、土石大队、风灌大队、砂石大队、运输大队、起重安装大队，并成立调度室取代指挥部的施工前方指挥所。我当时被安排到调度室工作，同室的还有冯国清、熊正楷、许忠宽、伏厚甫四位技术员。党委书记、总队长张魁元同志兼调试室主任，林姜明工程师任副主任。

经过上级批准，长办施总用停工这段空闲时间改善职工宿舍，将失修的草房改造为简易瓦房。此时调度室的主要任务是根据总队的计划向各二级单位（队、厂）布置住房改造任务，并负责到现场检查施工进度，协调施工过程中发生的矛盾。由于各队各厂的积极性很高，住房改造进展顺利。

1963年国家经济形势有所好转。总队为做好复工准备，调林姜明至试验科主持工作，调度室业务工作明确由我（时任九级工程师）负责，并调来刘树梅同志任调度副主任，负责行政管理工作。同时将伏厚甫同志调去搞施工测量，又调来徐万川和何志韬两位技术员。

为迎接即将到来的施工高潮，调度室搬到大坝基坑现场办公，这里有四间简易瓦房，其中两间会议室，一间值班室，一间休息室。与此同时，大家做好复工的思想准备和组织准备。首先加强政治和业务学习，明确人员分工及职责，并建立起有力度、有威信的施工调度指挥系统。二级单位均指定一名业务骨干担任本单位的调度员，与总队调度室构成一个完整的生产指挥系统。此外还建立会议制度：每旬召开一次生产会议，由总队领导（调度室主任）主持，二级单位及各科室领导参加，主要是布置一旬的生产任务。每天下午四点召开调度会（由我主持，各队、厂调度员参加，主要是落实次日生产任务，平衡劳力安排）。调度室每天还要将施工重要项目、进度要求、劳力调度以及上级指示等内容及时公布到黑板上通告，便于大家掌握情况，认识一致、步调一致，工作效率事半功倍。

1964年，我们重建了三大系统，即混凝土拌和系统，包括拌和楼、配料间、散装水泥罐和冰库；碎石加工运输系统，包括碎石机、筛分楼、储料场和专用铁路等；

漫忆篇

采砂系统，在大坝下游河段修建，包括采砂码头、采砂船、筛分楼、储料场等。

1964年汛期后，陆水工程正式复工。

为了早日升高大坝高程，避免在1965年汛期基坑被淹造成损失，基坑开挖日夜兼程，全工地热火朝天，机关干部及家属总动员参加基坑出渣、预制块刷毛、搬运水泥等劳动。调度室更是一片繁忙，白天各自到所负责的施工区检查施工进度、协调矛盾，晚上还要轮流值班，处理施工中的问题。我基本上每天工作在16小时以上，零点以后都是抱着电话机睡觉。那时，我家人患结核病在武汉住院，我因工作忙而不能在她身边照料，至今我的心里仍深感内疚。

1965年初，大坝开始浇筑混凝土和安装预制块，施工逐步进入新高潮。为了使各项施工任务有计划、有秩序地进行，做到忙而不乱，紧张有序，我在充分调查研究的基础上制定出旬施工作业计划，交由总队领导审查同意后召开旬生产会议。会议由总队领导主持，由我负责讲解旬作业计划的任务和要求，提示重点和难点。会议结束时，将旬作业计划发给各队厂、各科室，以利于配合工作。因为计划编制具体务实，加上各方通力合作，所以每次旬计划都能按时甚至提前保质保量地完成，大坝的高程逐渐上升。

1965—1968年是试验坝施工的黄金时间，即便是在1966年、1967年"文化大革命"最混乱的时期，大坝施工仍然正常进行，基本没有受到干扰，我现在回忆起来仍然很欣慰。1968年夏天，土建工程基本完工，施工重点转入机电安装，此时起重安装大队成为主角，调度室的紧张程度有所缓和。1971年试验坝开始发电，全工地敲锣打鼓、喜气洋洋，欢庆试验坝建设成功。

长江三峡城镇迁建规划回顾

田一德

三峡工程建设需要百万大移民，这是世界级的难题。李鹏总理说："三峡工程成败的关键在移民。"朱镕基总理说："三峡工程的难点在移民。"据1991—1992年调查，长江三峡工程直接动迁人口近86万（含坝区），规划搬迁人口规模达128万，其中城镇83万，农村45万。规划迁建城镇126座，其中城市2座，县城10座，集镇114座。全淹或基本全淹的城镇63座，其余为部分受淹城镇。首先遇到的难题就是建设用地问题。众所周知，三峡地区山峦重叠，沟壑纵横，地形破碎，地质情况复杂，可用的建设用地紧张，稍平缓的地带往往又是滑坡体或崩塌体。因此城镇迁建选址就需要多方案比选，劣中选优。它除了受地形、地质、用地条件限制外，还受移民安置与发展、区域经济发展目标与规模的影响，并要与农村移民安置、对外公路、港口码头、电力、电信、工矿企业布局等规划相协调，加之社会因素的复杂性、人们认识差异和局限性，具有特殊的难度。

首先遇到的问题是城镇的用地规模。三峡库区城镇是在漫长的历史长河中逐步形成的区域政治经济文化中心。受地形、地质影响，房屋建筑密集，街道狭窄，公共服务设施及基础设施落后，人均用地面积仅40~50平方米，大大低于国家制定的标准。此次城镇迁建正是改变面貌的千载难逢的机遇，因此有的地方政府不切实际地要求扩大城镇用地规模。例如某集镇直接受淹人口350，规划迁建人口规模为480，按人均用地标准61平方米每人计算用地规模为29280平方米。而地方政府却要求达到5000人口的规模，相应用地规模为30.5万平方米，超标准9倍多，这是盲目、不切实际的。因为该集镇辖区内全部受淹人口，包括农村人口都安排进集镇安置还达不到5000人口。对于这个问题，长江委分管三峡移民的副主任傅秀堂和库区处总工唐登清等人做了大量工作。多次在国务院三峡建委高层会议上说明控制建设规模的必要性，说明补偿与发展的关系，近期建设与远期发展的关系。傅秀堂在《试论移民补偿与发展》一文中说明：移民规划设计要按国务院三峡工程建设委员会办公室（以下简称"国务院三峡办"）批准的《长江三峡工程水库淹没处理及移民安置规划大纲》（以下简称

《规划大纲》）的标准和要求进行编制，大纲所定的标准已考虑到适度的发展。唐登清在《关于库区受淹城镇迁建问题的探讨》一文中提出，在进行城镇搬迁规划时，一定要远近结合，既要满足近期移民搬迁要求，又要适应城镇远景发展的需要。

鉴于地方的要求很高且难以实施，国务院三峡建委委托长江委以湖北省四县规划为案例对《规划大纲》进行正式修订工作，并根据大纲参照湖北四县规划进行全库区移民补偿投资测算。经多次论证修订，国务院三峡建委1994年7月批准《规划大纲》正式实行。长江委测算全库区移民安置补偿投资总额为399.9亿元。1994年12月29日，国务院三峡建委批准400亿元（1993年5月价格水平）静态投资总额及分省切块包干方案。其中城镇迁建投资136.8亿元，并明确包干投资不得突破，今后只考虑物价因素调整。两省可按包干限额在长江委的协助下尽快完成移民实施规划。

这一政策出台之后，各方面不再争指标、争标准、争投资了，而是将注意力转到规划设计的经济合理性，考虑怎样用好限额投资。各城镇的用地规模则根据《规划大纲》的方法、标准计算而确定。

城镇迁建规划的另一问题是有关规划各项指标的确定，如各级道路的宽度、人均供水量、人均供电量、人均用地标准、排水规划及体制、环保及绿化等量化指标根据城镇现状及国家标准确定，还要参考部分水库迁建城镇实际指标。为此，库区处原总工汪小莲、原副总工赵时华等人到全国各地各部门走访调查，做了大量工作，把上述主要指标纳入《规划大纲》，经国务院三峡建委组织各部门专家多次讨论修订而成。

规划指标确定之后就要进行详规设计，要进一步考虑一些具体问题，如场地平整是要大挖大填，还是依山就势，少挖少填；道路设计是取平且直还是依山就势。大挖大填可以形成宽敞平整的地面，便于各类建筑布置，便于人们活动，但是在三峡地区就会不可避免地造成高边坡和深填方等人为的不良地质问题，高边坡处理不好往往引起边坡失稳和滑坡，对居民的生命财产造成威胁，深填方往往造成地基不均匀沉陷，对各类建筑造成损坏甚至返工。这在湖北省秭归县和重庆市巫山县城迁建中有过深刻教训。

针对上述问题，我写了《三峡库区城镇迁建规划设计的几个问题初探》一文，发表于《人民长江》杂志及《水库移民工程论文集》上。文中对三峡库区道路设计，包括平面布置、纵横断面设计进行了探讨，用数学方程式论证道路宽度与地面坡度的关系，推荐了几种陡坡路段路基横断面形式；文中还对三峡库区城镇场地平整及室外工程进行了探讨，推荐了9种建筑形式，提出弃土处理方法，对三峡城镇迁建起到借鉴作用。

1994年，我主持编制了《长江三峡水库城（集）镇迁建详细规划工作细则》（以下简称《规划细则》）。该细则是对《规划大纲》的进一步细化和深入解读，使之具备可操作性、合规性，让各参与三峡城镇迁建规划设计单位有统一的标准和规范，便于设计，避免随意扩大规模或提高标准，避免超出包干投资。该细则提出了详规任务、原则、依据及步骤，要求在开展规划工作之前先做好受淹城镇的现状调查，通过对城镇概况、历史沿革、社会经济状况、人口组成、各类房屋建筑、基础设施及市政建设等的现状调查，经综合分析研究，找出城镇发展和建设中的主要问题和矛盾，进一步明确规划设计重点，为制定规划方案做好准备。现状调查资料（包括影像资料）可作为旧城与新建城镇的对比资料。为做好这一工作，我们编制《长江三峡库区迁建城镇现状调查大纲》及一系列附表分发给各规划设计单位，各设计单位开展了对三峡主要城镇的现状调查，提交了现状调查报告，取得了宝贵的第一手资料，为迁建城镇详细规划打下坚实的基础。

为便于计算，《规划细则》提出了迁建规划人口规模及用地规模的计算公式，考虑到在三峡库区实际中往往存在坡度大于 25 度的难利用地或地质不良地段，规划时要避开这些地段，实际用地规模可以在计算用地规模的基础上扩大 1.05~1.2 倍。

根据实际需要，为统筹安排城镇搬迁建设，《规划细则》提出了迁建城镇新址占地调查的要求及方法与淹没调查一样，调查目的为新址占地移民安置提供依据，便于顺利完成新址征地及移民安置工作。

为避免在城镇迁建场地平整和道路建设中大挖大填，产生高边坡和深填方，控制工程量和投资，《规划细则》要求在开展城镇迁建规划之前先做好建设用地条件分析，在新址 1∶1000 地形图上，根据地形坡度和地质状况对用地进行分类，界定适宜建设、较适宜建设、不适宜建设或有条件允许建设的地类。根据用地分类及分布情况，结合自然地形，依山就势，相对集中地布置各类建筑。在平面布局场地平整及室外工程（竖向工程）规划中，《规划细则》要求平面布局与竖向规划相结合，尽可能采用小台地法，台地之间高差一般小于 5 米，各类建筑用地填方深度一般小于 5 米，挡土墙高度一般小于 5 米，尽量采用护坡。《规划细则》对道路布设、给排水、供电、通信、环保等方面提出了具体的要求和指标，为便于操作，提供了 30 多份表格供规划设计及报告编写时使用。规划设计单位使用了《规划细则》，使三峡库区众多迁建城镇的详细规划编制内容较完善、格式统一，便于汇总，符合《规划大纲》要求，获得评审通过并付诸实施。重庆市移民局规划处处长钟杰英说："这个《规划细则》写得好，写得细，内容丰富且完善，指导性强，便于规划设计操作。"

1994—1998 年，我参与的三峡库区 10 多个城集镇的迁建规划以及若干城镇迁建规划符合《规划大纲》和《规划细则》的要求，获得评审通过。

漫忆篇

鉴于三峡地区地形地质条件的复杂性，并不是所有的城镇迁建都是一帆风顺的，有的不乏一波三折。例如湖北省兴山县峡口镇，位于兴山县南部的高岗河与香溪河汇合处，南距长江 22 千米，北距兴山县城 14 千米，水路距三峡坝址 50.6 千米，建成区高程 130~200 米，属三峡水库全淹集镇，1991 年全镇人口 0.688 万，有 9 个工矿企业、38 个事业单位，兴秭公路和宜兴公路在此交会，是兴山县的南大门。三峡水库蓄水后，该镇是兴山县唯一的港口，是水陆交通要地。

1993 年 9 月，湖北省城市规划设计研究院完成兴山县峡口镇迁建详细规划。1994 年 10 月工程正式动工，但在 1995—1996 年道路施工中切坡过宽且挖方边坡过陡，造成边坡坍方失稳，加上多次暴雨产生几处滑坡，使得原规划区内建筑用地不足，仅有原规划用地的 31%，集镇建设难以为继，而三峡工程建设工期不容延误！1996 年 11 月，长江委综勘局提交了峡口镇迁建新址工程地质条件及建筑场地可利用程度评价报告。该报告评价峡口镇移民迁建规划范围内可利用建筑用地不足，需要扩大规划范围。

1996 年 12 月，湖北省人民政府召开三峡库区移民工程地质工作会议，对峡口镇粮管所滑坡等地质灾害进行专题研究。会议指出，鉴于峡口集镇规划区范围内已有多处滑坡体产生变形，原有集镇规划宜作相应调整，请长江委尽快拿出方案。我当时在设计院库区处任副总工，负责三峡库区城镇迁建规划工作，于是立即组织相关研究工作，根据综勘局的粮管所滑坡地质勘探报告，我与其他工程技术人员共同研究，现场查勘，反复论证，提出三套规划调查方案：一是移民及单位分散分流到附近集镇的方案；二是尽可能利用原规划区内零星用地的挖潜增容方案；三是治理粮管所滑坡方案。

经多方比较论证，我们推荐采用治理粮管所滑坡扩大建设用地的方案。1997 年 5 月完成了《长江三峡工程库区兴山县峡口镇迁建规划调整方案研究》，并报送三峡建委和湖北省人民政府，同年 6 月 19—20 日，湖北省移民局组织有关部门及专家在兴山县召开三峡库区兴山县峡口镇迁建规划调整方案评审会，评审专家组一致通过峡口镇迁建规划调整方案。工程于 1999 年 3 月动工，2002 年 3 月竣工。2002 年 4 月 1 日，湖北省三峡工程移民局组织专家对该工程进行竣工验收，专家组验收结论：粮管所滑坡治理工程设计科学合理，按设计施工，滑坡体削方场平、填筑、导流明渠、截排水工程，其质量、工期、投资均符合设计要求。通过治理，滑坡整体稳定，为峡口集镇移民迁建增加了用地，治理工程效益明显，工程质量合格。

经过十余年的精心建设，到 2009 年底已全部完成三峡库区城镇迁建任务，保证了三峡工程按计划蓄水。过去基础设施落后、功能不全、建筑陈旧、狭窄拥挤、布局紊乱的旧城镇已荡然无存，代之以功能配套、布局合理、交通便利、具有现代风貌的新城镇。新旧城镇对比，新城镇占地面积平均扩大 2 倍多，人均用地面积从 30~40 平方米增加到 70~80 平方米，主干道路红线宽度从 10~15 米扩大到 20 米以上，人均供水、供电量增加 1 倍以上且保证率大为提高，通信及电视设施更新换代，人居环境迈上新台阶。移民生活水平不断提高，据统计，三峡库区 1997—2007 年的 GDP（国内生产总值）年增长率达 13%，城市居民人均可支配收入年均增长 11% 左右，库区城镇产业结构逐步优化，库区经济呈现出可持续发展态势。一座座现代化新城镇拔地而起，成为峡江两岸一道道亮丽风景线，随着长江三峡库区后续规划建设，库区城镇将会更加美丽壮观。当我们看到这一沧海桑田的变迁，看到我们当年的规划变成现实时，庆幸自己没有虚度此生。

漫忆篇

长江三峡移民调查二三事

田一德

长江三峡移民的基础工作在于淹没实物指标调查，它是移民补偿和安置规划的依据。三峡水库淹没调查涉及重庆市、湖北省 20 个县（市）农村、城镇居民及行政部门、单位、企业。在正常蓄水位淹没线下直接受淹人口达 84.26 万，各类房屋 3479.47 万平方米，各类土地 31960 公顷，情况非常复杂，政策性很强，要求精度很高，工作很艰巨。为统一技术要求，确保调查质量，长江委根据有关规程规范并结合三峡地区实际情况，于 1991 年 10 月编制了《长江三峡工程初步设计水库淹没实物指标调查大纲》和《长江三峡工程初步设计水库淹没实物指标调查细则》。1992 年 3 月，根据现场调查的实际情况，编制了《长江三峡工程初步设计阶段水库淹没实物指标调查细则补充说明》。在调查之前，对调查人员进行了技术培训，保证调查工作在统一的技术要求下进行，确保调查成果质量。

参与调查的技术人员和地方配合的工作人员达到 1200 多人，于 1991 年 10 月至 1992 年 6 月分两批进行。调查成果由调查人员和被调查方共同签字认可并汇总后向县（市）政府汇报，并由县（市）政府行文认可。调查工作紧张有序，克服万难，终成正果。以下几个事例可以反映一二。

一、坚持原则，廉洁奉公，严把技术标准

故事一：三峡库区的旱地多为坡耕地、园地和林地，都有一定的坡度，有的坡度达到 40 度以上。为科学合理公平起见，《长江三峡工程初步设计水库淹没实物指标调查大纲》规定这些坡地面积要按投影面积计算，而某些地方干部、群众不理解，认为克扣了他们的土地面积。

有一次田纪云副总理到三峡库区视察，考察团的一位地方干部当着长江委副主任傅秀堂的面告状，说长江委按投影面积计算土地面积，农民意见很大。傅秀堂理直气壮地回答道："这不是长江委创造的，而是国家规定的，国外也是这样做。1992 年，

我陪中国科学院的几个学部委员参观秭归移民区时，专门请教过搞土地研究的中国科学院徐冠华院士。投影面积的采用使三峡的耕地面积减少了20%，但地方上并不吃亏，因为各县都减少了，补偿经费分摊到各县还是一样……如果硬要算斜面积，那陡立的岩面面积将是无穷大，但这样的土地能耕种吗？"

那位干部还坚持说，农作物能生长。

傅秀堂风趣地说："那只能用浆糊糊上去，根是生不了的。"

长江委的各级领导和技术人员利用各种场合耐心地向地方干群做解释工作，这方面的误解已经冰消云散。

故事二：兴建长江三峡工程是中国几代人的期盼，更是三峡人的期盼。新中国成立后，曾多次酝酿兴建长江三峡工程，但因故多次而搁浅，这也影响到对三峡库区的投资和经济建设。库区县基本上是国家级贫困县，老百姓做梦都想着改变面貌，三峡移民是一个千载难逢的机遇。

某天，调查人员在一村庄进行淹没调查结束后，有一农民要求去丈量他家的房屋，而工作人员到他家后发现他的房屋在淹没线以上，按规定不属于调查登记范围，就向农户及家人解释国家的政策和规定。正在僵持不下时，突然有一位80多岁的大爷"扑通"一声跪在地下，央求调查人员将他家也调查登记下来。这一举动将所有的在场人员都惊呆了，周围还站着看热闹的其他农户，所有人的目光都盯着调查人员，看如何收拾这种局面。

"大爷！"一位调查人员在叫出这声的同时，也"扑通"一下跪在这位老人的面前，眼泪夺眶而出。

"大爷，我也只能给您跪下了，您家的房屋谁也没有办法给您登记，国家有政策规定，淹没线以上的房屋一律不允许登记，如果我登记了，就违反了国家的政策，我就要犯错误，对党、对国家就无法交代。大爷，您能让我犯错误吗？"陪同来的地方干部也被我们这位调查人员说得动了情，这个说，那个劝，硬是把这位大爷劝得站了起来。此后，类似的事例还发生过很多次。

故事三：三峡库区移民调查任务重、时间紧，调查人员都是起早摸黑，没有休息日。某县区负责人曾让地方给点加班费，傅秀堂同志发现后，严厉批评这位负责人说："你知道你这种做法是什么？是行贿，千万不要贪小失大，败坏我们移民工程技术人员的声誉。"

甘家庆时任库区规划处处长，是三峡移民调查的主要负责人，地方上曾几次托人给他带钱物，带来的钱他都委托办事的同志如数寄回去，带来的物品因不好再往回带，他就将其折价为人民币给寄回去。

漫忆篇

在领导的表率作用下，库区处几乎所有的干部、职工对此类事件都作了妥善处理。

故事四：1991年，库区处一室副主任常益中带一个组在某县调查农村受淹土地。当时已存在遥感技术，运用航测图及1∶10000地形图等先进手段来测量计算各种受淹地类面积了。经过多次检验，测量结果准确度较高且为地方政府所认可，当他们调查过某乡的各类土地面积，拿出调查表让乡负责人签字时，他们认为数额少了，拒不签字，要常益中把表上的数字改一下，把土地面积多少再加一点。陪同来的县里的干部也劝常益中把数字改一改，免得双方僵持不下。常益中坚持不改，那位乡干部也依然坚持不签。到这个乡的调查快结束时，有一天乡干部把负责调查的副县长请来了，这位副县长也劝常益中多少加点面积，乡干部当场掏出一张由他们单方面重新制作的表，反过来要常益中签字，常益中很气愤，当场就把那张表撕了。他理直气壮地对那位副县长说："你一定是个共产党员，我不是。但你不实事求是，不配当共产党员。"一番话说得那位副县长面红耳赤，半天说不出话来。最后，那位乡干部还是自认理亏，在淹没实物调查表上签了字。

二、认真负责，一丝不苟，全心全意为移民着想

故事五：三峡移民涉及千家万户，谁都怕漏登了，量少了。某天，一位老人找到调查人员，硬说他家的房屋面积量少了，一定要调查人员去他家重量。调查人员到他家后在全家人及地方干部的见证下重新丈量，计算出的房屋面积比先前登记的面积还少近2平方米。原来是我们的调查人员在丈量移民房屋时，一般都没有把皮尺拉得很紧，而在复核时皮尺拉得较紧，其丈量的面积就比原先小了。这下子老人的家人开始埋怨了，坚持让调查人员按先量的面积登记。事后还是满足了他们的要求。此事一出，加上地方干部在调查时也配合做群众工作，移民要求复核重量的就很少了，调查工作得以顺利进行。

故事六：在实物指标调查中，只要移民说存在问题、不理解的，调查人员绝对会想方设法去解决，去解释，不让移民的利益受损失。库区处一室的袁宏全在巫山县农村调查时，因同行的一位移民干部说漏量了一个农户的一间草房，又专门返回步行十几里山路，亲自告诉那位农户户主，他的草房已登记在另外一张表上了，让那户移民放心。

1992年上半年，我和其他同志在巴县农村调查时，一农户指着被长江水淹没的一块河滩地（河滩地指紧邻江河边的平缓滩地，每年江河发洪水前可种植一季农作物，在三峡库区淹没土地调查中，河滩地可折半计入耕地面积）说："这是我家的番茄地，

可惜全在水下。"当时，水面上已看不到秧苗。为确定这块地的面积，我脱下鞋，卷起裤腿下到水里，用脚一点点地探索，直到完全确定为止。

故事七：为了检验三峡库区移民调查的精度，贯彻全面质量管理（TQC）的要求，在三峡库区移民调查过程中及基本结束后，库区处组织了多次抽样复核，1992年6月我带一个组到重庆市各区县按一定比例随机抽查主要指标（包括人口、房屋、土地等），复查结果显示，所有实物指标调查精度满足规范要求。地方政府移民部门也曾对三峡移民进行过抽样检查，其结论也认可三峡移民调查成果。这充分说明调查人员是认真负责的，移民调查成果是可靠的。

（本文所举事例主要参考刘军、李卫星所著《天平——记从事三峡百万移民迁建规划工作的工程技术人员》一书）

漫忆篇

永远的记忆

——项和祖同志关于三峡工程移民工作的回忆

吴玲玲

　　长江三峡工程，以世界规模最大、气势最宏伟的水利枢纽工程而闻名天下。三峡工程百万移民的搬迁安置是三峡工程建设的重点和成败的关键，被称为世界级难题。为建成这个举世瞩目的宏伟工程，成千上万的三峡建设者为此付出了心血、汗水和智慧。三峡百万移民工作艰巨浩繁。今天，建成后的三峡工程已巍然屹立在世界的东方，在世界水利史上大放异彩。为此，我们有理由向所有的三峡建设者致敬，也应该向为三峡移民工作作出卓越贡献的老同志们致敬。这里记录的是一位为三峡移民贡献过心血和汗水的项和祖同志的事迹。

　　项和祖，扬子江咨询公司总经理，教授级高级工程师，是为三峡工程作出重要贡献的三峡工程移民工作者之一。20多年时间投入三峡工程移民设计和监理事业中，对于三峡工程有着无比深厚的情感，十分丰富的专业知识和实践经验。如今早已退休的他，至今仍保留着"三峡情怀"的珍贵记忆。

　　且让我们听听他的回忆吧。

　　回想40年前，我刚从学校毕业，才二十三四岁，满怀着对人生的憧憬和对事业的渴望，进入长江委工作。我当时做完葛洲坝设计回来以后，从事长江流域规划工作，马上就参与到了三峡工程前期工作中。三峡工程是中国第一、举世闻名的水利工程。现在回想起来，作为长江委一个普通的规划设计人员参与其中，我真是时代的幸运者。

　　我在葛洲坝工程做的是枢纽设计。参与三峡工程建设之后，由水电规划转到水库移民规划。1984年2月，国务院财经领导小组会议明确指出，三峡工程的移民安置要改变过去那种一次性补偿的办法，利用三峡库区的资源优势，走开发性移民的新路子。同时决定先在三峡库区进行开发性移民试点，把这作为三峡工程前期工作的重要组成部分。三峡移民是一个世界级难题的原因：一是移民量之大史无前例。三峡水库淹没范围之大在世界上绝无仅有，移民数量是世界上其他水利工程无法比拟的，其他国家的水利工程移民数量没有超过40万人的。80年代时还没有成立三峡办，三峡移民工作主要由长江委负责，责任非常重大。二是移民内容十分繁杂，一般水库主要涉及农村移民，而三峡移民还涉及城镇迁建、基础设施拆除重建等非常多的方面，复杂程度空前。三是三峡移民工作中国政府非常重视，人民群众高度关注，当时加拿大和美国的一些机构都参与了三峡工程移民的相关论证，这同样也是史无前例的。我们参与这些工作，被赋予了高度的历史使命，肩负着国家和人民托付的重大责任。当时我在库区处参与三峡移民工作，处里一共只有几十个人，我作为其中的一份子，感到非常光荣。参加三峡移民工作几十年，有许多值得留恋、值得回忆的事情，也有一些深刻的体会。

一、三峡工程移民规划设计硕果累累

1984 年，国务院有关批复明确三峡工程采用正常水位 150 米，坝顶高程 175 米的方案。长江委根据 1983—1984 年对三峡库区 150 米水位的淹没实物指标调查情况提出了调查成果。由于重庆市认为水位低，向中央打了报告希望重新论证，长江委就参与了这个论证。我跟随着长江委副主任傅秀堂（当时是库区处处长），开展了三峡的移民环境容量、移民安置方向研讨，陪同国务院审查组考察三峡。国务院组织了412 位专家参与论证，移民是非常重要的课题。当时的水电部钱正英部长任组长，三峡办李主任、湖北省王汉章副省长、四川省蒲海清副省长任副组长，论证领导小组设在水利部，长江委设工作组和联络组。当时我是库区处一室代科长，现在回想起来，有几件事情是非常有价值、值得留恋的。

一是重庆市提出 175 米方案后，作为主要参加者，我参与了该方案的论证。150米的方案 1983 年已经做过了，1986 年的论证不可能大规模调查。我们搜集了长江委50—60 年代的历史资料，有些甚至是老同志的笔记本上的记录资料，经过科学论证分析，推算出来一套 175 米淹没实物指标，移民人数是 117.5 万人，然后各小组分头去各区县征求意见核实。在 90 年代进行大规模调查的时候，验证了我们的测算数字在误差范围之内，这只有长江委才能做出来。原因在于我们有丰富的资料，并且在测算等方面采用了科学方法，计算人员兢兢业业、一丝不苟，算出的基础数据为三峡175 米方案论证作出了应有的贡献。

二是三峡论证小组布置了两个试点县，分别是湖北省秭归县和四川省开县。我带队去开县开展试点工作，在开县待了 1 个多月。通过试点工作推演安置模式和提供决策的结论。钱正英部长在成都召开了非常重要的会议，库区处傅秀堂、唐登清、姚炳华和我 4 个人参加了会议。参会的有各县县长、地委专员、4 个领导小组的正副组长。

漫忆篇

工作组对试点成果进行了汇报讨论，在会上主要回答三峡工程需要多少资金，移民需要多少资金等问题。我和唐登清在已有资料的基础上经过一个白天和一整晚的测算，算出移民需要110亿元，论证小组的结论就这样定下来。1988年1月，长江三峡工程专题论证报告提出的全库区淹没处理补偿投资为1106131.1万元，就是这样定的。

三是我和张华忠同志参加的三峡工程移民规划，三峡论证领导小组决定在秭归开展试点工作，湖北省王汉章副省长任试点领导小组组长，工作组（规划组）分为4个组，工矿企业怎么做，这个问题摆在我们面前不好回答，195家工矿企业的规模无其他水库经验可借鉴。领导决定由我任工矿企业规划小组组长，当时社会上对于资产界定有一些经验，我们同武汉大学、中南财经大学教授一起，利用社会上比较成熟的经验，结合三峡的实际情况进行资产评估，出台了资产评估的一些实施办法，在秭归县得到了应用，我们在4个组里第一个完成任务。

四是在试点工作完成以后，国务院需要尽快知道三峡工程的投资是多少。库区处有几位同志分别做不同方法的测算，我在一些教授指导下做这个工作，农村移民、城镇搬迁、专业项目、工矿企业、其他的一些费用，借鉴城市规划的经验和一些基础数据测算，我测算的是397亿元，然后我们拿着各自的成果去了北京。当时黎安田主任、傅秀堂主任，还有规划局的王思乔副局长一致推荐用我测算的成果进行汇报，我真是战战兢兢。我测算的数据既没经过库区处核准，也没经过长江委核准，三峡办吴司长给我反复做工作，我才拿出我的方案，后来这套方案就是给李鹏总理汇报的成果。

现在回想起来，提出这些数据是很不容易的。比如库区环境容量是影响移民安置规划实施的最大变数。环境容量是制定和实施移民安置规划的前提。从80年代中期开始，中国科学院等许多机构（包括加拿大扬子江联合公司）利用遥感技术对三峡库区的土地资源进行勘测和对库区的社会经济状况进行调查，得出相似结论：三峡库区拥有丰富的荒山资源，这些荒山资源若能被开发出来，足以补偿所淹没的农田，同时三峡库区发展乡镇企业的潜力巨大，可以为移民创造大量的就业机会。每个受淹县、市都有足够的环境容量容纳其全部受淹人口。但在三峡工程移民安置规划制定过程中，我们通过对库区的土地承载力进行仔细调查和分析，发现原来许多在可行性论证期间认为可以安置移民的地方十分偏僻、交通不便、水源缺乏，其安置移民的容量被大大高估。同时通过对库区的自然资源、基础设施、劳动力素质、企业管理水平、市场竞争能力进行评估，认为库区发展乡镇企业的潜力非常有限。最后根据实际调查成果，对原有结论进行修正，测算出符合实际情况的库区安置人口和需要外迁人口，给科学地制定农村移民安置规划提供了依据。长江委还会同近百家科研设计单位和高等院校，在总结移民规划试点所取得经验的基础上，依据《长江三峡工程水库淹没处理和移民安置规划大纲》，经过数年的艰苦努力，完成了库区分县（市）移民安置规划、分省（市）移民安置规划和全库移民安置规划的编制工作。根据三峡库区农村移民安置规划，农村移民安置在搬迁方式上以后靠安置为主、外迁安置为辅；在生产安置方式上以土地安置为主，同时积极发展二、三产业。应该说，三峡工程农村移民安置规划是比较符合当时的实际情况的。

1992年10月开始，至2008年8月四期移民工程通过验收结束，累计搬迁安置移民137.92万人（重庆111.96万人、湖北25.96万人）。迁建城市2座、县城10座、集镇114座、工矿企业1632家；复建各类房屋5054.76万平方米、公路830.32千米、港口7座、码头270处、输变电线路2457.6千米、通信线路4556.3杆千米、广播电视线路3541杆千米；实施文物保护项目1093处。2009—2013年，完成了移民工程扫尾任务和资金、竣工决算，拨付移民资金856.53亿元。全面实现了百万移民"搬得出、稳得住、逐步能致富"的搬迁安置目标。

现在回顾三峡工程移民建设历程，我由衷为我们长江委人所做的移民工作感到骄傲和自豪，几代人几十年的辛勤劳动收获硕果累累。

三峡移民政策性强，涉及面广人多、事情繁杂，每一项论证成果，都是相关工作人员千辛万苦呕心沥血之作。我们长江委人在三峡库区走进千家万户，想千方百计，说千言万语，吃千辛万苦，在库区崇山峻岭，田间地头，风里雨里，用自己的青春年华和一腔热血谱写了自己平凡而辉煌的人生，培育了长江委人团结、拼搏、奉献、求实的精神。三峡移民工作是我一生中最特别、最难忘、最荣幸的经历。

二、首创三峡移民综合监理工作

长江委在水库移民方面的一个首创是三峡移民综合监理。

20世纪90年代，监理体制还是一个新鲜事物，工程建设界都没有普及，当时仅有云南鲁布格二滩工程引入监理案例，其他的都是指挥部直管，三峡引入移民监理这是一个突破。移民监理包括单项监理和综合监理。世界银行对综合监测有一些经验，黄德林、周运祥和我一起研究，并且当时三峡移民局有这么个想法：移民工程内容涉及面这么广、这么复杂，既有要求高的工程，也有要求稍低的工程，施工队伍必然参差不齐，国家的投资效果如何，移民的投资与人民群众的利益息息相关，牵扯到三峡移民的切身利益，管理好不好事关三峡工程的成败，引入监理很有必要。结合世界银行的监测和监理理论，形成了三峡独有的综合监理和工程监理，这在中国工程建设中是史无前例的。我们于1996年创建了三峡移民监理公司，公司建设和资质办理等得到三峡办的大力支持。经过一二十年的发展，现在看来，效果是成功的，经验需要总结：一是三峡综合监理为各级人民政府提供了大量信息（包括工程建设进度、投资进度、工程质量、投资效果的评价），为领导决策提供了很好的参考资料，慢慢移民监理公司变成了三峡办倚重的单位；二是起到了顾问的作用，三峡工程比较复杂，在建设过程中暴露的很多问题，有些在工程建设过程中逐渐被解决，有些问题三峡办需要三峡移民监理公司的咨询意见。我们就是做了这两件大事，一是规划论证创造了一些东西，二是建设管理中创造了一些东西。

三峡移民综合监理工作就是一项创造性的工作，是我们长江委首先提出来的。1996 年我们成立三峡移民监理公司后，按照国务院三峡办部署，首先在湖北省兴山县进行了移民综合监理试点，随后受湖北、重庆两省（市）移民主管部门的委托，在三峡工程大江截流涉及的宜昌（现改为夷陵区）、兴山、秭归、巴东、巫山、奉节、云阳 7 个县建立了移民综合监理站，正式开展三峡水库移民综合监理工作，1998 年移民综合监理工作拓展到三峡库区 20 个区县。经过多年实践，三峡水库移民综合监理与国家审计、移民稽察、纪检监察等作为三峡移民监督管理的重要形式，已形成比较完善的制度体系、理论方法体系和组织保障体系。

自 1996 年以来，综合监理工作发挥"眼睛"作用，在移民规划管理、计划管理、移民工程进度控制、资金使用控制、质量控制及移民工程的组织协调等方面发挥了重要作用。如 2001 年，国务院三峡办针对综合监理提出问题派出 9 个调研组，深入库区检查指导，督促有关方面落实整改措施，解决了部分区县三峡水库 135 米水位移民迁建进度滞后问题，保障了三峡工程按期实现 135 米水位蓄水发电。此外，建设了一支高素质的综合监理队伍。综合监理人员参与三峡移民工程稽察工作，已成为国务院三峡建委对三峡移民工程迁建稽察的重要技术力量。还有 100 余名综合监理人员参加三峡移民工程现场稽察工作，有 40 多人被国务院三峡建委聘为三峡移民工程稽察员和稽察员助理。

对三峡工程，我是有深厚感情的。我这一辈子从 20 多岁干到退休，觉得活得非常值得。我能够亲身参与伟大的三峡工程建设，为实现中国几代人的"三峡梦"尽了绵薄之力，深感荣幸。

三峡往事将永远珍藏在我心里，念念难忘！

关于三峡水库淹没企业资产评估工作的回忆

蒋子成

三峡工程是世界第一的水利枢纽工程，她的伟大不言而喻。但在长达十几年的建设过程中，遇到了很多不可想象的困难和阻碍，每一个难关都是无数三峡建设工作者经过不懈努力克服的，这份伟大就是由他们构成的。三峡工程资产评估工作就是其中重要的一项。

一、事件背景

水利水电是国民经济的基础产业。水利水电工程在防洪、发电、航运、灌溉、供水等方面发挥巨大效益的同时，也在库区产生了不同程度的淹没损失。如何对库区淹没损失进行合理补偿，一直是水利水电工程建设中探讨的重大问题。我国从 20 世纪 50 年代初开始借鉴苏联经验，逐步形成水库淹没处理原则和处理方法，但在计划经济体制下形成的这套处理原则和方法难以适应社会主义市场经济发展的要求。水库淹没处理和移民安置是水利水电工程建设的重要组成部分，工矿企业淹没处理又是水库淹没处理中的重要内容。对受淹工矿企业搬迁及损失的补偿，国家虽有明确的政策，但由于缺少补偿理论的指导，一直没有形成规范性操作程序、严密的计算方法和核查标准。过去水库淹没的对象主要在农村，工矿企业少，其如何补偿的问题不突出，对有争议的，最后通常是用计划经济的思路，运用行政手段和方法由上级领导拍板定案，缺乏应有的科学性和规范性。而三峡工程水库淹没区是三峡地区工业经济的中心，涉及各种所有制、行业、规模的工矿企业，其淹没程度和经营状况各异。这些工矿企业是库区经济发展的支柱，确定其各自的补偿投资成为三峡工程水库淹没处理和移民安置规划的重要任务之一。

二、方法的提出与形成

对受淹工矿企业的迁建与补偿问题，早在 1991 年 8 月编制《长江三峡工程水库淹没实物指标调查大纲》时就有考虑。当时就曾安排多批水库移民工程技术人员到武汉、宜昌等地，选择与三峡库区规模相近的不同类型的工厂进行调查，了解当时形势下，各类工矿企业的生产运行、资产、财务的一般特点，编制受淹工矿企业淹没实物的调查大纲和表格，为估价补偿做了最初的准备。与此同时，对国内水利水电工程淹没工矿企业的补偿情况进行了全面分析，国家出台了一系列关于国有资产管理的政策、法规，国有资产管理局成立了资产评估中心，开始制定资产评估政策、法规和标准。国家经济形势、法规建设为受淹工矿企业资产评估理论与办法的研究提供了良好的环境。

自 1991 年起，在各级领导的关心与支持下，长江委组织移民和资产评估专业方面的专家学者，在学习资产评估理论和水利水电淹没处理和移民安置方针、原则、补偿标准，分析三峡工程水库淹没工矿企业特征，总结过去处理类似问题的经验和教训的基础上，于 1992 年 4 月编制了《三峡水库受淹工矿企业改建、迁建补偿投资评估办法》（以下简称《补偿评估办法》）作为《长江三峡工程水库淹没处理及移民安置规划大纲》的附件。6 月初报三峡工程论证领导小组审查，并向国有资产管理局汇报。根据国有资产评估中心提出的意见，经进一步修改后，于 1993 年 5 月正式完成《补偿评估办法》。

三、评估方法的试点

补偿评估依据来自对现存的被评固定资产和流动资产以及停产损失的技术勘察、鉴定取证、分析、判断。评估结论不单是简单数学公式计算结果，而且有清查、鉴定、估算的结论。和通常资产评估一样，补偿评估涉及许多专业知识，如工程技术、会计学、市场学等。同时，补偿评估涉及对企业搬迁损失性质与程度的判断。因此，评估人员不仅要掌握资产评估的理论和方法，而且必须熟悉水库淹没处理政策和规范，有较丰富的移民安置规划经验，必要时只有聘请有关方面的专家，才能保证评估结果的客观、公正、权威。有了理论办法，还需要实践。

在秭归进行试点时摆在面前的第一个难题就是如何界定工矿企业与其他类企业。水库淹没处理中的工矿企业范围一般是指具有工业化生产技术，直接从事物质生产活动，并具有相当规模的机器设备和专用设施的机械、化工、冶金、电子、食品、纺织、造纸、煤矿等独立核算或非独立核算的企业单位或生产机构实体。依据这个标准划分，工矿企业有几个特点：一是直接从事物资生产；二是有一定机器设备规模，进行工业化生产；三是固定资产构成复杂；四是生产营运相对复杂。因此，判断一个企业是否划入工矿企业类别，需要做大量的考证工作，不仅根据企业的名称、隶属关系、营业执照，而且要根据它的固定资产构成、生产经营性质、企业的实际规模和真实情况。在实践中存在许多复杂的情况，这就需要工作者认真细致地深入了解，容不得半点马虎。

划定了范围之后，确定受淹工矿企业搬迁补偿费就是重中之重了。由于缺乏补偿理论的指导，长期以来没有确定规范性的操作计算办法，因此，各设计单位在规划设计中处理这类问题时，多是设计人员凭借经验进行处理，很难保证科学、客观、公正，也难以对比与审查，还会遗留很多问题，难以处理。为了客观公正地给受淹工矿企业进行合理补偿，工作者进行了多次试点、调研。当时条件艰苦、交通不便，工作难度相当大。在进行现场查勘时，经常碰到道路泥泞难行，有的地方行车无法到达的情况，工作人员步行10多里路爬坡到山沟底进行调查，这种情形真的是数不胜数。但我们克服重重困难，于1994年初成功地完成了三峡工程湖北库区200余家工矿企业的补偿评估，为全库区提供了方法和依据。

四、评估工作的全面推行

1995年2月，评估中心受国家移民开发局委托，对万县市受淹工矿企业进行补偿投资评估。同年3月开县、忠县移民办发出委托书，4月巫山县发出委托书，资产评估工作全面推行。根据《补偿评估方法》对受淹工矿企业补偿评估以受淹的固定资产特性和补偿处理方式为基础，按恢复原规模、原标准和原有生产能力的补偿原则，综合考虑该企业恢复重建成本与其直接经济损失，评估其在规定价格时点的价值量。因此，受淹工矿企业补偿评估具有很强的政策性，是一种有特殊目标的专项资产评估业务。补偿评估的政策性决定了补偿评估中的估价标准、估价程序与方法都必须按国家规定执行。估价结果的确认等，也与以产权交易为目的的评估存在明显区别。

在实施过程中，所有的判断都需要做到有据可依。据负责三峡资产评估工作的工作人员回忆，有一次，两家企业共用一条道路，但是道路的所有权一直没有定论。为了争夺道路的补偿，双方争执不休甚至引发了冲突。在了解情况后，一行人到现场进行查看，邀请技术人员现场分析，协调政府工作人员管理，翻阅大量资料追根溯源，找到了判断依据，妥善地处理了矛盾。我们用自己的责任心正确处理了国家、地方和

漫忆篇

企业三者之间的利益关系，逐渐得到了各方理解和支持，为三峡工程的开展起到了推进作用。

在三峡库区湖北四县受淹工矿企业补偿评估成功的基础上，1994—1995年，国内一些资产评估机构在《补偿评估办法》的指导、规范下，共同完成了三峡工程重庆库区18个市、县、区1380家受淹工矿企业的补偿评估，为最后核定这些工矿企业的补偿额度提供了决策依据。

五、其他方面运用

受淹工矿企业补偿评估理论和办法不仅适用于工矿企业，而且适用于企事业单位、专业设施补偿投资的确定。这套办法已被推广应用到三峡库区受淹港口码头、邮电通信等专项设施以及受淹企事业单位的补偿，均取得了很好的效果，其研究成果还为水利部《水利水电工程建设征地移民设计规范》所采纳。2002年，国家经贸委颁布的《水电工程设计概算编制办法及计算标准》要求："对受淹企事业单位迁建补偿单价，根据对企业的资产评估，估算单一企业除房屋、附属建筑物以外的一次性补偿费用。"受淹工矿企业补偿评估理论和方法在南水北调中线工程丹江口库区和国内其他大型水库得到了推广应用。这项工作不仅服务了三峡工程，还为社会提供了有价值的资料，效益得到了进一步拓展和延伸。

如今，三峡工程资产评估工作早已完成，三峡水利枢纽这一承载了千万人心血的伟大工程也已竣工多年，并实现了防洪、通航和发电的目标，昭示着这个历经百年沧桑、凝聚着华夏儿女顽强不屈精神的跨世纪工程进入了收获期。面对这一宏伟的工程，我再一次感慨个人的渺小，也敬佩三峡工作者的伟大。他们坚忍的毅力、奉献精神，以及不惧困难的勇气，是值得我们每一位后辈学习的。

三峡白鹤梁情愫

袁　嵘

一、畅想石刻与爱情

我骨子里本是一情种，一直希望爱情浪漫。生活中喜爱博古，对古董也会浮想连连，就连面对不语的石像、石碑，我也会纳罕它们是怎么回事，为什么这样神奇。对此，地质学家、考古学家、哲学家各门派自有一番解释，但我却愿意相信都和爱情有关的传说相牵连。

我曾于秋阳之下，伫立在金字塔前仰望那尊赫赫有名的人面狮身斯芬克斯雕像。当脚下出现一片黄沙，身边出现几头骆驼，日光云影点染出一系列明暗纯净的褐黄色韵律时，这些精美的雕刻，使人感觉是一首粗犷而细腻的诗，犹然想到埃及艳后克里奥佩特拉和罗马将军安东尼的一生仇恋，被西方后人称为古代西方历史上最伟大的爱情。我也曾于初夏翘望敦煌石窟那活灵活现飞天神女，栩栩如生石雕的哲学像罗丹《思想家》一样古朴而宁静，使人感受到汉魏风骨的同时，悠然想起张大千于1941年跋涉八千里，用2年6个月大规模临摹敦煌精华，其笔意纵横，神采逼真，呼之欲出，痛快淋漓，成为他艺术生命中最结实的一环，在"秋英会"上艺惊满座，与山水卓然成家的才女李秋君一见钟情，后浓情蜜意，彼此依赖，完全是一种柏拉图式的精神恋爱，其爱弥坚，其情弥苦，使人品赏赞叹。而此刻，我顶着刺骨的寒风，冒着飘飘雪花，走进涪陵城北，从高处俯视白鹤梁水下博物馆，就像一条立体的大鱼，顺江而卧。正面看外墙上刻凿的一段段气势恢宏的文字，它就像一篇舒展开来的历史画卷，同咆哮奔腾的长江，像贝多芬《命运》交响乐一样坚强而奔放，为我们串联起千余年间浩瀚的时空和沧桑的岁月，蓦然想到我和丈夫对三峡白鹤梁这道石梁题刻的情愫和刻骨铭心的生死爱恋。

二、白鹤梁题刻前世今生

三峡白鹤梁题刻是国家级的宝藏，位于重庆市涪陵区城北长江之中，下距乌江与长江汇合处约 1000 米。白鹤梁是一砂岩天然石梁，长约 1600 米，宽 10~15 米，东西向延伸，与长江平行。因早年白鹤群集梁上而得名。

白鹤梁穿越了宇宙洪荒，凝练了天地玄黄，饱经了岁月沧桑，千年不变，万年永恒，天道有常，适者生辉。它反映了 1200 余年间 72 个年份的水位情况，刻有石鱼 18 尾，记录枯水变化，预卜农业丰歉。白鹤梁流传着"石鱼出水兆丰年"的千古佳话，可推出长江枯水季节发生的周期，对研究长江中上游水位消长规律、航运、农业生产、城市建设等有着重要的科学价值，为葛洲坝、三峡水利枢纽兴建，提供了科学依据，堪称"长江水文资料的宝库"。1974 年在巴黎召开的国际水文工作会上，联合国教科文组织称其是"世界保存完好的唯一古代水文站"。1988 年被国家确定为全国重点文物保护单位。三峡库区蓄水，白鹤梁题刻将永远沉于江中，为保护这一世界水文奇观，国家决定花 1.9 亿元对白鹤梁题刻实施原址保护。有关部门经科学论证，先后提出"水下淹没陆地复制""岸边复制""沿大堤建白鹤楼"等诸多方案，最后采纳中国工程院院士葛修润教授提出的"无压容器方案"，建成水下博物馆。

白鹤梁水下博物馆设计、施工总监采取全国投标招标，最后长江委勘测规划设计院中标。长江委十分重视水下博物馆的建筑，设计由长江委建筑设计院李学安院长亲自过问，组成高宏远副院长参与，张荣发处长、王环武高级工程师主要设计的一个过硬的设计团队；设计、施工总监从各方筛选，选中我丈夫朱庆福承担。因丈夫有教授级高工的资质，并参加了白鹤梁设计投标，曾参加葛洲坝通航建筑物设计（任主任工程师、室主任），担任斯里兰卡马哈韦利工程总经理，任职约 4 年时间，于 1986 年思维超前，是率先向外国人索赔（1000 多万外汇）的中国第一人，曾得到国务院副总理陈慕华的接见。他负责隔河岩水利枢纽升船机航建工作（我们和郑守仁院士两家在隔河岩工地度过两个春节三个元旦）；参加三峡工程 45 个专题研究论证，为三峡工程上马作出应有的贡献；担任长江设计院建筑处副处长，还兼任长江委上海浦东规划设计院常务副院长（往返上海—武汉，魏山忠副部长时任上海浦东规划设计院院长），参加深圳河治理监理副总监，长期驻深圳等多个工程阅历，有 38 载工作经验，因此，长江设计院将丈夫从深圳调往重庆任白鹤梁水下博物馆建筑总监，丈夫这一任在涪陵一待便是 8 年。

三、白鹤梁水下博物馆生死恋

曾经的白鹤梁题刻如果只是以独特的水文价值和厚重的人文积淀吸引着世人的目光，而今天的白鹤梁则更多彰显了先进技术手段实施文物保护时的高科技含量和创新的思维，更是凝聚设计、施工、监理建设者们的无私奉献、勇于拼搏的精神和为之倾洒汗水心血的结晶。

"什么叫无压容器？"我问丈夫。

"是在白鹤梁原址修建一个长70米、宽24米的椭圆形壳体，壳体内设一个庞大的水循环系统，源源不断地将水抽到岸边陈列馆设立的净化缸里，经过沉淀、消毒、活性炭去淤，再置换清水输入保护体内，使壳体内外水压力平衡。净化水比平时喝的矿泉水还清澈，使白鹤梁题刻清晰地展现世人面前。"丈夫津津乐道白鹤梁水下博物馆的建筑结构。

"真专业，我们就是建博物馆的人，却说不了这么具体。哎，哎，哎，是朱老总，怪不得。"站在我身边的一位壮汉，双手紧紧握住了丈夫的手。

"朱老总，见老啊，我差点认不出您啦，不过您挺精神，还是很有气质。"站在壮年旁的女士性情直率，四川方言很重。

"你们是？"丈夫极力辨认。

"我白鹤梁工地司机小何啊！喏，幺妹，幼儿园老师，我老婆。"何师傅自我介绍，又将他爱人拉到丈夫跟前。

"朱老总，当年您多有风度啊！白鹤梁施工期，您和重庆市文化界大领导的照片，一比一和人一样高，挂在博物馆门口，朱老总那么显眼。那年香港大腕明星汤镇宗来挑他们新排电视剧中演的一个教授，一下子便选中了您，大家都说您是活脱《渴望》中蓝田野扮演的王沪生他爹，机会多难得啊。""可您却婉言谢绝，买了飞机票说到重庆开白鹤梁廊道观察窗改造评审会。去机场，还是我送的您。"何师傅接过他爱人的话。

"噢，是你们呀！幺妹，和我女儿一般大，'5·12'汶川大地震多亏你夫妇照顾我，真是由衷地感谢你们。"丈夫认出了他们。

"嗨，汶川大地震，8级啊！那时周边城市也是地动山摇，不知哪里是重灾区，到处都是危房，我们幼儿园宿舍楼层相对低些。领导为了保护朱老总让他住在我们隔壁，因小何是司机，好有个照顾。现在说来也挺那个，你们知识分子思维就是特别，朱老总和搞通风采暖的孙亚利高级工程师将一摞书放在书桌上，用一根筷子穿着一个小手电，夹在书里，小手电一动便跑，经历1000多次余震，孙工跑破三双皮鞋，最后不跑了，他们买了一袋米和两箱矿泉水，放在书桌下，还给我们交流经验。我说为什么不买点盒饭，熟菜？他说，若人被压在下面，这么热的天熟食会馊。"幺妹绘声绘色地对我说。"说是两层楼，涪陵是山路，实际要走五十几层，朱老总每次跑，手里还提一个包。我说那么重，把包放屋里。他说：'是白鹤梁的资料，不能丢。'一次，老爷子在工地摔了一跤，小中风，别看他相貌儒雅，可真是个硬汉，他在医院里刚打完点滴，便又回到工地，说国家花那么多钱，一定要战战兢兢把好质量关，不能耽误工程工期。说也怪，那年快过古稀之年的朱老总天天跑工地，他身子骨反而更加硬朗……"何师傅抢过幺妹的话对我滔滔不绝。

"小中风？"我脑子一片空白，丈夫从没给我说过，我一点也不知情。已习惯丈夫出差的我，早就明白："生靠爸妈，活靠自己。"生活本来就不容易。爱情是什么？"是思念，是牵挂"，丈夫在哪里，哪里便是家。追求浪漫的梦，早已成为面对现实"苦、甜、酸、辣"的生活体验。90年代初，在上海生活的婆婆和丈夫的哥哥，老弱病残，我们将他们接到武汉，跟了我十年，婆婆病重，哥哥中风6次，丈夫也都没能回来，都是我一个人将他们送进医院，本来柔弱风情的我，被生活磨砺成处乱不惊、处事果断一个坚强的人。是啊，我们从来是报喜不报忧啊。

记得"5·12"汶川大地震后的春节，天格外冷，我十分惦念丈夫，就到白鹤梁探亲。这一年车票非常难买。无奈，我买了一班加班车，哪知这辆车是私人车，里面乘客大多数都是在外打工的民工，东西又多，有些超重。车一出武汉便桀骜不驯。过了宜昌，汽车进入山坳，黑夜行驶，天寒地冻，山路又滑，司机一路骂着汽车难以驾驭，忽然砰的一声和前面汽车相撞……汽车正点应在第二天中午到达，但到第二天下午5点才到涪陵。刚刚经历惊心动魄，生死一线，死里逃生的我，难免一肚子委屈和抱怨，可当看到丈夫满脸沧桑，两鬓成霜，我的心一下子软了下来，丈夫接过我的背包，我没说话，只是朝他甜甜地微微一笑。

四、国宝须守护，文化要传承

白鹤梁水下博物馆黄德建馆长听说我到来，专程陪我们夫妇参观。黄馆长对丈夫很敬重，他专门亲自为我讲解白鹤梁题刻。我的思绪随着他丰富的词语飞转，真是一言千年，如与岁月长谈，我与古人灵犀在无言中相通。我领略到华夏文化海纳百川，题刻诠释着古人文化艺术的内涵，真可与日月争辉。3万多的文字，篆、隶、行、草、楷诸体皆备，令人叹为观止，那精鏊水文智慧，更是绝冠古今。

顺着黄馆长的指点，我的目光落在白鹤梁石梁线雕的仙鹤。只见它昂首独立，引颈高吭，姿态优美,栩栩如生，一下子把我的思绪扯到1989年,我和白仙鹤的一份情缘:当年我家住在宜昌三峡设计代表局宿舍7层楼最顶层，宿舍位于西陵峡口。记得那是一个星期天的下午，我在我家阳台上浇花，蓦抬头，见一只仙鹤剪风披云，另一只紧紧追随，这真是"翩然一对云间鹤，缠绵恩爱令人醉"。忽然一只雕将一只仙鹤扑伤，这只鹤不偏不斜地落在我家阳台上，那只雕忽高忽低地在我屋顶上空盘旋，不断发出哨子似的叫声，很惊魂。仙鹤跳到我身边，用嘴衔我的衣裙，用楚楚可怜的眼神望着我，好像对我说:"救救我。"我心里一热，一把将它抱入怀里，用手捂住它流血的头，赶紧抱它进屋，找出红药水涂抹仙鹤的伤口，从此这只仙鹤便成为我家的一员。我喜欢它单纯、朴素站立之态，好像在沉思在辨析，更喜欢它不忸怩作态，旷达超逸。每当我拿着活鱼喂它之后，它便翩翩起舞，舞姿十分优美。此后它用嘴梳理羽毛，打扮自己，或独脚站立，另一只脚缩入腹部，将头藏入翅下安然甜睡。白仙鹤飞到我家来养伤的事情在设代局成为头条新闻，于是人们说:"松鹤延年，是吉祥的象征。"可又有人对我说:"仙鹤忠贞，每对中无论失去哪一只，则另一只终身独居。"丈夫常年出差在外，千般愁绪，万种情思，别离之苦，体会最深。于是当仙鹤在我家3个多月伤痊愈后，我便将它放飞，让它去和它的夫君团圆。现在看来，我和白仙鹤冥冥之中有着一种奇缘，丈夫建设水下博物馆是保护白鹤梁题刻，白鹤即白仙鹤，我叩问石刻上的仙鹤:"在我家养伤的仙鹤可是你的子孙?"

"在唐鱼之上这对双鲤，是清康熙二十四年（1685年）涪州牧萧星拱发现唐鱼由于岁月剥落，模糊不清，为了不使它消失湮没，重新镌刻的。你看前雌后雄，雌鱼口衔莲花，雄鱼口衔瑞草，其鳞片还暗含古人看重的一个非常吉祥的数字，6×6 = 36。更值得关注的是，这对鱼的眼睛的海拔高程高度刚好是137.91米，和涪陵现代水文站测定的水位标尺刻度上的零点几乎完全吻合，因此说明了石鱼水标具有相当高的科学性。"我听着黄馆长动情的解说，从唐鱼的眼神中看到它留恋盛唐的明月，眷顾清朝的风。蓦地，我仿佛听到白鹤梁这道天然石梁荡起的历史回声。我真羡慕这对鲤鱼恩爱千年，形影不离，惊叹先人们的智慧和水文价值是石刻的灵魂。悠然联想到三国文学仙才曹植和洛神的故事，曹植是通过鱼的眼睛看到洛神，写成千古绝唱《洛神赋》。两百年后东晋一代画雄顾恺之根据《洛神赋》画出传世之宝《洛神赋图》。我仿佛看到曹植与洛神的凄美爱情，"恨别离，长相思，求不得，放不下"。又仿佛看到顾恺之神来点睛洛神的眼睛，非常灵动，真可谓妙笔丹青。这就是守护历史，这就叫传承。我感慨岁月磨洗使许多鲜明的过往人事化为乌有的同时，还会看到许多不畏惧风霜万斧剔抉的古典依然如故，感悟到，无论是希腊人、埃及人、玛雅人、巴比

漫忆篇

伦人，还是中国人，在初始时期，都把文化刻在坚硬的石头上，石头上的文字和图像，顽强又坚韧地表达着人类对生命永恒的追求！

看到人们对水下博物馆的赞叹和惊艳，看到人们对丈夫的尊敬和敬重，我感到欣慰和兴奋。我骄傲，因为丈夫是白鹤梁水下博物馆建造的监理人、守护人！

让国宝活起来，展现泱泱大国气势宏伟，国宝须守护，文化要传承。文物是民族的共享记忆。守护历史，守护古人的创新精神和科学智慧。传承文化就是传承中华民族的文化命脉。我快乐，因为白鹤梁水下博物馆融入了我和丈夫最浪漫的爱情！

三峡库区滑坡监测工作回顾

邓德润

三峡水库库岸稳定问题，自 1956 年三峡坝址勘测开始，一直作为重要的工程地质问题进行研究。20 世纪 50—60 年代初、70 年代初和 80 年代初的三个时期内，地质部、长办和有关地质院校，都先后对此进行了大量的勘测研究和观测工作。库区长江干流 500 余千米岸坡发现有一定规模的崩塌滑坡体 150 余处，其中规模大于 100 万立方米的有 82 处（包括崩塌危岩体 16 处，滑坡体 66 处），主要分布在坝址上游 27 千米秭归县新滩镇以上。

一、新滩滑坡监测

链子崖危岩体位于长江西陵峡上段南岸，对岸是秭归县的大镇新滩。下距三峡坝址三斗坪 27 千米，至宜昌市 72 千米。据史书记载，此处长江两岸曾多次发生过山崩和滑坡，影响所及，或村毁人亡，或中断航运，危害十分严重。

1964 年地质部三峡水文工程地质队调查、查勘并测绘了 1：2000 工程地质图，认为链子崖危岩体有发生大规模崩塌、倾倒滑移的可能；北岸新滩后山九盘山广家崖陡壁悬崖时有崩塌滑移发生，每次几百立方米到上千立方米的土石方，堆积在广家崖悬岩脚下面，高差 500~600 米的悬崖体上裂缝崩滑形成滑槽状，这种山体形变发展下去非常严重。

随后，国家科学技术委员会及湖北省人民政府组织有关单位进行了查勘、调研。1970 年春，在新滩镇召开"新滩滑坡研究"评审会，其结论和建议是"新滩北岸滑坡将威胁新滩镇人民的安全、危及长江通航以及三峡工程建坝时有无影响等，应加强调查研究，建立长期观测站加以监视"。

20 世纪 70 年代中期，国务院责令湖北省人民政府、省科委主管组织 12 个有关单位协作，长办技术负责，对"长江西陵峡岩崩防治工作"进行勘察治理研究。省人民政府为加强现场工作，特成立湖北省西陵峡岩崩调查工作处属省科委管辖。链子崖危岩体先后由国家地震局武汉地震研究所、长办及调查处等单位进行定期观测。

长办从 1968 年以来，一直在新滩滑坡地段进行工作，现场调查、地形测量、地质测绘、地球物理勘探、钻探和坑槽探、地面摄影测量以及收集滑坡有关资料等。通过上述各种手段初步查清堆积体斜坡的滑坡机制、范围约 0.8 平方千米，一般厚度为 30~40 米，最厚处达 86 米，总体积约 3000 万立方米。往后还要作堆积体斜坡的变形监测、资料分析、稳定计算和假定条件入江涌浪试验等。堆积体斜坡变形监测（先后由长办、调查处施测）。

1977 年秋经实地勘选，从姜家坡高程约 550 米地段起，顺坡而下至新滩镇，依次布设 A、B、C、D 四条视准线，以监测堆积体斜坡的水平位移。每条视准线中设置 3 个监测点（A 线 A_3 点就在姜家坡、B 线 B_3 点高程约 480 米，C 线 C_3 点高程约 350 米，在毛家院上面，D 线紧邻新滩镇）。垂直位移（沉陷）按国家二等水准测量精度，以直接水准观测各监测点。

监测工作于同年 11 月开始，每月观测一次。广家崖悬岩陡壁时有零星崩塌，堆积物日积月累，堆积在姜家坡以上沿广家崖脚一带，形成了新的崩塌堆积体，高程为 550~750 米，堆积体乱石松散失稳滚动常有发生，危及人身安全。我们利用大石头上建立 8 个监测点的固定标志，即 F_1~F_8，尽量做到少去人。先做监测控制网，用前方交会法观测各点的水平位移；然后用三角高程代替水准测量，计算出垂直位移量。通过 10 多年来勘测资料综合分析，结合其他学科试验研究，加上 7 年多监测资料处理、分析判断堆积体斜坡变形趋势和规律性，初步对其发展演变过程有所认识和掌握。其发展演变过程大致可分为四个阶段：①蠕动变形阶段（1977 年 11 月至 1982 年雨季前）；②变形发展阶段（1982 年雨季至 1983 年 6 月）；③加剧变形阶段（1983 年 7 月至 1985 年 5 月中旬）；④急剧变形阶段（1985 年 5 月中旬至滑坡发生前）。

堆积体斜坡变形情况（以下简称"斜坡变形"）如下：①视准线水平位移量的月平均值变化，A_3 点在最初 4 年（1978—1981 年）中为 22.4 毫米，A_3 点（是 1982 年 11 月 A_3 标石崩毁后在原位置重新建的点）时至 1984 年竟增到了 170.9 毫米，而 C_3 点同期相应分别为 0.2 毫米及 0.5 毫米。②姜家坡以上沿广家崖脚一带新堆积体斜坡上建立的 8 个监测点（F_1~F_8）从 1984 年 7 月 2 日至 11 月 21 日，4 个半月的观测成果算出，斜坡自上而下依次平均月位移量为 826~296 毫米，上缘点位移速度为下面点的 2.8 倍。③堆积体斜坡位移的变动，受降雨量的影响很显著，雨季的月变化率为相邻非雨季的 5 倍。1984 年 10—12 月为非雨季 $A_3{}'$ 点位移月变化率为 288.4 毫米，比同年 7—9 月雨季的月变化率 262.9 毫米要大，即非雨季和雨季没有区别了。④急剧变形阶段主要是抓滑坡前兆。此时，监测点 $A_3{}'$、$B_3{}'$ 的累计位移量分别高达 8.7 米和

13.7 米。1985 年 6 月 9 日广家崖脚后缘裂缝发展形成弧圈突然下坐 10 米多，时而冒出一阵热风并伴有响声；姜家坡前缘陡坎局部崩塌不断发生；毛家院附近地面潮湿，有鼓胀现象。6 月 10 日凌晨 4 时 15 分，A_3' 西侧脚下经多次喷水冒沙后，发生 60 万 ~70 万立方米的滑坡，堆积物沿西侧三游沟而下，冲入长江，毁坏民房一间。整体大型滑坡即将来临，调查处发出特急报警，紧急动员撤离，撤离时间不得超过 6 月 11 日 20 点。滑坡发生后不到 8 个小时古镇新滩几乎被冲毁。

1985 年 6 月 12 日凌晨 3 时 45 分，秭归县新滩镇发生大规模崩山滑坡。由于勘测、科研部门预报准确及时，各级领导果断决策，各方面紧密配合，协同作战，使险区内 1371 人在滑坡前全部安全转移，无一人伤亡。这在滑坡灾害史上堪称奇迹，充分显示了中国共产党领导的正确、社会主义制度的优越。因此，勘测、科研部门荣获中央领导的好评，受到中共湖北省委、省人民政府的表彰。

二、鸡扒子等滑坡监测

1982 年 7 月，四川云阳（今重庆云阳）鸡扒子发生界面性滑坡，此类滑坡松散堆积体全部或大部沿下伏基岩面产生滑动，基岩面多为黏土岩、页岩等黏土含量较高的岩面。此类滑坡规模往往较大，其形成多为推移式。正好给新滩滑坡监测提了个醒，尽可能做到准确及时报警，以减轻或避免滑坡灾害造成的损失。黄腊石滑坡，位于巴东县城下段长江斜对面，下距三峡坝址 66 千米。1983 年 7—8 月，在滑坡体中出现多条拉张裂缝，巴东到宝塔河煤矿的简易公路多处坡面有泥石流和局部滑移现象，道路被破坏，农舍被拉裂，并发生过坡石滚动，属正在发展中的滑坡。1984 年先后进行地形测量，地质测绘和物探，1985 年进行坑槽钻探，并由长办长江科学院打了安装了监测深层位移的钻孔倾斜仪的孔。1985 年底至 1986 年 5 月，建立监测控制网，跨斜坡自下而上设置了四条视准线的监测点，以观测其水平位移，垂直位移按国家二等水准测量精度直接观测。从同年 6 月开始观测至 1989 年底，三年多的监测资料统计计算结果表明，监测点位移量年变幅不超过 5 毫米，属蠕动变形阶段，因滑坡变形缓慢，观测次数由月改为季。1985 年冬，归州镇政府后山、医院、街上及马槽岭等处均有裂缝出现，发生香溪滑坡。但香溪东北方向有一大片斜坡洼地（耕地）无坡堆积物，因此断定不可能出现大型滑坡，故只进行地形测量、地质测绘和物探。1987 年上半年完成了监测控制网和监测点，用前方交会法测定水平位移，垂直位移还是按国家二等水准测量精度直接观测。

漫
忆
篇

三、个人点滴体会

（1）新滩滑坡勘测预报取得成功。当时长办三峡区勘测大队被授予省级重点表彰的先进单位，任江、沈天佑、董蜡生和我被评为省级先进个人，这些荣誉的得来，与当时主管三峡工程库区工作的长办副总工程师李镇南是分不开的，没有他技术上的把关，以及科学地判断滑坡前的征候，是创不出这个奇迹的。记得1983年初他催促长办勘测总队尽快拿出《长江西陵峡新滩黄崖地区岸坡稳定性调查研究报告》，报请湖北省人民政府组织有关协作单位审查评价。同年5月，省科委沙主任和他在宜昌主持上述报告的评价座谈会（以下简称"宜昌评价会"）。会上，李镇南认真听取代表的意见，还不顾年迈体弱去现场察看。这次会议围绕着新滩镇搬迁与否开展，代表们意见不一，多数代表通过实地勘察和长期监测资料，认为（广家崖脚、姜家坡至毛家院）堆积体斜坡上段裂缝变形活动日渐加剧，且时有零星崩塌；（毛家院至新滩镇）斜坡下段变形量很小，很有可能发生整体性滑移，对新滩镇威胁日趋加重。因此建议早日搬迁。李镇南反复修改"会议纪要"后报请省人民政府，希望早日搬迁新滩镇。此后，省人民政府采纳"会议纪要"中的搬迁建议，并划拨专款在滑坡区外、三峡工程库水位高程以上地区修建10栋楼房以备搬迁之用。在"宜昌评价会"后，李镇南对新滩滑坡变形情况及该镇搬迁之事尤为关注，不时审查和分析研究监测资料（统计计算到1984年底），还要我们及时报告现场情况。1984年下半年，堆积体斜坡上段变形急剧增大，而下段变形仍然缓慢。用前面提到过的"斜坡变形"中的数据来说，视准线A_3、A'_3点1984年的月平均位移量为最初4年的近8倍（时隔三年）；分别为视准线C_3点的110倍及340多倍，相差太大了。此外，前方交会点F_1的月平均位移量为F_8的2.8倍（不到半年）。这些表明F_1点位移速度要大于A_3'点，说明堆积体正在不断地向下挤压，整体滑坡的危险趋势越来越明显了。再加上非雨季与雨季监测点的月变化率都分不清了，出现了异常现象，李镇南便要求勘测总队立即写报告，以长办的名义向省人民政府报告，报告发送前经他再三审核，1985年3月1日长办向湖北省人民政府提出该报告，呈请督促有关地、县抓紧完成新滩镇居民的撤离工作，以避免滑坡造成损失。事后确有成效，地、县领导亲临现场加快了滑坡前的搬迁准备。如修好公路及其他设施、通电、通水等。省科委即刻通知岩崩调查处加强监测，捕捉大型滑坡前的先兆，及时报警。

（2）新滩滑坡监测预报创出奇迹，是长达17年的测量、地质和7年多的变形监测工作取得的成果。这些监测资料是同志们多年辛劳积累换来的。当初，堆积体斜坡处在蠕动变形阶段，变形非常缓慢。群众对监测滑坡不理解，产生怀疑在所难免。有老乡就问："你们在乱石堆里寻找金子？"当地干部也很怀疑我们能测量出滑坡的动向，能知道什么时候发生滑坡。就连我们当中的少数同志也抱着这样的想法，认为吃力不讨好，干冤枉活等。另一方面，滑坡监测点位于高山峡谷之中，风大，交通不便，使很多小事变得困难，如乱石堆中测精密水准，摆设仪器和扶正水准标尺（精密水准测量通常都在公路上或牛车路上进行）。夏季气候变化异常，有时明亮的太阳一瞬间被乌云遮挡，阵雨就下起来了，有时雨点还不小，乱石堆里无处躲雨，身上淋湿是常有的事。从住处去工作现场要走高差 200~400 米的山路，除仪器和工具外，其他什么东西都不想带，但同志们不惧困难，一心为滑坡监测预报工作努力奋斗。

（3）地表宏观调查、监测资料分析、群测群报、专业技术人员狠抓滑坡前兆等，是准确及时预报滑坡灾害的重要资料及方式。除对堆积体斜坡进行地表位移观测外，还应进行气温、降雨、地下深部位移、地下水活动、地温和地声等的观测，以利于相互验证，尽可能运用先进技术，使滑坡预测更加准确可靠，资料更加完整。

漫忆篇

三峡库区崩滑体处理总体规划回顾

田一德

在长江三峡库区移民各项工程紧锣密鼓展开之际，库区崩滑体的处理也提上了议事日程。长江三峡库区岸线长达 5927 千米，初步勘察有 1190 处各类崩滑体。1991 年长江委建立了"三峡库区滑坡泥石流预警站"，在库区的 13 个区县设立 18 个预警点，配备 1000 多台套检测设备，多年来已成功预报多起滑坡和泥石流，及时避免人员伤亡和财产损失。

长江三峡工程按计划在 2009 年竣工并实现正常蓄水运行，每年汛后将水库水位蓄至正常蓄水位，到次年汛前又将水位下降到防汛限制水位 145 米。反复的水位消长过程可能诱发一些岩土体失稳或引起库岸再造。为防患于未然，决定在三峡工程蓄水前对三峡库岸崩滑体进行处理。

长江委于 1991—1992 年进行了三峡水库淹没实物指标调查，由于当时库区的崩滑体尚未全部查明，仅对其中 40 处崩滑体上的实物指标做了概略调查。其后按照《长江三峡工程水库淹没处理及移民安置规划大纲》关于"对水库蓄水位可能诱发的滑坡坍岸，浸没区由长江委提出地质勘察报告……在移民补偿总投资中预留监测、治理和处理经费，将来根据实际情况，适时处理"的规定，在三峡水库移民补偿投资测算中预列 6 亿元作为滑坡处理专项经费。

长江委受国务院三峡建委移民开发局的委托，于 1999 年初开展三峡库区崩滑体处理总体规划工作，对预列的 6 亿元滑坡处理专项经费做出合理安排，以指导下阶段崩滑体处理的前期工作，分阶段地进行崩滑体的处理。

长江委内部分工合理。综合勘测局负责库区崩滑体的地质勘察，枢纽处、施工处、建筑处负责主要的崩滑体治理工程方案研究，库区处负责崩滑体实物指标调查、搬迁方案研究，崩滑体处理综合方案论证并编制总体规划报告。

长江设计院于 1999 年 2 月 4 日制定了《长江三峡工程库区淹没处理及移民安置崩滑体处理总体规划工作大纲》，并报送国务院三峡建委移民开发局。该大纲提出了规划依据、原则、任务、方法步骤、组织分工及应提交的规划成果。

按照上述大纲要求，1999 年 3 月要开展库区崩滑体查勘工作。鉴于查勘工作量大，情况复杂，参加单位和人员众多，有必要制定统一的工作细则。为此，由我执笔编制了《三峡库区崩滑处理总体规划第一阶段查勘工作细则》，由周少林校核，王忠法和甘家庆审查。长江委综合勘测局编制了《三峡库区崩滑体处理地质查勘工作细则》。本次查勘进行了全面普查和梳理。主要任务：一是根据前期地质勘探成果，对每一处崩滑体和档案资料进行校核和补充，对重要的地质现象需要以现场拍照或素描来充实文字记录；二是对崩滑体的特征参数是否受水库蓄水影响及变形趋势做出分析诊断，对崩滑体的稳态进行初步评价，区分稳态级别；三是对崩滑体边界及可能影响范围进行实地圈划，对崩滑体上的居民、建筑物及国民经济对象进行调查，要求实物指标精度达 80% 以上；四是对受水库蓄水影响可能失稳并影响居民生命财产安全的崩滑体，逐处研究滑体、滑带的物理力学指标，绘制地质剖面图，研究可能的工程治理方案，估算工程量及投资，并行研究移民迁建方案，估算移民迁建投资；五是合理性分析比较，提出工程治理或移民搬迁避让方案，并研究下一阶段的工作任务。

本次查勘采取分工负责制。库区处的规划人员负责组织工作，负责与地方政府移民部门的联络，参与对崩滑体名称、地理位置以及所对应基本行政单元名称的校核；负责对滑坡影响区的国民经济对象进行概略调查；负责研究移民迁建方案及估算投资，负责综合方案比较并提出推荐方案，提出下一阶段工作任务。长江委综合勘测局负责提供各崩滑体的基本资料，地质勘测人员到实地后与库区处规划人员共同核对崩滑体的名称和地理位置，以及所对应的基本行政单元名称；与工程设计人员共同对崩滑体的特征参数、水库蓄水后的稳定状态及变形趋势作进一步分析诊断；会同库区规划人员对崩滑体边界及可能影响的范围进行实地圈划并协助调查；参与滑坡治理方案研究与推荐。枢纽处、施工处、建筑处的工程设计人员参与对崩滑体的特征参数、蓄水影响及变形趋势进行分析诊断，负责研究崩滑体治理方案，估算治理工程量及投资，参与综合方案论证及推荐。

根据《工作大纲》要求及《工作细则》安排，1999 年 4 月初至 5 月中旬开展了第一阶段查勘，设计院和综合勘测局抽调精干技术人员，共组成五个小组分别到库区各县市区在地方政府的协助下开展工作。

1999 年 4 月 14—27 日，我到三峡库区地质条件最差的巴东、巫山、奉节三个县进行本次外业查勘的全面质量管理（TQC）的中间检查，了解工作进展，成果质量及存在的问题，商讨解决问题的办法。4 月 14—17 日在巴东县随查勘小组进行实地查勘，重点看了黄土坡、红石包、榨坊坪等崩滑体。其中黄土坡是个古滑坡体（长江委综合勘测局后来改称坠覆体），它是一块面积为 900 平方米的、坡较缓的山坡地，是巴东

漫忆篇

县城的一部分，其上有企业、事业单位，居民房屋面积为 44 万平方米，常住人口 1.26 万。多年来该滑坡体不断出现变形迹象，多家地质单位对其开展了勘察研究，因其复杂性而得出不同结论。据本人日记记载，1999 年 4 月 16 日下午随同查勘小组查勘黄土坡，沿途看到多处崩滑体变形迹象，如长江航运通信导航站办公楼及宿舍围墙贯通裂缝宽达 1~2 厘米，江边码头道路逐年下陷。据地质人员介绍自 1997 年 6 月 10 日至今已下陷 0.1~0.5 米。巴东县体委游泳池出现贯通裂缝宽 1 厘米左右，此外还有烟草局宿舍、旅游中专、神农宾馆大礼堂地面均出现明显的贯通裂缝。4 月 17 日上午查勘巴东县红石包及榨坊坪滑坡体，下午查勘谭家坪及白岩沟桥头滑坡体，调查了滑坡体上的居民、单位房屋及人口数量。4 月 18—22 日到巫山县随同调查组查勘。4 月 19 日查勘了老鼠错、向家湾、半边月等 11 个滑坡体，行程达 20 多千米。4 月 20 日查勘了 15 处崩滑体，其中重点查勘位于巫山县曲尺乡伍柏村 9 组的塔坪滑坡体。我们上到海拔 350 米高度的滑坡后缘，看到滑坡体裂缝及滑坡体下滑的明显迹象。根据该滑体性状特征，地质人员判断三峡水库蓄水后将加剧滑坡体变形。该滑坡体上有居民 46 户 235 人，其中三峡水库移民迁移线（在巫山为海拔 177 米）以下有 14 户 75 人，这是三峡水库蓄水前需搬迁的，并经过前期调查已纳入三峡水库移民。三峡水库蓄水引发滑坡灾害，海拔 177 米以上的 32 户 160 人也需要提前搬迁。4 月 21—27 日在巫山、奉节县查勘并随时了解其他调查组的进度、成果质量及存在问题，及时向上级领导汇报，尽快解决存在的问题，保障成果质量及工作进度。至 6 月初各外业调查组的初步查勘成果陆续提交。经汇总整理，此次查勘在已发现的 1136 处崩滑体的基础上又新发现的 191 处崩滑体主要分布在长江支流库岸，有待进一步查勘确认。

此后进入第二阶段工作，由我和长江委综合勘测局龚福洪、枢纽处邹从烈共同执笔，编制了《崩滑体处理总体规划设计工作细则》，该细则由周少林、吴永峰校核，王忠法、甘家庆、苏爱军审查。其重点是对受三峡水库蓄水水位影响的重点崩滑体进行工程地质勘探，同时进行崩滑体治理方案或搬迁处理方案比较研究，并提出推荐方案。1999 年 6—12 月，规划设计人员根据新近地质勘探成果，对第一阶段筛选出来的重点崩滑体在水库蓄水情况下的稳定状态进行分析评价，对可能失稳变形的崩滑体治理方案进行研究并估算工程量和投资。同时还依据崩滑体上的实物数量，包括房屋、人口、单位、工厂、公路、输电线等重要设施，估算搬迁处理投资，经分析论证确定处理方案。1999 年 7 月 30 日，国务院三峡建委移民开发局在北京组织专家会议，讨论三峡库区需要急于治理的滑坡项目。滑坡治理有利于迁建城镇建设，如兴山县峡口镇粮管所滑坡及巫山县双龙镇马家屋场、后坪滑坡治理工程，不仅解除了滑坡危害，还增加了城镇建设用地，保护了原有的道路、输电线路等基础设施。为稳妥起见，长江设计院于 1999 年 9 月中下旬组织资深专家组对库区 12 个县（市）的部分重点崩滑体进行实地查勘，解决部分疑难问题，对后续工作提出指导性意见。

中央领导高度关注三峡库区地质灾害问题，为实现 2003 年三峡水利枢纽 135 米初期蓄水发电的目标，上级提出要在 1999 年底完成《三峡库区崩滑体处理总体规划报告》（以下简称《规划报告》）。因此，1999 年下半年，在时间紧迫且崩滑体数量多、密度高、规模大、危害严重、类型复杂的情况下，长江委、院、处、室负责人及设计人员、技术员都铆足了劲儿，上下齐心，群策群力，精益求精，殚精竭虑，加班加点，日夜奋战，于 2000 年 2 月完成《规划报告》初稿。

2000 年 4 月 9—12 日，国务院三峡建委移民开发局对规划报告组织了专家评估。长江设计院根据专家评估意见和国务院三峡建委移民开发局的要求对规划报告进行修改补充。2000 年 8 月完成《规划报告（送审稿）》上报国务院三峡建委移民开发局，最后按国务院三峡建委移民开发局的意见修订后于 2000 年 11 月完成总体规划报告。

本次规划的原则是根据崩滑体在三峡枢纽蓄水后的稳定状态，对居民生命财产安全构成威胁的因素做出处理。崩滑体上无人居住且无重要设施或全部淹没或宏观判断处于稳定和基本稳定的不予处理；对潜在不稳定的崩滑体，暂采取监测预报，安排相应监测经费；对整体不稳定或局部不稳定以及变形的崩滑体，一方面考虑监测预报，另一方面按照技术可行、安全可靠、经济合理的原则分别采取搬迁方案和工程治理方案。

根据上述崩滑体处理原则，经滑坡处理规划，在库区 1302 处崩滑体中，不予处理的崩滑体 501 处（其中属 A、B 类的 71 处，全淹的 174 处，无人居住的 252 处，已治理和规划后不处理的 4 处）；列为监测预报的 C 类崩滑体 297 处；列为搬迁处理和监测预报的崩滑体 466 处（其中农村 405 处，城镇 61 处）；列为工程治理和监测预报的崩滑体 30 处（其中农村 2 处，城镇 28 处）；列为潜在坍岸的崩滑体 4 处；列为专项处理和监测预报的崩滑体 4 处。列为监测预报的崩滑体共 797 处。

本规划中很重要的一环就是监测预报。鉴于本阶段对崩滑体的稳态认识有限，其预报很大程度上还是通过人为主观判断，需要通过监测予以验证。一般来说，崩滑体治理的难度大，投入高，因此对大部分崩滑体（主要是农村居民和部分城镇）是考虑搬迁避险的处理方式，其处理的范围和时机需通过监测来确定。

对拟进行工程治理的崩滑体，在深入开展地勘工作前后，通过监测了解其变化趋势、发展规律、修正稳定性计算参数，为稳定性评价提供依据；在工程治理期间，通过监测资料来优化设计和施工工艺及程序；在治理工程结束后一段时间内，则通过监测了解治理效果，验证工程的安全可靠性。

漫忆篇

监测手段有多种：对重要的滑坡体或滑移变形体设置全球卫星定位系统（GPS）进行地表位移适时监测；对部分崩滑体设置1~3个水文地质长期监测孔，每半个月至一个月测一次地下水位并做好观测记录；对部分崩滑体采用钻孔测斜仪进行1~3孔的内部位移监测，要求雨季半个月测一次，其间有暴雨或阵雨时，雨后两天内加测一次，及时做好监测记录；对797处崩滑体实行群测群防，开展地质灾害知识普及培训，让本地居民定期密切观察滑坡迹象。例如，当墙壁或地面出现裂缝时，在某处做上记号，每天定时观察裂缝宽度并做记录，及时上报。当裂缝开展速度变快或有滑坡迹象时，则要迅速通知滑坡体上的居民尽快转移到安全地带，避免发生人员伤亡。

在组织管理方面，建立监测预报网络系统，设1个中心站（主管单位），2个一级站（湖北省和重庆市各设一个一级站），10个二级站（库区各县、市），200个三级站（崩滑体所在乡、镇的群测群防管理站）。

崩滑体处理投资按预列专项经费6亿元安排，其中农村和城镇搬迁补偿费1.523亿元，崩滑体工程治理费2.357亿元，监测费0.526亿元，前期勘测规划科研费0.200亿元，监理费0.044亿元，预备费1.350亿元。

通过规划，理清了三峡库区崩滑体与水库蓄水位的关系；对崩滑体的稳态趋势作了初步预测；明确了可不予处理的崩滑体；对必须处理的崩滑体提出初步方案（工程治理或搬迁加监测预报）；对预列的6亿元专项经费做出定向安排。其主要作用是为国务院三峡建委移民开发局提供决策依据，为进一步开展滑坡治理和监测预报提供指导，为三峡库区建设提供指导。

三峡工地的"神眼"

——记长江委第十一工程勘测处三峡永久性船闸监测队

单学忠

"我们又中标了!"

1996年6月,长江委第十一工程勘测队三峡工程永久性船闸监测队在三峡总公司主持的、由10多家施工单位竞争永久性船闸二期监测任务中,一举夺标。消息传来,曾在一期监测任务中奋战了600多个日日夜夜的20多位勘测人员,高兴得手舞足蹈。因为他们以精确的成果质量、可靠的信誉和艰苦奋斗的精神再次赢得了成功。

10月下旬,我在永久性船闸边一间简陋的工棚里,采访了这支能征善战的监测队伍。

以质量站稳脚跟

长江委第十一工程勘测队三峡工程永久性船闸监测队共26人,三峡工程开工后,他们于1994年7月由武汉开赴三峡工地。这支年轻而精干的监测队伍在第一期永久性船闸监测的试标中,以极其认真、严肃、谨慎的态度进行工作,完成了第一期永久性船闸的全部监测任务。

船闸监测要求随时掌握施工单位在边坡开挖爆破中的地质变化情况,为工程设计部门动态设计提供准确、可靠的变化数据,而且误差变化不能超过1毫米,否则必须返工。

两年来,为了确保精度,他们采取了必要的措施。观测时,选择最优秀的技术骨干;采用最先进的ME500激光测距仪进行观测;观测选择最佳时间,以确保成功率。

由于采取了有效的措施,两年多来,他们观测成果精度达到仅有0.5~0.8毫米误差,质量成果完全达到要求,多次受到表扬,设计、施工单位称他们是"神眼"。

漫忆篇

以信誉赢得信任

永久性船闸监测队的主要工作是通过已有的监测手段，向三峡总公司安全监测中心通报情况，使他们全面了解施工单位船闸基础边坡开挖质量的优劣，因而要求资料、成果必须准确及时。

他们在监测作业中，合理安排，分工负责，每月 20 日前完成所布置的任务，25 日提交成果；每月有一次业务例会，对自己的成果资料和工作中的问题进行检查，发现问题立即向有关单位通报，以便采取补救措施，确保施工质量。他们曾在监测中发现船闸升船机主机段施工单位开挖边坡的误差较大，为 4 毫米，他们反复检测验证，毫不马虎，最后证实监测结果是正确的，提供给设计单位后，要求施工单位进行处理。

为取得更精确的观测数据，在长江的主汛期 7—9 月，他们进行了加密观测，并对危岩体和非危岩体设置不同的观测次数，因为这一时期长江洪水对施工开挖和爆破，以及监测精度会有一定的影响。监测队每月完成 800 多条边坡、20 多千米水准线路的监测，每月都超额完成任务。

以吃苦博得赞许

永久船闸监测队是一支由年轻人组成的测量队伍，队伍成员大多 30 多岁，他们在工作中吃苦耐劳，技术上精益求精。我的突击性采访是利用午饭前后的时间，这些勘测队员刚刚从船闸工地回来，加之刚刚下过一场秋雨，他们身上沾满了泥斑。我见缝插针，找了几位同志座谈，其余同志忙着整理仪器和资料，一刻也不闲着。饭后，我将两位工程师挽留片刻，进行采访。他们就是这样忙碌，白天跑工地，晚上归来还要计算成果。

三峡工程船闸工地施工场地辽阔，劈山切岭，工程浩繁，监测队的同志们每天清晨 5 点多就出发，攀山越岩或穿行于岩石嶙峋的施工现场，工作十分艰苦；尤其夏季，必须抓紧上午最佳时间进行观测。他们有时晚上 10 点多才返回，每天工作 10 多个小时，工作中谨慎、细致，以防出现技术责任事故。两年多来，他们做到安全生产，未发生过技术责任事故和人身伤亡事故。为确保 1997 年大江截流，1995 年、1996 年两个春节，监测队员们牺牲了与家人团聚的美好日子，留在三峡工地坚守岗位。两年来，他们累计完成 10 万多条边坡、500 多千米水准路线的监测任务。

1997 年第二期永久性船闸的监测任务招标时，全国 10 多家勘测单位投标，由于该勘测队历年测量的质量成果和艰苦奋斗的精神在三峡工地闻名遐迩，他们一举夺得自 1997 年 1 月开始的第二期船闸监测任务。

难忘人生　难忘三峡

冯彦勋

当我们夫妻和参加过三峡工程建设的老同志再次登上了三峡大坝坝顶，望着坝后江水从泄水闸喷涌而出，像一条巨龙带着一声声呐喊飞流而下，大小船舶航行在一望无际的水面上时，不觉心潮澎湃。三峡——我们为之贡献了青春、奋斗了一生的地方，给我们每个人都留下了不可磨灭的记忆。

初到太平溪

1966年2月底，我们辗转了南阳白桐灌区、宜宾偏窗子水利枢纽等地，后来到宜昌，开始了为三峡工程地质勘察从青春直到暮年的旅程。3月6日清晨，我独自一人抱着两个月大的女儿登上了长办水上6号，一艘只有2马力的小艇，由宜昌九码头出发，溯江而上。舱外江风呼呼不停，江水翻着波浪滚滚而下，小艇开足马力，时而追逐最佳航线，时而避开一个个漩涡，沿着西陵峡缓缓而上。足足行走了近十个小时，船才慢了下来，渐渐向岸边靠拢。隔着舷窗我看见宽宽的沙滩上布满了大小不等的礁石，远远望去岸坡上有类似吊脚楼的木板房。原来我们已抵达了当时三峡地质组的驻地太平溪镇，一个位于长江上游左岸，距三峡大坝8千米的小镇，我还看见岸上站着一群穿着长办工作服的人，那是地质组的同志们在等我们的到来。

船一靠岸，同志们一边嘘寒问暖，一边争先恐后搬运着随船带来的粮食、生活用品和我们这些新来的人的行李。虽然我和很多人是第一次见面，但是我却感到十分亲切。杜秀芬接过我女儿，宫锡兰、贺爱群簇拥着我一路说说笑笑，登上高二十几米的岸坡，穿过小镇狭窄的街道，把我送到了太平溪镇税务所一间五六平方米的空房中，大家七手八脚地帮我支起了床铺，打开行李，这时他们发现我的铺盖很单薄，因为我爱人前一天去另一个工地时分走了一半铺盖。杜秀芬二话不说，就跑回家里拿了棉絮、床单铺在了我床上，贺爱群从食堂打来了热水，叫我洗一洗脸，喝点热水。经过大家的努力，我在这里洗去了一路风尘，安下了我在三峡的第一个家。

太平溪地质组有 18 个人，分散租住在老乡家中，生产队的大队部就是我们的办公室。经过一天的休整，3 月 8 日在办公室召开了我参加的第一次地质组全体会议。那天外面刮着小北风，还飘飘扬扬地下着雪，屋里烧着两个炭盆，大家围坐在火盆周围听我们的组长艾会介绍太平溪地质组的概况，包括生产情况。他说："三峡工程是举世瞩目的大工程，我们正在做坝址阶段的地质工作，责任重大，希望大家团结一致，兢兢业业把工作做好。今天正值三八妇女节，我祝女同志们节日快乐，也希望你们和男同志们一样，为三峡地质勘探工作作出贡献。"然后先来的同志纷纷表达了对新来的同志的欢迎，新同志也表示一定要服从分配，好好工作。我的女儿虽然在哺乳期，但是我下定决心要坚持跑外业，在野外锻炼自己，不能落在男同志的后边。后来我实现了我的诺言，直至退休，始终战斗在三峡工程工地上，贡献了毕生的精力。

工地上的婚礼

一天，地质组内传播着一个令人兴奋的好消息，三峡院的水上 6 号要来了，还要把小刘的未婚妻带到工地和小刘成婚。要知道在当时那可是一件特大的喜事。

20 世纪 60 年代，地质组里大部分是二十几岁的年轻人，这些人常年生活在三峡勘探的工地，一天到晚接触的除了石头还是石头，一年到头身着工作服，脚踩工作鞋，虽然一年有 12 天假回家看望家人，但是经人介绍的对象还没见上几面就又要归队了。想找个对象谈何容易。有一段顺口溜："有女不嫁勘探郎，一年到头守空房，有朝一日回家转，带回一堆破衣裳。"勘探队员自嘲的这段话，足以说明勘探队员找对象之难了。小刘的这段良缘也是来之不易，小刘是湖北人，未婚妻是四川人，婚前两人素未谋面。据说是某位同志回家探亲时托朋友的朋友介绍的，物色了一位品貌端庄的姑娘，带回了一张照片，两人书信传情决定结伴终身。

下午五时许，估摸着船要到了，大家放下手头的工作，一些人往江边走去，一些人留下打扫办公室，把办公桌拼在一起，形成一个小小的会场，这就是婚礼的举行地了。江边的人不时议论着那姑娘的长相、情况，虽然没有见过本人，但照片和书信大家是再清楚不过了。要知道那时候交通和通信不便，一个多星期才能收到一摞报纸和信件，不论谁收到了家书都会和大家分享其中的快乐与忧伤，谈恋爱的书信更是大家不断追问的趣事了。不一会儿船到了，远远望见船头站着一位梳着短发、身穿碎花小袄的二十来岁的姑娘，不用问那就是今晚婚礼的新娘了。我和杜秀芬赶忙跑上前说："你是小覃吧？欢迎你到工地来，这里条件有限，望你多包涵。"顺手接过她手里的行李，把她接回了驻地，在婚礼前不让她和新郎见面。

漫忆篇

吃过晚饭后，职工、家属和孩子陆续来到办公室，看见办公室正面墙上毛主席像挂得端端正正，两边贴上了大红喜字，办公桌上摆了几盘瓜子、花生和水果糖。新郎和大家一起来到办公室，面带喜色，穿上了崭新的工作服，比平时增加了几分风采。有人开玩笑说："嗨，又年轻了好几岁。""着急了吧，还得等一会呢。"孩子们在屋里跑来跑去，等着新娘的到来。而女同志故意拉着新娘东拉西扯，不让她出来。大约七时许婚礼开始了。

其实婚礼本身还是很简单的，大家齐声朗读毛主席语录，然后新人双双向毛主席像鞠躬，地质组领导讲话无非是要听毛主席的话，要好好工作、互敬互爱等等。领导讲话后气氛就活跃起来，大家吃着瓜子、花生和水果糖，要求新郎新娘公布恋爱经过，还时不时用他们的信件内容打趣一番。

新娘在大家的强烈要求下说了一番话，未说话之前，她首先咯咯地笑了几声，羞涩地转了几圈，然后大方地说："我是一名高中生，早就听说勘探队是建设时期的游击队，有幸结识了小刘，通过书信，了解了你们的工作性质、地点、意义，又感觉小刘文笔流畅，字迹清秀，就觉得他是一个有为的好青年，将终身托付给他绝不会错。"她的讲话立刻赢得了一片掌声和赞美声。大家又要求她表演个节目，她大方地唱了一首《大海航行靠舵手》，大家情不自禁地合唱起来。接着大家就自告奋勇地表演起小节目来，有的朗诵毛主席的诗词，有的唱起革命歌曲。在欢乐的气氛中，婚礼结束了。

银杏沱

太平溪地质组承担着三峡坝址比选阶段的地质勘察工作。要到右岸去工作，就必须坐船过江，20世纪60年代，小镇还没有机动船。我们到右岸工作靠民间木船，那时也没有救生衣，江底礁石林立，漩涡成群，过一次江也是一次考验。一天我们在太平溪渡口坐上能装十来个人的小渡船，船老大在船尾掌着舵，船工在前面撑着竿，我们的男同志帮着摇桨。先顺着江边向主航道逆流而上五六百米，越过一个名叫羊被窝的长江漩涡后，再调转船头穿过江面向右岸靠去。那天江水流速比平日大了些，虽然想避开羊被窝，没想到船还是卷到漩涡里了。只见小船在江中随着漩涡上下颠簸打转，船工奋力拼搏，我们心惊肉跳，生怕小船翻了，转了三圈小船才冲出了漩涡，顺流而下向右岸靠去。因过江危险，加上太平溪居住地分散，1968年左岸工作大部分结束后，我们就搬到右岸银杏沱去了。

银杏沱是我们地质组在三峡的第一个基地，两排干打垒房子，中间一个羽毛球场大小的院落，办公住宿集体活动都有了场所。这些房子也是我们亲手盖起来的，我们亲手挖黏土，将黏土掺上一定的稻草和成泥，女同志把泥铲到土坯模板中，两个男同志抡起木槌左一下右一下轮流锤打压实，卸下模板一块土坯就成形了，晒干后就可以砌墙了。当时地质组已经有30多人了，分成几个作业组担负着不同的课题研究，工作之余的生活就比在太平溪时丰富多了，可以下棋、打球、唱歌，组织一些小型比赛。

特别是那一年春节，部分同志探亲和回宜昌过年，工地上还剩下了十几个人。后勤人员设法买来些许猪肉、鸡肉、蔬菜等物资，除夕那天，大家纷纷亮出自己的手艺，有的做一碗扣肉，有的来一个水煮肉片，不一会儿一桌丰盛的团年饭就摆上了桌。大家围坐在一起互相说着祝福的话，喝着杯里的酒，欢声笑语一片，让人久久不能忘怀。下午就有人剁好了肉、白菜，和好了馅、面，吃团年饭后大家就一起包饺子。包饺子那是我们北方人的强项，老姜一个人擀皮可以供五六人包，包出的饺子形状各异，有的像元宝，有的像花蕾，有的躺在那里站不起来。我们还特意在一个饺子里放上糖，看看谁能有好运气吃到。晚上在办公室点上了一盏汽灯，烧起几个火盆，大家聊天、下棋、打乒乓球，互相倾诉着对家乡和亲人的思念。快午夜时分，炊事员端来了热腾腾的饺子，大家再次举杯畅饮，抢着饺子，谁都想抢着那个运气饺，看看来年会不会有好运气。忽然小李叫了一声："我吃到了，我吃到了。"不知是谁马上接了一句："明年你一定得个儿子。"大家哄堂大笑。要知道小李还没结婚呢。就这样，我们在欢乐的气氛中度过了猴年春节。

在这里，我们完成了太平溪坝址选坝阶段的地质报告，开展了三斗坪坝址的地质勘察。1970年，我们夫妻因参加葛洲坝水利工程的建设，暂时告别了三峡。

重返三斗坪

在葛洲坝水利工程施工时期，三峡的地质勘察工作一直没有停止。1985年葛洲坝水利工程竣工了，我们的工作又转到三峡工程。1992年4月七届全国人大四次会议通过了兴建三峡工程的决议，我们无不欢欣鼓舞，我们一直没有停止对三峡工程的地质勘察，现在终于要开工建设了，怎么不叫人兴奋呢！同年在三斗坪，三峡地质队在三峡地质组的基础上挂牌成立了三峡地质队。地质队当时有50多人，按不同建筑物、不同专题分成了若干小组开展工作，我也重新回到三斗坪参与三峡工程地质勘察，主持了多项专题研究，直到2002年三峡二期工程完工才依依不舍地离开工地。

回想我这40年的光阴几乎全部贡献给了三峡工程，人们对我的印象是永远头戴安全帽、身穿工作服、手拿地质锤、背着工作包跑在工地上的女地质员。我实现了不输给男同志的誓言，我这40年几乎全部生活在工地，对家庭照顾得很少，但是我骄傲地对我的孩子们说："有谁一生能亲自参与举世闻名的两个大工程的建设啊，你们的父母做到了，我们今生无悔。"

遥感与三峡工程

翁宇皓

遥感，是"遥感技术"的简称，它来自英语 Remote Sensing，即"遥远的感知"，简称 RS，泛指一切无接触的远距离的探测技术。一般指传感器或遥感器对物体的电磁波的辐射、反射特性的探测。遥感是通过遥感器这类对电磁波敏感的仪器，在远离目标和非接触目标物体条件下探测目标地物。

一、三峡工程遥感应用从地质勘察工作开始

三峡工程离不开遥感，更是随遥感技术的发展而不断提高应用水平。长江勘测规划设计研究院长江空间信息技术工程有限公司（以下简称"空间公司"）有个遥感院，它随着遥感技术的发展和三峡工程的建设不断发展和壮大。

传感器利用红外线的物理性质来进行测量。红外线又称红外光，它具有反射、折射、散射、干涉、吸收等性质。任何物质，只要它本身具有一定的温度（高于绝对零度），都能辐射红外线。红外线传感器测量时不与被测物体直接接触，因而不存在摩擦，并且有灵敏度高、响应快等优点。但大多数情况下是利用多波段遥感图像（尤其是红外航空遥感图像）解译与成矿相关的岩石、地层、构造以及围岩蚀变带等地质体。红外遥感在地质勘察工作中更为实用。

二、遥感用于带影像的电子地图

2009 年 3 月 21—28 日，受重庆市移民局委托，国务院三峡建委办公室移民管理咨询中心对三峡规划的 1∶2000 测图项目成果进行验收。验收专家组由来自国内科研院校、重庆市移民局、测绘、水利、航道、交通等系统的 13 个单位的 15 名专家组成。

验收专家组认真听取了项目承担单位——空间公司的工作汇报，分三个小组赴江津区、涪陵区、丰都县、忠县、万州区、开县（今开州区）、云阳县、奉节县、巫山

县等 9 个县（区）进行了现场抽样检查，并与各县（区）政府相关部门进行了座谈。

经过内业审阅、实地核对、设站检查、质询答疑，专家组一致认为，该项目测绘成果在三峡工程后续工作规划编制中发挥了重要基础性作用，成果质量总体为"优级"，并通过该项目验收。

空间公司于 2009 年 7 月完成了三峡库区重庆市辖区的江津区、巴南区、渝北区等 15 个县（区）消落区及生态屏障区和重庆主城消落区 1∶2000 数字地形图测绘工作，交付测图面积 340.2 万平方米。

2011 年 9 月 22—28 日，国务院三峡建委办公室组织对我院完成的三峡后续工作规划区（库区）1∶2000 数字地形图测绘成果进行验收，国务院三峡建委办公室副主任卢纯出席验收会并讲话，以张祖勋院士为组长的验收专家组对成果进行了实地核对、设站检查、复核及内业资料检查。

专家组认为，我院在该项目中针对基础控制、航摄影像、地形图、机载激光雷达等资料构成复杂、渠道众多、系统多样的状况，采用设基站与不设基站带惯导无控制航空摄影测量等先进技术，平行协同作业等方法和手段，技术路线正确，方案科学合理；项目采用的技术标准恰当，技术参数正确；基本控制和像控成果精度优良；地形图内容完整翔实，地物、地貌表达正确，综合取舍合理；土地征用线、移民迁移线表示准确；地形图地理和数学精度优良，符合规范要求，同意通过验收，产品质量综合评定为"优级"。

三、遥感土地解译助力三峡库区移民安置复核

三峡库区 120 多万移民的搬迁安置，涉及方方面面，异常复杂。2006 年 6 月，受三峡建委办公室的委托，长江设计院承担了三峡工程库区移民安置中突出问题的处理调查、复核及投资测算工作，其中库区淹没涉及淹没线上土地遥感解译调查，主要由空间公司遥感院负责。

遥感解译是利用卫片或航片图像的反映和表现目标地物信息的几何特征和光学物理特征，包括图像上的色调、色彩、形状、阴影、纹理、大小等，识别图像上的目标地物，勾绘出地物的分类斑图。三峡库区淹没线上土地遥感解译调查是利用航片解译出库区淹没线上土地利用分类斑图并进行统计。项目从 2006 年 7 月 1 日开始做准备及技术设计工作，历经三个半月，于 10 月 14 日完成内业解译工作，外业核查工作也在 11 月 10 日顺利结束。这次的解译调查，项目工作量之大、工期之紧、任务之复杂、要求之高，相较于我公司以往的项目来说是史无前例的。遥感院管理层经过仔细

漫忆篇

研究，进行了合理的工作分工，成立了各个作业小组，并实行各小组分工协作，解译调查工作就这样在紧张有序中展开了。

在这次项目的实施过程中，开发和应用了许多新技术。首先提供了多样化及信息丰富的产品，包括数字线划图（DLG）、数字高程模型（DEM）、数字栅格图（DRG）、数字正射影像图（DOM）及其复合产品（如 DLG＋DOM）；其次是与移民工程相结合，建立了数据采集分类编码方案，并采用三维立体解译采集移民实物指标信息，在原有二维分类判读信息的基础上加入了高程信息，提高了数据分类解译的精度；利用 GIS 的空间叠加分析技术，实现分小组统计各类地物的面积，减少了数据编辑的工作量；编程实现计算坡度、分图幅输出面积表和实物指标明细表、分乡镇汇总面积和图斑的自动标注；此外还应用信息系统技术，使项目形成了从遥感分类解译到数据编辑处理、GIS 叠加分析，再到出图出表的一体化的业务流程，大大提高了工作效率。

参加此项目工作的除遥感院外，还有空间公司其他兄弟单位，共分为 42 个作业小组，其中 38 个外业小组、4 个内业小组。项目工作复杂、工作量大、工期紧，为了保证按期保质地完成工作，4 个月来所有参与人员几乎没有正常休息过，国庆及中秋期间也不例外，一部分员工还经常通宵工作。外业小组的几十名成员在外面一待就是一两个月，每天起早贪黑，克服了天气、住宿、饮食等困难，保证了外业工作的顺利开展。相对来说，内业小组的成员不用出门在外，困难少了许多，但为了及时给外业小组输送数据，成员们每天上班都要上足 12 个小时，有时还会到凌晨，以确保当天的数据能及时反馈到外业小组成员手中。十几名管理人员也没闲着，安排、协调各小组之间的工作是他们肩上重要的担子，每次加班，都少不了他们的身影。正是因为大家的精诚合作和共同努力，项目在 11 月上旬顺利完工，成果的质量也十分令人欣喜。

伟大的事业铸就伟大的精神。在三峡工程百万大移民的伟大实践中，也铸就了以顾全大局的爱国精神、舍己为公的奉献精神、万众一心的协作精神和艰苦创业的拼搏精神为基本内涵的三峡移民精神。而空间公司参与此项目工作的所有员工用他们的实际行动发扬了这一精神，他们是公司的骄傲，更是我们普通员工的榜样。

四、无人机大大拓展了遥感工程应用

空间公司的无人机技术主要以固定翼无人机搭载民用航空摄影机进行航空摄影。无人机飞行高度 2200 米，无人弹射起飞，降落伞降落，持续飞行可达 2 小时；航空摄影机测量面积达 50 平方千米，影像地面分辨率达 0.3 米。飞行队由三人组成，共

同应用这一集空中拍摄、遥控操控以及航空摄影测量数据处理于一体的新型测绘技术。该技术具有结构简单、机动灵活、无需专业起降机场、超低空飞行、超高分辨率、天气要求低和便于实施等特点，能够获取高清晰、大比例尺的影像资料，已经成为获取遥感信息的一种重要手段。

漫忆篇

三峡，我的人生梦

潘玉珍

启　梦

1987 年 7 月 15 日，带着殷切的希望和对未来的憧憬，怀着一颗激动的心，我离开了拼搏 4 年的母校——长春地质学院（现在的吉林大学），来到了向往已久的长江流域规划办公室三峡区勘测大队（现在的长江三峡勘测研究院有限公司）。

转瞬 30 年过去，现在想起那些事，好像就发生在昨天。

记得当年毕业分配的时候，长春地质学院工程地质界的泰斗——谭周地老教授在得知我们将要分到长办工作后，特地把我们邀请到他家里的情景，以及我们最后依依惜别的情景。

虽然已经过去了 21 年，可我仍清楚地记得当时的情景：我们在谭教授家吃完饭后，他老人家就展开了一张中国地图，让我们先从地图上认识三峡，认识三峡工程的所在地——中堡岛，认识将来我们可能要长时间生活和工作的地方——宜昌。我记得他除了介绍宜昌的风景是多么的秀美、气候是多么的宜人以外，最主要的是向我们郑重地介绍未来的三峡工程。他向我们描绘未来三峡工程的宏伟，细说未来三峡工程建成后将对人民有多大的好处。他还语重心长地对我们说："一个人一生中能有机会参加像三峡工程这样的世界第一大水电工程的建设，那将是多么光荣和自豪的事啊！而你们，将全程参加并见证三峡工程的兴建，这将成为你们自己和我们学校的荣耀！"看得出他老人家对我们这几个将要从事三峡工程地质勘察的"新兵"寄予了很大的希望，也为他的学生将来能成为三峡工程建设者深感自豪。

谭教授的一席话让我们听得是热血沸腾，一扫当时因为没有能留在大城市而带来的内心不平衡，也让我们从心底由衷地增加了几分自豪感。

可话又说回来，当时我的心里还在打鼓，因为水电工程上马的制约因素太多。一个水利工作者，尤其是水利水电系统的地质勘察工作者，有可能从事了一辈子水利水电行业的地质勘察工作，都没能赶上一个大型的水电工程上马，更别说三峡工程这样的世界第一的超级大型水利枢纽。所以说，当时我们只能是怀着将参加三峡工程建设的梦想来到这里，至于梦想是否能变为现实则另当别论。

惊 梦

我们一到单位，就觉得这里的情形与自己的想象实在是相差太大了，简直可以说是大相径庭！当时的情景确实让我们有些心底发凉，也可以说简直就是数九寒天里一盆冷水猛淋在我们的头上，一下子把我们浇了个透心凉。

事情是这样的：

我们一起被分来的3位同学都被分到了三峡地质大队。当时我们地质队的总部在西坝。单身宿舍是一溜的小平房，一般是三四个人一间房子。

虽然结婚后单位也给分了房子，从1987年红楼的单间，到1994年三号楼的一室一厅、1997年汽渡的二室一厅，再到白龙岗的二室二厅，我们每次都因为两口子都是大学生而享受到三峡院的特殊照顾。如果按正常的单位分房政策，估计每一次调房时间都要比实际的晚很多。

当时，当地的磷肥厂与职工食堂仅一墙之隔，排出的烟雾非常刺鼻，我们每次都是捂着鼻子以百米冲刺的速度去打饭，然后再以百米冲刺的速度离开，返回到门窗都紧闭的办公室。

在宜昌稍微熟悉了情况后，我们就都被分到了以三峡工程地质勘察工作为主的一分队，工作地点就是现在已被深埋在三峡大坝近百米水下的三斗坪。

那时我们从宜昌到工地来回主要走的是水路。一般都是从九码头或黄柏河码头上船，乘单位的502号船或神峰号船，或在屈原码头坐一个破旧的"向阳"号小船。下水时还好说，一般只用三四个小时就可以了。但上水就糟糕了，一趟要五六个小时，甚至七八个小时。我们往往是午饭后上船，天黑了还在水上漂着。

后来，我们地质员从工区里分了出来，成立了专业的地质队。这样我们就有了自己的客车，双休日可以坐汽车回宜昌。只是那时宜昌到三斗坪的公路是老旧的土路，要翻几座高山———一溜的盘山公路，危险不说还常堵车。我记得堵得最厉害的一次，是在路上堵了近十个小时。我们又渴、又饿、又怕，还有些无望和无助，不知道何时能到家。可以说当时连下车步行回去的心都有！那个滋味啊，我再也不想体验。哪像现在宜昌到三峡的对外专线高速公路，开得再慢也只要半小时左右，这在当年真的是不敢想象。

漫忆篇

说了工作和生活条件，再说说我们的收入：那时我们每月的工资只有 63 元，外加 27 元的外勤费，一个月下来也只有 90 元，且年底基本没有奖金。我每个月领到工资后的第一件事，就是先给父母寄去 20 元，然后在银行存 20 元，留下的 50 元就是自己一个月的生活费。我还清楚地记得当年的日记里这样写道："现在只剩 10 块钱了，可还有一周才发外勤费，我定要好好安排生活，这 10 块钱定要坚持用到月底。"当时的困窘由此可见一斑。

现实与当年毕业时的想象差距很大，但是想到谭教授的叮嘱，想到老同志们的奋斗精神，我们坚守下来了。

圆　梦

1994 年 12 月 14 日，随着李鹏总理的庄严宣告，举世瞩目的三峡工程正式开工了，几代人的三峡梦终于要实现了！我们单位男女老少都沉浸在巨大的幸福和快乐之中。因为这是我们单位几代地质工作者、几代勘测人梦寐以求的事情。

开工后的三峡工地，真是日新月异。且不说工程一天一个面貌，就连我们这些建设者的生活条件也得到了很大的改善。业主为参建单位提供了即使用今天标准看也是比较好的生活条件。我们于 1996 年初就住进了公寓式的楼房，是标准的两人间或单间，室内整洁而又明亮。1997 年 7 月 28 日，三峡工地对外专线高速公路修通了，这是一件让人振奋和开心的事情，也可以说是改变我们生活质量的关键性工程。我们再也不用在老公路上颠簸，我们再也不担心堵车，我们再也不用提心吊胆去翻那"山路十八弯"的盘山公路。

从那以后一直到三峡的二期工程结束，我一直工作在三峡工程的第一线。作为一个女人，我和单位的男同事一样，在炎炎的烈日下攀爬在陡峭的岩石上，在危机四伏的各种钢结构的笼子里来回穿行，在寒冷的冬季伸出手去触摸那一条条冰冷的岩脉、裂隙与断层，认真描绘施工开挖后揭露出的一切地质信息。我用饱满的工作热情、高度的责任感和专业精神去做好一切工作，就是为了尽到一个普通地质工作者的责任：为三峡工程把好脉、诊好病，找出病因然后明白病理，从而开出最恰当不过的处方。也就是说，既要解决工程地质问题对工程造成的影响，也要考虑不浪费国家一分钱。一个部位要不要继续开挖、需要采取何种工程措施和处理，那一定是咱地质工作者说了算的。可以这样说，哪怕是业主也不敢乱表态，也要听取和接受地质工作者的建议。所以我们的工作是非常关键的，来不得半点懈怠和马虎。

浪漫的专业

随着三峡工程建设步伐的推进，我也渐渐地由一名大学生、一个工程地质战线的新兵成长为一名高级工程师，自认为没有虚度光阴。

虽然我因一些原因暂时离开了我热爱的三峡，可我的心时刻牵挂着这里。

时隔 6 年后我又回到了三峡，回到了我熟悉的三峡工地。说实话，重回三峡让我重新找到了原来的感觉。虽然地质是一个特别男性化的专业，可我却从心里深深地爱着地质这个浪漫的专业。再者，能够在千百万的人中被选为三峡工程的建设者，那种幸福感与自豪感常常油然而生。

前几天，我在和从中国地质大学来三峡实习的两个女研究生和一个女博士聊天时告诉她们："其实地质是最最浪漫的一个专业，因为你永远不知道你下一个工作的对象是什么样子。她总是盖在一层面纱下面，若隐若现，这样让你永远有一种想撩开面纱查看她真实面目的渴望与冲动。如果你只是走近她却不去深入地了解她，那么你了解的永远只是她的表面，你永远也不知道哪块顽劣的石头下面是压着一块美玉，或是某处秀美的风景下面隐藏着无限的杀机。"当时她们说这是她们第一次听别人这样形容地质专业，从来没有听别人说地质是个最浪漫的专业。

我告诉她们虽然我们都是女人，可我们却要挑战这个男人的领域。虽然在现实生活中因为你的稍不注意或家庭影响让你比别人成长得慢些，但无所谓，这并不影响我们追求事业的步伐。虽然也许会遇到比男性更多的挫折和困难，但那并不可怕。我一定会笑看并感谢与我同行的这些挫折和困难，因为如果我永远一帆风顺，那肯定磨炼不了我的意志，也不能增强我的战斗力！

漫忆篇

良师益友伴我前行

赵明华

我在长江三峡勘测研究院（以下简称"三峡院"）工作了15个年头，有幸参加了长江三峡工程、忠武输气管道工程等国家重点工程建设。我感谢身边的每一位地质工程师，他们是我成长的源泉和动力；我也感谢三峡院，在这个从实力雄厚、人人团结奋进的勘测单位里，我领略到生活的阳光和人生的精彩。

一

张仕汉工程师是我的师傅，我一直十分感激他。

1993年6月，我调入三峡院三峡地质处就被派到三峡工程右岸地下厂房地质勘察项目组，和张仕汉工程师一起从事钻探管理工作。

那时，张工50多岁，是三峡地质处一名普通的地质工程师，他很健谈，除了给我讲地质专业知识，还讲一些世间趣事。我们的主要工作是岩芯描述，一小段岩芯他就能用一大段文字去描述，有时扯得很远，他与石头对话的水平让我惊讶。

不仅如此，每天到钻探现场，张工还给我讲钻探的每道工序，告诉我钻机边各种工具的名称和用途。在进行压水、触探等现场试验时，张工都会带我守在钻机边，详细讲解每道工序，让我熟悉钻探工作。

多年以后，我知道虽然张工说的大部分都是模式化的东西，却让我了解了地质工作的基本方法，熟悉了钻探管理的各项工作，为我以后的工作打下了基础。

入冬后天气很冷。水文地质试验增多，如果是夜里做试验，张工都不让我去，每次都说："年轻人瞌睡大，我去就行了。"然后夹着军大衣，拿着电筒，沿着小路向工地走去。现在想起他走上那条小路的背影，心中仍滋味万千。

我在三峡院的这些日子，碰到过很多像张工这样的老地质工作者，如秦兴黎、陈万民、王家惠、杨安富等，他们只是普通的地质员或测量员，但责任心强，扎实地做着每一件事，在平凡岗位上实现自己的价值，还带领年轻一代不断成长，起到了"传帮带"的作用，教会我如何工作，也告诉我怎样做人。

二

1994 年春天的一个上午，舒华波高工对我说："右岸地下厂房勘察工作结束了，你到茅坪溪去吧。"我中午两点赶到小镇杨贵店茅坪溪地质室驻地，换上翻毛皮鞋，戴上安全帽，和地质室主任朱崇坤及吴世泽工程师到大坝去巡视，踏上那条小路，开始了在茅坪溪开展地质工作的历程，一待就是 3 个年头。

茅坪溪防护工程包括泄水建筑物与防护大坝两大部分，虽说是长江三峡工程的附属工程，但也比国内一般水电站规模要大。那时泄水建筑物施工已接近尾声，我刚好赶上防护大坝开工建设。

施工地质工作主要是地质资料采集、验收、地灾预测预报等，在补充地质勘察工作中，我参与了地质测绘、裂隙断层调查与统计等工作，对基础地质工作有了较全面的了解和实践。

那时最大的感受就是很忙。天晴下雨都在工地上跑，基本没有节假日。至今我还清晰地记得，午饭经常要到三四点钟才吃。有时刚端上饭，电话铃响了，匆忙扒完就走；夏天太阳大，脸上汗水直往下滴，淋湿图纸。还有一次天气预报次日大雨，为了防止已清理好的基坑不被大雨破坏，夜里用汽车灯照明进行编录。

茅坪溪施工快结束时，我参与了《长江三峡工程茅坪溪防护工程竣工地质报告》的编写。我经常写些散文，但编写地质报告是第一次。虽然我只写了第一章"基本地质条件"，但知道了地质报告写法，也就一边写一边回头想想，现场该做哪些工作，哪些工作做好了，哪些工作还有欠缺？这为我以后编写地质报告建立了初步认识。

三

1996 年 10 月 20 日，那时我刚到永久船闸，接到施工单位武警支队通知，五闸室中隔墩开挖时出现了一条大裂缝。永久船闸地质室主任石安池正在开会，便安排我到现场查勘。临走时，一位女工程师走过来，说和我一起去看看。

我们赶到现场，听完监理工程师介绍情况后，我就仔细沿着裂缝走了一圈。裂缝有二十几米长，张开两三厘米。我测了产状，做好记录，就站在旁边。

女工程师仍在那里看，每个地方都看得很仔细，还用地质锤使劲刨开裂缝处的碎石，刨完站起身掏出笔记本写着什么。我站了一个多小时，女工程师仍没看完，而且

看到裂缝以外十几米远的地方了。我很纳闷，情况很清楚啊，肯定是爆破时没控制好，就炸出了裂缝，有必要看得这么仔细吗？

接我们回去吃午饭的车早已在路口等着。又过了半小时，女工程师才走过来，笑着对我说："回去吧。"我一边走一边说："很明显，是炸药装多了。"女工程师说："原因大致是这样，但岩体中原本就有这条长大裂隙，炸药控制得再好，也会产生抬动。分析产生裂缝原因固然重要，但更重要的是要查清楚破坏范围有多大，哪些需要处理，怎样处理，其他地方有没有发生类似情况的地质条件，早做预报。"

犹如一瓢冷水灌顶而下，我当时冷汗直往外冒。就是这一段话，清楚地告诉我：一个地质员在现场应当怎样思考。就是这段话，让我在以后的工作中一直铭记，一直用了十几年，而且还要用下去。这些，她也许并不知道。给我这些启发的这位女工程师就是冯彦勋高工。

如果说，张仕汉工程师是我的地质入门老师，冯工就是拔尖班老师，使我上了一个台阶。一路遇到张工和冯工这样的人是一种幸运，他们对我的教导，促使我也支撑我向一名优秀地质工程师奋进。

四

2002年3月，我从忠县乘船回宜昌，经过永久船闸时，乘客们都拥上甲板，想要一睹船过船闸的情景。我再次站在我工作过的地方，那些日日夜夜又涌上心头，让我感慨万端，难以释怀。

如果说我是一个远行者，那么永久船闸地质室就是一艘船。

我是1996年下半年上船的，在永久船闸地质室工作了五年。这五年里，我从一名助理工程师破格升为工程师，从一名普通地质员成为一名能独立编写地质报告的骨干技术人员，我光荣地加入了中国共产党。这一切都得感谢这艘船，以及和我一起同船的永久船闸地质室的每位职工。

永久船闸地质室主任石安池对我的帮助与信任，让我一辈子忘不了。

我刚进永久船闸地质室，石主任便让我参加编写了《永久船闸一期工程竣工地质报告》。工作中，我开始独立带领小组进行地质编录，编写了大量施工地质简报。石主任对每份简报审查得都很细致，修改后还给我讲解简报中的不足之处。

对不稳定岩体进行预测预报，是永久船闸施工期最关键的一项工作。地质室为此专门成立了预测预报小组，石主任推荐我担任现场负责人，负责三到五闸室地质预报工作。

石主任还是我的入党介绍人。在我入党预备期那一年，他和李国郴高工经常晚饭后和我一起到十五小区后面的草地散步，询问我工作与生活的情况和思想状态，鼓励我多学习，多做自己想做的事。正是在他们的引领下，我参加了中国地质大学土木工程本科函授学习，提升了专业知识水平，也提高了业务能力。

不仅是石安池高工，地质室的每个人在工作中都对我有所帮助和触动。

我第一次独立完成了永久船闸中隔墩与涮井找平混凝土裂缝专题研究报告项目，其实这是地质室集体心血所成。卢华峰、周质荣工程师对现场工作提出很多想法，三峡地质处主任叶渊明在审查该报告时做了详细修改，并告诉我要加强地质报告文字写作的严谨性。

三峡院逐渐脱离手工作业，加快推动办公自动化，地质处组织我们参加了计算机知识培训，微机室廖立兵、叶圣生工程师对我学习电脑应用的帮助很大。

我参与了中隔墩岩体力学特性工程地质研究、直立墙块体分布与稳定性研究等专题研究项目，这些都是国家"七五"攻关重要项目之一。参加这些国家地质尖端研究项目是我人生的幸运，而且在勘察过程中，全室人员相互帮助，共同学习，共同提高，快乐工作。

五

尽管我和薛果夫总工程师接触很少，但我还是直接或间接地从他那里学到了很多东西。

1997年2月27日，永久船闸北坡3号竖井塌方后，薛总坐着吊筐下到竖井去查勘，我们恰好在竖井旁边工作，看到了那幕场景。那时薛总50多岁了，而且是三峡院总工程师，我们都没想到他会亲自坐吊筐下去。

至今我仍清晰记得，那天飘着小雨，薛总与雷荣华坐着钢筋焊制的简易吊筐，被缓缓放到竖井下30米处，吊筐还不断旋转。薛总一会儿用测杆指挥雷荣华摄像，一会儿要操作人员将吊筐向洞壁靠拢，掏出罗盘测量产状，大声向上面报塌方轮廓尺寸和岩层产状。怕上面记录的人听不清，自己还掏出笔记本做好记录，画了素描图。到薛总喊吊上去时，已经过去整整一个小时。

我为薛总捏了一把汗，同时被他严谨的工作态度和身先士卒的作风所折服。而后通过他审查我编写的报告，对他站在地质高度细致工作和对人民、对历史负责的精神有所领悟。

每次我从薛总那里拿回经他审查的报告，心里总是又惊又喜。惊的是他每一处修

漫忆篇

改都是我还没理解透彻、想说而又没说清楚的地方，以及一些插图、图例等细枝末节的错误；喜的是通过与原稿对比，我知道了之后工作需注意和加强的地方。

薛总其实也是一位平易近人的长者。他带领专家查勘长江三峡王家坪抽水蓄能电站时，摊开地质图对我说："你是现场负责人，地质情况你最清楚，到你演讲的时候了。"在这样的开场白后，我还有什么不敢说的。

在汇报忠武输气管道城陵矶穿江工程的地质情况，我背对专家席说话时，薛总说："你挡住我们视线了。"这样很平常的提醒，让我之后参加审查会时注重每一个细节。

薛总学识渊博，偶尔碰到我，问我最近发表了什么文章，也和我谈一些文学观点。我觉得很辜负他，我总不能写得更好，而且在我成为中国水利作协会员后，由于种种原因，文学作品写得更少了。

很遗憾，我没能亲身感受薛总在乌东德水电站审查会剖析金坪子斜坡的精彩时刻，我也不能达到他在地质上的深远境界和高度。我时常想提笔写写他的一些事，却总觉力不从心，因为我担心我肤浅的文字无法叙述和表达出薛总对三峡院乃至在地质勘察领域所作出的重要贡献。

六

2001 年，"五一"国际劳动节那天，三峡地质处主任饶旦电话通知我到岳阳城陵矶参加忠武输气管道城陵矶长江穿越工程地勘工作。我离开长江三峡工程，从此走上国家"十五"规划重点工程——"西气东输"之忠武管线地质工作，开始作为项目负责人，独立承担地质勘察项目。

勘察工作中，三峡院院长满作武、三峡地质处主任陈又华及总工舒华波对我的支持很大，他们信任我，鼓励我，放手让我去做，通过检查验收工作和审查报告，经常就关键技术问题点拨我，指导我。

忠武管线每年的勘察项目都很多，虽然都是小项目，但陈又华、舒华波都要到现场检查指导工作，及时指出我们欠缺的方面，力求把工作做得更好。舒总为人很随和，他是三峡院副总工程师，也是我的良师。在工作中遇到困难时，我总是询问他，他不厌其烦地给我讲解。尽管后来陈又华由三峡地质处主任升任三峡院副院长，舒总仍很关注我的工作。

满院长是忠武管线各项目的主管院长，我编写的报告都由他终审。满院长对每份报告都修改得很仔细，他文笔流畅，报告中结论性段落经他修改后尤为精辟、到位。修改后，他还仔细给我讲解，末了鼓励我说："有进步，可以看出你在不断学习。"

日子悠悠过去，我在三峡院 15 年里，经历太多事，遇到很多人。一个人在世上遇到的人是有限的，我感谢身边的每个人，因为有他们一路同行，一路感受生活的多姿和多彩。我是三峡院职工，能在三峡院这个集体里快乐地工作，也是人生的一种幸运。

漫忆篇

我与三峡院共同成长

任德初

三峡院成立于 1958 年 11 月，当时的名称叫"长办三峡区工作指挥部"。从她成立那天起，我就与她一起成长。1987 年，国家要求满 60 岁的职工退休，我已 61 岁了，单位给我办了退休手续后，又返聘我工作了几年，1993 年我才停止了工作，我一辈子扎根三峡院，算起来在三峡院工作了 35 年之久。在这漫长的岁月里，我与三峡院同呼吸、共命运。三峡院的成长不是一帆风顺的，有顺利时期，也有困难时期。无论在什么时期，要我干什么，我就干什么，而且是尽力去干，退休了还干。我把毕生精力献给了三峡院，不离不弃，无怨无悔。我有今天的幸福生活，说明我跟三峡院没有跟错。

我来三峡院之前在第七地形测量队担任检查员工作，第七地形测量队于 1955 年从重庆调到三峡。1958 年成立三峡区工作指挥部时，第七地形测量队合并到指挥部，我被调入指挥部担任计划统计工作。指挥部的工种多、专业性强，对我来说都是陌生的。我为了熟悉各工种的生产过程，经常下工地与大家一起劳动，因此很快就能胜任工作。在机关里，我还参加撰写办工地报、刻蜡版、油印报纸、写稿，把各单位完成的工作量公布在报上，让大家参考，鼓舞斗志。我还向《人民长江报》投稿，后来成为该报的特约通讯员。机关晚上办文化学习班（语文和数学两个班），我被聘请为数学班老师。机关各科室分地种菜，搞副业生产，我都是积极参加。我编写的生产报表和文字报告都受到好评和表彰。

1959 年秋，单位决定保送我和财务组组长黄泽民两人参加湖北大学工业经济专业函授班（5 年制）学习，费用由单位负责，面授时单位准假。当时，我感到这是领导对我的培养，是提高我的文化和管理水平的重要机会。我于 1946 年毕业于淮河水利委员会附设高级水利科职业学校，没有上过大学，这次能上大学是个好机会。我现在改行了，也应该学点管理知识。但函授学习是不脱产的学习，工作之余学习、做作业，时间长，没有吃苦精神的人是学不成的。学校在宜昌市设有辅导站，我们这个班开始时有八九十人听课，当学完第一门《政治经济学》后，人员就少了一半，有好多都学不下去了。到 5 年学满，毕业时只剩 20 来人，我和黄泽民都坚持学到毕业。

在学习过程中，1961 年至 1963 年指挥部在郭家场办农场（克服自然灾害），我是首批报名去农场的。在农场期间，白天出工，干的是体力劳动活，晚上有时点的是煤油灯，在那样的条件下，我还是坚持学习，做好作业送往学校，度过了这艰苦的 5 年，没有辜负三峡院对我的期望。1987 年，首次评定高级职称，条件很高，参加评选的必须有大学学历，我在这次评定中被评上了。有了高级职称后，我的退休金提高了；住房由原来的二室一厅改为三室一厅，房子补贴标准为 100 平方米，比一般的多 20 平方米；企业上调养老金又多了向高级职称倾斜的部分；享受副处级待遇等。有这样多的好处，我以前是没有想到的。老人们常教育孩子说："吃苦在前，享受在后。"领导对职工也是这样说的。我感觉这在我的身上充分体现了，这就是要我们职工在年轻的时候不怕苦，不怕累，多学点东西，多干点事，到后来是有好处的。

1960 年，三峡院党委批准我入了党，这是党组织要我更好地为人民服务，在学习和工作中都要起模范带头作用，这是我与三峡院在政治上一同成长的新起点。

1961 年，因自然灾害，全党全国办农业，三峡院也不例外，很多工作都停下来了，去当阳郭家场办农场。我报名第一批去农场，农场设三个生产队，我在第一生产队任蔬菜组长兼任食堂办事员。不久办事员来了，就把食堂办事员的工作移交了，当副业队的队长，管蔬菜组、饲养组，养猪（母猪一头、肉猪几头）、养牛（十余头）、养羊（七八十只）。饲养组的同志休息或请假时，我就去顶他们的工作，其他时间主要是参加蔬菜组工作。蔬菜组的工作比较辛苦，种菜首先要挖土松地，施肥浇水要靠肩挑，都是体力活，我和大家一起干。在那困难时期，有的同志思想很不稳定，想离开农场。我做了一些劝说工作，有的听劝没有走，有的不听劝走了。随着国家形势的好转，我们停止搞农业，恢复原来的生产。1963 年 11 月，三峡院郭家场农场撤销，全体人员回院工作。我在农场接受了考验，没有辜负单位的期望，入党一年的预备期，到期就让我转正了。

三峡工程和葛洲坝工程的水上钻探是三峡院的重点工作之一。这两个工程的水上钻探任务大，施钻的难度也大，而且只能在一年的枯水期进行。枯水期河道狭窄，水深流急，滩险漩多，长江运输量大，过往船只频繁，还有拖运木排的任务，不能停航让我们钻探，只能是通航与钻探两不误。开展水上钻探牵涉的单位很多，需要共同配合协作，在开工前和施工过程中我们都要做好一系列工作。为了开好协调会，我先将地质队布置的水上钻孔展放在航道图上，注上航道宽度，晒成蓝图若干份，开会时好发给各单位。拟定施工计划，包括钻孔进行的次序、钻机的摆布，然后写出通知送各单位，请大家来开协调会。在会上，我介绍枯水期水上钻探的计划，征求各单位的意见。

漫忆篇

会上确定了现场查勘的时间，再到现场查勘。在两岸靠边不太影响航道的钻孔，不用设标试航的即可施钻；影响航道的钻孔，必须设标试航后，再来确定能否施钻，特别是主航道上的钻孔难度最大。钻船抛锚定位时间要提前告知宜昌航政局，航政局向三峡上、下游有船单位发通电，要各单位的船只通过钻探施工区时加强瞭望，看清航道，做好避让并减速航行，以免造成钻船移位和钻孔报废，并派巡逻艇在施工区巡逻。同时，也要告诉宜昌航道局，根据钻船所占的位置设置航标，用航标定出航道和禁区，以保证钻船与通航的安全。钻孔完后，钻船每移一个钻孔时，我们都要通知航政局和航道部门，他们又重复做这样的工作。我与他们紧密配合，得到他们的大力协助。钻船每年投入一般3~4艘，在葛洲坝工程进行钻探会战时，最多达到过6艘，每次钻船起抛锚移动钻孔时，不是郭守忠同志去就是我去，有时我们两个都去。我们去钻船上除了和大家一起劳动外，主要是检查、了解作业安全情况，并与协作单位取得密切联系，有什么问题好在现场协商办理，使工作顺利进行。等钻船抛锚定好位后，我们才返回机关。水上钻探是在水上作业，最使人担心的是发生海损事故，我们深感作为管理人员责任重大。我们与工区主管钻探的李开先主任、张同发队长紧密配合，互通情况，及时解决有关问题，确保水上钻探任务的完成。水上钻探是我们生产技术组的重点工作之一，钻探、硐探工作是郭守忠同志负责的，但是我们有三个工区，机组多且分散，靠他一个人是管不过来的。我是组长，就主动承担了水上钻探的管理工作。特别是在"文化大革命"期间，郭守忠同志被安排到机关食堂去喂猪，一喂就是5年，一直是我一个人顶着干这项工作，我没有向领导叫过苦。直到20世纪80年代初调来祁玉学同志，我才把这项工作交给他。年复一年，十几年的水上钻探任务，共完成水上钻探进尺2万多米，就是这样完成的。最幸运的是没有发生重大的海损事故，虽然也发生过一些小的海损事故，那是个别地方小木船违章航行造成的，海损事故肇事者对我们钻船造成的损失还进行了赔偿。有一段时间，领导让我负责船舶队的船只使用管理，要见我开出的通知单才出航。船舶队的船分三类：几艘机动拖轮和一艘"神峰"号客轮是水上钻探用船；三峡工区机组运送器材、生活物资和交通用船；接送首长、外宾、专家和技术人员查勘三峡的用船。在管理期间，我得到船舶队领导和各船领导的大力支持和配合，工作得以有序、有效进行，出色地完成了任务。在水上钻探期间，我确保了水上钻探用船，随要随有，没有出现延误和差错。在钻船起抛锚移位中，工作人员听从指挥，注意彼此安全。为了钻船的需要，再困难的水域也去抛锚，服务周到，受到工区、钻机同志们的好评。对三峡工区机组运送器材、生活物资，我采用定期和临时开船两种：每个礼拜固定开一次，有特殊情况临时决定再开船。

1976年，为了提高钻探质量，加快三峡工区钻探步伐，降低钻探成本，郭守忠同志建议推行小口径金刚石钻探工艺，得到领导的赞成，我也是大力支持，并将改进钻探设备列为我们组的重点工作之一。郭守忠同志全力以赴，他亲自设计绘制图纸，去修配厂加工设备，先决定 102 机试验，获得了很好的效果，后来逐步推广，三峡院 11 台钻机全部金刚石化，这是三峡院钻探史上的一次大改革。在郭守忠推广先进技术时，也遇到一些困难，我总是鼓励他、支持他。郭守忠是九三学社的成员，我和他关系很好，我们互相都很尊重，也总是互相帮助，我们都不争名利，只有一个共同的心愿：把工作搞好。

1986 年 11 月，根据上级指示，三峡院成立"《长江志》大事记编纂办公室"，调吕庆福、冯彦勋和我负责。办公室的任务有两项：一是编写当年每月的大事记上报；二是编写历史大事记。吕、冯两位同志来室工作不久，先后回原单位工作了，只剩我一人干这项工作。编写历史大事记，主要是查找原始资料，查阅文书档案和走访知情人。在编写大事记过程中，我感到我们三峡院人不畏艰险，跋山涉水，风餐露宿，夜以继日，数十年如一日，顽强战斗，为长江三峡、葛洲坝、清江隔河岩、水布垭、高坝洲五大水利枢纽工程，做了大量的工作，提交了充分、准确、可靠的第一手资料，为国家的水利水电事业作出了巨大的贡献，业绩值得载入史册。于是，我向总队领导和院领导建议，在编写大事记的基础上编写《水利部长江水利委员会三峡勘测区大队志》（三峡勘测区大队是三峡院的前身）。我的建议得到领导的赞同、支持和鼓励。我把《长江志》写完后，就着手编写《水利部长江水利委员会三峡勘测区大队志》的提纲，搜集资料，联系邀请有关部门和有关人员编写部门和专题材料。

《水利部长江水利委员会三峡勘测区大队志》一书的完成，是我与三峡院同成长的一个结果，是我一生最大的欣慰。

漫忆篇

我所参与的三峡工程勘测工作

赵宏金

1966 年 1 月我在长办工作；后于 1967 年 12 月调入长江委十一勘测队，到 2005 年退休，一直从事测量工作。

1983 年，三峡工程又提上了议事日程。9 月初，我带一个作业组去三峡准备建首级施工控制网。由于当时执行计划经济，我认为肯定是长江委设计，葛洲坝工程局施工。于是我去征求葛洲坝测量队的意见，问埋标的基盘他们喜欢用什么样的。他们的负责人带我到他们的仓库说用钢盘，全部钢盘由他们提供，也根本不谈钱。当时选点埋标只要找到生产队的队长还是比较配合的，没有扯什么皮。埋标的砂石料都是请长江委三斗坪工区的家属们背上山，其中的坛子岭、白岩尖、方坪几个点是利用原长江委三等三角点进行投影后再埋设的。之后三峡的坐标即以此三点计算，高程则是 Ⅰ 等太宜线的太平溪镇基点为起点，沿伍相庙、覃家沱、陈家冲垮河后，经白庙子、三斗坪、茅坪、银杏沱跨江组成环线。同时，在左岸刘家沱和右岸茅坪各布设一组（三个）基准点。1984 年上半年，我带人去观测全网，这次的观测结果就是 1992 年三峡开工时各单位做"三通一平"工作时所使用的成果，也是三峡工程坐标和高程的由来。此后为了施工方便，又建立了坝轴坐标系、永久船闸、临时船闸坐标系等。

1992 年，三峡工程将动工兴建，为了与工程匹配，加上又是市场经济，施工单位多，且测量业务水平、仪器设备参差不齐，原有的控制网观测墩上面的螺丝与好多仪器底座不匹配。我又带人重新布设控制网，在坛子岭、白岩尖、方坪三点，我们采用经纬仪三方投影后，去掉原有标盘部分，重新埋设强制对中基盘，其三个方向投影组成的示误三角形边长不大于 1 毫米。其余的点位基本上重埋，埋设强制对中的不锈钢基盘，可保证各类仪器的使用。另外以往观测墩的表面粉饰都是白石灰或白涂料，保持不了多久。这次我提出做白色水磨石，经综勘局主管测量的副局长朱丽如同意后我们将全部控制网的观测墩外敷白色水磨石，人工打磨后，异常漂亮，且无旁折光影响，整个工地的白色亮点成为一道亮丽的风景线。观测精度及资料整理都得到在随后三峡建设部组织的以王儒述为组长的专家组的极高评价。按国家测量专业评定验收标准，我们所测的各项误差均小于规范要求的 1/3，为"优"级品。当地老乡偷标盘、不准施工等扯皮的事时常发生。为此，我联系了太平溪、茅坪、三斗坪的派出所，还找过三斗坪镇镇长，终于找回被盗的标盘。特别是在粉刷下尾子标点时，老乡强行拿走我们的工具不准施工。当时正下雨，我找到茅坪镇村时，老乡正在领征地补偿款。我说明情况，让村里暂停拿走工具的那位老乡的赔偿款，我马上又到派出所，恰逢秭归县茅坪公安分局当天成立挂牌和杨贵店新监狱落成。派出所指导员很重视，马上打电话给村干部，让那位老乡到派出所。那位老乡受到严厉的批评，并当即被强制将我们的工具送至工地。当时全国正在"三五"普法，我们一边请当地老乡埋标，一边宣传有关测绘法和刑法相关条款，基本上保证了后续工程的顺利开展。控制网的控制面积约十八平方千米，它的控制范围和精度是全国独一无二的。三峡首级施工控制网被评为综勘局一等奖、长江委二等奖。首级施工控制网的建立为设计、施工放样、监测提供了准确可靠的高程和坐标依据。

我们埋标时，坛子岭正在施工。我到了现场后大为震惊，当即制止施工的挖掘机，让他们等我一个小时。我马上赶到建设部，先在那里看到了三峡公司要毁掉坛子岭的文件，随即找到当时主管测量的综合部主任邓景龙，说明此点是控制网的中心点，特别重要。由他出具证明并盖章后，我带着证明又马上跑到工地，才保下了这个点。没想到此点竟为后来三峡工地旅游业带来了巨大的经济效益。临时船闸的监测合同只剩一道建设部主任签字，因工程要正式宣布开工，领导也非常忙碌，我只好中午 12 点在食堂门口找到彭启友主任，请他签了字。这么多年来我每月至少去三峡工地一趟，基本上所有监测网点都是我布置选定的，按设计要求，我们可以用三个其他的点对坛子岭的高程进行间接测量。我在工地看了现场情况后，回到驻地，将仪器标尺架好，发现仪器的盲区在 1.5 米以内还清晰可见。于是下午我通知作业小组，带一张大的方桌抬到坛子岭标点上，从围绕坛子岭的台阶测到标点的基础上后，再由基础标点测到不锈钢盘面。这样就由设计的间接高程得到了直接几何水准高程，确保了整个工程的施工放样、监测的测量基准的可靠性。监测过程中，临时船闸的中隔墩已开挖成 200 余米长、20 余米宽、40 余米高的岩墩了，但其表面出现了很多裂隙。为了确定其稳固性，我们对裂隙进行监测，由开始的每天一次，到后来的三天、七天、半个月一次，结果证明船闸的中隔墩很稳定，这样就用不着全部挖掉而重新浇筑混凝土，节省了大量的人力、物力。还有葛洲坝工程局因担心负责的临时船闸开挖边坡不稳定，在开挖时按设计的边坡线保留了 2 米的保护层。但随着时间和工程进度，保护层不可能长期保留下去。调阅了监测资料后，我们认为边坡稳定，可按设计的边坡线施工。这就是后来监测合同验收时，由华东院、中南院及葛洲坝负责人在验收会上说的"满足了动

漫忆篇

态设计要求，指导了施工"。"长江三峡高边坡变形监测"获全国第八届优秀工程勘察项目金质奖。我有幸全程参与了此项工作，感到无比欣慰。

三峡西陵大桥的首级施工控制网，当时施工单位大桥局已经进场，而首级网的坐标高程尚未建立。我带人完成江阴长江大桥的施工控制网测量，10月底回武汉后又马不停蹄地赶到三峡。从布网到标点埋设稳定后，于元旦左右又到工地进行测量。时值大雾弥漫的冬季，用我们自己研制的测量灯标志进行观测，短短一个月时间，就全部完成，提前提交了成果。特别是沿桥轴线布设的四个点（左、右岸各二）非常方便，在冬季大雾发生时作业，根本无须看对岸目标就可准确无误地沿桥轴线方向对各桥墩进行放样作业，无怪乎大桥局总工到西陵大桥工地看到我们的控制网点时感叹道："我们修了这样多的大桥，还从来未碰到过这样的控制网点，又方便又美观。"并请我们的勘测作业人员与其合影留念。

1994年，十一勘测队完成的"长江三峡工程首级施工控制网"项目获长江委综合勘测局优秀勘测成果一等奖，我作为主管测量的队（院）长，也因在该项目中做出优异成绩而受到表彰，深感荣幸。

造福百姓　光照人间

——坛子岭上话岩芯

夏施霖

长江三峡西陵峡谷的坛子岭，名扬全国，因为长江三峡大坝就建在坛子岭脚下。两根又粗又长的花岗岩芯，屹立在三峡大坝北端，显得靓丽多姿、光彩夺目，许多游人从未见过，感到很惊奇。当得知它们是三峡地质勘探工人在三斗坪三峡大坝坝基钻探取出来的时，都伸出拇指，赞叹不已。

三峡大坝，截断长江，拦洪发电，造福百姓。我们必须铭记"更立西江石壁，截断巫山云雨，高峡出平湖，神女应无恙，当惊世界殊"是敬爱的毛主席为兴建三峡大坝勾勒的壮丽蓝图。后来毛主席提出"积极准备，充分可靠"的行动指南。长办主任林一山，认真执行毛主席的指示，责成勘测处处长赵奔荆迅速加强地质勘探力量。这时，恰逢勘探队刚完成长江大桥桥墩基础的地质钻探任务，全队人马被调出长办、奔赴三峡，进行地质勘探。这是一支能打硬仗的勘探队伍，队伍里多是20岁左右的青年人，有朝气，有干劲。他们说到为兴建三峡大坝进行地质勘探，都很高兴，因为是第一次进三峡，对雄伟壮丽的三峡美景感到很新奇！

三峡两岸，山高坡陡，危崖耸立，荆棘丛生。钻工们凿崖修路，开辟钻场，搭建工棚，立十几米高的钻探塔，在塔顶安装升降钻机的滑轮，人拉肩扛，把钻机和动力机在工棚平台安装好，把五星红旗插在钻塔顶端，让它迎风飘扬。

陆地钻探开始了，担任水上钻探的钻工们毫不示弱，不怕江流湍急，不怕漩涡汹涌，将巨大的钻船用汽轮牵引驶向西陵峡谷。钻工们站立于船头，各就各位，将钻船的大铁锚抛入急流中，把钻船牢牢固定在钻孔位置上。钻船是一个大铁驳，上面用木枕和木板搭成大平台，用银色的帐篷盖顶、围墙，像一个大车间。钻工们击掌相庆，自豪地说："我们要在三峡急流中向河床开钻了。"

鲜艳的五星红旗在高耸的钻探塔顶迎风飘扬，隆隆的钻机旋转声震撼在西陵峡中。钻工们对三峡地层进行钻探，要揭开三峡岩层的秘密。钻了竖孔钻斜孔，打了平硐打斜硐，日夜奋战。各个机组开展劳动竞赛，比干劲，比速度，比岩芯获得率，比

漫忆篇

生产安全。你追我赶，满腔热情，斗志昂扬。特别是对取得的岩芯都很重视。岩芯是第一手地质资料，是揭示岩层构造的原始依据，记录员将取得的岩芯，一节节摆在特制的岩芯箱里，按顺序编号。地质工程师、设计工程师，对钻工同志重视岩芯的态度十分钦佩。

三斗坪是得天独厚、相当优良的花岗岩坝址区。毛主席在长江舰上和北上的列车上，先后两次听取林一山主任关于三峡大坝坝址岩层情况的汇报，知道了三峡花岗岩地区的岩石强度高，不漏水，地质情况稳定。

为加强三斗坪的勘探力量，长办三峡勘测大队红星大口径钻机迅速投入三斗坪坝址地质勘探。机长刘振江同伙伴们非常兴奋，纷纷表示："咱们挂的是勘探尖兵的牌子，就要有个尖兵的样子，要苦干、实干、巧干，齐心协力，揭示三斗坪花岗岩层的真面目。"刘振江身材魁伟，精明能干，为人忠厚。其他几位机长都是师从闫有，亲如兄弟，情同手足，技术过硬，遇到难题，虚心请教，集思广益，攻坚克难。红星钻机在三斗坪开钻后，几位机长都很关心，出了故障，共同研究解决，使大口径钻机得以正常运转。

一轮明月，把座座险峰的倒影映在哗哗的江流中，月光如水水如天，使绚丽多姿的倒影分外妖娆。刘振江无意欣赏峡谷的夜色，而是聚精会神地观察钻孔情况，他对当班的班长说："钻孔岩层很硬，钻进速度慢，钻孔回水不浑，看样子是花岗岩新鲜层了。"他要求班长注意操作钻进，要求钻工们各就各位，各负其责，不能马虎。机场的气氛紧张起来。

钻进孔深，已达 2 米多深。刘振江一看大声说："可以提钻了。"全班勘探战士，按照规程用钢丝绳捆绑直径 1 米的粗大岩芯，将钢丝绳装在滑轮上，用钻机操作杆操作滑轮，利用钢丝绳的力量将粗大的岩芯取出。粗大的花岗岩岩芯，光滑坚硬，闪耀出不同的色泽，刘振江同伙伴们瞄了又瞄，摸了又摸，激动不已。刘振江说："咱们终于揭开三斗坪花岗岩新鲜层的面纱了。"

长江委的地质勘探队员们终于揭开了沉睡在三峡坝址地下岩层构造的面纱，长江委地质专家和设计专家同声夸赞，分享花岗岩岩芯的靓丽容颜。

在三峡勘探所取得的岩芯，据测算可从宜昌铺到武汉。在三斗坪有个岩芯仓库，一箱箱岩芯堆在里面，井井有条，有专人管理。

敬爱的周总理视察三斗坪坝址时，见到一箱箱花岗岩岩芯，紧握在场的勘探老工人的手，表示亲切慰问。并从岩芯箱里取得一节光滑的花岗岩芯包好，打了收条，准备带回北京给毛主席欣赏。

周总理的亲切话语使在场的地质技术员和勘探工人感动得热泪盈眶，大家深深觉得毛主席、周总理关怀三峡大坝的兴建，这不仅是对勘探战士的巨大鼓舞，而且是对建设三峡大坝辛勤工作的长江委人的高度赞扬。

中央首长和专家都很关注三峡大坝的岩层。他们乘轮船由重庆过三峡时总要登岸视察三斗坪坝址。当领导们听完长江委地质专家汇报，高兴地说："讲得清楚，说得明白，看来三斗坪是个好坝址。"

在三峡进行地质勘探的日子里，地质工程师、技术员和勘探工人，紧密团结，全心全意，看地貌，探地层，不马虎，不漏查，精心整理原始记录。由于认真负责，地质人员对三峡地层情况了如指掌，有的倒背如流，成为专家。为了建成三峡大坝，他们付出了艰辛的劳动，值得点赞，值得自豪。

而在 20 世纪 50 年代，长江委地质钻探队的张同发机长，带领 20 多位青年钻工在黄陵庙打第一个钻孔，揭开了三峡地质钻探序幕，更让人难以忘怀。黄陵庙，红墙碧瓦，依然如故。但打钻孔的山腰，现在已是楼房座座，商贾云集，游人如织，欣欣向荣。

黄陵庙背后的黄牛岩，岩陡如壁，三峰并立，绚丽多姿，与三峡大坝遥相对视，相互比美。

我曾由石牌翻山经过黄牛岩去三斗坪勘探工地。这是山民往来的通道，路面铺的石板，山坡较陡，曲径通幽，岩边山泉，清澈甜美。到了峰顶，只见山村座座，梯田层层，橘林茂密，绿树成荫，蝉声阵阵，布谷声声。山村景色，令人陶醉，我情不自禁地叹曰：好美的三峡山村呀！

三峡两岸，群峰叠翠，万紫千红，巍峨雄伟的三峡大坝，耸立江中，以多项综合效益为人民服务，造福百姓，光照人间！

漫忆篇

我与三峡工程建材勘察

姜树国

一、三峡工程建材勘察与天然建材勘察规范的修订

水利工程建设中，建材勘察是工程地质工作中不可缺失的一项重要工作。我从20世纪60年代开始就与天然建筑材料勘察结下了不解之缘，我先后参与过葛洲坝水利枢纽、清江隔河岩水利枢纽、三峡水利枢纽等大型水利工程和其他若干小型水利工程建设，感悟到建筑材料勘察工作的重要性、复杂性，也从中得到了乐趣。

2000年由我主持编写的《天然建筑材料勘察规程》经各级审查后问世了。这本规程是参与三峡工程地质勘察人员多年来对天然建筑材料勘察经验的总结和心血。

三峡工程需要的建材数量巨大、种类繁多，需要混凝土净骨料3800万立方米，围堰用料约2000万立方米，还有其他用料若干。20世纪70—80年代，三峡工程处于坝址比较阶段，建材的勘察工作处于普查和初查阶段。我们在前人工作的基础上，对距坝址40千米范围内的河漫滩、阶地分布稳定的山体进行了查勘，圈定了可能利用的材料地点、性质，估算了储量。由于葛洲坝枢纽提前施工，使得距三峡大坝40千米的胭脂坝、白沙脑、长江河床、西坝等料场，或开挖殆尽，或被洪水淹没。我们对长江枯水期胭脂坝以下临江溪口至宜都林家湾一带的河床河漫滩进行了地质调查。同时在长江支流黄柏河上的一滩、二滩、三滩、四滩，南村坪等料场进行了勘探，探明储量丰厚，质量符合要求。当20世纪90年代三峡工程进行初步设计，我们再次来到上述各料场时，发现情况发生了一些变化，比如南村坪料场曾在1975年开展详查，经过20年的洪水涨落冲淤变化，加之人工开采，料场发生变化。为此开展了料场复查，复查后储量减少了80%，质量也发生了变化，不能作为三峡工程的可用料场。

各勘测阶段虽然已按照勘察规范进行，但是在招标或者施工前期必须对料场进行复查。这一经验则被写入新规范中。

人工骨料的应用，随着破碎技术的发展，成为建筑材料的一种不错的选择。20

世纪80年代三峡工程也开展了这项工作。我们在坝址周围10~27千米范围内左岸的鸡公岭、下岸溪、秋千坪、寨子坡、白崖山和右岸的三脚架、石板溪、赵家包等山体进行了不同阶段的勘察，最终确定了距坝址下游12千米的下岸溪料场（岩性多为斑状花岗岩，可开采储量5000万立方米以上）和距坝址27千米的白崖山（厚层白云质灰岩作为人工骨料场，其储量亦有5000万立方米以上）。

天然建材勘察原规范中对人工骨料的勘察规定比较简单。我们在新规程里对人工骨料的勘察增设了专门的章节，对料场分类、勘察方法、内容作了专门规定。

三峡工程开挖方量达数千万立方米，坝基岩石为坚硬的闪云斜长花岗岩，开挖后的弃料可以充分利用，破碎后作为混凝土骨料或围堰填筑料。经测算，三峡导流明渠、临时船闸、左岸山体总开挖量达1500万立方米，可以满足二期围堰填筑料的需要。但是三峡工程开工后，由于施工管理、场地平整等，开挖料的使用不理想。后期主体施工中情况才有好转。基础开挖料作为人工骨料料源得到了充分利用，又减少了弃料的堆放空间，减少了对环境的改变。因此在新规程中我们强调了要充分利用基坑开挖料，三峡一期围堰采用黏土或黏土与砂的混合料作为防渗体，需土料135万立方米；1994年茅坪溪防护大坝采用黏土心墙防渗需200万立方米。我们先后在距坝址10千米范围内的中堡岛、茅坪、曲溪、银杏沱、徐家湾、太平溪、杨泗庙、伍相庙、路家河等料场进行了勘察；还对坝址上下游70千米的长江干支流阶地进行了路线勘察，通过勘察，三峡地区土料匮乏，除一期围堰采用了黏土或黏土与砂的混合料作为防渗体外，二、三期围堰都采用了混凝土防渗墙下接围幕灌浆的防渗方案，茅坪溪防护大坝采用了沥青混凝土心墙土石坝防渗方案。

土料的种类、数量、质量和运输条件直接影响建筑物的选择，为查明三峡工程建筑材料的质量，各类料场都取了大量样品进行各项物理力学试验。通过三峡工程的实践，我们对原规程中有关试验的取样位置、数量、试验项目作了修订，特别是提出了全分析和简分析的概念。全分析是指能全面掌握材料性质的所有试验项目都要做，一个料场只需要少量即可；简分析是指能反映材料特性的主要项目要求每个勘探点都要做。三峡工程对活性骨料的研究也做了大量工作，在新规程中我们不但强调了鉴定活性骨料的重要性，也介绍了活性骨料的常见种类和室内的试验方法。

二、勘察工作回忆

那是长江的枯水期，长江的漫滩、阶地都露出江水面，正是我们开展天然建材勘探的大好时间，由我、高智德、曾凡仁、刘大庭、段帮琰等人组成的建材勘探组，对建材场地进行地质工作。

我们踏着朝霞出发，拿着地形图、地质锤和罗盘沿着河漫滩一步一步丈量着大地，不时观察着地面上砾石的大小和分布范围，在地形图上做着标记，记录卡片上描述观察的内容。在落日余晖下回到驻地，在灯光下把一天观察到的内容归类总结，安排下一步工作。

同时在料场中选有代表性的地点开挖试坑或钻探以了解材料厚度和性质。试坑一般2~3米宽，坑深度已达到水面。挖好后，我和老高跳进坑内自上而下观察并记录土层的颜色、颗粒大小、组成、厚度等，两人商议好取样的位置，回到地面，拿上铁锹、军用镐、麻袋再次下到坑内。我那时年轻，抢起铁锹在壁上用力往下铲，不一会儿就浑身发热，头上冒汗，不得不脱下工作服。尽管深秋或初冬也只需穿一件背心就够了。每组样都在299斤左右，我装好一麻袋，系好绳子，向上喊："拉！"老高他们就合力把麻袋拉到坑上。然后我们把取好的样品摊在大帆布上风干，如果遇到连阴天，我们就只能架起一块大铁板，像炒花生一样把砾石样品炒干。再后面就是最费体力的筛分工作了。

在大家的眼里，建材勘探就是比其他地质工作简单费力。的确如此，建材样品的筛分试验首先是称重，我和高智德抬起砾石样品用大杆秤称重，小段做记录，然后是用特定的筛子过筛称重，把每级砾石含量所占总量的百分比计算清楚。同时曾凡仁、刘大庭、段帮琰等人则分别鉴定各级砾石的岩石成分，往往做完一组试验出一身汗不说，头上身上都是灰尘。傍晚大家拖着疲倦的身体，一路说笑着往驻地走时，真是应了那句形容我们长办地质的顺口溜——"远看是要饭的，近看是长办的"。归来后大家围坐在一起，吃着可口饭菜，喝上一口小酒，真惬意呀！

要说砂砾石料勘察离不开水，那么人工骨料勘察就离不开山。这项工作不受季节限制，20世纪80年代我们在坝址周围10~27千米范围内的山体进行同阶段的勘察。一天，我带着曾凡仁、段帮琰一起去鸡公岭，采用穿越法进行勘察。鸡公岭是火成岩组成的山体，远看是浑圆形山体，仔细看也是沟、坎、坡相间，面积约1.5平方千米，相对高差200多米。

我们清早出发，沿着崎岖的山间小路向山上走去，路面上的风化砂一踩一滑，向上走必须向前弓着身子，眼睛看着脚底。我们一路还需要仔细观察地形、岩性，在地形图上做标记，笔记本上做记录。到中午时分我们找一片空地坐下来，拿出带来的馒头，打开军用水壶边吃边喝边聊，甚至小憩一会儿，再继续工作。如果碰到老乡家，那就太好了，我们可以在老乡家热点饭喝点热水，休息一下。这个料场地质调查用四天完成了。

沉积岩料场的地形与火成岩料场的地形不同，具有喀斯特地貌的特征，地面溶沟、溶槽发育，杂草灌木丛生。这些灌木还长满了刺（老百姓俗称"刺笼子"），刺笼子穿过工作服，钻到衣服里面，一走一扎，很是难受。因此我们做地质测绘时，就带着砍刀，遇到密集的刺笼子就砍出一条路来。一路向前，还要注意脚下有没有石头。最终，通过大家的努力，一幅幅地质图呈现在我们眼前，我们心中充满了喜悦之情。

漫忆篇

在三峡做试验的日子

曹先玉

有那么一个地方，总在心中萦绕。

2016 年秋天，我们姊妹几人相约出游，我便提议去三峡。退休近 20 年了，我一直想去看看三峡大坝建成后"高峡出平湖"的风光。当时三峡大坝正运行在 175 米高水位，应是平湖最壮观的时候。我们购买了黄金游轮的票，这一趟旅程是从宜昌开始的。第一天游览西陵峡，多么熟悉的西陵峡，那是我大学刚毕业时工作过的地方，我向姊妹们一一介绍平善坝、石龙洞、石牌、猴子沟……我妹妹说我像导游，比导游介绍得还详细。是呀，那是我工作过的地方啊！我在三峡工作几十年，三峡的山山水水早已印入脑海，哪里有小溪，哪里有奇石，哪里有溶洞，我一清二楚。

第二天，我们游览三峡，那是我更熟悉的地方，从选坝址开始，到工程建设，进进出出、反反复复几十年都是围绕它。如今，我站在坛子岭眺望雄伟的三峡大坝，它托起了高峡平湖，实现了许多人的梦想。我虽然为它奉献了毕生，但它也实现了我的梦想，我成为一名光荣的三峡工程建设者！

我们欣赏着三峡工程雄伟画卷，当看到周围郁郁葱葱的树林时，我忽然想起在这里做的一次试验。做试验时，三峡工程已开工，部分坝基已被开挖，岩石裸露，光秃秃的一大片。正值酷暑 8 月，在这光秃秃的山坡上做试验，那个艰难的试验场景刻骨铭心，难以忘怀。

那是 20 世纪 90 年代，我们承担了国家"八五"科技攻关项目"钻孔电视全孔壁成像技术研究"，一个开发勘测新技术的项目。经过几年的奋战，1995 年终于完成了样机和采集成图软件的研制，并完成了室内模拟钻孔的试验。室内模拟钻孔的反复试验结果表明，钻孔全孔壁成像系统自动化程度较高，操控十分方便，成像清晰，图像拼接连续性很好。

在钻孔模拟试验中，连续展开拼接的钻孔孔壁图像清晰度非常好，但是数据量很大，很快就占满了计算机的磁盘，使得计算机无法继续工作。虽然配置给我们的计算机是当时市场上存储量最大的，但用来存储图像仍太小。当时又没有移动硬盘等存储设备，没有办法解决大数据量数字图像的存储问题。只好又开发了一个数字图像与模拟图像转换的软件，将数字图像又转换为模拟图像进行录像保存。在数字图像与模拟图像转换的过程中，图像信息损失很大，图像变得很模糊，但当时只能这样，只能等待计算机容量的增大或其他数据记录器件的诞生。

要将这一新技术运用到生产实践中，还需要经过现场试验验证。经申请协调，安排在三峡的现场试验已开挖工地，但只给一个白天（上午9点至下午5点）的试验时间。我们立即赶赴三峡工地进行试验。试验小组一共有4人，仪器设备装在一台依维柯汽车上，正常情况试验时控制器、计算机、录像机等就安装在汽车上，只需将三脚绞车架在钻孔口，探头下井即可开始工作，3人在车上，1人在车外操作。

8月正是酷暑时节，连续的晴天，气温非常高，一丝风都没有。经开挖后的山坡光秃秃的，周围几百米内连一根草都没有。我们脚踩在岩石上，透过鞋底都觉得烫烫的。

在驶入现场泥泞的基坑时，汽车排气管被堵塞了，空调无法开启，车内的温度比车外还高。当达到钻孔位置时，由于太阳的照射和地面反射的热气，汽车表面已烘烤得烫手，车内更是热气腾腾。仪器、计算机都不能工作。司机李德志到处找水源，好不容易在基坑中找到一个小水坑，想洗干净被堵塞的排气管，可不管怎么努力地反复冲洗，汽车空调还是无法开启。时间一分一秒地过去，在没有汽车可换，也无法修车的情况下，大家只能回工作点去想办法。

经大家反复琢磨，调整车位，利用汽车给仪器和计算机遮阴，将唯一的一台电风扇对着计算机吹，一个人用扇子给仪器和录像机扇风，这样设备就能勉强工作十几分钟。十几分钟后要关机停止工作，继续对设备吹风和扇风，等待设备降温后再开机工作十几分钟。

由于阳光强烈，周围都是石头，反射极强，屏幕上什么也看不见，我只能用黑布将计算机屏幕和头蒙在一个小空间内工作。虽然很闷很热，但看到随着探头的下降，屏幕上显示的钻孔孔壁图像依次展开，连续性十分好，岩石的裂隙等构造显示得非常清晰，我觉得十分高兴，一时也感觉不到滚滚的热浪了。

很快到了正午，汽车的阴影起不到遮阴作用，气温飙升，没法再工作了。但给我们的试验时间很少，我们的时间很宝贵，无法离开现场去避暑热，只能集中人力保护仪器设备，给仪器设备降温，等待太阳偏西。

在这个焦急等待、高温烘烤的时候，在场的每一位同志，都一心只想着如何保护我们的科研仪器设备，把自己戴的草帽都用来替仪器设备扇风，就这样坚持着。司机专门跑到那个洗车的小水坑弄了点水来，打湿毛巾给大家降降温。气温太高，大家都

漫忆篇

没有胃口，带来的干粮吃不下，但带的水很快就喝完了。到下午，口渴得实在坚持不住了，就去那个小水坑打水来喝。虽然那水有汽油味，但为了解暑，为了能坚持下去，还得喝。

下午3点多，气温仍然很高，仪器设备还是不能工作，大家仍然坚持守候在现场。毛炜、周惟本开始出现中暑反应，就赶紧去小水坑打些水来洗洗脸，再往头上、身上浇水，设法降温。我因上午工作时头钻进黑布罩里，热得受不了，又持续工作不能缓解，也开始头晕、恶心了。好不容易挨到仪器设备可以工作了，已经是下午4点多了。一分一秒对我们来说都很宝贵，大家抓紧时间工作，终于在5点50分左右完成了试验工作。我们准备往外撤离，正在疑惑工地上为什么没有其他人时，有人来通知说："今天天气太热，你们可以延迟到7点。"真叫我们哭笑不得。

试验中整个钻孔孔壁在计算机屏幕反映的清晰图像我都一一浏览过，同时也报给记录员记录，对每一段岩石的岩性，构造的规模、性质、产状等都进行了描述。可以说第一次看到钻孔孔壁的完整图像，岩石结构、构造轮廓清晰、连续，太直观了。成功的喜悦使我们忘记了一切，我脑海中反复浮现着观测到的孔壁图像，就像放电影一般，我们成功了！国家"八五"科技攻关项目"钻孔电视全孔壁成像技术研究"终于达到目标，在那一瞬间，觉得几年的努力、辛苦、劳累都非常值得。

第二天我们回到了武汉，我的身体再也坚持不住了，发高烧、上吐下泻，起不了床，吃药、打针治疗了3天。体温刚降下来就又接到通知，要向部里汇报"八五"科技攻关工作进展情况。于是又忙着整理资料，准备汇报工作。汇报会在大会议室进行，空调开着，我只感觉很冷，会后我的体温又升高了，又过了一个多星期病才基本好，体重减了20余斤。

这次试验，钻孔全孔壁的高清晰度、展开、拼接的连续的数字图像，主要由我观测，试验小组的人也见过，可是不在现场的人都没有机会见到，因为经过模拟转换录制的图像都是模糊的。试验时我应该利用计算机的所有剩余空间记录一段全孔壁的高清晰度、展开、拼接的连续的数字图像，供不在现场的人参看、对比，那样就万全了。后来又安排了多次试验，终于让不在现场的人也看到了钻孔全孔壁的高清晰度、展开、拼接的连续的数字图像。随后，钻孔电视全孔壁成像技术在其他工地得到了推广应用。

忆三峡茅坪溪防护工程的施工地质工作

朱崇坤

1991年，地质队安排我参加三峡工程的地质勘探工作，主要任务是茅坪溪防护工程的地质勘探。

茅坪溪是位于三峡工程区域南岸的一条支流，在三峡大坝轴线上游约500米处汇入长江，流域内有成片的良田，气候温和，雨量充沛，是人多地少的秭归县的产粮区和农业经济区，当三峡水库蓄水时，茅坪溪流域将有约8400亩土地被淹没，直接受淹人口0.6561万（三峡工程论证的统计数），移民难度很大，工程论证后决定对茅坪溪进行防护。即在茅坪溪口筑一座大坝，挡住三峡水库的水，同时建一泄水建筑物，将茅坪溪流域的水引排到三峡大坝的下游。

防护大坝为沥青混凝土心墙土石坝，长1848米，高104米；泄水建筑物位于茅坪溪与长江干流之间的河间地块上，由进口明渠、泄水隧洞（断面11米×10.6米城门洞形）、箱形涵洞（断面为三孔4米×8米）、消力池和下游明渠组成，全长3104米，其中隧洞长1482米，涵洞长1170米。茅坪溪防护工程是三峡工程的重要组成部分之一。

早在1985年长办就提出了防护茅坪溪的设想，意在保护茅坪溪流域内的成片良田，降低移民工作的难度。当时在三峡水库设计正常高水位尚未确定的情况下，长办按水位150米、180米两个方案进行了规划设计；1987年9月长办三峡勘测大队就所拟方案对防护工程段进行了地质勘察，并提交了规划阶段工程地质勘察报告。

1992年4月和1993年3月，我和我的同事们在前期工作的基础上先后对防护工程的泄水建筑线路和大坝坝址进行初设阶段的地质勘探，查明了泄水线路及坝基的工程地质条件，并提交了相应的初步设计阶段地质勘探报告。

1992年12月下旬，郑总带着有关部门的人员来到现场对泄水线路的隧洞进、出口位置作了修改，并对新方案的隧洞进口补充布置了一个钻孔。12月26日在新布钻孔刚刚终孔，还没来得及撤离之际，泄水建筑物的进口段就破土开工。这是三峡工程最早的开工点。

1993年8月和10月隧道的进、出口先后开始向中间掘进。到1994年2月24日

隧道贯通，9月15日整个泄水建筑物竣工通水。这也是三峡工程最早竣工的单项工程。从此茅坪溪出口段就改道了，溪水通过新建的泄水建筑物在三峡大坝的下游汇入长江。

1994年7月防护大坝也动土开始施工。这时三峡大坝基坑开挖正热火朝天，大量的基坑土石弃渣成为茅坪溪防护大坝的最佳填料，因此大坝填筑进度很快。唯有大坝的防渗心墙是外来材料——沥青混凝土，沥青要认真选购，还要进口一台摊铺机，所以施工期稍有滞后。

1993年到1997年，我们在完成防护坝的施工地质工作的同时，还进行了多项专题补充勘探和防护大坝技术设计阶段地质勘察工作，查明了泄水线路隧道穿越水库段洞身围岩的稳定性、坝基及左右岸分水岭的风化分带及厚度、全风化岩体的变形特征、坝基各类岩体的物理力学性质、渗透性质、近坝段库岸边坡稳定等问题。

防护大坝防渗的主体是心墙，坝体的沥青混凝土防渗是良好的，但其基础是全、强风化岩石，防渗效果和渗透稳定性差，要是基础岩体与坝体心墙组成一个完整的防渗体，库水就不可能外漏了。为此设计根据心墙基础岩石的具体情况，进行了分段处理。

心墙河床段下有混凝土基座，混凝土基座的基础要求是挖除强风化带上部的松散岩石，对断层破碎带和风化夹层等性状差的岩石还要抽槽处理。基座内有廊道，以便对基础表层岩石进行固结灌浆，坝基防渗帷幕的施工以及后期大坝的安全监测均在廊道内进行。防渗帷幕直达不透水岩层。

心墙的左岸坡段因地形坡度较平缓，全、强风化岩体较厚，设防渗墙，用厚0.8米的混凝土墙穿过基础的全强风化带，直插弱风化带不透水岩体。

心墙右岸坡较陡，基础挖到强风化带，设混凝土垫层（与基座相接的无廊道段）作防渗灌浆帷幕，直接不透水岩层。

右坝肩山体略显单薄，为防止库水外渗，进行了帷幕灌浆，与坝基防渗帷幕连接成整体。

在防渗墙和灌浆帷幕的施工中，我们地质人员都要在现场对孔底取出的岩样进行鉴定，确定防渗墙是否到达设计的层位。

土石坝的坝壳是大坝稳定的保证，所以对基础的各项技术要求也很高，要求对坝基础进行全面的清理，首先清除覆盖层，坝壳基本建在全、强风化岩体上，但还要清除岩体表层的松散部分。

我们地质人员不仅要按不同的设计阶段给设计人员提供相应勘探精度的地质资料和准确的设计参数，确定坝基的开挖深度，坝基的防渗处理方案，还必须每天在施工现场，对开挖边坡、建基面和洞室围岩进行认真巡视监测，尽量利用施工的间隙时间进行地质编录，力求完整、准确地搜集地质资料。因为前期的地质勘探相对较少，我们要利用施工开挖出来的岩石露头，即时搜集资料，整理分析，将发现的新问题写成简报，向业主、监理、设计和施工单位通报，并参与上述单位的技术讨论会，研究建基面和洞室围岩新发现地质问题的处理方案，要求施工单位及时清除软弱、破碎岩石或加固不稳定岩体，以保证工程的质量和施工人员的安全。此外，还要参与建基面的验收工作。

因为防护工程施工最早，我们的前期地质勘探尚未结束，施工地质就已经展开。但此时三峡总公司却未与长江委签约，是否仍由我们继续做还未确定。在任务不确定的情况下，长江三峡勘测研究院为保证工程正常施工和地质资料搜集的连续性和完整性，主动开展了施工地质工作。我们在工地的每个职工怀着为三峡奉献的热情，积极地干好本职工作，没有因生产合同而放慢三峡工程的施工进度，没有造成工程档案收集的遗漏。另外，开工初期监理人员并未到场，我们的积极工作甚至有意无意地部分替代了现场监理。

当时我们防护工程地质小组只有 4~5 个人，隧洞进、出口和箱涵同时施工，在3000 多米长的泄水线路上，横亘着两座山梁，我们没有交通工具，每天都要步行翻越山梁几个来回。

三峡工程虽然马上就要开工了，但还没有进场专用公路，原有的地方公路不仅线路曲折，路面狭窄，且全是泥土路面，大雨之后，在大量的大型工程车辆的碾压下，更是泥泞不堪。车辙深于车轮的半径，汽车行进十分艰难，没有别的车拖拽根本就出不了烂泥坑。公路堵塞十分严重，数百辆汽车排成长龙，在宜昌到三峡工地的整条路上，每天都"瘫卧"着若干条爬不动的汽车长龙。我们每次在宜昌休息了回工地，就得在这条路上磨去一整天的时间。有一次我们组的同志，早上从宜昌出发，直到晚上11 点才到达茅坪大坝工地我们的住地。

工作不仅辛苦，而且有一定的危险。隧洞进口明渠段开挖边坡高达 60 多米，上部多是全、强风化岩石，坡上松动块石必须认真仔细地清理干净，且要经常检查，及时处理，否则就有可能出现危险。

1993 年的一天，我在坡下进行地质编录，眼睛和手都在图纸上忙碌着，忽然从天上掉下一个小石子，打在我的右侧小踝上，鲜血直流，当时到施工单位的医务室缝了三针，继续工作。要是一个大石头，那后果就不同了。另一次在坝基编录时，我上到一个斜坡上去量岩石产状，因为坡较陡，全风化岩石表面松散，松动的岩石颗粒在脚下像滚珠一样，我一下就在斜坡上像坐滑梯一样滑下来，屁股狠坐在坡底，当时好长时间不能起来，此后尾椎痛了几个月，但没有一天缺勤。另外，在葛洲坝基坑也曾有过类似的经历，所以到 2014 年我不得不做了尾椎固定手术，加了两块钢板和五个

漫忆篇

钢钉。

我退休几年后，防护工程地质组的同志告诉我，我们的这个项目获奖了，还给我送来了奖金，我感到十分欣慰。

现在茅坪溪防护大坝和三峡大坝一起让高峡出现了平湖，茅坪溪流域的几千亩良田得到了保护，几千人不用迁移出世代居住的故土，看到这些，我心里很舒坦，因为这里也有我流的一些汗水。

测量工作的记忆

罗定超

我于 1955 年 7 月参加工作，作为一名水利工作者，一直在一线工地工作，从测量员干到机械技术员、保卫干部、政工干部，一路走来，身边水利人艰苦创业的精神激励着我、感动着我。如今我已 80 高龄，仍沐浴着党的阳光，幸福地生活，感恩党让我老有所依、老有所养。作为一名水利人，我对三峡工程始终充满了敬仰，对陆水充满了无限依恋。如今，三峡水利枢纽已经开始发挥巨大的综合效益，她拦截长江，西控巴蜀，东吞吴越，为新中国水利史写下了辉煌的篇章。作为一代水利人，我为有幸参与三峡工程前期工作而感到光荣、自豪。如今，前期创业的艰苦历程仍历历在目，终生难忘。

一、定位三角测量点"打锣坡"

为建三峡工程，长江委招了一批年轻人，我是其中之一，经培训分配到测量队。1956 年三角五队驻宜宾市，主要负责四川的测量任务，我被分配到张若旗工程师负责的测量组。张工是测量专业毕业的，支援过黄委的测量工作，工作认真负责，经验丰富，测量、选点操作规范。荣昌县（今荣昌区）有座山，必须将二等点设在山顶上，我和张工、王林之接受了任务。没有交通工具，我们三人徒步从东北向西南方向走到山下，再由北面爬上山谷口，远望南面半山腰上有新建的农场。走进农场后，眼见种植了很多农作物，一片生机勃勃的景象。农场有一个军人干部在管理，还有几个职员，我们介绍了来此山上建测量点的目的，他们欣然接受了我们。据农场管理员介绍，此处是劳改农场，此山中常有老虎出没，建农场时开荒放炮、砍树修路，赶跑了野兽，但老虎时有出现，伤害家禽。为了安全起见，农场专门安排了巡逻队，敲锣震虎，我们上山来没遇见老虎实属万幸。

农场安排打锣的老张给我们做上山的向导，爬到山顶后选好点位，确定了二等三角点，并定名此三角点为"打锣坡"（地图资料由长江委档案馆保存），农场距"打锣坡"点较近，后来长江委测绘人员到"打锣坡"点工作，常住宿农场。

二、选点"山尖原"

1957年，我们三角五队转到江西省九江市，测量选点任务在江西。选点是测量的前序工作，必须按要求按时完成选点任务，否则会影响后续的测量工作。南方每年三四月正是梅雨季节，时间紧，任务重。为了赶时间，请了江西老乡做向导，我们跋山涉水、日夜兼程赶到要选点的山顶。山中云雾缭绕，因不清楚何时雾散，就安排老乡先返回。雾散开后，在山顶上用望远镜寻找点与点相通的视线，点与点之间全程无障通视并描图，确定下座山的三角点方位和距离。原定点工作完成后天色已晚，我们三人顶风冒雨、艰难前行。天黑路滑，张若旗工程师指导我们顺着山沟边坡走。我们一路连滚带爬终于到了一处老乡家，我们敲开老乡的家门，老乡见我们浑身泥泞，背着绘画板、三脚架、望远镜、水壶等行装，很惊奇地看着我们。我们给老乡看了我们的测量证件，介绍了我们当天的行程及在山上的选点"三尖原"，并在选点上插了红旗，以便今后告知测量队。老乡一家热情地接待了我们，我们围着吊锅烤火，并给我们做了野猪肉。老乡告诉我们山上野猪较多，特别是受伤的野猪，见人攻击。还好我们今天没碰上，想起都后怕。我们在老乡家吃过晚饭、烤干了衣服，并按规定付费，天亮后出发寻找下一测点。

三、标架上过夜

1956年下半年，三角五队的测量任务在湖北，驻襄阳。选点任务完成后我们回到了队部，安排我新的任务，去观测组送光。因测量与天气密切相关，晴朗的夜晚会加班测量，我第一次晚间独自一人去双沟二等三角点送光。听当地人说双沟附近地区常有狼出没，为了不影响观测组晚间测量工作，我提前做好准备工作，随身带上木棍，穿上部队发的棉大衣，天黑之前赶到双沟送光地点。平原地区选点的三角标要求建造高出地面，避开障碍物，视线畅通。

给测站工作发信号，供光必须按要求发送，不能出丝毫差错，精神必须高度集中，坚持到测站发出工作结束信号。送光工作完成后，准备收工回到住处（当地老乡家），突然从标的仪器台架反光镜里发现地面右角有两只狼，我当时胆战心惊，为了安全我没敢关灯，也未下标架台，手持木棍，在三角标架上蹲了一夜。

我曾参与的三峡设计、科研工作

陈靖甫

1958 年，国家科学技术委员会（以下简称"国家科委"）三峡枢纽工程科学技术专业组成立。组长为张劲夫，副组长刘西尧、张有萱、冯仲云，组员有林一山、李镇南、周建南、金实遽、葛琛、周刚、黄正夏、赵飞克、张子林等同志。三峡枢纽工程科学技术专业组组织全国大专院校和科学研究单位开展重大科学技术问题的研究，专业组下设地质、水利、动力、机械、经济、施工等大组，大组下设若干分组。长办根据工程设计需要提出重大科学技术问题，制定科学研究计划，并形成草案提交大会讨论。三峡工程重大科学研究主要是由试验田、试验基地和重大科学技术项目组成。

1959 年，三峡工程勘测设计科研工作全面展开，三峡设计工作处于任务多、工作忙的高峰时期。我奉命调到长办三峡领导小组任秘书，在洪庆余总工程师指导下工作。当时我的主要任务是协调长办各专业处室有关三峡工程设计工作，以及在国家科委三峡组领导下进行的重大课题与科研项目的编制等任务。

1959 年，我参加国家科委在武汉召开的第二次科研会议的秘书组工作，1960 年参加了在北京香山召开的国家科委三峡组扩大会议和三峡工程科研规划工作会议，对三峡工程的一些重大技术问题有了较为全面的了解。记得那是在 1960 年冬季，国家正值困难时期，参加会议的领导、干部非常多，但参会人群里没有一个人是胖子，可见当时大家生活是非常艰苦的。

20 世纪 50 年代后期，我国基础建设刚刚起步，三峡工程所面临的许多重大技术难题都是超世界水平的，只能采取"试验田"，即通过从正在建设中的工程中逐步总结经验、学习技术的方式来提高设计水平。例如，大型水轮发电机组和高压电器等设备，60 年代初期，我国试制的 7.25 万千瓦水轮发电机组用于新安江电站。而当时世界上功率最大的机组在美国，为 13 万千瓦；苏联正在制造中的机组为 23.5 万千瓦；而我国准备试制的是刘家峡电站，为 21 万千瓦机组。三峡电站机组在 1960 年的初步设计方案中，单机为 30 万千瓦，容量在当时来说是最大的。建成后的电站实际采用的为 70 万千瓦机组，已远远超过原设计水平。

漫忆篇

在 1959—1968 年，我每年都与勘测总工程师陈寅到三峡坝区了解地质情况与布置勘探工作，几乎走遍了三斗坪、太平溪和石牌等坝址山上、山下的每一个角落。其中有一次，我们利用两天的时间上钻机亲身体验钻机小组工人的工作与生活，动手操作锯钻头，在现场体验并感受，实地了解工人进行钻探时的整个作业过程。钻探花岗岩时，由于岩石硬度高，需要频繁锯钻头，钻探进尺缓慢，我们同样在现场感受到了这项工作的艰巨。

通过对三峡初步设计要点报告的学习与理解，我们认识到，对于大型水利工程设计，首先还要解决好坝址和水位两个问题，而水位、坝址又与国家经济状况、政治形势及开发建设方式有密切联系。三峡工程从常规设计到工程防护、分期开发建设和一次建成都反映了上述的关系。特别是坝址与水位的选择还要根据国家经济状况及应对战争破坏带来的影响，因而在选择坝址的过程中，我们从三斗坪到石牌、太平溪，后又回到三斗坪，经过反复研究，最后确定三斗坪坝址。在这方面长办的勘测、设计、科研所做的工作非常之多，仅坝址勘测钻探进尺就达 10 万米，是世界上少有的。

经验证明，重大项目的实施能带动学科进步与发展，在项目中所遇到的重大科学技术难题，也是可通过"试验田"方式去逐步过渡提高。葛洲坝工程是三峡工程的实战准备，它为长期争论的通航和水库泥沙问题的解决先行一步，体现了"充分可靠"的方针。

1960 年后，受国际、国内形势的影响，三峡工程的设计工作出现了变化和波动，三峡枢纽初步设计（三斗坪坝址，200 米水位）完成后，国家就遇三年困难时期，因三峡的防护问题，将坝址研究转至处于狭窄河谷的南津关坝区的石牌坝址进行，并只保留少数设计人员配合勘测研究工作。

中央及时提出了"雄心不变，加强科研"的方针，国家科委在香山召开三峡组扩大会议，调整了三峡科研课题，增加了定向爆破筑坝和大跨度洞室开挖等课题。1963年，林一山主任提出"分期开发，提前发电"的设想，以围堰发电、分期蓄水、最终建成的三期开发方案。于是，就停止了对石牌坝址方案的勘测研究，坝址研究又转回到美人沱坝区中等河谷的太平溪坝址进行。

后来，长办的工作重点转至三峡工程"试验田"的丹江口工程及金沙江虎跳峡，相关人员相继调离三峡组，三峡设计工作也基本停顿下来。1963 年，我临时调到总工程师室，任李镇南秘书兼跟进三峡科研工作。1966 年"文化大革命"初期，长办恢复三峡组，我再次调回枢纽处，负责三峡组分期开发研究工作，但因诸多因素，相关工作并未如期开展。

从当时的情况来看，没有国家的"大气候"，就不会有三峡"小气候"，一直到

20世纪80年代中期，三峡工程都处于论证阶段。1970年，三峡工程实战准备的葛洲坝工程开工，三峡设计研究工作才渐见曙光。

1988年，我到期退休。因我对三峡工程较为熟悉，又懂点计算机，枢纽处就返聘我，要求我与长江委计算中心合作创建三峡设计数据库，并让邓晖同志协助。当时，长江委计算中心确定采用ORACLE系统软件。数据库共10个部分，并绘制成框图，包括：①综合类；②三峡水利枢纽初步设计（1993年）；③三峡水利枢纽可行性研究（1989年）；④三峡工程专题论证报告（1988年）；⑤三峡水利枢纽水位150米方案初步设计（1985年）；⑥三峡水利枢纽水位150米方案可行性研究（1983年）；⑦三峡水利枢纽论证报告（1981年）；⑧三峡水利枢纽坝址选择补充设计（1978年）；⑨三峡水利枢纽水位200米方案初步设计（1960年）；⑩三峡水利枢纽初步设计要点（1958年）。水工设计数据库（包括大坝、厂房和船闸等）编制后，未能继续完成施工、机电等部分，工作即告一段落。

因受当时软件的限制，在编制中仍存在许多不足，如：①原设想采用图、文、表综合编制但，最后只有"文"，且文字多为摘抄，有的应全文扫描；②设计数据库只有水工部分，缺少施工与机电部分；③数据库还应包括勘测、科学研究工作及后阶段专题论证等。三峡工程40年来前期工作的最终成果应认真整理好，是一笔宝贵财富。这些工作有待后人来完成。

从1950年参加工作至今，已有65年，从事水利工作52年，能在和平环境中工作和生活，我感到非常幸福，能亲身参加祖国的水利建设，几十年来目睹国家天翻地覆的变化，特别是亲自参与举世闻名长江三峡工程、汉江丹江口工程、黄河小浪底水利枢纽和唐山陡河水库抗震加固等工程的设计工作，我深感荣幸与自豪。

漫忆篇

我与三峡大坝

陈际唐

1957年我参加高考，填报志愿时，了解到有个长江三峡工程，就选择了水利专业，后如愿以偿。1963年1月毕业时，我老家上海有多个分配名额，当时出于同样的考虑，选择了武汉的长办。刚来长办那年，我参加了丹江口大坝的设计与施工工作。1965年年中，我参加了大坝防护试验研究，主要研究三峡大坝在核武器攻击下的反应，包括在我国核试验现场进行大坝核爆冲击波作用下的模型试验，用化爆模拟水中核爆炸冲击波作用下的模型试验，核爆炸作用下溃坝模型试验，大坝在核爆冲击波作用下的动力反应计算分析等；1983年我直接参加了三峡大坝的设计研究工作，直至三峡大坝建成。其间，我参加了20世纪80年代前期的三峡工程150米方案设计研究工作，1986年开始的三峡工程重新论证工作，以及此后的175米方案的可行性研究报告，初步设计报告，单项技术设计报告及其审查（长达4年，共进行了36次大小专题审查会），施工详图设计，三峡大坝和坝后电站引水压力管道的设计研究工作，直至2008年三峡工程建成。巍巍的三峡工程终于在我们这代人手里建成，并造福于中华民族，我感到十分荣幸与自豪。

三峡大坝的主要作用是壅水，把上游水位抬高，形成水库。当上游洪水来时，把一部分洪水拦蓄起来，起到防洪作用。水库将急流险滩淹没，改善航道，将库水通过压力管道引向电厂发电。为将一部分洪水泄向下游，坝体中设置了很多泄洪孔口，包括23个泄洪深孔和22个溢流表孔；为将洪水期上游来的漂浮物排向下游，坝上设置了3个排漂孔。长江的泥沙主要集中在汛期（约占90%），可由泄洪孔口排向下游。为保证电站进水口不淤积泥沙，共设置了7个排沙孔。此外，为满足三期施工期的导流要求，在坝体下部布置了22个导流底孔，后期封堵。三峡水电站在坝后布置了26台水轮发电机，单机容量70万千瓦，为此在大坝上设置了26条电站引水压力管道。三峡电站另在右岸地下厂房布置了6台机组，另设电源电站10万千瓦，三峡电站总装机为2250万千瓦。

为便于大坝垂直交通和厂房交通，大坝中布置了7部电梯。

三峡大坝设计的洪水标准比规范规定还要高：设计洪水标准为千年一遇，日均流量 9.88 万立方米每秒；校核洪水标准为万年一遇加大 10%，日均流量为 12.43 万立方米每秒。

三峡防洪库容为 221.5 亿立方米。泄洪运用方式采取泄蓄兼施，当上游来水量小于 5.67 万立方米每秒时，按枝城站不超过 5.67 万立方米每秒控制下泄，在库水位超过 100 年一遇洪水位（166.9 米）时，按总泄量不超过 6.98 万立方米每秒控制下泄；当库水位超过设计洪水位（175 米）时，上游洪水超过万年一遇，为确保大坝安全，以不超过上游来水量为原则，按枢纽泄洪能力敞泄。

对大坝泄洪设施深孔、表孔、排沙孔、排漂孔，以及导流底孔等进行了大量的水力学试验研究，并对泄流下游消能及防冲保护进行试验研究。

三峡大坝总长 2309 米，最大坝底宽 126 米。考虑到混凝土施工及坝体应变的需要，大坝设置了 1 万多条横缝（顺水流向），将大坝分成 100 多个坝段，例如，布置泄洪深孔的泄洪坝段长 21 米；对应一个发电机组的厂房坝段长 38.3 米，又将此分为两个坝段：钢管坝段长 25 米，实体坝段长 13.3 米，两岸非溢流坝长 20 米。

考虑施工需要，对每个坝段根据上下游向坝体的宽度设置 1~2 条纵缝，待坝体温度冷却后对纵缝灌浆，以便每个坝段成体。

大坝下游最大水深超过 70 米。这对坝体产生很大的浮托力。为降低坝底的扬压力，节省大坝工程量，对河床坝段坝基采取封闭帷幕、排水措施，可以减少坝基扬压力约 1/3。

三峡大坝为混凝土重力坝，工程量巨大。所以在进行大坝断面设计时，对坝体主要参数，如上下游面的坡度和超坡点高度等，利用自编的计算机程序进行整体优化设计。优化后的大坝工程量比原方案节省约 50%。

大坝设计中还要考虑地震的影响。三峡坝区的地震基本烈度为Ⅵ度。大坝的设计烈度提高为Ⅶ度。大坝断面设计时采用拟静力方法。对泄洪坝段、厂房坝段等结构复杂的坝段进行了大量的三维有限元动力分析和模型试验研究。

大坝内布置有各种孔口，如泄洪深孔，压力管道的进水口、渐变段，排深孔等。这些孔口尺寸大，作用水头高，结构复杂，这在其他工程中是没有的。为此，要对这些孔口进行应力分析，据此配置钢筋。应力分析主要采用三维有限元法，并采用多个计算机程序进行复核。早期还采用光弹性模型试验分析孔口应力。对这些孔口设计时还研究采取了一些结构措施，如利用横缝前段的水压力和对横缝后段进行灌浆等，用以减小孔口应力，减少配筋量。

三峡大坝坝基岩体为闪云斜长花岗岩。岩体坚硬完整，力学强度高，基岩大部分地段缓倾角裂隙不发育（地壳运动中对岩体造成的一种损害），不会影响大坝的稳定安全性。但左岸厂房坝段 1~5 号坝段和右岸厂房坝段 24~26 号坝段，基岩内的缓倾角裂隙相对比较发育，而坝后布置有坝后厂房，厂房底部的开挖基岩面比较低，与大坝基岸面形成临时坡高约 68 米、永久坡高 39 米的高陡边坡。这些因素对大坝的安全稳定极为不利，这是三峡大坝的重大技术问题。为此，对该部分坝基岩体进行了大量专门勘测研究工作，搞清了坝基缓倾角结构面的发育程度、发展规律；国内多家科研单位、高校共同进行了专题研究。为确保大坝的稳定性，采取了一系列工程结构措施，约有十项。大坝运行后的实践证明，大坝的安全稳定是有保证的。

三峡工程分三期施工。在二期工程施工期间，为满足坝区的通航要求，在左岸非溢流坝段 8~9 号坝段设置了临时船闸，这部分坝段称为临时船闸坝段，暂不建坝。在临时船闸使命完成后，再改建成坝并设冲沙孔。改建的难点为：第一，临时船闸上游下封堵门，其挡水水头达 74 米以上，封堵门宽 24 米，门支撑于临时船闸 1 号、3 号坝段上，推力巨大，而该两坝段又修建于斜坡上。第二，在临时船闸 2 号坝段上设置冲沙孔，并应满足冲沙流量大于 2500 立方米每秒。为此研究采取了一系列工程措施，如设坝段横缝受力键槽及跨缝钢筋，抢浇临时船闸 2 号坝段上游坝块，局部使用微膨胀混凝土，斜坡面布置插筋及进行接触灌浆，锚索加固及排水减压等，保证了临时船闸封堵和改建期的安全。临时船闸 2 号坝段改建为 2 个冲沙孔，冲拉航道淤沙。

三峡水电站厂房为坝后式，左右岸电站分别装机 14 台和 12 台。坝后电站引水压力管道直径为 12.4 米，最大设计水头 139.5 米，管道最大过流量 1020 立方米每秒，最大流速为 8.45 米每秒。管道采用坝后背管布置方式，钢衬钢筋混凝土管结构形式。

对压力管道的布置形式，曾研究坝内埋管，下游坝面背管和下游坝后预留槽布置方式（包括全留槽和半留槽等）。为减少管道安装与坝体混凝土施工干扰，有利于管道侧向稳定，减小管道对坝体应力影响等，经综合比较后采用浅留槽布置方式，槽深为 6.47 米，约 1/3 的管道在槽内，2/3 的管道在下游坝面之外。这种布置缩短了厂房与大坝之间的距离，节省了工程量和投资。这种压力管道由进水口、渐变段，坝内埋管段、上弯段、斜直段、下弯段和下平段等组成。为避开下游坝后高程 126 米的施工栈桥，并有利于上弯段的水力学条件，管道进水口以后的渐弯段和坝内埋管段轴线下倾，与水平面的夹角为 3.5 度。

压力管道结构形式：进水口与渐变段为钢筋混凝土结构，不设钢衬。后接长 14.1 米坝内埋管段，设钢衬厚度 26 米，钢材为 16MnR。孔周混凝土配筋按三维有限元计算应力图形设计。坝后背管段包括上弯段、斜直段和下弯段，其结构形式曾比较了明钢管和钢衬钢筋混凝土管两种结构形式。钢衬钢筋混凝土管安全度相对较高，钢衬材料可基本立足于国内，钢衬厚度较薄，有利于保证材质和焊接质量，投资较少，工期稍短，最后选用钢衬钢筋混凝土管方案。

压力管道的断面形式、管道在河床坝段采用在下游坝后预留浅槽布置方式，岸坡坝段布置在开挖的岩槽内。对管道的断面形式曾比较过三种：半圆形接正八边形、方圆形加小贴角和半圆形接梯形。经研究比较，不同坝段采用不同布置方式和断面形式：岸坡坝段，管道布置在开挖的岩槽内，管道断面采用半圆形接正八边形，管道混凝土与岩壁直接接触（两侧不设垫层）；河床坝段，管道断面采用方圆形加小贴角，管道两侧与浅槽侧面间设置 30 毫米软垫层，以减小管道对浅槽侧墙的作用力。

钢衬钢筋混凝土压力管道是一种复合结构，内部是钢衬，外部是钢筋混凝土管，两者联合承受内水压力。施工详图阶段对各管段钢衬材质、厚度，钢筋的材质和直径进行了优化，以便于施工和节省造价。此外，对管道的上、下弯段设置的锚固钢筋、管道与坝体的连接结构进行了设计研究。

对三峡压力管道，曾由国内多家研究单位开展了大量试验研究工作，并对俄罗斯的类似电站进行了专题考察和咨询，开展了仿真材料结构模型试验，上、下弯段结构模型试验，坝内埋管段模型试验等。

大坝与厂房之间设置有永久缝，当管道穿过该永久缝时一般需设置伸缩节，以适应大坝与厂房间相对变形。但这样大尺寸的伸缩节除造价高以外，在安装与运行中也会存在很多问题。为此，对是否设置伸缩节进行了较为详细的论证。最后，岸坡坝段的管道取消伸缩节，并设置长 10 米的垫层管；河床坝段的压力管道保留伸缩节，并对传统的伸缩节进行了专门研究，针对传统伸缩节存在的漏水等问题，最后采用加设波纹水封套筒式伸缩节。

三峡工程的防护研究主要是对大坝的防护研究，早在 1958 年就开始进行了两方面的研究工作：一是研究核爆炸对大坝的作用及其防护措施；二是研究大坝在核攻击下溃坝后，洪水对下游地区的影响及减轻灾害的对策。对大坝的核防护进行了不同核爆炸方式的化爆模拟试验研究，利用我国核试验现场对大坝进行核爆炸效应模型试验研究，化爆模拟水中核爆炸对大坝的作用等。对溃坝洪水对下游形成的灾害，先后进行了不同比尺的模型试验研究，并结合大坝的核防护研究，研究了不同坝址方案，包括石牌坝址方案、太平溪坝址方案等。

现代核武器的当量巨大，导弹命中精度不断提高，尽管我国反导弹能力也在提高，但像三峡大坝这样的大目标，要避免袭击是困难的。

溃坝洪水试验的结论为：试验中采用的水力学条件及溃坝方式均选用最不利组合，因此试验的结论是偏严重的。试验表明，采取预降库水位和下游分洪措施后，可

漫忆篇

限制最大溃坝洪水灾害面积为 3000 平方千米以内，淹没农田 13 万平方千米，受灾人口 100 多万。这样的灾害远小于历史上一次大洪水的受灾范围，属于局部地区性灾害。所以战时适当降低库水位运行可以确保荆江大堤安全。三峡大坝有很强的泄洪能力，可在短时间内降至安全水位。此外，溃坝泄水有一个演进过程，战时采取预警措施，可减轻下游人员伤亡。

水利水电工程建设是人类社会发展的需要，是兴利除害、充分利用水资源的强有力措施。一种新技术的出现，能够对社会产生巨大的推动作用，但同时也会带来一些负面影响。如电力，现代人类社会不能没有电，但不管是水电、煤电，还是核电，都会带来一些新的问题，需要合理地解决新出现的问题。一些发达国家对河流的治理开发达 90% 以上，我国还较低。修建三峡大坝的首要任务是解决长江中下游的特大洪水问题，其次才是发电、航运等综合效益。

三峡大坝已安全运行十多年，在我们这一代建成世界上最伟大的水利水电工程，并且发挥着巨大的综合效益，这是中华民族值得骄傲的事！

我的三峡情怀

江万宁

记得上中学时报上登过三门峡工程的事情，当时就听说我们中国还要建一个世界上最大的水电站——三峡电站。1958年，中央开了成都会议，提出要建三峡，当时还在读大学的我心中也为这事热了一阵子。1962年，我到当时最大的水电站——丰满水电站和东北电网做毕业实习，看到丰满电站管理得不错，开停机组很快，几分钟就可并网带满负荷，负荷变化也很快，再不用像燃煤的火电机组那样，开停机得花十几个小时暖炉、暖机。1962年分配工作很困难，有些同学甚至分到了石家庄火柴厂。同班同学苏结成曾找过他叔叔就是魏璇总工打听消息，魏总说他们长办需要大量大学生，所以填分配志愿表时，我就毫不犹豫地在第一志愿中填上了长办。

到长办报到后，我和袁逸群、李淑芳分配到了经济处。前两年主要就是看资料，偶尔也画一些三峡供电范围的图，要求图幅小但字要大，说是给领导看。当时经济处的人好像大多都在为三峡奔忙。1962年底，长办把我们刚分来的部分大学生派去劳动，1963年春节前返汉时把我们送到三峡勘测现场三斗坪和太平溪参观。我们坐在小机动木船上，看着汹涌咆哮的长江和随浪漂浮的小舟，心中充满对长江的敬畏。这时我暗下决心，一定要为点亮长办的第一个灯泡出力（"文革"中有人讥讽长办十几年没亮一个灯泡）。

即使是"文革"那个年代，我们对三峡工程的热情也丝毫未减，甚至可以说有点疯狂。1968年的春节又叫我们到北京去宣传三峡，我、邱东昇和李淑芳找到水电部技改局（即现在的电科院）等单位介绍三峡工程的设计情况，他们也热情接待。我国留苏的直流输电专家对三峡工程也十分向往。

从1963年到1994年，我经过了丹江口、葛洲坝、陆水、葛洲坝二期和隔河岩工程的锻炼。1971年，我参加了陆水电站的设计工作；1985—1992年，我负责了葛洲坝综合自动化设备引进工作；1988年，我主持了国务院重大技术装置办公室下达的三峡工程计算机监控系统科研课题的研究；1990年前，我又参与了三峡用变频技

漫忆篇

术提前发电的研究等。虽然很多工作都与三峡有关，但毕竟不是三峡工程本身。这段时间机电处也提倡在设计中搞科技，我在技术上也有了一些长进，心想能搞三峡就好了。

机会终于来了，1994年机电处要我负责三峡的机电设计，我急急忙忙地从隔河岩赶回武汉，此时三峡的初步设计已经进行了一段时间。我抓紧时间核对初步设计的成果，还准备了几十个附件，供专家组审查。我记得在华中科技大学、武汉水院等地开过几次正式审查前的中间审查会。1995年三峡初设审查时，龚本驹和我作了关于设计工作及问题的说明，由于我们提出了内容充实的设计文件和大量的附件，国内的专家和代表都感到满意。

我参加了厂房土建机电部分的编写工作，经过机电处全体参与人员的努力，我们完成了标书的编制及审查工作，接着又投入了水轮发电机组及辅助设备的招标工作。对于机电处来说，编写国际招标的机组采购标书还是第一次。我们请教了长江委和国内有关方面的专家，他们对标书初稿提出了宝贵的意见。

在完成初稿后，三峡总公司邀请了国际上有名的哈扎公司等公司的专家对我们提出的标书进行审查，我参加了发电机小组的工作。审查是在1996年春节时进行的，春节休息几天后又接着干。国外来的专家参观了葛洲坝电厂。我告诉他们，我曾经是葛洲坝的设计者，因此他们对我也很尊重。我们就发电机的额定电压、最大容量、推力轴承和高压油顶起、防止推力轴承甩油等问题进行了讨论，有时也有争论。记得在谈起水轮发电机的消防问题时，他们提出用二氧化碳灭火，我对他们说，用二氧化碳灭火对机组密封条件要求高。我说给你们一根线棒，在离开热源后是否可以持续燃烧，他们说不能，美国的标准就是要求用二氧化碳灭火。我说你们的大古力电站当时用的黄麻绝缘，而现在的机组是用环氧树脂绝缘，完全是两码事。最后他们也同意采用水灭火的方案。经过几个星期的审查，他们完成了任务。在离别宴会上，有位外国专家很真诚地对我说：标书编得很好，我其实就只为你们修改了英语。

在标书编制中，我参加了三峡工程领导小组的汇报会，长江委黎安田、袁达夫、龚本驹，三峡公司陆佑楣、王家柱、黄源芳，三峡办魏廷琤、张德楠等出席了会议，相关部委的领导也参加了会议。李鹏总理来后，先谈了运行水位的问题，在谈到机组问题时，我们长江委几个搞三峡的人都觉得总理讲话的精神是要我们认真研究，所以我们回来后针对机组设置最大容量和功率因数等问题进行了讨论，提出了发电机设置最大容量、功率因数定为0.95。

后来在怀柔的审查会上，电力部的班自勋司长就不停地敲打我说，你们长江委真大胆，总理的话都敢不听。我说没有听到总理说把功率因数定为0.9，而且长江委去的人都没有听到这样说。国务院三峡建委的张德楠说，总理讲话的声音很小，你们可能没听到。我们回去后把总理的讲话录音放得很大，听到总理用很小的声音说就0.9吧。这样我们又把它改回0.9。定标后我问过哈尔滨电机厂的专家，他告诉我功率因数0.9比0.95的发电机造价大概贵5%。

1996年9月招标期间，阿尔斯通公司邀请长江委访问，袁达夫、宋德芳、杨正波和我作为长江委的代表到了法国，参观了他们的水轮机模型、贝尔福的发电机制造厂和GIS制造厂，并在他们总部进行会谈，他们提出要与我们合作。袁达夫代表长江委表达了合作只能在合同规定范围内进行，这样他们就再没有什么说的了。星期天我们也不要他们安排，自己活动。

三峡公司为机组的投标规定了严格的条件，投标的公司有GEC-Alsthom，日本的三菱、日立和东芝的联合体，俄罗斯，ABB，VGS（Voith、GE和西门子的联合体）以及阿根廷的英普萨公司。

评标期间，所有的事情都非常保密。有一次在西陵峡的宾馆内，商务组的王梅地对我说投标的日本方要求我们压低中方两厂开出的合作条件，我当时就对他说，你不要再说，以后出了问题我承担不了。

我参加发电机技术小组的工作。经过各投标商对自己所投方案技术细节的介绍，我对ABB的定、转子斜支撑结构和VGS的减少转子过速时的应力设计以及两家的推力轴承支撑方式都很感兴趣。GEC-Alsthom（8台水轮机），ABB（8台发电机），VGS（6台水轮发电机）中标，但中标商必须将部分合同分包给中国的哈尔滨电机厂和东方电机厂，并随它们的供货逐步加大国内厂家的供货比例，以提升我国厂家的技术能力。

接着就开了设计联络会。首先是所有标段一起在法国的奈尔匹克开会，会上确定了各标段的水轮机和发电机的技术负责人。会后我决定参加VGS的发电机工作，我提出机组外形要相同、颜色要相同的要求，同时对外方提供的水轮发电机全部图纸进行最后把关。

以后每隔约一年就开一次设计联络会。第一次VGS组在德国爱兰根的西门子总部开，参加会议的有三峡公司、长江设计院和东方电机厂的人。会上VGS介绍了法国会议以来的设计工作，我方对这段时间VGS提供的图纸进行了讨论。当讨论到发电机的主引出线和中性点引出线时，他们要求把电流互感器放在风洞外，与我们在隔河岩采用的方式完全不同。我们的方案对电流互感器的冷却有利，且布置也更合理。

漫忆篇

第二次设计联络会在巴西圣保罗召开。这次长江委的土建组提出要把发电机下机架由 6 条腿改为 8 条腿，但 VGS 不同意改，这事就只好放下。回国后技术委员会又请有关老专家讨论，专家一致认为，6 条腿方案只要提高混凝土标号，改进水轮机廊道的拱顶边角，其形成的牛腿结构是可以承受巨大的动态应力的。

这期间，三峡总公司副总经理王家柱曾给我打电话，说机组模型试验表明有振动区，要我们想法解决。我真不知道怎么说才好。评标前后，公司请了这么多国内外的评标、设计、试验和制造水轮机专家，模型已经认可，我们还能说什么？当然，是要缩小振动区，但三峡有这么多台机组，为什么不能改变开机台数来躲过振动区，硬要往振动区里钻呢？这是我当时的想法，可我不敢对他说。

第三次设计联络会在加拿大蒙特利尔，主要是谈防止推力轴承甩油问题。在巴西开会时我们参观了伊泰普电站，伊泰普的机组甩油比较厉害，针对这一问题，VGS 提出了改进方案。会议结束前，VGS 提出发动机的结构要改，将上机架升到厂房发电机的地板高层。原因不清楚，可能是考虑了半数磁极短路这种情况。

第四次设计联络会在西班牙的 San Sebastian 开，这次除主机问题外，还讨论了全厂计算机监控系统的通信问题，中方希望全厂能采用统一的计算机通信规约，以减少规约转换的问题，但法国等不同意，也只好不了了之。对发电机主引出线的保护用电流互感器，西门子的人说，你们要求的暂态系数太大，一个保护用的电流互感器近 2 米长，他们做不了。西门子的项目经理也说他们有不需这么大的暂态系数的方法，意思是你们是否可以降低要求。我当时坚持说，这是我们国家的保护要求，场面搞得比较僵。针对发电机中性点，我曾对西门子的技术负责人说，请你们注意电磁防护，他说他们吃过亏，知道应如何做。但运行后，中性点引线发热严重，后采用多股漆包线以减少磁场引起的环流才解决。

2001 年，第五次设计联络会在上海开，基本上是各个专业小组讨论。会前西门子搞保护的人曾说发电机的电流互感器的暂态系数小了，但在这次会议上，他又说没问题。到底有无问题到现在我也没搞清楚，都由搞保护的人来确定了。

我主持了三峡左岸电站的机电安装标，该标自 1998 年起一直到 2001 年才完成。500 千伏交直流输电系统的验收始于 2002 年。虽然我 2000 年 9 月就退休了，但我还是参加了全体人员参加的全部验收。

2004 年我写了关于三峡的专利申请，2005 年被国家专利局授权，专利号 ZL200420017088X "减磁法水轮发电机电气制动装置"。江涛与我写的文章已在《长江科学院院报》2006 年第 3 期发表。"钢丝绳卷扬提升垂直升船机的安全装置"经修改在《人民长江》2015 年第 4 期发表。可能某天我还会再发"奇谈怪论"，大家可不要笑我傻。我的三峡梦还在继续，有生之年还要为中国的水电事业作贡献。

漫忆篇

关于三峡工程的回忆

林文亮

我是湖北宜昌人，从学生时代起，就把参加工程建设作为自己的理想，并由此选择了相关专业。毕业后，经多方努力，我来到长江委，为参加三峡工程建设做好了准备。

我1980年调到长江委会后，参加了三峡工程的实战准备——葛洲坝水利枢纽的设计工作。从1986年开始，在参加隔河岩工程基础处理设计及现场设代工作的8年中，一直担任三峡工程勘测与枢纽设计工作的联络员，负责勘测与设计之间的联络，互提资料的信息与资料传输，参与了三峡工程初步设计前的一系列工作。其中包括150方案的研究与设计，与美国陆军工程团专业工程师关于三峡工程的技术交流与咨询，三峡工程前期科研的基础处理方案、渗流控制、船闸边坡处理措施等专题研究。1994年12月，三峡工程正式开工，我由清江代表处调长江委三峡工程设计代表局任枢纽设代处副处长，并主持日常工作，同时继续兼任设计院枢纽处副总工，至1996年兼任局长助理，2000年改任设代局副局长，同时兼任设计院副总工，直至2003年三峡二期工程完成并通过阶段验收，直接在三峡工地参加三峡工程建设达十年。退休后又被长江委扬子江工程咨询有限公司返聘，有幸参与了三峡后续工作规划和三峡后续工作规划项目的技术评审工作，为三峡后续工作发挥了十年的余热。因此，我可以自豪地说，我的一生都与三峡工程结下了不解之缘。

我参与三峡工程的每一个阶段、每一项工作都是记忆深刻，难以忘怀，值得回忆的。现择其一二与大家共享。

我直接参与三峡工程，始于蓄水位150米方案的初步设计，我所承担的具体设计任务就是枢纽主体建筑物基础轮廓的设计，并编制大坝、电站、永久船闸的基础开挖总图。

在三峡前期科研工作中，我参与并承担的渗流控制专题直接采用葛洲坝工程开创的封闭抽水排水方案，并且提出了计算和效果评价模型，通过减少坝基扬压力，可减少大坝混凝土用量6%，计100万立方米。这一成果在鉴定中得到了进一步推广和运用，为解决三峡左右岸岸坡厂房坝段的深层抗滑稳定问题发挥了重要作用。

在永久船闸高边坡处理措施专题中，充分利用和分析各协作单位的科研成果，汇总提出了高边坡支护处理方案，有效调整边坡应力分布，控制后期变形量，保证了高大的船闸闸门苛刻的运行止水条件，解决了船闸运行安全问题。

三峡前期工作中，印象最深、最难忘怀的要数与美国陆军工程团的专业交流和咨询。记得参加基础处理渗流专业交流的美方专业咨询工程师有三位，刚开始交流时，他们是非常自信的，但三天交流过后，当我们提出需要咨询的问题时，没想到三位工程师完全改变了自信满满的口气，非常谦虚和诚恳，特别是其中有一位叫斯科特的工程师非常直爽地告诉我们："我非常敬佩中国工程师的工作成就和认真深入的工作态度，在基础固结灌浆、渗流控制、基础轮廓设计及开挖制图方面，你们已经达到或超过了美国在本专业的工作深度，你们的大坝基础轮廓设计图纸和我们美国设计师的水平是同等的，但你们对地基处理的方案研究已经超越了我们美国的水平，不是你们向我们咨询，应该是我们向你们学习。"

在三峡工程建设过程中，作为三峡工程现场设计、设代工作者中的一员，我记得当时由于前后方兼职，我的工作是既要参加后方的三峡设计工作，分管三峡工程永久主体工程基础处理专业，还要主持前方的日常工作。按照分工，枢纽设代处负责永久建筑物大坝、电站厂房、通航建筑双线五级船闸、升船机、临时船闸的设计图纸供应、现场的技术交底、技术服务及相关隐蔽工程的现场验收、相关专题现场试验研究等。因此，我还先后主持了三峡工程现场岩锚试验工作，参与了现场灌浆试验的组织、领导工作，兼任了永久船闸开挖边坡不稳定块体现场设计小组组长、基础验收组组长、主体建筑物灌浆现场优化设计组组长等。

在设计工作多阶段交叉的被动局面下，设计单位既要保证施工人员不等图施工，又要保证技术设计审查工作正常进行，还要满足业主招标进度要求，这就要求前方设代处要准确把握施工进展信息，合理安排工作程序，为整个设计工作的统筹安排提供工作基础。当设计图纸组织到位后，要组织设计人员、现场服务人员一起向参建各方进行技术交底，全面介绍设计意图，工程特点、要点、难点，施工中应注意的事项等，有时这种设计交底难以满足不同层次的要求，也很难把设计意图直接传给一线施工人员。设计交底完成后，工程进入实施阶段，各专业设计人员要加强现场的巡视检查，观察设计方案的实施情况，提供必要的现场指导和服务，参加关键性部分的现场验收签证工作。作为设代处的负责人，我还要参加参建各方的各类技术研究讨论会议，及时研究解决现场施工中的技术性问题和设计图纸实施中遇到的问题，参加最高技术决策层技术讨论，传达贯彻或布置、落实决策意见。翻开三峡工程建设前十年的文件，关于三峡工程设计的技术问题讨论会召开300多次，现场设计技术讨论会1800多次，

漫忆篇

形成的会议纪要达 4400 多万字，这些纪要真实记录了三峡工程设计人员的心血和解决三峡工程技术问题的历史过程。

说到兼任的具体工作，以永久船闸开挖边坡不稳定块体现场设计小组的工作为例：那是 1996 年，三峡双线五级船闸开挖进入二期工程阶段，船闸闸室高达 50~70 米的垂直边坡开始一个梯段一个梯段形成，由于三峡岩石经历了 8 亿多年的漫长历史，经过多次的地壳变迁，岩体被挤压而产生各种方向的裂隙。这些裂隙相互交切，在开挖形成的垂直临空面上构成可以滑动的不稳定块体，这些块体因裂隙产状的随机性而随机构成，直接威胁施工人员、设备和工程的安全。经统计，闸室段高边坡共出现块体 1054 个，大于 100 立方米的 694 个，大于 1000 立方米的 52 个，其中最大的一个块体体积达 24300 立方米。对于施工过程中渐次出现的这些块体，首先要施工地质人员跟踪开挖工面，及时描述和测量各种裂隙的产状，分析这些裂隙面在空间的组合，研究是否构成几何可移动块体，如果构成可移动块体，即在进行地质结构稳定计算分析的同时，编发地质简报，提交设计人员进行稳定分析计算，并同时转发施工单位注意施工安全。如果计算不稳定，应进一步分析是采取挖除还是采取锚固支护措施，布置多少锚索、锚杆可以稳定，然后提出处理方案供决策。决策后随即形成设计通知和图纸，交送业主单位转发施工单位组织实施。这一工作过程要求每一个环节都不能延误时间，特别是处理方案的计算分析和形成处理设计图纸，必须完成一个设计周期。当时为了不给施工造成困难，设计单位内部强制性规定，对于少于 100 立方米的块体，应现场直接明确处理意见，由监理单位组织实施，对于大于 100 立方米的块体，则发出设计通知的时间不能超过 7 天。现场设计小组的同志们往往必须在现场查勘后，连夜进行计算分析，编绘设计图纸。而现场的不稳定块体一个接一个，来不及处理，我们就组织了两个设计小组分头工作。这样的紧张局面持续了两年多，这一段时间，差不多每天晚上 10 点以后，局内的技术讨论会结束了，应该落实的事情办完了，还要去了解发现了新的不稳定块体没有，此前的块体处理设计有什么问题，有没有不能按时处理的块体。而这时候去检查设计组的工作，没有找不着人的，因为他们都还在伏案工作。每当听到现场有掉块或塌方，又总是担心没有处理的块体的稳定和施工人员的安全，那份压力和不安真正难以描述。

经过没日没夜的紧张工作，我们对不稳定块体都进行了处理，保证了工程建设的正常进行，也保证了施工安全，没有发生一起因设计方案不及时而导致的岩体坍方，也没有发生因不稳定块体塌滑而造成的人员伤亡和设备损失。回想当年的那份责任，至今还有一只脚在监狱内、一只脚在监狱外的沉重压力。

回想三峡工程的设计，50 多个春秋，半个世纪的岁月！工程的设计是曲折的，工程的设计也是艰辛的，几代人为此披荆斩棘、无怨无悔！三峡工程的设计是成功的，因为它汇集了我国多专业多学科的技术成就，开创了世界水电工程的一系列新纪录，并已为实践证明它是正确的。

三峡工程的设计和建设成就，向世界展示了中国一流的水电技术实力。只有中国共产党，才能把百年的梦想变成现实。千万年白白流失的水能资源，今天总算被人类利用，几千年为害的长江洪水，终于能听从人类的安排和调节，与人类和谐共处。

作为三峡工程的一名设计者，我虽然承受过巨大的工作压力并历尽艰辛，但我认为在人生的旅途上能有这样的经历是幸运的，我为此永远感到骄傲和自豪。

漫忆篇

体验非议

张良骞

　　三峡大坝共设置 23 个泄洪坝段，泄洪孔口分三层布置，自低而高分别称为底孔、深孔和表孔。深孔位于坝段中央，底孔和表孔骑缝布置。施工过程中，底孔顶部第一仓以完浇的底孔侧墙（墩）为支承，向左右两侧各挑悬 3 米（半个底孔宽度）。底孔净高 12 米，若采用立地式满堂脚手架，不仅需要大量支撑构件（多为钢管），且耗费工时，因此施工单位采用了较为简便的悬臂式模板，以牛腿式三角钢桁架支撑。1999 年 9 月下旬，18 号坝段（左、右侧分别为 14 号和 15 号底孔）中块首先升至底孔高程，9 月 28 日，在浇筑顶板第一仓混凝土过程中，其左侧（17 号底孔右半孔）悬臂模板侧向失稳，致使顶模发生较大沉降变形。现场当即作了停浇减载处理，控制了事态发展。据事后检测，顶模最大沉降变形达 8 厘米，被定为重大施工质量事故，在工地轰动一时。事故当日，我正在工地值中班，事后我对事故处理方案发表了自己的看法，从此我便成了有争议的人物，并对我日后工作产生了一定影响。

　　事故发生后，就其责任、后果、是否处理、如何处理等问题，圈内人士广泛热议，但业主表现冷静，并不急于追究事故责任，而是重点关注事故处理方案，唯恐影响施工进度。由于底孔系骑缝布置，每孔涉及两个坝段。17 号底孔右半孔（位于 18 号坝段）顶部变位，若不及时确定处理方案，不仅影响自身施工进度，还将直接影响其左半孔（位于 17 号坝段）的施工方案和工期。由于各坝段相互关联，而相邻坝段浇筑高差又有所限制，所以对其他坝段也会构成间接连锁影响。

　　记得在事发第二天晚上，葛洲坝水电施工公司总工周厚贵就带着几人到监理部向我个别征求意见。在回顾事发过程和初步分析原因后，周总问我下步该怎么办。我基于务实考虑，本能地脱口而出："将错就错！"意指位于 18 号坝段的 17 号底孔顶板走样可暂不处理，待 17 号坝段（17 号右半孔）浇筑时，可以 18 号坝段先浇块走样边界为基准，使两个半孔在横缝处平顺过渡，避免错台即可。

　　"将错就错"是否可行，只要冷静思考就不难得出结论。从技术层面分析，严格控制泄洪孔口体型不外两个目的：一是过流断面尺寸和流量系数应满足设计要求，确保泄洪过流能力；二是过流面平整度和强度应达设计指标，以确保泄洪运用时抗冲耐磨，不因气蚀和冲磨而损坏。底孔中部断面尺寸为 12 米 × 6 米（高 × 宽），模板走样 8 厘米对过流能力的影响显然微不足道，对混凝土强度也不构成影响。因此，过流面平整度成为是否需要处理、处理方案是否可行的唯一判别标准。设计对过流面的平整度要求是：错台高差应小于 5 毫米，如果出现高差大于 5 毫米的错台、突体或凹槽，应打磨平顺，顺流向打磨坡比应小于 1∶30，横流向小于 1∶10。底孔宽度 6 米，半孔宽 3 米，假设将横缝处变位 8 厘米经"将错就错"处理平顺连接后仍视为突体，其横向坡比为 8∶300 =1∶38，完全可满足设计要求。

从施工方面考虑，除非将已浇混凝土全部爆破拆除，否则很难对顶部进行凿除、打磨、修补等一系列矫正处理施工，哪怕只是局部小范围。底孔顶板钢筋密集，不少钢筋已贴近模板，为了架立、支承模板，施工中还增加了大量辅助钢筋。若计入修补厚度，变形部位最大凿深应超过 10 厘米，凿除施工必将受阻于密集的钢筋，而钢筋若遭破坏也将难以再植。即使凿除到位，修补的难度也极大。因顶部补强材料在重力作用下很难自稳，若设置支承模板，则将如浇筑原状混凝土一样艰难。

有专家建议，17 号坝段后浇块（17 号底孔左半孔顶板）可先按设计尺寸放样，与走样先浇块造成的"错台"可留待后期处理。随着时间的推移，创新技术将不断出现，相信以后定能找到合适的处理方案。我认为混凝土强度将与日俱增，底孔形成后的高孔作业难度也将越来越大，将施工处理措施寄于未来希望，势必面临落空的风险。

"将错就错"方案只是我在非正式场合发表的个人意见，并不代表监理部，更不可能代表设计方，并且只是我先说而已。即使我不说，迟早也会有人说。在我看来，这是再明了不过、最简单可行的处理方案。大凡坚持实事求是的业内人士，都会理解和认同这一方案。果不其然，该方案很快被有关各方接受，并被业主采纳，最终形成决定，立即付诸实施。但设计方面始终强烈反对这一方案，其主要原因我想还是基于设计理念，对如此草率处理的后果有所担忧，或是认为这是容忍事故、对事故熟视无睹的不负责态度，担心开此先例后，三峡工程质量恐难控制。

也许因为"将错就错"方案的源头在我，所以设计院有关人士，特别是我的"娘家"——枢纽处和水工二室对我很有意见。我从未接受过来自设计院有关领导的正面批评，但我充分感受到了上级对我的非议和责难。种种迹象和气氛都反映了这种强烈不满，不少理解同情我的朋友，或婉转、或间接转达了某些要人，甚至重量级人物的批评意见。记忆较为深刻的批评，一是我不够资格担任副总监，二是"一个设计，一个监理，在前方尽添乱"，前者指黄国强，后者指我。那段时光，我感到从未有过的郁闷和委屈。

当然，我也理解自己被非议、被抱怨的理由。首先，我来自设计院，出身于枢纽处。身为监理虽可有不同观点、看法，但在事关工程质量一类重大问题上应与设计院保持一致，不能随意表态，"胳膊肘往外拐"。即使有不同意见，也应事前与设计院沟通、协商，从维护设计意见的立场出发，对外发出同一个声音。其次，撇开我的"副总监"职位不说，作为一个资深水工设计者，也不该出此"下策"，支此"烂招"，对坚持设计理念并信任我的朋友来说，可能大出他们所料，或许他们认为我擅长水工结构设计，怎么没有对模板结构设计审查把关，竟然发生如此重大事故呢？

我当然不服来自各方的批评，如果硬要我三思反省，或许我的错误在于组织意识淡漠，缺乏职务意识，不知"为官"者说话应该谨慎。我在技术上常自以为是，却不敢自称专家；我身为副总监，也不以为"官"，从不认为自己说话有多大影响力；我自觉人微言轻，却不愿放弃说话权利；凡自以为正确的，就非常想说，一定要说。往低看，是图一吐为快，排除郁闷；拔高看，也是尽职尽责，是职业道德和公民良知的体现。

这次事故后，虽然我明显感到来自设计院后方的非议和压力，但我本性难移，依然不时对难以施工的局部结构设计提出异议，或是对施工单位为施工方便提出的变更设计表示赞同。2002 年 12 月 9 日，针对一个我只是发表过意见却完全没有参与决策的变更设计，我的老同学、好朋友陈之德认真打来电话，好心劝我不要再干预设计，说是两年前"跑模"事故和这次变更设计在后方闹得沸沸扬扬。对老同学的善意关怀，我毫不领情，反而火冒三丈。因为我当时的感觉就像是遭到了诬陷，所以异常激动，在电话里高声与她论理。之后仍不解气，又打电话给廖仁强处长，同样激动地为自己辩护。我之所以按捺不住火气，甚至有失风度，并对老同学和领导不恭，除源于个性外，也出于相信他们了解我，不会计较我的态度；我之所以激动，不是因为我自以为是，也并非自己不理解他人意见，拒不接受批评，而是认为他们实在小题大做，过于看重我，看高我，甚至凡是后方不满的变更设计，都视我为"罪魁祸首"。在我看来，即使与我有关的问题，我也仅仅是发表个人意见而已，不过是为领导提供参考意见，完全不可能左右领导决策。他们若有意见，应向领导提，向决策者说"不"，又何苦迁怒于一个只是出了一个小点子的人物呢？这岂不是恃强凌弱、欺软怕硬？

提出"将错就错"点子并付诸实施后，我的工作也受到了影响。监理部在研究各副职的分工时，确定让我分管金属结构制造、安装和机电安装项目的监理工作，我默默接受了"外行领导内行"的新任命。我出身水工专业，谙熟水工结构设计。当初院领导动员我到三峡监理时，也是看中我的水工特长，如今却不要我再分管水工，疑惑和失落同时油然而生。我无法确定这次分工调整的真实原因，杨浦生总监和其他副总监均守口如瓶，没有向我透露任何"内幕"，但我心知肚明，坚信与"跑模"事故有关。因此，我也不要求领导解释，以免他们为难，我也自顾了体面。好在金属结构与水工结构在原理上并无实质差别，只是结构材料及其物理力学参数，以及施工或生产、制造工艺不同而已。机电安装距我所学所长虽较远，但自己也不是一无所知，并且自以为是"活到老，学到老"一类，而且好学善学，所以对自己分管金属结构和机电设备制安也并不畏难。离开了我熟悉的专业，离开了水工是非之地，就不再可能深究其中某些技术问题，也不再可能为某些技术争论和分歧而冲动、而郁闷，或许更加轻松自由，潇洒开朗，从而更有利于个人修身养性，延年益寿。因此，我视这次分工调整为"因祸得福"。

我深知技术上的争论和意见分歧总是单纯的，分歧双方并无个人恩怨作怪，都是追求真知灼见和工程质量。但个人意见被否定，被批判，个人因此被非议，被冷落，命运因此而跌宕起伏，即使心胸再开阔，也不可能有好心情。我自知个人才疏学浅，并无锋芒毕露、好大喜功的资本和能力，因此从来与世无争，与人为善，但骨子里依然孤芳自赏，争强好胜。我感到费解和憋屈的是，如我这般处世低调之人，何以也会遭到非议呢？那段时间我经常反省自己的缺点和个性弱点，并不时换位思考，多想对方的立场观点和长处优点，尽力平衡自己的单向思维。我更经常思考孔子的教导，以"六十而耳顺"排解内心的郁闷。所谓耳顺，就是对任何话都能听得进，包括骂人的话也听得舒服。自己已到耳顺之年，本该有这种思想境界，何况自己听闻的不过是技术上的非议，并不涉及人格层面，又有什么值得大惊小怪，怨天尤人？想到自己行将退休，仍受组织委派到三峡任职，依然还有机会为举世无双的三峡工程效力……如此这般自慰，就顿觉轻松。回到现实，监理部领导和身边同事依然对我亲切热情，关怀有加，而有关人士对我也友好如初，未觉冷眼和隔阂，又不禁怨恨自己杞人忧天、庸人自扰。

不知是先天个性决定，还是后天教育所致，我信奉"吾日三省吾身"，为人谦逊，处世低调。但时至今日，我依然认为当年所提"将错就错"的点子并不错。当然，也不能因此就证明"反方"有错。正、反双方都没错，只是观点、立场和由此产生的方法不同罢了，这就叫"仁者见仁，智者见智"，人类社会和科学技术正是在这种无穷尽的争论中前进着。且不说国家纷争、民族矛盾、政治分歧、价值观和意识形态不同等事关世界战争与和平的大事，作为普通公民和社会大众，但愿人人都能大胆发出自己的声音，说出自己的见解；但愿大家都能学会换位思考，认真反向思维，多一些理解包容，少一点武断霸道。倘能做到这一点，小至家庭集体，大至国家民族，才可能生机勃勃，充满活力，社会才能不断进步，这个世界才会和谐美好，丰富多彩。

外行领导内行

张良骞

由于出了"将错就错"的"歪点子",我的水工专业水平受到质疑。在监理部的统筹安排下,我舍弃了自己擅长的水工专业,改而分管"Ⅰ & Ⅱ b 标段"的金属结构和机电设备工程监理,开始体会常被议论或笑谈的"外行领导内行"的滋味。

"Ⅰ & Ⅱ b 标段"指全部 23 个泄洪坝段和左厂 11~14 号坝段的土建工程和金结、机电制(造)安(装)工程。除去机电方面的集控、通信、照明、抽排水、给排水、消防、暖通等项目的设备采购和安装外,金属结构和机械设备的安装工程量达 7 万余吨,相当于葛洲坝水利枢纽工程的全部金结安装工程量。而监造项目为泄洪坝段表孔、深孔、底孔及排漂孔共 69 孔的各类闸门 107 扇,门槽埋件 183 套,制造厂家计有郑州水工机械厂、三门峡水工机械厂、葛洲坝机电建设有限公司、夹江水工机械厂、富春江富士水电设备有限公司和水电八局东江水工机械厂共 6 家。合同工程量 3.8 万吨,合同总价 4.15 亿元。

对于以上结构、设备的制造(采购)和安装,我无疑是外行。鉴于现实生活中"外行领导内行"并不稀罕,而我的所学专业与金属结构基本相通,机械设备方面也并非一窍不通,何况监理偏重管理,并不要求我对监理项目完全内行,考虑到当时的人事背景,所以我勉为其难却也坦然地接受了新的分工。为弥补外行缺陷,我坚守如下信条:谦虚谨慎,虚心讨教;可以不求甚解,但一定要明白大道理,决不可装腔作势、不懂装懂;充分信任、依靠金结和机电监理处内行领导;按监理理念履行职责和权限,多提示承包商做什么,不指示他们怎样做。

出席各种会议

如果说各级行政会议多、文件多,那么在业主领导下的工程参建各方的双边或多边会议和往来文件,一定是有过之而无不及,用"文山会海"形容绝不过分。编拟、审阅、签发各类文件是我擅长,也最乐于为之,虽然有时会因沦为文字编辑而牢骚或感叹。我最紧张的是出席涉及金结制安深层技术问题的监理例会、专题讨论，以及协调参建单位关系的各种会议。每论及专业性较强的技术问题时，即使自己完全明白，有观点、有见解，常也不敢大胆发言，唯恐出错、出丑，敢于开口时似也总感觉底气不足。好在比较专业的会议，都是业主或专业处负责人主持，但我必须全程洗耳恭听，视听器官高度紧张，唯恐漏听一句，力图抓住要点、重点、难点、关键点。会议始终围绕一个中心，就是为监理方对会议的态度或总结搜集素材、论据，在会议结束前尽力使总结发言即使没亮点、不精彩，起码也要说到点子上，而不至于太离谱、太外行。拔高说，这是敬业，也是我职业道德的体现。我的确是把会议当课堂，真诚希望通过会议学习受教，提高水平，努力把自己打造成内行。因此，我从未感到会议轻松，始终劳累紧张。通过体验"外行领导内行"，我深深感悟到两点：一是管事之人的确需要名分。如我这般外行，有了副总监头衔，发言无论对错，总会受到重视，哪怕只是表面现象；二是发言者的确需要身份，否则你的发言无人会听，或许只当耳边风。在三峡见过很多专家，他们中不乏高人，时有高见，常有高招。但也有个别专家认识一般，表现平平，但因他是名人，必会更受重视。这常常使我联想到曾被批判的一种观点其实并不错，就是人要干一番事业，首先要出名，事业和出名相辅相成。出名后才有发言权，发言才有影响力。否则，即使天才或高见，也将被忽视或埋没。或许理想与现实的差距也是推动社会前进的动力。

复核施工结构

水工结构和金属结构除使用材料和建造工艺不同外，结构承载受力机制和原理几乎相同。因此，作为水工专业出身的我，在分管金结专业领域的具体工作中，也并非没有用武之地。根据施工进度安排，2002 年 5 月，二期工程上、下游围堰将先后破堰进水，基坑施工道路和参建各单位前方值班室等若干临建设施将被转移。届时，高程 120 米栈桥的交通压力将陡增，而临建设施也难寻安置之地。经业主组织有关单位协商，决定将高程 120 米栈桥向下游拓宽，用以安装一批临建房，供各单位前方值班人员使用和少量材料设备临时存放。道路拓宽设计由葛洲坝工程公司完成，并以文件形式报送监理部，顺理成章交我处理。按照程序，我首先将该文和设计附件转给金结监理处，希望他们找一内行先复核结构设计，而后由我批复。未料他们以"人命关天""非分内工作"等理由予以拒绝。我理解他们拒绝的真实原因，只好自己动手复核。道路拓宽只能采用外挑悬臂结构，其设计再简单不过。由于施工单位的经济效益通常与工程量挂钩，所以他们报送的结构设计方案多偏于保守，或许他们也缺乏设计人才，凭感觉和经验尽可能多用材料，则不仅是保守而已。我经过复核，大幅砍掉了某些不必要的支撑构件，施工单位也心服口服，何况责任反正在我。拓宽栈桥建成后经多年使用安然无恙。虽然只是"小菜一碟"式的分内工作成果，但每当我走在外挑栈桥上巡察，或是进入支承其上的房屋内，我都会感到自豪。

自不再参与大坝土建施工监理后，大凡涉及结构设计的施工方案，如承重模板类，也都交由我批复。因此，在充当外行领导中，我依然有机会发挥自己的特长，依然有用武之地。随着对金结制安监理的深入，我逐步进入角色，调整分工时的失落感逐渐烟消云散。

分析焊缝变形

泄洪坝段深孔有压段事故门槽以下采用全断面钢衬，其中事故门和工作门槽段为二期埋件，两门槽间为一期钢衬，由 5 块侧轨板、5 块侧衬和 2 块侧封板焊接组成。2002 年初冬，陆续发现多个深孔的侧封板焊缝变形（颈缩或开裂），引起有关方面高度关注。对于焊缝变形，理所当然首先从现场焊接工艺等方面找原因，但并无可疑之处，理论分析也很难解释，故责怪施工单位难以服人。根据焊接变形的特点、规律性、发生时间、发展过程，焊接时间和焊接过程，以及钢衬背后二期混凝土特性、浇筑时间等相关因素进行综合分析，我认为大面积钢衬及其背后薄层二期混凝土"板块"，受大体积老混凝土强烈约束，其应力状态极其复杂，是钢衬焊接应力及二期混凝土温度变形、体积变形（干缩）共同作用的结果，完全不可能通过理论解析寻求解答，只能从宏观上定性分析。在此思路下，我认为焊接变形的主因只能是二期混凝土的收缩应力，即温度变形和干缩变形（泵送混凝土坍落度最高达 20 厘米），它对钢衬作用的外力加之其内力（焊接应力），足以突破焊缝薄弱处；由于焊接应力作用迅猛，焊后转移释放较快，若是焊接应力造成焊接变形，应在焊后不久就发生。根据以上思路和分析，我编写了约 4000 字的《关于深孔工作门侧衬焊缝局部变形的报告》，获得广泛认同，并被水利部刘宁总工调阅，未提异议。该报告还指出，目前侧衬二期混凝土的体积变形已稳定，安装单位据现场实际情况制定相关修复工艺，将变形焊缝重新焊接即可。施工单位照此实施后未再发现新问题。这次工程质量缺陷问题获得圆满解决，是我在"外行领导内行"过程中的又一得意之作，我充分发挥了自己水工专业特长和专业知识面较宽的优势，使我在不够内行的领域充当内行更加自信。

漫忆篇

感受"杀一儆百"

2000 年 8 月底，由四川夹江水工机械厂生产的 7 号深孔弧门运抵工地。经现场检测，发现其门叶面板靠上部 1.8 米范围内的板厚只有 28 毫米，小于设计厚度 30 毫米。弧门面板支承于由工字钢组成的格构上，局部欠厚本可通过增加次梁等措施予以加强。但业主认定这是一起质量事故，决定退回厂家处理。夹江厂表示一定尽全力处理好弧门，但苦苦哀求业主撤销退厂决定，以避免产生负面影响，利于工厂生存发展。有关方面和人士也帮着求情，但业主不为所动，寸步不让。一阵僵持后，缺陷弧门于 2000 年 11 月被迫踏上返程。夹江厂位于岷江边，弧门系走水路历经千山万水运来三峡，且大件运输须选择丰水时段，运输时间也很长。返回娘家的路程同样艰辛。外观好端端的闸门背负着职工的心血和工厂荣耀，本是出厂产品，而今却反向回家，这在当地引起轩然大波。若干项目的委托制造合同被撤销，资金被撤离，生产技术骨干纷纷请辞出走，优秀国企顿时如临深渊，濒临崩溃。由于工厂人气涣散，几乎瘫痪，加之业主对处理要求毫不放松，不准采取替代加固措施，只能更新面板，因此处理方案也迟难确定。缺陷弧门在工厂躺了一段时间，直到业主有所让步，接受厂家经反复琢磨试验所提出的"堆焊"处理方案后，才启动处理加工。为严格控制焊接变形，厂方对面板欠厚部位划分精细网格，按网格逐点、逐格、逐片、逐层刺绣般使面板"长肉"，然后精细切削超厚部分，终于处理成功。2001 年 8 月，缺陷弧门在历经磨难一年后，又历经千山万水返回三峡。

7 号弧门制造缺陷使夹江厂名气大损，元气大伤。业主对夹江厂终于动了恻隐之心。2001 年 2 月下旬，三峡总公司副总经理贺恭带领一班人前往夹江厂调研、慰问、鼓劲，我是随员之一。夹江厂干部群众像迎接救星般倾厂出动欢迎我们。在全厂职工大会上，贺总作了大意为"全厂职工团结起来，重整旗鼓，奋勇图强，争取新的胜利"的报告，深情回顾了夹江厂艰苦奋斗的光荣传统，指出夹江厂人是压不垮打不倒的，眼前只是暂时困难，前途依然光明，并代表三峡总公司对全厂职工表示深切慰问。贺总不愧是演讲高手、宣传能手。他慷慨激昂、声情并茂的报告，极具感染力、号召力，极大鼓舞了全厂职工重新振作、满怀憧憬的信心和勇气，一扫夹江厂上空阴霾，驱散了全厂职工压抑已久的抱怨和委屈，我亦感到欢欣鼓舞，似觉黑暗中见到光明。我代表监理部也作了发言，在描述事故带给夹江厂的痛苦时，肯定了夹江厂的劳苦功高，以及对三峡工程所作出的巨大牺牲和无私奉献，并极力为夹江厂描绘光明前景。会后郭文良副厂长特地找到我，对我的发言深表感谢，说听我发言深受感动，直想落泪，为此我十分后悔发言太低调。我不清楚业主除了从精神上给夹江厂打气加油外，是否还应务实给他们输血。我猜想会有实际举措，如适当补偿事故处理经费、增加合同支付、在其他项目招标中给予关照等。听说此后夹江厂很快走出阴影，摆脱困境。我总想再去看看他们，却没有机会。

对面板局部欠厚的后果，我按常规方法也进行了计算分析，认为不影响安全使用。虽然多数业内人士，其中不乏专家，都认为业主处理偏激，但无一敢于正面直言。也许大家都认同业主的真实目的在于"杀一儆百"，是坚持原则，是顾全三峡工程质量大局，谨防开此先例后质量失控，杜绝类似质量事故再次发生。如何把握、度量坚持原则和实事求是的区别，是又一个恒久争论的话题。夹江水工机械厂是我国生产水工闸门的资深名牌厂家之一，这次弧门制造缺陷并非因为偷工减料，也不是加工精度失控，而是误控。我至今对业主当年对夹江厂的严厉惩罚仍不大认同。

无论土建施工，还是金结制安，所谓施工质量事故或缺陷，都表现为"达不到设计要求"。就金结制安而言，则主要表现为安装或加工精度不足。其原因不外加工能力和水平有限、工艺粗糙、偷工减料等。但在市场经济条件下，主要原因还是施工单位"看菜吃饭""给多少钱办多少事"。土建施工和金结制安单位经常为生产定额偏低、工程资金不足而诉苦，抱怨"只给造桑塔纳车的钱，却要求造奔驰车"。在资金有限的情况下，如何处理"设计要求和施工难度"和"设计精度和制造水平"间的矛盾，工程参建各方应该认真思考，不断寻求解决之道。其中设计是灵魂，对解决这一矛盾起关键作用。为此我经常发表感慨，也因此背上"胳膊肘往外拐"的名声。

三峡工程使我大开眼界，而在金结制安领域充当外行监理近四年，也大大拓宽了我的专业知识面。我深感毛泽东主席当年在兴建葛洲坝工程时所作的批示是何等英明，何等内行。"现在文件设想是一回事，兴建过程中将要遇到一些现在想不到的困难问题，那又是一回事。那时，要准备修改设计。"这应该成为所有工程建设者永远的座右铭。

漫忆篇

应林主任要求查明嘉陵江泥沙锐减原因

张美德

长江委老主任林一山在近 60 年的长江水利建设生涯中，从制定长江流域治理开发规划（包括远、中、近期），到各类水利工程建设设计实施的各个方面、各个阶段、各个环节的全过程中，自始至终都极为重视泥沙问题。主要表现是：广泛收集史料，辩证引用；长期持续监测，反复试验论证；注重搜集国内外与长江同类或异类江河的水沙状态与治理的经验教训，进行类比分析等。力求深刻认识和完整掌握长江水流泥沙规律与特征，而后将泥沙问题科学处理、正确解决。这对于保证长江流域治理开发规划的顺利实施及其大型水利工程的成功建设与有效运行等，在技术上起到了十分关键的作用。

长江三峡水利枢纽工程建成运行后，已经 90 多岁高龄的林主任，仍然一直高度关注三峡水库的泥沙问题。

一、林主任布置工作

众所周知，嘉陵江是三峡水库来沙的第二大沙源，仅次于金沙江。林主任发现，嘉陵江从 20 世纪 90 年代初以来，总控制站北碚水文站的悬移质输移量从年均 1.42 亿吨锐减到 3670 万吨。林老对此十分高兴，认为有利于延长三峡水库淤积平衡的时间。但林老一向办事严谨，他需要了解嘉陵江泥沙锐减的原因。2005 年 5 月中旬的一天，林主任布置我去查明实际情况及其原因，要求我到现场察看和基层查访，还特别提醒我："某些地方基层往往把水土保持的效果夸大，调研时不要被这类宣传材料所迷惑。"同时严肃指出："20 世纪 50 年代修建黄河三门峡水库时，就因为夸大水土保持效果，造成来沙大幅减少的假象，甚至压制打击提出真相意见的同志，错误地坚持以假象作为依据，进行规划设计，结果导致工程失败。"

接着林主任问我："嘉陵江有一条叫西汉水的支流，你知道西汉水名称的来历吗？"我答："不知道。"林说："西汉水原是汉江源头的一段，一次地壳构造运动造成汉江上游河道局部地表大幅隆升，将汉江上游河道截断，使汉江源头一段大致为西东向的河道发生转折，汇入略呈北南向的嘉陵江水系，变成嘉陵江的支流。据此，后人称这条支流为西汉水。"林主任又指出："西汉水发源于甘肃省南部的礼县、西和县一带山区，切割密度大，侵蚀基面深，形成坡度陡、坡面长的地形。此域属黄土高原边缘，长江流域在此截占了黄土高原的一个角（小块）。加上森林几度惨遭砍伐破坏，造成西汉水上游水土流失严重，来沙量较大，也是促成嘉陵江泥沙输移量较大的原因之一。有人给我报告说，西汉水上游甘肃礼县附近的三个县，早已规划为水土保持、退耕还林的重点地区，并有较大投资。你去了解一下，到底效果如何？"

这时，林主任由于说话较多，时间较长，显出倦容，稍作停顿。正是这个停顿，我才有了回味、理顺林主任口头布置工作及其要求的时间。本来在林老滔滔不绝的谈论和问话中，我就感到很惊讶，九十多岁的老人，头脑竟然十分清醒、灵敏，布置工作时，看似泛泛漫谈，实则条理性很强，层次分明、重点明确。首先，提出查明嘉陵江泥沙锐减原因的课题（任务）后，接着交代工作内容、实施办法，如必须到现场观察、基层调查；继而指出注意事项，查访时不要被夸大宣传所惑；而后指定到某重点水保区域察访治理情况，去西汉水上游黄土高原边缘礼县等三县区核查水土保持工程所产生的实际效果等。其间，林老还从地质构造运动、地层组成分布等地学知识角度，论述了西汉水成为嘉陵江支流的缘由，指出西汉水来沙量较大，是源头流经黄土高原边缘，地表侵蚀严重造成的。这时，我才领悟到林主任此次布置的任务全面、周密、符合实际，只要认真实施和能动作为，必将获得嘉陵江泥沙锐减的真实原因。同时，我又深深地体会到，听林主任布置任务，确实受益匪浅。一是老主任在向下属传授他一贯倡导的、充满唯物辩证法哲理的、求真务实、科学客观的工作方法，一种取得事业成功的工作方法；二是林老酷爱学习、知识渊博，经常在布置的同时，向下属传授相关治河边缘学科的理论知识与实践经验；三是老主任高度的事业心与责任感，终生为"要让长江为人类造福"的宏伟目标奋斗，付出了毕生心血，铸就生命不息、战斗不止的人生典范，令人钦佩，催人奋进！

过了一会，林主任问我："你去过嘉陵江吗？"我答："去过下游合川以下，沿程勘测两次，中上游只去了几个枢纽工程河段。"林问："做嘉陵江的什么勘测？"我答："是20世纪90年代到合川至重庆河段做河床组成勘测两次，但调查工作到了干流的武胜，左岸支流渠江的岳池，右岸支流涪江的小河坝等河段一次。中游只到了干流朱德元帅故乡的新政电站枢纽河段；上游到了苍溪亭子口水利枢纽河段，我到这两大枢纽河段的任务是承担卵砾石推移质输移量的勘测估算工作。2003年初，上级指定我为水文局起草'三峡水库蓄水前河床本底取样'的技术设计以后，又聘任我担

· 201 ·

漫忆篇

任洲滩水下本底采料及河岸组成普查等项目的技术指导，再次到了嘉陵江下游河段。"林点头道："好，做过勘测，了解一些水沙河道情况，有基础。那你看过嘉陵江的全域地图吗？"我答："嘉陵江全流域的地图，我只看过国家1∶50000小比例尺彩印图，大比例尺的河道地形图仅在下游（合川以下）作过分段测图，现还留有空白河段。中上游至今没有测过较长河段的河道地形图，仅仅在水利枢纽工程河段测有局部小范围的设计施工用图。"林主任听到这里连连摇头摆手说："不，不，我不是了解河道河床地形情况，你在小比例尺地图上看到了嘉陵江的几个大弯道，比如东西关河段呈连环式'欧米伽'形（指希腊字母 Ω 形）那样的特型巨大弯道。几十年来我一直疑惑不解，为什么山区、丘陵区河道，且河道沿程不乏基岩裸露或硬土岸基的条件下，竟然会形成如此大幅度的连环式急弯，其平面形态特殊少见，弯道跨度数十千米，急剧转折，呈连续 Ω 形。这次你去调查，一定要到有关地质、地貌及水利等部门单位去探究求解，回来告诉我答案。"

关于嘉陵江特型大河弯的形成原因，林主任在这次布置工作的过程中，前后提过几次，以后去汇报工作又多次提及，可见嘉陵江大幅度特型急弯的形成原因是林老晚年需要研究的重要课题。至于课题答案的深层含义，我以为可能与林老的学术研究有所关联，因为林主任还有《河流学》《水利学》两部著作在构思中。遗憾的是，我未能在林主任生前完成任务，哪怕是趋势性的答案也未找到。虽然至今我有了一些认识，但林老听不到了，我只能用焚烧纸钱的方式寄托哀思了。当然，我会告知现在的设计科研人员，也许后来人会找到原因的。

这次林主任布置我去查明嘉陵江泥沙锐减原因的同时，还要附带求解嘉陵江特大特型河曲成因，又使我联想到林主任办事向来注重一事多办、高效省时的工作方法。水利建设事业通常要进行多种勘测实验，所需时日较多，牵涉项目往往繁杂交错，因此，在承办某项主事的同时，可尽量兼顾代办某些其他事项，从而达到一举多得的效果。事实上，林主任一生从来不做"单打一"的事。他在著作中论述治水思想和治江方略时，一再倡导实施综合性兴利除害的战略方针。无论是制定整体性大规划，还是局部小计划，或是拟定安排某个工程项目的设计、施工、调度等措施、环节中，林主任都要强调在解决主要矛盾的同时，注意兼顾协调处理多个次要矛盾，从而获得多种功能、多种效益，而且往往是最佳综合性效果。对此，林主任每次在论证或布置协调处理烦琐的主次矛盾后，经常爱用一句通俗成语进行精辟总结：达到"一石二鸟""一石数鸟"的最好效果。林老倡导践行的这种办事风格与工作方法，值得我们后代治水人继承和发扬。因为人的生命和精力有限，究竟怎样才能做到本事大些、能力强些、干事多些、效率高些、效果好些呢？尽可从林主任这种办事风范与工作法则中得到启发。

这次林主任亲自向我这个基层技术人员布置工作，已让我受宠若惊，深感责任重大，担心完不成任务。而林主任办事注重求真务实、讲究效率、谋求最佳综合效益的良好风范，更使我视野开阔、受益良多。于是我在边聆听边领会的同时，就在酝酿如何开展工作，因为我早就听说林主任办事既雷厉风行，又准备充分。因此，我预计今天下午，最迟明天上午，林主任就会召我询问："你打算怎样开展工作呀？"紧迫感油然而生，鞭策我及早准备、认真构思，提出可行计划。

首先，查阅长江委与川渝两省市有关水文测站资料，大致确定嘉陵江流域各水系泥沙输移量沿时空变化趋势，初步掌握各河道区段的地表侵蚀产沙状态和河流泥沙输移数量递减情况，以发现减少幅度较大、较小、不变或不减反增的部位；其次，到川渝两省市及相关所属地市、县市的水利（含水文、水保、水库、防洪等单位）、环保、地矿、交通、农业等部门，以及科学院成都山地灾害研究所、四川大学、成都水利勘测院等科研设计单位，收集嘉陵江河流泥沙递减资料、试验成果，探询影响泥沙减少（或增大）的因素与机理；再次，依据资料揭示选择现场观察河段及重点调访项目；最后，进行分析总结，得出嘉陵江近年泥沙锐减原因及发展趋势等，向林主任及科技委汇报。

果然，第二天上午林主任向我问道："你计划怎么去调查？"我按酝酿的计划与简要提纲，向林主任一一汇报。汇报中，林主任对我口述不清，或有不同意见的地方，作了询问和指正。听完汇报后，林老指示道："还可以。到了现场，要临场发挥，多看、多想、多问；对收集的情况、材料，及时审视核实，主要看是否合理；离开一地前，尽量理顺因果关系，最好不要把疑问和遗漏带回来。"听完林主任叮嘱式的指示，我深为他丰富的调访工作经验与稳妥可靠的办事风格所折服。此刻，我增强了信心，认识到只要认真努力按他的叮咛去做，就有把握完成这次任务。同时我也感叹：若早些年来到他手下工作，我的工作能力、思想水平势必还要更高些。

二、实施勘察调查

回到汉口后，我向科技委作了请示，继而查阅了嘉陵江水文测站资料，拿了委办介绍信，动身前往川渝，开展实地调查。

我们先到重庆、成都的省市级部门，随后陆续到达省市所辖的相关地市、县市单位，包括勘研院所等，调阅水文、地勘、环保、水保、气象等涉及影响河流泥沙变化的多门类资料，并进行查访座谈。了解到嘉陵江干流上中游的广元、南充、广安等地

漫忆篇

市河段，以及支流西汉水上中游和白龙江中游等水系区域多年来地表侵蚀严重、产沙量大，多年来平均输沙模数大于3000吨每平方千米年，河流含沙量较高，相应范围内的水库、堰塘淤积较重，但改革开放以后逐渐好转。据此，我确定了现场勘察的河段及其重点部位、项目，同时，根据地理交通情况拟定了大致的察访路线，并事先用电话作了联系，就这样展开了此次勘察调访行程。通过一个多月的野外调查，又一个多月的资料整理归纳，取得如下趋势性认识。

1. 退耕还林规模大效益高，导致嘉陵江泥沙锐减。

全流域出现大面积"弃耕复林"现象，产生巨大的减沙效应。

20世纪80年代，国家改革开放的春雷响彻川渝大地，青壮年农民普遍外出打工，尤其是依靠坡耕地生活的贫苦地区村民，几乎所有青壮年都外出务工了，只留下老人在家带孙子孙女，坡耕地很少有人种了，或者基本不种了，当地老百姓都说："耕地都'荒'了。"我则称之为"弃耕复林"现象。

我到过多个农民家里攀谈得知，嘉陵江流域外出打工的门路特别多，不只是到东南沿海及华北京、津、唐等经济发达地区求活，还特别喜欢通过宝成铁路翻越秦岭大巴山，沿着陇海线分别到陕、甘、宁、疆等西北各个新开发区找事干，这些地区可干的活路很多，近年也有回到川、渝家乡开发区的。总之，各种类型的农村劳动者都能找到用武之地。打工挣钱汇寄回来，有能力购置质量较高、价格相对便宜的生活物资，还可建造新房，生活水平大幅提高。

过去沿河道眺望两岸，凡是山坡上有居民住房的村落周围，都有大片坡耕地，酷像癫痢头上的癣疤，或脱发后的斑块，镶嵌在山坡上，水土流失严重。有的陡坡耕地上的第四纪土层完全消失，基岩裸露，石漠化了，看上去令人心寒。现今山坡上的房舍（村落）虽依然存在，但形象结构发生了迥然变化。首先是房舍周围，大片的没有植被的坡耕地基本消失，"弃耕复林"了，仅留下石漠化造成的小块裸岩。特别是居民住房完全改观，过去低矮破旧的草坯房，几乎全被两三层乃至四五层的砖瓦楼房替代。再进屋一看，室内陈设也大体现代化，更为可喜的是，大多数农户不再用柴火做饭取暖，普遍用蜂窝煤，靠近城镇郊区的，已在使用液化气或天然气了。由于烧柴火的住户很少，因而砍伐林木的现象也很少。

我多次钻进"荒废"的老坡耕地里巡查，发现原耕地上的分块形态及其沟、路等痕迹，依然清晰可见，只是长满了茂密的蒿草、灌木，少数则已改造为果园、菜地（或菜棚）、茶园、药圃，或栽种经济类乔木等，同时还看到弃耕坡地旁边的山林十分茂盛。前些年重点水保区还有"封山育林"之策，而今我面前的丘陵山区，早已成为农民自发的"保山蓄林"举动。这样既放弃了坡地耕种，又不焚烧木材、不砍伐林木，森林覆盖率不断增加。因此，众多房舍周围呈现出郁郁葱葱的崭新景象，农民居住环境大幅改善。

此外，调访中还听到略微意外的反映说，有些零星的平整耕地竟然出现不同程度的"抛荒"（不耕种）现象，说是种粮成本高，不赚钱，不如外出打工合算等。听后我想，山区、丘陵区因国家改革开放带来坡耕地的"弃耕复林"新现象，无疑是件大好事。然而，零星的平整耕地，或者部分好耕地，一度发生"抛荒"，也许不是什么坏事，因为它提供了难得的歇耕轮作、改善土质、提高土能的大好机遇。同时，我们还应看到，由单一的农粮耕地转变为多种经济作物区，获得的产值势必更高。尽管这些对我此行是题外事，但都有利于减少水土流失，促进河流、水库泥沙减少。

在以上勘查调访活动中，我一直试图找到坡耕"弃耕复林"土地的数量及其效益价值，然而得到的答复是"未进行专项调查"或"以后可统计"等，有点遗憾。但我经过反复思考推敲后认识到：川渝地区嘉陵江流域的坡耕地，改革开放后带来"弃耕复林"现象，是全流域的、大面积的、普遍的，又是持续扩大没有反弹的。它显著减少了地表侵蚀、水土流失，提高了森林植被覆盖率，改善了农民的生存环境，提高了农民的生活水平，加速了城镇化建设，产生了难以估量的巨大社会效益和经济效益。所以我初步认定"弃耕复林"是嘉陵江泥沙减少的首要原因。

2. 流域内国家重点和地方小型的水保工程产生一定效益。

改革开放后，在长江委和川渝两省市的推动下，嘉陵江流域开展了较多水土保持工程建设。其中，长江委在支流西汉水上游甘肃省礼县等三县进行的水保工程，规模大、力度强、功效显著。成片的陡坡耕地几乎全部退耕还林，呈现出绿水青山新面貌。多处建成了宏大牢固的拦沙保土工程、多个小型提水蓄水工程，沟渠纵横、道路通畅。纵观所有保水保土工程，分布规划设计合理，水土流失严重的现象彻底改观。农民反映说，过去暴雨洪水发生时，河水浑浊（含沙量很大，兼有污染），浑浊时间很长，十天半月才转清，现在不那么浑了，浑的时间就是发大水那几天（洪水过程）。总之，治理效果明显。此外，地方基层政府也着力开展了较多的小流域或小区块的水保工程建设。这些大大小小的水土保持工程所产生的效益，也为减少水土流失、减少河流泥沙起到了一定的辅助作用。

3. 径流减少是嘉陵江泥沙锐减的重要原因。

根据长江委水文局 2005 年 4 月所作统计分析，得出：1954—1990 年和 1991—

漫忆篇

2003年两个时段相比，北碚站年均径流量由700亿立方米减少至541亿立方米，减少159亿立方米，减幅22.7%。

径流量减少主要是流域内近年降雨量减少所致。因为降雨势必会造成地表侵蚀，产生泥沙，注入河流。随着降雨、径流减少，地表侵蚀减弱，产沙减少，有利于减少河流泥沙输移量。经观测统计，北碚站1990年前后两个时段相比，径流量与输沙量年均分别减少159亿立方米和1.05亿吨。其中，降雨径流减少是造成北碚站输沙量减少的重要原因，经分析匡算，计平均减少3317万吨每年。

4. 水库淤积拦沙，在流域减沙中有较大作用。

20世纪90年代上半叶，长江委水文局曾开展了"长江上游水库泥沙淤积调查"。经调查统计：新中国成立后至20世纪90年代初，长江上游地区共修建各类大、中、小型水库总计11931座，本次实地调查165座，嘉陵江水系38座。调查结果显示：嘉陵江水库群的年均淤积量为4811.54万立方米，折合重量值为6255万吨每年，占长江上游整个流域水库群年淤积总量的34.4%，列长江上游各水系之首，且其他水系水库群年淤积量所占比重在12.4%~19.8%，相互之间差别不大。说明嘉陵江流域水库淤积最大，也反映出流域水土流失强度较大。

在林主任要求下的这次调查，是在20世纪90年代初所作调查基础上进行的后续调查。主要调查1991—2003年间建成运行的水库，也包括了水文局漏统的水库；调访单位侧重于水利、水库部门。由于水库淤积拦沙，涉及水库寿命及其蓄水防洪抗旱功能等核心敏感问题，因而引起水利部门高度关注：凡大中型水库都不同程度地开展了水库淤积测量，适时分析库容变化带来的影响，并顾及排沙减淤措施等，给我这次水库泥沙淤积后续调查积累了基础依据，让我较快较全地获得了较多实测资料及其可信淤积原因。

通过补充调查，1991—2003年期间，嘉陵江流域建成大、中、小型水库群，年均淤积泥沙总量为5533万吨。加上长江委水文局作的调查，1954—1990年建成运行的嘉陵江流域水库群年均淤积量为6255万吨。

由此可见，导致嘉陵江泥沙减少的主要原因有四条，即水库淤积拦沙、径流量减少、河道挖沙与河床淤积以及退（弃）耕还林，其中前三条都可依据相关条件推算出数量，只有退耕还林这条，因情况复杂，难度很大，未能给出影响北碚输沙减少所占数量，而它又是最大的减沙因素。于是只能从北碚站减沙总量中，减去已有三项减沙数量之和，其所剩之值则为退（弃）耕还林效益产生的减沙数量。

我们得出的最终数据为：退（弃）耕还林及水保工程，可减少北碚站输沙量为

3885 万吨每年，占北碚站减沙量的 36.9%；降雨、径流减少，可减少北碚站输沙量为 3317 万吨每年，占北碚站减沙量的 31.5%；水库淤积拦沙，可减少北碚站输沙量为 2560 万吨每年，占北碚站减沙量的 24.3%；河道采砂、河床淤积，可减少北碚站输沙量为 770 万吨每年，占北碚站减沙量的 7.3%。

三、向林一山主任报告嘉陵江泥沙锐减的原因

我把上述调查分析情况写成一个调查分析报告（草稿）。（当时考虑文字过长，删改较多，需作进一步整理简化，故未送打印，但随后散失。本稿系重新撰写，多为回忆组稿，丢失了一些原况，实为惋惜。）先在汉口向科技委领导文伏波院士、郑守仁总工等作了详细汇报，并就某些特定提法、名称作了解释。有的领导提出了核实性问题，我一一解答，随后将不妥用词、相关提法作了修正，内容也作了个别增补、删节、调整，得到基本肯定后，即赶赴北京向林主任汇报。

进京后，汇报前，征得林主任同意：一是请中国社会科学院经济文化中心主任邓英淘教授（博导）一起听取汇报；二是汇报工作由林平安排。原因是：邓教授是林主任近期两本专著的组编者，又是林主任预写新著《河流学》《水利学》的推动者，而我的调研报告可能与此"两学"有关。林主任欣然同意邓教授参听汇报。林平是长江委派到林主任身边的工作人员，负责林主任的生活，也是林主任的三儿子，当然由他安排汇报工作。

汇报那天，我们按约定的 9 点半以前到达林宅。林平到卧室告知林老，林主任双手摆开，缓步熟练地摸索前行（林主任已失去视力）。我们礼貌地上前问候："林主任好！我们来汇报啦！"林答："好，好。"摸到他的专座上坐定，稍稍缓口气后，说道："辛苦你们，我等你们的新发现。"我开始汇报："林主任，按您的布置，到嘉陵江流域现场勘察调查，去了一个多月，还真的有点新发现。"当林主任听到"真有新发现"后，顿时神情专注，"嗯嗯"两声，意在等我讲新发现。在整个汇报过程中，林主任十分认真，边听边问，还不时插话、发表见解，既严肃认真，又兴致勃勃。其间邓教授也作发问、插话，林平则在旁边"翻译"（林主任的山东话和我的湖南方言相互难以听懂）解释，气氛融洽欢快。其间林主任有几段插话，既是对工作的指示，又涉及重大社会问题，意义深远，让我记忆深刻。

首先我讲道："农民外出打工，挣钱回来买粮建房，不种坡地、不烧柴木、不伐山林，山林茂盛，真的实现了退耕还林。但我认为，这不是政府行为，而是农民的自发举动，因此，我称之为'弃耕还林'。"林听到这里，打断我的汇报，问道："什么耕还林？"

漫忆篇

我答："农民外出打工后，放弃了对坡地的耕种，坡田上林草丛生，我给这一现象定名为'弃耕还林'（弃字讲得很重）。"林道："弃，弃耕，倒是符合实际，名字似乎贴切，但仍可统称为'退耕还林'。虽不是政府规定，要农民外出打工，叫他们放弃坡地耕种，事实是政府的改革开放政策正确带来的实际效果。没有国家这个大政策，农民上哪儿打工去？无工可打呀。国家政策正确才是大前提。"

我对林主任的纠正心服口服，随即补充说："我每到一地，农民都说，国家政策好，取消了千古以来的农业税，还专门组织为我们农民讨工钱。一些农村老党员、老干部，批评大跃进、大锅饭、大办钢铁，是苦了农民，害了国家。"林主任继续指出："过去那些极左政策、运动，多次乱砍滥伐森林，导致水土严重流失，造成经济崩溃。国家改革开放后，实施一系列正确政策，中国人能吃苦耐劳又有智慧，经济发展迅速，不种坡田，退耕还林，森林植被得以恢复。"说到这里，林主任连连赞许："这样好，这样好，这就对了。"又叮嘱道："这个来之不易呀，要倍加珍惜，今后再不能胡乱折腾了。我们国家资源本来有限，像过去那样肆意破坏浪费，太可惜了！"接着林主任展望说："从嘉陵江的减沙情况看，整个长江流域还有很大的潜力空间。就嘉陵江近期泥沙锐减这个事来说，一条支流年均减少1亿多吨输沙量，意义和价值就不可小看，这不只是一条江的新动向或新气象的单一问题。首先，它对三峡水库有好处，它延长了三峡水库泥沙淤积平衡的时间，提升了三峡枢纽的效益；其次，还需广泛查阅各支流水系的泥沙增减变化，找出变化原因。还要加强与地方水利部门的联系，长江委可从加强水土保持、水资源开发利用等内容项目出发，敦促国家和地方重视，力求根治侵蚀产沙，有计划地组织农民外出打工或移民，做好退耕还林，同时辅以人工措施，加大加快水土保持工程建设的力度，尽快扩展减沙面积和效果，这个潜力还很大。总而言之，农村农民问题是件大事，不是一下子可以解决的，难度很大，需要长时期政策正确稳定。"

我们频频点头称是。接下来林主任鼓励道："这个退耕—弃耕还林现象、效果，可算是新发现。我们在工作中，就要不断发现新问题，深入实际，勤于思考，预测下一步，善于科学总结，敢于提出新问题和坚持正确的新观点。"

谈论中，林主任对长江委的工程师给予充分肯定和赞赏："我们长江委的几代工程师，有很多发明创造，解决了系列理论与工程实践问题。成功就在于深入实际，理论联系实践，反复实验，从实践上升到理论，又用成熟理论指导实践。千万不能浮躁、想当然。"在旁的几位都被林主任情真意切的教诲深深感动。

林主任稍作停顿后对我说："回到汉口后，向文伏波、郑守仁等领导提出，要继续开展这类工作。"我说："照林主任意见办。"（回汉后，我向文、郑等领导汇报了林一山主任的意见，他们回答说，已在按林主任要求做。）

稍作休息后，向林主任汇报嘉陵江泥沙锐减的第二个原因——降雨径流减少，导致嘉陵江输沙量减少。

我汇报说："北碚站 1954—2003 年期间，实测资料统计表明，1954—1990 年和 1991—2003 年两个时段相比，年均径流量由 700 亿立方米每年减少至 541 亿立方米每年，减少 159 亿立方米每年，减幅 22.7%。经分析匡算，径流减少导致北碚站年均输沙量减少 3317 万吨每年。"我分析道："径流减少是降雨减少造成的。一个流域年降雨量，沿年际变化是气候变化造成的，气候变化因素很复杂。长江委的气象专家们作了长时期的分析研究，他们在 20 世纪末欣喜地发现：长江流域近千年以来，大干、湿气候期与小旱涝期，均呈交替变化，而且变化频率还显示出一定的规律性。显然，这项研究成果为预测旱、涝期提供了有力依据。"

林主任指出："这是预报处黄忠恕他们做的研究，这个黄忠恕是我在 20 世纪 50 年代找南京气象学院要来的一位高才生，他原拟分配到中国气象局，被我要来了，此人惯于动脑，潜心研究。这项研究还要持续不断地搞下去。"原来林主任知道这个研究项目，我就不用汇报了，只需把主要结论讲出来："黄忠恕等专家综合比较千年来长江流域水旱灾害的年代际变化特性，其大干、湿气候期变化和小旱涝期振动的持续期都呈现出愈来愈短的趋势，即水旱灾害交替愈加频繁。近代的大干、湿气候期（60~70 年）和小旱涝期（20~30 年），都比古代唐宋时期（150~180 年和 50~60 年）明显缩短。以最近的一个大湿润气候期（1931—1999 年）为例，仅持续 69 年，经历了 3 个小旱涝期交替，且在最近一个小洪涝期（1980—1999 年）中，洪涝灾害非常频繁严重。这些特性显示，20 世纪末至 21 世纪初可能是这个大湿润气候期的结束和下一个大干旱气候期的来临。根据以上统计出来的近代水旱灾害年代际变化的时间尺度推算，下一个大干旱气候期在 2000—2070 年，其中，它的第 1 个小干旱期为 2000—2023 年，接下来的一个小洪涝年在 2024—2047 年，第 2 个小干旱期为 2048—2070 年。现在正处在第一个小干旱期，为 2000—2023 年期间，与嘉陵江水系发生的干旱少雨期基本相对应。"

对此，林主任充分肯定："气候变化太复杂了，预测长期气候变化难度很大。近年出现的干旱期与研究预测结果基本相对应，实属不易。随着气候变暖，大气环流紊乱，今后的长期天气预报难度更大。还得加大力度，尽量获得长时段大尺度演变的大趋势，并持续不断地掌握近期小尺度变化，特别要做好中短期天气预报，让水利部门及早合理安排防汛抗旱工作，我们则要妥善有效处理水流泥沙问题。"（回汉后，我向文、郑两位院士作了汇报。）

漫忆篇

下午 3 点多，继续汇报。嘉陵江水系水库淤积拦沙也是北碚站输沙量减少的原因之一。我汇报说："水库淤积勘察分两次进行：一是水文局早在 20 世纪 90 年代初调查统计了 1950—1990 年期间所建水库的淤积状况，求得所建水库群年均淤积量为 6255 万吨；二是这次我做的后续勘察调查，调查了 1991—2003 年间所建水库的淤积情况，求得新建水库群的年均淤积量为 5533 万吨。分析认为，1991 年前所建水库群，大多分布上游各小支流上，拦蓄泥沙多为卵砾石，悬沙很少，在正常水流条件下，能够输移到出口段的约为 14.4%（我取样的成果），计 902 万吨每年；1991 年起所建水库群主要在中游的干支流，拦蓄泥沙则多为卵、砾、沙质混合物，悬沙比重增大，在正常天然水流条件下，输移到出口段，通过北碚站断面的约有 30%，计 1658 万吨每年。两个时段所建水库群淤积拦沙可减少北碚站输沙量 2560 万吨每年，占北碚站年均减沙量的 24.3%。"

汇报至此，我向林主任请教说："林主任，水库泥沙淤积虽对减少河流泥沙起了一时的积极作用，但没长期性的实质效果，特别是对水库工程本身，则有害无益。"林主任指出："是呀，水库淤积，减少河流输沙量是暂时的。对河流治理来说，不是要修水库来减少河流泥沙，水库效益很多，要尽量减少淤积，来保持水库功能与效益。水库蓄水后，水面比降减小或基本消失，就会淤积拦沙。我们要通过科学调度，汛期降低库水位，恢复一定的河流状态，利用汛期大流量、强动能作用，将淤积泥沙带出水库，减少水库淤积。最根本的办法，还是搞好水库控制区内的水土保持工作，增加植被覆盖率，减少水土流失。你对水库淤积泥沙减少北碚站输沙量的计算方法是对的，不是水库淤多少，北碚站就减多少，而是拦蓄的泥沙成分中，在天然条件下有哪些、有多少可以输移到出口段，这个在国内外都有记载。小水库要注意安全问题，大跃进时候修的，忽视质量，还有地质情况不明的、洪水估算过小的，都有质量问题，淮河上游'75·8'大洪水垮坝，教训深刻呀！大水库的安全问题相对少些，近代以来都在注意排沙，延长水库寿命。长江三峡枢纽工程，我就解决了水库长期应用问题，今天就不说这个了。你还有什么要说的？"

接下来，我向林主任汇报影响嘉陵江泥沙减少的最后一个原因。我汇报说："国家改革开放以来，建设用材需要大量河流泥沙（卵、砾、砂）和基岩大石材，造成嘉陵江水系大大小小的河流都在大量采砂，且在高利润低成本驱使下，多为无序乱挖滥凿。河床上挖出大大小小的坑洼，弃粗留细，堆积出无数沙堆石包，破坏水流结构，阻流壅水。坑洼则被汛期来沙淤积展平，产生新的淤积现象，局部河段缓流，也发生新的淤积。在基岩河岸凿壁爆破，取走大石材后，留下小块碎石堆积水边，成为床沙淤积河床，或转到河床中，变为推移质，增加河道泥沙输移量。特别是平整的岸线，平面变得凹凸不平，竖向坡度缓陡歪斜不定，改变河势，岸边水流紊乱，破坏性很大。经调查估算，河道挖砂，河床淤积，影响北碚站输沙量年均减少约 770 万吨，占北碚减沙总量的 7.3%。"

林主任听后指出："河道挖砂虽对河流泥沙增减影响较小，但山区基岩河岸是多年来水流与河床相互作用形成的，除个别险段外，都有很好的控制水流作用。你若把它爆破，岩体松动，滑坡崩塌，改变水流河势，就是大事。不能任其发展下去，要发动地方严加看管。"我连忙记录下来，并向林主任请示说："最好由长江委规划部门择机交代地方水利部门正式出面制止。"林答："可以。"我提出："还要补充汇报一点：关于嘉陵江特大河曲的形成原因，我在南充和成都进行了采访求解。在南充时，我找南充市地质局的总工袁怡渝先生求教。袁总谦虚地说：'曲流大弯道的地质结构，我倒是了解一点，至于曲流成因，尚未涉探过，但这的确是一个需要研究的基础课题，今后可考虑联合大家一起来研究。以后再联系。'在成都时，我分别到中国科学院成都山地灾害研究所与四川省地勘院探询请教。地灾所一位副总说：'嘉陵江坡降较平缓，有横向摆动的空间。'地勘院一位学者则说：'可能与水流能耗原理及河流生态条件有关联，确实值得探讨，我们还未研究过。'这次我没有找出嘉陵江东西关等特大特型河湾的形成原因。"

林主任指示说："还得继续搞下去，直到找出来真正可信的原因，在理论上站得住脚，在实际构造演变上说得通。"我坚定回答："林主任，我记下来了！"林提高嗓音："向郑守仁总工转达我的意见，抓紧作好三峡枢纽工程的技术总结。"

向林主任汇报嘉陵江近期泥沙锐减原因后，调查工作算是完成了。整个调查工作是在林主任的布置、安排、掌控下开展完成的。这次勘测调查，感受最深的就是林主任高尚优良的工作作风。

漫忆篇

三峡水库蓄水前本底组成勘测回忆

张美德

起草最初的技术设计

2003年春节刚过，荆江水文局肖华副局长打电话给我："唐从胜局长请你来一下。"见面后唐局长向我交代："三峡水库马上蓄水，你起草一份蓄水前本底组成采样的技术设计。"我立即回答："这是水文局的事，我不胜任呀。"唐答："你只根据实际需要，写个初稿，水文局来做审查确定，时间紧迫。"我顿时体会到这是对我的信任，马上回答："让我试一试。"

离开唐局长后，我首先意识到，千古以来的激流河道即将转变成高峡平湖式水库的前夕，进行一次蓄水前本底组成勘测，确是一件空前绝后的大事。当激流河道转换成静水水库后，水流条件骤然改变，必然反映到河床（库底）组成上。此次本底组成勘测资料，就是日后演变的起算依据，千万马虎不得，于是有关技术设计的相关事宜霎时充满脑海。

一番冷静思索后，我决定采用水上、水下、深层、多层次立体式的勘探采样方法，辅以勘测与观察调查相结合的手段进行。

1. 枯水位线上的陆上勘测：主要采用洲滩试坑法，采集洲滩活动层（交换层）的组成样品，试坑洲滩的确定，则以河道（库区）现有洲滩为依据，按照"选大不选小，选新不选老"的原则确定；河岸组成分布采用全程现场勘察描述和沿程散点取样的方法，收集河岸组成样品。

2. 枯水位线以下的水下采样：主要是利用多种采样仪器采集水下河床（库底）的卵、砾、沙、泥样品和探测基岩分布范围，按断面法进行，断面位置则以控制河道地形平面竖向变化为原则，结合均匀分布确定。

3. 河床深层组成勘探：河道（库区）的深厚泥沙堆积层，通常厚达十米或数十米，必须以地质钻探法采集分层样品。地钻洲滩及其孔位，由地质专家周凤琴高工依据河床地质结构并结合水道地形图洲滩分布确定，并提出钻探技术要求。钻探实施委托长江委综勘局承担。

以上就是初步技术设计的基本内容。

接下来，将依据水文局的任务书，制定相应的技术指标，并提出具体作业要求，供各勘测单位执行。

现场修改水文局任务书

我于2月中旬到达库尾重庆港区后，才正式看到水文局下达的任务书。发现任务书中有明显的缺漏：一是水下取样断面偏少，不符合河道（库区）实际，也不能反映库区本底组成分布变化，更不能满足日后变化分析的需要；二是丰都—奉节是一个从来没有做过床沙组成勘测的空白河段，完全缺乏天然状态下的本底资料，不知何故，水文局下达的任务书上竟砍掉了此段所有的勘测项目，使本段永远失去了本底组成资料，永远缺少了成为水库后发生床沙细化时进行分析对比的起始依据。显然，这种缺漏是不能允许的。于是，出于对工作的责任感，我决定向水文局领导反映，请求修改。

我当即邀约上游局、荆江局承担此次勘测任务的负责人刘德春、龚兴、周凤琴等一起研究。当我说明情况后，与会者一致认为情况严重，需紧急向上级反映，相信领导会重视解决。报告的主要内容是：增加10个水下采样断面；进行丰都—奉节段本底勘测，并申述了原因及完成条件。我在重庆合川边推进勘测工作，边写请示报告。报告的接收人为水文局金兴平总工，在发出传真前，我担心金总负担过重，便在金总的名字后加上"转呈岳中明局长"几个字，从而增加了报告的分量。

不出所料，水文局第二天回电，同意我们修改任务书，增加勘测任务。得此尚方宝剑后，为避免节外生枝，我连上游局、荆江局的基层领导也未打招呼，就大胆执行了。

由于我本来就有按照水文局任务书制定相关技术指标和拟定具体作业要求的任务，现在水文局又同意我们修改任务书，于是我便把这几项工作结合在一起进行。同时，要求各勘测组在近3~4天内，都限定在嘉陵江尾闾河段和干流重庆港区河段工作，以便我按增加任务编写完技术指标和作业要求以后，就近送达各勘测组执行。

随后，我到长江航道局重庆工程局收集了最近刊印的川江航道图（购置了3本）、近期施测的水道地形图、险滩整治图，以及2002—2003年度枯水季节航道变化总结等资料，再住进长航工程局招待所，这里条件虽简陋，但价格便宜，相对安全。可以安静地进行紧张的编写工作。在这里我要特别感谢长江航道局，凡长江委进行三峡水利枢纽的相关工作时，只要涉及他们的，他们都给予大力支持。我每次向他们索取资

漫
忆
篇

料时，几乎不看介绍信，或不要介绍信，因为人熟，只要说明来意就照办，如同一个单位似的。

我在长江航道局航道图上，首先确定河道（库区）地形的平面和竖向转折处，布置水下采样的基本断面。再在两个基本断面之间，按照既能控制河床组成变化，又要求断面间距大体相等的原则，来插补计划数量的其他断面。若有特定要求的，就在断面线下方用铅笔批注；洲滩坑探的试坑位置、河岸组成分布转折处散点取样点位（大致部位），都在图上标示出来；然后逐条用文字、数据明确技术指标与作业要求，便于各勘测组按文照图办事。事后证明没有发生工作布置上的差错，达到了顺利较快收集到完整可靠的三峡库区本底组成资料的目标。

事后，得到的唯一批评是，荆江局领导对我说："你们在外这样做（即古云：将在外，君命有所不受）虽然是对的，但也要和我们说一声呀！"我猛然意识到我的做法十分不妥，当水文局批准增加任务后，应立即向主管部门的领导进行汇报，我没有汇报，是不对的。而过后基层领导只这么轻轻一说，作为指正，同时也原谅了我。此时，我深深感到批评有理，遂默默接受。

担任本底勘测现场质量检查员

为保证本底勘测的成果质量，我和地质专家周凤琴被上级聘任为现场质量检查员，我负责洲滩、水下、河岸组成的检查辅导工作，周高工为地质勘探检查员，我俩都跟队进行野外勘测调查。

我当时65岁了，整天和年轻人在一起，陆上水下，跟船爬滩，虽然感觉有点累，但完全适应，精神舒坦，心情愉快。

在工作现场也会发生意见分歧，但年轻人总是尊重我意见的时候多。同时，我也能据情采纳他们的意见，做出必要的调整，整个工作非常协调，进展顺利。有时，也会产生突发性的小摩擦：一天午餐后年轻人打扑克，"斗地主"上了瘾，到了14点多，还在"挂胡子"，喊叫不停。我几次催促他们结束，都未停下来。因为当时川江上有雨多雾，我担心完不成任务，便大声喊道："打完这盘不再打了！"虽然打牌停了，可一位领组员生气了，将扑克牌大把大把地甩到江里，我感到难受而生气，两人几天互相不说话。这位领组员自大学毕业后，一直跟我一起工作，对我也很尊重，相信他这时心里也不好受，他虽有些犟劲，但相信他冷静下来会有认识的。果然过了几天，他主动找我谈工作，赔不是。总之，这几支外业队伍一向团结协调，工作进展较快。

我在几个勘测组之间轮流穿梭检查发现，尽管工作十分紧张，但大家都能按规范、照文件执行，发现问题及时纠正补测，没有留下任何误漏，整个成果质量也得到了保证。同时在跟队检查勘测工作过程中，我也增加了新的认识：采样仪器需要改进更新，以满足床沙粗细化采样的需要；采样方法也要进一步拓展，以适应河道水库化的要求。这些我都向水文局作了汇报。

　　这是我退休五年后一段美好的工作回忆。

漫忆篇

忆三峡工程水文设计中难忘的人和事

金栋梁

我今年 95 岁了，看到世界之最的三峡水利枢纽全面建成，回顾过去，思绪万千，浮想联翩。兹将 20 世纪 50 年代和 60 年代经历过的有关水文设计工作中难忘的人和事略作追忆。

一、忆林主任的英明决策

林一山主任去世已 10 余年。反思半个世纪前的往事，历历在目，好像就在昨天。听林主任的报告，是我们知识分子最高兴的事。他知识广博，懂得辩证法，掌握 A 大于 B，B 大于 C 的自然规律，好算总账大账，敢于短时间内做出决策，兹以三峡工程的一个水文研究专题为例，说明林主任的英明之处。

1958 年，水利电力部下达一个研究专题"三峡以上以下地区人类活动对径流的影响研究"，责令由长江流域规划办公室主持，北京水利水电研究院、成都工学院、华东水利学院、武汉水利电力学院、中国科学院地理研究所等 6 个单位及有关各省水利部门协作进行，并成立了五人领导小组。

为此，长办在四川绵阳地区专门设立凯江径流实验站，以便通过观测试验，取得影响径流的指标数据，从而计算人类活动对设计洪水的影响。同时指派专人常驻四川、贵州、湖北、湖南、江西、陕西等省收集水利措施数据。有次在四川成都召开大协作会议，请四川省省长作动员报告。省长对这个专题"人类活动对径流的影响"搞不懂，他说："什么动不动的？请通俗地解析一下。"我们说："人类活动是指人们修建水利工程、水土保持、植树造林等措施。径流，即洪峰流量和洪水总量的概括称呼，也包括设计洪水，也可以说是水利水保措施对设计洪水的影响。"省长懂了，他说："把你们的凯江径流实验站改个名字，就叫'水利化观测队'。这样老百姓都知道你们是干什么的。"因此就改了名，叫"水利化观测队"。

经过一年多的观测，取得一些水利化影响的指标，又通过各省的协作，取得一些水利化规划数据。于是在 1959 年秋，6 个协作单位的专家、教授集中在武汉长办大院，进行"人类活动对三峡设计洪水的影响计算"。参加人员有北京水电研究院、成都工学院等专家、教授及长办水文处技术人员和外站支援人员，共计 40 多人参加计算方法的拟定和具体分析计算。当时是大跃进年代，大家工作积极性很高，不分白天黑夜，一般晚上都要加班到 11 点。计算工具很原始，都是木算盘。经过 2 个月的奋战，终于在 1959 年 11 月完成 15 万字的成果报告。报告成果由水文处向长办领导和苏联专家汇报。林主任要求在向苏联专家汇报前，向他简略报告结论数据。当听到我们的结论是影响三峡设计洪水最大可达 12% 时，林主任断然认定，这个结论是头脑发热的结果，一旦采用，将会威胁工程安全。因此，他让我们暂不向苏联专家汇报，先回去研究一下各省收集的水利化规划数据的合理性。就这样，林主任在短时间内作出了果断裁决。

到 1960 年初，随着灾荒的出现和国家政策的改变，人们开始反思各种不实际的想法：只考虑需要，不考虑可能；或只考虑可能，不考虑经济的水利规划数据是不合理的。经过认真核对调查，各省收集到的水利化数据中仅现阶段的已建工程是正确的，其他的都是大跃进的数据。经过改算，结果证明，现阶段三峡以上地区水利化对设计洪水的影响仅为 2.6%，属于测验误差范围内的事，可暂不考虑其影响。

作为一个行政领导，林主任能果断地否定在专家教授指导下完成的成果，实属难能可贵。至于当时的计算方法，现在看来也是正确的，主要错在采用的数据上。林主任对水文规律有完整的数量级概念，他知道千年一遇的洪水与百年一遇的洪水也仅差百分之十几而已。他高屋建瓴，胸有成竹，令人心悦诚服，永世难忘。

二、世界之最的"设计洪水过程线"

众所周知，三峡工程有许多世界之最：装机容量 2250 万千瓦，为世界之最；客轮坐电梯几十分钟过大坝，为世界之最；万吨级船队五级船闸过坝，为世界之最；移民人口达 129 万，为世界之最；综合效益最大，为世界之最。还有一个不为一般人了解的世界之最，就是"设计洪水过程线"。什么是"设计洪水过程线"呢？

通俗地讲，"设计洪水"是决定一个工程的规模、安全和经济的最重要的大事，即三峡大坝应修多高，能发电多少，建设经费多少，从而使其综合效益最大化等指标的确定，都与"设计洪水"的大小有关。那么为什么三峡的设计洪水是世界之最呢？因为一般河流的实测洪水资料只有几十年，而设计洪水一般要百年、千年，即所谓的百年设计、千年校核，或千年设计、万年校核，而三峡这样大的工程，需要千年设计，

漫忆篇

万年校核。就长江三峡而言，实测最大洪水是 1954 年，这年洪水的几率还不到百年一遇，如果作为设计洪水是不安全的，所以一般用实测洪水放大成为虚拟洪水。例如把 1954 年的实测洪水过程线放大 1.59 倍，就达到千年一遇的洪水了。20 世纪 50 年代末，三峡工程设计是把 1954 年洪水放大的虚拟洪水作为设计洪水的。60 年代初期，三峡工程设计进入"雄心不变，加强科研"的时期，我有幸参加了三峡地区历史洪水资料的整理和枯水调查，发现四川《万县志采访事实》和其他历史调查资料中有五个 1870 年洪水水位记录，可以构成一个完整的洪水水位过程线。把万县的洪水过程线用洪水演进方法演变成为宜昌的洪水水位过程线，再用宜昌站的水位流量关系就能查算出宜昌站的洪水流量过程线了。最后得出 1870 年宜昌站的主洪峰流量为 10.5 万立方米每秒，30 天洪水总量为 1500 亿立方米，这就是我最早完成的瘦型双峰过程线。当时写好有关说明，装订成册，交水文计算科负责人季学武（后来的水文局局长）归档，以后我从事其他工作去了，不再过问此事。

后来据说由杨意诚（后来的原水文处总工）等人在我的瘦型过程线基础上搞出一个胖型双峰过程线。主洪峰流量未变，30 天洪水总量达到 1850 亿立方米，形成胖瘦之争。

三峡工程的设计时间进行得很长，研究也逐步深入，论证很充分，对三峡河段不仅进行了历史洪水研究，还进行过古洪水调查研究，最后确定 1870 年洪水为 2500 年来最大洪水，定为三峡千年设计洪水，其主洪峰流量为 105000 立方米每秒，30 天洪水总量为 1650 亿立方米。这个设计洪水不是虚拟洪水，而是以实测点据为基础的洪水过程，这在世界大工程中也是绝无仅有的，也可以说是世界之最。

三峡工程 1992 年开工，现在全部建成，我能为此伟大工程贡献微力，实感荣幸。

三峡工程泥沙测验研究回顾

涂善超

三峡工程世界瞩目，其泥沙问题也为世人所关注。这个问题包括：进入三峡水库的泥沙到底有多少、水库会不会淤死报废、变动回水区会不会因淤积而碍航、泥沙淤积抬高库尾水位是否会威胁重庆；坝区淤积是否会影响航运等。要弄清楚这些问题，需要进行大量的实际观测和深入的分析研究。

重视基础资料的搜集，是长江委的优良传统。早在20世纪50年代，他们就对大量历史文献、海关资料进行过发掘整理，健全长江干支流水文站网，系统搜集水文泥沙、河道演变资料。当年，连苏联专家也羡慕我们拥有那么多技术文件，尤其是水文资料。随后，他们又为流域规划、三峡工程设计开展了一系列测验、调查、数模计算，河工模型试验，对下游河床冲刷、浅滩演变、河口冲淤也相继进行了研究。

长江流域的水文测验工作自1865年在汉口设立海关观测水位开始，至三峡工程重新论证的1987年有100多年历史。三峡工程规划设计主要依据水文站为宜昌水文站，1877年设立海关水尺观测水位，1946年开始水文观测，算至重新论证的1987年，有111年的水位、流量资料。三峡工程的主要入库站寸滩水文站，从1939年设站，重庆海关于1892年设水尺观测水位，同样算至1987年，寸滩站有96年水位、流量资料。

从1958年开始，在重庆至宜昌区间，长江南北两岸一级支流增设水文测站，各水文站加强水文测验工作。到1980年为止，全流域内设置的基本水文站有894个，水位站有1418个，雨量站有4097个。这些水文测站搜集的资料，满足了三峡工程规划设计的需要。

泥沙测验的目的主要为研究流域产沙，河道输沙，河道、水库、湖泊及河口的泥沙冲淤及河床演变，以及与水工建筑物有关泥沙问题搜集资料。

泥沙测验复杂且困难。长江的泥沙测验始于1923年，但断断续续，且管理体系混乱，缺乏统一的技术标准，取样垂线测点少，水样处理粗糙，沙峰几乎全部漏测，成果难以应用。

20世纪50年代，长江干流及主要支流逐渐恢复泥沙测验，统一使用横式采样器采样。1955年起，贯彻水文规范，各水文站根据断面河宽，普遍采用多线多点法取样，开展了单位水样含沙量测验，水样处理由过滤法改为焙干法，用万分之一天秤称沙重，成果质量大为提高。

到60年代后期，上游支流各站普遍设立了岸上操作的水文缆道，研制了调压积时式采样器，按河道断面面积加权法取样，解决了缆道取沙的技术问题。

长江上的水文测验断面，一般都水深流急。横式采样器必须附加较重的铅鱼，因此只能采集到河底以上0.5米处水样。由于泥沙颗粒越近河底越粗，如果把河底0.5米处当作河底，含沙量成果偏小。为了解决这个问题，1976年在寸滩、宜昌、新厂等水文站开展了近底层悬移质泥沙测验，从采样距河底0.5米至0.1米做了大量比测试验。分析表明，近底层输沙量与悬移质输沙总量之比仅为1%~2%，从而研究出悬移质近底改正办法，进一步提高了泥沙测验成果精度。

推移质泥沙测验开始于20世纪50年代。先是采用顿式、荷兰式等外国采样器，经几年试用，发现洋设备不适合于长江，60年代各站均停止使用。水文工作者开始自行研制推移质采样器。1973年起在宜昌、奉节等水文站用自制的长江73型采样器，重新恢复推移质测验。经过在实践中不断完善，1980年后改用Y781型推移质采样器，取样效率达到60%，且克服了同类采样器存在的共同缺点，做到了仪器口门能伏贴河床，并能防止器口底部及附近泥沙冲刷现象，进口流速与天然流速接近，是一种比较好的推移质采样器。

卵石推移质测验始于20世纪60年代初。最先在寸滩站施测，随后万县、奉节等水文站相继用Y64型采样器开展卵石推移质测验。为研究卵石运动，还在重庆附近进行同位素示踪卵石运动试验，搜集了大量的卵石运动资料。卵石推移质采样器以自行研制的Y80型为优，是适合长江特性的软底网式采样器。这种采样器的特点是性能稳定、适用。所测成果经分析计算得出的卵石输移量与水位、流量、流速等水力因素均有一定的关系。这种采样器一直沿用至今，曾向其他流域推广，还参加过泥沙专业国际交流，受到好评。

此外，1966年和1974年，还组织了两次全流域卵石推移质调查。内容包括泥沙的岩性组成、粒度、扁度、风化度和河道中洲滩变化，航道疏浚、采石挖方，河谷地貌查勘等。根据调查结果，用岩性分析方法，进行推移质来源、数量、沿程补给分析计算，基本上弄清了长江上游卵石推移质的情况。

1983年以来，我国还先后在北京、武汉、南京、天津等地建立了9座三峡水库变动回水区泥沙模型和2座坝区泥沙模型进行试验研究，无一例外都应用了大量的河道原型观测及泥沙实测资料，与模型试验作对比验证。"七五"国家重点科技攻关项目之三峡工程泥沙和航运关键技术专题，就川江推移质观测研究，葛洲坝库区、丹江口库区典型浅滩的观测研究，葛洲坝下游河床演变研究和原型观测新技术研究取得了丰硕的原型观测资料和一批较高水平的分析研究成果，为三峡工程河流泥沙的分析研究、数学模型计算和实体模型试验提供了宝贵的基础资料和依据。以上研究，其工作量之大，研究之深入细致，为国内外水利工程建设史上罕见。

经多年实际观测、试验、调查、研究，进入三峡水库的泥沙，主要来自宜昌上游百万平方千米流域面积的土壤侵蚀。金沙江和嘉陵江是上游主要产沙区，悬移质泥沙约占宜昌水文站泥沙的3/4。长江上游干支流主要水文站的水沙关系较好且稳定。三峡工程可行性研究报告（水文）认为：长江现有的悬移质泥沙、推移质泥沙以及河床质泥沙资料，无论在数量上还是质量上均能满足长江三峡工程设计的需要。水文专题论证报告认为：三峡历年来沙量主要受降水地貌因素作用，具有多水相应多沙、少水相应少沙的基本特点。根据现有泥沙资料分析，看不出三峡以上来沙有系统增大或减少的趋势。尽管三峡工程的泥沙问题比较复杂，但通过多年来的深入研究，在重新论证阶段又对水库寿命问题、变动回水区淤积对航道港口影响问题、水库淤积对重庆市影响问题进行了大量补充调查、计算、试验，经反复讨论研究，泥沙专家得出一致结论：三峡水库泥沙问题经过研究，已经基本清楚，是可以解决的。

漫忆篇

永远难忘的战斗

——回忆在三峡坝址河段测水深

夏鹏章

我在西陵峡庙南河段水边信步。晨曦初起，山峦一片苍翠，清风徐来，水波不兴。昔日狰狞兀立的礁石、急如悬瀑的滩险已深深地埋藏在水底，只有那岸边的杂草在微风中偶然摇曳，荡起我心潮的涟漪。千百年来无数诗人、学者经过西陵峡中险滩恶水时，惊心动魄之下写下有感而作的诗文，许多至今仍脍炙人口。而20世纪50年代一些三峡工程建设者在此舍生忘死探寻神秘水底的往事，更是令我记忆犹新。

那是1958年春天，长江委组建了汉口观测队，测区范围包括长江中游、汉江、川江干流、嘉陵江和长江中下游湖泊。全队100多名队员除少数工程技术人员、熟练测量工人和船员外，大部分是1956年参加工作的年轻小伙子。

不久，上级交下一项新任务，要测量川江三峡坝址河段水下地形，为中外专家查勘以及进一步规划设计提供第一手资料。大家听说后不禁欢呼雀跃，而我更是高兴不已。因为我们工作了几年，只是在长江中下游和支流战斗，而修建三峡大坝更是我们的希望和理想。大家摩拳擦掌，准备更好地完成这一光荣的任务。

我对三峡工程向往已久。记得在1950年5月，我在长江委测验处工作。一天，杨绩昭处长找我们四人谈话，说是长江大汛就要到来，派我们去长江委接收不久的几个重点水文站了解测站的情况，参加测汛报汛、协助工作。杨处长交代工作要求后又说："在宜昌还要注意了解、收集三峡工程的有关资料和情况。"那次，我在宜昌收集了一些三峡的水文资料，还到峡口南津关去察看了一下。只见峭壁陡立，乱石纵横，断树残枝，满目荒凉。当时国民政府水利专家和美国专家萨凡奇等人两次查勘的脚印已不复可寻，当年他们曾经慨叹此项工程不知何年何月才能兴建，而如今新中国成立才几年，三峡工程就提上议事日程，开始了规划设计、测量钻探工作，现在又要开始勘测水下地形，怎不叫人喜出望外呢？

但在高兴之余又有些担心，因为川江上行船十分危险，何况我们还要在峡江内测量地形，探索这远古以来就从不为人知的神秘河底，而且当时的设备条件实在太差，这项任务如何完成，我们实在心里没底。

近200千米三峡河段中各种碍航滩险主要有61处，平均约3千米一处。其中著名的四大滩险在西陵峡中就有青滩、崆岭滩两处。青滩即新滩，早在东汉永元十二年（100年）便因崩岩滑坡、山石壅江而形成，以后又多次滑坡，已碍航约2000年了。北宋诗人苏轼过新滩（即青滩）有诗云："扁舟转山曲，未至已先惊。白浪横江起，槎牙似雪城。"南宋诗人范成大也在《吴船录》中说："新滩石乱水汹，瞬息覆溺，上下欲脱免者，必磐驳陆行，以虚舟过之。"可见其艰险。崆岭滩则更是险恶，有大珠、头珠、二珠、三珠四处礁石联袂组成。1900年德国瑞生号轮船试航川江，就在崆岭滩沉没。据1915—1950年35年间不完全统计，川江重大海损事故就达300余次，沉船45艘，其中崆岭滩就沉没6艘。所以民谣说："青滩泄滩不算滩，崆岭才是鬼门关。"汉口观测队这次要完成的东段就在庙南河段上段，紧接青滩、崆岭滩，下接白洞子滩和獭洞滩。獭洞滩的艰险也是古今闻名，明弘治举人徐泰就有诗云："黄陵庙下不可游，崆岭獭洞尤可忧。"这里礁石密布，暗礁甚多，滩下有一些急流，前人曾几次试图测量均无功而返。在这段航道中行船都很艰难，现在要在这险滩上测量全河段的水深，绘出水下地形图，任务之艰险可想而知，大家都不禁担心起来。

为了完成这一任务，观测队成立了10多人的第四勘测组——川江勘测组。

川江勘测组的组长小梁是一位20多岁满口武汉腔的小伙子。他只有初中文化程度，1953年时才是二级测工。但他勤学好问，有空就向技术人员学习专业技术知识和仪器的使用方法，后来又到测绘培训班学了几个月，业务水平大有提高。他不仅能熟练使用观测仪器，地形图也画得很漂亮，干起工作来废寝忘食，浑身有使不完的劲。不久，他就被破格提为助理技术员。勘测组由几名老同志和上十名青年组成，开了几次会，做好思想、器材、生活准备之后，大家充满信心地打起背包就奔向宜昌。

到了宜昌，勘测组租了一条木船作为交通工具。恰遇连日阴雨，江水上涨，水流更急，木船拉纤上行，速度极慢。这时，小梁把上衣一脱．裤脚一卷，跳上岸加入拉纤的行列。组员们也知道如水再涨，水面上会有更多的岩石淹没成暗礁，那将使测量更加困难，于是都纷纷上岸拉纤。这时雨又下大了，船工说雨停了再走吧，但是水位上涨不等人，不走怎么行呢？小梁一面向船工们讲不能等的原因，一面把自己的雨衣给船工穿上，自己冒雨拉纤，组员们纷纷效仿。船工们很受感动，大家不管刮风下雨、天黑路滑，抓紧时间赶路，最后终于赶在中水位前到了獭洞滩工地。

任务果然艰巨。岸上山路崎岖，杂草丛生，还可以披荆斩棘、爬坡修路、架设仪器，但水下就难办了：回声测深仪必须装在船上，大马力轮船不仅租金很贵，而且吃水深，只能在航道一线上下，所以河段中大部分地区不敢去；小马力轮船可以多去一些地方，

但下了滩不容易开上来，而且也怕礁石打坏车叶木船；木船虽然吃水更浅，但没有动力，难以横渡测横断面，下了滩也上不来，而且万一撞上礁石，必是船毁人亡，风险极大；测水下地形图在全河段都要布设测深点，才能勾绘等高线，如果测点少了，就没有什么用了。这些困难令人挠头不止。

我们在河边察看思索良久，觉得尚有一法，即用小木划装上回声仪和测员，后面一人掌舵，前面一人撑篙避让礁石，顺流漂下改测横断面为纵断面，然后再拉纤上滩，如此沿河宽横排纵断面依次漂流而下，可以布满全河段。此法虽比较现实可行，但风险实在太大，安全难以保障。

大家经过热烈讨论，最后统一了认识，决定冒险用小木划沿纵断面漂流测深。于是用重金租得一艘小木划和两名有经验、胆大心细的船工，一人掌舵，一人在前撑篙避让。船上测员三人，小李负责回声仪量记水深，小张司旗语和鸣笛，我担任定线和记录。五个人都穿上救生衣，仪器也系上救生衣并用绳子绑在木划上。待两岸几架经纬仪架好后，测量就开始了。

木划解缆离岸之后，便如离弦之箭颠簸飞奔而下。此时红白测旗不断挥动发出测点信号。小划上的回声仪不断定测深点，两岸几架经纬仪不断读数定位。木划在急流中避让礁石左右扭动穿行，顷刻到了滩下，再拉纤上行。水急舟重，船工差不多俯身伏地才能把木划拉上去。然后离开前一条线向河心划出一定距离，再漂流下来，测第二条纵断面。如此不断重复，测量出每一条纵断面的水深，经过努力，大家终于把测深点布满全河，绘出了精确的水下地形图。领导和中外专家看了现场滩险情况和布满测点的水下地形图之后，大为惊讶，赞叹不止。一位著名专家感动得写了一篇通讯在报上发表。

不久，全队集中学习、总结工作时，举行了一次联欢会，川江勘测组炊事员小陈意气风发、笑容满面地登台演唱了自己创作的大鼓——汉观队大战獭洞滩，篇幅颇长，内容丰富，本文仅列几段。在一阵开场鼓点之后，他唱道：

未曾开言我心欢喜，在请各位听我唱几句。

今天不说别的事，表一表獭洞滩测水下地形。

大家一定很吃惊，这个险滩怎么测水深？

在点出快板主题引起大家注意后，他接着生动地描述了测区的艰险状况。

山峰接上白云顶，险谷悬崖地不平。

洪水汹涌如猛虎，礁石鼓浪如雷鸣。

汛期一过枯季到，暗礁矗立如剑林。

过去说到测水深，人人摇头个个惊。

有的说船只马力太小不中用，

有的说除非是直升飞机才能行，

有的说要用过江铁缆把船定，

但是那过往的船只怎么行？

纷纷议论多少次，水下的神秘仍不明。

任务交给汉观队，勘四组同志有决心。

我们刚到宜昌市，狂风暴雨不肯停。

任务如此紧和急，停下等待不安心。

大家决心往前进，木船主人不肯行。

重要意义一宣传，木船船工认识清。

同志们个个劲头足，乘风破浪往上行，

航行速度慢得很，测量人员实焦心。

自动上岸来拉纤，天亮一直到黄昏。

经过路程上百里，途中大雨如倾盆。

为了团结和友爱，雨衣给船工自己淋。

千辛万苦到茅坪，淋得像落汤鸡一群。

按期到达目的地，任务太急不容停。

第二天就去爬高山，满山遍野找标石。

任你找遍无踪影，只好返回宿营地。

大家再次爬上山，干劲如同取华山。

大雨小雨都不管，遇到悬崖往上攀。

头上热气冲上天，身上汗水湿衣衫。

最后终于找到标，大家纷纷露笑脸。

过了一关又一关，测船开始测险滩。

乱流怪石确是险，配合的船员不肯干。

说是水急礁多没把握，干脆开走免得把价还。

队长亲自来督战，放下背包去查勘。

上上下下看几遍，情况复杂的确难。

组织大家来讨论，能否用木划测险滩。

这样虽然危险大，注意安全试试看。

队长亲自登上船，带领大家测险滩。

顺流施测纵断面，流到滩下再拉纤。

漫忆篇

木划流到险滩上，急流飞奔船似箭。

两岸景物向后退，轻舟飞过万重山。

再将木划拉上滩，好像太婆爬高山。

红旗飞舞把口令喊，汉观队大战獭洞滩。

苦战三天传捷报，安全无事质量高。

节约经费一千几，多快好省全做到。

外业困难克服了，同志们眉开又眼笑。

紧接着又把内业搞，日夜绘图三班倒。

为的是三峡会议要资料，图幅搞好等领导。

哪知"江峡"轮船把密保，何时停泊不知道。

只好排班坐在江边上，轮流用望远镜把船瞧。

眼巴巴望了一天多，"江峡"才把宜昌靠。

大家上前把图献，中外专家都说好。

同志们听到领导赞，千辛万苦一齐抛。

坚决向党来保证，鼓足干劲再把重担挑。

大鼓唱到这里结束，演唱时急如骤雨的鼓点声淹没在暴风雨般的掌声中了。

公元 8 世纪著名诗人白居易对峡中险难曾惊叹："未夜黑岩昏，无风白浪起。大石如刀剑，小石如牙齿。"对水流湍急，行船危险，他哀叹："一跌无完舟，吾生系于此……常恐不才身，复作无名死。"苏东坡也说："大鱼不能上，鸬鹚不敢下。"陆游则惊呼："恶滩不可说，石芒森如锯。"但是他不经过险滩也不行，无可奈何，只好"酒酣一枕睡，过尽鲛鳄怒"，喝醉酒睡觉过滩了。

如果说古人关于西陵峡滩的诗词文章描述的多是艰险、惊骇、消极，甚至绝望的情绪，那么这个大鼓词则表现了这一代长江人面对艰险的昂扬斗志和战胜艰险的革命乐观主义精神。这个大鼓词被当时报纸全文发表。

弹指一挥间，半个多世纪过去了。看到眼前高大的石壁，平静的平湖，汹涌的洪水止伏于脚下，强大的电能传送到四方，我思绪万千。当年火热的战斗情景，伙伴们的欢畅笑声，随着岁月推移已逐渐远去消失，但他们的音容笑貌仿佛就在眼前，我徘徊良久，沉吟良久，也写出五言二十四韵，以志不忘。

三峡无尽水，古今流不停。

崖陡耸万仞，滩多列千层。

无风腾巨浪，微雨漫密云。
波高一尺许，水速三米多。
一撞无完木，生死只一瞬。
为建峡中坝，欲测水下形。
大轮不敢去，小艇也不成。
小划装仪器，五人冒死行。
一工船头立，横篙左右撑。
舵者踞船尾，双目瞪圆睁。
测旗频飞舞，哨声惊飞禽。
骇浪擂船首，浪花湿衣襟。
生死置度外，颠簸逐浪行。
扁舟方解缆，倏忽滩下停。
辗转才靠岸，喘息如雷鸣。
力挽回滩上，纤者匍匐行。
篙弯不胜力，舟重越千斤。
水陆众测员，屏息与凝神。
横向排测线，线线飘流行。
胆大加心细，有志事竟成。
通宵赶量算，辛勤图绘成。
测图如银河，测点似繁星。
专家齐赞叹，众心始安宁。
往事怎能忘，记赠后来人。

漫忆篇

三峡勘测记

李复华

引　子

　　长江三峡水利枢纽工程大坝主体工程于 2006 年 5 月 20 日胜利完成，历时 12 年的施工建设创造了人间奇迹，毛泽东"高峡出平湖"的伟大理想终于实现了。在举国欢庆大坝胜利建成，亿万人民享受三峡大坝带来的巨大效益时，很少有人知道，曾有一支勘测队伍，他们从 20 世纪 50 年代初起，就默默无闻地为三峡大坝的规划、设计、施工建设付出了劳动，他们收集宝贵的水文、河道、泥沙资料，奉献了几代人的毕生精力。如今他们都已离开了工作岗位，有的已离开人世，但他们的勘测成果、他们的奋斗精神，给我们后人留下了一笔宝贵的精神财富。我作为这支勘测队伍的一员，也年近古稀。我虽然没有做出什么惊人的业绩，但就我记忆中勘测工作的艰难历程写点回忆片段，能让更多的人知道我们老一辈水文人曾为三峡工程建设作出的微薄贡献。

初进川江

　　为了解川江河床演变的基本规律，为三峡工程规划设计提供川江河道的基本资料，长办荆江河床实验站（以下简称"荆实站"）自 1959 年初开始担任川江长寿—三斗坪的 1∶10000 水道地形测量任务。几个勘测组会合于川江，分别施测陆上和水下地形。10 月份，荆实站主任室通知我带一个陆上地形组进川江，协助长寿—丰都的几个地形组，施测丰都到涪陵的陆上地形。

　　川江当时是我们都向往的新测区，但我对川江既感神奇又感陌生，怎么测呢？我们心里都没有把握。于是我选了曾宪冯、冯钦默等七八个测地形的骨干，带着仪器资料坐船来到丰都，与先期抵达的地形组负责人联系，明确了我们的测量范围及有关的控制资料。我与曾宪冯、冯钦默组成了领导小组，冯钦默负责外业技术，曾宪冯负责对外联系，我负责内业及宣传、思想工作。我们在丰都租了一条 8~9 吨的小木船，安上铺盖行李、锅瓢碗盏，就算是我们的宿舍船了。

工作开始前，我们慎重地开了战前动员会，明确任务分工，学习规范要求，表决心搞竞赛。我们分成两个小组，曾、冯各带一组，在小小的船舱里我们还办了宣传栏，张贴了各人的决心书，两个小组都有竞赛书，提出了战斗口号："鼓足干劲、力争上游、多快好省地完成地形测量任务。"小木船两边还张贴了宣传鼓动标语。这还是大跃进年代的思想工作方法，不管形式如何，在当时的氛围下，还是起到了催人奋进的作用。

两个小组一组设一个仪器站，四根尺子横成一排由水边测至高程 160~180 米处，接力赛式往前推进。有时边滩宽时，一人要横跑坎上坎下五六个点，在卵石堆、巨石旁翻上翻下，既吃力又危险，一天二三千米山路跑下来，虽是深秋初冬、一个个都是汗流浃背。1960 年元旦，山上下着大雪，我们却穿着草鞋坚持工作，没有放假休息，但没有一个人说过苦、叫过累。

我们的住宿条件是不到 5 平方米的小船舱，通铺一排睡七八个人，晚上点着小马灯还要检查内业资料，计算控制、高程。计算工具就只有几把算盘，二三本对数表、视距计算表和三棱尺等。就这种办公条件，我们还坚持做到观测资料点点清、天天清、段段清。

测到涪陵乌江口门处，江中有几道石梁、礁石，立尺员无法上去立尺。我们想法用两站仪器前方交会法测垂直角，用解析法测定礁石的平面位置和高程，用无人立尺的交会法测地形，这些也是当时条件所限逼出来的新方法。

那个年代没有通信设备，手机和对讲机都没有听说过，指挥跑点都用旗语、口哨，旗帜高举表示正在观测，立尺不晃动。单旗打圈则是返工重新立尺等。跑尺员只盼望观测员双旗不停打圈，就知道要收工了，就会快乐地哼着歌回生活船上吃饭休息。那时候我们一组七八个人能平平安安收工回来，粗茶淡饭就是最大的快乐和幸福。一天的工作结束了，洗把脸擦身汗，钻在通铺里聊天看小说又别有一番情趣。

小组里没有人有手表，只有一只小闹钟，闹钟停摆了就不知道时间。只好等过往的"江津""江蓉""江陵"等大客轮经过，我们便举着小闹钟向他们的驾驶室摇晃。他们知道我们的用意后，会热情地打开麦克风高音喇叭告诉我们"八点四十分""七点十五分"……他们看见我们船上的红白旗，知道我们是一群为三峡工程忙碌的测绘人员，我们也为此感到欣慰。我们在涪陵附近待了一个月左右，与先前的上游地形组会合后，就准备回沙市。他们见到我们船舱里的标语、口号和决心书后，感慨地说："你们的宣传工作做得比我们好，值得学习。"

漫忆篇

12月初我们回沙市,经过万县,见水下地形组正在准备创高产卫星,我们没有参加测水下地形,第二天就回沙市了。后来他们向荆实站报喜才知道,放了日测330多个水下断面的高产卫星,从万县测到云阳附近。这对参加川江测量的同志是很大的鼓舞。

我们七八个人平安回到沙市,也得到领导的好评,这就是我初进川江的一点感受。

勘测猪儿碛

重庆港区是三峡水库泥沙研究的重点河段之一,无论三峡库区蓄水位150米的方案还是蓄水位180米的方案,要考察其对重庆港的航运和淹没影响,都需要重庆港区的原型观测资料。猪儿碛是重庆港区的著名浅滩,它位于左岸储奇门、右岸海棠溪附近的江心卵石滩。

荆实站于1960年初开展重庆港区河演观测,我们勘测三组最后确定猪儿碛、幺儿石(嘉陵江口)、黄果滩(寸滩)三段为浅滩河演观测河段。3月份,正、副组长曹乡翰、刘式杰组织全组20多人驻守重庆开展港区河演观测。

猪儿碛浅滩河段,自重庆菜园坝至弹子石,长5.0千米,设固定断面24个,猪05为一级水文测验断面,每年测11次。嘉陵江幺儿石浅滩河段,自磁器口至朝天门,长16千米,设固定断面42个,幺36为一级水文测验断面,每年测10次。黄果滩利用寸滩水文站的流量断面,每年测5次。

川江河演观测最困难的是水文测验,它必须有测流船,而锚定测流船是十分复杂又危险的难题。我们在江津附近租来一条10多吨重的木船,船上光秃秃的,只有纤绳、铁钎杆、竹篙和桨。我们白手起家,请重庆某机械厂给我们加工手摇测速取沙绞关、手推转盘式绞锚绞关,配上400斤重的一口大四齿锚和400多米长、12毫米粗的钢丝绳。就这样,我们开始在猪儿碛上抛锚测流。第一次测流大家十分胆怯,做了许多预案以应对可能发生的各类紧急事件,当时称为开展事故预想活动。我们还购置了两把太平斧和一块大钢板垫在钢丝绳下,万一来往船只碰撞,就砍断钢丝绳丢锚弃绳救人救船。在断面上游1千米处专门设瞭望哨,瞭望上游的下水船队,用土话筒喊话,请下水船只注意测流船,及时避让。铁锚一抛下水,船上七八个人就进入了十分紧张的状态,个个穿着20厘米厚的老式木棉救生衣,不要说工作,走路都十分不便。100多米长的钢丝绳放完,才将船只挂住。近4.0米每秒的流速,冲得钢丝绳呼呼尖叫。船舱里4个人轮流摇测速、取沙两绞关,记录员在后舱专心地数着流速仪转速的铃声。有时水深达30多米,铅鱼摇上放下十几次,个个摇得手臂发麻,腰酸背疼,但再苦再累，大家也不说一声累，不叫一声苦，只是拼命在摇着，顽强坚持着。一线测完，摆测到另一线，好在是一锚多线法，摆线是十分紧张危险的，两人站在船头，用撬杠伸进钢丝绳下，撬拨钢丝绳由船头中间拨到船头一边的桨柱上，稍有不注意钢丝绳就会弹到人、挂到脚，这时船倾斜得十分吓人。待船头调直，才又开始测流取沙。一锚3线测完，要绞锚抛另一锚，就想方设法用旗语通知在附近测断面地形的小测轮水文114轮，协助顶车绞锚。水文114轮号称150匹马力，绑在木船上开足马力顶车，绞锚仍十分艰难。看着钢丝绳一寸寸一尺尺地前进，手推式的绞锚关吃力地一圈圈转着，转得大家头昏眼花，两眼直冒金星。我们曾测得最大测点流速3.85米每秒，最大测点含沙量3.26千克每立方米。这里我们不会忘记曾经当过水文站站长的龚志甫、胡立仁两位同志。他们对抛锚、摆线比我们小青年有经验，每次绞锚、抛锚、摆线都由他俩指挥，吃了许多苦，流了许多汗。如今龚志甫已经离开人世十多年了，胡立仁也已是九十多岁。我们永远不会忘记他们！

每次水文测验，全队人都提心吊胆，船上的胆战心惊，岸上的战战兢兢，生怕发生事故。有一次在猪儿碛主航道上抛锚，刚开始测流，就见上游200多米远一艘大拖轮拖着一大木排冲下来，虽然瞭望员喊话通知船队避让，但水势太大，它控制不住，直往我们测流船冲过来。测流组长龚志甫见势不妙，眼疾手快，通知测流员停测，将铅鱼绞出水面，他跑到船头用撬杠将锚绳一拨，船飞快地往江右摆去。说时迟那时快，木排已经扫过我们的船边，仅2米多远，好险啊！再迟几分钟，我们将会船翻人亡，后果不敢想象。回忆当年的险情，至今心有余悸。总算我们命大，逃过了这一劫。

表面流速流向也是水文测验的重要内容，测表面流向时，当时没有通信工具，唯一办法就是旗语。租一条约1吨重的小木划，后面挂着长长的艄桨当舵用，左右一对划桨，由一个船工划着。放流向时，木划上坐三个人，船工划桨跟踪浮标，一个举旗报点，一个看马表计时间，岸上4站经纬仪交会。放完一线再将小木划拖到上游再放二、三线。有一次测表面流向测完二线，水文114轮拖着小木划去上游放第三线，木划上有副组长刘式杰、二副刘文炳及划工三人。水文114轮沿左岸拖着木划上行，到望龙门附近，由于客班船、小货船靠得太近，水文114轮左右摆动避让，一个急加车急摆动，小木划拖翻了，三人全部落水。我们在岸上仪器站附近看得清清楚楚，急得直跺脚，眼看三个黑点（人头）直往下漂流，我和李福俊只是喊完了完了，赶快收拾仪器。幸运的是落水的三人离岸边不远，也都穿了救生衣，有两个很快被人救起。刘式杰一直被冲到朝天门附近才被救起来，真是大难不死，必有后福。30年后，刘式杰担任了荆江局局长。

为了研究重庆港区的泥沙卵石推移量，龚志甫等与革修组的同志一道研究，自制

漫忆篇

了网底式推移质采样器。采样器口门为 0.1 米 × 0.1 米的方形口门，口门后是用钢丝环做的环扣，相互扣接成网眼，尾部为铅鱼尾叶。采样器落入河底会软着陆，网底落在卵石层上面，停放 5 分钟绞起采样器，网内会落入大小不同粒径的卵石、大颗粒卵石（直径大于 0.1 米）很难进入。每次绞起采样器见有卵石，大家会高兴地喊起来："有，有……"赶快用盘子接住，逐粒数数，现场测粒径，称重量。这就是推移质取样的最大成功。

除此之外，我们还在菜园坝旧飞机场跑道上，堆放不同粒径、涂上红白油漆的卵石。横排成一线，共堆放 4 线。待洪水淹没过后，再去寻找这些被冲动了的卵石的移动距离、方向，来推算卵石的起动流速和推移量。这种方法的推移质试验，也为后来的模型试验提供了宝贵的原型资料。

同时，我们还为重庆市地方服务。重庆市体委组织横渡长江，请我们测量南纪门至弹子石的水面流向。我们用篮球做浮标，绘制游泳运动员水流流向图，受到市体委的好评。重庆交通大学多次来我们驻地实习参观，由组长曹乡翰和我等人介绍水文测验和河道地形测量的方法。学生们还到船上参观实习，观看河道地形测量和内业计算绘图程序。这对丰富学生们的课堂知识有很大帮助。他们特地给我们送来了一面锦旗和一大担空心菜。在灾荒年能吃到青菜，可是很难得的。

我们在重庆连续工作两年，正遇国家三年困难时期。在物质条件艰苦、工作任务繁重的情况下，我们的文化生活、思想工作仍很活跃。我们在简陋的办公室墙上办壁报、墙报、规划栏，饭前饭后在楼梯口用土话筒播音，宣传表扬好人好事，报道生产任务完成情况、安全生产事故预想活动等。宣传小组三四个人轮流广播宣传，搞得有声有色。工余时间年轻人学文化，练字，学书法，吹拉弹唱搞文娱活动，有时周末还去重庆文化宫学跳交际舞。共青团还组织大家游公园，参观红岩村、渣滓洞、白公馆、曾家岩八路军办事处等，既活跃了文化生活，又普及了革命传统教育，在重庆工作的两年，是我一生中最难忘的一页。

再测臭盐碛

川江的重要浅滩河段有奉节臭盐碛、巫山扇子碛、重庆猪儿碛三个浅滩。臭盐碛位于奉节县瞿塘峡口门上游附近。观测目的是通过原型观测，研究三峡水库变动回水区泥沙冲淤变化的形式和特点，加深对川江碍航浅滩冲淤变化的认识，为解决三峡工程库区的泥沙问题提供科学依据。

1962 年 3 月，长办水文处河道科童中钧科长、骆永炎工程师还有龚志甫和我 4

人去四川奉节查勘、选点，开展臭盐碛浅滩河演观测。我们每天起早爬山步行，选定自上游白马滩起至瞿塘峡口为观测河段，长约6.0千米。选设固定断面25个，2个一级水文测验断面（奉05、奉23），固定水尺一组奉节城南门水尺，并施测1∶5000、1∶10000水道地形和表面流速流向等项目。

我当时仅22岁，能和水文处技术领导一道去查勘选点，是领导对我的信任和培养，所以干劲大、信心足，凡是要跑路的事我都积极去干，在测区寻找基本控制三角点、水准点，去航道站、讯号台了解上下水船只航运时段的规律，主航道水流泥沙的年内变化状况及有关测量的地形图参考资料等。

3月下旬，勘测三队20多人开往奉节，开始驻守工地进行观测。先选断面、埋标石、埋标杆。城区不能埋石，埋标杆处就用石刻、油漆作断面标志。河段内布两支线形三角锁为基本控制，其余用后交、前交、解析法计算断面标点的平面控制成果。测控制时两岸红白旗飘扬，勘测队员扛着仪器、标尺、花杆奔波在山坡、山脊、滩地岸坎，一派忙碌景象，给本来就十分壮丽的瞿塘峡口增加了一道亮丽的风景线。

我们用重庆港区测量的木船在奉节县城雇请了一位向驾长和我们一起进行水文测验。第一年在河段首尾奉05、奉23两个断面测流取沙，年测16测次，每月2次。奉节县城港区没有重庆港繁忙，过往船只比重庆港少，而且我们掌握了上下水船的航运规律，避开船队过往时段，不在主航道抛锚测流。臭盐碛河段首尾断面水深较深，尤其是奉23右岸，汛期水深达40多米，泥沙走沙严重，抛锚定位是大问题，主锚绳要抛300多米长才能挂住，一锚测验时间长了又担心走沙淤锚。据航道站同志介绍，汛期走沙时一天一夜能淤积16米。臭盐碛浅滩部位江面宽700多米，卵石滩占河宽的2/3。卵石滩上的大卵石粒径1.0米多，滩脊下游岸边还遗留有熬盐用的灶台，因熬出的盐有臭味不能食用，所以称臭盐碛。灶台附近的高坎石梁上建有奉节航道站信号台，由信号台指挥瞿塘峡口上下船只通航。我们测流时，时刻关注着信号台，随时瞭望船只动态，注意主动避让。

第二年我们改在奉16断面臭盐碛滩上测流，年测24次。担心的事终于发生了。一天下午，测完最后几线准备绞锚收工，全船人员集中绞锚，还是水文114轮协助顶车，吱吱嘎嘎绞了半个多小时，锚绳终于绞成垂直状态了，很快锚就要离地，谁知越绞越重，越绞船头越低。这时大家都紧张起来了，凭经验知道锚卡住了。水文114轮加车往前冲，船头越冲越往水下扎，再后来水文114轮的铁壳船头也开始往下沉。王宪章大副连忙摇松车令，船头才抬起来。但测流组长还不甘心，要求大副再加车，船头又沉下去，反复几次锚都没有离地松动的迹象。天渐渐黑了，大家围在船头出主意想办法。好在断面测流已测完，资料不受影响，遂决定把锚绳全部松开放完，挂上柴

漫忆篇

油桶作浮筒，将铁锚、锚绳丢在水里，待明天再来试绞。第二天清晨，我们还是不畏风险，上船准备去搏一搏。水文114轮拖着测流船来到浮筒前，挂上钢丝绳，七八个人又轮流推起绞关，绞、绞、绞……锚绳又直了。大家希望一夜泥沙冲动，锚可能会绞起来，谁知还是与昨天一样，锚一动不动，大家分析可能是挂住岩石了。当船头直往水下沉时，我们一斧头将钢丝绳砍断了。水文114轮拖着测流船扫兴地回到了码头。虽然是一次自然事故，也已将损失降低到最低限度，人员没有伤亡，仅丢了一口四齿铁锚和50多米钢丝绳，但还是一件不愉快的事。为了吸取教训，枯季我们多次试用岸锚，用石块笼代替铁锚，尽量减少淤锚、挂锚造成的损失。

臭盐碛观测两年，水文测验40次，57个水文测验断面、762个固定断面，实测最大测点流速3.49米每秒，最大测点含沙量4.65千克每立方米，还有1∶10000、1∶5000地形，水面流速流向等多项资料。这些用血汗和生命换来的宝贵资料，后来成为长江科学院、清华大学、南京水利学院、武汉水利学院等水利科研单位院校模型试验的重要依据，深受中外专家学者的好评。

臭盐碛测量期间，很多新闻媒体记者、作家、画家前来我们工作场地采访写通讯报道、写生作画。在一次欢迎会上，我代表当时的年轻人说："欢迎你们的到来，为我们勘测队员写诗作画。"40多年过去，可惜三峡大坝建成蓄水后，我再也没有去过瞿塘峡，想想当年的臭盐碛、铜钱堆、滟滪堆，如今都已深深地沉入三峡库区水底，成为历史，真是感慨万千！

又测丝瓜碛

根据中共中央、国务院《关于三峡工程论证有关问题的通知》要求，我们先后于1984年、1986年、1987年开展水库回水变动区丝瓜碛河段、铜锣峡河段、重庆河段的原型观测和模型试验。1984年底，荆江局接受了丝瓜碛河段的观测任务，要求在短期内提交观测资料。局党委决定成立一个专门班子，由我和吴云章、陈祖明等同志组成领导小组，从各队抽调骨干20多人组成川江测量小组。出发前，局党委十分重视，由党委书记谭桂志主持会议，作战前动员，总工室提出技术要求。经过充分讨论商定计划40多天完成外业测量，1985年春节前提交全部观测资料。

快要过年了还要进川江测量，队员们当然还是希望春节前能完工，不过我们还是一再强调要做好在工地过年的思想准备。12月20日，我们出发了，局领导到码头送行。水文203轮一声长鸣，离开了沙市港区。在宜昌我们雇请了引水船长、轮机长报关过闸。昔日的青滩、泄滩、崆岭鬼门关都成了平湖通途。经过一天一夜的航行，我们平安地出了三峡。船过奉节，水流明显湍急，原本不是急流险滩的地段出现了新险滩，白马滩、牯牛岭、鸡扒子都是有名的险滩地段，特别是云阳附近的鸡扒子。由于山体滑坡坍塌的土石方阻塞了半边江，下游是100多米宽近200米深的槽口，上游是跌坎，滩头水面落差1米多，流速达4米多每秒，右岸岸边设了绞滩站。按规定，枯季小马力船只都不能过鸡扒子，但我们是国家布置的研究任务，急需观测资料，必须过滩。我和杨文生船长到绞滩站报关，说明情况。绞滩站负责人询问我们船只情况，我们船号称双车双舵300马力，对方同意我们船过滩，并再三交代安全问题。回船后引水船长、轮机长商量选在下午两点左右过滩。我坐我们的工作船走川江过险滩已经很多次，每次都是提心吊胆、忧心忡忡，但也没遇见过鸡扒子这么大的险滩。船员全部进了舵房（驾驶室），引水船长坐在窗口竖起大拇指指挥。水文203轮全速开进了急流区，只见浊浪滚滚翻着白花，水流哗哗的响声几里外都能听到。船由左往右迎着水流向上冲过去，车速开满每分钟1800转，烟囱直冒青烟，快到右岸，我们以为已冲过了滩，仔细一看，不但没有上滩，反倒下退了100多米。船长们不甘心，再来一次，船由右岸开足马力向左岸上游冲去，快近岸时见船已上了滩，但任凭你再三加车，船一动不动顶在原地，就是不前进一米。顶了10多分钟，毫无进展，只好松车让机器休息。不一会又开始加车再向右岸冲过去，这样左右来去三四趟，就是过不了这关。眼看比我们后来的客班船加车十多分钟就冲过了险滩，大家这才发现人家的船才是真正的双车双舵360匹马力。而我们的船才是二台120匹马力，所以马力来不得半点虚假，就是过不去。

这时绞滩站开始喊话："水文203轮，你们上不去了，准备缆绳、卡扣绞滩吧，我们不收费。"只见一艘快艇向我们靠拢，递过来一条杯口粗的钢丝缆绳和一把活动挂钩卡扣。我们的船员接过来往边桩上挂住，快艇离开了。全船人员全神贯注，听着绞滩房里机器轰轰转动，钢丝绳绷得吱吱地响，船开始一点点往上游移动。顶车几分钟后，船终于爬过了这道坎。敲开活动扣，松开了绞滩钢丝绳，船就自己往上行走了。杨船长鸣长笛表示感谢。工作结束返回沙市路过绞滩站时，杨船长特意买了烟酒，并送500元钱表示谢意，但绞滩站只收了烟酒，钱说什么也不收。

航行三四天，沿途还经过白马滩、牯牛岭等多处险滩，才到达了丝瓜碛测区。测区位于清溪场附近，自清溪至南沱长约14千米。我们立即选点埋标做控制测水准。工作才三天，陈祖明家女婿车祸身亡，他要赶回沙市，走了一位主角。我与吴云章一人一岸测三角锁，布断面，七八天测控制结束。测1：5000水下地形最为关键，测区内到处是急流险滩，船只横行十分危险。引水船长看了情况说："我驾船几十年了，还没有在川江里横着跑过来跑过去，礁石险滩多容易出事，要十分谨慎小心，出了事

· 235 ·

我负不了这个责。"引水只走航道内，不肯走航道外。杨船长和帅大副只有凭着多年在川江测量的经验，大胆细心地测着每一个断面。内业组同志及时展点布图，检查点距、间距是否符合要求，发现三处点距超限，都是激流礁石、险滩部位，岩石刚好露头，水流翻着白浪，哗哗地响。要不要补测呢？我犯难了，为向国务院交出优质的研究成果，图一定要测准。为了保证测图质量，杨船长毅然决定冒生命危险也要去补测。三个仪器站直盯着测船，水文203轮直往急流险处驶去，船上引水大副船员都吓出一身汗来，直喊太危险。就这样，一张张优质的水道地形图，都是用我们的鲜血甚至生命换来的。同时，我们还施测了测区内洪水位以下的边滩、卵石洲滩等陆上地形，以及三线水面流速流向等项目。

1985年1月中旬，我们带着优质高产的胜利成果，顺利回到沙市。谭桂志书记高兴地说："你们说要四十多天，怎么这么快就测完了，不简单啊，好好过年休息。"春节前我们如期向水文局提交了观测成果。

1985年、1986年，我们勘测一队又在丝瓜碛和重庆港连续测了两年，1986年底荆江局组织机关科室的干部到重庆与勘测一队合作进行重庆唐家沱、郭家沱、明月沱、中坝等五个河段的观测任务，主要内容有1∶5000水下地形，沱内最宽处的固定断面、水面流速流向、床沙取样等项目。三四十人的测量队伍转战在重庆、涪陵上下范围，历时一个多月完成了丝瓜碛、重庆港区的又一次原型观测任务，为三峡大坝库区的模型试验及泥沙论证作出了贡献。

晚年看川江

1959年至1987年期间，我在重庆、涪陵、奉节等地先后工作了六七年，对川江、重庆留下了深刻的印象，离开后一直希望再到我工作过的地方去看看、走走，但一直未能如愿。我于2000年8月离开了工作岗位，开始安度晚年，再没有机会进川江。曾经和我一起在川江工作过的陈祖明、吴云章、冯钦默同志都离开了人世，我们永远怀念他们。

2001年3月，工会离退办组织老年人参观三峡，我再一次来到奉节，那熟悉的码头、城门依旧存在，街道虽然还在，但再没有旧时的风貌。古老的白帝城没有多大的变动，只是葛洲坝蓄水后，由水边爬上城顶的距离短多了，原来三四百级台阶，现在只要二百多级就可以到顶了。我们观测过的臭盐碛没了，巨大的滟滪堆炸平了，瞿塘峡口门的水流再没当年观测臭盐碛时那么凶猛湍急，昔日的险滩也成了一片平湖，初见高峡出平湖的气象。可惜三峡大坝建成蓄水后，我再没有到过川江，很想有一天再进川江看看高峡出平湖的景色。

2003年11月，我被聘请加入宜昌三峡库区地质灾害防治指挥部专家组，这个组由武汉测绘学院副院长徐绍铨任组长，葛洲坝工程局总工冯美忍和湖北地质大学、三峡大学教授为组成人员。专家组负责审查验收三峡库区地质灾害调查勘测资料，主要检查各滑坡险段近岸的1∶2000陆上地形。我负责验收湖北省测绘二院的地形资料，安排在重庆测区。11月中旬，我们在重庆九龙坡攀山脊、爬屋顶，检查他们埋设的永久性测量标志。经用红外测距仪、电子经纬仪观测检查，点位正确、高程合理，完全满足精度要求。我还参观了他们的摄像影片、立体视像图、德国进口的最先进的航摄影像图的自动成图系统，我深深感到测绘行业在高科技助力下的进步和发展。

工作之余，我们饱览了重庆新貌，昔日的朝天门已建成了宽阔的朝天门广场，中山大道、解放大道高楼林立，白公馆、渣滓洞、红岩村、三峡广场、鹅岭公园、枇杷山公园等显得更加秀美。重庆的发展和巨变，是我们祖国的发展和巨变的一个缩影，也是改革开放以来我国取得辉煌成就的见证。我为重庆、川江和祖国的巨变感到骄傲，也为我有幸多年参加长江三峡工程水文观测任务而自豪。

漫忆篇

三峡查勘记

刘道荣

1958年3月党中央成都会议通过《中共中央关于三峡水利枢纽和长江流域规划的意见》后，三峡工程建设在"积极准备，充分可靠"的方针指导下有序开展。4月底成立三峡工程科研领导小组，6月在武汉召开长江三峡水利枢纽第一次科研会议。

三峡库区1∶25000比例尺地形图，长办航测队已着手施测，与之配套的水道地形图就落到了荆江河床实验站的头上。

荆实站迅速组织人员查勘，8名获"青年突击队"称号的年轻人幸运地踏上了查勘三峡的征途。但没有机动船，也没有宿舍船，更没有沿途住旅店的钱，于是在宜昌租一条木船，空船溯江而上到长寿，查勘人员乘船去长寿。

所谓查勘，就是查勘两岸高程控制点和平面控制点，为施测水道地形服务。查勘者吃住在木船上，查勘中遇到的大小问题全由自己解决。

沿着宜渝水准路线寻找高程控制点，来到山腰，满目青松，遮蔽天日，一条曲径蜿蜒在林间。向阳山坡，空气格外清新，深吸一口，喉咙留下丝丝甜味，顿感心旷神怡。上到山巅，缕缕白云飘浮林海，微风习习，阵阵涛声从树梢掠过。我们一路欣赏近处的曲径通幽，远处的林海松涛，同时也留意自己的走向和长江的方位。

凉意越来越浓，问路上的老乡才知已是牧归时分了，离长江边还有五六十里路。怎么回船，何处过夜，成了我们的天字号难题。当老乡知道我们是进川测量的外地人时，立即热情地接待了我们。

翌日天亮赶路，走了40里仍在半山腰，急行军走下山来，离江边已很近，可挂红白旗的大木船已放下去了。只好再借宿，不过吃的大有不同：昨晚在山顶吃玉米青菜糊，中午在山腰是红苕湿干饭，晚上到山脚，全是米饭，还有几道菜了。

一进三峡，两岸水准路线合二为一，我们水准组增援三峡查勘，爬上瞿塘峡右岸找到三角点时，木船已离开了。为了不致与山羊为伍，三个人左找右寻，终于在冯玉祥题词旁边发现一根从岩顶上垂下来的枯藤，大喜的我们马上拿出了爬竿爬绳的功夫。

在巫峡，纤夫们背着篾绳在只有山羊能走的纤路上爬行。我们无交通船的查勘者，就只有与纤夫们为伍，一会儿猫着腰，一会儿攀缘，一会儿抓住铁链移行。过了孔明碑，岩上的铁链断了一截，纤夫们可以上船渡过，我们就只有"五体投岩"、寸寸攀缘了。短短十来米，个个大汗淋漓。

查勘是艰苦的、难忘的，但为兴建三峡，人人都乐意，并且都自豪拥有了五得：走得、累得、吃得、饿得和睡得。

漫忆篇

难忘那攻坚的岁月

王显福

"更立西江石壁，截断巫山云雨，高峡出平湖。神女应无恙，当惊世界殊。"每当我看到这段毛主席诗词摘句，都会激动不已。记得那还是 20 世纪 70 年代初，我第一次发表的书法作品就是写的这段诗词，以后又多次写它，每次书写都有一种自豪感，同时感叹人类力量的伟大。多少代人的梦想，一旦成真，而且能亲自投身到实现这一伟大理想的实践中去，那心中的喜悦和自豪是言语难以形容的。尽管苦、累、危险经常伴随而来，热情却始终是高涨的。30 年过去了，那沸腾的日日夜夜却永远留在记忆中。

时光已流向 21 世纪，如今在胜利四路，那高耸的水文大楼特别耀眼，门洞里人来人往，一片繁忙。过道的玻璃橱窗里公布着信息，今冬长江又将进行三期明渠截流。看看那使用的武器，鸟枪换成大炮，早已是今非昔比。ADCP、激光全站仪、网络数据库、电波流速仪、多波束测深等，还通过因特网发布监测信息，这是水文事业前进的明证。

我极力去寻找宜昌水文发展的轨迹，以增多一点历史的回忆，就像去追寻人类演化的山顶洞人那样。人毕竟是从原始时期走过来的。当年我们工作过的车间早已不复存在，矮小的站房变成了漂亮的宿舍大楼，倾注了全站人心血和汗水的"宜实一号"已踪影全无，记忆中唯一能看到的就是江边的基本设施和那测船以及测船上的起重设备。这些设备都是我们 30 年来用汗水浇铸出来的啊！

水文是古老的，水文的测验手段、设备又一直是相当落后的，木船、人力而已，没有专用的起重设备，一切都是靠自己在使用中不断改进、完善。那时我们有一个小小的车间，里面有我、刘润德和小朱、小苑、小李等好几个年轻人，储荣民当车间主任。别看名称叫车间，其实它是一个"麻雀虽小，五脏俱全"的微型工厂，车、铣、钳、刨、电氧焊、油漆、翻砂工种样样齐全，还有设计。每个人都会几样操作，我当然是车、铣、钳、刨、设计都会搞的，但主要是进行技术设计。

20 世纪 70 年代初，我们站的起重机械设备在全江都称得上是先进的，长江水文设备就是那个发展水平。那时水文处梁处长主持抽调储荣民和我、丹总的钟国桢几个同志在陆水对机动三绞、可旋支架、水深计数器进行定型设计并制造，历时半年多完成。忘不了的一件事是一场大病。初夏的一天，我感到头昏脑涨，已经两餐没有吃东西了，第二天上午老储和老钟说"走，我们陪你到施总医院看病，"那时的施总医院只有一个人，医生、护士都是她。给我注了一针，说我是感冒了。还没回到住处，心跳却像在参加百米赛跑一样快。我对老储说："不行了，赶快送我去县医院。"老储慌忙找来担架，送我上县医院。我睡在担架上，喉咙干得快要冒烟，我不停地要水喝，但感觉嗓子仍然和没有喝一样干。老储和另一位同志抬着担架，老钟一手提着热水瓶，一手拿杯子，不停地供我喝水。在县医院住院一个多星期，却留下了心动过速的后遗症，医生说是药物引起的，到底是何种药物，至今也弄不明白。

不久老储因工作提前回站，留下我继续将 300 千克三绞和可旋支架的定型设计搞完，助力水文处、葛实站三绞设备的定型化上新台阶。丹总、重总都是采用我们这次定型设计的图纸生产。看着自己一张张图纸制成了实物，而且发挥效益，我心里自然是乐滋滋的。后来水文处又抽调我去参加 CTG 系列机动三绞设备的联合设计，由我承担 CTG200 型三绞、CTG200 型可旋支架、CTG50 型三绞及 CTGA.B 型水深计数器的联合设计，以适应全长办的需要。历时近一年，均圆满地完成了任务。

在机械式三绞已经定型的基础上，为了进一步提高，向更先进的电动自动化方向发展，同时为了武装"宜实一号"，我又接受了研制电动三绞的任务。我知道这是一项很艰巨的任务，"宜实一号"是我站全体人员日夜奋战、流血流汗、不怕一切艰难险阻、自力更生换来的劳动成果，是代表着葛实站当时发展水平的船只。我决心哪怕脱层皮也要研制出优良的电动三绞与之匹配。其间的艰苦、困难和无数个不眠之夜，只有我自己清楚是为了什么。别人是无法理解的，爱人也只是看在眼里痛在心上。技术设计、图纸绘制、零件加工、材料采购，都是我一人去干。当然，还有章"大车"、屈"大车"也是吃了不少苦的。在安装、调试等工作中，章圣昌同志和屈万寿同志非常辛苦，在他们的共同努力下，采用仪表盘控制操作的自动化电动三绞，在"宜实一号"船上成功实现了，在坝区 17 号断面的测验工作中发挥了很大作用。后来由于"宜实一号"不幸触礁，测船报废，这套自动化的电动三绞被调往陕西白河站电动缆道使用。虽然电动三绞调走了，但它毕竟是葛实站水文测验走向电动自控的良好开端，使我们在水文测验技术上又前进了一步，让完成葛洲坝工程的施工水文测验又多了一份信心和保证。

记得大约是 1978 年 11 月份的一天，龙应华主任通知我和他一起去参加长办施工设计处组织的有关葛洲坝大江截流龙口水文测验方法的研讨会议。人类第一次截断长江，这如同第一次吃螃蟹，会碰到什么样的困难、遇到什么问题，大家都没有经验。

漫忆篇

面对水位落差近 4 米，最大流速达 7 米每秒的龙口情况，只有逐步采取对策。施总提出可以采用双舟办法，或采用架缆道、桥梁等多种方法，但从稳性角度考虑比较可行的方案还是双舟测量。这只是确定了一个大的原则方案，至于如何去实现，还有一系列具体问题需要我们自己去解决，如何在龙口顺利测到流速是我们的事。尽管双舟稳性好，但人在上面还是危险的。怎么办？带着这个问题，我在思索，收集资料，不停地寻找答案。不久我提出了有线遥控双舟的方案，并绘制了遥控双舟测量的设计图纸。20 世纪 70 年代，水文的科技水平是很低的，我国还处于半导体三极管时代、微电子技术初期，如何实现数字传输还是一个很顶尖的课题。基于当时的需要，我又承担了几项测量数据传输方法的设计。我的办公桌就放在车床边，在隆隆的车床声和当当的锤打声中构思和设计图纸。水深计数器早先已作了定型设计，测量是可靠的，我将盘面增大成直径 400 毫米，直接用望远镜远距离观测。专用铅鱼，最重要的测具。根据计算，必须使用 400~600 千克重的铅鱼才能施放到测点所需位置。铅鱼的制作要求很高，外形必须是很好的流线型而且光滑，因为高速水流的冲击，任何小的变形都将会产生大的涡流而影响流速、偏角，甚至无法测速。它里面还要安放回声仪的换能器，尾翼的形状、大小，流速仪的位置、悬吊方式以及铅鱼入水后的平衡等都必须精确设计，而我们当时最好的计算工具就是一台飞鱼牌手摇计算机。截流用的 400 千克和 600 千克铅鱼就是在这样的情况下设计制作出来的。

记得是一个夏末秋初的日子，因为一个车件组装时出了问题，我们都蹲在车床边查找原因，已过了下班时间很久了，我们仍然在全神贯注地讨论、研究。储嫂子是一位性格开朗而又性子急躁的人，她风风火火地端着一面盆水进来，笑嘻嘻地说："老储，你太忙了，没有时间洗澡，我来帮你洗。"说着将一面盆水从老储头上直往下浇。老储变成了落汤鸡，我们在一旁也沾了点光，弄得老储好不尴尬。我知道这是下班好久还不回家，储嫂子有意见了呵！后来老储因为制作双舟的需要调出了车间，郭霞林同志来当车间主任，别看他个头较小，但热情却很高，我们和他一起在那间仍然简陋、灯火通明的车间里，夜以继日地不断制造着各种设备。一个共同的想法是，一切为了保证大江截流。我们买来了大铁锅，在院子里架起柴火支起锅，熔化铅块自己制作铅鱼，一个个大铅鱼就在这口铁锅中诞生，200 千克、400 千克、600 千克……这是原始的作坊式生产，一天下来我们都成了大花脸、卖炭翁，大家相视而笑。那时也不懂什么环境保护，只要能干就行，虽然紧张辛苦，但精神却是愉快的，然而不久我们都失眠了，躺在床上，整夜的睡不着，大脑静不下来，才感到有问题。老郭说："可能是铅中毒，以后要注意了。"就这样寒来暑往，车间全体同志以蚂蚁啃骨头的精神，终于将图纸变成了一件件实物，而且在葛洲坝大江截流龙口测验中发挥了应有的作用。

此时此刻我们大家都感受到了成功的喜悦。

21世纪初，三峡工程在明渠又将作第三次截流，在充分采用现代科学技术手段和尖端测量仪器的宜昌水文人的努力下，必将取得全面的胜利，我们等待着再次分享这成功的喜悦。

时代在进步，科学在发展，三峡水文必将日益成长、壮大。未来长江如果有第四次截流，那时肯定又会比今天更为先进，更科学。到那时再回首今天，就会发现我们又向前迈进了一大步。

漫忆篇

回忆三峡固定断面设测

江一贵

1978 年 4 月，我从沙市荆江河床实验站河道队调入宜昌水文实验站河道一队任政治指导员，与队长陈道才，副队长郑登品、黄先政等同志带领 20 余名河道队员从事宜昌至奉节一带的河道观测任务。

由于当时正在兴建的葛洲坝水利枢纽工程是低水头的河床式径流电站，上游设计水位为 66 米，校核水位为 67 米。枢纽建成后，汛期回水 110 千米，到巴东的官渡口；枯水期回水 180 千米，到巫山的大溪。而葛洲坝水库又是一种河道型水库，整个枢纽控制长江上游集水面积约 100 万平方千米，约占全流域面积的 55%。为了研究葛洲坝工程建成之后，整个库区的水位、流量、淤积等变化情况，我们从 1979 年冬至 1980 年春承担起从宜昌南津关到奉节县关刀峡，全长 214 千米的库区固定断面设测任务。

1979 年 10 月，我们开始了标志设置工作。鉴于我们在人员、技术、测轮测验设备上均属于全长江十个河道队中较为年轻的一个，因此不得不雇请了朝阳号、巫溪号船只及部分民工，共同参与这项工作。设标工作自下而上，分南北两岸，每岸又分为选点组、埋标组。每一个断面设置四个断面标点及两个仪器观测站点，共计 700 余个标点。

设标首先从宜昌南津关开始，经过兵书宝剑峡、牛肝马肺峡、灯影峡和黄猫峡，由于我们的测船马力小，每到一处滩碛，都不得不组织大家一起拉纤绞滩。进入巫峡，两岸悬岩壁立，奇峰插天，巍峨挺立，著名的云雨巫山十二峰就屹立于巫峡两岸，因而给设标工作带来了巨大困难。在设置 79 号和 80 号两个断面时，测量队员很难爬上去，幸亏有巫溪船员的大力协助，才顺利地完成了任务。最后进入瞿塘峡，它是气势最雄伟的一个峡谷，它江面最窄，但长度最短，有了战胜西陵峡及巫峡之经验，因而它也就不在话下了。

设标任务胜利完成之后，第二年春天，我们又开始了标点的平面控制及高程测量。南北两岸同时自下而上地进行，除了跋山涉水，绞滩仍和设标一样辛苦，又多了大量的内业资料整理。由陈希伍同志担任内业组长，和曾世莹、姜先芳等几位女同胞辛勤奋战，在算盘、三角函数表及对数表、煤油马灯的帮助下完成全部内业工作。

时间如流水，春去秋来，转眼十多年过去了，一批批的测量队员们，依据这次固断标点为葛洲坝工程的通航、发电、运行提供了可靠的水文资料。如今随着三峡大坝的兴建，截流、蓄水、通航、发电将相继完成，测量队员们依靠先进的仪器、设备和测验手段，已将三峡大坝以上的所有标点"移民"至175米高程以上，让这些标点继续为三峡库区收集水文资料，为国民经济建设发挥它应有的作用。

漫忆篇

新滩滑坡测量记

田　杰　李桐安

　　新滩是湖北省秭归县的一个古老小镇，它坐落于长江西陵峡北岸，虽不繁华，但也让世代生活在这里的人们安居乐业。1985 年 6 月 12 日 3 时 45 分，对于小镇上的人们来说是个惊心动魄、灾难深重的时刻——新滩发生大面积山体滑坡。顷刻间地动山摇，人们在香甜的睡梦中被山体的强烈震动所惊醒，也有人在这次猝不及防的灾难中永远地长眠在了故土家园。

　　新滩大面积山体滑坡不仅使小镇上的人们失去了家园，而且使长江航道阻塞，往来于长江的船只在新滩河段被迫停航。新滩滑坡的消息通过各种渠道不胫而走，长江委葛实站主任闻讯后，立即组织河道勘测队员奔赴滑坡现场测量水下地形和计算滑坡断面淤积量。测量船开到了新滩，我所看见的滑坡现场比我想象中的更残酷、更触目惊心。往日那个宁静的小镇已是面目全非，呈现在我们眼前的只是岩石、泥土、废墟和人们惊魂未定的惶恐表情。整个新滩镇被坍塌的山体推入江中。河道一队埋设在原址的断面标点位置已无从找起，我们费了很大的劲才在滑坡废墟上找到断面标点，但标点已残缺不全，根本无法使用。这给测量工作带来了很大的难度，我们只好用三部光学经纬仪同步观测平面位置，用量角器、铁长尺交会成图。测水下地形则采用人工断面法，两岸由人用旗语指挥断面方向及水边点位。北岸测点全部处在滑坡现场，且坍塌的坡体尚不稳定，不时有岩石和泥土滚落下来。测量时岸边需要两个人，一个人指挥测船航行的断面方向，另一个人跑水边测点。因滑坡还不稳定，当地政府严禁有人进入现场，这时派谁上岸去呢？我去！因为我是队长。

　　没有任何顾虑和畏惧，我坚定地跳下测船，爬上岸边坍塌下来的山体，另一位同志也紧随我之后上了岸。一脚踏上岸，脚下的岩石和泥土就骨碌碌直往江水里滚，稍不小心就有可能失足跌入江中。我眼前一阵阵眩晕，可转念一想，我是队长，是全队的主心骨，有困难上，有危险更应该挺身而上。此刻，困难和危险实实在在地摆在眼前，不成功便成仁，即使真的光荣了，也是一种崇高的牺牲。我和另一位同志小心谨慎地在滑坡地上爬行，我们相互鼓励、相互帮助，逐步适应了现场的恶劣状况，测量工作有条不紊地进行。测滑坡断面时，水流急、流速大、礁石多，每测一个测点都极不容易，需要好几个回合才能收集一个完整符合技术要求的断面资料。每个参与测量的同志都毫无怨言，听从指挥，坚守岗位，各负其责，相互配合，圆满地完成了新滩滑坡的测量任务。最后采用断面剖析法计算出滑坡沿江宽度约 800 米，滑坡体深 3040 米，总滑坡体积 3000 万立方米。

此次新滩滑坡现场施测既紧张又危险，让我终生难忘。我从事水文工作几十年，酸甜也好，苦辣也罢，我无怨无悔，因为我热爱我所从事的水文事业。

漫忆篇

黄陵庙水文站：主人翁的尴尬

刘道荣

承蒙水文局领导的信任，让我参加三峡黄陵庙水文站吊船缆道设计，本人深感荣幸。我在感激之余，很自然地决心要在缆道设计工作中，充分地发挥主人翁精神，搞好缆道设计，不辱使命。

黄陵庙水文站是三峡工程专用水文站，建设标准比较高。因此，在设计时处处考虑如何尽职尽责地拿出主人翁精神。考虑设计中的各种因素，力求全面周到；考虑安全问题，把各项安全系数普遍提高，即大大高于宜昌南津关缆道的安全系数。黄陵庙缆道在正常情况下，可达到绝对安全的境地。

可是，业主对此仍不放心，表示有疑虑。我们再三解释也无济于事。业主请来地质、岩土、金属结构等各方专家、学者审查设计。

最后审查结论，对于主索、右岸地锚设计中所考虑的问题，采用的公式和系数，各路专家学者都表示满意。唯对左岸地锚设计提出许多疑问与担忧。

对左岸地锚的担忧，是必要的。不是因为设计思路、采用的系数、计算公式有问题，而是左岸地质情况谁也说不清，道不明，因为没有地质钻探资料。

在假定左岸工锚处，有一块岩石是足以承担起设计拉力的情况下，专家审查通过了。但对左岸地锚所处岩石的大小，作为悬案保留。

在施工中，我们发扬主人翁精神，主动把主要材料加大用量，让它更加安全。监理工程师知道后，立即向业主报告。业主对设计感到更不放心了。于是又对缆道设计进行小范围的审查。审查结果虽然使监理工程师和业主找不出什么问题。可是，一个疑团却永久留在了他们心中。他们认为，施工单位总是偷工减料的。眼前的施工单位不但不偷工减料，反而增加是什么原因呢？唯一答案就是缆道设计出了问题，只好暗暗补强过关了事，当再次审查设计没问题时，他们百思不得其解。

架设缆道那天，吊船缆道已绞到适合一般情况测流吊船高度后，我们认为目前没必要绞到设计高度，明年汛期前再升高也不迟。因为在枯季运用一段时间，让缆绳自然收紧下垂，汛前准备工作时一并升高，这是水文人的常规思路，是主人翁的思路。

可是监理工程师、业主代表一听就慌了神，非常严肃认真地、慎重地提出，必须绞到设计高度，并且随即组织无关人员远离绞关、缆绳下面，以防地锚倾覆，缆绳断裂造成安全事故。

对于我们来说，缆道能绞到什么高度是胸有成竹的，即使绞过设计最高高度都没问题。绞到设计高度后，经过观测数据分析，确认缆道一切情况正常后，业主代表嘴角绷紧的肌肉才松弛下来。于是又叫放松缆道到原来高度，宣布黄陵庙水文站缆道架设成功。

在计划经济时代，人们提倡主人翁精神。在市场经济时代，主人翁精神不一定好用。开始令人茫然、尴尬。但仔细一想，也很正常。主人翁精神是上层建筑，经济是基础。什么样的经济基础，必然会有适应它的上层建筑产生，以促进经济基础的巩固与发展。尴尬，往往是一种进步的标志。

漫忆篇

当名河勘队员多荣耀

李建华

三峡局河勘队主要负责宜昌至奉节 240 千米三峡河段的地形、固定断面观测和河床质取样。近年来，他们在三峡工程建设中大显身手，完成了大量急难险重的测绘任务，为工程科研、设计、施工提供了数以千计的测绘图纸及研究成果资料，不仅满足了工程建设的需要，而且以实际行动树起了长江委水文人的形象。

回首当年在河勘队的日子，往事仍历历在目。

记得那是 1997 年春，葛实站河道勘测一队根据葛洲坝工程建设需要，承接了葛洲坝库区 200 多千米固定断面布设任务，首先要对三峡河段进行现场查勘，河道观测队组织了全队队员奔赴三峡。

当时的河道勘测队有 20 多名队员和十几名船员。既有老同志，又有中青年同志。其中还有女队员，她们和男队员一样肩扛测量观测仪器、脚架、记录包、测伞，攀登在陡峭的三峡两岸。

在巫峡的"神女峰"脚下，布设 80 号断面时，河道勘测队队长陈道才带领队员攀高山、登陡峰，克服重重困难，想了很多办法，将 80 号断面布设在鱼溪的山崖上，这也是在三峡河段布设的最难、最险的一个水文测验固定断面。

在香溪河、大宁河的库区断面布设与测验中，由于香溪河、大宁河水位落差大，测船无法进入测区测量。测量队员跳进寒冷的水中，测出了数万个水文地形数据，完成了长江三峡库区支流固定断面的布设及断面测量。

如今的河勘队测绘设备已是鸟枪换炮，GPS 代替了手工操作，无线通信代替了信号旗。先进的仪器设备，加上高素质的人才，才能出高效益。河勘队抓管理建设，落实责任制；抓质量守规范，确保成果可靠；抓技能练内功，提高业务水平；特别是在开发应用 GPS 方面，短短几个月时间，他们不仅熟练掌握了操作方法，而且还开发了适应三峡河段的 GPS 内业处理系统，使引进的目前国际上最先进的徕卡 DGPS 在三峡截流河道测量中发挥了重要作用。

河勘队不仅逐步建设成为一支高素质的技术队伍，而且还是一支讲奉献、敢拼搏的队伍。在三峡界桩测量时，队员们在炎炎烈日下苦战了60天，荆棘丛林、悬崖上到处洒下了他们的汗水。队员们说："怕吃苦，别干这一行。"移民规划测量，高烧不退的张队长没等输完液便匆匆赶到大雪纷飞的工地，与队友们一起抢测地形；汛期固定断面测量，两名被黄蜂蜇得全身红肿的观测员注射完又回到了岗位。河勘队员说："我们靠的是责任感和事业心，靠的是团结、奉献、敬业、创新的精神。"

他们在三峡大江截流中立下了汗马功劳。承担大江截流河段流态、冲淤变化及戗堤口门宽度观测的河勘队，是整个截流水文测报的主力军之一，其测报内容是长江委水文研制的具有国际先进水平的截流水文泥沙监测系统中的重要组成部分。

从1996年下半年验证模型试验及实抛效果抢测水下地形开始，河勘队员们几年没有休息过节假日，工地成了他们的家。从围堰预进占到戗堤合龙，他们几乎天天在打硬仗，早出晚归，风雨无阻，每天超负荷工作达10多个小时，常常一天内要完成3~4个观测项目，并且当天就要报送资料。戗堤合龙前半个月，他们仅对坝区10个固定断面的观测就达300次，在截流过程中河道队共完成了47个专项任务，有效地保证了实施截流及决策指挥的需要，赢得了设计、施工、监理和业主以及社会舆论的高度评价。在连续17个小时的实测演练中，河勘队员按照可能出现的最困难情况，通宵达旦地认真演练，为赢得实战成功打下了基础。在连续23个小时的高强度进占和连续8小时的合龙冲刺中，河勘队员按照业主对水文测报一刻不能停的要求，一刻也没有停，他们始终战斗在最关键最危险的地方，用智慧、汗水乃至生命，实现"为长江委争光，不负人民重托"的诺言。在龙口的测量中，他们利用无人立尺的新技术，成功地解决了龙口里头无法人工立尺的难题。在浪高流急的导流明渠，为迅速探明分流比低于计算值的原因，他们紧急抢测明渠流态及水下地形，关键时刻及时分析报告淤积情况，为设计、决策部门抓住有利时机，缩窄龙口，利用上游来水冲刷淤积，进而为确保顺利截流创造了条件，赢得了时间。在众人关注的龙口，急流中，勇士们一次次冒险探测水下地形，为提前进占，调整抛投方式，加快抛投进展，减少抛投石料，及时提供了大量宝贵的实测资料，为高质量截流立下了汗马功劳。

11月8日，三峡工程成功地实现了大江截流。三峡开发总公司总经理陆佑楣说："大江截流的成功，有水文人一半的功劳。"

面对殊荣，三峡局河勘队的队员们多了一份压力，增添了更大的动力，他们将再接再厉立新功。作为一名老河道队员，我为他们骄傲，为三峡局有这样的队伍深感荣耀。

漫忆篇

宜昌水文站的变迁

张伟革

值此宜昌站成立 30 周年之际，记者走访了坐落于宜昌市滨江公园内的长江委宜昌水文站。

一座乳白色三层现代庭院式建筑隐现于滨江长廊的翠绿之中，院中石山、喷泉、花卉相映成景，镶嵌在东墙上的 10 多处历史洪痕标记，记载着宜昌水文的艰辛与苦楚，也显露着这座特殊建筑的行业特色；门厅里"团结、奉献、科学、创新"八个金色的大字格外醒目，进出的人们每天都在重温；室内，整洁明亮，荣誉栏中的质量奖杯、防汛奖状、先进集体的荣誉证书一尘不染，一群年轻的水文职工正在各自的岗位上忙碌不停，计算机显示着各种水文数据，水位自记远传装置闪烁着即时测得的一组组数字；从用于测船定位导楼的防弹玻璃窗望出，江面上，两艘测轮肩并肩冒着青烟。据宜昌水文站第 20 任站长张建伟介绍，这是他们在进行微机测流和推移质、河床质取样。

在宜昌水文站的所见所闻，令人欣慰、鼓舞；再翻开宜昌水文站的历史，更是感慨万千。

1949 年 7 月 16 日，宜昌解放。宜昌水文站随即由宜昌市军管会接管，8 月移交湖北省人民政府水利局。从此，宜昌水文站迎来了新中国的朝阳。在此之前的 1876 年，英国迫使清政府签订了《烟台条约》，辟宜昌为通商港口，英商为了航运需要，于 1877 年 4 月 1 日设立宜昌海关水尺，每天定时观测水位一次。从此，宜昌始有水位记载。1882 年开始观测降水，1924 年观测气温，1931 年孙中山开发三峡水电资源的《建国方略》发表后，于 10 月间测得流量数据。1946 年 5 月扬子江水利委员会设立宜昌水文站，在海关水尺下约 150 米处设水尺一组，主要有水位、流量、含沙量及降水、蒸发观测项目。当时的宜昌水文站只有 4~5 人，设备十分简陋，经费极微，租房办公，测流采用浮标法，临时雇请小木筏子投放浮标，测含沙量多在岸边取水沙样。其时不仅测验数量少，项目少，且质量精度不高，与现在的宜昌水文站相比，其规模、技术手段、仪器设备、成果质量都有着天壤之别。

如今，宜昌水文站作为国家重点测报站，实现了测流微机化、资料整编计算机化、水位雨量观测远传自动化和GPS导航定位测验,几十年来为长江中下游防汛和葛洲坝、三峡工程以及地方建设,收集、提供了数以吨计的优质水文资料,得到了广泛赞扬。50多年过去了,在党和政府的关怀支持下,宜昌水文站和共和国一起发生了巨大的变化;今天的宜昌水文站焕然一新,今天的宜昌水文人正在信心百倍地奋发追求新的目标。

漫
忆
篇

转战大江上下

柳长征

打响"外协"第一炮

20世纪90年代初期，三峡水文局一度陷入不能按时发放职工工资的困境。为了摆脱这种局面，局领导顺应改革潮流，果断决定带领广大职工走向市场，向市场"要效益"。当时的第一笔业务是长江三峡库区兴山县峡口镇、高阳镇和宜昌县太平溪镇移民迁建测量，打响了"外协"第一炮。

在这次测量中，我印象最深的是一次导线选点。樊云、易正金和我分在控制组，负责导线选点埋标工作。那天出测时天空还是日头高照，我们顺着测区布设导线，当走到大山深处，突然狂风骤起，大雨倾盆，我们一时找不到避雨的地方，况且这项工作当天不完成，既耽误工作进度，又会造成后续队伍窝工，我们索性冒雨选完了所有的测点。虽然返回驻地后一身透湿，但那种按时完成任务的喜悦也是无法用语言来表达的。

因为是第一次在新测区从事这种合同任务测量，时间紧、任务重，在计划经济下工作了多年，习惯于到点上班、一张报纸一杯茶的测量人员开始还很不适应这种作业方式，测量进度一度受阻。但经过大家的共同努力，终于圆满地完成了这次测量任务。

免检产品

如果说移民迁建测量是我们进行勘测队伍练兵的话，那么，参加三峡工程建设就是我们这支队伍发展、壮大的一个契机。1993年，三峡水文局首次承担了三峡工程坝址中堡岛水下地形测量的工作，采用的测量手段是常规经纬仪交会法。从一线测量人员到后勤人员共有60多名职工参加，可以说是三峡水文局的一次大会战，虽说任务完成得不错，但局领导已经意识到了我们在测绘市场中硬件力量的不足。于是，从

1995 年开始，我们自筹资金逐步添置了美国天宝 GPS、电子经纬仪、拓普康全站仪，使我们的测绘队伍如虎添翼。测量队伍越来越精干，测量效率越来越高，我们的测绘图纸在三峡总公司成为免检产品。

在三峡测量任务中最苦的项目，是三峡库区固定断面基本设施后靠。当时由河勘队分两个小组具体实施，我带一个小组负责湖北省宜昌县美人沱至四川省巫山县碚石的埋标及控制测量工作。这个地区植被茂密，我们埋设断面标志的地区大多人迹罕至，勘测队员在实施过程中往往要付出更多的艰辛。尽管如此，没有一个人叫过苦、喊过累。为了确保质量，我们晴天一身汗，雨天一身泥，宁愿多翻几座山，也要让标石的位置更合理、更有利于以后的使用；为了抢时间，我们晚上在摇晃的宿舍船上设计次日的工作路线，并整理当天的测量标志考证。

那是 3 月下旬的一天。清晨我就被船舱外的一阵大叫声惊醒，向窗外一看，白茫茫的一片。原来，一场春雪覆盖了峡江两岸，大家眼中熟悉的山、石和地形忽然一下不见了。虽然天气变化了，但工作还得继续下去。队员江平因为路滑从一个 5 米高的坎顶上掉了下来，所幸未受伤。

我们为三峡建设服务，三峡工程也锻炼了我们这支队伍。三峡水文局从一个只拥有普通光学经纬仪、水准仪、流速仪的单位，成为今天拥有三套全球定位系统、一套多普勒剖面流速仪、多台电子经纬仪、多台全站仪，水下和陆上地形测量自动化程度均较高的甲级测绘单位。

堤防测量创佳绩

三峡工程建设既锻炼了测量人员，也武装了我们这支队伍。1999 年以来，三峡水文局在长江重要堤防隐蔽工程建设中屡立战功，辗转大江上下数千千米，测量堤段长度 240 多千米，在历次全江堤防测量成果评比中均名列前茅，很大程度上得益于在三峡工程建设中的锻炼。

2001 年春节前夕，因堤防建设需要，上级紧急命令各勘测局组队赴指定测区进行堤防工程测量。接局领导指示，我奉命带队到武汉干堤新洲堤段和湖北阳新堤段测量。因临近春节，气温较低，很多队员手、脚都生了冻疮。最令人头疼的是天空飘飘扬扬地下起了大雪，风卷着雪花渗进笔记本电脑的缝隙，使电脑无法正常使用，一下就让陆上地形测量组停摆了。我们只好紧急从宜昌调来电脑续战。在这次测量中至今令我们难忘的是带病的戴水平局长和局党政工团的领导一起在除夕之夜赶到测量现场同我们一起过大年。长江委水文局领导也在大年初一到现场慰问，我们深受感动。在

漫忆篇

这次测量中有 6 名队员一直坚持到正月十五完成全部任务后才返回宜昌与家人团聚。

对我们来说，堤防测区就是异地他乡，气候条件也是迥然不同。在武汉干堤施测时还是雪花漫天飞舞，而在荆南干堤时却是烈日高照。因这项测量任务较大，气候条件又恶劣，我们只好采取苦干加巧干的办法。每天早出晚归，晚上加班加点进行内业整理，终于在甲方要求的时间内完成了外业测量任务。

我们在整理石首调关至八十丈段测量成果时发现抛石区不淤反冲的反常现象。经现场反复检查，未发现我们的测量设备与测量方法有误。为慎重起见，我们逐级上报，并参加由水文局组织的验测专班对异常地段进行了验测。验测成果证实了我们所测成果的准确性。后经分析，这种异常情况是该地段特殊的边界条件造成的。虽然说测量成果未发生异常，但经历这件事情后，我们在以后的测量过程中对测量成果的合理性更注重了。

横沙岛上现风采

2000 年春节前夕，应长江口局的邀请，我们一行 15 名测量队员赴上海外高桥、横沙岛进行入海口处的滩涂保护测量。

我们首先完成了外高桥段的测量任务后才来到了横沙岛，不想第一天施测控制时，天气就给我们来了个下马威。近海处 4~5 级大风吹得压了几块大石头的仪器脚架哗哗作响，一名测量人员被风从护岸台阶上刮了下去，无奈之下，我们只好鸣金收兵。

内陆的风刮一阵很快就会停下来，但海滨这阵大风一刮就是 3 天。眼看年关将近，大家真是心急如焚。情急之下，大家就凑在一起想办法应付这恶劣的天气。我们利用风停、风小的间隙进行水准测量。堤顶风大，我们就从背风的一面测量。风停的时间长了，我们就进行平面控制测量。就这样，"敌进我退，敌疲我打"，测测停停，我们完成了控制测量任务。

开展近岸水下和滩涂陆上地形测量的时候，我们又遇上了一个前所未有的难题：近海口每天都潮起潮落，涨落幅较大，并且每天涨落潮的时间不一致。在向导的帮助下，我们逐渐掌握了潮汐的特性。每天趁潮水未起时抓紧时间全力以赴出测，后勤人员送饭到现场。涨潮时，陆上测量人员撤退，水下组就趁机抢测浅水区水下地形。横沙之滨猖狂的大风和不羁的潮水就这样被我们征服了。

横沙岛之行让我们终生难忘。

万水千山任我行

翻千山，过万水，我们测量队员不叫苦不叫累。我们由衷地感到自豪，庆幸自己赶上了好时代。历史慷慨地把三峡工程和长江堤防建设这样的大好发展机遇一同赐予我们；科技进步带来了测量手段的改进，这里边既有老一代水文勘测工作者无私的奉献，又有新一代测量健儿的奋力拼搏。

从崎岖险峻的三峡库区到风急浪高的横沙之滨；从酷暑难当的7月到冰天雪地的严冬时节，我们锻炼出了一支特别能吃苦的测量队伍。我们这支队伍，20世纪90年代初期闯入市场经济这个大舞台，走进三峡，走出长江，不断用自己的硬件设施和过得硬的质量成果赢得了客户的信任。测量队员用辛勤的汗水、无私的奉献和累累硕果在三峡水文局的发展史上书写了浓墨重彩的一笔！

漫忆篇

三峡工程科学研究工作概况

陈济生　戴定忠

　　长江三峡工程的设想，早在 1919 年，孙中山先生的《实业计划》第二计划第四节《改良现存水路及运河》中即已提出。在论述改善川江航道的同时已谈到利用水力发电。1924 年孙中山先生在《民生主义》中进一步阐述了长江三峡水力资源的开发问题，他说："像扬子江上游夔峡的水力，更是很大。有人考察由宜昌到万县一带的水力可以发生 3000 余万匹马力的电力，像这样大的电力，比现在各国所发生的电力都要大得多；不但可供给全国火车、电车和各种工厂之用，并且可以用来制造大宗的肥料。"1932 年由原国民政府建设委员会发起，组成了长江上游水力发电勘测队，编写了《扬子江上游水力发电勘测报告》，拟定了葛洲坝、黄陵庙两处低坝坝址比较方案，是我国开发三峡水力资源的第一份勘测研究工作报告。

　　20 世纪 40 年代，中外专家学者为开发三峡水力资源又开展了许多规划、勘测、设计、研究工作。先后提出过《利用美国贷款筹建中国水力发电厂与清偿贷款方法》《扬子江三峡计划初步报告》《长江三峡水库勘测报告》《三峡水库区经济调查报告》及《宜昌峡的地质》等。当时重点对西陵峡尾段石牌至南津关石灰岩地区诸坝址开展了地质勘察和设计研究，考虑了回水不致淹没重庆的 190 米库水位方案。参加有关工作的中外专家包括美国垦务局总工程师、坝工专家萨凡奇（J.L.Savage），美国经济学家潘绥（G.R.Passhal），中国的三峡水力发电计划委员会钱昌照、陈中熙、黄育贤、鲍国宝、包可永、吴兆洪、孙辅世、郑肇经、沈宗瀚、李春昱，三峡勘测处主任张昌龄，以及 1946—1948 年专门赴美国垦务局参加三峡工程设计研究工作的徐怀云、杨贤溢等 57 位工程师。

　　新中国成立后，党和人民政府对长江流域规划和三峡工程极为重视。1955 年国家正式决定编制长江流域综合利用规划和研究三峡工程的建设。配合长江流域规划和三峡工程各个时期的规划设计与论证工作，30 多年来，三峡工程科学研究工作大体上经历了 3 个发展阶段。

　　第一阶段（1956—1970 年）编制初步设计要点报告和专门研究人防与水库泥沙

问题阶段。

第二阶段（1971—1983 年）就葛洲坝工程做实战准备、积蓄技术经验，研究分期开发和低坝方案，编制 150 米水位方案可行性报告阶段。

第三阶段（1983—1989 年）进一步深化水位方案比较，重新审慎、全面论证，编制新的可行性研究报告阶段。

现将这 3 个阶段科学研究工作概况分述于后。

遵照国务院的决定，在整理分析长江流域的大量水文、地质、经济等基本资料的基础上，1955 年为准备编制长江流域综合利用规划，水利部由原党组书记、副部长李葆华，长江委由原主任林一山等率领，邀请有关部门中国专家和苏联专家组参加，正式组织了上游干支流河段的查勘。1956 年成立了长江流域规划办公室，负责长江流域规划的编制和长江三峡工程的设计研究工作。并专门建立了长江水利科学研究院配合流域规划与干支流工程建设，以三峡工程为重点开展水力学、泥沙与河道整治，材料结构、土工，岩基以及稍后开始的工程防护与爆破抗震等专业的科学试验研究工作。

1958 年 3 月，中央政治局成都会议确定了对三峡工程"应当采取积极准备和充分可靠的方针"。指示按库水位不超过 200 米，对于石灰岩和花岗岩两处坝址都开展初步设计和科研工作，并批准了当时条件已经成熟（尚存在一些争议）的汉江丹江口水利枢纽即刻开工兴建。

1958 年 4 月，国家科委、中国科学院和水利部为开展三峡工程的科研工作，成立了三峡科研领导小组，组长为张劲夫（中国科学院原副院长、党组书记），副组长张有萱（国家科委原副主任）、冯仲云（水利部原副部长）。6 月，在武汉召开了第一次长江三峡水利枢纽科研会议，有 82 个单位的 268 位中国各有关部门负责人和专家、教授以及 13 位苏联专家参加。其中包括华罗庚、张文佑、周培源、钱令希、张光斗、田鸿宾、朱物华、张如屏等。会后，向中央报送了《关于三峡水利枢纽科学技术研究会议的报告》，制定了协作计划，组织动员了全国 200 多个单位近万名科技人员配合设计开展了科研协作。

1958 年 8 月，国务院批准兴建三峡试验坝——陆水蒲圻水利枢纽工程，作为一项重要的实验，着重研究简化混凝土温度控制的大块体预制安装筑坝施工方法；并开展预填石料灌浆加固地基技术，大单宽流量消能防冲措施以及升船机和水轮发电机组等项试验。

1959 年 10 月，三峡科研领导小组在武汉召开了第二次三峡科研会议，有 153 个单位的 510 人参加了会议，提出了 700 多份科研成果报告。会后三峡科研领导小组向

漫忆篇

周总理和当时主管科技工作的聂荣臻同志报送了《长江三峡第二次科学技术研究会议报告》，附列了《长江三峡17个重大科学技术问题简要介绍》，包括：①坝区工程地质及水文地质；②三斗坪坝址岩石地基有关问题；③利用风化砂作混凝土骨料；④水库调度和泥沙淤积；⑤施工围堰和截流技术；⑥大体积混凝土高块浇筑；⑦大型水轮发电机组单机容量选择；⑧高压电器设备；⑨直流远距离输电技术；⑩三峡枢纽经济规则；⑪下游航道整治；⑫施工栈桥结构形式及快速安装；⑬枢纽布置及大坝形式选择；⑭通航建筑物形式选择；⑮施工通航方案造案；⑯三峡电力系统电压等级；⑰电力系统自动调频方式。针对这17个重大科学技术问题，当时已在全国各个行业中开展了进一步的科研工作，并结合在建的大中型水利水电工程，开展现场实验，种"试验田"，为解决这些科技问题积累了大量的成果。

经过两年的勘测设计科研工作，1960年初编制完成了《三峡工程的初步设计要点报告》，初步选择了花岗岩坝区作为坝址。并于1960年5月组织了中苏两国专家现场勘察，在花岗岩坝区内，再具体选择坝址线，转入正式的初步设计工作。

1960年9月，国家科委三峡组发出《三峡第三次科研会议通知》，根据当时国家调整时期的精神，贯彻中央对三峡工程加强人防、有利无弊和"雄心不变，加强科研"的指示，决定召开有众多单位参加的大会，并于1961年2月在北京香山召开了三峡科研领导小组扩大会议。肯定了1958年以来由360个单位提出的1376项科研成果报告。为全面解决好三峡工程重大科技问题奠定了良好的基础。决定下一步加强对少数单位科研工作的领导，集中优势力量研究人防（包括重新研究窄河谷坝址和地下厂房以及战时水体突泄与水库降低水位运行等）和泥沙（包括水库库容长期使用和变动回水区泥沙对航道影响）问题。1961年以后，长办和水电系统的科研机构与国际合作，加强了工程防护有关的试验、观测与研究工作。对水库泥沙问题也组织了大规模调查和模型试验研究。

1962年国家科学技术发展1963—1972年十年规划纲要中，将长江三峡枢纽工程仍列为重点专项。其中对水库泥沙问题、工程的防护问题、地下厂房隧洞工程技术、爆破筑坝、大型机组设备等问题都开展了认真的调查分析、模型试验、原体观测或者结合在建工程做了试验。如溃坝对下游影响，核爆对工程破坏力，库尾推移质5~10年长系列淤积对重庆港区和航道的影响，三峡电站日调节不稳定流对航运的影响等都进行了较大规模的模型试验与观测。广东南水工程爆破筑坝、黄河刘家峡水电站30万千瓦双水内冷机组的研制以及当时正在兴建的汉江丹江口混凝土坝的温控技术，泄洪深孔闸门与高速水流消能抗蚀防冲等都是这期间"试验田"的实例。

作为三峡试验坝的陆水蒲圻水利枢纽，由拦河混凝土溢流坝、装机容量3.52

万千瓦（年发电量1亿千瓦时）的电站、干运升船机、南北灌溉渠道、15座土质和混凝土副坝组成，总库容7.06亿立方米，兴利库容4.08亿立方米。1958年10月动工，1967年7月开始蓄水，1969年第一台机组发电，1974年全部机组投入运行。经过试验坝的工程实践和运行检验，取得了重要成果：明确了预制块的安装胶结性能；简化了温度控制工艺，加速了施工进度，质量能满足设计要求，可实现全年均衡生产，不受季节气温等因素的制约。经过多年的运用与洪水考验及对观测资料的分析，证明混凝土预制安装坝安全可靠。该项试验荣获1978年全国科学大会的表彰。

这一阶段配合设计开展的大量科研工作，为工程的技术可能性提出了科学论据：对于一些有影响的关键技术问题也基本上提出了解决途径和办法，为原定20世纪60年代初完成初步设计报告供国家审查（和安排20世纪60年代开工兴建）创造了条件。对于水库有效库容能够长期使用，变动回水区的泥沙淤积不致严重影响航道以及电站日调节对坝下游航运的影响等研究都获得了初步科研成果。

由于三峡科研从一开始就有"任务带学科"和"广种试验田"的方针，这一期间国内新安江、丹江口等许多水利水电工程陆续兴建。结合三峡科研的同时发展了水利水电科学技术，而我国水利水电工程建设的实践实质上也在推动以后的三峡工程的科研工作进入更高的水平和新阶段。

作为三峡工程的反调节梯级的葛洲坝水利枢纽工程于1970年底开工。长江干流上首先兴建的这项工程在战略上是为三峡工程建设的实地准备。1972年11月，国务院决定组织工程技术委员会负责修改工程设计时，强调要尊重科学，多做试验研究。在主管部委和工程技术委员会的领导与重视下，集中了长办和我国一些重要科研单位与高等院校的科技力量，对工程遇到的重大科技问题开展了卓有成效的协作。这些问题包括：水库上游回水区和坝区泥沙对航道的影响、大单宽流量泄洪建筑物的消能防冲、围堰及长江截流技术、船闸的结构稳定与充泄水系统水力学、巨型闸门及启闭设备技术、大型机组及超高压输变电、爆破开挖与机械化施工技术、软弱地基处理加固与水利工程救鱼等。仅以泥沙与航运为例，在前一阶段取得大量悬移质、推移质基本资料和重点库段河道观测资料的基础上，又充实了推移质来源岩性分析和河段天然冲淤变化规律的分析研究以及原型和模型泡漩水水流特性与对航运的影响等各项研究，还着重进行了南方已建水库工程泥沙问题对航道影响的实地调查。在数值模拟泥沙淤积情况的同时，运用实体泥沙模型开展了库尾、坝区泥沙淤积问题的试验，优化了工程的防淤冲沙设计。首次在国内应用了小比尺遥控船队模型技术，研究船队过船闸的情况，与此同时还组织了大规模的实船模拟航行试验。单就泥沙与航运方面就有16个单位270多位科技人员直接参加了科研协作。至1981年，各重大科技问题的科研

漫忆篇

工作已超过 800 项，大量优秀成果的应用标志着我国水利水电科研工作达到了先进水平。

葛洲坝二、三江工程于 1981 年已正式运行投产，其主要科技成果于 1985 年荣获国家科技进步特等奖。

葛洲坝工程与三峡坝址建在长江干流上，相距只 40 千米。葛洲坝水库的很大一部分也位于三峡水库范围内。葛洲坝工程的泄洪单宽流量、船闸尺寸与充泄水系统以及超高压输变电设施等都与三峡工程类似或相同。葛洲坝工程科研成果的成功应用以及工程运行的实践检验，使我们对解决三峡工程面临的类似重大技术问题积蓄了重要的技术经验，对以后的三峡工程设计科研有重要的指导和借鉴价值。

曾在 1958 年、1962 年两度列入三峡科研计划的库岸稳定性的研究工作在葛洲坝工程建设过程中得到了中央的重视。1976 年国务院下达了对葛洲坝库区（也是三峡库区）链子崖危岩体监测的任务。在对大量监测数据进行系统分析的基础上，有关部门科技人员提前预报了长江北岸姜家崖将大规模滑坡，促使各级政府采取了紧急预防措施。1985 年 6 月 12 日凌晨整个新滩镇滑入江中时，居民因先期安全转移，避免了严重灾难。这次成功的预报得到社会的赞誉和国家的表彰。

十一届三中全会以后，长江三峡工程再度列入国家重点科学技术发展规划。1979 年经国家科委、水利部同意，将长办提出的三峡科研计划列入"六五"期间第 118 项国家重点科技项目。1980—1981 年和 1982 年水利部均将三峡工程的科研工作列入部的新产品试制、中间试验重大科学技术计划。包括 10 个课题：①综合经济效益研究；②防洪研究；③环境影响研究；④对水生生态影响与发展水产措施研究；⑤水文气象研究；⑥泥沙问题研究；⑦大容量水轮发电机组和超高压输电技术及设备试验研究；⑧水工建筑物及其总体布置研究；⑨快速施工方案，新设备、新工艺及施工企业自动化研究；⑩地质问题的补充研究。在水利部的支持下，1979 年以后还组织了花岗岩区坝址的选择工作。根据国家经济建设发展的需要，从力求缩小淹没移民规模考虑，三峡工程的设计工作这一期间着重研究了高坝中用、分期开发、两级开发及低坝建设等方案。1982 年按国家要求正式编制 150 米水位方案的三峡工程可行性研究报告。为密切配合这项任务，又开展了相应的模型试验，分析计算等项研究工作。1983 年 2 月，国家科委《关于三峡工程低坝方案需要重点论证的几个问题》中列举了七项技术经济研究内容：①水库淹没；②航运；③泥沙；④电力系统规划；⑤大型水轮发电机组与超高压输电技术及大型升船机等设备供应、制造、运输；⑥总投资、总进度和整个工程经济效益；⑦环境影响评价。

根据多年来取得的大量科研成果和勘测、水文、规划设计工作及针对低坝方案进行的科学技术论证与科研试验研究成果，150 米水位方案的三峡工程可行性报告于 1983 年编制完成。国家计委于 1983 年 5 月主持召开了审查会议，组织了各部门代表和各方面专家 360 人分组认真审查讨论，原则上通过了可行性研究报告，建议国务院予以批准并随即开始编制这一方案的初步设计报告。审查会对当时还存在疑虑的泥沙航运问题，要求原水利电力部负责结合初步设计继续组织开展科技工作，并建议国家科委牵头组织升船机技术攻关。

三峡工程 150 米水位方案可行性研究报告得以顺利审查通过，正是因为三峡工程已有了多年的比较全面系统的科研成果作为论证基础；还因为同在长江干流上的葛洲坝二、三江工程（包括航道、船闸和电厂）已经成功地投产，从实践证明了我国水利科学技术的水平和能力。葛洲坝工程是成功的实战准备。这一阶段葛洲坝工程的科研工作有明显的特点：一是紧密结合工程建设，科研成果能迅速用于建设；二是以翔实的基本资料（观测资料、实验数据与已建工程的实地调查）为依据；三是集中了国内科研力量开展大协作，成果质量高、水平先进。

紧接三峡工程（150 米方案）可行性审查会后，原水利电力部于 1983 年 6 月在武汉主持召开了三峡工程初步设计阶段泥沙科研协调会。邀集了对水利工程泥沙科学研究工作有经验的一些科研机构、院校和水文、航运等专业部门的技术专家和代表制定了泥沙研究协调计划。对于以下课题：①水库有效库容的保留长期使用；②变动回水区的泥沙淤积对入航运的影响；③长期泥沙落淤后重庆市洪水位的抬高；④坝区的泥沙淤积对航运和发电影响与防沙排沙措施；⑤坝下游河道变迁和水位下降等开展了基本资料搜集分析、已建工程实地调查、原型观测、数学模拟计算和泥沙模型试验等多方面的研究工作，并要求能进出满足初步设计精度的科研成果。

1984 年 4 月 5 日，国务院正式发函原则批准了 150 米水位方案的可行性研究报告，同意选用三斗坪坝址，决定将坝顶高程提高至 175.00 米；并要求在 1985 年完成三峡工程的初步设计报告。同年 5 月，原水利电力部在武汉主持召开了除泥沙外其他专题的初步设计科技工作会议，安排了初步设计阶段的三峡工程科研计划，组织了院校和一些科研机构开展科研协作。

由于 150 米水位方案的水库回水达不到上游的重庆港，重庆市于 1984 年秋向党中央报告，要求将三峡工程的水位提高为 180 米。国务院责成科委和计委会同有关部委和单位对三峡水库水位方案进行论证。为了论证 150~180 米可供选用的最佳库水位，并安排科研计划，1984 年 11 月国家科委主持在成都召开了三峡工程科研工作会议，对有关重大科学技术问题进行了讨论和征集编列计划的意见。11 月中旬，李鹏副总理率各部委负责人和科研工作会议的一部分专家视察了三峡库区，听取泥沙航运科研

漫忆篇

工作情况的汇报并视察了长江科学院的三峡工程泥沙模型，明确指示，要求在半年时间内加强有关150米水位方案的泥沙与航运科研工作，提出成果向中央汇报。

经过各科研单位和院校的努力，150米方案的泥沙研究工作都按期得出了成果。

1985年6月开始，国家科委先后组成了为论证三峡工程水位的泥沙、航运、地质、机电等许多专题的专家论证组，进一步对高于150米的水位方案安排了科研论证工作。与此同时，国家科委还正式将三峡工程重大科技问题列为"七五"期间国家重点科研项目（第16项），安排了泥沙与航运、地质、水工建筑物、施工、电力、生态与环境、防洪等各类科研课题，并将升船机与大型水轮发电机组技术等也列入相应的国家项目（第50项），组织了有关部委下属的科研单位参加协作攻关。

1986年6月，党中央、国务院发出通知，指出"30多年来，我国的有关部门和科学技术人员对三峡工程做了大量的勘测、科研、设计工作，积蓄了丰富的资料。国务院也曾多次组织专家讨论并原则批准过三峡工程可行性研究报告。但是，这一工程还有一些问题和新的建议需要从经济上、技术上深入研究，以求更加细致和稳妥"，决定由原水利电力部负责广泛组织各方面的专家进一步论证，重新提出三峡工程可行性报告，报国务院三峡工程审查委员会审查，提请党中央和国务院批准，最后提交全国人民代表大会审议。

遵照《通知》要求，原水利电力部于6月成立了三峡工程论证领导小组，钱正英任组长，陈赓楣任副组长，潘家铮任副组长兼技术总负责人；成员有史大桢、杨振怀、苏哲文、娄溥礼、陈赓仪（兼秘书长）、黄友若、徐乾清、沈根才、魏廷铮。

论证工作分10个专题进行，其中4个专题各设2个专家组，共组建14个专家组，有412名专家参加论证工作。

自此，三峡工程的各项科研工作紧密结合论证的要求，在国家科委等主管部门的主持下把论证所需的科研任务与攻关课题结合起来，组织了数以百计的单位、数以千计的科技人员，系统深入地开展试验研究工作，从而为14个专家组的论证提供了丰富的科学依据。尤以泥沙与航运专题，数十个单位的数百名科技人员和数百名水文观测人员，经过前后五年多的辛勤劳动，完成了观测调查和计算分析试验研究任务，提出了重要的成果。仅回水变动区的分段泥沙模型和坝区段模型即有9座，其中对重庆港的泥沙模型试验就有清华大学、水利水电科学研究院、南京水利科学研究院和长江科学院四家平行开展工作。坝区泥沙模型也有长江科学院和南京水利科学研究院平行试验研究。枢纽总体布置、施工导流与施工通航的水工模型试验也在两地平行开展。在宜昌试验现场还建立了三峡工程至葛洲坝工程两坝间的正态不稳定流水力学长模型，以研究三峡电站负荷急剧变化时的不稳定流对航运的影响。

为配合研究下游河道冲淤计算，还专门安排了荆江河床实验站对宜昌至大通总长1115千米的河段进行河床质钻探取样。泥沙航运专家组和工作组还曾多次勘察现场，分阶段讨论审议科研成果并写出泥沙专题论证报告。作为论证依据共提出400多万字的科研成果报告。

5年多的三峡工程的大量科研工作（包括配合设计的前期科研与国家攻关课题科研）所取得的各类成果，为14个专家组完成论证报告以及编制新的三峡工程可行性研究报告，起了决定性的作用。据不完全统计，近几年已完成的各类科研成果报告近千项，总字数已超过1000万字，这是广大科技人员辛勤劳动的成果，是凝聚着他们的心血和智慧的结晶。有些科研试验，必须接连不间断地进行，许多科研人员夜以继日地工作，过年过节也不休息。泥沙专家组为了查勘枯水河道情况，专家们于1988年12月至1989年1月连续在测船上工作和生活，冒着风浪和寒冷，从沙市顺江查勘到南京上岸，历时20天，行程1000余千米，对三峡工程修建后下游河道演变问题有了进一步的认识和了解。

移民安置区环境容量等问题曾是众说纷纭很难查清的一笔账。配合移民专题论证，水利部遥感中心、中国科学院遥感技术研究所、国家测绘研究所和长办共同承担"应用遥感方法调查三峡水库移民安置土地资源"的任务。这些单位运用了现代的科学技术进行调查，共整理编制出移民安置1∶10000土地资源图826幅，每幅分别制有聚酯薄膜底图、彩色图和素图，总共出图2481幅。基本上查明了三峡水库移民安置区土地资源的空间分布与数量。靠先进的科学技术，解释遥感图像，清楚地显示出土地资源和土地利用现状。这项成果受到了国内外专家的好评。

仅此两例，即足以说明三峡工程科研成果涉及领域之广阔，内容之丰富，工作之精深和在科学技术上所达到的水平，都是国际上类似工程中所罕见的。

三峡工程科学研究30多年，经历了两代人的奋斗。著名数学家华罗庚在三峡科研会后曾研究试验坝混凝土预制块的最佳几何形状，写信提建议。一些为三峡工程种"试验田"的水利水电工程为我国水利水电建设造就了人才，发展了科学技术。作为三峡工程作战准备的葛洲坝水利枢纽，已经在发展社会主义国民经济方面创造了很大的效益。目前重新论证的工作已经完成，重新编制的三峡工程可行性研究报告已经报送国务院。30多年来的三峡科研工作，将以其重要性和科学技术价值载入我国水利史册。

漫忆篇

长江三峡水库长期使用研究

唐日长

一、前言

水库是水利水电工程综合利用水资源的重要组成部分。在蓄水运用情况下，随着泥沙在库区淤积，水库的有效库容日益减少，甚至淤废。水库淤废以后，工程的综合效益不能继续发挥，而且在工程上下游沿江地区还带来新的问题。20世纪40年代以来，美、日、苏等国开始注意研究水库泥沙淤积规律和解决水库泥沙淤积的措施。具体措施有以下几方面：

（1）防止土壤流失，减少泥沙入库。美国在水土流失地区进行了较长期的水土保持工作，取得减少入库泥沙的经验。

（2）增加水库库容，延长水库使用期限。具体措施有：在水库规划时考虑堆沙库容，加高大坝以增加水库库容，在水库上游兴建新水库拦沙等。

（3）汛期降低水位运用，排沙减淤。老阿斯旺水库和苏联一些小水电站汛期降低水位运用，取得较好的排沙效果；但因影响工程近期效益，未被广泛采用。

（4）定期空库冲沙，恢复库容。这种方法仅适用于季节性运用水库。

（5）机械清淤。主要用于小型水库处理泥沙淤积问题。

三峡水库长期使用是在以往研究的基础上，根据我国水利水电工程建设的经验，总结研究得出的成果。它的特点是通过合理规划，改进水库运用方式，使水库既能保留大部分有效库容长期使用，又不影响工程近期效益，做到远近结合，充分发挥工程的综合效益。

二、研究过程

20世纪60年代初期，黄河三门峡水库蓄水运用后，库区严重淤积，毛泽东主席、周恩来总理非常重视，并关心长江三峡水库的使用寿命问题。1964年长办主任林一山提出探索水库长期使用课题，并于当年 8 月带领文伏波、唐日长、张植堂等科技人员赴华北、东北、西北各地调查永定河官厅水库、浑河大伙房水库、柳河闹德海水库、老哈河红山水库、黄河青铜峡水库和三门峡水库、清水河长山头水库和张家湾水库，同时搜集国内外水库淤积和运用资料。在调查的 8 座水库中，张家湾水库已淤废，官厅水库、三门峡水库等淤积十分严重；淤积分布有 3 种形态，即三角洲形、锥体形和带状形。经过分析研究，由唐日长、张植堂编写《水库淤积调查报告》，报告根据水库淤积的基本规律提出水库长期使用的运用方式，汛期降低水库水位，调水排沙；汛后少沙季节蓄水运用。这种运用方式简称"蓄清排浑"，能长期保留水库的大部分有效库容。

1966 年，林一山提出论文《水库长期使用问题》，由于形势影响，《人民长江》1978 年 2 期才刊登出来。文章认为：水库可以长期保持部分有效库容的理论根据是山区河流水流挟沙不饱和。建库后，泥沙淤积形成的平衡坡降较建库前的河床坡降为小。主张在峡谷河段的下游修建高坝，有利于保持更大的"不淤"库容。

在此期间，长江科学院张植堂、侯法长、殷瑞兰等对长江三峡水库、汉江丹江口水库、岷江偏窗子水库、白龙江宝珠寺水库和黄河八里胡同水库、竹峪水库等按水库长期使用的运用方式，估算长期使用库容。同时，查勘黄河三门峡水库、盐锅峡水库，渭河宝鸡峡水库等，并参加峪河黑松林水库、以礼河水槽子水库的排沙试验，补充搜集了大量资料。

20 世纪 70 年代，长江科学院韩其为等在以往研究的基础上，提出论文《长期使用水库的平衡形态及冲淤变形研究》，对水库淤积过程和相对平衡阶段以及悬移质泥沙淤积平衡纵剖面、横剖面、保留库容、推移质泥沙淤积纵剖面、水库淤积平衡后年内冲淤变化等问题进行研究，提出了计算方法。

通过以上水库长期使用问题研究，1980 年 3 月，由清华大学水利系、长江科学院、黄河水利科学研究所协作提出论文《论长期使用库容》，在河流泥沙国际学术讨论会上进行了交流。认为水库长期使用的运用方式可以兼顾水库的当前效益和长远利益；长期使用库容与原始库容的比例，河道型水库较湖泊型水库大；长期使用运用方式的排沙水位是制定调水调沙方案的关键，它决定当前效益的发挥程度、长期使用库容的大小以及泄流规模等，应当慎重研究。1988 年 8 月长江科学院张植堂提出《水库长期使用问题研究》报告。

漫忆篇

三、主要研究成果

1. 合理规划运用方式

国内外大量水库淤积实测资料表明，不论多沙河流或少沙河流，在河流汛期来沙多的季节，降低水位排沙，可以长期保留水库大部分库容。汛期降低水位排沙方式有明流排沙、异重流排沙和空库滞洪排沙。水库长期使用的运用方式是汛期降低水位运用，汛后蓄水运用。汛期降低水位运用，除满足排沙要求外，应同时满足工程规划的发电水头和防洪库容，因而汛期降低水位是有限制的。当入库流量较大，根据下游防洪需要，水库调蓄洪水，库水位上升；洪峰过后，库水位仍降至低水位运行。汛后蓄水运用是根据工程规划的发电、航运和灌溉等综合利用要求确定正常蓄水位。枯水期水库水位逐步消落，调节下泄流量，以满足电站保证出力和下游航运、灌溉的要求。根据以上水库运用方式，合理规划确定汛期限制水位、正常蓄水位和枯季消落水位，以达到既能长期保留水库大部分有效库容，又能远近结合，充分发挥工程综合效益的目的。

2. 长期使用水库的平衡形态

水库长期保留库容与原库容之比与库区河流特性密切相关。天然河流的河床坡降从上游到下游逐渐减小。上游山区河流的河岸多系山地或丘陵，河床为基岩、砾石、卵石组成；河床坡降大，水流挟沙未达到饱和。中下游冲积河流的河岸多系冲积土层，河床一般为中细沙组成；河床坡降较小，水流挟沙处于饱和状态。

水利水电工程一般兴建在山区河流；库区悬移质泥沙淤积基本平衡后形成的河床坡降一般接近水库下游冲积河流的河床坡降。设建库前河床坡降为 J_o，库区悬移质泥沙淤积基本平衡后形成的河床坡降为 J_k，J_k/J_o 值反映建库前库区水流挟沙不饱和程度。J_k/J_o 越小，建库前库区水流挟沙不饱和程度越大。

水库平面形态一般分为湖泊型和河道型。建库后，库区悬移质泥沙淤积基本平衡后形成的稳定河槽与冲积平原河流形成稳定河槽的规律基本上是一致的。对于过宽的库面将逐渐淤成广阔的滩地并形成单一稳定河槽。水库长期使用的有效库容在汛期限制水位以上；由于汛后蓄水，来沙量少，滩库容淤积缓慢。考虑滩库容最终将淤废，所以长期使用库容不包括滩库容。

根据以上分析，水库长期保留库容与原库容之比，河道型水库较湖泊型水库大，

J_k/J_o 值小的水库较 J_k/J_o 值大的水库大。

水库悬移质泥沙淤积基本平衡后的河床坡降 J_k 和稳定断面的水深 h_k、河宽 b_x 原则上可以应用冲积河道的公式计算；对于公式中的系数和指数则应根据具体情况和实际资料研究确定。河床坡降 J_k 的计算公式有联解方程得出的公式、经验公式和类比公式。长江科学院联解水流运动方程、连续方程、水流挟沙力和河相关系公式，根据较多实测资料提出了平衡坡降公式。当平衡坡降已知，利用河相关系公式和曼宁公式可以计算稳定断面的河宽和水深。稳定河槽的边坡系数 m 值可参考水库下游河道实测资料研究确定；估算时汛期限制水位以下取 3.5，以上取 5~7。

四、三峡水库长期使用研究

1. 三峡水库长期使用的优越条件

（1）三峡水库库区建库前河床主要为基岩、卵石组成，水流挟沙不饱和程度大；水库下游长江中游河段水流挟沙处于冲淤平衡状态。建库后库区悬移质淤积平衡坡降 J_k 与建库前库区河床坡降 J_o 的比值 J_k/J_o 较小，约为 0.35。

（2）三峡工程坝址上游约 600 千米的库区主要为峡谷型河道。大部分库段的河宽约为 1000 米。水库下游上荆江河段平滩河宽平均为 1320 米，大于大部分库段的河宽。水库的有效库容主要为槽库容，滩库容很小。

（3）三峡工程担负重要的防洪任务，汛期需降低水位，以腾空库容准备调洪，因此"蓄清排浑"的调度方式与防洪要求一致。

以上条件说明，三峡水库长期保留库容与原库容的比值较大。根据水库不平衡输沙数学模型计算成果，三峡工程 175 米正常蓄水位方案运用 100 年后，在不考虑上游水土保持减沙效益情况下防洪库容能保留 86%，调节库容能保留 92%（1989 年长办编制的《长江三峡水利枢纽可行性研究报告》采用值）。

2. 正常蓄水位 175 米方案的运用方式

经过充分论证，三峡工程正常蓄水位选用 175 米方案，汛期限制水位为 145 米，枯季消落水位为 155 米。每年 5 月末至 6 月初，水库水位降至汛期限制水位 145 米。整个汛期 6—9 月，除入库流量大于下游河道安全泄量时拦蓄超额洪峰，水库水位抬高外，一般维持 145 米运行。超过电站过流能力的水量，由溢流坝段底孔下泄。汛末10 月水库蓄水，逐步升高至 175 米运行。12 月至翌年 4 月底，库水位按电网调峰要

漫忆篇

求运行，并逐步降落，以保证电站出力。枯季消落最低高程不低于 155 米，以保证水库回水变动区航道水深。

三峡水库采用"蓄清排浑"运用方式，既能长期保留大部分有效库容，又基本不影响工程的综合效益。175 米正常蓄水位方案防洪库容 221.5 亿立方米，调节库容 165 亿立方米，最小水头 71 米，平均水头 90.1 米，装机容量 1820 万千瓦，保证出力 499 万千瓦，改善航道 570~650 千米，万吨船队可通航重庆。三峡水库"蓄清排浑"运用能减少变动回水区的泥沙淤积量。175 米正常蓄水位方案运用 100 年后，长寿以上回水变动区库段淤积量仅占干流总淤积量的 3.5%，有利于改善航道浅滩，减小因水库淤积而增加的淹没范围。三峡枢纽的泄洪坝段布设 23 个 7 米 ×9 米、2 个 6 米 ×9 米深孔，孔底高程 90 米；另有 5 个 4 米 ×5.5 米排沙孔，孔底高程 75 米。175 米正常蓄水位方案汛期限制水位 145 米时，泄洪能力可达 44990 立方米每秒。深孔板高程较电站进水口底和船闸引航道底分别低 20 米和 40 米。当库区悬移质泥沙淤积基本平衡后，上游粗砂砾石到达坝区时，将沿坝区泄洪深孔上游深槽排到坝下游，可以减轻电站机组泥沙磨损和船闸引航道泥沙淤积。

综上所述，可以看出，三峡水库由于具有长期使用十分优越的条件，水库的运用方式又经过合理规划，175 米正常蓄水位方案不仅防洪库容和调节库容可以大部分长期保留使用，而且能远近结合，充分发挥工程的综合效益。

三峡水利枢纽工程泥沙问题的初步研究

唐日长

一、前言

三峡枢纽的工程泥沙问题一直受到党中央、国务院的重视、关切，得到国内有关兄弟单位的大力协助。30余年来，我办和有关兄弟单位围绕三峡枢纽的工程泥沙问题，持续地开展了泥沙测验、河道观测、野外调查、室内试验和分析计算等方面的工作，累积了大量资料和研究成果。

三峡枢纽工程泥沙问题可按部位分为库区泥沙问题、坝区泥沙问题和枢纽下游河道泥沙问题，枢纽来沙特性则是研究这些问题的基础。这些问题虽然比较复杂，难度较大，但通过30余年来工作的累积，特别是近10年来解决葛洲坝枢纽工程泥沙问题的理论研究和实践经验，为进一步研究解决这些问题，奠定了良好的基础。本文综述前阶段研究工作情况和主要研究成果，可供进一步研究参考。

二、枢纽来沙特性

枢纽来沙特性是工程泥沙研究、模型试验和分析计算的基本依据。三峡枢纽库区干支流设有水文、泥沙控制测站，以测定进出库区的水文、泥沙因素。悬移质泥沙测验一般有30年连续资料，系列最长的已有30余年，水文测验系列则更长。

三峡枢纽悬移质泥沙约有3/4是来自金沙江和嘉陵江。1960年以来，采用粒径计法对悬移质泥沙进行粒配分析。据统计分析：干流各站的悬沙粒配沿程变细，如多年平均 d_{50} 屏山站为0.048毫米，朱沱站为0.040毫米，寸滩站为0.036毫米，宜昌站为0.034毫米。

三峡枢纽控制流域面积约100万平方千米。根据流域产沙特性研究，多年平均侵蚀模数为511吨每平方千米·年，小于500吨每平方千米·年的地区约占流域面积的

73.4%；大于 1000 吨每平方千米·年的地区约占流域面积的 7.7%。后者主要分布在金沙江下游地区、嘉陵江上游的西汉水以及青衣江上游和大渡河中下游地区；这些地区的年产沙量约占枢纽上游来沙总量的 1/3。

长江上游森林采伐较严重，但根据岷江上游支流杂谷脑河小流域典型调查，河流泥沙的输移量并不与累计森林采伐面积成正比。从近 30 年枢纽上游控制测站实测悬沙资料统计分析：各控制测站 20 世纪 70 年代的平均年输沙量和含沙量，除乌江武隆站外，均有所减少。

从 20 世纪 50 年代开始，对推移质测验仪器进行试验研究和试制，1960 年在寸滩和宜昌水文站分别开展卵石、沙质推移质测验，截至 1982 年，已有 10 余年实测资料。从三峡枢纽坝址下游宜昌到库尾上游，干流河段布设有朱沱、寸滩、万县、奉节、宜昌五个测站常年测验卵石推移质，截至 1982 年，观测系列最短的测站已有 7 年成果。1960 年以来，在南京大学、清华大学的协作下，对三峡库区卵石推移质的来源与数量，进行过六次调查，其中，1973—1974 年采用岩性分析方法，对万县到宜昌河段的卵石推移质来源与数量进行了详细的测量、计算，得出宜昌站多年平均卵石推移质为 64 万吨。20 世纪 60 年代初期，在重庆河段及三峡臭盐碛（奉节附近）河段进行了河床演变观测，以后，又在三峡扇子碛河段进行了观测；同时，在川江、岷江、嘉陵江、清江等河流的重点河段进行野外调查，并在重庆附近进行同位素示踪卵石运动试验和坑测试验，搜集了大量卵石运动资料。

根据 1986 年以来调查，宜昌站卵石推移质约有 57.1% 由三峡区间补给，奉节以上来量约占 49.9%；奉节以上卵石来量以岷江最大，金沙江次之。

三峡枢纽干流各站卵石推移质粒径沿程变细。1975 年实测沙质推移质平均年推移质，宜昌站为 623 万吨，奉节站为 35.5 万吨，寸滩站经实测很少。根据颗粒分析，沙质推移质中 0.1~1.0 毫米的中细沙宜昌站约占 95%，奉节站约占 98%。1.0~10 毫米的粗沙砾石主要来自三峡区间黄陵背斜区，宜昌站年平均来量为 30 余万吨，奉节站尚不到 1 万吨，寸滩站也很少。

三峡枢纽上游河谷宽窄相间，三峡河段尤为显著。正常河流的卵石输移率是随流量而增减的；年内卵石推移质的输沙量集中在汛期。但在峡谷上游河段，汛期受峡谷的壅水影响，卵石推移质的输沙率则为汛期小而枯水期大，年内卵石推移质的输沙量集中在枯季。因此，三峡枢纽上游河段的卵石运动存在着明显的不连续性。

三峡枢纽来沙特性经过 30 余年长期测验、河道观测、野外调查，基本上掌握了悬移质、沙质、卵石推移质的来源，数量粒配特性，卵石推移质的岩性和运动特性，以及流域产沙特性、悬移质来量的多年变化等资料，从而为研究三峡水利枢纽工程泥沙问题，提供了比较充分可靠的基本依据。

三、库区泥沙问题研究

库区泥沙问题中最重要的问题是研究通过水库调度以减小水库的淤积速率和极限淤积库容，使水库长期保留较大的有效库容，长期发挥水利枢纽的综合效益。由于长江是我国贯通东西的运输大动脉，在水库淤积过程中，变动回水区的泥沙冲淤对航道的影响，也是库区泥沙问题中的重要问题。

如上所述，三峡枢纽上游流域侵蚀严重地区仅占总流域面积的7.7%，约8万平方千米，其产沙量则约占枢纽来沙量的1/3，枢纽悬移质泥沙来量约有3/4来自金沙江和嘉陵江。因此，重点治理枢纽上游面积不大而侵蚀严重的地区，并逐步兴建枢纽上游控制性的水利枢纽，以减少三峡枢纽的来沙量，是长期发挥枢纽综合效益的重要措施。这一问题在长江流域规划中已进行研究，今后将继续研究实施。

由于三峡水利枢纽是巨型枢纽，20世纪60年代初，黄河三门峡水库严重淤积，党中央、毛主席、周总理很关心三峡水库的泥沙淤积问题。1984年，我办林一山主任率领我们对我国北方一部分水库的泥沙淤积情况进行了调查研究，提出了调查报告和水库长期使用研究。认为：根据水库淤积规律和天然河流水沙年内分布的特点，通过水库的合理强度，主要是汛期降低坝前水位泄洪排沙，汛后蓄水的"蓄清排浑"运用方式，可以使水库长期保留一定的有效库容，做到长期使用。这种运用方式，在汛期结合防洪需要降低水位，既可腾出库容防洪，又可减少变动回水区的泥沙淤积量，对航运有利，仅对近期汛期发电量略有减少，但能长期发挥水利枢纽的综合效益，做到远近结合，是一种处理水库淤积的经济合理的调度方式。

为研究三峡水库淤积过程，20世纪50年代，采用平衡输沙、有限差分法计算，主要研究三峡枢纽高方案（正常高水位190米以上）运用20年内，库区泥沙淤积数量和淤积分布，泥沙淤积对库尾段航道和港口的影响。

20世纪70年代初期，开始研究水库不平衡输沙问题。1970—1973年，在丹江口水库开展不平衡输沙系统观测；1972年提出悬移质不平衡输沙初步研究成果；1973年开始运用电子计算机进行长系列计算。这一方法在国内不少专著中已有详细介绍，主要内容有水库运用过程悬移质泥沙淤积数量和淤积部位、非均匀沙断面平均含沙量沿程变化、非均匀沙的水流挟沙能力、悬移质和河床质级配沿程变化。经用丹江口水库、川江臭盐碛河段、荆江严家台、下荆江中洲子人工裁弯河段、黄河窑头寺沉沙条渠、葛洲坝水库等处实测资料进行验证，验证内容有悬移质泥沙淤积量和淤积分布、

漫忆篇

非均匀沙含沙量沿程变化、悬移质泥沙和河床质泥沙级配的变化。验证结果表明：计算成果总的情况是合理的，对于中、少沙河流，条形渠道、河道型水库，计算值与实测值基本一致。

三峡水库属河道型水库，有利于排沙；而且滩面窄，同一泄洪排沙水位长期保留库容的相对值较大。20世纪70年代以来，三峡枢纽布置均设有泄量较大的泄洪深孔，供汛期泄洪排沙，水库调度则按"蓄清排浑"方式进行，汛期库水位经常控制于较低的防洪下限水位，有利于排沙。根据水库正常蓄水位150米，防洪下限水位135米，死水位130米（简称150米—135米—130米方案），采用上述水库不平衡输沙数学模型和调度方式，在不考虑上游干支流建库拦沙的情况下，水库淤积长系列计算成果如下。

三峡水库按"150米—135米—130米方案"初期运用10年，时段平均排沙比为30.6%~31.6%，运用10~20年，时段平均排沙比为38.4%~39.5%，排沙效率是很大的。水库单独运用80年，累计悬沙淤积量为103亿~110亿立方米，已接近冲淤平衡，基本上可以长期保留防洪库容和调节库容，三峡电站不会变成径流电站。

20世纪60年代初，为研究三峡枢纽高方案库尾泥沙淤积对航道的影响，除加强原型观测和分析计算工作外，我办与武汉水利电力学院等单位协作，开展合江至寸滩长河段推移质泥沙模型试验，重点研究推移质泥沙淤积对重庆河段港区和航道影响。

1968年，丹江口水库蓄水运用，我办设立水文实验站开展水库泥沙观测研究，已有16年系统的观测资料，对水库库尾变动回水区泥沙冲淤特性和航道泥沙问题，提出了可贵的观测研究成果。

1973—1978年，我办与清华大学水利系协作，采用数学模型与物理模型相结合的方法，研究葛洲坝水库变动回水区航道泥沙问题，对建库后库尾段峡口滩和溪口滩的变化，提供了大量研究成果。1982年，葛洲坝水库蓄水运用后，开展了水库泥沙原型观测研究。

1983年，根据长江三峡水利枢纽工程泥沙问题科研工作协作会的安排，对丹江口、西津等水库的库尾航道泥沙问题进行了调查。同时，采用数学模型与物理模型相结合的方法，开展三峡水库变动回水区航道泥沙问题研究，现已建成四个重点库尾段的泥沙模型并开始试验。

根据丹江口等水库的库尾泥沙调查资料和丹江口、葛洲坝水库原型观测资料分析：建库以前，山区通航河流，虽然可以通过局部整治工程，对航行条件进行某些改善，但山区河流坡陡流急的基本特性无法改变，整治以后，礁石林立，滩险水恶的情况，仍难避免。建库以后，改变了山区河流坡陡流急的基本特性，在常年回水区库段，航道得到根本改善；在变动回水区库段，航道也较建库前有不同程度的改善。例如：丹江口水库汉江干流从将军河口至丹江口长约186千米库区，建库前有著名滩险38处，其中有17处位于常年回水区，建库后，水流平静，水域辽阔，航深可达10米以上，航道得到根本改善；位于变动回水区的21处滩险，已有16处化险为夷，成为较好的航道；另有3处的航行条件也得到改善，仅有2处变化不大，可以适当整治，加以改善。丹江口水库已运用16年，原型观测资料表明，变动回水区航道今后将得到进一步的改善。

山区河流建库以后，变动回水区航道较建库前之所以有不同程度的改善，从上述水库大量原型观测资料分析，主要有以下原因：①变动回水区的中、下段受回水影响较大，淤沙数量较多，粒径较细，建库前的礁滩险，多被淤沙淹没，比降变平，流速减缓，水深增大，一般成为较好的筑道。②变动回水区上段，水位略有壅高，主要淤积卵石或卵石挟沙；淤积量少，多淤在边滩、心滩或局部深潭，深泓尚有冲深，航道略有改善。变动固水区水位变幅减小，无论弯道段、分汊段、顺直段的主流年内变化均较建库前小，一般有"淤滩留槽"特点，滩槽高差逐年增大，有利于稳定航道，加大航深。

山区河流建库后，变动回水区航道在再造床过程中，可能出现的问题，根据上述水库调查资料分析，主要有：①建库前山区河流航道经过整治后，航道比较稳定；建库后，由于河床边界及水沙条件改变，在某些宽阔库段，航道位置可能改变或出现主流摆动，航道不稳定情况。②当水库调度运用不正常，枯季超低水位运用，消落冲刷时，可能出现搁浅碍航或海损事故。上述第一个问题，采取局部航道整治或河势控制工程可以解决；第二个问题只要水库避免枯季超低水位运用，即不致出现。

长江水量大，含沙量小，三峡水库的相对库容为枢纽年径流量的4.5%，约为丹江口水库相对库容的1/10：入库多年含沙量（指寸滩站）为1.33千克每立方米，约为丹江口水库汉江库区入库多年平均含沙量的1/2。这两项指标说明：三峡水库较丹江口水库更有利于按照"蓄清排浑"的方式运行，更有利于发挥水库调水调沙的作用。

根据三峡水库淤积长系列计算采用的典型水文系列1960—1970年资料，按照"150米—135米—130米方案"调度，每年1—4月末的坝前水位，仅有典型枯水年（1960年，保证率为97%）4月末水位为130米，1960年与1963年3月末水位为133.8米，其余年份均不低于135米，并有8年1—4月末的坝前水位不低于140米。可见三峡水库变动回水区航道每年枯水季节绝大部分时间受回水影响，使水深增加，比降变平，对航行有利。此外，三峡水库枯水季节坝前水位一般不低于汛期泄洪排沙水位，即防洪下限水位135米，而且年际变化也不大。因此，变动回水区航道不会出现由于枯季

漫忆篇

超低水位运用而引起碍航的情况。

根据三峡水库淤积长系列计算成果，水库单独运用 20~50 年，变动回水区泥沙淤积量约有 97% 以上淤积在王家滩以下库段。建库以前，王家滩以下库段的滩险将被淤沙淹没，成为较好的航道；上洛碛到王家滩库段（在长寿附近）主要为推移质淤积。寸滩站实测多年平均卵石推移质为 32.5 万吨，1~10 毫米粗砂砾石数量很少，淤积量不大，建库以后，如果出现淤积碍航情况，可以发挥水库调水调沙的作用，或采取局部整治工程，加以改善。

三峡水库变动回水区某些宽阔库段，在库区再造床过程中，是否出现航道位置改变或主流摆动情况，正在进行研究，必要时可以采取局部航道整治或河势控制工程，加以改善。

总之，三峡水库库尾变动回水区航道泥沙问题，从 20 世纪 60 年代初开展原型观测、分析计算和模型试验，大量研究成果表明：建库以后，航道将得到不同程度的改善；在库区再造床过程中可能出现的问题，可以通过水库合理调度运用，局部航道整治或河势控制工程，加以解决。

四、坝区泥沙问题研究

在研究三峡枢纽高方案阶段，没有专门研究坝区泥沙问题。20 世纪 70 年代，葛洲坝枢纽坝泥沙问题的研究、实践，为研究解决三峡枢纽坝区泥沙问题，做了充分的实战准备。

葛洲坝枢纽系径流电站，坝轴线位于三峡出口南津关弯道下游，水流泥沙运动及河床边界条件均十分复杂，70 年代初以来，开展原型观测，加强泥沙物理模型试验，研究解决了坝区河势规划与枢纽布置，以及船闸上下游引航道的航行水流条件和泥沙淤积问题；电站的引水防沙问题。现在，枢纽的第一期工程已经运用 4 年，发挥了通航和发电的效益。实践证明：葛洲坝枢纽解决坝区泥沙问题的经验，对解决低水头枢纽，水流泥沙运动及河床边界条件均十分复杂的坝区泥沙问题，有重要的参考价值。在泥沙物理模型试验方面，我办和协作单位先后进行了具有不同几何比尺、不同相似条件、不同模型沙的坝区整体泥沙物理模型，对泥沙物理模型的相似理论和试验技术，取得了较大的进展。

三峡枢纽的坝轴线位于三斗坪右向弯曲分汊河段，坝线总长 1924 米，包括溢流坝段、厂房坝段和安装场坝段。目前选用的枢纽布置方案溢流坝段有 23 个 7 米 ×9 米深孔，孔底高程 85 米。溢流坝段两侧共布置 26 台机组，左 14 台，右 12 台，电厂进水口高程 104 米。船闸和升船机则布置在左岸，引航道进口底高程 125 米。电厂安装场设 5 个 4 米 × 6 米排沙底孔，左电厂 3 孔，右电厂 2 孔，孔底高程为 55~90 米。

三峡枢纽坝区泥沙问题的研究重点是船闸和升船机上下游引航道的泥沙淤积问题和电厂引水防沙问题。根据三峡水库淤积长系列计算成果，水库单独运行 50 年，库区悬沙淤积量为 96 亿 ~99 亿立方米，坝区（从太平溪至三斗坪长 6.8 千米）悬沙淤积量为 7.15 亿立方米，均已接近平衡，第 41~50 年时段平均排沙比为 80% 左右。前阶段坝区 1∶150 正态泥沙物理模型的试验条件，是参考上述计算成果，从安全出发，采用水库单独运用 65 年的坝区淤积量（约 7.3 亿立方米）在模型上铺沙和中水丰沙年（1966 年型）的出库水沙资料，进行 12 年长系列试验。根据两组长系列试验成果，放水试验 10 年末，坝区主河槽淤积已基本平衡，距坝 75 米处的深泓高程为 70 米左右；坝区船闸、升船机引航道口门外的边滩淤积强度已明显减少。

坝区船闸、升船机引航道口门外长 600 米、宽 225 米范围内的淤积量：上游引航道 10 年共淤 136.2 万 ~160.4 万立方米，平均每年淤积 13.6 万 ~16.0 万立方米；下游引航道 10 年共淤 64.5 万 ~51.5 万立方米，平均每年淤积 6.5 万 ~5.2 万立方米。引航道口门内的淤积量：上游引航道 10 年共淤 4.8 万 ~8.8 万立方米，平均每年淤积 0.5 万 ~0.9 万立方米；下游引航道 10 年共淤 61.3 万 ~55.9 万立方米，平均每年淤积 6.1 万 ~5.6 万立方米。以上引航道口门外的淤积量均有随滩面淤高而递减的趋势。可以认为：三峡枢纽船闸、升船机引航道的泥沙淤积强度是不大的，当淤积达到一定高程时，采取挖泥措施是可以避免碍航的。

三峡枢纽的船闸、升船机引航道虽然位于三斗坪弯道凸岸，但因上游引航道口门远离坝区主河槽，且高出溢流坝段深孔达 40 米，洄流强度弱，含沙量小，粒径细，所以淤积强度不大；下游引航道位于葛洲坝水库的常年回水区，口门离出原河床约 30 米，而枢纽下泄含沙量和粒径均较天然情况小，所以淤积强度也不大。

三峡枢纽 26 台机组在长江汛期来沙多的季节，除机组检修外，全部开机过流，对电厂门前清有利。根据前阶段两组长系列试验成果，放水试验 10 年来，电厂上游 76 米处的淤积高程：左侧电厂最高为 102.9~104.5 米，最低为 67.3~76.8 米；右侧电厂最高为 110.8~109.1 米，最低为 68.4~75.6 米，泥沙淤积不严重。由于电厂进口高出溢流坝段深孔达 19 米，过坝泥沙粒径较细，粗沙、卵石不易到达坝区，所以三峡枢纽对防止粗沙过机也十分有利。

经过前阶段数学模型计算和泥沙物理模型试验，可以看出：三峡枢纽由于没有泄量较大的深孔，水库库区狭长，即使水库单独运用半个世纪以后，坝区仍可保持较大的水深，悬沙含量和粒径均较天然情况小，粗沙、卵石不易到达坝区，坝下游又处于葛洲坝水库常年回水区，所以泥沙淤积强度不大，坝区淤积问题不严重。

五、枢纽下游河道泥沙问题研究

葛洲坝枢纽是三峡枢纽的组成部分，位于三峡枢纽下游约 40 千米。葛洲坝枢纽下游，长江由山区河流过渡到冲积性河流——荆江河段。其中，宜昌至枝城下游的江口镇长约 120 千米，长江两岸为低山丘陵阶地区，洲滩众多，河岸稳定，河中泥沙组成：表层为卵石夹沙，最大粒径约 150 毫米，深层为卵石层。江口镇以下到城陵矶长约 310 千米，河段两岸除个别控制点外，均为冲积土层组成，抗冲强度较差，但凹岸多已守护。河床为中细沙组成，d_{50} 约为 0.18 毫米，深层有卵石层，坡降约为 2‰。

20 世纪 50 年代以来，为了研究三峡枢纽清水下泄，下游河床冲刷、水位降低，河床演变对防洪和航运的影响，进行了大量工作。

1959 年初，对宜昌至涴市长约 124 千米的河段进行了河床质详细取样分析，并用手钻探测卵石夹沙厚度。同年，采用平衡输沙、有限差分法，考虑冲刷极限深度和卵石层床面的控制。估算三峡枢纽清水下泄下游河床冲刷，枯水位降低情况。估算结果为清水冲刷 22 年后，当长江流量为 5000 立方米每秒时，宜昌相应水位的降低 1.5 米。20 世纪 70 年代，曾对葛洲坝枢纽单独运用和葛洲坝枢纽与三峡枢纽联合运用下游河床冲刷，枯水位降低的极限情况进行了多次估算。估算结果：宜昌站枯季水位降低值为 1.5~2.0 米。

1980 年至 1982 年，为勘探三峡、葛洲坝枢纽建筑物砂石骨料，从宜昌至宜都河段，进行了大量勘探工作。1983 年，"长江三峡水利枢纽工程泥沙问题科研工作协作会"以后，搜集和整理了宜昌胭脂坝到红花套河床勘探资料，补充 1959 年探测资料，进一步查明了该河段的卵石挟沙层厚度和粒配，正在采用不平衡输沙数学模型，进行长系列计算。

1959 年，丹江口水利枢纽截流，我办开展了坝下游河床冲刷、水位降低、河床演变原型观测研究，已累积了 20 余年系统的观测资料。丹江口水利枢纽截流后到蓄水前阶段，下游河床冲刷已达距坝 240 千米的碾盘山，多年平均流量 1230 立方米每秒时，黄家港站水位已下降 1.32 米。1968 年，蓄水运用后，河床冲刷继续向下游发展。1980 年明显冲刷河段已达距坝 464 千米的仙桃镇；同等流量时黄家港水位共下降 1.64 米，1974 年已趋稳定。丹江口水库下游河道演变总趋势是堵汊并流、水深加大，河势趋向稳定，有利于防洪、航运；在河势调整过程中，个别河段可能出现崩岸和碍航情况，需要加强原型观测，根据需要进行局部整治或河势控制工程。

三峡水利枢纽下游泥沙问题研究的任务是进一步核算宜昌站枯季水位降低值，分析下游河道演变趋势，预测航道浅滩变化及上下荆江崩岸的变化趋势，提出必要的局部整治或河势控制工程，为充分利用三峡枢纽对水沙调节的有利条件，提高荆江防洪能力，改善荆江航运条件，提出研究成果。这些科研工作仍在继续进行。

六、小结

30余年来，我办和有关兄弟单位围绕三峡枢纽的工程泥沙问题，持续地开展了泥沙测验、河道观测、野外调查、分析计算和泥沙模型试验，累积了大量资料和研究成果。

通过枢纽来沙特性研究，基本上掌握了悬移质、沙质、卵石推移质的来源、数量、粒配特性，卵石推移质的岩性和运动特性以及流域产沙特性、悬移质来量的多年变化等资料，从而为研究三峡水利枢纽的工程泥沙问题，提供了比较充分可靠的基本依据。

三峡水库属河道型水库，没有泄量较大的深孔，通过水库的合理调度，采用"蓄清排浑"的运用方式，可以保留一定的有效库容，长期使用。经采用不平衡输沙数学模型进行长系列估算，"150~135~130方案"单独运用80年后，悬沙淤积已接近平衡，可以长期保留设计有效库容，不会变成径流电站。

三峡枢纽兴建后，水库常年回水区航道将得到根本改善；变动回水区航道也将有不同程度的改善。变动回水区航道在再造床过程中，个别河段可能出现航深不足的问题，可以通过水库调度，或航道整治工程，加以解决。

三峡水库单独运用半个世纪以后，坝区仍可保持较大的水深，悬沙含量和粒径均较天然情况下，粗沙卵石不易到达坝区，坝下游又处于葛洲坝水库的常年回水区，泥沙淤积强度不大，坝区通航、发电泥沙问题不严重。

三峡枢纽蓄水运用后，下游河床将发生长距离冲刷，估计宜昌站枯季同流量水位将降低 1.5~2.0 米。下游河道演变的趋势是堵汊并流，水深加大，河势趋向稳定，有利于防洪、航运。

漫忆篇

二期围堰几则

包承纲

一、深水围堰滴水不漏，水上长城固若金汤

三峡工程分三期施工。第二期工程需要截断主河槽，形成二期工程的施工基坑。它的上、下围堰为二期围堰。三峡二期围堰不是使用一年，而是五年。在其服役期间，还要保证长江航运不能中断，这给施工安排带来许多困难。要完成 1000 多万方堰体材料的填筑，还要打深度近 80 米、面积达 8.4 万多平方米的防渗墙及安排其他构件（护坡、堰顶、道路、观测设施等）的施工，其紧张程度可想而知。

通常，围堰是在不深的水流中建造的，深的也就三四十米，而三峡二期围堰的施工水深达 60 米，超纪录，因此围堰的高度将近 90 米，而且其水下工程量占 80% 以上。这在国内外围堰中是罕见的。其实，这是一座真正的大坝呀！但却没有一般大坝的建造条件，其难度不言自明。

工程的困难还来自围堰基础的复杂性和堰体结构的特殊性。谁都知道，挡水大坝基础处理的难易往往是决定工程成败的关键之一，围堰工程亦然。二期深水围堰建在厚达数十米的砂砾岩覆盖层，而在风化层上面还有一层新近沉积的粉细沙淤积层，最厚达 20 米。这是一层疏松、粒度均匀的细沙，在振动影响下极易液化，是水利工程中让人头痛的一种土类。对施工围堰来说，一般都不考虑地震的影响，但三峡二期围堰需运用五年，其间难保不发生或大或小的地震。其次围堰位于基坑一侧，施工干扰、爆破影响会否扰动细淤沙的稳定，值得关注。另一麻烦问题是有关防渗墙穿越风化层并嵌入基岩的障碍。风化层中有一种叫块球体的"怪物"，它是花岗岩风化过程留下的特别坚硬的残留物，呈球状，直径 2~3 米，这些块球体架空堆叠，透水性很大，使打墙机具很难通过它，给造墙带来很大困难。此外，还有一个基岩陡坡段的问题。在主河槽桩号 0+454~0+616 处有一段长 162 米深槽段，深槽左侧为一最大坡度超过 70 度的陡坡段，其高差达到 30 米。打孔机具到达该处时极易打滑，嵌入困难，需采取

特别措施，这也增加了造墙难度。

围堰的断面形状不仅复杂，而且很古怪，这是由围堰的某些特殊功能要求和当地客观环境条件决定的。围堰的堰体最下部是截流时的石碴、块石和砂石料的抛填体，其中有水下立抛和平抛的粗粒料，出水后进行水上碾压填筑，其材料有风化砂、风化石碴、砂砾料、大块碎石料等，防渗墙体有塑性混凝土和风化砂柔性墙体材料，还有复合土工膜防渗体，以及压坡料、反滤料等。其断面结构这样复杂，材料分布如此多变，它的应力应变工作状态及稳定性也并非一般，必须做专门的研究。这样的研究不仅需考虑一般的静力条件，而且还要关注特殊的动力条件，如地震作用及附近基坑频繁的爆破影响等。如此种种，注定二期围堰是一个难打交道的对象。

其实这个工程的困难和艰巨性，早就被建设者和国内专家注意到了。当时长办的一位总工认定它是"三峡枢纽（土建）工程中最具挑战性的两个建筑物之一（另一为永久船闸高边坡）"。因此，早在1958年6月，国家科委在武汉主持召开的第一次全国三峡工程科研会议上，专家们就明确提出：鉴于二期围堰的难度很大，建议在"当地修一个试验小坝"，进行试验。

1958年11月，三峡科研领导小组"三峡围堰工程深水抛填风化砂及壤土的施工方法及防渗性能研究"专题正式下达围堰现场试验的任务，经北京水科院苏联专家鲁布契科夫等赴现场考察，并经长办三峡领导小组和长江科学院领导研究决定，在工地石板溪开槽进行大型模型试验，以解决深水抛填后，风化砂的分散稳定及渗透性等"问题。长江科学院随即调集大量人力、物力，在石板溪拦沟筑坝，形成一个水深6米的小水库，并采用人工挑土抛填的方法进行试验。应当说，参加试验的同志都尽心尽力，十分辛苦。但天不作美，在1960年，当试验进行了一半时，遭一场暴雨袭击，实验设施全部被冲毁，试验已无恢复的可能，不得不中止，仅得到少量风化砂抛填密度的数据，但这是6米水深的资料，故密度成果偏低。在以后的岁月中，现场试验虽然没能继续，但二期深水围堰问题始终是三峡设计、科研人员挂在嘴边的重大话题之一。

20世纪80年代，三峡工程的建设被正式摆上议事日程后，面对二期深水围堰这个挑战，科研人员深知其难，但没有胆怯。相反，他们十分兴奋，因为这是"啃硬骨头"难得的好机会。以设计为龙头，他们与设计和施工以及工程业主（三峡总公司）紧密合作，信心十足地准备应战。在长江委一位副总工的统筹下，科研人员与设计人员一起，相互研讨，共同制定攻关内容，主动承担最困难的课题，随时交流阶段成果，及时调整研究方向，并保证及时将成果应用于设计中，起到了出谋划策的"智囊"作用。另一方面，在三峡总公司的协调下，科研人员与施工部门共同控制质量，及时反馈观测成果，为完善和改进工艺起到监督和参谋作用。在整个研究过程中，还邀请国

漫忆篇

内十多家有经验的高等院校和科研单位共同攻关，决心用具有当代先进水准的理论、方法、技术和工艺来化解难题，找到最优的解决方案，为三峡工程的成功尽了绵薄之力，为土石坝和围堰技术的发展作出了贡献。

二期围堰从岸边滩地开始施工算起，经过3年多的紧张施工，终于落成挡水。其中，防渗墙各槽段施工从1996年9月20日开始试验段，到1998年8月5日第二道墙最后一个槽孔浇完，前后持续近两年。在这一过程中，1998年6月，第一道防渗墙刚完工，第二道防渗墙开打不久，这时围堰处于最不利的工作条件。但为了争取时间，基坑开始了限制性抽水。然而不久，超过6万立方米每秒的大洪水突然袭来，围堰堰体和防渗墙产生了过大的变形，超过设计计算值40%，围堰安全面临严峻考验，全工地都十分紧张，如何应对众说纷纭。科研人员面对"险情"没有慌张，他们胸有成竹地与业主和设计、施工部门一起，分析"敌情"，查找原因，重新进行精准计算，得出"可以继续挡水"的科学结论，说服施工单位无须停工，保证了工程继续进行。这样的大洪水在当年接连来袭8次，但都有惊无险地扛过去了。

围堰建成挡水后，效果出乎意料的好，原设计的预计围堰总渗漏量为600升每秒，而完工时实测上下游围堰渗漏量分别为10升每秒和36升每秒，合计为46升每秒，1999年测得最大渗漏量为190~210升每秒，均远小于设计值。三峡工程技委会主任潘家铮院士惊叹地说："这座水上长城不仅固若金汤，而且几乎滴水不漏。长江这次是真的服输了。"潘总本来十分担心二期深水围堰的质量，但当看到实施结果时，高兴地著文评价："从众多因素综合分析，三峡工程二期围堰建设就总体而言无疑已达到国际领先水平"，"在极其严峻的水文、地质、工期条件下，二期围堰的建成标志着中国水利水电建设又登上新的台阶，跻身于国际先进水平，值得庆贺。"

三峡总公司总工程师张超然院士说："二期围堰是影响三峡工程施工成败的关键性建筑物，修建在深水中的淤砂地基上……施工难度极大"，"三峡大江截流和二期围堰施工是一个高难度的工程项目，创造了多项世界纪录"，说明二期围堰主要技术问题的决策是正确的。

长办老主任林一山在他主编的文献中说："三峡二期围堰不同于一般土石围堰，它在技术上面临更多的技术问题"，"二期围堰的防渗问题……成为施工中一个关键问题"，"离心试验为我们提供了水下抛填体的实际密度，……有限元计算为我们摸清了防渗墙可能存在的隐患"，"就这样有针对性锲而不舍地反复研究，我们终于完成了当今世界上难度最大的深水高围堰的施工设计"，"三峡深水围堰的许多重大技术问题的突破，无论对于中国围堰技术，还是世界围堰技术的进步，都是一个重要的贡献"。

二期围堰于 2003 年 6 月运用结束，围堰被拆除到 56 米高程。在拆除过程中，对上游围堰又做了一件极有意义的事。这就是将围堰"开膛破肚"，进行测绘、取样、试验、分析，检验原来预测的成果，并实测堰体材料经过几年工作后的性能变化，还对原来存疑的若干技术问题寻求真实的答案。这不仅对三峡工程本身极具意义，也解答了土坝计算分析中的若干疑点，有助于相关学科的发展。这种做法如果不是绝后，至少也是空前的。

自 2003 年汛期起，二期围堰的残留体已沉没在几十米下的深水中十多年了。其间，我除了做些技术总结，还应约为几种刊物写过几篇文章，如《三峡工程二期围堰建设中若干关键技术问题的解决》《三峡二期深水围堰的科技创新及其对我国高围堰建设的意义》等。并在国内外学术会议或高等学校的课堂讲课或交流，此外，没有再关心过二期围堰的事。近来因其他事情（如参与编写和评审《三峡工程史料选编》等），了解到原来三峡二期围堰还得过好几项省部级科技进步奖，有的还评为达到国际领先水平，对此我是一概不知。我既没有为报奖花过时间和精力，也没有去关心谁报了奖，当然也没有领过一纸奖状或一分奖金。但在三峡二期围堰工作中所获得的经验、才能和知识，则是我最可宝贵的"财富"，它将受用终生。

二、抛填密度久成谜，解困唯有超重力

三峡二期围堰的主要填料系花岗岩风化料，其颗粒相当软弱，遇水易碎。但坝址附近除了"漫山遍野的风化砂"外，并无其他合适的填料。但风化砂在深水下沉积后是否密实？密度是多少？沉积体的稳定边坡坡角多大？这些都是未知数，但它们又是设计不可或缺的最基本资料。

欲获得这些数据，最容易想到的当然是做现场试验。在那次武汉会议上专家们就建议"利用当地风化砂做围堰是合适的，建议在当地修一小坝"，进行试验，以确定抛填密度及水下稳定坡角。1958 年 11 月，三峡科研领导小组"三峡围堰工程深水抛填风化砂及壤土的施工方法及防渗性能研究"专题下达围堰现场试验的任务，正如前文已提到的，科研人员本已开始试验，无奈天不作美，试验开始不久，一场大暴风雨来袭，沟内洪流把试验设施冲毁殆尽，试验不得不终止，仅得到少量试验数据，抛填干密度大都在 1.40~1.50 克每立方厘米，平均 1.45 克每立方厘米。依靠这些仅有的数据进行围堰的分析计算，终因密度过低、防渗墙变形过大，方案不能成立。这样，设计就无法正常进行，为此曾困惑了很久。

20 世纪 80 年代中期，长江科学院的全国第一台大型离心模拟试验机建成。离心

漫忆篇

模拟技术是岩土工程中有独特优点的新研究手段，国内外都很重视。长江科学院土工研究人员采用这种技术进行多种土工工程问题的研究。离心模拟的原理触发了我们的灵感，"可否将它用于60米水深中抛填的模拟"，但这是国内外从未有人做过的。于是我们从相似原理、试验方法、试验设备、成果分析等各方面进行了研究，分别采用了"静态抛填"与"动态抛填"的方法进行探索。所谓静态抛填就是在离心机转动前，将风化砂在静水中抛下，然后开动机器，加速到要求的加速度（本次是100g）；所谓动态抛填就是先开动机器，当离心机转到刚好100g时，上部料斗斗门自动打开，风化砂抛入水中。这两种情况都与实际条件有一定出入，实际的可能介乎两者之间。根据所得的大量试验数据，分析整理出60米水深下的干密度和稳定坡角。试验结果发现，抛填密度几乎与水深成正比，这样，就完全否定了小水深的试验方法，如果找不到60米水深的实测环境，那么超重力离心模拟就是确定水下抛填密度仅有的办法了。根据试验成果，一般的干密度试验值在1.73~1.83克每立方厘米，平均为1.75克每立方厘米，若风化砂中粗粒含量P5（>5毫米）超过60%，则干密度可达1.82克每立方厘米。

为了验证离心试验成果的可靠性，我们对一期围堰的堰体密度进行了实测。一期围堰于1996年底拆除，在该围堰上有意识地安排了若干测试项目，为二期围堰提供验证资料。资料表明，水下堰体的干密度为1.66~1.92克每立方厘米，平均为1.81克每立方厘米，比离心模型试验结果略高。但这个密度可能是经过上部荷载压密的结果，比刚抛填时的值要高些，故不宜直接用于设计，但至少证明超重力试验数据是可信的。因此，采用1.75克每立方厘米作为设计干密度指标还是合适的。根据试验，稳定坡度在26~27度，说明1/3的边坡可以基本稳定。这个成果在围堰专家组的评审中得到充分的肯定，并认为是一项开创性的成果，建议用于设计计算。

二期围堰第一道难关的突破，给了大家很大的鼓励。这个事例充分说明，对于这个超常的世界最大水利枢纽，必须遵循最严谨的思路，采用最先进的技术，去解决工程中存在的问题，以保证与其规模相称的世界一流的质量和水平。

三、围堰性状难预测，分析借重有限元

三峡二期围堰的构造比较奇特。由于长江水深、流急，为减少截流水深，龙口采用平抛垫底提高河底高程，然后两边端进占的截流方案。截流完成后，加高围堰，堰体中间部分采用花岗岩风化砂填筑，以满足构筑防渗墙的需要，而上下游侧则用块石、石碴等粗粒料筑成棱体。当填筑到73米高程，围堰出水，再采用干填碾压法将堰体

填到要求的高程。因此，堰体的不同部位是由不同的材料和不同的填筑方法形成的。河床深槽部位（150米长）的堰体中要设两道，两侧滩地部位打一道墙。上口后15米高度围堰采用复合土工膜斜墙防渗体。由于断面构造奇特，组成材料众多，填料又不均匀，水上水下的填料密度差别较大，各部分堰体的变形模量或弹性模量变化很大，加之堰体与墙体之间的相互作用，一道墙与两道墙连接处的特殊结构，复合土工膜这种新材料的工作状态等，都是没有经验可循的未知数。对于如此复杂的结构，若欲研究全服役期过程中受力的性状变化规律，即使只作为二维平面问题，采用传统的老办法（如仅核算极限破坏状态的稳定安全系数）也是不可能的，对其安全判别也无从谈起，设计的优化也就无法进行。而且有些问题也不是计算能完全解决的，还需要实测。如堰体中的复合土工膜的变形和应力，它不是仅进行实验室测试就能解决的问题，因为在堰体中的土工膜，受到周围土体压力的约束作用，其性状与实验室空气中无约束状态下的性状很不相同，所以要实地测量。为此，首先要解决测试技术和设备。我们特别研制了80毫米长的应变片（一般应变片仅10余毫米长），而且研制了特种粘贴应变片的胶水，这种胶水干固后的弹性模量要与土工膜相一致，以使应变片与膜同步变形。

面对如此复杂的围堰，欲预测它的工作性状，规范规定的设计计算方法是无能为力了，只有另辟蹊径。20世纪80年代初，国际上强有力的计算工具——计算机的出现，推动了计算技术的突飞猛进，尤其是有限元法等近似计算方法，使科技领域中积存的许多疑难或无解的课题，获得了良好的近似解答。这种计算技术在水利领域也获得迅速的应用。但当时，在我国水利工程中应用尚欠时机，怀疑者众多。尤其在大型工程中，尚无取得实效的先例。某些权威专家一听"有限元"，就立即打断："别跟我谈有限元！"表示出不屑一顾的姿态。但当我们面对三峡二期围堰的问题，也只有借重数值分析的有限元法，别无他途。于是我们决心闯一闯，不仅为了三峡，也为了我国土力学和土石坝工程的发展。但我们自知功力不够，难当此重任，于是联合国内有志的同行及专家共同奋斗，参与二期围堰计算的高等院校、大型科研单位和工程单位先后达15家，几乎囊括国内所有搞过计算的单位，参与的教授、副教授或博士级别的学者多达五十人。从1985年起直至2005年最后一篇反馈分析文章的发表，前后持续20年，对分析和优化二期围堰的方案起了不可替代的作用。并且发表了许多研究成果和培养了一批博士、硕士研究生，其规模、深度和作用在国内外土石坝行业中也是罕见的，同时通过这次实践，在学术方面也收获颇丰，土的本构模型、土坝有限元计算方法和数值计算前后处理的技巧上也有许多收获。这个研究成果曾多次在国内外学术会议上报告、交流，反响良好。

漫忆篇

初期的计算成果表明，墙体的最大水平位移在 1.0~1.5 米，变形过大。而且发现，墙体下端部分区域的应力水平超过 1.0，且上下游贯通，这样，围堰安全难以保证，方案不能成立。为此曾考虑过两个措施：①设法加密堰体；②增加墙体的刚度和强度。这样做虽然符合常识，但有限元分析并未给出满意的答案。想以"固体强身"来抵抗变形，成效甚微，而墙体上下游贯通的破坏单元却依然存在。这种"怪"现象引起了我们的思索，追溯计算过程（幸好有限元分析还可作这样的追溯），并细加斟酌才发现，原来墙体的变形主要是受堰体控制的，较松散的庞大堰体带着单薄的墙体一起变形，因此不改变堰体密度就于事无补。这个发现真使我们既兴奋又为难，因为堰体是没有办法使其全面密实的。无奈之下只好另辟蹊径，可行之路只有一条，就是从改变墙体的材料入手，大幅度降低墙体的刚度，增加其适应变形的能力。变"以刚克刚"为"以刚克柔"成为设计思想的主导思想。这是二期围堰设计思想的根本转变，但是在走了弯路，并经有限元分析的启发而悟出来的。同时，在降低刚度的同时，还必须保证材料一定的强度，以满足墙体应力的要求。于是，研制一种"低弹高强"的材料就成为当务之急。这又给我们提出了新的任务。

应当指出，上面所有的讨论都是建立在有限元分析基础上的，否则不可能有这些认识。那么什么样的"低弹高强"材料能满足设计要求呢？这也只有仰仗有限元分析才有可能。经过几家反复的计算分析得出，若模量控制在 1000 兆帕以下，强度 $R28=4~5$ 兆帕（依墙体高度不同），则墙体的工作状况良好，围堰可保安全。以模强比作为控制指标（模量与强度的比值），则其值应为 200~250。这种材料非一般塑性混凝土能够满足，而且当地可用的骨料主要是风化砂，因此，尽快研制出一种以风化砂为主要原材料的柔性墙体材料就是新的重要任务。

有限元的作用不仅体现在二期上游围堰，下游围堰同样亦受其惠。围堰设计中，曾有人对二期下游围堰一道 1.0 米厚的防渗墙是否过于单薄表示疑虑。当时考虑过两种措施：一是紧贴墙背增加一道高喷墙，这种办法比较刚性，而且占用较长工期，造价也高；另一种是继续走柔的思路，适当加厚柔性防渗墙。经计算认定，适当加厚墙的安全度可满足要求，省工又省钱。

三峡二期围堰的分析计算工作，是大型工程应用现代计算技术的一次成功实践，增强了同行在水利水电工程中应用数值分析方法的信心。同时，在计算理论和方法上也摸索了一些经验，为数值计算在工程应用的成熟添了一砖一瓦。例如，当时岩土界比较常用的本构模型是非线性的 Duncan-Zhang 模型，不少学者认为它与土的性状不完全相符，建议采用弹塑性模型。而国内外发表的弹塑性模型众多，是否可用？如何使用？莫衷一是。为此，参与计算的各家除进行 Duncan-Zhang 模型的计算外，还自选了南水模型、河海模型、K-G 模型、多项式模型等不同的弹塑性模型进行对比。结果表明，弹塑性模型的成果略小于非线性模型，但都在合理的范围内，规律性较好。因此，为弹塑性模型在工程中应用提供了例证。在防渗墙土石坝的计算中，还有一个不解的疑问，就是墙与堰体的接触关系，因为打墙时有泥浆固壁，墙的周围必存在泥皮，若泥皮很完整地包住墙体，则墙与堰体的接触应属光滑接触，若泥皮仅零星存在，则仍属墙体与风化砂的粗糙接触，而后者将大大增加墙体的垂直应力。但这个问题谁也无法回答。为此，不同计算者只好假定光滑、粗糙和部分光滑等多种情况进行对比。这个问题直到二期围堰拆除时开膛破肚才找到答案，"泥皮是完整的，厚度可达 2 厘米左右"，这将有利于墙体的工作状态，在以后类似的计算中也有所依循。

二期围堰计算工作最有成效的例子，还有 1998 年大洪水来袭时围堰的安全判别问题（见下则所述）。

总之，三峡二期围堰数值计算工作，其规模之大、持续时间之久、方案之多、成果之丰、效果之好、影响之远，在国内岩土工程中确实是空前的，在国外也不多见。这是一次岩土工程与现代科技相结合的成功实践。

四、1998 年洪峰突来袭，是撤是防谁决策

自 1997 年大江截流以来，二期围堰投入施工，并要求 1998 年汛前填筑至 83.5 米挡水高程。1998 年汛期，6 万多立方米每秒的大洪水突然不期而至，并前后 8 次冲击围堰。此时，围堰的第一道墙刚建成，第二道墙开建不久。有的槽孔正在开挖，处于临空状态，有的槽孔刚浇混凝土，还不能受力，整个防渗体系尚未形成。9 月 15 日，上游水位涨至 72 米，基坑水位为 26 米，围堰承受 46 米水头。此时，上游围堰墙体顶部的最大位移高达 56.7 厘米，比原计算预测的相应值 42.2 厘米，超过 40% 左右。针对这样严重的形势，工地上下，从部领导到设计、施工单位都十分紧张，万一围堰不保，后果不堪设想。有的人提出是否让基坑停止抽水，有的人考虑是否停工，甚至从基坑撤退，气氛比较紧张。在工地蹲点的水电部陈赓仪副部长听了汇报后指示："立即叫包承纲来工地！"于是一个电话打到长江科学院。本人不敢怠慢，立即与刘松涛工程师和博士研究生张小平一起，马不停蹄地赶到三峡工地。陈部长对我说："你把这个问题弄清楚，回答我两个问题。一是为什么变形这么大？这样的变形到底危不危险？二是变形最大会到多少？那时危不危险？"他还说："明天晚上 7 点，我听你汇报！"明天晚上？眼下已下午 4 点，不睡觉也只有 27 个小时！但当时能分辨吗？这是一场真刀真枪，而且关系到整个工程大局的考试，也是一场检验我们解决实际问题

的能力和水平的挑战。我们深感任务艰巨，但并没有惊慌，因为我们对自己已做的工作胸有成竹。只是时间太紧迫，必须马上行动。事不宜迟，我们3人立即对工作做了安排，并马不停蹄地付诸实施。

第一步，我们先到施工场地了解情况，了解施工实况和上下游水位、长江来水等情况，又翻阅变形观测记录，以掌握真实的第一手资料；第二步，收集和分析围堰实际的施工断面与计算所用的设计断面有何差别，并绘出新的实际断面；第三步，根据新的实际断面，剖分网格，赋定参数，重新进行计算；第四步，分析技术成果，并写出简要报告，以便次日进行答辩。

不难看出，这是一个不小的工作量，睡觉自然是免了，只是希望到时能向全工地、向领导交出一份能让人安心的答卷。

第二天晚上7点，当我们走进会议室时，一间不小的屋子已被占满，有一两百号人，前面坐着一干领导，我委郑守仁总工也在座。我的汇报首先分析变形超过计算值的原因，即围堰原来计算断面与施工实际断面有重要的差别，主要有三：①第一道墙刚完工，材料龄期不足，第二道墙正在施工开挖，使第一道墙部分区域处于临空面状态，失去背后的支撑，受力条件很差，这种工况是计算中不曾预计到的；②围堰施工填筑高程上游面比下游面高10米（挡水子堤），存在从上游向下游额外的土压力，导致墙体额外的变形；③堰体下部砂粒料平抛垫底仅达30~35米高程，未达原设计高程，相差7~8米，与计算断面有差别。因此，墙体发生较大变形绝非偶然。随即，我汇报了按实际的新断面计算的情况、所用的条件和计算结果。结果表明，处于新的实际断面情况下，计算的墙体变形可达55.2厘米，与实测值相差不到2厘米，差别不大。然后，我进一步回答陈部长"是否危险"的提问："目前尚不危险！"因为墙体的应力状况较好，墙体从顶到底的整条变形曲线是光滑的，说明墙体没有断裂，而最大拉应变40兆帕，最大压应变273兆帕，远小于材料的极限应变，用应变推算的拉、压应力各为0.04兆帕和2.73兆帕，均在允许范围内。可以认为，目前防渗墙是安全的。因此，基坑可继续抽水，工程也不必停工，相反，应当加快施工，以尽快改变墙体当前不良的工作条件。上述的汇报使大家松了一口气，会场的气氛也变得较为轻松。当时还有人主动上来谈了他的看法，对报告表示赞同。接着我又回答陈部长的第二个问题：根据新的计算，在未来最高水位下，围堰墙体在最高水头下可能的最大变形为67.4厘米，但此时墙体的最大应变仍在极限应变之内，围堰仍是安全的。我共讲了近两个小时。以后，大家又七嘴八舌地提了一些问题，会议从7点一直开到9点多。最后陈部长说："听了你的报告，我们就放心了。明天，你要向全工地的技术人员再作次报告。我明天有会，不能参加。你们把音录下来，我听。"第二天，我又在更大的范围作了一次报告。

1998 年洪水共来袭 8 次，其中有一次洪峰流量比第一次更大，我们和二期围堰一起经受着严峻的考验，但都安全地扛过去了。围堰挺争气的，据观测，整个围堰的渗漏流量十分小，最大实测值仅及设计值的 1/10 都不到。潘家铮院士高兴地赞道："二期围堰工期之紧、难度之大也使许多同志把心提在手中。事实上，二期围堰又如期完成，大江基坑被抽干，露出峥嵘奇特的面貌。人们还来不及喘气，1998 年 8 次长江特大洪水就迎面扑来，这座水上长城不仅固若金汤，而且几乎滴水不漏。长江这次是真的服输了。"

五、墙体应力难过关，"柔性材料"展新颜

三峡二期深水围堰采用风化砂填筑堰体和防渗墙防渗的方案。风化砂堰体先在 60 米水深中抛填，出水后，上部 1/3 高度采用干填法施工；然后，依墙的深度在堰体中筑一道或两道防渗墙。由于堰体比较庞大，边坡也较平缓，因此，围堰的静力稳定当无问题，也就是说常规土石坝设计中主要的计算之一——边坡整体稳定分析，并无太大意义。但该围堰堰体相当复杂，它的工作性状确很难预测。而围堰尤其是中间墙体的应力应变状况及其变化过程，则对围堰的安全十分重要。而欲达此目的，只有采用数值分析技术才有可能。不难想象，墙体在水压力和堰体压力的作用下，将向下游弯曲，而由于防渗墙是插在不密实的风化砂堰体中的，因此，墙体必产生较大位移，并存在较大的弯曲应力，上游面为拉应力，下游面为压应力。根据有限元计算，常规混凝土防渗墙墙体的应力状况不良，尤其下部存在较多的塑性区，安全堪虞。据分析，墙体这样的应力和变形主要是由堰体控制的，因此我们曾想过增加墙体的刚性和强度的"强身健体"的办法，但并不奏效。出路只有降低墙体材料的刚度，增大柔性，即增加其抗变形能力。但此时，材料仍需一定的初期强度，以承受墙体内的应力。这样研制"高强低弹"的墙体材料就成为紧迫任务。这些前面已有细述，在此仅作简要回顾。

需要什么样的"高强低弹"材料？这仍需倚仗有限元分析才能回答。经过多次敏感性计算，若材料的性能达到下列要求：弹性模量 ≤ 1000 兆帕；初期强度 R28 ≥ 4 兆帕（深槽部位为 5 兆帕），即模强比 =250（或 200），则墙体的应力和变形可以过关。而渗透系数应为 $K ≤ 10^{-7}$ 厘米每秒。因此，这就是所需材料的攻关目标。由于这种材料的模量很低，甚至比一般塑性混凝土还低得多，考虑到它的原材料主要是易碎的花岗岩风化砂，因此，把它称为"风化砂柔性材料"，简称"柔性材料"。

要研制这样的材料殊不容易，因为上述的性能要求相当苛刻，时间又很紧迫。为

漫忆篇

此，长江科学院动员了搞材料和化学方面的研究力量与土工研究人员一起，在室内和现场同时展开了研制工作。以室内试验为先导，进行了数百次的配方试验，找到若干组优化配方，然后在高坝洲、三峡一期围堰等几个工地现场进行中试和初步应用。其后，再回到室内进行配方优化，如此反复几次，最后获得了合乎要求的最优配方。这里有三个工作值得特别提出。

（1）配方优化中的均匀设计。均匀设计是只考虑试验点在试验范围内均匀散布的一种试验方法，它的数学原理是数论中的一致分布理论。与正交设计相比可大幅度降低试验工作量，特别适用于多因素、多水平的试验设计。对于柔性材料配合比试验，有 3 个因素、10 个水平，只需做 10 组试验，即可获得最优配合比，等价于正交设计的 L100（103）。这种方法是中国科学院数学所新的研究成果，刚开始在工程界应用。

（2）力学参数与原材料关系的神经网络 ANN 模型。上述得到的最优配比需满足一定的力学特性要求，由于现场原材料的条件常有变化，如三种主要原材料水泥、风化砂、黏土中，除水泥特性比较固定外，其他两种都易变，这样力学性质也可能随之变化。为了随时了解力学性质是否合乎要求，需建立原材料与力学性质的定量关系。近年，人工神经网络 ANN 技术具有很强的非线性映射能力，它本身是一个模型，通过网络内部权值的调整来拟合系统的输入输出关系，很适合于多因变量、多自变量统计中的建模。根据建立的 ANN 模型，可预测出许多组满足一定力学性质要求的柔性材料配合比。为了简化，将模型的预测数据降维，先固定比较稳定的水泥用量，由 ANN 模型计算出不同风化砂和黏土含量组成的柔性材料的强度和模强比。这样每一个水泥用量可绘制一个配合比图谱，并在图谱中标出合乎力学指标要求的配合比范围。它对施工现场的控制十分方便、适用。

（3）柔性材料特性的时效问题。风化砂柔性材料是一种针对三峡现状研制的特种防渗墙材料，它具有良好的初期力学性能，施工方便，就地取材，经济性好，环境友好，还易于拆除，确是一举多得的好材料。但从未用过的这种材料会否随时间而衰化？运用五年后又将如何？而且还有一个问题，就是防渗墙施工前后持续很长，将近 300 天，若这期间材料性能变化很大，会否导致整个墙体很不均匀，从而影响整体的应力应变状况？这个问题在研制阶段，曾在室内做过一段时期的性能观测，表明其模量与强度均将增大，问题不大。但最终结论还是在围堰拆除时得出的，在围堰中取样实测表明，强度和模量确都会增大，但强度比模量增加稍快，故模强比反而略有减小。渗透系数可降低 300~%~400%。如左漫滩段柔性材料抗压强度均值为 7.23 兆帕，初始切线模量均值为 1692 兆帕，模强比均值为 234；而右漫滩段的相应值各为 5.93 兆帕、1467 兆帕和 247；右预进占段的相应值为 4.29 兆帕、797 兆帕和 186。可见，运用 5

年后，材料的性能不会衰化，且更趋优化。

六、动力稳定需满足，震爆效应新探索

二期围堰建在 70 米厚的砂砾石覆盖层上，其上还覆盖一层厚达十多米的均匀细沙层，动力稳定性较差。三峡大坝按Ⅶ度地震设防，不是地震多发区，但围堰使用期较长，五年中难保不发生低震级的地震，而围堰的堰体又是较松散的风化砂抛填体，抗动力的性能不强。因此围堰的抗震稳定性值得关注。其次，基坑频繁的爆破会对附近的围堰产生什么影响也需探索。于是，沙基上的风化砂围堰动力稳定研究就不可避免了。

有关负责人曾担心细淤积沙抗液化性能太差，力主清基挖除。因为国外某些类似的工程就采用了这种彻底的措施。但显然这样做工作量很大，占时很长，耗费又大，而且因在动水中进行，清理的效果不一定理想。如果能用一定的工程措施替代大规模清基，则是求之不得的。为此，必须先摸清淤砂的动力特性，然后考虑若干的可行措施，并做出论证，最后才能决策。

不难看出，这是一个有难度而又十分有意义的课题。研究的内容应分别就淤砂和风化砂进行，动力作用则应分别考虑地震力和爆破振动影响。若稳定性不够，还需研究和选择处理措施。

新淤砂的研究工作包括大量的动力特性试验，如室内进行抗液化试验和动力特性试验（动模量、动阻尼比、动强度等）以及堰体的动力稳定分析，在分析方面还进行了稳态强度的研究和分析。由此已获得了对淤砂地震动力特性和抗液化性能新的认识。并在此基础上经过论证，提出了围封和压盖的技术措施，并取得了成功，避免了直接挖除淤砂的巨大工作量，简化了工程，节省了大量资金。

新淤砂的动力特性试验表明，它的抗液化性能较差，在设防烈度为Ⅶ度（地面最大加速度为 0.1g）的场地中，淤砂层至少应有 10~15 米的上部覆盖层才不会液化，若覆盖厚度不够，则应采取必要的防范措施。新淤沙的动力稳定分析是针对低双塑性墙上接土工膜的断面进行的。

另一种材料风化砂中含有一定的无黏性细颗粒。由于风化砂填筑的围堰堰体比较松软，它的动力稳定性以往未曾研究过，也值得关注。爆破影响问题似乎以往亦无人研究过，需从头探索。风化砂的室内动力特性研究，采用共振柱和动三轴试验测定风化砂动力变形特性和动力强度特性。试验发现，风化砂呈现明显的应力应变硬化现象，因此抗液化性能较新淤砂强。试验获得了动剪切模量和动弹模的值，动强度和动孔压

漫
忆
篇

与循环振动次数的关系等资料，阻尼比则随剪应变增加而增大。上述资料为风化砂堰体地震稳定性的判别提供了必要的依据。

计算结果表明，最危险的假想滑动面为上游坡经过淤砂层与抛填风化砂层的滑弧面，滑面上部的破裂点在上游坡面上。如果产生滑坡，沿堰基淤砂的滑动面的安全系数较小，不考虑砂土液化时，1号和2号滑动面的安全系数各为1.26和1.16，若考虑砂土液化，其值将降到1.05和0.95，故防止淤砂层液化对堰体稳定十分重要。

研究中还采用近年在国外流行的一种新的液化破坏理论——"稳定状态理论"进行验算。这种理论认为，饱和松砂在恒定体积（不排水状态）情况下，受到单向或交替突变荷载作用时，土体抵抗剪切能力降低，在很小应变时出现的峰值强度很快随剪切的继续作用而迅速降低，并处于残余强度的稳定流动变形状态中，该残余强度称为稳态强度。当驱动剪应力大于该稳态强度后，就会引发很大的单向性应变——流动破坏。这就是"稳态强度理论"，该理论更适合于坝坡饱和砂土液化问题研究。

风化砂稳态强度试验表明，应力应变曲线基本属应变硬化型，不属于饱和松砂软化流滑曲线，峰值强度较高。$c_p'=0$，$\Phi_p'=320$，在大应变时，强度指标为$c'=0$，$\Phi'=37.70$，故不会出现流滑现象。

淤积砂的应力应变曲线属饱和松砂软化流滑曲线，峰值强度的应变ε_p小于2%，稳态强度S_{us}明显小于峰值强度，开始流动的应力点的应变约10%，表明试样受剪过程是体积压缩。受剪时的应力路径表明，破坏点的强度S_{us}明显低于峰值强度，且从峰点下降到破坏点几乎是瞬间完成的，可视为流滑。因此，在地震短时急剧的动荷作用下，只要受剪砂体累积的应变超过峰值点应变（2%），就可能发生流动性滑坡。

根据稳态理论整理出各单元的流滑稳态强度，以及各单元的等效内摩擦角ϕ_e将求得的ϕ_e进行概化，分为4个区，各区的ϕ_e值分别为8度、13度、21度和28度。

按STAB程序分析了围堰竣工后上游水位85.0米，下游水位0.0米时，受动荷作用的上游坡稳定情况。计算结果表明，当淤砂干密度低于13.6千牛每立方米时，受Ⅷ度地震或强烈短时突然荷载作用时，上游坡脚处可能失稳，甚至引起流滑性滑坡。为此，建议减缓上游堆石坡度并增加压坡措施，并围封淤砂层，以保安全。

关于新淤砂的爆破振动问题。爆破是人工可以控制的，研究工作从研制模拟爆破荷载的专用三轴仪开始，对爆破荷载下的动力响应、动孔压的发展规律、动力强度特性以及围堰在爆破作用下的稳定性等方面进行了研究，而且还在爆破现场进行了实测，并将其用于动力稳定分析。这样，不仅对工程的安全性进行了论证，而且获得了爆破动力荷载对材料性质和工程影响的新的认识。

根据一期围堰的施工爆破观测，并结合二期围堰的特点，可以看出，爆破地震效应在堰基淤砂中产生的孔压很小，实测孔压比仅 0.178。直接用回归公式计算，最大孔压比也仅 0.229，因此还有较大的安全裕度。从爆破孔压波形峰值上升到最大后，最多 35 毫秒后孔压即消散，而实际上它是往返振动式的，孔压不可能保持，故产生爆破液化的可能性很小。如一期围堰开挖曾提出的孔压安全控制标准为 220 千帕，而实测仅为 6.6 千帕。

从爆破的堰体振动加速度及振动速度效应来看，采用梯段微差爆破等方法，可使分段爆破效应不产生叠加，故爆破效应将大为削减。从观测结果得到的爆破加速度峰值达 1.3g，小于控制标准 1.9g。堰体和自由场地的振动速度实际观测值最大在 4.7~5.6 厘米每秒，没有超过按保守的控制标准 [v]=6 厘米每秒。对新鲜基岩的振动速度控制标准可达到 20 厘米每秒，而本观测结果也仅 7.5 厘米每秒，小于控制标准。研究表明，爆破地震效应在堰基淤砂中产生的孔隙水压力很小，实测孔压比仅为 0.187，安全裕度较大。从爆破孔压波形峰值上升到最大后，最多仅 35 毫秒，孔压即行消散，实际上这是往返振动式的，不会保持孔压，因此，产生爆破液化的可能性很小。在二期围堰施工中无须顾及爆破的影响。

漫忆篇

难以忘怀的流光岁月

——忆三峡工程开工前后的一些事

王德厚

1992年4月3日对于长江委来说是一个大喜的日子，这一天由国务院提交的《关于兴建三峡工程的决议》在七届全国人大五次会议审议并通过。消息传来，长江委在汉单位一片欢腾，人人奔走相告，个个喜笑颜开，机关大院更是鞭炮齐放，锣鼓声响，欢庆的条幅高悬防汛大楼，它标志着长江委三代人为之奋斗的宏伟工程终将梦想成真。

建设三峡，壮志不已

回顾几十年来为之努力奋斗的长江委各级领导、各方面专家、技术人员和忙碌在众多岗位上的工作人员坚持不懈历经磨难的历程，怎能不让人心潮澎湃，思绪万千！客观地说，没有长江委人长期以来的辛勤工作和执着追求就没有三峡工程；同时面对强大的反对派，如果没有当时李鹏总理、邹家华副委员长等一批中央领导的大力支持，也不会有三峡工程上马。

三峡工程的建设方案，从1953年编制长江流域规划起正式列入议程，先后提出的备选坝轴线有十几条，正常蓄水位也有高、中、低三种类型多种考虑，最后从南津关、三斗坪、太平溪三个备选坝址中选定三斗坪坝址，正常设计水位175米，坝顶高程185米。然而，你可知道为了锁定这一目标，长江委几十年来所做的勘测、科研、设计论证工作，所投入的人力、物力、财力是多么巨大。其中，长江科学院担负的科研任务就有数百项，提出的研究报告有几千份，这些研究成果凝结着长江科学院几代人的心血和理想。

1986—1988年按照中央和国务院的指示，由当时的水电部负责组织全国400多位专家，以国家计委组织编写的《三峡水利枢纽可行性研究报告》为基础，分10个专题、14个专家组在北京对三峡工程重新作了论证。为了配合论证工作，此间全国数十个科研单位、大专院校，按照国家"七五"攻关计划，完成了7个课题、45个专题、365个子题的科研项目，提出了一批最新的科研成果。在这些工作的基础上，1990年7月至1991年7月，国务院三峡工程审查委员会又先后聘请163位专家，对重新提出的可行性报告进行了审查，并将提出的审查意见提交国务院常务会议通过，为向全国人大提交议案做好了铺垫，可谓慎之又慎。

在所有这些高级别的审查过程中，面对全国各个领域顶级专家一次次严峻的质询，长江委倾全委之力，依据包括长江科学院在内的各单位所提出的科研成果，才会胸有成竹，应对自如。

1982—1991年是长江科学院三峡工程科研工作最繁忙最紧张的时段，在汉口黄浦路的各个研究所，在九万方科研基地，在宜昌前坪试验基地，同时开展了工程泥沙、工程水力学、工程岩石力学、土力学、水工结构、工程材料、工程爆破和工程安全监测等学科的研究课题，其中由长江委下达的三峡枢纽水力学模型试验和坝区泥沙模型试验，包括正常蓄水位150米、160米、170米、175米枢纽整体布置方案，枢纽运用前期30年泥沙冲淤情况试验，枢纽运用后期水库冲淤平衡后（90年）泥沙问题等试验研究是最重要的一些研究成果，回答了论证中大家最关心的一些问题。

为了保证长江委在1991年年底前提出枢纽工程175米的初步设计方案，1990年8月长江科学院开始兴建一座新的覆盖坝址上下游达31.5千米的1∶150的正态泥沙模型，经过11个月夜以继日的努力工作，终于在1991年9月19日提出了试验成果。当时的副院长陈华康、王世勇，副总工程师潘庆燊，以及河流所的工作人员付出了艰辛的努力。

水力学所原所长饶冠生是一位归国华侨，大学毕业后来到长江委，立志献身长江水利事业，几十年如一日潜心工程水力学研究。1983年受领导委托，率领宜科所的工作人员披荆斩棘、艰苦奋斗，在宜昌前坪荒沟野岭中建成了一座占地326亩规模巨大的水力学模型试验基地，1986年仅用一年时间在此完成了"三峡电站与葛洲坝电站两坝间整体水力学模型"，这也是前坪基地第一座三峡工程大型水力学模型。此后又陆续建成1∶40通航建筑物整体模型、1∶100枢纽整体模型、1∶100导流整体模型、1∶80大江截流模型。依托这些模型长江科学院宜昌科学研究所开展了一系列重大的水力学试验研究。

老院长陈济生20世纪50年代就从北京水科院调到长办参加长江流域规划和三峡工程的设计工作。此后他和老书记黄伯明共同主持长江科学院工作，为三峡工程的科研论证工作奉献了毕生精力。岩石力学专家董学晟、田野、林伟平在三峡坝址选择有关岩石力学问题的研究中做出了艰辛的努力，功不可没；土力学专家包承纲研究解决

漫忆篇

了二期深水围堰建造中的关键技术问题；结构模型专家龚召熊等为论证大坝基础抗滑稳定开展了大量的试验研究工作，提出了一系列重要的研究成果；还有工程材料专家刘崇熙、储传英、蒋硕忠，水力学专家刘大明、朱光淬，河流泥沙专家潘庆燊、殷瑞兰、余文畴，爆破专家张正宇等很多老专家，都在论证三峡工程的科学研究中付出了大量心血，作出了重要贡献。

在为三峡工程默默奉献的老前辈当中，让我难以忘怀的是长江委原副总工程师、中国工程设计大师曹乐安。他当时担任水电部三峡工程论证领导小组办公室副主任，长期住在北京府右街水电部招待所，一方面忙于三峡工程论证中的技术行政工作，同时作为全国政协委员和资深水利专家，亲自主持编撰三峡工程问答，对来自各方质疑三峡工程的问题做出科学的解释。与此同时，由他主编的《建筑物及其基础的安全监测》一书也到了定稿阶段，而这时也正是他致力三峡工程论证最忙碌的时候。作为参加编写的人员之一，我有幸几次去北京接受他老人家的指导，也目睹了他为三峡工程上马日夜操劳紧张工作的场景。当时他把该书每一章的编写人先后叫到北京，亲自安排食宿，一章一节的讨论、推敲和修订。曹总白天工作非常忙，有时只能在食堂见到他，我们只能在白天撰写或修改书稿，晚饭后来到他的住处，请他审阅，提出意见。他对技术问题精益求精，从不含糊，对我们文稿中出现的问题也从不放过，对不确之处总是明确指出，直到弄清问题为止，有时竟忙到半夜，我们也很晚才离开他那里。但我们走了，他还在工作。长期大负荷的工作，摧残了他的身体，最终他积劳成疾，于1991年3月去世。虽然他为三峡呕心沥血辛勤工作一辈子，最终却未能看到三峡工程上马的这一天，怎不让人伤心落泪！

三峡工程上马了，曾为三峡工程辛勤工作一辈子的老先生们，有的已离世作古，有的已年老体衰，但他们对三峡工程论证所作的贡献将永载史册，为长江水利水电事业无私奉献的精神永放光辉！

马不停蹄，奔赴三峡

1992年全国人大通过《关于兴建长江三峡工程决议》，标志着三峡工程进入了一个全新阶段，长江科学院对三峡工程的研究工作也作了新的部署。1993年8月，包承纲院长带领院里几位负责人奔赴宜昌了解三峡工程近况，设立前方工作机构——三峡前方业务部，负责在三峡工地的技术业务、计划管理和院内科研项目协调工作。我当时是院里的副总，受托兼任前方业务部主任。面对这一新的工作岗位，我是既高兴又担心。高兴的是自己能奔赴工地亲自参加这一宏伟工程的建设，担心的是身负重任，人生地不熟，如何完成任务？和我一起进驻三峡的有戴贞龙、李镇惠，还有一辆北京吉普，我们三位都属马，接到任命，立即马不停蹄奔赴前方。

那时去宜昌没有高速公路，老公路路况很差，新修了一条，路基又没搞好，开通不到一年已是起伏不平、坑坑洼洼，从武汉到宜昌起早贪黑足足要花费一天时间，次日再从宜昌赶到三斗坪三峡坝址。

工程虽然没有正式开工，但工程上马的消息早已不胫而走，三峡工地已经热闹非凡。国内各大水电工程局纷纷响应，一些工程局还未拿到项目，就不远千里拖着庞大的施工机械来到工地安营扎寨，抢占先机。有的自筹经费，延伸公路；有的开山炸石，平整场地，干得热火朝天。各路人马纷纷到来，昔日的三斗坪小镇哪能承受得了，吃住都是问题，我们只有先在宜昌落脚。戴贞龙以前长期在宜昌，对那里比较熟悉，为我们寻找了落脚点。

坐落在宜昌市望州岗附近的长江委葛洲坝设计代表处是我们的首选之地，这是一座四层办公楼，从兴建葛洲坝工程起，这里既是设代处的办公地点，又是家属宿舍，还住着葛洲坝工程局的一些人员，但那里早已人满为患。设代处另一处办公楼是长江委几位老总的办公室，这是一栋两层小楼，只有很少几间办公用房，设代处的生产技术科、描图室、收发室都在那里，我们也无法插足，只能暂住招待所。招待所很简陋，两层的灰色小楼，每一层两边有几间小屋，屋子里也就只能放两张床，而且一房难求。经多方交涉，我们终于租得一间，既住宿又办公。

开工初期，我们必须长期奔走在三峡工地与宜昌之间。在宜昌，我们要和设代处保持密切联系，了解设计意图，配合设计开展工作；另一方面要与三峡公司筹建处经常接触，及时了解公司的部署，寻找可以承担的项目。

1993年9月27日，原三峡公司筹建处经过8年的运作完成使命，正式挂牌成三峡总公司，总部设在宜昌，工程建设部设在三峡工地坝河口。1994年2月，长江委在宜昌正式挂牌成立长江委三峡工程勘测设计科研代表局（以下简称"设代局"），工程现场的勘测设计科研工作正式启动。

长江委总工程师郑守仁任设代局局长，委内几个主要生产单位都派了代表担任副局长（我被委派为长江科学院代表）。同时，我院按要求在设代局下组建了三峡科研代表处，刘思君任处长，沈育民等人参加。经过郑总的统一安排调整，我们在宜昌设代处那座四层办公楼里也有了办公室和住宿处。然而，随着三峡工程的进展，工作重心很快移向前方，实际上我们很少在那里住。

不久设代局在三峡前方找到了立足之地，地点设在坝址右岸建设银行早年建成而未用的一座六层宿舍楼里，我院也分到了一套。为了工作方便，我们即刻搬往那里，

漫
忆
篇

既可住人也可办公。那里还是早期在工地有监测、科研等工作项目的研究所人员的临时居住地以及设备、物资、器材的存放地和集散地。开工初期各种准备工作比较多，我们经常穿梭来往于左右岸，到处打游击，同样也很少在那里住。那时各工程局在工地都有食堂，我们碰到哪一家就在哪一家买饭票吃饭。此后，设代局也在工地开办了食堂，工作、生活条件大为改善，我们从心里感谢设代局和郑总的关心和帮助。

初到工地，一大困难是工地行车，今天有的路，明天可能已被推土机推平找不到。遇到天阴下雨，道路泥泞，更是困难重重，四轮驱动的吉普车常常陷在泥里动弹不得。我们车上常备的工具是铁锹、缆绳、防滑铁链、长筒雨靴和雨衣。遇到不测事件即可下车处理，有时车陷得太深走不了，还要请别人的车帮忙拉上来。

我院最早在三峡工地开展工作的研究所有监测所、宜科所、水工所。监测所起初是承担右岸茅坪溪防护工程泄水建筑物的安全监测，人员吃住都在当地农民家，工作生活都很辛苦。后来他们还承担了左岸1~6厂房坝段钢管槽开挖监测，又联合土工所、岩基所、爆破所承担了永久船闸高边坡监测及稳定性研究，取得了大量有价值的科研成果。

1994年，为加强工程现场质量技术管理，三峡公司根据长江委设代局的建议，决定在现场成立工程安全监测中心、工程材料试验中心、现场测量中心（以后还成立了气象服务中心、水情预报中心等）。这些技术服务部门的人员由三峡公司向具备能力的单位成建制聘用。为了争取承担这一工作，长江科学院以"试验中心"和"监测中心"为争取目标，由前方业务部组织院内有关研究所，集中技术骨干，齐聚宜昌，编写申请文件，草拟中心技术工作纲要、管理工作规划等，提交公司备选。最后总公司只把监测中心交给长江委管理，试验中心给了水电三局，测量中心给了水电四局，可谓"一碗水端平"。虽然我们没有得到试验中心的管理工作，但编写的有关试验中心的技术文件，为日后争取承担类似工作打下了基础。

流光岁月，难以忘怀

1994年12月24日，三峡工地举行了工程开工典礼，李鹏总理亲自向世界宣布三峡工程正式开工。我们也有幸参加了这一盛典。

为了推进施工进度，工地"四通一平"速度加快，基地建设日新月异。包含4座特大桥、7座大桥、25座中桥、5条双管隧洞先后完工。由宜昌夜明珠通往坝河口、总长28.64千米的三峡坝区一级全封闭专用公路，历时3年实现了全线通车。西陵长江大桥、坝区公路、港口码头、砂石料场、大型混凝土拌和楼等多项基础设施陆续建成，为运送工程设备、建筑材料和混凝土浇筑创造了条件。与此同时，左岸接待中心、培训中心、建设部大楼、设计监理大楼，还有工程展览馆、三峡宾馆，以及配套的生活设施：体育场、游泳池、滨江公园也一一建成投入使用。承担工程主体建设的各大工程局联合体和武警水电部队，也都在沿江两岸，按照统一规划，建成了颇具规模的生产生活基地，成为三峡工地一道亮丽的风景线。

三峡水利枢纽建筑物包括混凝土大坝、电站建筑物、茅坪溪土石坝、双线五级船闸、垂直升船机及施工期的各期围堰等，均需按照现代工程的理念进行设计和布置，在枢纽设计、工程施工、组织管理等方面都有很多技术问题需要研究解决。

长江委设代局肩负重任，如履薄冰，全力以赴。总工程师郑守仁在前方的工作方式是集思广益，发挥集体智慧。设代局的工作没有白天和晚上，没有节假日，在刚刚开工的那些日子里，几乎每天晚上都在召开技术讨论会，一些重大关键技术问题还要外请专家来工地商议。就这样一步一个脚印，解决了工程建设中不断出现的技术问题，每年都会形成一本专题会议纪要汇编，翔实地记录当年长江委在三峡工地对有关勘测、设计、科研问题的决策过程。

原以为三峡论证的科研工作做了几十年，技术问题基本都已解决，工程施工意味着科研可以休息了，事实却不是那样，而是更忙了。随着工程进入施工阶段，很多施工期的技术问题纷纷提上议事日程。首先是导截流工程提出的很多问题，特别是二期深水围堰施工、大江截流实施、双线五级船闸闸室开挖、两岸高边坡的稳定问题等都要限期解决。这些技术问题有的在后方（武汉）研究所开展试验研究工作，有的在前方试验基地进行试验更便于服务现场。特别是截流水力学问题，试验工作都在宜昌科研所的前坪基地进行，及时直观。当时这里是全国瞩目的焦点，中央很多领导及各路记者都曾到过这里视察和访问。饶冠生所长和宜科所的很多人也因此成为我院见过中央首长最多的人。那时院内各研究所前方后方工作都很饱满，每年都有很多项目在同时进行。很多项目的取得，与前方业务部在三峡工地开展的工作分不开。

1994年由我委组建的三峡公司工程安全监测中心正式成立。该中心的使命是负责三峡工程安全监测项目的统一归口管理，承担或参与三峡工程监测项目的监理工作，监督和监理监测项目的实施，对三峡工程施工期和永久性监测所取得的监测数据、资料、报告进行收集、管理、综合、分析和反馈，定期提出监测简报或专项报告。地点设在公司建设部办公楼的六层。第一批监测中心的工作人员由三峡总公司向长江委成建制地聘用，人员主要由长江科学院和勘测局抽调。我有幸兼任该中心主任，副主任是杨爱明（勘测）、杨栽和，总工程师冯兴常，办公室主任戴贞龙。

监测中心工作很多，除了日常事务之外，每周五要参加三峡公司建设部召开的业主、设计、施工、监理四方联席会议；平时要跑现场，了解各监测单位现场仪器埋设情况，定期召开监测单位联席会议，工作十分忙碌。我不得不从业务部分出精力来做这件事。业务部的很多具体工作也难以顾及。为此，院里及时作了调整，任命院办主任沈育民担任三峡前方业务部主任，加强了现场工作。此后，高鸣安、陈如华、史德亮等都先后在业务部长期工作，为长江科学院在三峡前方争取项目，协调任务，提供服务立下了汗马功劳。

那时我们已搬往新落成的培训中心宿舍。新住房，新环境，给大家带来了好心情。

三峡工地那时是国内的热点，1997年国庆节前夕，中央心连心艺术团来工地慰问演出，住在我们宿舍对面的接待中心。一些著名演员，如郭兰英、李双江、殷秀梅、于文华、李金斗、潘长江、郭达等都住在那里，还有著名主持人赵忠祥、倪萍、朱军等，我们都曾近距离地和他们见过面。我们曾在院子里观看临时赶来演出的陈佩斯、朱时茂赶排节目。我曾和歌唱家郭兰英在接待中心门口亲切交谈。她平易近人，记忆力很好，说她1962年曾在西安演过"小二黑结婚"。我那时上大学，是她的追星族，专门起早排队买票看她的演出，她很高兴地与我合影留念。我还和老乡郭达在桥边散步拉家常……这些都令人难忘。

1994—1997年间，我们在监测中心编制了一系列关于三峡工程安全监测管理和监理的规章制度，有关文件、标准的表格多达几十种。这些条例和办法比较详细地规定了各监测项目单元工程质量评定中应把握的一般工序和保证工序，由公司工程建设部发文颁布执行。同时，针对三峡工程监测项目多、战线长、专业性强、监理人员少等特点，我们完善了三峡工程安全监测中心的组织机构，理顺了管理体制。建议业主把工程监测仪器安装以及工程施工中的监测工作单列出来，单独发包，通过招标投标制选择有资质有专业技术力量的单位承担，由安全监测中心统一管理和监理，创建了水利工程安全监测工程实施的一种全新的模式。这一管理模式至今仍是国内很多大型水利水电工程效仿的样板。

三峡工程是一个练兵场，是一个大熔炉，能够参加三峡这样的特大型水利水电工程建设是幸运的，它让人开阔视野、振奋精神、增加智慧、丰富知识、提高能力、获得升华。可以说，凡是干过三峡工程的人，不论在哪个岗位，他所取得的经验和技能，足以让他以后应对任何水利工程的挑战，都不会胆怯，不会退缩，只会勇往直前。事实也是如此，当年那些曾做过三峡工程管理、设计、施工、监理的年轻人，如今大都是我国大型水利水电工程的负责人和骨干力量。

1997年10月，我因工作调动，离开三峡工地回汉工作，历时四年的三峡生活告一段落。如今三峡工程也已全面建成，时过境迁 20 年，回忆当年在三峡工地的那些日子，依然令人激动，让人向往。那些年，我和我的同事们曾致力于三峡工程的各项工作，无论是春回大地油菜花飘香的季节，还是寒冬腊月雪花飘舞的日子，我们曾多次奔波于武汉—宜昌—工地之间，我们曾一起忙碌，一起排忧解难，一起在工地生活，一起在节假日包饺子，吃便饭，唱卡拉 OK，去宜昌逛街，出门远足。我们曾共享成功的喜悦，承受失败的痛苦，生活得充实愉快，度过了一段令人难忘的时光。

漫忆篇

我的三峡情结

董学晟

长办的人几乎都有自己的三峡情结，每个人的三峡情结都有所不同。我的三峡情结是伴随着长江科学院岩基专业的发展而发展的，到如今 40 多年了，三峡工程的岩石力学研究成了我终身的事业。

选　择

1952 年，我在留苏预备部填写专业志愿时，听人说起建设三峡工程的宏伟蓝图，我十分兴奋，当即选择了水力发电这个专业。我毕业回国后，到了刘家峡工地，后来调到西安。1962 年，我们单位解散，我正联系去水科院，长办林主任派杜时敏同志（岩基室老主任）到西安来招募干部，邀请我到长江科学院来。我本来还在犹豫，一听说要为三峡工程研究新的岩石力学学科，就毅然和爱人及刚半岁的孩子告别，动身到武汉来长科院新建的岩基室上班，这一别就是四年。

学　习

我在大学里学的是水电工程的设计和施工（偏施工方向），不仅岩石力学的名称没有听过，就连数学、力学的基础也不够。室里安排我先学习，我白天边翻译、边看俄文的岩石力学书籍，晚上就自己复习、补充力学、数学知识。当然，了解三峡工程的情况那更是首要任务，除枢纽布置外，我还找来了地质报告和有关文章，仔细摘录，捎带着加深一下英语，自学一点德文。反正单身一人，也无所谓上班下班、工作日或节假日。

几个月后，我第一次到三峡野外试验现场，那时研究的是石牌坝址，试验场地就在长达 1 千米的跨湾勘探平硐末端，在那左岸陡壁上，岩基室新来的一批大学毕业生和工人师傅们就住在洞口外十来米宽的平台上搭起的芦席棚里，专业组长林伟平夫妇带着两三岁的孩子也住在那里。在洞里做岩体变形试验时，发现试验曲线总是不符合一般规律。我和几个同志反复琢磨，从不规律的现象中找到了规律——原来是环境温度变化的影响。

1963年，我和田野、曹洪济参加了水电总局组织的云南以礼河三级电站高压引水隧洞技术攻关，在那人烟稀少的崇山峻岭中，每天爬几百米高的坡，到隧洞里探索怎样在潮湿的洞壁上粘贴电阻片、怎样用钢弦计量测岩石的应变，经过半年多无数次的尝试和失败，终于试验成功，测得了高压隧洞和地下厂房的围岩应力。后来又在三峡现场继续试验，进一步完善这些技术。

这些试验研究实践，激励着我们这群年轻研究人员为全面改进、提高试验技术，创造新试验方法而努力。当时岩石力学在我国还处于启蒙阶段，许多试验方法我们都只从国外文献上看到一点大概，也没有现成配套的专用仪器设备，更没有专门生产这些设备的厂家，完全靠自己动脑筋、动手设法解决。一连几年，我们先后解决了试验加载垫板刚度的影响问题，用手风钻磨槽做应力解除试验，用多次反复循环加压研究岩体变形规律，采用应力恢复法测试岩体应力……这种坚持在现场的试验实践中反复探索、不断创新的精神，一直持续到现在，已成为我院岩基专业的传统作风。

在这些试验实践中，我也逐渐认识到，要做好岩石力学研究，为三峡工程服务，仅靠个人的努力是根本不行的，需要许多愿意献身这个事业的人，结成一个团结奋斗的集体，进行长期、系统的努力。从此，我改变了工作方式和生活道路，以发展岩石力学学科、组织好三峡工程的岩石力学研究为己任，而不去刻意追求个人的学术成就和地位。

练　兵

1965年，杜主任对我们说，三峡工程暂时下马，周总理指示，要"雄心不变、加强科研"。我们要积极参加长江上游、支流工程的建设，通过实际工程的锻炼，提高、完善岩石力学试验、研究技术，以便将来三峡工程上马时能更好地解决各种岩基稳定性问题。

按室里的安排，我参加了长办组织的乌江渡工程现场综合查勘后，接受了当副队长的任务，组建岩基试验二队，一方面确定人选、建立几个专业组，派人联系试验硐开挖，采购器材设备；一方面研究设计文件和地质资料，与各方面商讨编制试验研究大纲，分工开展研究几项新试验技术：李云林研制各种尺寸的压力钢枕以便完全取代笨重的千斤顶作为试验加载工具；曹洪济、陈彦生设计研制稳定小巧的敏感元件，以

漫忆篇

解决浅孔岩体应力测试技术；陈湘震研究用一个试件进行岩体抗剪强度试验的可能性，等等。

当年9月，我带一批同志先期出发，到乌江渡试验现场准备试验现场条件。胥尚华虽然是个女同志，但干劲十足，作为指导员的她带领大家和工人师傅们一起，修建生活基地的竹篱笆房时，总是意气风发地高唱："……我当个石油工人多荣耀，头戴铝盔走天涯……"年底，部里在遵义开了乌江渡初设审查会，我们的试验任务也随之确定。1966年初，一切准备就绪，我回汉准备带领其余的同志启程去做试验了，这时上级批准将我爱人调来长办，我只好临时借了一张棕绷床放在空空荡荡的房间里，急急忙忙到北京去将她和孩子、岳母接来，待了三天，避开她不满的眼光，匆匆地走了。

后来"文革"开始，发生了种种意想不到的复杂情况，我卸去了队长的职务，但是乌江渡的试验研究一直是我无可推卸的任务，在工人师傅领导下，实际上承担着全部技术责任，来往于汉口和工地之间；爱人则带着小儿子来往于武汉和丹江口之间，一直到1972年，打了近七年的"游击战"。其间，除了试验技术的提高和革新外，我们特别注重将岩石力学试验和工程设计结合，解决工程岩体的稳定性问题。当时还没有有限单元法，更没有计算机，要进行分析计算并非易事。乌江渡水电站当初是重力拱坝和地下厂房方案，针对坝基下游软弱岩层对坝基稳定的影响问题，李迪设法用差分法进行计算；在成层岩体分析中，老工程师姚慈亮同志尝试用块体间极限平衡的办法来解决如何分析大跨度地下硐室被节理切割成块的围岩稳定性的问题。

准　备

1972年初，乌江渡工程开工了，但其设计任务却被中南院接管了，我们只得移交了多年辛苦积累的试验研究成果和资料，带着难以平复的遗憾和几分没有"就地卧倒"的庆幸撤回汉口。当时葛洲坝工程已上马，室里问我是否愿意去那里工作？我挂念三峡工程，觉得还有很多试验技术没有过关，面对刚刚兴起的有限单元法，需要努力攻克数值模拟计算技术，而葛洲坝工程已有林伟平负责的岩基一队承担，遂提出要继续做技术攻关的建议。由此保留了岩基二队，专门成立了计算组和由我直接负责的应力组。

一直到1975年，我先后和刘显清、刘允芳、陈彦生等到北京、西安、天津、上海、宜昌、赣南盘古山矿、南京梅山铁矿、湖南桃林铅锌矿等地和单位进行调查、学习，查阅了很多国外资料，最后选定了岩体应力测试技术的攻关路线和方案：目标是深孔套钻应力解除方法，敏感元件是南非式的三叉悬臂梁和电阻应变花，采用矿山上的坑道钻机和大口径人造金刚石钻头进行套钻、解除应力。大家分工负责各项研制工作，钻机和钻具我们谁都不懂，只好由我承担了。在将近两年的时间里，我到北京人造金刚石厂学习人造金刚石的知识，商请厂方研制以前没有做过的150毫米大口径人造金刚石钻头，到天津探矿机械厂了解坑道钻机的性能，到宜昌小溪塔地质七队打听、学习如何设计卡簧和双层岩心管，还有一次顶着烈日骑自行车到青山一个工厂去联系制造岩心管用的无缝钢管……就这样，大家齐心协力，1978年，在三峡太平溪地下厂房勘探平洞里，终于成功地进行了第一次深孔应力解除试验。

在这段时间里，三峡工程的设计勘探工作越来越紧迫，自1973年起，我多次参加长办组织的现场查勘，以及设计、地质和岩基试验任务研讨。当时各方基本同意的是太平溪坝址，现场工作也集中在那里。突出的岩石力学问题就是地下厂房的稳定性，这样大跨度、高边墙的地下电站厂房在世界上没有先例。我一方面积极建议开挖专用的5号勘探试验平硐，直达地下厂房轴线，组织开展现场岩石力学性试验研究，一方面抓紧二队岩体应力测试技术的攻关，同时尽量抽出时间来查阅能找到的地下工程研究资料，几年下来笔记写满了几百页活页纸。

1974年，我参加国家建委召开的"岩石地下建筑技术座谈会"后，多次向院里提出建议，并通过院向部科技司提出建议：设立大跨度、高边墙地下厂房稳定性研究专题，组织有关单位协作攻关，为三峡工程做技术准备。1976年春，得部科技司的授意和派遣，专程到当时正在施工的白山水电站和东北勘测设计院联系，打算以白山的大跨度地下厂房为具体对象开展这方面的研究。因时局动荡等原因，后来这些努力不了了之，但是我并没有死心。面对太平溪坚硬但被多组节理切割成块的岩体，单靠有限单元法不能解决问题，我多方查找，发现了石根华在《中国科学》上的文章，该文介绍了他在碧口工地创造的块体理论，正是针对三峡工程地基这类块体结构岩体的。那时还没有电脑，我也不懂程序，只能按文章所叙用解析几何方法分析，用圆规作全赤平投影，尝试着研究跨度达38米的地下厂房的稳定性。

实　战

粉碎"四人帮"后，我参加了部里召开的三峡工程选坝会议，记得满载会议代表的包船开到太平溪现场时，码头上停泊的水文和钻探船，岸上地质组、山地组的房子上都张灯结彩，大幅欢迎标语，两岸都站满了大批地质、钻探人员，敲锣打鼓，放起鞭炮，像过节一样！大家嘴上、心里都是一句话："三峡工程要上马了！"那个情景感人极了。不久我当了岩基室副主任，负责技术业务工作。针对已选定的三斗坪坝址，我们首先组织全室大讨论如何进军三峡，提出了以研究岩体力学性质和船闸边坡稳定性为主的试验研究大纲。随后全室主要技术骨干十几人到三斗坪现场查勘，我们从黄陵庙上岸，步行去老三斗坪镇，边走边商量现场试验计划的实施，到地质组去联系开挖试验平硐，在老三斗坪镇选地购房、准备建立岩基试验基地，爬到坛子岭眺望对面白岩尖，遥想将来工程的施工场面，真是豪情满怀！

1983 年，我到院里担任副总，经院长同意，我除主要抓三峡岩石力学性质和高边坡稳定性研究外，特别注意了我院当时还很薄弱的一些技术。我和李思慎商讨，将渗流研究对象从相对均质的土壤孔隙渗流扩展到岩体的裂隙渗流上，我借着出国考察学习的机会收集相关资料；我和刘宏根商讨，如何为三峡工程的岩石工程寻找更为合适的开挖爆破方法，由于当时还没有条件在三峡现场开展爆破试验，爆破室利用承接其他工程任务的机会，努力研究先进的爆破技术，创造了塑料导爆管网络起爆、孔间微差、多段爆破技术，后来为永久船闸的开挖作出了很大贡献。当时结构材料所已经开展了地质力学模型试验，我多次和他们商讨如何针对三峡的岩石情况，更好地模拟岩体的节理裂隙，并完成了当时世界最大的三峡左岸工程地质力学模型，探讨了缓倾角节理对左厂房坝段的稳定性的影响。

然而，有两个问题最使我放心不下：其一，为了高边坡岩体稳定性分析，需要确定大范围岩体地应力场，但我们初步掌握的岩体应力测试技术还不能满足这个要求。我们查询到瑞典已发展出可量测几百米深的应力测试技术，通过当时长办与瑞典国家电力局的合作关系，引进了这套技术并加以改进，刘允芳等开发了回归分析地应力场的计算机程序与之配套。由此形成了确定大范围岩体应力场的一整套技术，为三峡工程以及国内其他一些大型地下工程作出了无可取代的贡献。其二，船闸高边坡的岩体是块体结构，单用有限元法不能胜任稳定分析任务。1984 年，我利用赴美学习考察一年的机会，多次和在加州大学做研究的石根华接触，和王德厚、任放一起参加了他举办的块体理论讲习班，带回了他开发的关键块体分析程序，和任放一起指导我们的第一个硕士生郇爱清主攻这个理论，进一步发展、应用这个程序，在三峡初设阶段和以后的施工期中，该程序成为永久船闸高边坡块体稳定分析的主要工具。

1986 年，我担任副院长以后，正值三峡工程重新论证期间，除了分管隔河岩工程科研工作外，我还积极参加了三峡总公司和长办承担的"七五"国家重点科技攻关专题"三峡工程陡高边坡开挖、加固技术研究"，分工负责岩石力学部分的研究，将前一阶段已经开展的各项有关研究都结合起来，组织我院几个专业的技术骨干进行有系统的攻关，取得的主要成果成为三峡工程永久船闸初步设计的岩石力学基础。

攻关期间我心里还挂念着一件事，那就是我在美国考察期间，见到那里对以大坝为代表的水利水电工程建筑物的安全管理十分重视，不仅制定了一套严格管理大坝安全的法规，而且一些重要大坝都设置了比较完备的安全监测系统，并着手系统的自动化。我认为我们也得这样做！三峡工程也应这样做！回国后，我积极倡议在我院设立大坝安全监测专业，几经周折，经上级批准后，我负责组建了长江科学院大坝安全监测研究中心（后改为监测研究所）。这时，长办分管这方面工作的曹乐安副总工程师正在部署力量、组织培训，为三峡工程设计一个现代化的大坝安全监测系统做准备。他几次找我深入交谈后，委派我带领长办考察组到意大利学习，把包括意大利、美国等地代表当时世界最先进的大坝安全管理和监测的思想和技术引进来。通过考察、学习、消化，结合我国的具体情况，在曹总的指导下，我组织设计院、综勘局和长江科学院有关同志编写了三峡工程的大坝安全监测系统的"原则设计"，为以后正式设计打下了基础。

余　热

1992 年底，三峡工程上马了，我多次到工地了解情况、联系工作，建议长江科学院在现场成立分支机构，立即将工作重心转移到三峡工程前线，并积极组织有关专业到现场开展活动，主动承接各种科研、监理和工程任务。三峡总公司也接受了我的建议，委托长江委以长江科学院为主组建了三峡工程大坝安全监测中心。

随后我因年龄缘故退居二线，虽然不再直接承担三峡工程工作了，但作为长江委技术委员会的一员，在以后三峡岩石工程施工高潮的几年里，我一直和大家一起密切追踪工程的进程，心系船闸高边坡和坝基开挖的质量和安全，不断到现场察看、咨询。针对开挖成型不好、进度上不去，岩体卸荷松动、开裂，岩块崩塌、岩体加固方式、缓倾角节理的影响等问题，以及由此引起的对高边坡和左厂坝基础稳定性乃至其可行性的疑虑，我开展调查研究，进行深入分析，提出各种建议和判断，尽量为工程的顺利开展作出贡献。

与此同时，1994 年初，我受三峡工程开发总公司的聘请，担任了大坝安全监测专家组副组长，和组长一起负责八个单项技术设计之一的大坝安全监测系统技术设计的审查工作。为了按照以"大坝安全"为主线的、先进的工程监测思想做好三峡工程建筑物安全监测技术设计，我们专家组和设计人员一道，在长达三年的过程中，召开了十几次审查会和研讨会，完成了一批专题研究。通过反复交流、反复讨论、相互学习和启发，把专家的意见融合在技术设计报告中，最终完成了一个符合三峡工程特点和满足时代进步需要的安全监测系统的技术设计。

漫忆篇

未了情

1999 年，三峡永久船闸和二期坝基开挖结束，除了三期工程坝基开挖外，三峡的岩石工程基本结束，我也退休了。两年来，虽然再没有了查勘、咨询任务，但我忍不住总要找机会去现场看看。站在中隔墩看闸室那整齐笔直的深槽，来到闸室底仰望两侧高耸入云的高边坡，在下游围堰上看到那大型机械如林的、宏伟的大坝混凝土浇筑场面，回想起近 20 年来，我不下二三十次在国内国外各种场合：学术交流会上、美国陆军工程师团里、加州大学教室里，访问英国抽水蓄能电站时、接待来访的外国专家时等，应邀介绍三峡工程，讲解它的功能和效益、施工以及所做的岩石力学研究，回答各种问题和疑虑时，我总是满怀信心、如数家珍。幻灯片、投影片做了一套又一套。我终于看到这一切都逐步实现了，心中感到十分欣慰，几十年的追求和辛劳都得到了回报！

但是，三峡工程的岩石力学研究并没有结束：多年来设计和施工阶段积累的大量研究资料和经验需要进行系统的总结，工程建成后、实际运行中高边坡和坝基的性状变化有待进行观测和深入研究，更不要说第三期工程还有坝基开挖和规模巨大的右岸地下电站洞室群工程。这些都有待后继者努力了。

（2001 年 5 月为长江科学院院庆 50 周年征文而作）

岁月无愧

刘景僖

1992年4月3日下午，第七届全国人民代表大会第五次会议通过《关于兴建长江三峡工程决议》。消息传出，武汉长江委大院数栋办公大楼顿时鞭炮齐鸣，数千名长江水利工作者欣喜若狂，数代长江委人为之努力奋斗的"三峡梦"即将实现，还有什么比这更让人高兴、更令人鼓舞的事情呢！

梦圆三峡

长江三峡工程是治理长江水患、开发长江水利的关键工程；工程主要作用是防洪、航运和发电，它因其规模巨大、技术复杂、综合效益显著而备受世界和国人关注。

三峡工程坝高库大，它的安全关系到大坝下游千百万人民生命财产的安全。为确保工程万无一失，工程设计中除水工建筑物及其基础应有足够的安全裕度外，还应对工程各主要水工建筑物及其基础进行水平变形、垂直变形、渗压渗流、应力应变、温度、接缝裂缝、地震反应、近坝区地表垂直变形、高陡边坡变形、大坝上游泥沙淤积、下游河床冲刷等进行监测，这便是"安全监测"。打个比喻：假设三峡工程是人，这个人身体状况如何，需要经常对身体各部位进行各项检查。三峡工程安全监测布设的各类监测仪器和设备（近10000个测点），就是为工程进行各种检查而配备的。通过对不同时期各类监测数据的整理分析，便可以及时了解掌控工程在施工期、分期蓄水期和运行期的工况，避免出现任何影响和危及建筑物安全的事态发生，确保工程的万无一失。可以说，安全监测布设的仪器和设备是监视工程安全的耳目，极为重要。例如，1998年长江发生大洪水期间，葛洲坝水力发电厂及时反馈安全监测信息，为领导决策葛洲坝上游水位提高到67米（校核水位）运行提供了科学依据，从而保证了下游荆江大堤的安全。

20世纪80年代，长江委便开展了三峡工程安全监测初步设计工作。一天，水工设计专家、枢纽处徐一心总工带我到汉口胜利饭店向美国咨询专家组组长汇报三峡工

漫
忆
篇

程安全监测设计，在较系统地听取了我的汇报后，专家组长很满意，连连说："OK！"他认为这个监测设计比美国已建大坝的安全监测设计还要系统全面，各方面考虑都很周到，设计是可行的。此后，三峡工程安全监测初设工作便一直在不断补充完善，其间，我编写了《长江三峡水利枢纽安全监测设计大纲》《三峡水利枢纽安全监测简要报告》等。

1993年7月31日，国务院三峡建委批准了《长江三峡水利枢纽初步设计报告（枢纽工程）》。批文中要求长江委抓紧编制重要工程的单项技术设计和其他工程的招标设计。审查意见中明确指出长江委应进行大坝、水电站等8个单项工程技术设计，其中第七册就是《建筑物安全监测设计》。为及时满足三峡工程单项技术设计需要，1993年8月，我编写了《长江三峡水利枢纽安全监测单项技术设计工作大纲》。

三峡工程《建筑物安全监测设计》是在初步设计的基础上，攻克安全监测工程的技术难题，完成后随即转入招标设计和招标文件编制，提出施工详图。茅坪溪防护工程大坝的安全监测设计亦如此。

三峡工程"安全监测"是一个庞大而复杂的系统工程，其涉及面广、施工历时长（达17年）、技术复杂、自动化程度要求高，相应对安全监测设计的要求也很高。当时作为监测室主任的我深感责任重大，单凭我室的力量，无论如何努力都不可能完成三峡工程安全监测技术设计的任务，必须发挥长江委集团军优势。经向有关领导汇报后，长江设计局（长江设计集团前身）于1994年3月10日向长江委党组报送《关于成立三峡工程大坝安全监测工作组的请示》，协助长江委已成立的以邵长城副总工为首的大坝安全监测领导小组具体开展组织和协调三峡工程安全监测技术设计工作。组长余济贤，成员刘景僖（设计局）、李迪（长江科学院）、赵全麟（综勘局）。长江委主任、党组书记黎安田十分重视，于第二天就批准了该请示报告，为确保技术设计的进度和成果质量打下了坚实的基础。

1994年3月，三峡总公司组成了"三峡工程枢纽建筑物安全监测技术设计审查专家组"，储传英为项目负责人，施济中、董学晟任专家组正、副组长，成员有林世卿、沈义生、吴中如、张震夏、叶丽秋、储海宁、刘嘉炘、李珍照、荣燮扬、张日光、庄正新、池胡庆等同志。专家组在三峡工地召开了第一次专家会议，对长江委提交的《长江三峡水利枢纽安全监测单项技术设计工作大纲》进行审查，专家组原则同意该工作大纲的主要内容。1994年6—12月，我委又先后提交《三峡工程枢纽建筑物安全监测技术设计大纲》《三峡工程安全监测系统的总体设计及布置》《三峡工程各不同建筑物及独立子系统的监测项目和测点布置》《三峡工程安全监测自动化系统的比选论证》《三峡工程安全监测各类传感器的比选论证》等专题报告。1995年6月，我委正式提交《长江三峡水利枢纽建筑物安全监测设计》报告，该报告中同时提出"光纤传感器及信号处理技术""监控模型和监控指标""大坝安全监控专家系统"等38个安全监测研究项目。专家组多次分别对上述报告进行了审查，并于1995年12月进行终审。终审认为："本设计符合我国颁发的有关规程、规范的要求，并能适应三峡工程的实际需要，设计内容比较齐全，有一定深度，达到单项技术设计要求。"同时提出"设计中也存在监测部位（断面）、测点及仪器数量偏多等不足"。为贯彻落实审查意见，更好地完善长江三峡水利枢纽单项工程技术设计报告《建筑物安全监测设计》，鉴于三峡工程安全监测设计涉及专业面广，技术水平要求高，2001年初，长江委副总工程师、长江委大坝安全监测中心主任成昆煌组织长江设计院、长江科学院、综合勘测局、水文局等单位原来参加技术设计的人员，对《建筑物安全监测设计》报告进行了修订和调整，重新绘制了附图集并于同年6月重新印刷。该报告共60多万字，附图数十张，成为日后三峡工程安全监测招标设计和施工详图设计的依据。总体而言，我委编写的这份《建筑物安全监测设计》报告，无论是内容、深度还是广度都是空前的，报告中提出了许多安全监测的高新技术和高标准、高要求，开创了安全监测设计的历史先河，是划时代的技术设计报告，它凝聚了长江委安全监测设计、科研人员以及审查专家的聪明才智和宝贵经验，国内外绝无仅有，为水利水电工程的安全监测事业作出了巨大的、不可磨灭的贡献，现已成为大、中型水利枢纽工程安全监测设计的范本。

长江三峡水利枢纽《建筑物安全监测设计》报告编写中，长江委各单位主要参与人员有长江设计院的我与余济贤等60人。他们大多为高级工程师或教授级高级工程师，是长江委安全监测设计、科研方面的中坚力量，充分体现了长江委领导对三峡工程《安全监测设计》的高度重视。

三峡总公司也非常重视安全监测工作，工程伊始就成建制聘用长江委技术人员，成立了"中国长江三峡工程开发总公司安全监测中心"，王德厚任主任，我与杨栽和、於三大、杨爱明、刘景僖（兼）任副主任，冯兴常任总工。该中心受公司委托统一管理监测项目的实施，负责项目的监理验收，对监测数据进行汇集、管理和初步分析，定期提出监测简报或专项报告，为工程各阶段的验收提供了技术支持，成为国内一些大型水利水电工程效仿的榜样。

1994—1999年，我与长江科学院王德厚等完成了国家自然科学基金委员会和三峡总公司联合资助的研究项目"三峡工程水工建筑物安全监测与反馈设计"，为优化设计提出了重要建议。

2001年和2002年，我与吴中如院士、王德厚等共同编写的《三峡水工建筑物安

漫忆篇

全监测与信息分析研究》分别获河海大学、江苏省科学技术进步一等奖。

我在主持三峡工程建筑物安全监测招标设计和施工技术设计中，通过详细了解地质情况和水工设计后，对原初步设计和技术设计进行了大胆优化，使监测仪器和监测设备减少了 1/3 以上，大大地节省了工程投资。优化后的设计，为三峡工程建立一流的安全监测系统，及时了解工程的工作性态和对确保工程安全起到了重大的作用。我还经常到现场解决进口仪器埋设、观测精度等一系列关键性复杂技术难题，被业主和施工单位认可采纳。

基于三峡工程安全监测工作的经验和探索，按照长江委大型水利水电工程技术丛书编辑委员会的要求，2006 年长江科学院副院长王德厚组织各监测专业技术人员编著了丛书的《安全监测卷——水利水电工程安全监测理论与实践》，该书近 60 万字，是为水工监测人员提供的一本很好的工具书。

北美考察

三峡工程安全监测系统的各类监测仪器、设备，既采用国内一流产品，也用国外先进产品，这样才能使三峡工程的安全监测设计更加完善。为此，长江委组建以成昆煌副总工为团长的考察团一行 8 人，于 1995 年 10 月 28 日至 11 月 19 日赴美国、加拿大进行考察。

考察团访问了三家主要水利水电工程和大坝管理机构：美国国防部陆军工程师团、美国内务部垦务局和加拿大魁北克省水电局。

考察了北美五座大坝的安全监测现状：加拿大魁北克的大米尔坝（Grand Mele Dam）、美国垦务局的水晶坝（Crystal Dam）、美国垦务局晨点坝（Morrow Point Dam）、美国工程师兵团的利比坝（Libby Dam）和美国垦务局的大古力坝（Grand Coulee Dam）。

考察了北美四家主要监测仪器仪表公司：加拿大洛克泰斯特（Roctest）公司、美国基康（Geokon）公司、美国辛科（Slop Indicator）公司、美国基美星（Geomation）公司。

这次赴美、加考察，访问了当前世界上研制安全监测仪器及自动化监测设备具有代表性的厂家，实地察看了北美洲五座大坝的安全监测设施及运行情况，对美、加的大坝安全管理体系作了一定的了解，学习到一些先进技术，拓宽了眼界，这些先进的技术与经验为日后三峡工程安全监测系统的设计和实施提供了借鉴。

因考察内容广、访问的厂家和察看的大坝数量多，考察团一行 8 人，常常是吃了早餐就外出，天黑了才回到住宿地。在美、加期间，几乎没有上街、观景时间，即便在离纽约、华盛顿、尼亚加拉大瀑布不远时，也没有绕道去城区、景区看看，大家每天都在忙于考察、访问工作，团长成昆煌总工还要兼当翻译，更为辛劳。这大概是知识分子对于工作的认真和为完成任务（使命）的执着的"通病"吧。

我这个湖南人没其他本事，但"爱吃辣椒、怕不辣"却是我的特长。幼年和青、中年时期，一餐可以吃半斤多湖南很辣的辣椒。别人请客，一说有辣椒吃，我心情顿时便激动起来。平时出差或外出开会，也总是带一瓶辣椒，真是无辣不欢，至今还没遇到比我"怕不辣"的人。在美、加考察期间，团长成昆煌总工介绍我时，总是称我为"Mr. Chili"（辣椒先生）。一次，美国基康公司请我们吃中饭，总裁、副总裁参加，当总裁听说我"怕不辣"后，当即便邀请我去他家，说有一瓶墨西哥辣椒酱，非常辣，无人敢吃，让我试着吃一点。吃完中饭，我们乘坐总裁开的车，走了5~6千米，来到他家。总裁与夫人嘀咕几句，夫人从吧台拿出辣酱，装了一点让我尝尝，我说"好吃"，她又过来加了点，接连几次后，半瓶"辣酱"已被吃掉，总裁与夫人顿时目瞪口呆，说"怕辣坏了客人"，不敢再添加"辣酱"了。其实，一瓶全吃光，也辣不倒我，只是吃多了太咸而已。我们顺便参观了总裁住房：这是一座建在郊外山地的别墅，共三层，每层约120平方米，窗户均没有防盗网，我们私下议论："不怕偷盗吗？"后来了解到：美国人家偷窃的现象极少发生。难怪我们到饭店吃饭时，长大衣挂在另外房间，也不会被人偷走。

我与大坝安全监测

从1965年9月至2015年底，我从事水利工作已达50年。1975年6月前的10年可以说是施工生活，一直在水利电力部第三工程局，先后参加了黄河青铜峡水利枢纽后期开挖，陕西汉中褒河石门水利枢纽大坝坝基、坝肩、导流洞开挖及部分混凝土浇筑、拱坝接缝灌浆工作（任主管技术员，兼做技术革新，分管防洪度汛）。1975年7月至2015年底，是我"安全监测"设计生涯的40年。葛洲坝工程是我开始从事安全监测设计的第一个宏大工程，我完成了坝工建筑物内观和渗压渗流的监测设计，并牵头完成葛洲坝整个枢纽的安全监测设计；此后又主持和参与了清江隔河岩工程的安全监测设计；主持了水布垭工程和南水北调中线工程（前期）安全监测设计；主持了长江重要堤防隐蔽工程安全监测设计；参与主持并参加了长江三峡工程安全监测设计。上述工程中，尤以葛洲坝、隔河岩、长江三峡三大工程的安全监测设计最为满意和自豪。长江委安全监测三大工程的这三首歌，全委安全监测设计、科研人员是词、曲作者，歌曲是大家集体智慧的结晶，我为能参与其中而感到庆幸。

漫忆篇

此外，本人还主持了十几个中、小工程安全监测设计及自动化监测系统设计。撰写和主编了众多的工程设计大纲、技术报告、总结报告，总计50多万字；主编了《长江重要堤防安全监测设计导则（试行）》，并担任长江委大坝安全监测中心（技术负责人）负责实施的15个堤防工程技术总负责人；参加了《混凝土坝安全监测技术规范》（DL/T 5178—2003，国家经贸委发布）的标准起草编写工作。数十次应邀以专家身份参加水利和电力两部门司、局、院组织的重大工程设计审查、国家科技攻关成果鉴定、验收或技术咨询会；多次应邀为武汉水利电力大学硕士学位论文答辩委员会委员；参加了《葛洲坝水利枢纽运行管理规程》《葛洲坝工程丛书》《三峡工程技术丛书》及《长江志》中安全监测章节的编写。

设计单位承接非本单位安全监测工程的施工和资料整理分析是我率先在湖南江垭水电站、贺龙水电站以及温州珊溪水库开创的全国先例。事实证明，此举收效甚好，符合改革开放和发展的需要。此后，国内各大设计院纷纷效仿。

安全监测的发展经历了艰难的历程：1975年前叫"仪埋"，1975年后，慢慢改称"原型观测"，分内观、外观两大部分，此外还有水力学、闸门振动、爆破等专项观测。1982年，由本人向水利电力部主管部门倡议的全国第一次大坝观测设计会在杭州召开，我在会上介绍了"葛洲坝水利枢纽一期工程主要建筑物的原型观测设计"，同时呼吁将"大坝原型观测"更名为"大坝安全监测"，并提出的安全监测费用占主体工程投资百分比的建议都得到认可。此后，便更名为"安全监测"了，安全监测也成为一个新兴的独立专业。特别是1993年国务院三峡建委在批准《长江三峡水利枢纽初步设计报告（枢纽工程）》中明确了"建筑物安全监测"是单项工程，自此，"安全监测"在我国水利水电工程建设中便确立了重要位置，从设计、施工招投标、工程蓄水安全鉴定到工程竣工验收、工程运行管理，"安全监测"都是其中一项重要内容。

为加强大坝安全监测设计、施工、资料整理分析及大坝安全管理情报交流，1982年9月，水利电力系统组成了全国大坝安全监测情报网（后改为信息网）；随后，又成立了水利部大坝安全监测中心；1985年成立了水利电力部水电站大坝安全监察中心；1990年9月，中国水力发电工程学会成立了大坝安全监测专业委员会。

本人曾兼职：中国水电学会大坝安全监测（含管理）专业委员会第一至第四届委员，监测设计与施工分会（后为学组）第一至第四届副主任委员；全国大坝安全监测情报（信息）网第一至第五届副网长单位和南片负责人，全国《大坝监测技术》杂志编委会第一至第四届副主任委员；水利部大坝安全监测中心长江委联络员；中国土木工程学会防护工程学会第四届理事会理事等。

我于2002年退休后，被原工作单位长江设计院返聘至2010年底，其间在长江委大坝安全监测中心 1 年，长江设计院糯扎渡工程监理部（总工）半年，广西大同江水电开发公司（总工）1 年，长江设计院乌江彭水水电站安全监测中心（主任兼总工）4 年，长江设计院银盘水电站安全监测中心（总工）1 年。2011 年中国长江三峡集团溪洛渡工程建设部安全监测中心（专家）聘至 2013 年。2002—2016 年，先后应邀参加国电大坝安全监察中心、水利水电规划设计总院、国务院南水北调工程建设委员会办公室和专家委员会等单位组织的专家组，参与众多工程的蓄水安全鉴定、竣工技术验收、技术标准审查等工作。

20 世纪 80 年代，葛洲坝水力发电厂成立之初，厂长侯广忠希望我去电厂工作，因邵长城总工的再三挽留而未成行。此后，三峡总公司、澧水开发公司、华中电管局都曾有意调我去工作，但我都一一推辞了。我爱上了长江委，更喜爱"安全监测"设计这个专业，将它作为毕生的事业而努力奋斗，并亲身目睹和见证它的变迁和蓬勃发展。长江委成立安全监测设计专业，与文伏波院士、胡汉林局长的建言和决策分不开，邵长城、张邦圻、成昆煌几位长江委副总工在工作上给了我很多鼓励和帮助，因而就更不愿意放弃自己的专业。事实证明，我的选择是正确的！我为自己从事"安全监测"设计而感到欣慰，能参加葛洲坝、隔河岩工程，特别是参加与主持三峡工程安全监测初步设计、技术设计、招标设计和部分施工详图设计，是我人生荣耀光辉的顶点，让我终生难忘。回顾自己已逝的岁月，50 年来一直都在兢兢业业满负荷工作着，做到了干一行、爱一行、专一行，曾为安全监测专业设计带头人，业务能力被国内同行专家认可，多次被评为先进生产（工作）者或立功受奖。我庆幸自己没有虚度年华。

"人可负我，我不负人，诚恳做事，堂正做人"，这是我一生的信条，可以说岁月无愧了。

三峡工程泥沙实体模型的一次"闭卷考试"

杨国炜

一、缘起

长江三峡工程泥沙问题是三峡工程关键性技术问题之一。泥沙问题涉及三峡工程水库的使用寿命，各工程建筑物效益的发挥，枢纽上下游水库和河道的防洪、航运安全。由于泥沙问题的重要性、复杂性，国家采用多学科、多部门和多单位协作研究；对于重大问题采用多单位平行研究联合攻关和相互印证。

泥沙问题的基本研究方法之一是泥沙实体模型试验。三峡工程水库长约 600 千米。水库正常蓄水位 175 米，汛限水位 145 米。由于水库蓄水位的年内调度，水库的上段存在常年回水区和变动回水区。变动回水区长约 150 千米。在变动回水区，水位年内的变化形成十分复杂的泥沙冲淤变化，从而影响到洪水位、航运和港口。

对变动回水区泥沙问题的研究经历了 50 年。其间，在变动回水区选定不同河段进行了泥沙实体模型试验。承担模型试验研究的单位有清华大学、武汉水利电力学院、天津水运工程科学研究所、中国水利水电科学研究院、南京水利科学研究院和长江科学院。各单位泥沙实体模型采用的平面比尺范围为 1：300~1：250，垂直比尺范围为 1：120~1：100；采用模拟天然河流泥沙运动的模型沙是塑料沙和电木粉，它们的比重分别是 1.05 和 1.4。由于天然泥沙中一部分极细颗粒泥沙不参加"造床"运动，所以模型沙中不包括这部分泥沙颗粒，也避免了在模型试验中可能产生的模型沙"絮凝"和"板结"现象。各家的泥沙实体模型的设计方法十分相近，但是在模型设计中各家采用的表征泥沙运动和模型沙水力特性的公式有所不同。各家的泥沙实体模型还进行了校正和验证试验。

上面简述的泥沙实体模型的设计方法和实验技术是中国数十年来不断实践、总结和发展的成果，已被广泛应用于水利工程和河道演变的研究中。

由于三峡工程水库变动回水区泥沙模型所进行的校正和验证试验所采用的天然

河道观测资料观测时间仅仅是 1~2 年，国内泥沙界的一些学者对于泥沙实体模型通过模型试验获得的预测水库运用多年乃至数十年的试验结果仍然存有疑虑。为了进一步验证已有泥沙实体模型试验成果的可靠性，国家泥沙专家组决定对泥沙实体模型进行一次空前绝后的"闭卷考试"。实际上，"闭卷考试"也是对中国采用的泥沙实体模型设计方法和实验技术的一次检验。

二、"闭卷考试"的要求

1. 选择一个已建水利工程，其水库具有常年回水区和变动回水区，其变动回水区的边界条件与三峡工程的变动回水区相似。

2. 已选定的作为试验区段的已建水利工程的变动回水区具有较长系列的水文和水流泥沙观测资料以及具有对不同时段、不同断面或地形的观测资料。

3. 采用已有的三峡工程泥沙实体模型的平面比尺和垂直比尺，建造一座已选定的水利工程水库变动回水区试验段的实体模型，这里称为"验证考试模型"。

4. "验证考试模型"所采用的各种比尺与已有三峡工程泥沙实体模型完全一致，并采用同一种模型沙，按已建水利工程所在河道的来沙配制"验证考试模型"的模型沙。

5. "验证考试模型"试验，按由泥沙专家组提供的水文泥沙资料进行试验，并按专家组要求，实测模型中的泥沙淤积和冲刷、观测河型变化，并进行计算分析。试验观测和分析资料上交泥沙专家组。

6. 由国家泥沙专家组对模型观测资料与天然水库实测资料进行分析对比，或委托承担"验证考试模型"试验单位进行此项工作。在模型试验完成前，承担试验单位不拥有天然水库实测资料。

承担"验证考试模型"的试验单位为长江科学院。

三、所选择的已建水利工程和水库试验段基本情况

符合"闭卷考试"要求的已建水利工程选定为丹江口水利枢纽。当时，丹江口水库在正常蓄水位 157 米时的水库容积为 17.45 亿立方米。丹江口水库于 1968 年蓄水运用。丹江口水库通常从每年 10 月开始蓄水至正常蓄水位，从 11 月至次年 3 月或 4 月库水位逐渐降低直至最低库水位 139 米。然后，4—5 月再次蓄水，到 7 月水位达到 149 米，即防洪限制水位，所以丹江口水库像三峡水库一样具有常年回水区和变动回水区。

漫忆篇

所选择的试验河段为丹江口水库的油坊沟段。它位于变动回水区的下段和常年回水区的上段之间。油坊沟于1976年设立位于油坊沟段上游入口处的水文站，距丹江口水利枢纽121.4千米。建站后即按水文测验规程要求进行河段的水位、水流、泥沙测量以及对不同地段的固定断面进行测量。该站年径流量为37.9亿立方米。汛期从7月至10月，枯水期从1月至3月。年输沙量468万吨，主要为悬移质泥沙。

油坊沟河段具有与三峡工程变动回水区相似的河道边界条件。该河段的上段具有弯道和分汊河道，中段为直段，下段河道较宽浅。

国家专家组认为选择丹江口水库油坊沟河段作为"闭卷考试"试验河段符合"闭卷考试"要求。

四、试验基本情况和试验结果

"闭卷考试模型"试验于1990年在长江科学院河流研究所进行。

首先塑造油坊沟河段模型。模型平面比尺为1：300，垂直比尺为1：120。采用塑料沙为模型沙 d_{50}=0.155毫米。河床变形冲淤时间比尺为1：600。就是说，模型试验历时一天，即相当于天然河道600天。

模型试验按油坊沟水文站实测的不同时段的来水来沙过程施效；在试验中按与油坊沟水文站施测固定断面相应时间量测模型中各相应的固定断面的变化；另外，观测试验中不同类型河道的河床变化和泥沙淤积和冲刷情况。

油坊沟模型试验采用的水文系列是从1976年12月到1990年4月。

"闭卷考试"模型试验成果表明，由模型试验观测获得的成果，与油坊沟天然河段中实测的泥沙冲淤和河床变形十分相似。主要表现在泥沙淤积主要发生在分汊河道主汊的突岸边滩、河漫滩和宽河道的主槽；模型试验成功地复演了天然河道中出现的分汊河道转化为单一河槽的现象；试验河段经过近14年水文过程后的泥沙淤积量十分接近，包括不同时段、不同断面间的泥沙冲淤量，河段各断面不同高程处的泥沙淤积量，试验成果与天然河道断面实测成果的差异很小。

五、结论

油坊沟河段模型验证试验成果表明，三峡工程水库变动回水区模型采用的设计方法和模拟技术是可靠的，能够用来预测三峡工程长期运用时，变动回水区的泥沙冲淤过程。

三峡工程泥沙实体模型的这种"闭卷考试"再次证实，在中国采用的泥沙实体模型的设计方法和实验技术已达到国际领先水平。

　　根据国家泥沙专家组的要求所撰写的这次"闭卷考试"的技术性总结论文，已刊登于 1994 年 8 月第 2 期国际泥沙研究杂志（英文）。美国加州大学伯克利分校已将该论文作为博士生教材。

漫忆篇

枢纽坝区泥沙模型试验技术的演进

——从葛洲坝工程到三峡工程

陈华康

1983年6月中旬，从长江委传来了三峡泥沙科研工作协调会布置给长江科学院的一项任务，要尽快建设一座三峡坝区泥沙模型，以研究三峡正常蓄水位150米的枢纽布置方案的可行性。这是长江科学院在1982年底到1983年3月，以80天时间突击完成制模、验证、正式试验，提出该方案枢纽布置整体水力学试验成果结论的基础上的又一次突击任务。

在时任长江科学院院长陈济生的直接领导下，集中了长江科学院办公室、技术室、计划科、财器科、基建科、行政科的主要力量，承担模型大厅的"偷梁换柱"和副厅的建设工作。河流研究室调派了有模型制作经验的梁中贤担任模型组组长，集中了全室约一半的技术干部和全部技术工人承担模型制作，浑水水沙循环系统建设，测验设备仪器的安装、调试、率定等。

在武汉盛暑的7、8月，九万方试验场有名的小黑蚊子与我们一起日夜倒班，同志们都得穿着厚工作服，酷热难忍，用几台大马力的排气风扇对着吹，才能勉强进行工作。经过150多天的奋斗，1∶150比尺的正态坝区泥沙模型全面建成。模型范围上起太平溪下迄黄陵庙，原型长15千米。当年12月正式开始了清水验证试验（包括五级流量的水面线验证、流速流态验证），历时仅1个月，就于1984年3月提出了模型清水验证报告。随即进行浑水验证试验（包括六级流量水面线验证、淤积冲刷地形验证、淤积物粒径验证等）和正式方案试验，拉开了国内三峡水利枢纽坝区泥沙模型试验的序幕。到1986年初，已进行明渠导流结合施工通航方案试验、明渠结合临时船闸和升船机施工通航方案试验、临时船闸和升船机施工通航方案试验；150米蓄水位方案初设阶段枢纽布置的3个方案试验与坝上引航道整治方案试验；枢纽下游长江大桥及码头选址试验，开始为三峡工程施工前期准备工作的设计提供试验成果。这个坝区泥沙模型怎么能够在如此短的时间里以超常规的速度建成和及时有效运行呢？这要从葛洲坝水利枢纽工程坝区泥沙问题的研究说起。

1971 年 9 月，建在汉口九万方试验场的国内第一座葛洲坝水利枢纽悬沙模型正式启动。采用平面比尺为 1:250，垂直比尺为 1:100 的变态模型，模型沙选用滑石粉，由长江科学院与南科所共同负责试验研究。1971 年 12 月，该模型完成清水验证，1972 年 5 月完成浑水验证，当年 7 月开始进行枢纽布置的方案试验。1973 年 3 月由武汉水利电力学院负责，长江科学院和葛洲坝工程局参加，在葛洲坝工地的第二座葛洲坝水利枢纽悬沙模型建成。其比尺为 1:200 的正态模型，模型沙选用酸性白土粉。1974 年 2 月完成清浑水验证试验，随即开始进行枢纽方案泥沙试验。1973 年 11 月由南京水利科学研究所负责，有长办、水规院参加的第三座葛洲坝水利枢纽泥沙模型开始建造，1974 年 11 月完成验证试验工作。采用平面比尺为 1:200，垂直比尺为 1:100 的变态模型，模型沙为电木粉。当时，国内泥沙实体模型的放水要素的控制和测验还基本处于 20 世纪 60 年代的水平，清水流量控制采用量水堰、浑水流量控制采用水银高度作指示的文杜里流量计、水位测量用测针、加沙用人工、含沙量测验主要用比重瓶、泥沙粒径测验用移液管法、尾门是人工控制、地形测量靠测针和水准仪，工作量和劳动强度都很大。由于模型试验的时间概念要求高，在自动化程度不高的情况下，国内这类泥沙模型当时均采用人海战术来解决，与国外同类的试验条件存在不小的差距。在这一段时间里，承担葛洲坝枢纽工程泥沙模型试验任务的单位均在自身条件允许的情况下设法改善模型测验控制环境，并在试验过程中取得了大量成果，为设计提供了有效的技术支持。1977 年初，长江科学院受当时水利电力部科技司的委托，三三〇工程局（即现在的葛洲坝工程局）、南科所、武汉水利电力学院和长江科学院在汉口召开了全国第一次泥沙模型试验及测试技术经验交流会。尽管三处的葛洲坝枢纽工程坝区泥沙模型各有特点，由于考虑的相似条件不同，试验的条件也不完全一致，所取得的成果总还存在一些不尽如人意之处。

1977 年下半年，经长办党委批准，决定将汉口的悬沙模型改建为包括沙、卵石推移质和悬移质在内的全沙模型。在当时河流研究室主任唐日长的领导下，迅速开展模型设计和选沙工作。河流室挑选精兵强将专门组建了第三专业组，当时集中了河流室约 1/3 的人员和刚分配来的全部中专学生和技术工人，分成三个摊子分别负责模型设计与模型选沙；模型水沙控制系统建设、控制仪器设备与检测仪器设备的选型、购置、安装与调试；模型的制作与跨模型旱桥的建设。我当时作为室技术秘书，几乎将全部力量投入葛洲坝模型的建设与运行。这个模型的建设相对较晚，有条件在国内其他模型试验成熟技术的基础上更进一步提高和发展，因此在当时尽量选用先进、适用的技术。经过以唐日长为首等同志近半年的模型设计，最后决定比尺采用 1:150 的正态模型。模型沙选用湖南株洲洗煤厂的精煤，比重为 1.33；精煤的粉碎、球磨、分

漫忆篇

选就在九万方试验场建的专门车间进行。水沙循环系统专门兴建了泡沙池、搅拌池、配沙池、工作池与清水池。退水系统中串联了一个大沉沙池，相互之间的联系均用电动闸门或潜水泵进行控制；搅沙池采用仪器室设计、加工制造的大型机械搅拌，而工作池中利用漏斗形平水塔的多余退水进行水力搅拌，获得了较好的效果。模型进水流量的控制采用工业上已成熟的差压流量计、涡轮流量计和电磁流量计，均由电动闸门控制。模型进、出口的含沙量和模型中正在运行的模型沙粒径用自制的光电测沙仪在线和离线测定。动床模型的地形用自制的测淤厚仪（以后又增加了由长江科学院仪器室自行研制成功的地形仪）测定。水位采用国内科研单位生产的自动水位计。所有这些控制的设备均通过低电压连线到中央控制室，在工业上已运用成熟的中圆图及长图记录仪上显示和记录，并可通过电动开关远控闸门和执行器进行控制性操作。为解决武汉市经常停电，且输电电压过低无法进行试验的问题，经长江委领导努力，通过上级的批准，从汉口姑嫂树变电站拉了一组专用高压电线到九万方试验场（也就是现在使用的长江委线），同时在水泵房内配备了大型调压器和备用的两台发电机组。上述工作巨大的工作量在长江委有关部门、全院各部门职工的努力配合下，特别是河流室同志日日夜夜的辛勤劳动下，仅用了 5 个月时间就基本完成了。1978 年 5 月开始着手进行模型的验证试验，验证试验足足做了 11 个月。清水水面线验证了五级流量；流速分布验证了三个断面三级流量；水流流态验证了四级流量；卵石推移质验证了五组流量。浑水验证做了 17 个成功的组次（放水不成功的组次除外），完成主要淤积部位、淤积量、模型淤积后的水位与流速、含沙量沿河宽、沿垂线分布等试验内容。在进行验证试验的同时也对模型制作、各类放水要素的控制、记录的仪器设备进行了调试和改进，并摸索出一整套试验技术。1979 年 4 月，汉口葛洲坝枢纽工程 1∶150 正态全沙模型在完成验证试验后才宣告全部建成，可以进行正式的方案试验。1979 年 11 月由水利部主持的第一次全国"三工"（水工、河工、港工）测量技术讨论会在汉口召开，现场就选在葛洲坝水利枢纽工程 1∶150 正态全沙模型处。经过专家们的认定，此泥沙模型当时在规模、设计和模型的制作技术、模型放水的控制、测量和记录技术等方面均已走到了全国甚至于国际上领先的地位。

从 1979 年下半年开始，葛洲坝水利枢纽工程 1∶150 正态全沙模型进行了大量的方案试验工作。每次放水试验一般均连续 4~5 个昼夜。模型放水实行日夜四班制三班倒，每班人数 2~3 人，发电值班三班制两班倒，每班 2 人，可以在武汉市线路停电后的 5~10 分钟内转为自发电；其余测量人员根据放水的日程安排，放水过程中由河流室技术领导担任总值班，处理停电和模型加、减沙失控等突发事件。利用葛洲坝工程 1∶150 正态泥沙模型进行的试验研究主要重点是坝区河势规划和大江工程布置问题。

在向设计部门提供试验成果的条件下，还要面对较为不利的上游来水来沙条件，预测葛洲坝工程运行后的泥沙冲淤情况。这个模型一直保留到20世纪90年代，根据水利部领导的指示，在葛洲坝枢纽工程1988年全部建成运行若干年后，再在这个泥沙模型上用长江上游实际发生的水、沙条件复演泥沙的冲淤情况，这是河流泥沙的研究史上绝无仅有的举措。在事后用1981—1983年一期工程运用阶段进行复演试验的情况证明，坝区各部位的淤积量、淤积分布、形态特征、流速流态以及引航道的冲淤效果、淤沙级配等试验成果与原型实测资料基本一致。这座葛洲坝1∶150正态泥沙模型的准确率达到90%左右。截至2001年，通过葛洲坝水利枢纽20年的运行实践和大量原型观测资料证实，坝区泥沙淤积的实际情况与预计仍基本一致，实测的泥沙冲淤值低于试验的预测值。

由于三峡水利枢纽位于葛洲坝水利枢纽上游仅40千米，三峡枢纽坝区河段的水文泥沙及河床边界特性基本相同，且三峡水利枢纽与葛洲坝水利枢纽坝区的泥沙问题性质相近，同时已有了葛洲坝水利枢纽工程坝区泥沙实体模型实践的技术储备，因而三峡水利枢纽坝区泥沙模型采用与葛洲坝水利枢纽坝区的泥沙模型相同的设计和试验技术，成为必然的选择，再加上全院职工对三峡工程抱有极大的热忱，才能使三峡工程的坝区泥沙实体模型的工作开展得如此快速和顺利。

三峡水利枢纽坝区泥沙模型在完成150米方案的试验后，根据有关部门的要求，又进行了160米、170米、175米方案试验，枢纽运用早期30年的泥沙冲淤情况的试验研究，包括坝区流态和淤积问题、船闸引航道泥沙问题、电厂泥沙问题的试验；然后又进行了枢纽运用后期直到水库淤积平衡后的泥沙等问题的试验。

1990年7月，根据北京汇报会议的要求，长江委应于1991年底提出三峡水利枢纽工程175米方案的初步设计。长江委领导考虑到对一些重大问题还应进一步试验论证，而当前的坝区泥沙模型的上、下范围偏短，于是向长江科学院提出重新做一座坝区泥沙模型的设想。同年8月，长江科学院立即启动模型建设工作，成立专门的领导小组，由王式勇副院长任组长，动员院业务处、办公室、基建科、物资供应科、行政科等单位全力做好2744平方米模型大厅和1291平方米副厅的建设。河流室同志负责模型制作、水沙循环系统的改造和验证试验。模型比尺仍为1∶150的正态，模型范围上游延伸到腊肉洞，下游延伸到晒经坪，原型长31.5千米。经过11个月夜以继日的努力工作，终于在1991年9月19日将三峡新坝区模型全面建成，开始放水，并随即重新进行验证试验和正常蓄水位175米方案的泥沙冲淤试验研究。1992年4月3日全国人大七届五次会议上，审议通过了《关于兴建长江三峡工程决议》。消息传来，极大地鼓舞了所有科技人员和工人们的工作热情，仅1992年长江科学院的坝区模型

漫忆篇

就先后进行了枢纽运用早期20年坝区地形的塑造；枢纽运用第21~30年的系列试验、枢纽运用中期第41~50年的系列试验、枢纽运用后期第51~90年的系列试验（包括船闸和升船机引航道泥沙问题和口门区通航水流条件、船闸上游引航道、船闸和升船机下游引航道、升船机上游引航道；电厂前淤积和排沙孔的冲刷效果、过机水流含沙量及泥沙粒径、电厂尾水区流态和淤积等的多个方案试验）。在这一年里，承担坝区模型试验的同志们足足用了220多个日日夜夜，为设计部门早日完成三峡枢纽工程初步设计，提供了可靠的技术支撑。

与此同时，南科院1984年建成平面比尺为1∶200，垂直比尺1∶100的三峡坝区泥沙变态短模型，模型沙为电木粉，且也在1991年重新加长后进行试验。清华大学也于1993年建成平面比尺为1∶180的三峡坝区泥沙正态短模型。三座泥沙模型同时平行开展工作，相互印证。此后，三座模型均进行了大量设计优化（特别是通航条件和电站引水防沙方面）及地下电站的泥沙问题研究。实践证明，长江科学院模型的试验成果最为稳定，可比性强，且放水历时和次数最多，提供成果及时，为三峡泥沙专家组和三峡工程开发总公司所确认，也是设计部门进行工程设计的主要依据。

三峡工程全面建成，它正在发挥着巨大的社会效益和经济效益。我们为自己四五十年来从事三峡工程泥沙研究工作不懈努力，终于实现梦想而自豪，为三峡工程的全面建成而欢欣鼓舞。随着时间的推移，实践将一步一步地检验我们50年来的科研成果。我们确信它能经得住时间的考验，它也预示着我们科研工作者的一个新起点的到来。

长江葛洲坝和三峡水利枢纽伴侣缘

陈济生

三峡水电站日调节模型试验与决策

长江三峡水利枢纽的水电站在大电网中负荷能灵活变换（日调节），这是其特有优势，但日调节不稳定水流对航运不利，而长江航运却是中国西部腹地国民经济发展的命脉。当年，在三峡坝区选择时，苏联专家老组长对南津关石灰岩坝址恋恋不舍，其潜在原因之一就是：南津关坝址水电站出隧洞尾水全部泄往峡外开阔的深水河谷，日调节不稳定水流的影响能得到充分缓解；而西陵峡花岗岩坝址下游还有一大段弯曲狭窄峡谷航道，日调节不稳定流对航运却是问题。因此，我们在选择坚实安全且河谷宽敞、免除开挖隧洞等地下工程的三斗坪坝址时，就曾研究过右岸另辟航渠通往下游的卷桥河方案。1957 年，长办交通运输室也研究过从左岸另建高渠的"天河"方案。1958 年下半年设计研究深化，考虑到长江出西陵峡转向南弯，河谷展宽又有葛洲坝岩岛，可像中堡岛那样修纵向围堰兴建低水头壅水梯级，把三峡水电站下游变成深水航道以消除不稳定水流的影响，还可充分利用 30 多千米峡谷河段落差发电，彰显综合效益；我们因此要求做日调节模型试验查明情况。

航运部门当时的要求是三个"3"：航道各处流速全部应低于 3 米每秒，水位变幅小于 0.3 米每小时，宜昌港水位日变幅小于 3 米。为了验证修建葛洲坝梯级（60 米、65 米、70 米三种壅水位）的功效，我们请长办科学院在新征地九万方平整加固地基先不建试验厅，而赶做蓄水供水回水循环系统及各处流量流速水位测读装置和两座露天水流模型。一座变比尺（水平 1∶800，铅垂 1∶150）模型研究下游到枝江；另一座稍大的正态 1∶200 比尺模型研究下游过宜昌港。为了确保模型水流流态与原型相似，验证进程中，特邀请川江有经验的"大领江"现场观摩、精修模型河床局部边界，使泡漩、剪刀水得以在模型上重现。根据动能经济提出的电网规模（最大年总发电量 25000 亿千瓦时）及三峡电站相应日调节流量变化在露天模型上放水，观测记录未建和建有葛洲坝梯级时航道各处的流速与水位变化。

1959年5月，来自部委省市院校的66位专家代表在武昌讨论《三峡水利枢纽初步设计要点报告》。会后邀请代表们来长办科学院九万方考察日调节露天模型试验。交通部和长航代表们亲眼见证：巨型电站日调节不稳定流经过葛洲坝壅水后满足航运要求且绰绰有余，都十分高兴。同年12月，交通部部长王首道在北京召开专门会议，讨论通过了以葛洲坝梯级与三斗坪三峡水利枢纽配套的决策。

实战准备，为泥沙和通航开展科研大协作

"文化大革命"期间严重缺电，当时出于备战形势，中央不考虑修建三峡水利枢纽高坝。葛洲坝梯级虽是低坝，却有长江丰富的水力资源，淹没区又主要在峡谷地区。武汉军区和湖北省革委会于1970年联合向中央请求兴建这项工程。12月中旬，周恩来总理主持召开国务院有关专题会议后，在给毛主席的信中强调这项工程是为兴建三峡工程作实战准备。12月26日，毛主席批示："赞成兴建此坝。现在文件设想是一回事，兴建过程中将要遇到一些现在想不到的困难问题，那又是一回事。那时，要准备修改设计。"武汉军区和省里随即采用兵团会战形式于年底开工。此前虽调有一部分长办技术骨干在工地奋战七天七夜建成1∶100等水工模型为工程做试验，但原先对葛洲坝梯级只做到规划性深度，仓促开工面临许多重大技术问题。诸如：早先规划时有三峡水库调节洪峰，葛洲坝工程只需泄放约5万立方米每秒的汛期流量；如今来水未经调节，必须安全泄放11万立方米每秒的洪峰流量。加上有软弱基岩泥化夹层以及河势泥沙通航等众多情况尚待查清。开工时，我们让大江继续过水通航。利用葛洲坝右缘修筑纵向围堰连接上下游，横向围堰把葛洲坝、二江、西坝、三江、镇镜山脚围住，建造一期工程：二江泄水闸、一期水电站和三江的人工航道，包括上下游引航道、船闸和冲沙闸。

纵横向围堰完工后，暴露出边施工、边勘测、边科研设计造成欲速不达、乱而无序的被动局面。湖北省水利厅、长沙院、北京院、武汉水院、交通部水运规划设计院等多家单位技术人员参与会战，涉及众多部委分管的专业，却受军事化管理制约；对重大技术问题职责不明。枢纽布置（包括泄水闸规模和人工航道与船闸位置）有关问题长期争论不定。工程进展迟缓，质量差，浪费大。

当时因种种原因，中央设计科研机构纷纷撤迁，科技骨干大多下放接受再教育、失去发挥其专业才能的前提。川江船长们历经磨炼，习惯于驾船航行大江，如今却要经由从未见过的三江人工航道和狭窄的船闸驾船进出，他们异常担心航行安全。交通

主管部门对此也疑虑重重，难做决断。

针对当时的局面，1972 年 11 月，周恩来总理在国务院抱病主持三次会议，做出重要决策：首先强调尊重科学实行技术责任制，不搞军事会战，工程暂停施工。成立葛洲坝工程技术委员会，由长办、水利电力部、湖北省、交通部、一机部、建委、计委和工程局等单位九位负责人组成，刚刚"解放"出来的长办主任林一山为该会召集人。葛洲坝工程技术委员会对国务院负责。长办机构不撤销，不改组；抓紧勘测科研（强调多做试验确保长江通航），修改设计报国务院批准后复工。

在周总理尊重科学、强化技术责任制精神指引下，长办进行了机构调整。全办职工更是受到了葛洲坝工程这一光荣任务的鼓舞，决心发挥团队总体科学技术优势，努力做好专业工作。原长江工程大学第一副校长赵文怀调来长江科学院主抓葛洲坝科研业务，我除仍兼管水工室外还主管技术室，协调安排以葛洲坝为重心的科研试验业务。

参与葛洲坝工程有关各部委也相应贯彻这一精神充分发扬技术专家特长。葛洲坝工程技术委员会聘请了严恺、张光斗等教授为顾问。泥沙专家钱宁、水工专家陈椿庭、岩石力学专家陈宗基、航运专家石衡、地质专家谷德振等都经各部委遴选参与专业咨询，使技术难题得以很快梳理查明，勘测科研设计进入全新的职责分明又通力协作的局面。

河势泥沙通航方面的科研大协作就是例证。

当时黄河三门峡水库最上端泥沙使渭河尾闾淤积成灾是热门话题。葛洲坝水库最上端奉节臭盐碛、扇子碛有卵石推移质的年内消长变化。那里推移质卵石会不会淤积碍航？钱宁先生带领清华大学同志实地调查、梳理水文观测资料，并在三门峡基地做变动回水区进行泥沙模型试验，研究卵石滩碛泥沙冲淤规律和有利通航的调度方式。

经周总理与美国基辛格国务卿商定，1973 年 3 月派出以严恺、魏廷铮为正副团长的中国水利考察团，用 7 周的时间参访美国，了解大河流上兴建大坝船闸的科学技术经验。考察带回的有价值技术资料立即组织翻译，如美国陆军工程兵团的《水力学设计准则》就由长办科学院译印成上下两册 700 余页内部交流。得知美国采用无线电遥控船队模型判断通航水流条件，长办科学院仪器室许钊杰等四位同志夜以继日地迅速研制出能用在水工模型上的小比尺遥控船队模型，填补了我国实验技术手段上的这项空白。

1973 年夏，交通部在湖口水域主持组织了以 4×3000 吨级船队和 4×1500 吨级船队与近 3000 匹马力推轮，开展了模拟万吨级船队和 6000 吨级船队过南津关与葛洲坝人工航道时上下水航行实船模拟试验，详尽测记了克服不良流态时的操作驾引用舵数据，由此对南津关引航道专门提出了必须消减泡漩强度和限制口门外横向流速小于

漫忆篇

0.3 米每秒的严格要求。赵文怀和我全程出席了这次规模空前、历时近十天的实船模拟试验。交通部石衡、左文渊等老专家和段树荣等老船长们细致负责的精神使我们感佩。

峡谷水下岩石嶙峋、形态参差，加以南津关水下有百米深槽出峡转向且底盘陡升，导致出现剪刀水和各处泡漩等特殊流态妨碍航行，不同流量下危险程度也有差异。如峡口靠左岸三江的清凉树泡漩虽妨碍航行但从未发生海损事故，而靠右边小南沱泡漩在汛期易致木船海损。泡漩缺乏公认的度量指标，模型试验又如何观测认定？1973 年秋，水文观测同志们抢在大流量时冒险对西陵峡尾段水道的泡漩进行了多次实地调查和观测。长办科学院负责工地模型试验的黄伯明同志也穿上救生衣登船实地观测泡漩，然后会同各家模型单位的专家商讨模型测读泡漩和邀请川江船长观摩验证的办法，使大家都采用泡高（小南沱汛期原型泡高可达 0.7 米）等测值统一表征泡漩强度，从而也可用于间接比较整治效果。

跨部委多家单位专业技术人员，乃至长江航运部门有川江驾驶经验的船长们都参加到科研试验大协作中，事半功倍。宜昌工地、汉口、南京、宜宾、三门峡、北京、天津等地的水工和泥沙模型试验和数值模拟计算都分阶段及时开会协调、交流讨论，逐步形成了能确保航运畅通的对策。清华大学的变动回水区泥沙模型试验初步成果也显示，水库最上端的卵石推移质不致碍航。多家坝区整治模型也得出结论：通过填高南津关深槽、平顺两岸出峡岸线，切除突入水中的岩嘴暗礁，就能使南津关与三江航道口门一带的泡漩强度显著减弱；加上修建 1750 米长的上游防淤堤和利用冲沙闸等实现"动水冲沙，静水过船"。船长们亲自到试验场成功操作遥控船队模型，最终优化商定了三江人工航道和船闸的布置。

1974 年 9 月，受国务院委托，国家建设委员会革委会主任谷牧主持召开会议，听取了与会有关专家科研设计成果的汇报，原先的技术问题和修改后的二三江枢纽布置方案基本得到正面回应，遂代表国务院同意葛洲坝工程复工。

复工后工程建设讲求质量和科技进步。1981 年元月，二江泄水闸投入运用，大江胜利截流，三江人工航道和船闸过船。6 月，交通部专门组织了对 4 万立方米每秒及 2 万立方米每秒流量时 3000 吨级船队出入三江人工航道的实船航行试验，表明南津关两岸至葛洲坝的整治和防淤堤的设置是成功的。船队所遇到的剪刀水，范围比从前展宽而影响却显著减弱，泡漩的强度以及口门内外顺向横向流速都削弱到小角度用舵就能克服的程度。

1981 年 7 月 18 日，高达 7.08 万立方米每秒的洪峰流量通过了葛洲坝一期二三江工程，泄水闸等所有建筑物都经受了考验，证明消能防冲措施充分可靠。

1981 年底，首台机组并网发电。

1982 年三江 2 号、3 号两座船闸年货运量为 347 万吨，之后年年增多。1988 年二期围堰拆除后，大江电站泄水闸和大江航道 1 号船闸投入运行使过船年货运能力大增，1992 年的货运量超过 900 万吨，1994 年突破 1000 万吨，2002 年超过 1200 万吨。

葛洲坝水库多年来系统的水文泥沙原型观测数据给出了更甚于当年模型试验成果的乐观结语：葛洲坝水库变动回水区不仅未发生累积性淤积，而且实际所发生的冲刷使变动回水区往下游移缩了几十千米。

两大枢纽工程带动水电建设领先全球

改革开放迎来了国民经济发展和科学技术进步的春天。

1979 年，随着中美两国正式建交，国际交往日益增多。初春时节，国务院邓小平副总理应卡特总统邀请出访美国。3 月，应巴西矿产能源部植木茂彬部长邀请，中国派出水电、火电、核电三个代表团出访巴西。水电代表团由葛洲坝工程局 6 人、长办 6 人、水电部 5 人组成，刘书田、魏廷铮为正副团长，主要考察水电大国巴西的水电建设发展，特别是 1978 年 10 月胜利截流的伊太普水电站工程和相应的科研设计施工先进技术。1979 年 5 月，在武昌召开了三峡水利枢纽坝址选择会议未取得一致意见（后来 9 月在廊坊会议上讨论商定选用三斗坪为坝址）。1979 年 8 月，美国蒙代尔副总统访华期间在北京和邓小平副总理签署了《中美水力发电和水资源利用合作议定书》。1980 年 3 月，美国政府派田纳西流域管理局、陆军工程兵团和美国垦务局专家联合组成的代表团访问中国，考察了葛洲坝工程和三峡坝址。1980 年 7 月，邓小平由重庆乘船听取长办魏廷铮汇报三峡工程的情况，视察葛洲坝工程和丹江口水利枢纽后，决定国务院为三峡工程做论证准备。1980 年 10 月，黄友若、李镇南为正副团长的中国三峡代表团赴美国考察并与美国垦务局协商三峡项目科技合作事宜，代表团成员分别是来自交通部、水电部和长办的专家学者。

在水电科技方面国际合作交流不断发展，中国和加拿大在世界银行专家组指导下还合作编制了《三峡工程可行性报告》11 卷。中国水利学会也与国际学术团体合作，受到欢迎和重视。如 1993 年创办、两年一次的国际水科学与工程会议暨 1993 年华盛顿首次会议，就特邀中国水利学会代表参加，会上，我有幸代表中国专题介绍长江三峡水利枢纽工程。

长江上第一座水利枢纽的建成及通航发电综合效益的显现，使得"长江葛洲坝二三江工程及其水轮发电机组"于 1985 年 10 月荣获我国首届评选出的国家科技进步

漫
忆
篇

特等奖。在庆祝中国共产党成立 70 周年大会上，中央领导把葛洲坝工程同原子弹、亚洲一号卫星、核潜艇等并称为我国社会主义建设的伟大成就。

结合三峡水利枢纽的全面论证，葛洲坝工程富有说服力的实战准备成绩促成三峡工程顺利纳入国家建设计划。1993 年 7 月，三峡水利枢纽初步设计经国务院三峡建委审查批准后，我已年逾 65 岁，8 月从长江科学院正式退居二线；9 月被国务院三峡办聘为泥沙专家组成员，参加部分工作，对三峡泥沙通航等技术研究和工程的进展保持接触关注。

1994 年 12 月三峡工程正式开工，2003 年开始初期挡水通航发电。2008 年汛后开始以库水位 175 米为目标的试验性蓄水，2010 年 10 月 26 日成功蓄水到设计水位。

三峡水库 2010 年和 2012 年遇到两次超过 7 万立方米每秒的入库洪峰流量（1998 年入库洪峰流量 6.48 万立方米每秒），经过调蓄后下泄流量削减到 4 万多立方米每秒，有效地减轻了长江荆江河段及中下游防洪压力。

三峡和葛洲坝两大水电站促进了全国电网互联格局，以合计共约 1000 亿千瓦时的年水力发电量引领近 30 年我国水力资源的开发利用。需要强调的是：国家对水电工程投融资经营体制的改革，促进了水电建设快速发展。清江水电开发就是明证。1986 年开工的清江隔河岩工程国家只支付 29% 的投资，湖北省支付 71% 的投资。国家出资的代表华中电力集团公司和湖北省清江水电投资公司两家共同筹措资金、享受收益，并用于清江水电再开发。1994 年隔河岩枢纽建成后，立即着手进行高坝洲枢纽建设，并成立水布垭枢纽筹建处，直到 2000 年开工，步步跨上新台阶。隔河岩最初两台机组利用加拿大混合贷款，采取联合设计、合作生产、技术转让、设备换货的方式；另外两台机组则由哈尔滨电机厂总承包，这就促使我国机电设备制造技术水平进步。这类改革也使长江上游支流雅砻江、岷江、大渡河、嘉陵江、乌江等一系列水电站和航电梯级纷纷建设并先后运行。1996 年，有关部委约我就长江上游水电开发前景写了篇文章，罗列了包括两大枢纽及其上游共 24 座水电工程，其中待筹建的 13 座。20 年后的今天，除个别未修建外，白鹤滩、向家坝，溪洛渡，锦屏一、二级，桐子林，瀑布沟，亭子口，洪家渡，构皮滩，彭水等水电站都已发电，到金沙江两电站投产，2014 年我国年水力发电量已 1 万亿千瓦时，居全球第一。全国年总发电量达 54000 亿千瓦时，超过美国。

三峡水库淹没了重庆港下游众多滩险、绞车牵引和单行段，600 多千米的川江变成了黄金水道，带动两岸和西部腹地的经济发展。很难想象 40 年前三峡行船"青滩泄滩不是滩，崆岭才是鬼门关"的民谚所描述的那种惨状。连年蓄水满库运行，初春可以给下游荆江补水增深，从前 2000 吨级货轮难以往来的芦家河等浅段，如今安稳航行 5000 吨级货轮。川江航行安全性得到了提高且单位运输成本下降了 1/3 以上，两大枢纽过船闸年货运量最近三年都超过了 1 亿吨。2016 年 12 月三峡垂直升船机正式运行昭示：我国通航设施科学技术跨上了新高峰。

两大枢纽旱季往长江中游调水也是重要效益，年调水量高达 180 亿~220 亿立方米。科学补水能有效缓解旱情，2015 年监利沉船事故发生时还可减小出库流量，方便应急处置。

长系列水文泥沙观测资料数据说明，三峡水库的泥沙淤积实际情况不及预期的那么严重，总体归功于汛期严格限制、降低水位、泄洪排沙的水库长期使用的科学调度，以及三峡水利枢纽 2003 年发电通航以来的入库年水量和年输沙量都比论证所采用数值减少，变动回水区、常年回水区或坝区泥沙淤积量自然均少于预期。变动回水区推移质淤积问题曾备受外界关注，观测数据显示推移质输移量比论证预期值减小大半。涉及重庆主城区的泥沙，观测到年内随水库蓄泄虽有相应的淤冲变化，但没有累积性淤积，因而不至于引起百年一遇洪水位抬高。随着向家坝和溪洛渡水电站近年运行，来沙进一步锐减，重庆主城区泥沙总体上进入冲刷为主的年代。这对港埠和航道运用有利。当然，三峡水库尚未经大水多沙年的考验，水库长期使用的科学调度与水文泥沙观测等工作绝不可放松。

漫忆篇

情系三峡　爱拥长江
——三峡岩基专题研究组的由来、组构、变化与评价

陈彦生

　　三峡岩基问题是三峡水利枢纽重大科学技术问题之一，需要成立专门机构开展研究工作。第一次三峡科研会议考虑此项研究任务繁重，决定集中力量组成三峡岩基专题研究组。该组是国家科学技术委员会三峡水利大组的一个常设分组，由长江科学院代管。筹组工作十分迅速。1958 年 7 月 30 日至 8 月 5 日在汉口召开由长江科学院和中国科学院土木建筑研究所等主持单位参加的筹备工作会议之后，参加协作单位人员、设备迅速集中，1958 年 10 月 6 日在长江科学院内正式成立三峡岩基专题研究组（以下简称"三峡岩基组"）。

　　三峡岩基组组长由长江科学院副院长杨贤溢兼任，中国科学院土木建筑研究所研究员、国际知名的岩土力学专家陈宗基博士为副组长，全面负责科技工作，长江科学院土工室主任杜时敏工程师兼任副组长。

　　三峡岩基组由全国 18 个（1959 年后增到 20 个）单位参加。主持单位为中国科学院土木建筑研究所、长江科学院、中国水利水电科学研究院、水利水电建设总局。

　　在陈宗基研究员的指导下，1958 年 12 月制定了《三峡岩基专题研究计划纲要》（以下简称《计划纲要》）。研究工作紧密地结合三峡工程实际，通过试验研究、理论分析和总结经验，解决设计施工中存在的问题。在研究方法上以野外大型试验为主，结合室内研究和理论分析，提出新的有关理论，以期为三峡设计施工服务，同时也将在其他工程实际中发挥指导作用。《计划纲要》分坝基稳定研究、坝基及地下结构灌浆处理的研究以及地下结构与明槽深挖边坡稳定的研究三大部分，并组建了相应的课题组，为配合现场工作，长办还在三斗坪设立"三峡试验站"。

岩石工程力学性质研究

主要进行室内岩块的物理力学性质的测定，试验内容除一般岩石比重、重度及吸水率等物理性外，试验数量较多的主要是单轴抗压和三轴强度试验，也做了一定数量的变形、抗剪试验。

根据多年系列试验，三峡三斗坪坝址闪云斜长花岗岩试验结果的统计值：新鲜、微风化的湿抗压强度为88.2兆帕，弱风化的抗压强度为78.4兆帕；新鲜、微、弱风化的比重均为27.048千牛每立方米。在现场试验工作中，1958年10月至1960年9月完成水压法试验1处；双筒法及三筒法测定岩石单位抗力系数10个；千斤顶承压板法测定岩体变形模量试验36个（左岸30点，右岸6点）；岩体本身抗剪强度试验6组（左岸）；混凝土与基岩抗剪试验11组；岩体本身抗剪强度试验结果，试件多沿裂隙面剪断，裂隙的分布及产状对试验成果影响较大，岩体本身抗剪强度也远大于混凝土与基岩的抗剪强度。经在3号平硐对球状风化岩山岩压力测定，岩体位移随时间增加。岩石不是纯弹性体而是流变体（Rheological mass），岩石的变形不仅与加载的应力有关，而且和先前存在过的应力状态有关，岩石受荷载后因流变发生而使岩石弹性模数偏低。

在岩石变形理论方面，陈宗基用英文撰写了《岩石变形的基本偏微分方程》学术论文，以指导岩石试验研究。

灌浆材料及灌浆技术研究

此课题研究是长江流域开展的第一个岩基灌浆的专门研究项目。为了解决三峡工程的防渗和固结灌浆问题，1958年开始浆材和灌浆技术的系统研究。1959年流变试验研究表明，蒙脱土浆材是宾汉体（Bingham Plastic Liquid），具触变性，是灌浆的好材料，同年对黏土、水泥灌浆材料也做了研究，试验表明，木质磺酸钙除能改善水泥浆的流动性和稳定性外，在凝结时间方面，对500号硅酸盐水泥有延缓作用，而对800号水泥有加速作用；憎水性表面活性物质松香皂能改善水泥浆流动性和稳定性。上述研究的目的在于增加浆液的可灌性、稳定性，以适应三峡坝基深孔帷幕防渗和弱风化带固结的需要。1959—1960年分别在三峡三斗坪坝址中堡岛和狮子包进行固结灌浆实地试验，以研究破碎带通过灌浆能否增加整体性和提高岩石强度。试验结果表明，破碎带中存在少数缓倾角的大裂隙或裂隙密集带，灌后渗透流量降低，达到设计

漫忆篇

要求。糜棱岩和角砾岩性致密，胶结好，裂隙细微，普通细度水泥灌浆难以达到目的。在压碎岩碎块间无胶结物，透水性强，灌浆耗灰量大，灌后单位吸水量降至 0.03 升每分钟以下，以地震法测得灌后弹性模量为 5.4 万兆帕，性能有显著提高，影响带吸浆性能也好，灌后单位吸水量可降到 0.001 升每分钟左右，灌浆效果良好。自此以后，加强了对改善水泥浆体性能的研究。一是用物理化学的方法，如加木质磺酸钙、松香皂、蒙脱土、磷酸铵、硫酸亚铁、酚甲醛、铝粉、硫酸铝等；二是用物理或机械的方法，如研磨、分选、高速搅拌等。两种方法并用，可以增加水泥颗粒分散性和浆液流动性。通过大型水利枢纽水泥灌浆施工取得显著的效果。

1959 年 5 月 5 日，三峡岩基组邀请中国科学院系统、建工部门及水利系统在京召开了灌浆材料座谈会，会后，化学灌浆材料研究积极开展。初步成果表明：环氧树脂可制成起始黏度低，对岩石黏结力强的灌浆材料；以甲基丙烯酸甲酯为主剂的浆液，固化物强度高，对三峡黑云母石英闪长岩黏结后抗剪强度达 8 兆帕（双剪）。之后，由长江科学院与中国科学院中南化学所、水电部上海勘测设计院科研所、丹江口工程局协作，研究出丙烯酰胺化学灌浆合成浆液（国内同行定名为"丙凝"），并成功进行性能和现场灌注试验和古田溪水电站坝基止水灌浆。在丹江口大坝坝基防渗帷幕施工中，用丙凝建立了大型基础化学灌浆帷幕，开创先河。长江科学院又与丹江口工程局协作，在工地成功开展甲凝、环氧树脂、丙强等化学灌浆，并推广到许多水电工程工地，在三峡三斗坪坝区也得到应用。20 世纪 80 年代初，华东院、长江科学院和中国科学院广州化学研究所合作编撰出版《化学灌浆技术》一书，它是中国第一部化学灌浆专著，反映了三峡岩基组首次开展化学灌浆以来，科研人员在不断试验研究中取得的科学成果。

地下结构稳定性试验研究

1958 年，三峡岩基组即开始围绕三峡水利枢纽开展岩基稳定分析工作。对地下结构稳定性研究提出要考虑静力和动力的影响，通过野外大型试验（静力、动力）和理论分析，为三峡设计提供地下结构岩体应力分布及合理的断面形式和间距。首先研究静力影响，初期，用隧洞光测弹性试验研究了圆形和圆拱直墙形断面隧洞的周边应力分布，在总结国内外文献的基础上，将洞室稳定分析理论归纳为松散介质理论、弹性理论和弹塑性理论 3 种。1960 年提出一种考虑岩石各向异性和流变性的压力隧洞衬砌计算方法，将衬砌视为变厚度的弹性地基上的曲梁，岩石弹性抗力系数随位置而异。问题最后归纳为求解一变系数线性常微分方程，做出若干假设后，可以得到问题

334

的近似解。

地应力场是所有地面、地下、边坡岩石工程的设计、衬砌计算和稳定性分析必不可少的基本资料。1958年，三峡岩基组即着手三峡岩体地应力测试技术的研究及测试设备的研制，并开展岩体表面应力测量工作，后来又进行了钻孔地应力测量和地应力场的研究。经过40余年的发展，我国地应力测量与研究工作经历了从无到有，各种测量手段齐备，许多专业组织已经遍布全国，在许多工程中已积累丰富的经验和实测数据，基本上满足了工程设计方面的需要。我国在这方面的研究水平为国际同行所瞩目。历史证明，三峡岩基组当年创立此项专题研究是具有前瞻性的。

三峡及其他重大水利枢纽地下结构的稳定性问题包括地下洞室轴线走向、洞室的几何形状、洞室群最佳间距、衬砌支护形式和衬砌厚度的选择、最佳的施工开挖次序和支护衬砌时间的选择等稳定性分析和安全度计算。当初制定的《计划纲要》中对这一课题的研究目的和要求提出，必须具有该工程区的地应力资料，在长江科学院岩基科研人员的反复实践认识中，终于达到了这一前提，并有所发展。

电子仪器与动力技术试验研究

电子仪器与动力技术试验研究的任务是工程爆破测量技术研究和爆破、振动测量仪器的研制。按《计划纲要》要求用自己设计的万能振动三轴剪力仪及超声波仪测定岩石动力性质，然后间接研究岩石可能产生的流变性质。为了研究爆破对隧洞稳定的动力影响，在平硐中安设测定爆破影响的设备（如电阻应变仪、加速度仪、速度仪、震幅测定仪等）进行不同爆破量的爆破试验，研究爆破效能、爆破距离对隧洞稳定的影响。在爆破过程中利用电阻应变仪和放大器，测岩石的动力变形，爆破后利用钢丝测微计测定岩石不可恢复的塑性变形，而这个变形是不允许超过由应力应变关系中求出的危险变形的，同时，陈宗基还用英文撰写了《应力波在岩石内的传播理论》学术论文以指导爆破振动试验研究。此项理论研究，当时曾与中国科学院地球物理研究所、力学研究所协作进行。1962年，三峡岩基组因三峡工程推迟而改变体制，长江科学院在原有基础上扩充爆破组，添置仪器，增加技术力量，继续从事爆破技术和爆破动力作用规律的研究。

陈宗基还为研究三峡大型水轮发电机长期运行对岩体的影响，率先提出研究坝基的动力特性，协同邮电部、机械部、水电部有关单位，研究了500千克的电磁激振器和500千瓦的功率放大器。

《计划纲要》提出的岩石动力性质试验研究有：①地震法测定岩石动力弹性模量；

漫忆篇

②用电磁振动器（低频连续波激发装置）激发弹性波，以测量野外岩石动力弹性模量；③室内测定岩石振动性质。《计划纲要》中还提到"地音测压仪法"，即岩体受力破坏过程中的声发射监测方法。1959—1960年，中国科学院地球物理研究所四室、水利部北京勘测设计院和三峡岩基组协作，用超声波法、地震法在三峡三斗坪坝址对岩体强风化带、弱风化带、微风化带、新鲜岩体进行纵波速度、横波速度、动力弹性模量测定，取得了准确、有效的科学成果。随着广泛的工程实践，科学技术的发展，至20世纪80年代，弹性波法已发展成为岩石力学工程评价中的常规方法，用于提供岩石试件和现场岩体的动力弹性参数、岩体各向异性、爆破影响范围、洞室围岩松弛区、基岩固结灌浆和软基强夯压实效果、混凝土结构及桩基础质量无损检查、地应力作用的主要方向及岩体监测等。

船闸边坡稳定试验研究

1958年，三峡岩基组开展三峡多级船闸高边坡稳定性研究，首先在总结国内外资料的基础上，归纳出边坡稳定计算的6种方法，即在均匀介质中沿一个平面滑动；在均匀介质中沿圆弧面滑动；根据松散介质力学求出的极限边坡外形；假定边坡坡角与剪切角组重合；沿层面和裂隙面滑动；针对三峡水利枢纽船闸深挖边坡，提出了用索柯洛夫斯基极限平衡理论和戈鲁什克维奇图解法，计算了在岩体自重量和坡顶均布荷载作用下的稳定状态，提出了对抗剪强度取值要考虑试验方法及岩体结构特性的意见。之后，经过多种计算方法的探索，至1985年，长江科学院首次把岩石块体理论应用于三峡船闸高边坡分析计算，其成果为三峡船闸设计提供了依据。

1960年8月，第二次北戴河中央工作会议期间，周恩来总理再次召开了长江规划工作会议，根据当时总的形势，亲自调整了三峡建设步伐。他说："国家正处在困难时期，但对三峡工程应该是'雄心不变，加强科研'"。三峡岩基组根据这一要求，除了继续进行三峡岩基各项课题试验研究外，还担任了丹江口、石泉、葛洲坝等水利枢纽和五强溪、陆水蒲圻、岷江映秀湾水电站、大冶铁矿等处的岩基科研任务，推广三峡岩基科研经验。至1962年初，三峡岩基组已提交了107份试验研究报告，不仅提供了工程设计依据，而且由于涵盖了专业各个方面，为岩基学科的发展打下了良好的基础。

三峡岩基组机构变化

1962年，由于三峡工程推迟上马，6月，国家科委对三峡岩基组的原协作方式作了改变。之后，继续为长江三峡和其他水利水电工程以及矿山、隧洞工程开展岩基科研工作的有长江科学院岩基研究室、中国科学院武汉岩体土力学研究所等。在有关设计院、大专院校的岩基科研工作的逐步开展中，起骨干作用的大多是参加三峡岩基组的科研人员。

依靠科学试验，攻克技术难关

陈志宏

1997 年 11 月 18 日，举世瞩目的长江三峡工程一举实现了难度很大的大江截流，标志着三峡水利枢纽工程一期建设的顺利完成。大江截流的成功，取得了三峡工程关键性的胜利，它凝聚着水电建设者的心血和汗水，更渗透着工程科技人员的心血。长江科学院的科技工作者格外欢欣鼓舞，因为他们看到了自己辛劳研究的成果在截流中起到了巨大作用。长江科学院为大江截流所做出的科学试验成果充分显示了它的预见性和指导作用，亦充分显示了科学技术第一生产力的无比威力。

依靠科技力量，攻克截流难题

三峡工程的大江截流与其他水电工程相比，综合难度大，这主要体现在截流流量大、水头高、流速大、龙口水深大。

长江科学院于 1985 年在宜昌建立了前坪三峡试验基地，在这里布置了长江三峡大江截流大型水工试验模型。这是三峡工程唯一的截流模型，截流工程将它的研究成果作为决策的科学依据。

1993 年初，长江科学院在三峡工程导截流模型的科研报告中明确提出了戗堤堤头会发生坍塌现象。当时并未引起人们的注意，有的则认为不会发生堤头坍塌。但长江科学院模型组的科研人员通过反复试验，确认堤头坍塌是客观存在的，认为在三峡大江截流戗堤进占初期，水深流缓，易于形成不稳定坡，它比稳定坡度陡得多。当达到极限，只需稍加外力，如水流扰动或汽车卸料等，稳定坡度以外的堤头部分将会失稳而塌入江中。水深愈大，则坍塌的范围愈大。事情确实如此，随着现场施工的进展，戗堤堤头曾多次发生坍塌。长江科学院的试验结论逐渐被人们所接受。施工部门根据模型组的意见，及时采取措施，确保了施工安全。

在截流模型试验中，探明戗堤坍塌的原因并提出具体防止坍塌的办法，是长江委技术委员会和总工程师交给长江科学院宜科所的重要任务。该所所长饶冠生、总工杨文俊与设计、业主和施工单位紧密配合，组织模型组反复开展科学试验。长江科学院学术委员黄伯明、陈华康、殷瑞兰等专家多次召开学术委员会，先后组织了十多次专题研究会议，邀请了院内外专家出谋献策。通过模型试验和计算分析，使问题得到了圆满解决。

水工模型截流试验，实际上是缩小了的大江截流实战。1993年底，在1∶100比尺的整体水工模型上预演三峡二期围堰进占时，就发现堤头时有坍塌。经专家研究分析，找出了堤头坍塌的主要原因是龙口水深大且流速快。通过科学试验，科研人员提出了改变截流龙口水深以减少或避免堤头坍塌和分解施工强度的预平抛垫底方案。即在龙口深槽部位预先抛石垫到一定高程，使水深相对变浅再围堰进占。这一设想立即得到长江委总工和设计部门的认可和大力支持，并很快付诸实施。

为使平抛垫底的设计方案付诸实践达到预期目的，科研人员对垫底材料、抛投方法、抛投范围、高程等问题均进行了大量的试验研究。并专为漂移水力学试验制作了一座1∶20比尺的特大断面模型。通过该模型的精心试验，终于摸到了抛投料的水下漂移规律，从而有效地指导了垫底施工的顺利进行。经水下地形测量验证，抛投范围达到了预期效果。

为找出平抛垫底对减轻堤头坍塌的最佳高程，1996年3月，长江科学院宜昌前坪模型场根据长江委设计部门的要求，专门新建了一座1∶40比尺的截流局部断面模型，对不同截流水深、抛投强度、垫底方式、高程等7种不同工况进行了试验研究。并对坍塌的面积、坍塌时间、坍塌临界坡度、稳定坡头、抛投用量等项目进行了观测记录；对坍塌现象及规律进行了定性的描述和定量的分析。通过一系列的科学试验与分析研究后，最终确定龙口垫底顶面高程为40米时效果最佳，充分体现了科学试验对指导工程施工的重要作用。

在大江截流二期围堰预进占和非龙口进占的过程中，前坪截流水工模型试验所提供的各种数据都在实践中得到了检验。特别是在大江截流围堰进占过程中的跟踪试验成果，为大江截流前线指挥机关的决策提供了科学依据和解决问题的方法。

根据设计的要求，模型需预报出截流时龙口中的各级流量、进占各个阶段的流速分布、截流落差、明渠的分流量、通航要求的各项数据等。大量的数据、图表通过计算机网络传输到截流指挥中心。根据这些数据，指挥部决定整个战斗的部署、抛投料的大小、料场的布设、抛投的方案、车辆的调配等。随着戗堤在不断进占，模型组也夜以继日地进行着紧张的试验研究。模型组根据长江委水文局实测的明渠和龙口一带的水下地形资料重新制作修正模型，根据预报的近期流量等水文资料进行试验，提出了龙口为130米、100米、80米、50米、40米、30米、20米、10米直至合龙时，

漫忆篇

各阶段的落差、龙口流速、明渠分流量等数据，并且认定，当龙口宽度在 100 米至 40 米时将是截流最困难的阶段。指挥部根据这些资料及时进行研究，对抛投强度作出部署，决定将龙口进占到 40 米。战斗在第二天打响了，在 80 米左右时遇到了困难，3 个小时毫无进占，后按试验要求改抛大石料隧取得突破，整个战斗仅用了 23 小时，模型提供的试验数据与后来截流现场实际情况相当一致。

11 月 8 日，大江截流成功了，它的成功渗透着建设者的汗水，更凝聚着科技工作者的心血。

攻克二期围堰，填筑技术难题

三峡工程二期围堰到底难在哪里，对工程又有什么影响？

它的第一大特点是责任重大。因为三峡工程的主要建筑物是在二期围堰形成的基坑中施工的，当二期工程结束后，大坝将挡水，电站将发电，而二期围堰正是用来保护这些主体建筑物施工基坑的安全，使用期长达 6 年。

它的第二大特点是技术难度大，上游二期围堰最大高度近 90 米，其中 60 米在水下填筑。填筑材料主要为花岗岩风化砂，而围堰的防渗是靠厚为 1.0 米的混凝土防渗墙，在 80 多米的水压力作用下，墙的变形必然较大，会不会造成墙体断裂？况且围堰的地质条件很复杂，能否形成一道完整的防渗体？为世人所关注。同时墙的施工质量也是至关重要的问题，因为在 80 多米高的抛填体内做防渗墙，国内外绝无仅有。

它的第三大特点是工程量大而工期短，要在 1998 年 7 月前完成全部近 1000 万立方米的堰体和近 10 万平方米的墙体的施工工作，施工强度极大。

上述三大特点，决定了二期围堰是三峡工程的主要技术难点之一。为此，长江科学院联合国内其他优秀的科研力量挑起了这个重担，在长江科学院包承纲院长的主持和具体安排下，组织全国高水平的近 100 位专家教授，进行了长达十几年的多学科联合攻关，解决了一系列技术难题，为围堰的设计和施工打下了坚实的技术基础。其中，长江科学院在新研制的大型离心机上开创性地对 60 米水深下风化砂的抛填密度进行了离心模型讨论研究，得出了比较好的成果，而且在一期围堰的施工中有意识地验证了许多成果，从而得出了比较可信的预测值，为其后设计工作的顺利进行奠定了良好的基础。为了解决防渗墙因常规混凝土刚性较大可能适应围堰变形的要求，长江科学院的科研人员研制了一种新型的柔性混凝土材料，其性能达到了国际先进水平，并已在三峡一、二期围堰两岸部分应用。在二期围堰中，长江科学院经研究采用了一些新技术与新材料以降低造价，减少施工难度。如在防渗墙顶部 15 米采用了合成土工膜材料，省工省钱，且易于拆除，十分适用于围堰工程，同时又降低了混凝土防渗墙的施工难度。

总之，许多技术难题的解决，是二期围堰得以建设的基础和前提。

潜心研究三峡工程泥沙问题

水库建成后，水库内泥沙的淤积将占用一定水库的容积。三峡水库建成后，究竟会有多少泥沙沉积在库内？会不会影响三峡工程的效益？从泥沙角度来看，三峡水库究竟有多少年的使用寿命？长江科学院从20世纪60年代起就利用已建水库进行了实际排沙试验，探索出一条"蓄清排浑"的水库能长期使用的运用方式。长江科学院20世纪70年代又研制出水库水平输沙的计算方法并应用电子计算机来研究水库的冲淤过程。20世纪80—90年代又针对三峡枢纽工程的具体情况，研究了不同蓄水位方案长期保留有效库容的问题。对于目前确定正常高水位175米的建设规模，结合工程设计各项排沙设施和水库运行方式，研究得出：当枢纽工程运行100年左右，库区淤积可基本平衡，三峡工程的防洪库容和水利有效调节库容分别可保留86%和92%，并能长期保留下去。

上述研究三峡工程泥沙问题的方法、技术路线和所得到的成果，在20世纪90年代初期通过葛洲坝工程的实践都得到了验证，同时根据汉江丹江口水库回水变动区的复验试验，可以判定三峡工程泥沙研究所得出的成果是比较好的，可以为三峡工程提供可靠、准确、有效的试验研究成果。实践证明，目前我国的回流泥沙研究水平已达到国际领先水平。几代人研究河流泥沙的成果已在三峡工程中获得了非常成功的应用。

为了三峡坝基的安全稳定

大坝的稳定与安全是人们十分重视的问题，三峡大坝的稳定更是涉及下游亿万人民生命财产安全的极其重要的问题。因此在设计中这是首先要解决的问题。

大坝的稳定主要取决于基础的稳定与否，以及大坝和基础联合作用，三峡坝基主要由比较完整、坚硬的花岗岩组成，这是修筑高坝的良好天然条件。然而整个坝基不可能是一块完整的岩体，在良好的坝基中也存在着一些断层和缓倾角裂隙。

为了研究这种不利影响的程度，找到可靠又经济的处理办法和设计方案，长江科学院做了大量的研究工作，特别是进行了大规模三维整体地质力学模型研究。这是世界上20世纪70年代末发展起来的一种研究坝基稳定的最先进的物理模拟方法。这项

漫忆篇

研究由公认的国际权威研究单位意大利模型与结构研究所（ISMES）提供咨询。长江科学院派出专家到 ISMES 考察学习，并结合我国的实际情况，研究出新的模型材料和模拟技术，尤其是裂隙面抗剪强度的模拟方法，超过了 ISMES 的水平。经过长江委科学院、设计院、综合勘测局专家们的共同努力，确定了缓倾角裂隙的模拟方案。这个模型的规模仅次于 ISMES 为伊泰普大坝做的地质力学模型，而复杂程度超过了伊泰普模型，为三峡大坝的设计、基础的处理提供了科学依据，并在结构地质力学模型实验的学科方面，步入了国际先进的行列。

通过研究确定了大坝的稳定情况和安全系数，为坝基处理的范围及深度压力钢管的设计等提供了可靠的科学依据，使领导和专家们都放了心。

全力攻克船闸建设中的技术难关

长江左岸坛子岭是坝区最高点，登上坛子岭，双线五级连续船闸的轮廓展现在眼前，这就是三峡船闸的施工现场。永久船闸闸室长超过 2 千米，深切山体，其陡高边坡开挖最大高度达 170 米，边坡岩体作为闸室墙体结构的组成部分，其运行情况不同于一般山体边坡工程的特点，边坡设计不仅要考虑稳定安全问题，同时还必须考虑边坡岩体变形对船闸正常运行的影响，地应力的释放也使陡高边坡的开挖施工存在很多技术难点。在与此相关的大量设计科研和多项科技攻关项目中，直到施工全过程贯穿着长江科学院科研人员的辛勤汗水，在岩石力学专家董学晟、田野、夏熙伦的指导下，提出的有价值的科研成果和报告上千份，其中部分科技成果达到国际先进和领先水平，主要科技成果均在工程设计和实施过程中得到应用。

三峡船闸高边坡岩体以花岗岩为主，在控制边坡稳定与变形诸多因素中，岩体本身的结构面是主要因素之一。通过地质人员大量调查，采用蒙特卡罗法建立 3D 网络模型，为研究岩体不连续面奠定了十分重要的理论基础。在不同部位大量的室内和现场试验数据的基础上，提出了各段岩体分级结果和岩体力学参数指标，直接为设计所采用。通过对边坡开挖周边控制爆破技术的研究，采用光面爆破加缓冲爆破技术，可以控制边坡周边质量；提出永久性监测兼作施工期安全监测，为边坡设计和施工及时提出了反馈分析方法，同时开发出边坡监测数据处理和预测软件等，都直接为边坡工程设计和施工方法提供了科学依据。

安全监测是三峡工程施工运行的"守护神"，为了认真做好五级船闸和三峡工程各大建筑物的安全监测工作，长江科学院总工程师王德厚连续四年在工程现场工作，并针对三峡工程的具体情况，带领同志们先后制定了长江三峡水利枢纽施工期安全监测工程管理办法、安全监测监理规划、七个监测专业的监理细则、监测工程项目竣工验收暂行规定和监测工程质量评定细则等一系列文件，使三峡工程的安全监测工作逐步走向规范化、科学化，这在全国水利水电工程中乃一项创举。近两年来，王德厚总工领导的三峡工程安全监测中心已建立150多个监测数据库，收录各类监测数据300多万个。编发监测动态、监理月报、监测例会会议纪要及各类工作文件达1000多份，提交分析报告12份。同时还组织各监测实施单位定期编送监测简报、月度和季度分析报告百余份，全面且及时地为工程管理、设计与施工、监理等单位提供了监测资料，并在监测工程安全、指导施工和动态设计等方面发挥了重要作用。33岁的高工朱红五对三峡工程一往情深，放弃了出国攻读博士学位的机会，承担起三峡永久船闸的安全监测项目。他带领同志们克服重重困难，出色地完成了多项监测任务，同行专家与领导交口称赞。

漫忆篇

为三峡大坝泄洪深孔的闸门设计不作修改佐证

吴杰芳

三峡大坝设有 23 个泄洪深孔，是枢纽的主要泄洪通道，其弧形闸门宽 7 米，高 10 米，弧门半径 16 米，最大工作水头 90 米，操作水头在 66 米以下，孔口尺寸与水头组合参数位于世界前列。而且需局部开启控制流量，操作频繁，其能否安全运行关系到整个工程的安全运行。因此，闸门的水力性能，结构的动力特性是否合理，闸门在泄洪过程中的流激振动问题成为设计中十分关键的技术问题，被列为国家"九五"科技攻关项目。长江科学院和中国水利水电科学研究院均承担了该项科技攻关项目。此外，三峡总公司还委托另外一家水利科学研究院对该问题进行研究。可见该课题的重要性。长江科学院和中国水利水电科学研究院均采用完全水弹性模型进行流激振动试验研究，并对闸门的动力特性进行计算分析。完全水弹性模型是集满足水动力学相似和结构动力学相似于一体的仿真试验模型,是定量预报闸门流激振动响应的最直观、最有效的研究手段，也是最先进的研究手段。

我们采用研发的满足 1∶20 几何比尺的水弹性模型材料制作闸门模型，进行模态试验，研究闸门的自振频率、振型等动力特性。同时进行动力特性有限元计算。两种方法所获得的动力特性参数十分接近，证明模型是满足水弹性相似的，能够再现闸门的主要振动响应。然后，将该模型安装在长江科学院相同几何比尺的满足重力相似的泄洪深孔闸门水力学模型上，进行闸门流激振动仿真试验，因为侧止水模拟困难，一般都先不模拟，只有在闸门振动严重情况下才予以分析。试验中未模拟闸门侧止水，研究了 175 米、165 米、145 米三种库水位在开关门过程中的非恒定流试验和固定开度的恒定流试验，测量闸门上的脉动压力、振动位移和振动加速度及关键点如支臂末端等的动应力。试验结果表明，闸门上脉动压力功率谱上能量大的频率分布在小于 1.34 赫兹的频带上，优势频率在 0.76 赫兹左右，闸门的第 1 阶自振频率为 3.96 赫兹，第 2 阶为 7.5 赫兹，分别为闸门整体的侧向振动和扭转振动，都远大于闸门上脉动压力的高能量频率，因此闸门不会发生水力共振，试验过程中也未出现大的振动。在所有试验工况下，闸门振动响应都很小，振动应力，振动位移等都在允许范围内。原型闸门装有侧止水，闸门振动不会大于试验值。因此，闸门的流激振动是安全的。

中国水利水电科学研究院通过闸门水弹性模型试验和数学模型计算，结果表明闸门各测点的脉动压力能量以低频为主，主要能量集中在小于 3 赫兹的频带上，当频率大于 8 赫兹时谱值迅速衰减至零。闸门的前两阶频率分别为 3.81 赫兹、7.38 赫兹，振型分别为整体侧向和扭转振型，基本不在弧门面板脉动压力的大能量范围内，因此认为弧门在开启过程中不会发生水力共振。根据闸门的流激振动试验结果，综合考虑弧门的振动位移及应力，认为闸门振动属微小振动，弧门的振动位移和应力等响应都在容许范围内。

另一家水利科学研究院采用水力模型，弹性模型和数学模型进行研究，认为闸门上脉动压力的能量分布在 50 赫兹以内，主频在 5 赫兹以内，原设计方案前数阶模态频率偏低，分别为 5.28 赫兹、7.86 赫兹、25.32 赫兹，落入水流脉动压力能量较高区域，基频与水流压力脉动的主频接近，可能激起闸门较大振动。闸门的基本振型以侧向振动为主，原设计支臂之间连接件刚度较小，难以发挥整体作用。于是在不改变闸门总体尺寸的前提下，做出了增加支臂及其之间连接件刚度的修改设计方案，以提高闸门的模态频率，增加其抗震性能，并建议采用该修改设计方案。三峡总公司将该研究成果及建议交给长江设计院，要求设计院研究处理。为确定是否需要对闸门的设计进行修改，长江设计院于 2000 年 10 月 12 日在武汉召开了三峡水利枢纽泄洪深孔闸门流激振动专题咨询会，邀请中国水利水电科学研究院、南京水利科学研究院、长江科学院、黄委水科院、北京院、昆明院、成勘院等设计院和三峡总公司等单位的专家和代表共 39 人参加会议。会上，长江设计院作了三峡深孔闸门的设计介绍，中国科学院、南科院和长江科学院的课题组负责人汇报了各自的研究成果，与会专家和代表还应邀参观了长江科学院的闸门流激振动现场试验，并在此基础上进行了讨论，形成了主要结论，认为三峡深孔弧门在正常情况下不会发生有害的流激振动，所设计的深孔弧门是安全的，即不需要修改设计。专家组建议在投入运行后组织原型观测，检验设计科研成果，确保闸门运行安全并积累经验。

闸门的流激振动研究在过去因为没有钢闸门水弹性模型材料，无法进行闸门流激振动水弹性模型试验，大家都是通过闸门水力学模型试验，测量闸门上水流脉动压力并进行谱分析，了解脉动压力能谱特性，通过弹性闸门模型模态试验或动力计算，了解闸门的动力特性，据此预估闸门的流激振动特性。这种传统研究方法主要用于预报是否会发生水力共振，以便采取措施，使闸门避免发生水力共振，也有根据闸门面板上脉动压力能谱中能量较大的频率与闸门自振频率接近程度做出可能发生较大振动的预估，但是无法定量预报闸门振动的大小及振动是否有危害性，这是该方法的缺点。

显然，应用该方法的前提是两种频率的测算值必须正确，脉动压力具有大的代表性；如果脉动压力能谱测算错误或者闸门的自振频率测算错误，都会对振动造成错误预估，要么漏掉可能发生的共振，造成严重隐患，要么给出较大振动预估，造成设计保守，性能浪费，因此，采用这种研究方法时要严把闸门水力频率和结构频率的质量关，避免由此造成误判。而水弹性模型可以定量预报闸门流激振动响应，特别是能给出闸门的动应力和动位移，从而对闸门振动依据有关标准与类似工程经验做出比较符合实际的评估。三峡水利枢纽投入运行后，深孔闸门经受了多种泄洪方案的考验，一直安全运行，证明闸门的设计是合理的，水弹性模型试验成果是可靠的，试验技术是先进的。

三峡工程围堰防渗墙柔性材料研究和应用工作回顾

李青云

　　三峡工程深水高土石围堰（以下简称"二期围堰"）是三峡工程最重要的临时建筑物之一。二期围堰由上、下游两座围堰组成，其中，上游围堰堰顶全长 1440 米，最大高度 82.5 米，水下深度近 60 米，运用期长达 5 年，是三峡工程中重要和最具有挑战性建筑物之一。二期围堰堰体由石渣戗堤截流、水下抛填花岗岩风化砂（以下简称"风化砂"）填筑而成，堰体内设置以塑性混凝土防渗墙为主的防渗结构形式，防渗墙最大高度 74 米，最大厚度 1 米，在深槽部位设置双墙，防渗墙总面积近 90000 平方米。由于风化砂是在 60 米深水中抛填施工，所形成的堰体密度低，会使置于风化砂中的弹性模量较高的墙体应力和变形情况不佳。为此，设计上要求二期围堰防渗墙材料具有较低的弹性模量以适应较大变形，同时要求材料具有较高的强度以承受墙体上作用的荷载，这就是所谓"高强低弹"柔性材料的由来。

　　塑性混凝土也是一种"高强低弹"的柔性材料，在国内外已有丰富的应用经验。但是二期围堰的运行条件对墙体材料的"高强低弹"的要求更高，要求墙体材料的单轴抗压强度在 4 兆帕以上，"模强比"（弹性模量与抗压强度之比）在 200~250，当时国内外塑性混凝土应用指标一般在 2 兆帕以内，不能满足二期围堰防渗墙的要求。此外，塑性混凝土需要大量的砂石料作骨料，在二期围堰施工中，长江天然河砂料源不足，也需要寻找替代料。因此，长江科学院从 1984 年开始研究一种简化的塑性混凝土，即采用坝区花岗岩风化砂代替塑性混凝土中的砂石骨料，用当地廉价的黏土代替膨润土，省去传统塑性混凝土中的粉煤灰，并将这种简化材料命名为风化砂柔性材料，简称柔性材料。由于柔性材料采用施工开挖弃料——花岗岩风化砂来代替砂石骨料，省去塑性混凝土中的粉煤灰，既方便施工，也显著降低了材料的造价。

　　长江科学院经过十几年大量的室内试验、现场试验和其他工程试用，实现了柔性材料满足"高强低弹"的要求，最后应用到三峡二期围堰，取得了良好的工程效益。我有幸在 1996—2002 年期间作为负责人主持了二期围堰防渗墙柔性材料的配合比优选、施工配合比试验、防渗墙施工检测、施工反馈分析以及运行期满拆除研究等全过程研究工作，为二期围堰的成功作出了一定的贡献。以下对三峡二期围堰防渗墙柔性材料研究和应用工作进行简要回顾。

柔性材料的选型工作从 1984 年下半年开始，长江科学院土工所研究人员在"七五"攻关期间基本完成了柔性材料原材料的选型工作，即主要采用三峡坝址的古老背黏土，坝河口风化砂和 425 号水泥以及少量添加剂配制成柔性材料。优选配合比的柔性材料 28 天强度为 2.5~3 兆帕，弹性模量在 500 兆帕左右，抗折强度为 0.5~0.7 兆帕，渗透系数 k 小于 10^{-7} 厘米每秒，先于 1987—1988 年在清江隔河岩电厂围堰中试用，后于 1993 年在三峡一期围堰防渗墙中全面使用，取得了良好的成墙效果。但当时柔性材料的力学指标尚不能满足三峡二期围堰防渗墙的设计指标要求。

鉴于一期围堰采用柔性材料作为防渗墙材料获得成功，在"八五"攻关项目中加入一个三级子课题，专门针对二期围堰防渗墙的设计指标对柔性材料进行配合比优选研究，与此同时，塑性混凝土的配合比优选也在进行。

影响柔性材料力学性质的主要因素有水泥、风化砂、土料等各组分的用量以及外加剂类型和用量。在外加剂选定的情况下，柔性材料配合比试验就是将前三种原材料用量进行不同的搭配组合，拌和成型和养护后测试各项指标是否满足要求。由于上述各组分对于柔性材料性质的影响非常复杂，作为一种新型材料，其配合比试验不像混凝土那样有经验可循，并且每个配合比的试验周期长达 40 天。因此，如何设计合适的配合比试验方案以节省优选过程中的人力物力成为研究的首要问题。

柔性材料配合比优选研究的关键是建立柔性材料配合比与其力学参数的半定量关系，为进一步优化材料配合比奠定基础。然而按照以往的做法，需要反复进行数十次配合比试验，耗时费力，很难追踪到最优配合比，而且有时会陷于徒劳无功、循环往复的试验中。

为此，我们在分析国内外研究现状以及前期研究工作经验教训的基础上，突破传统配合比的设计思路，在研究中创造性地采用了先进的试验设计方法——"均匀设计法"。均匀设计是只考虑试验点，在试验范围内均匀散布的一种试验设计方法，由数学家王元、方开泰提出。与正交设计相比可大幅度降低试验工作量，特别适合于多因素、多水平的试验设计。初步优选了柔性材料的配合比。在试验结果的基础上，根据三组分、双目标（强度高、模量低）的要求，采用人工神经网络建模技术，建立了柔性材料配合比预测模型，根据拟合结果和预测结果，得出柔性材料的配合比图谱，这种配合比图谱在后期指导柔性材料配合比的优化过程中起到了关键作用，在"八五"攻关期间优选出各项参数满足设计要求的柔性材料配合比。

针对三峡工地原材料的变化和防渗墙施工工艺的调整，在"八五"攻关成果的基础上，长江科学院又会同清华大学水利系、中国水利水电基础工程局共三家单位（以下简称"大三家"）进行平行攻关研究，同时，长江科学院内部又组织土工所、材料所和新材料研究室三个所（室）（以下简称"小三家"）进行平行攻关研究，对二期围堰防渗墙材料进行进一步优选并进行比选，要求各家得出的实验成果必须进行交叉验证。这项研究工作属于三峡工程八个单项技术设计重点科研项目之一，项目由时任长江科学院院长的包承纲总负责，我负责长江科学院土工所的攻关小组，经过一年多的反复比选验证，土工所提交的柔性材料配合比 TKF2 在 1996 年三峡公司组织的验收会上被确定为二期围堰防渗墙材料的首选配合比。

在首选配合比基础上，我们会同二期围堰防渗墙施工单位之一的中国葛洲坝集团三峡试验中心在二期围堰试验段进行现场施工配合比的适应性试验，经过现场近一年的工作，取得宝贵成果，于 1997 年在三峡工地通过验收。我们的专项成果"围堰防渗墙风化砂柔性材料的研制和应用"也于 1997 年 10 月顺利通过湖北省科委主持的成果鉴定，并被专家组鉴定为"研究成果不仅具有实用性，而且具有很高的学术价值，对类似工程及高土石坝建设有广阔的推广应用前景，成果达到国际先进水平"。

柔性材料在二期围堰试验段取得成功后，被正式用于三峡二期（上、下游）围堰防渗墙左右岸与进展段、漫滩段和部分深槽段，累计成墙面积近 90000 平方米。1998 年汛前是二期围堰防渗墙施工高峰期，我作为上游围堰防渗墙施工检测的负责人在三峡二期上游围堰全程跟踪了施工。在施工单位——中国水利水电基础工程局的协助下，对防渗墙柔性材料的原材料、配合比及其浇注过程进行了现场检测和反馈分析。给我印象特别深的一个景象是，自己和同事在工地值班期间，亲眼看着堆积如山的开挖弃料风化砂，稍经处理后，按照设计配合比与水泥等材料就地拌和即可浇入槽孔形成防渗墙，在满足工程要求的基础上，消化了大量开挖弃料——花岗岩风化砂，减少运土和占地，不用人工的砂石骨料，既起到了节省投资作用，同时又兼具环保作用。为此，自己切切实实感觉到此项科研工作的价值，内心深处油然升起一股成就感和自豪感。

二期围堰于 1996 年 4 月开工，1996 年 9 月 20 日开始漫滩段防渗墙施工，1998 年 6 月 22 日围堰第一道防渗墙建成，1998 年 6 月 25 日开始基坑限制性抽水，1998 年 8 月 5 日防渗墙竣工。在围堰完建并基坑抽干后，发现漏水量很小，仅 50 升每秒左右，仅为设计预计漏水量的 1/10。2002 年二期围堰圆满完成使命进行拆除，在围堰拆除过程中，我们对围堰防渗墙进行了全面的检查、取样和分析。检测结果表明，防渗墙完整性好，墙体各项指标优于设计值，柔性材料在三峡工程中的成功应用无疑将使防渗墙材料类型得以丰富和发展。

漫忆篇

柔性材料在三峡工程中的应用累计获得经济效益近 3000 万元，有关成果获得省部级奖励 3 次，《中国三峡工程报》《人民长江报》等报纸曾对柔性材料进行过专题报道。我们先后在《岩土工程学报》《岩土力学》《水利学报》《长江科学院院报》等专业期刊上发表论文 20 余篇，研究论文获得省级学会奖励 3 次。

三峡电站进水口体型优化和
水力过渡过程试验研究纪实

薛阿强

三峡电站自 2003 年 7 月首批机组投产发电以来，2008 年 12 月左岸和右岸电站共 26 台机组相继发电，2012 年 7 月 3 日右岸地下电站 6 台机组发电，历时 9 年，总装机容量 22400 兆瓦（32 台 × 700 兆瓦）全部投产发电，成为当今世界最大的水力发电站。在我们能安全平稳地享受到三峡电站带来巨大电能的当下，是否想到过这背后凝聚了多少设计和科研人员几十年的辛勤汗水和智慧的结晶？

1997 年前，朱光淬、王友亮、徐诗银等前辈通过借鉴国外先进的设计理念，突破传统的设计方法，采用小进口形式，对三峡电站进水口体型优化试验研究作了开创性的工作，其成果"三峡工程电站进水口水工模型试验研究技术成果和进水口形式论证"于 1998 年获得水利部科技进步二等奖。

1997 年 1 月开始，因项目负责人徐诗银调到《人民长江》编辑部，本人承担了三峡电站左岸 1~5 号机组进水口体型试验研究。该项目在原模型的基础上作部分修改即可进行。当时对原模型进行了检查和了解情况，发现有些方面可作进一步改进，主要问题是在进行水头损失试验时，精度要求很高，模型测量误差要求小于 0.5 毫米；另外，该模型钢水箱没有溢水槽平水设施，水位很难稳定，特别是在低水位和其他模型放水时相互影响，因此，我经常在周末没有别的模型放水时加班，十分不便。针对上述问题，我查阅了有关技术资料，发现水头损失与水位基本无关，故采取了抬高水位的方法，这样在高水位测量时水面较稳定且可提高相对精度；另外，将测量库水位的测压管移到了测压排上，即可消除系统误差。采取上述措施后，试验的效率提高了一倍以上。左岸电厂 1~5 号机组位于左岸侧，其基岩高程比河床机组段要高，考虑到坝体受力所需体型和结构布置要求，下部的"乌龟背"体型削减不能太多，经水工模型的反复试验研究得出：喇叭口下部与上部体型必须尽量对称、进口下部边界连续光滑，边界微小的瑕疵都会影响到进口流态，传统的平底布置不能满足要求。在体型优化和试验过程中做到了精益求精。

上述的项目刚完成，1997年10月又开始了三峡地下电站进水口体型的试验研究。试验坚持采用传统的设计方法，喇叭口顶面、侧面均采用了椭圆曲线。经模型试验，结果造成快速闸门井内0.72米的水位波幅，对机组的稳定运行会造成不利影响。最后我与设计人员沟通，采用双圆弧曲线，遵循对称、连续光滑的设计准则，为设计提供了喇叭口优化体型。经试验验证，快速闸门井内的最大水位波幅仅为0.2米，进口段的水头损失降为0.36米，进口流态很好。

三峡电站每天都在运行发电，进水口体型关系到进口流态的好坏和机组的安全运行，其重要性不言而喻。上述3种进水口体型，经历了对试验成果数十次的讨论琢磨修改及再优化，打造出了行业精品。经受了初期135米水位（最不利运行工况）的考验，得到了行业专家的高度评价。

三峡地下电站采用新型的变顶高尾水洞形式，可取消尾水调压井，降低施工难度，节省投资。但地下电站700兆瓦级机组采用变顶高尾水洞系统在国内外尚无先例，缺乏工程应用经验，开展该项目的模型试验具有十分重要的意义。用传统的针阀显然已不能模拟水力过渡过程和对参数的精确测试。1999年在国内首次应用模型水轮发电机组对三峡地下电站变顶高尾水洞进行水力过渡过程试验研究。为发挥长江科学院的整体优势，水力学所负责有机玻璃模型制作安装，长江控制设备研究所负责设计制造模型机组的辅助设备（包括调速器、励磁、同步发电机、接力器等），模型水轮机由哈尔滨电机厂制造。这些设备可组成一个小型水电站，对水力过渡过程进行仿真模拟，可观测到变顶高尾水洞内水击波是否很快收敛，测试尾水管进口真空度、机组转速上升率和涡壳进口压力上升值等调保参数是否满足设计要求。

本试验除了需掌握水机电各方面知识，摸索着前进外，最大的困难在于甩负荷过程对模型水轮机活动导叶的伤害非常大。导叶与边壁的间隙大了，漏水量就大（要求小于3%），成果质量难以保证；导叶与边壁的间隙太小，在导叶关闭过程中（模型关闭时间只有1.4秒）就会被刮扭曲，需要把转轮卸下来，重新调整24个导叶与边壁的间隙，要求间隙在0.05~0.08毫米（即5~8个丝）范围内才能保证漏水量小且导叶不易被刮伤。几乎每做一组工况的试验，就要把导叶全部拆下来修理1~2次，工作强度可想而知。每天8:00~20:00，时间全部耗在模型上，做完试验还要分析资料，准备第2天的工作，做试验的3个月没有休息一天。做完试验2台模型水轮机全部甩坏，每天生理、心理承受着巨大的考验，至今难以释怀。这里特别要提到的是哈尔滨大电机研究所的刘江高级技师，他高超的技艺和奉献精神，为本次试验取得满意的成果提供了保证。一个北方人在武汉6—8月酷热的夏天，经常加班到晚上七八点钟，这是难能可贵的。在模型水轮机和发电机的安装过程中，只有简陋的吊装设备，但要保证重达 3 吨多的设备 2 个轴上下同心的误差小于 0.03 毫米，刘江师傅承担了这个额外繁重的调试任务。正是这种普通人的"工匠"精神，秉持"三峡无小事"的理念，克服了无数常人难以想象的困难，超越自我，才铸就了三峡的辉煌。

2007 年，三峡地下电站变顶高尾水洞带阻尼井方案进行最终试验，同样需要以坚忍不拔的毅力克服上述困难。鉴于该成果的重要性，当时郑守仁总工亲自来参加成果审查会和模型试验的演示，同时还邀请了武汉大学、成都三吾工程设计咨询公司等单位的 13 位专家参加成果审查会。一致认为长江科学院提出的模型试验成果充分认证了三峡地下电站变顶高尾水洞系统的可行性及可靠性，各水力过渡过程中的大、小波动特征值均能满足设计要求，为工程的决策提供了科学依据。2011 年，经原型观测，模型试验成果与原型较一致，并据此编写了相应的规范，推动了技术进步。

漫忆篇

快乐的三峡 1984

钟作武

1984 年，我在三峡工地工作了一年，这是我刚参加工作的第一年，也是我由一名学生成长为一名水利工作者最为关键的一年；是我收获最丰硕的一年，也是我工作 30 多年以来最快乐的一年。那一年发生的许许多多的故事，总是令我深深地怀念……

我于 1984 年 1 月从长江水利水电学校毕业，当时刚过 20 岁。1 月中旬到长江科学院报到，政治处余干事和柳干事负责培训我们十多个新人半个月，而后分配我与小罗到岩基室（现在是岩基所），于是我和小罗由大院沿黄浦路步行约 20 分钟，穿过几个鱼塘，到九万方岩基室报到。党支部肖书记和支部谢干事接待了我们，安排我们春节过后直接去宜昌岩基队实习。

新春伊始，在一片白皑皑的瑞雪中，我和小罗各自带着随身的行李——一口大木箱和一大捆棉被褥子，相约到武昌火车站乘火车前往宜昌。火车经过一个晚上近 12 个小时的奔驰，终于在清晨停歇了。我们艰难地走出宜昌火车站，来不及过早就乘车赶往九码头，乘船前往三斗坪镇——三峡水利工程大坝坝址。

正值举世瞩目的伟大工程三峡水电站拟议上马，这里是全国水利工程建设者向往的地方。"向阳号"轮船劈波斩浪，溯江上行，两岸层峦叠嶂，澄江似练，西陵峡秀美如画。经过 3 个多小时的航行，于中午时分到达三斗坪这个依山傍水的小镇。我们双手提着沉沉的行李，随着人流颤颤巍巍地晃过倾斜近四五十度的小木跳板，沿着一条冲沟旁的蜿蜒小径蹒跚前行，约 10 分钟便到达了宜昌岩基队三峡基地——三斗坪镇原政府小院。

门卫赵师傅一边叼上烟斗抽着生烟叶，一边给我们开门，那种生烟味令人十分难受。一进铁栅子门，首先映入眼前的是一片稀疏的草场上杂乱地堆放着碎石、砂和煤炭，感觉挺荒芜。再往前看，不错，还有一个篮球场，篮板、篮筐完整，用三合土（碎石土、煤灰和石灰）碾压的场地比较平整，好像是新整修过。穿过篮球场，便是一栋红砖楼，中间楼道，两旁一溜房间。院后还有一些空地，有同事拓荒种上了蔬菜。周工喜欢钓鱼，收获颇丰，便挖一方小池喂养起来，多半被年轻同志趁夜捞起打牙祭了。

向领导报到后就分配宿舍，我和小但一间，在二楼前面边上，集办公与睡觉一体，没有卫生间，十分简陋，好在我们俩都勤快，房间收拾得十分整洁。长江委曹乐安副总到工地考察留宿我们这个小院时，就到我们寝室串门，看到我在习字，小但在学习英语，便拿起我写的钢笔字吟诵起来："半亩方塘一鉴开，天光云影共徘徊。问渠哪得清如许？为有源头活水来。"连夸不错，不错！又看了小但写的英语，老总戏称我们一个搞硬件，一个搞软件。他还细心地询问我们工作、生活情况，鼓励我们努力学习，安心工作，曹老总不像是个大干部，更像是和蔼可亲的老人。

我乐观开朗，没几天就与同事打成一片，基地20多人，大多数是年轻人，尤以近两年分配来的学生居多，来自五湖四海，巧得不能再巧了，20多人就有近20个姓，基本上没有同姓的。领导将我和小罗简单地分了工，小罗分在变形组，老边是组长，我分在强度组，与小但等在一个组，老田是组长。强度组负责做直剪试验，包括岩体直剪、混凝土与岩体接触面直剪和结构面直剪。当时现场试验大多安排在左岸3001号平硐，一个位于坝轴线上、靠近岸边的主要的勘探试验平硐，硐深约300米，后期因需要还加深过，国内外许多水利专家都去参观考察过。试验在左岸，我们早餐后换上工作服、劳保鞋，步行到江边，有时需抬水泥、砂和碎石等，乘坐租借的小木船过江。

春潮带雨早来急，一叶小舟横素波。湍急的水流冲击船身，浪花飞溅，时不时地拍打到脸上，初时我们还是十分紧张的，每次都认真地穿上救生衣。后来习惯了，喜欢小船随着波浪上下起伏的感觉，特别是在大邮轮通过后，急急吼吼地要船东赶紧去冲击尾浪，追求上下颠簸的刺激。

在进行混凝土与岩体接触面直剪试验时，我负责混凝土的拌和，按配合比称好砂、碎石、水泥和水，先将砂、碎石、水泥拌匀，再加水。加水时要小心，因砂、碎石都含有不确定的水，最后要根据实际情况，凭经验扣除一部分水。直剪分平推和斜推两种，斜推安装比较复杂，混凝土样要浇成楔形体，还要控制后座与加荷方向成15度通过楔形体中点，加荷表也比较复杂，加剪应力的同时要减少正应力，容易出错，现在应用得不是很多了。天天过江进硐、制样、浇样、安装、试验，忙得不亦乐乎，工作十分辛苦。好在进硐费每天五毛，一个月下来就有15元，足够交伙食费了。

间或变形组忙时也去帮忙做变形试验，分成两班八对八，变形试验易受影响，对环境要求十分严格，人不能随便走动，加压、读数要万分小心，要出去更是小心翼翼、蹑手蹑脚。在硐中一蹲就是12个小时，硐深湿闷，夜班特别难熬，临近半夜又冷又饿，需船工送来夜餐。后半夜人却困得不行，10分钟加压读数一次，单调重复，10分钟的间隙加压的人时常犯困，便趴在加压杆上打盹，才不一会就猛地一个寒战被记录的人大声叫醒，懵头懵脑地半天回不了神，身体更难受。只好天南地北地胡吹乱侃，特

漫忆篇

别好奇地探寻老一辈的秘闻轶事，或轮流讲笑话、讲故事，倒也能欢声笑语，驱散困乏，可谓是黄连树下弹琵琶——苦中取乐吧。

当时搬运设备、砂石骨料进碉，拌和混凝土，立模浇样，搬钢板、千斤顶、传力柱，安装全是我们自己动手，劳作一天，非常辛苦，拖着疲惫的身躯，迈着沉重的步伐回到基地。拿上饭盆便火急火燎地奔向食堂就餐，不知是饥饿还是胃口好，三口两口囫囵吞枣地扒完一盆饭菜，解决了温饱问题。不过负责伙食的谢师傅也确实搞得不错，虽然就那几样蔬菜，但也能变着花样，每餐荤素搭配，让大家吃得津津有味。

那时大家到底是年轻，才补充能量就浑身充满活力，换上球衣、球鞋就冲到楼下，奔向球场，分队进行篮球对抗赛，有时也踢一场足球，也不管吃饱了不能剧烈运动的禁忌。年轻人好胜心强，为争个输赢甚至挑灯夜战，直到人困马乏才到澡堂冲凉。晚上整理试验资料，拟定好明天的人事，就躺在床上天南海北地聊天，在不知不觉中酣然入睡。工作虽然辛苦，生活却简单、充实，节奏欢快，而且十分惬意。闲暇时，也与三工区地质组、山地组、红星钻机或306钻船的同志组织篮球比赛。年逾五旬的岩基室林副主任精神焕发，和年轻人打成一片，经常组织年轻人打球、跑步、旅游甚至聚餐，因此我们曾游览黄陵庙，泛舟古代四大美女王昭君故乡秭归的香溪河，参观屈原故里，到屈原祠凭吊这位伟大的爱国主义诗人，登临白帝城看刘备托孤之地。他还带领我们年轻人背上食品、啤酒登山，到白岩尖上野炊，挥洒汗水登上山顶，极目远眺，大江东去，云帆西归，苍山如海，残阳似血，风景这边独好。躺在山坡上喝着啤酒，看白云悠悠，赏晚霞灿烂，不亦乐乎！有时外面有野狗窜入院子，大家立即关上栅子门，用气枪打，或用麻药包子喂，还真麻醉了一条狗，连夜悄悄地宰杀烹烧，聊以改善伙食，多数情况是狗被逼急了真的跳墙，从一人多高的院墙一跃而去。一两个月放大假便放舟顺江而下，在3个多小时的行程里，大家占据船东的小饭桌，或拱猪，或双升，或倚舷窗领略两岸风光，好不逍遥。船到宜昌市区黄柏河停靠，由一台解放汽车接往西坝宜昌岩基队休息，大家相约去商场购物，或去餐馆打打牙祭，或三五个朋友同学聚一聚，或与对象约会，大家都尽情地放松自己，消除多日的疲劳。更为可喜的是领导照顾我们年轻人，在洛杉矶奥运会期间，让我们观看奥运会节目。新中国第一次组团参加奥运会，我们特别期盼取得胜利。在我们殷切的期待中，篮球战神——王立彬举旗带队入场，许海峰不负众望夺得了首金，这也是中国奥运第一金，开门红，我们无不欢呼雀跃。十多天里赛场捷报频传，我们为体操王子李宁欢呼，为女排姑娘奋力拼搏勇夺冠军的精神欢呼，更为中国体育健儿在奥运会上取得的辉煌成绩而狂欢。

到9月中旬，刘允芳主任工程师、龚壁新组长带领地应力组到对岸坛子岭，在300号勘探钻孔中，针对永久船闸进行地应力测试，这是与瑞典合作的国际项目——

引进深钻孔三向地应力测量设备和技术。瑞方派出两名专家工程师到现场指导，三工区101钻机配合，需三班倒，人手不够，抽调我和小但配合试验。我们租住在坛子岭刘三元家，这是一个黏土夯筑的农居，一起同住的还有陈工、张工、小常、小徐、小谢、小杨等近10人，蜗居在刘家二层阁楼里，一个木梯供大家上下，床铺靠墙一溜排开，夜半时常听到老鼠钻洞窜梁嗑谷的声音，并时有鼾声合奏，热闹非凡。后来小郭、小崔也相继过来摄像录影，挺新鲜时髦的。我们一道跟瑞典专家学习应变计制作、仪器连接、组装，接线口密封，水下胶水配制，朝钻孔内小心翼翼地安装应变计，连线读数，等2个小时胶水固化后，提起安装器（得几个人拉19芯电缆线，比较辛苦，瑞典专家也同我们一直使劲拉），出水后赶紧连线读数等，一道道工序手把手地教与学，瑞典专家教得兢兢业业，我们学得认认真真。我们努力地学习他们先进的技术、先进的试验方法，甚至是奇巧工具的使用方法；努力熟悉、掌握他们先进的试验设备的操作；努力学习他们的工作态度、敬业精神。他们个子高大，工作认真，态度严谨，一丝不苟，甚至废寝忘食地跪着、趴着在地上组装仪器。瑞典专家闲暇时也很乐观，和我们一起侃大山，他们特别喜欢吃柚子，为此我和小但就常去老乡家的树上摘柚子。工作间隙也要吃上一个，没刀子就直接将调凡士林的小刀在裤子上正反擦两下，将就着对柚子开膛破肚，三两下就搞定了，真不怕吃坏肚子。中午骄阳似火，炎热难当，他们就直接脱光衣裤，跳到钻机旁的池塘中裸泳起来。和他们在一起工作一个多月，我学到许多知识、经验，甚至是工作态度、吃苦精神、严谨作风、方法思路，使我在今后的工作中受益匪浅。

专家走了，原来特供专家的咖啡、茶点、饮料一夜就被大家"瓜分"了，毕竟当时物资还是十分匮乏的，许多东西是第一次见到。钻孔还得继续往下钻，要穿过船闸底板，试验也要继续进行，好在经过前段时间的努力学习，大家熟练地掌握了测试技术，试验不断成功，也不断刷新国内测试纪录。又经过一个多月的努力，创造了307米国内钻孔解除三维地应力测试最深测试纪录——引进技术获得成功。这个技术引进项目是一个成功的典范，经过吸收并不断改进，这项技术一直到现在还是处于国内领先水平。

当晚全体测试人员相聚在坛子岭大队部，共饮庆功酒，白酒、红酒、啤酒还有威士忌，随个人喜好尽情畅饮。大家把酒言欢，热闹非凡，事后看录像，喝酒时胸怀壮志的豪言壮语，醉后东倒西歪地胡言乱语，都令大家捧腹大笑。

艰难的日子漫长难过，快乐的时光却在飞逝，在一场漫天的飞雪中，1984年落下了帷幕。经过近一年的现场测试，工作生活辛苦、辛酸，甚至是艰难，有挥洒不去的汗水，甚至伴有创伤鲜血。我因字写得好而长期描图，眼镜度数也增加了近200度，

漫忆篇

但更多的是幸福快乐。劳动锻炼了我的体魄,作为一个刚出校门的学生向同事、向老前辈乃至外籍专家学到了很多工程经验、专业知识、生活情趣。我学会了生活,也体会到了工作的快乐,年终我被评为先进工作者,感到十分快乐。我成长为一名合格的水利工作者,感到无上光荣。

1984年,我在三峡,在快乐中度过,至今已有30多年了。当年风华正茂的战友,如今有的退休了,有的作古了,有的当领导了,有的成为大专家了,我也是黑发染霜,老眼昏花了。物是人非,但那年的人、那年的物、那年的故事,仍历历在目,回想起来,那种难以言表的快乐却令我终生难忘、回味无穷、幸福无穷。

参加三峡工程论证、科研和设计的几件往事

方子云

长江流域规划办公室于 1955 年正式成立，一开始我就参加并领导水文水利计算工作，在规划设计工作中，水文水利计算是一项极为繁重而复杂的工作。在开始工作的时候，我们对这门科学极为生疏，通过几年的实践，我们很快掌握了这方面的基本理论并摸索到一些经验。后来指导工作的苏联专家说："你们不要再请我们这样水平的专家了，我也要称你们为中国专家了。"以下"漫忆"四件事。

一、通过五年的实践，我们写成了苏联专家曾断言我们写不成的书《河流综合利用水文水利计算》，在国内外得到好评

新中国成立初期，我担任长江委水文水利计算室副主任，全国掀起了水利建设和长江流域规划的浪潮，通过五年的实践，我们决心主编中国第一部《河流综合利用水文水利计算》教科书，决心要把这本书写出特点来，把理论与生产过程中所要解决的问题密切地联系起来，并以大量的实例来说明长江流域规划和三峡工程规划设计水文水利计算的原则、方法和步骤。起初，与我们一起工作的苏联专家担心中国人摸不透河流的脾气和秉性。但是我们不仅把书写出来了，而且还走进了国家学术交流和中国大学的课堂，在武汉水利电力学院，我们首先讲授这一门课，并带这方面的研究生10 余人，效果较好，许多大学教授推荐他的学生做我的研究生。

二、我在长江委水文水利计算室工作时，遇到了对我一生影响很大的良师益友——数学家华罗庚

20世纪50年代从事三峡工程科研工作时，华罗庚也来参加科研活动。领导对我说："你是水文水利计算室的，与计算沾着点边，华罗庚又是搞数学的，也是算，就让他在你们那一组听科研报告吧！"华罗庚先生听完了我的学术报告，有些惊喜地问："你

漫忆篇

们的干部怎么三四十岁就成长起来了呢？"

华先生和我很快互为知己，我拜他为师。他曾对我说，三峡水库的调度要考虑蓄放水的最大效益。不久以后，华先生写了一部著名的关于优选法的书，这对我有很大启迪。华先生也很欣赏我这个专心治学的人。每次我到北京，华先生必定要与我见面并出题目要我对他的研究生作报告和讨论问题。我现在还记得华先生说过的一句话："如果一个搞科研的人两个月不看书就不能够搞科研了。"这句他在20世纪50年代与我一道同去三峡勘察的轮船上所说的话，成了我以后的座右铭，获益良多。

三、环境水利学在中国的兴起与发展

环境水利学主要是研究水利与环境的相互关系，以促进水利工程发挥更大地改善环境作用，并尽量减免工程对环境产生的不利影响。它既研究水利开发带来的环境问题，也研究由于环境变化对兴修水利提出的新任务与新要求，是水利科学与环境科学密切结合、相互渗透的新学科，也是传统的水利学科的发展和深化。通过对三峡工程的应用和创新，1982年第四次世界水利资源大会对中国代表的发言给予了极高评价，一位美国专家当即发言"我们已经走在你们后面了"。会议以后将该文作为水资源协会主办的《水国际》刊物上的首篇。关于环境水利与环境水利学的英文名也完全引用了中国提出的名词。由此可见，中国提出的环境水利已引起了国际水资源学科的高度重视。

四、编著两本大书

（1）1988年7月出版的国内第一部《水资源保护工作手册》，由国际水资源协会主席彼特·丁·雷诺兹作序，被评为全国优秀图书，获金钥匙奖。此书在技术上对推动和提高全国水资源保护工作起到了决定性作用。

（2）应中国水利水电出版社邀约，于2007年12月出版了《现代水资源保护管理理论与实践》。本书以水资源保护、管理为对象，以水资源的可持续利用支持经济社会的可持续发展为目标，以资源节约环境友好、人水和谐、科技创新为指导。其主要特点是：时空观念强，创新意识浓，促进国家、地区、流域的经济、社会和环境协调发展；由于水与可持续发展在实施上存在很多困难问题，本书列举了中外实例以供借鉴；同时在国际上首先系统地提出环境水利学科及其讨论的内容；本书除介绍实用技术外，还具有创新特色，包括不少新的思维导论的内容。

三峡工程生态环境影响评价与论证纪实

邹家祥

1972 年 6 月，联合国在斯德哥尔摩召开环境会议，针对人类社会日益严重的环境污染和自然生态破坏问题，发布《人类环境宣言》，唤起世界各国对环境保护的重视。20 世纪 70 年代，我国水利界逐步认识到，在水利工程建设取得巨大效益的同时，也出现了水文情势改变、水库泥沙淤积、水库诱发地震、大坝阻隔以及移民安置引起的诸多生态环境问题，水利环境保护逐步受到高度重视。各大流域机构相继成立水资源保护机构，长江流域水资源保护局（以下简称"长江水保局"）也应运而生。长江水保局成立后，将三峡水利枢纽环境保护及对策作为重点研究方向，广泛引进人才，制定研究和发展规划，开展了一系列工作。

广泛调研　探索发展

首先，收集长办在编制《长江流域综合利用规划》和三峡前期工作中有关环境的研究成果。20 世纪 50—60 年代，并联合长办在编制《三峡水利枢纽初步设计要点报告》时，组织专业技术人员，并联合中国科学院、有关高等院校、科研单位，对长江三峡工程涉及的自然、社会环境进行了大规模考察。对工程引起的一些环境问题，如回水影响、人类活动对径流的影响、小气候变化、库岸稳定、地震、泥沙、水生生物、水库淹没、自然疫源性疾病及地方病等，开展了调查研究，取得大量初步成果。1958 年，长办组织有关单位对三峡自然疫源地和三峡水库疟疾流行病学等进行了调查研究。1959—1960 年，对坝区蚊虫和鼠类进行了实地调查，还与南京大学气象系合作，对三峡库区的小气候变化作出了初步探索。自 20 世纪 50 年代以来，长办一直保持水质监测，特别是物理指标和常规水化学指标的监测。1958 年 10 月，中国科学院水生生物研究所在三峡库区对浮游生物和底栖生物的组成及生物量等方面进行了较系统的调查。长办自 20 世纪 50 年代起即开展悬移质泥沙常规测验。1960 年起，在长江寸滩至宜昌河段主要水文站开展卵石、沙质推移质测验及其输移运动规律实验研究。上述工作为三峡工程环境影响评价、科学研究和论证提供了有价值的基础资料。

1979年，长江水保局制定《长江水源保护科研计划》，其中包括"大型水利工程兴建对环境影响的研究"项目。1979年10月，长江水源保护科研计划会议召开，会议确定将三峡工程环境影响评价列为重点研究课题，由长江水资源保护科研所（以下简称"长江水保所"）牵头承担，协作单位包括中国科学院水生生物研究所、动物研究所、地理研究所、武汉植物研究所、广州植物研究所、四川医学科学研究院，以及北京师范大学、上海师范大学等12所师范大学，武汉大学、西南农学院等高等院校，重庆市、宜昌市、万县、涪陵地区所属县市卫生防疫站等。

长江水保所广泛收集国内外有关水利工程建设环境影响的研究和评价资料。长办情报处和长江水保所三室合作，翻译出版《大型水利工程环境影响译文集》，并整理国外相关环境影响评价成果。

长江水保所三室主任陈中民怀着对三峡工程的热忱，放弃在武汉大学执教的优越条件，投身长办工作，在科研所成立后负责三室工作。陈中民、李兴渊、吴俊械、卢松根等科技人员率先开展丹江口水利枢纽对环境影响的初步研究，为三峡工程环境影响研究提供了类比分析依据。其中，对水库诱发地震、小气候变化、水库淹没与移民、人群健康等方面展开实地调查，获取了重要的参考资料。20世纪80年代初期，正是葛洲坝水利枢纽建设高峰期，三室科研人员深入现场开展环境监测与考察，获得了宝贵的第一手资料，开创了水利工程环境影响现状评价的先例。团队撰写的《葛洲坝水利枢纽兴建对环境影响的初步探讨报告》，成为后续开展葛洲坝工程环境影响回顾评价的珍贵资料。

在长江水保所组织下，由北京师范大学、上海师范大学牵头，联合沿江12所师范大学（院），以及长江水保所陈中民、邹家祥等同志，共同组建"长江流域土壤生态研究协作组"，自1980年5月起，协作组先后前往鄂西、川东地区进行实地考察，并于1982年12月完成《葛洲坝水库兴建后土壤环境变化与影响研究报告》，不仅为三峡工程对土壤环境影响的研究奠定了基础，更是我国早期开展的、技术领先且内容全面的科研成果。

20世纪80年代初期，我国尚未开展水利工程环境影响评价时，长江水保局按长办安排，率先开展"三峡建坝对环境的影响研究"工作。在无先例情况下，长江水保局对三峡工程蓄水位200米方案进行了开拓性研究。研究团队在全面调查环境现状的基础上，主要分析了工程效益，以及工程对水温、水质、淹没与移民、鱼类资源、人群健康的影响。由袁弘任编写的《三峡建坝对环境影响报告》。鉴于200米蓄水位方案大坝高度较高，工程在防洪、发电、航运等方面的效益十分显著，但淹没影响也很大。报告提出"全面规划、统筹兼顾、因地制宜、合理布局"的对策和措施并指出，水温、水质、鱼类资源等环境影响问题十分突出，应引起重视。

系统研究　开创先河
——150 米方案环境影响评价与研究

1983 年 2 月，国家科委在北京召开会议，就三峡工程低坝需论证的若干重大技术经济问题，与各部门交换意见。1983 年 3 月，长办编制完成《三峡水利枢纽可行性研究报告（150 米方案）》。其中，第八章"三峡建坝对环境的影响"，由长江水保局基于广泛开展环境调查与各专题研究成果编制完成。

当时，国内尚未制定环境评价的规范与技术标准，更无相关实例可供参考。长江水保所三室同志勇于探索，拟定了按自然环境、社会环境划分的评价体系，在充分论证三峡工程巨大环境效益的基础上，着重分析了水环境、陆生动植物、水生生物和移民等重点领域的环境影响。

1983 年 5 月，国家计委在北京主持召开《长江三峡水利枢纽可行性报告》审查会。会议对《三峡建坝对环境影响报告》给予充分肯定，同时对下阶段工作提出具体要求。

1984 年 4 月，国务院下发《关于长江三峡工程可行性研究报告的批复》，要求"三峡工程按正常蓄水位 150 米、坝顶高程 175 米设计"，并由水电部于 1984 年底前完成初步设计报审工作。在三峡工程初步设计阶段，长江水保所负责环境影响评价的设计工作。由于三峡工程环境影响评价内容广泛，涉及多学科领域，专业性和综合性都很强，因此长江水保所负责组织、归口管理，开展了一系列专题研究，并取得以下重要成果：

《三峡工程对局地气候的影响》由卢松根执笔，长办水文局陈海龙、西南农学院易明晖、广州地理所吴厚水和郑汉增等受委托参与相关研究。

《三峡工程对水质的影响》由吴俊械、洪一平编写。

《三峡工程对土壤环境影响的研究》由长江水保所组织，北京师范大学、上海师范大学等 12 所院校共同完成。报告由李景锟、刘逸浓、王云主编，邹家祥和各院校老师参与编写。

《三峡工程对森林植被、珍稀植物及经济林的影响》由中国科学院武汉植物所金义兴等编写，邹家祥参与相关工作。

《三峡工程对库区野生动物及珍稀动物的影响》由卢松根、郑正仁、曾鸣和中国科学院动物研究所孟智斌等编写。

《长江三峡水利枢纽兴建对人群健康影响的研究》由同济医科大学鲁生业、宜昌

漫忆篇

地区卫生防疫站徐钟麟等编写，刘衔芳和宜昌地区卫生防疫部门有关人员参与相关工作。

当时，课题经费很少，而三峡地区高山峻岭，交通不便，条件十分艰苦。但课题科研技术人员和老师们怀着对三峡工程的热爱，都欣然参加这项工作，并出色地完成了各项任务。气候组委托经费较少，有两个单位参与工作。研究团队不仅实地开展观测，还需进行大量计算，取得的许多成果均属首创，为后续三峡工程环境影响评价及其他工程类比提供了宝贵的资料和重要依据。动物课题组更是深入崇山峻岭，实地考察珍稀动物栖息环境，收集当地狩猎情况，取得了许多第一手珍贵资料。

针对大型水利工程开展环境影响专题研究十分罕见，而对三峡工程重点环境影响开展系统研究尚属首创。上述研究取得的开创性成果，为环境影响报告书的编制提供了重要科学依据。除上述专题研究外，长办水文局、长江科学院、规划处、勘测总队和施工处等单位，还提供了水文水资源、泥沙、移民、地质环境、施工等方面的基础资料和成果。

长江水保所在上述专题报告和前期研究的基础上，按专业分工组织李兴渊、吴俊域、卢松根、柳美仁、操文颖等参加编写，由陈中民、邹家祥执笔编写《三峡水利枢纽环境影响报告书（150米方案）》。由长办主持，分别于1984年11月9—13日在武汉召开长江三峡工程环境影响评价顾问扩大会议，以及1988年7月4—7日召开三峡工程环境影响研讨会，对报告书的有关章节提出具体修改意见。与会专家和代表认为：报告书抓住了主要问题，兼具深度和广度，所采用的系统分析方法具有科学性。目前进行的三峡工程环境影响评价工作深度与初步设计阶段的工作要求基本相符。长江水保所综合以上资料和成果，吸取各方面专家和代表的意见，于1985年7月提出《三峡水利枢纽环境影响报告书（150米方案）》。该报告书是我国最早的大型水利枢纽工程环境评价文件，在评价内容、技术方法等方面都进行了较全面系统研究，对我国水利工程环境影响评价的发展起到了重要示范作用。报告书提出的建立生态环境保护站、进行库区整体规划、建立三峡自然保护区和国家森林公园、开展库区水环境容量和环境规划等对策和建议，在后续环境影响评价和保护工作中多被采纳，发挥了重要作用。

1985年5月，受国家科委委托，国家环境保护局和中国科学院在成都市召开长江三峡工程不同蓄水位（150米和180米方案）对生态与环境影响讨论会。长江水保所提交《三峡水利枢纽不同蓄水位对环境影响的评价（正常蓄水位150米及180米方案）》。报告认为，三峡工程蓄水位150米和180米两个方案对环境的影响不存在本质差别，仅部分环境因子在影响程度上有量的差异，如水库淹没、水质、水温等问题。

因此，在选定三峡正常蓄水位方案时，环境影响不是主要因素，应从社会效益、环境效益与经济效益相统一的宏观上研究，并在综合分析比较的基础上作出决策。

科学论证　客观评价　质量一流
——三峡工程生态与环境影响的论证和补编报告书

1986年6月20日，中共中央、国务院以中发〔1986〕15号文件印发了《关于长江三峡工程论证工作问题的通知》。论证工作共分为10个专题、14个专家组，生态与环境为专题之一。该专题主持人为水利电力部总工程师娄溥礼；生态与环境专题论证专家组顾问为侯学煜、黄秉维，专家组组长为马世俊，副组长为严恺、孙鸿冰、高福晖。专家组由55人组成，均为各专业领域的权威专家、教授。按任务与学科性质分为综合组、库区陆生生物与环境地质论证组、水生生物水沙情势与洪涝及河口生态环境组、库区移民环境容量与人群健康组。长江水保局总工方子云为综合组专家，副总工袁弘任为专家工作组副组长，邹家祥为专家工作组成员，长办联络员为吴国平局长。三峡工程生态与环境专题论证期间，共召开四次专家组会议，并开展了相关调查研究和论证工作。

三峡工程生态与环境专题论证是三峡工程可行性重新论证中的重要专题。该专题涉及专业多，社会关注度高，部分问题存在一定分歧。因此，长办高度重视生态与环境的论证工作。长江水保局通过多年研究，为论证提供了重要研究成果及丰富资料，奠定了科学依据。在论证过程中，长办相关专业部门围绕库区泥沙淤积和坝下冲淤变化、水文情势基本数据及影响分析、水库诱发地震及库岸稳定、移民安置规划与安置方式等方面，提供了大量资料。论证专家组方子云教授、陈德基总工等长办专家，对相关内容作过详细介绍。长江水保局还就三峡工程对局地气候、土壤环境、陆生动植物、柑橘生产、河口生态环境等方面的影响提供了最新研究成果。因此，经过多次论证会议的讨论与交流，在水文、泥沙、环境地质、局地气候、土壤环境、陆生动植物影响、移民等方面达成了基本共识。但是，由于三峡工程生态与环境影响涉及面广，影响因素及环境要素复杂，论证过程中也存在一些不同意见，甚至出现激烈的争论。主要有以下几个方面。

1. 三峡工程对生态与环境影响总体评价是利大于弊，还是弊大于利。中国科学院三峡工程生态与环境科研组组长、副院长高福晖在所提供的论证报告中指出："三峡工程对生态与环境影响是复杂的、深刻的，也是长久的"，"主要是移民环境容量和土地资源淹没损失产生巨大影响"，"这种影响利弊交叉、相互制约，从全局考虑，做出弊大于利的结论是有根据的"。同时，因该报告在论证中对防洪的环境效益分析

漫忆篇

不够，因此得出三峡工程综合评价弊大于利的总体结论。而长江水保局副局长王超俊在《三峡工程生态与环境影响论证意见》报告中，将人类生态系统作为最重要的生态系统。他认为，三峡工程在防洪、发电等方面不仅具备巨大的社会效益和经济效益，而且拥有显著的生态效益。因此，三峡工程应以有利影响为主导，实现利大于弊。鉴于双方意见分歧较大，论证专家组认为，应全面客观地评价三峡工程对生态与环境的有利影响和不利影响，避免简单地做出利大于弊或弊大于利的总体结论。

2.移民环境容量是三峡工程决策中的敏感因素。在第三次生态与环境专题论证会上，专家组认为，经过一年多的论证，在局地气候、人群健康、生物、景观、施工等方面取得基本一致意见。专家组指出，库区现状土地资源破坏严重，环境质量较差，生态结构脆弱。这一地区大量移民必然对生态与环境造成较大冲击。作为工程决策中的敏感因素，他们对三峡工程能否妥善安置移民、环境容量是否充足，存在忧虑和不同意见。为加强这方面的论证工作，1987年11月29日，由移民专家组和生态环境专家组联合主持召开了三峡库区移民环境容量讨论会。中国科学院生态与环境项目组将"三峡库区移民环境容量研究"列为国家"七五"科技攻关课题，开展深入研究；长江水保局副局长袁弘任和库区处总工赵时华等人前往库区开展实地调查，提出"三峡水库移民安置区环境容量初步分析"；长江水保局邹家祥、李仁、王培等人提出"秭归县移民环境容量分析"等。通过分析与论证，各方对移民环境容量基本概念达成共识，但在对移民环境容量的估计尚有差距。论证认为，三峡库区自然资源丰富，若国家给予一定投资，增加经济发展的"驱动力"，并制定适合库区的环境保护对策，便能提升移民环境容量，推动生态环境向良性发展。

3.对于三峡工程对中游平原湖区土壤潜育化、河口土壤盐渍化及泥沙堆积的影响，存在不同意见。针对部分观点认为三峡工程建成后，因枯水期中下游水量增加、水位升高，可能加剧平原湖区土壤潜育化和河口土壤盐渍化的问题，长江水保局陈定安、操文颖撰写《三峡工程对长江中游平原湖区排涝排渍影响》，四湖管理局镇英明撰写《长江三峡工程对四湖地区水土资源开发的影响》，长江水保局上海站张鸣东、陈顺祖、聂质逊等撰写《三峡工程不同蓄水位对河口生态环境影响》等分析论证报告。这些报告通过充分的定量分析和实地观测得出结论："三峡工程不致造成四湖地区农田潜育化或沼泽化"，且对中游平原湖区防洪、排涝排渍及生态环境具有长期效益，对河口地区土壤盐渍化不会产生明显影响。

三峡工程对生态与环境的影响涉及面广，影响因素复杂。本次论证在以上工作基础上，将长江流域作为一个完整的大系统，对三峡工程修建引起的生态系统结构、功能变化，以及由此引起的生态系统整体效应进行全面评价，重点论证了库区移民搬迁带来的生态与环境问题及对策建议。论证取得了重大成果，提出以下综合分析和对策建议。

1. 大坝兴建对生态与环境的有利影响主要体现在中游。水库在防洪，提供清洁能源方面，具有巨大的社会效益、环境效益和经济效益，不仅可以改善局地气候，防治中下游血吸虫病，减少洞庭湖淤积，还有利于调节长江流量。

2. 大坝兴建对生态与环境的不利影响主要集中在库区。可分为以下几类：不可逆转的影响。主要表现为部分文物古迹、三峡自然景观和耕地被淹没。影响严重或较大，采取措施后可减轻的影响。水库淹没，城镇迁移及移民过程中的生态与环境问题，对白鱀豚等珍稀物种资源的影响，上游库尾洪涝灾害，滑坡、诱发地震等影响。影响较小，采取有效措施后可减少危害的影响。对局地气候、水文因素、人群健康、陆生动植物及水污染等。

3. 潜在的或目前难以预测、难以定量影响包括：对上游水生生物的长期影响，对区域的自然生态—社会经济系统的长远影响，对河口和邻近海域生态与环境的影响等。

4. 三峡工程对生态与环境影响的诸多因素中，库区移民环境容量是工程决策中较为敏感的制约因素，需认真对待、慎重处理。

论证报告提出了做好移民安置规划、加强库区和上游水土保持、建立自然保护区和国家公园、强化环境管理等建议。

关于三峡工程对中下游平原湖区和河口生态环境的影响，论证过程中存在不同意见。为此，长江水保所进一步开展调查研究，撰写了《三峡工程长江中游平原湖区环境影响研究》《三峡工程不同蓄水位对河口生态环境影响》等专题研究报告。针对各方不同意见，研究团队对三峡工程环境影响进行了科学客观的分析和论证。1988年2月，《长江三峡工程生态与环境影响及对策论证报告》经论证领导小组审议通过，为三峡工程可行性研究和《三峡工程环境影响报告书（175米蓄水位方案）》的编制提供了依据。

三峡工程是治理开发长江的关键工程，具有防洪、发电、航运等巨大综合效益，对生态与环境的影响广泛而深远，备受社会各界高度关注。在确定正常蓄水位175米方案前，尽管长办及国内众多机构在三峡工程可行性研究阶段，已针对生态与环境影响开展了大量工作，但考虑到三峡工程生态与环境影响评价受到国内、国际的极大关注。1991年8月，国务院三峡建委明确要求，应按有关法律法规规定，补编175米方案的环境影响报告书并进行审查，修改补充工作由长江委和中国科学院联合组织有关单位进行，并共同署名。同年9月，中国科学院环境科学委员会和长江水保所共同提交了《长江三峡水利枢纽环境影响评价工作大纲》；10月，根据国家环境保护局

漫忆篇

的批复要求，中国科学院环境影响评价部和长江水保所在前期研究工作的基础上，于 12 月共同编制完成《长江三峡水利枢纽环境影响报告书》，经水利部预审后，于 1992 年 9 月由国家环境保护局终审并批复。

《长江三峡水利枢纽环境影响报告书》对三峡工程建设可能引起的生态与环境影响进行了系统全面的分析和评价。该报告书采取全流域、多层次的系统分析和综合评价方法，将评价范围划分为三峡库区、中下游河段及附近地区和河口区，评价系统分为环境总体、环境子系统、环境组成、环境因子 4 个层次；全面评估了工程对局地气候、水质和水温、环境地质、水库冲淤和坝下冲刷、陆生动植物、水生生物、珍稀和特有物种、中游湖区生态环境、河口生态环境、水库淹没与移民、人群健康、自然景观和文物古迹、工程施工、防洪、航运等方面影响，以及溃坝风险等问题。报告书内容包括工程开发任务及方案选择、工程概况、环境背景、对自然环境的影响、对社会环境的影响、公众关心的环境问题、生态与环境监测和管理系统、环境保护经费、结论与对策建议等 11 个部分。在当年环境影响评价规范尚不完善的背景下，《长江三峡水利枢纽环境影响报告书》经不断探索和广泛深入的调查研究基础上，对推进我国水利工程环境影响评价和进一步完善相关技术标准、导则发挥了重要作用。其评价范围的广泛性、环境影响的复杂程度、生态的敏感性均属罕见的；环境调查研究的深度和报告书的质量均达到一流水平。

三峡工程决定兴建后，根据《长江三峡水利枢纽环境影响报告书》和审批要求提出的对策和建议，开展了枢纽工程环境保护、施工区环境保护、库区移民安置生态与环境保护等方面的设计工作。长江委编制完成《长江三峡水利枢纽初步设计报告（枢纽工程）第十一篇环境保护》（1992 年）、《长江三峡工程施工区环境保护实施规划》（1994 年）、《长江三峡库区湖北省移民安置区环境保护规划》（1995 年）、《长江三峡库区重庆市移民安置区环境保护规划》（1997 年）等，为三峡工程建设的环境保护提供了科学依据和技术指导。

2014 年，中国水电工程顾问集团有限公司牵头编制《长江三峡水利枢纽工程竣工环境保护验收调查报告》，系统调查并回顾了三峡工程自建设以来采取的环境保护措施和取得的效果。经分析，除《长江三峡水利枢纽环境影响报告书》及审批意见提出的"三峡环境基金"尚未建立外，三峡工程建设期间坝区及库区基本落实了不同阶段提出的主要环境保护措施。在三峡水利枢纽工程建设和试验性蓄水过程中，库区及下游受影响区域的生态环境与工程建设前相比基本保持稳定，工程对区域生态环境的影响基本未超出《长江三峡水利枢纽环境影响报告书》预测的范围。

水生态所参加"三峡后续工作规划"十年纪实

邹　曦

三峡工程是一个多目标、多效益的系统工程，涉及因素复杂。在发挥其巨大综合效益的同时，水库蓄水运行也对库区、中下游地区经济社会发展和生态环境产生了一定影响。库区移民安稳致富、生态环境保护、地质灾害防治，与该地区自然条件、经济发展方式，以及历史原因形成的矛盾和问题相互交织、相互影响，具有复杂性、长期性和累积性。这些问题有的是论证和设计中已预见到，需在运行后加以解决的；有的是工程建设期已认识到，但受当时条件限制难以有效解决的；还有的是随着经济社会发展的新要求。上述问题直接影响到库区社会和谐稳定、三峡工程长期安全运行和综合效益的可持续发挥，必须妥善解决。

为认真落实中央领导的指示，深入贯彻落实科学发展观，妥善解决移民安稳致富、生态环境建设与保护、地质灾害防治等问题，需有序开展三峡后续工作。为此，相关部门展开了三峡后续工作规划的编制工作。水利部中国科学院水工程生态研究所（以下简称"水生态所"）全程参与了三峡后续工作规划的总体规划、实施规划以及规划优化完善工作，为三峡后续工作的开展提供了专业的技术支撑。

编制总体规划

2008 年 7 月，国务院三峡建委第十六次全体会议决定，由国务院三峡办会同国家发展和改革委员会（以下简称"国家发展改革委"）、财政部等有关部门抓紧研究提出三峡后续工作方案，报国务院审批。2009 年 3 月，国务院批准了国务院三峡办上报的《关于开展三峡工程后续工作规划的请示》。2009 年 4 月，国务院三峡办会同国家发展改革委、财政部等有关部委和相关省市成立了三峡后续工作规划编制领导小组（以下简称"规划领导小组"），并下设规划领导小组办公室。规划领导小组办公室委托长江委作为三峡后续工作规划编制总成单位。

水生态所作为三峡后续工作规划生态环境建设与保护部分的总成单位，2006 年完成了《三峡水库可持续利用综合规划研究报告（送审稿）》生态环境篇章、《三峡工程后续工作规划大纲》、《三峡工程后续工作初步规划报告》生态环境部分等前期工作。2009年3—10月，水生态所派出6个工作组、50余人深入库区各区县，开展了三峡水库消落区调查、库区生态环境和社会经济状况调查、水库水生生物资源调查、国务院3号文生态环境相关工作调查等。收集了库区生态环境和社会经济基本资料、各区县生态环境规划需求等资料。在分析基本资料、整理填报项目的基础上，编制完成了《消落区保护与整治专题规划》《三峡水库水域生态与生物多样性保护专题规划》《长江中下游及河口生态环境影响的处理专题规划》《生态环境监测系统专题规划》等4个专题规划。2009年10月至2011年5月，经多次咨询、修改完善，编制完成了《三峡工程后续工作总体规划》生态环境篇章、《三峡库区生态建设与环境保护分项规划》。2011年6月15日，国务院正式批复《三峡工程后续工作规划》。

一期实施规划

三峡后续工作涉及内容多、地域范围广、时间跨度长、政策性强。为确保三峡后续工作有序实施和规划目标顺利实现，按照《三峡工程后续工作总体规划》和国务院批复要求，国务院三峡办决定开展《三峡工程后续工作实施规划》编制工作，以进一步深化、优化规划方案，落实管理责任；进一步细化规划实施内容，明确各项任务；进一步论证确定各类规划项目，合理安排规划投资。

2011年，在实施规划尚未编制的情况下，为做好2011年项目启动工作，水生态所深入库区开展生态环境类项目调研，协助各区县申报2011年项目；同时，为满足投资管理和实施规划编制的需要，编制完成《三峡后续工作规划生态环境部分投资编制说明》。

2012年，受重庆市和湖北省移民局委托，长江委承担了重庆市、湖北省三峡库区后续工作一期实施规划编制工作。按照长江委分工，水生态所负责三峡库区一期实施规划生态环境部分的规划工作，协助长江设计院等编制单位，根据《三峡工程后续工作总体规划》和《编制大纲》要求，先后制定《三峡库区湖北省、重庆市三峡后续工作一期实施规划（2011—2014年）编制工作细则》，并制定相关规划设计技术标准，编制实施规划指导意见，明确相关技术方案和工作程序。2012年3月上旬起，规划工作大组赴各区县开展外业调查规划工作。水生态所负责组织与实施三峡库区生态环境建设与保护实施规划外业调研，协调中国环科院、中国农科院、中国林规院、长江水资源保护科学研究所、水土保持监测中心站等单位，组建4个大组，组织50余名各专业技术人员参与外业调研工作。在3个多月的外业工作中，规划工作组在各区县有关部门的大力配合下，先后完成总体规划技术交底、专业对接和培训等工作，制定后续工作实施规划外业工作计划，在调查了解县域、生态屏障区、移民安置区实际情况的基础上，选定了一期实施规划区域。结合各区县经济社会发展规划和生态环境行业规划，细化优化总体规划，制定一期生态环境建设与保护实施规划方案，提出一期库区生态环境建设与保护拟实施项目初步意见；在与地方有关单位和部门充分沟通和交流的基础上，建立了生态环境建设与保护一期实施规划项目库，并要求各区县地方人民政府按照《管理办法》《编制大纲》等要求，委托相关设计单位开展了项目可行性研究报告编制工作。各规划工作组对可研报告的编制提出了相关技术标准和要求。2012年6月，规划工作组对项目可行性研究报告及实施方案进行系统梳理，开展项目合规性和合理性审核工作，并按照财政部、国务院三峡办下发的《三峡后续工作专项资金补助标准》（以下简称《补助标准》），对项目补助投资进行测算，完善了一期实施项目库。于2012年7月底，工作组相继完成湖北省、重庆市及21个区县三峡后续工作一期实施规划报告（生态环境部分），以及项目库、项目卡、规划图册等成果，并配合中咨公司完成规划审查。2012年10月26日和11月5日，重庆市、湖北省人民政府分别正式批复了重庆市、湖北省《三峡后续工作实施规划（2011—2014年）》。

2012年4月，国务院三峡办委托水生态所编制《库区生态与生物多样性保护》《关键技术研究与示范》《长江中下游生态与环境影响处理》3个专题实施规划报告。5月，水生态所组织中国林业科学研究院、国家林业局调查规划、中国水产科学研究院、中国科学院武汉植物园、长江科学院等单位，完成了资料收集、现场调研、明确相关技术标准与要求、咨询讨论、确定总体实施方案、项目筛选等工作。6—7月，规划编制单位组织项目实施责任单位编制完成项目可行性研究报告或实施方案；通过对可行性研究报告或实施方案的规划符合性的初步审查，建立了实施规划项目库。基于实施规划项目库，规划编制单位于8月初编写完成《库区生态与生物多样性保护专题实施规划报告（咨询稿）》，经中咨公司咨询评估后，规划编制组对报告进行修改完善并报送国务院三峡办。2012年9月21日，国务院三峡办正式印发《三峡后续工作库区生态与生物多样性保护专题实施规划（2011—2014年）》等3个专题规划。

规划的优化完善

三峡后续工作规划自2008年开始编制至2011年启动实施以来，库区发展形势和规划实施条件发生了较大变化，党的十八大和十八届三中全会对全面建成小康社会和

漫忆篇

全面深化改革提出了新的明确要求，国务院领导同志对三峡后续工作也多次作出重要指示。为此，有必要根据形势发展变化、规划实施情况和认识水平的提高，对三峡后续工作规划进行实事求是、与时俱进的优化完善。2013年8月，国务院三峡建委第十八次全体会议研究决定："为适应新形势要求，同意国务院三峡办会同有关部门对三峡后续工作规划进行适当优化完善。"

2013年9月正式启动规划优化完善工作，并委托长江委承担优化完善意见的编制任务。按照长江委任务分工，水生态所承担生态环境保护规划优化完善意见的编制工作。水生态所按照长江委统一安排部署，赴库区调研勘察，明确库区区县规划优化的方向和任务，并对重点项目进行梳理和筛选，在充分论证和比选的基础上，提出生态环境建设与保护规划优化建议；同时，编制完成《三峡库区城镇污水处理厂建设运行情况调研报告》和《三峡水库生态渔业技术规程》（2014年农业部和国务院三峡办联合印发），为优化完善工作提供技术支撑。2013年12月提出《三峡后续工作规划优化完善意见（初稿）》。经专家咨询、征求各有关部委及地方人民政府意见后，对优化完善意见进行修改完善，于2014年11月报国务院审批。2014年12月，国务院批准印发。

二期实施规划

2014年，根据国三峡办规函〔2014〕19号文的要求，水生态所承担完成《三峡工程综合管理能力建设实施规划（2014—2017年）》中的生态与生物多样性专项实施规划编制任务。同年，按照规划优化完善意见"有关省（市）和部门重点通过做好项目前期工作，滚动建立规划实施项目库"的要求，重庆市移民局委托长江委开展重庆市三峡库区后续工作实施规划（2015—2017年）项目库的编制工作。根据长江委工作安排，水生态所承担并完成其中的生态环境保护规划项目库工作，相关成果于2015年7月7日由重庆市三峡后续工作领导小组批复实施。

2006—2015年，水生态所全程参与了三峡后续工作规划的筹备、编制、实施工作，历经规划编制的艰辛，也见证了规划项目实施在保证三峡工程长期安全运行、持续发挥综合效益、改善库区生态环境、提高库区人民生活质量等方面发挥的重要作用。2018年将跨入三峡后续工作规划实施的第三阶段（2018—2020年），水生态所将一如既往地积极参与规划后续实施工作，保障三峡工程综合效益的稳定发挥及库区经济社会可持续发展。

我的三峡微观世界

胡菊香

三峡工程是当今世界最大的水利水电工程。作为一名长江流域的生态工作者,我经常在三峡地区工作,对三峡的感情就如同第二故乡。常言道,"谁不说咱家乡好?"三峡就像歌里唱的那样:"一座座青山紧相连,一朵朵白云绕山间",美丽得让人不忍离去。这里虽然曾经是一个"蜀道难,难于上青天"的地方,但美不胜收的风景还是让人流连忘返。

我与三峡的缘分还要从 20 世纪 70 年代的一次搬家说起。那时,为了开发鄂西与四川交界的天然气油田,上小学的我随着当石油工人的父母从江汉油田奔赴万县(现为万州区),必经之路就是三峡。我们在宜昌过了一夜,天一亮就乘坐"东方红"号轮船过三峡。当时的三峡水急滩多,峡谷十分险峻,轮船只能在白天航行。刚进入三峡,我被美丽风景所吸引,站在船头看船忽左忽右躲避水中的石头,船身被水流冲得摇晃不停,还觉得十分有趣。但没多久就开始晕船,回到船舱躺下,连神女峰也没出去看,只能在船上听广播解说。第一次过三峡,就被三峡的美大大震惊,也对三峡的险心生敬畏。后来,每年都必须从万县坐船过三峡到江汉油田读书,寒暑假再坐船返回万县,一年往返 4 趟,把三峡的各个峡谷、每座山峰都熟记于心。每过三峡,总会想起李白脍炙人口的诗:"朝辞白帝彩云间,千里江陵一日还。两岸猿声啼不住,轻舟已过万重山。"

人生就是这么机缘巧合。1987 年大学毕业后,我被分配到位于武汉的水利部中国科学院水库渔业研究所,一个学海洋生物的人开始从事淡水水生生物研究。长江流域是我们工作的主战场,三峡自然成为我们这代人必须研究的地方。因从小喜欢小生物,工作后每天在显微镜下寻找美丽的微型生物,乐此不疲。当我取来一滴三峡水,三峡的微观世界从此展现在我的眼前。

20 世纪 90 年代的三峡,江水泥沙含量高,显微镜下的水经常是浑浊的,微型生物也常常被泥沙掩盖,只有通过染色处理才能发现,镜中的生物常常是硅藻、表壳虫、砂壳虫、吸管虫等适应急流生态的小型生物。

在一般人看来，三峡的水只有清浊之分，而在我们眼中它却是千变万化。2003年三峡蓄水，我带队在三峡秭归连续采样，在5月蓄水准备期、6月中旬蓄水期和6月底运行期，显微镜里水中的微型生物逐步发生变化。蓄水过程中，藻类数量呈大幅上升趋势，其种类组成以硅藻为主，但蓝藻种类增加、硅藻和甲藻种类减少成为最显著的特征。浮游动物种类增加较显著，纤毛虫、累枝虫、胶鞘轮虫和多肢轮虫等喜敞水和静水性种类逐步成为优势种，而过去常见的表壳虫和砂壳虫在蓄水后数量明显减少。

三峡已经从一个急流河流生态系统转为水库生态系统了。每当我乘船在三峡中采样时，看着晨曦中的三峡，毛泽东于20世纪50年代写下的"更立西江石壁，截断巫山云雨，高峡出平湖"诗句描绘的情景，就像一幅画卷展现在眼前。作为长江生态人，我参加了三峡水环境专项治理、三峡后续规划、三峡典型水生生物监测等项目，主持的国家自然科学基金项目"三峡水库微型生物食物网中的各功能群生态学研究"和"三峡新库区生态系统EWE物质平衡模型的应用研究"也以三峡水库作为研究对象，因工作的需要时常漂在三峡。工作时常会遇上下雨，烟雨蒙蒙中就会想起一句名诗："日暮乡关何处是，烟波江上使人愁。"为了建三峡工程，我家乡的父老乡亲离开了万州江边的故土，搬离了三峡，原来的每年探亲变成了时时在三峡游荡。第二故乡的故土也再难回去，不由得生出一丝惆怅。

然而，显微镜下的三峡微观世界让我兴趣盎然，三峡生态系统的发展规律让我感到自己的工作越来越有价值。经过多年研究，三峡水库的微型生态系统正逐步发生变化。我采集一滴三峡水，用分子方法探测细菌DNA，发现细菌种类变了，数量变了，摄食细菌的原生动物多了；再采集一滴三峡水，在显微镜下检测，发现藻类种类变了，数量多了，摄食藻类的浮游动物多了，其体内充满了尚未消化的藻类。三峡微观世界的变化尽在我的记忆里。三峡不再是我儿时急流多沙的峡谷，水生生物种类少，数量低。现在的三峡呈现出水库应有的生态系统特征，汛期尚处于流水状态，非汛期就是一条缓缓流动的湖泊，喜静水的生物种类在增多，数量在上升。随着三峡消落带广袤的土地被水淹没，土壤和水改变了，水库里面的生物结构随之改变，生态系统就会改变，人们对三峡的自然发展规律正在逐步明晰。

三峡的自然美一唱千年，保护好三峡一库纯洁的水则造福千秋万代。由一滴滴水汇成的三峡水库，自开始筹建的那一刻起，便始终与巨大的争议相伴，刚蓄水时遇上的藻类水华暴发更是将三峡推上了风口浪尖。如果把长江流域比喻成一个巨人，那么三峡就是巨人跳动的"心脏"，由"心脏"源源不断流出的三峡水滋润着长江，也润泽中华大地。三峡的每一滴水都是肩负着航运、发电、供水、生态补水等功能，确保每一滴水健康，是作为一名长江水生态保护代言人的历史责任。随着生态文明建设和长江经济带建设上升为国家战略，保护好长江的"心脏"三峡水库，不仅是三峡人民的福祉所系，更关系到长江流域乃至全国经济社会可持续发展的大局。正如习近平总书记强调的那样："长江是中华民族的母亲河，也是中华民族发展的重要支撑。推动长江经济带发展必须从中华民族长远利益考虑，走生态优先、绿色发展之路，使绿水青山产生巨大生态效益、经济效益、社会效益，使母亲河永葆生机活力。"三峡的明天在"共抓大保护，不搞大开发"的理念指引下一定会更好！

从三峡的微观世界联想到三峡的美好未来，当我检测三峡每一滴水时，既是在为保护我美丽的第二故乡作贡献，也是在为祖国的生态文明事业献出自己的微薄力量。豁然开朗的我，心中的那一丝惆怅早已荡然无存，更为自己与三峡的缘分感到庆幸，在未来的三峡微观世界里，我期待会看到更加美丽的三峡！

漫忆篇

三峡工程环境监理杂记

黄　凡

2001 年，受长江建管局的委托，长江委监理中心与长江水资源保护科研所联合组建了长江重要堤防隐蔽工程环境监理站，50 余名专职监理工程师从此活跃在长江中下游湖南、湖北、江西、安徽四省 1000 多千米长的干堤上，承担了 20 个在建工程项目 74 个标段施工期环境保护现场全程监理工作。这些监理工程师的主要职责，是按照国家颁布和批准的环境保护法规、环保设计文件要求，监督工程及工程影响地区的环境保护工作，并行使水质保护、环境空气污染防治、噪声控制、血吸虫病防治、弃土处理、珍稀水生动物保护、施工迹地恢复、人群健康等监理职权。总监理工程师在授权范围内发布有关指令，对工程项目款项有签字权和否决权，这在以往工程中是前所未有的。

为了开展这项工作，长江水资源保护科研所将环境监理作为新的工作方向，成立了新的部门——环境监理部。而我从学生时期就参与长江重要堤防隐蔽工程环境监理工作，毕业后来到环境监理部工作。

一、环境监理工作的起步

20 世纪 90 年代，随着我国国民经济的快速发展，建设项目的数量明显上升，环境监管任务十分繁重。以往建设项目的环境管理，较重视项目前期的环境评价和竣工后的环保验收。这种管理模式对工业污染型建设项目是有效的，但对交通、铁路、水利、水电、石油开发及管线建设等工程效果不佳。这些生态影响类工程的环境影响主要发生在施工筹建期、施工期，在这期间由于环境管理力量薄弱，未能有效实施环境评价中提出的各项环境保护措施，导致竣工验收时已出现环境污染和生态破坏，已无法弥补和挽救。业内环保专家把这种重视建设项目环评审批和竣工验收，却忽视施工期环境管理的现象，形象地喻为"两头重而中间轻"的"哑铃现象"。为了弥补这种哑铃型环境管理模式的不足，一些建设项目尝试开展环境监理工作。

在我国，环境监理工作最初是在国际组织贷款项目中展开的，利用世界银行贷款建设的黄河小浪底工程和万家寨引黄工程，在施工期进行了工程环境监理并取得良好的效果。之后的长江重要堤防隐蔽工程是首个实施环境监理工作的内资建设项目。2002年10月，原国家环保总局、铁道部等六部委印发《关于在重大建设项目中开展工程环境监理试点的通知》，正式拉开我国施工环境监理工作的序幕。

2004年6月，国家环境保护总局下发《关于进行建设项目施工期工程环境监理工作阶段总结的通知》，并在成都开会总结施工期工程环境监理经验，长江重要堤防隐蔽工程环境监理工作应邀参与经验交流。

二、加入三峡工程

在《长江三峡水利枢纽环境影响报告书》获批后，长江水资源保护科学研究所又根据工程施工活动可能产生的环境影响，编写了《长江三峡工程施工区环境保护实施规划》，有针对性地提出了施工区环境保护目标、措施和要求。原国家环境保护总局于1995年3月对该实施规划进行了批复。

关于环境监理工作，《长江三峡工程施工区环境保护实施规划》中提出："建立环境监理制度，对施工项目中环保措施的设计、施工的质量和进度及运行情况进行监理，以确保环境保护工程措施和管理措施的贯彻执行。同时，对违反施工区环境保护规定的单位和个人提出整改措施和处理意见，并监督执行。"

如何将规划中的设想变为现实，是三峡水利枢纽环境管理工作者一直在思考的问题。在三峡一期、二期工程中，施工项目的环境保护措施主要由工程监理负责监督承包商按照合同要求执行。各专业服务单位按合同规定实施相应的环境保护工程、环境监测与管理措施，并接受工程建设部和三峡总公司的监督检查。若开展环境监理工作，有两种可供选择的模式：一种是在已有工程监理基础上，完善环境监理制度，要求工程监理单位配置相应的环境监理专业人员，按工程承包合同和监理委托合同开展环境监理业务；另一种是新设独立的环境监理机构，对施工区所有项目开展统一的环境监理。

在2004年原国家环境保护总局进行环境监理试点工作总结后，三峡总公司最终选择新设独立的环境监理机构开展监理工作，这主要涉及3个方面的原因：第一，三峡三期工程建设中，已设有长江委三峡工程建设监理部、长江三峡技术经济发展有限公司三峡经理部等多家工程建设监理单位。这些建设监理单位此前并无开展环境监理经验，若分别开展环境监理工作，很难做到协调一致。第二，依托专业的环境咨询机

漫忆篇

构新设专业环境监理部门,便于协助业主对坝区环境监测、环卫、人群健康等非工程类环保工作进行管理。第三,新设独立的专业环境监理机构,便于形成统一的环境监理成果资料,更有利于工程竣工环保验收。此后的工作表明,新成立的环境监理部协助施工区各监理单位和施工单位完善了环境管理组织体系,有效开展了各项环境保护工作。环境监理部整理提供的系统性环境保护工作成果文件,成为三峡电源电站、三峡地下电站和三峡主体工程竣工环境保护验收的重要依据。

三、我们的任务

2005 年,三峡三期工程建设中引入环境监理制度。施工区设立长江水资源保护科学研究所三峡工程环境监理部,在原三峡工程建设部技术管理部领导下开展工作。环境监理按照国家环保法律法规、设计文件的要求,监督施工建设中各项环保措施的落实,协助业主从整体上加强施工区环境保护工作。

当时,环境监理工作主要有施工现场环境监理、环境监测管理、环境统计、综合管理。监理部根据任务范围分成四个小组,并明确了责任人。

1. 施工现场环境监理

环境监理部根据施工进展全程监控施工项目环境保护工作,在主体施工区、砂石料加工系统、混凝土拌和系统、弃渣场等重点区域进行巡视检查;各工程建设监理单位对所监理项目的环保工作进行现场监督检查。

监理巡查针对各类环境因子的保护措施落实进行情况检查。水质保护措施的检查重点为砂石料冲洗废水、混凝土拌和系统废水、基坑废水的充分沉淀和达标排放,以及生活污水处理厂的正常运行等;大气保护措施的检查重点为道路洒水降尘、混凝土拌和系统除尘措施、洞穴施工的通风措施、燃油机械的维护和尾气净化、物料的封闭运输等;声环境保护措施的检查重点在于降噪技术措施、敏感区域和敏感时段的施工控制、施工人员防护等;固体废物管理的检查重点在于施工弃渣的规范弃置和生活垃圾的及时清运;水土保持措施的检查重点是料场渣场防护及临时占地的植被恢复;人群健康措施的检查重点是施工人员体检、食堂卫生、餐饮从业者健康、生活营地杀虫灭鼠等。

工程建设监理若发现施工活动中的环境问题,可直接通知承包商整改;环境监理通过巡视检查发现问题后,在现场告知建设监理和承包商,提出整改建议,并由建设监理监督承包商实施整改,环境监理进行确认;对于现场不能有效处理的复杂问题,需上报业主并提出解决问题建议。

2. 环境监测管理

三峡工程施工区环境监测工作由长江流域水环境监测中心总承包，监测内容包括水环境、环境空气、声环境、水生生物、人群健康等。监测单位每月在坝区进行采样，环境监理对水质采样实施现场跟踪检查，对空气、噪声监测实施不定期抽查；对监测单位每月提交的施工区水质、空气、声环境监测报告进行审查，并将审查意见反馈给监测单位；对监测单位定期发放质控考核样品，对监测工作进行质量控制。环境监理部还协助业主每年定期对监测单位的合同执行情况、实验室环境、仪器设备检定情况、质量保证体系进行检查，对原始记录、资料的保密和归档等进行抽查，对检查中发现的问题和处理意见均以备忘录的形式发到环境监测单位。

3. 环境统计

环境监理与各承包商共同对主要施工项目的环境保护设施运行情况进行核查，记录这些设施的型号参数，测算设施正常工作时的污染物排放量。在此基础上，由各承包商统计每月施工的生产量、污染物的排放量，以及在水、气、声、固废、人群健康等方面投入的环保资金。这些数据经工程监理复核后报环境监理汇总，形成三峡工程施工环境保护工作的基础数据。

4. 综合管理

综合管理实际上就是协助业主实施施工区环境保护环境管理，主要包括环境保护文件编制、环境保护工作考核、环境保护宣传培训、资料整编归档、环境事件应急处理、协助工程竣工环保验收与总结。

四、不是一个人在战斗

初到三峡坝区的人，都不禁会惊诧于这里工程规模的庞大，施工项目的众多。环境监理刚进场的前3个月，我们现场调查、拜访参建单位、整理工作数据，每天都忙到深夜。我们深刻地体会到，这么庞大的工程，要做好施工项目的环境保护工作，单靠环境监理这一班人是远远不够的，必须依靠参建各方的共同努力。

我们将协助各施工承包商和工程建设监理单位完善环境管理组织体系作为首要工作。在三峡三期工程施工中，葛洲坝集团三峡工程施工指挥部、宜昌三峡工程建设三七八联营总公司、武警水电三峡工程指挥部、宜昌青云水利水电联营公司等主要施工承包商，均按环境监理要求，明确由各项目经理作为施工项目环境保护工作总责任人，安环部或质安部部长具体负责环境保护工作，各施工班组安排有环保工作责任人。同时，各施工项目部均安排专人与环境监理建立工作联系。

在长江委三峡工程建设监理部、长江三峡技术经济发展有限公司三峡经理部、西北院三峡工程建设监理中心、华东院三峡工程建设监理中心等主要建设监理机构中，均由总监或副总监负责环境保护工作，各施工项目的监理工程师负责该项目的环境保护监督管理工作。各建设监理单位都与环境监理部进行了工作对接，并指定专门的监理工程师协助环境监理开展工作。

参建单位的环境管理组织体系建立后，在项目施工中形成了环境监理巡视检查与建设监理现场监督的双重监理管理。同时，各施工项目的环保工作均明确责任人，发现问题可很快找到承包商的相关责任人进行处理。对施工项目的管理工作做到了全面覆盖、责任到人。

五、受到嘉奖

要将施工区的环境保护工作规范化、制度化，表彰奖励是必不可少的。

环境监理协助业主根据已有的《三峡工程施工区环境保护管理实施办法》，制定了《三峡工程施工区环境保护管理实施细则》和《三峡三期工程施工区环境保护工作考核办法》，进一步完善了三峡工程环境管理制度。根据这两项文件的规定，承担枢纽工程建设环境保护设施（措施）的施工项目部、监理单位，须从其合同经费预提的质量保证金中提取 5%~10% 作为环境保护保证金。

受业主委托，环境监理部负责定期对各施工项目部、监理单位的环境保护工作进行考核，并根据考核结果进行奖惩和环境保护保证金返扣，对环境保护工作成绩突出的有关单位和个人给予奖励。考核评优工作开展的第一年，四家施工项目部和一家建设监理单位被评为先进单位，31 位环保工作者被评为先进工作者，受到了表彰和奖励。

实践表明，考核评优工作有效激发了环保工作者的工作热情，为施工区环保工作营造了良好氛围。

六、成效斐然

环境监理工作做得好不好，事实胜于雄辩。

2005—2010 年，环境监测结果表明，三峡工程施工区长江干流江段水质良好，干流断面与近岸水域年度水质保持在现行《地表水环境质量标准》（GB 3838）Ⅱ类以上标准；施工区环境空气质量总体较好，二氧化硫、二氧化氮、总悬浮颗粒物年均浓度符合现行《环境空气质量标准》（GB 3095）二级标准，灰尘自然沉降量年均值符合宜昌市城区参考标准；施工区声环境质量总体较好，办公生活区昼间和夜间环境噪声年均值分别符合现行《声环境质量标准》（GB 3096）1 类和 2 类区域标准；施工作业区、边界外敏感点及作业现场噪声基本符合国家标准规定。

三峡电源电站、三峡地下电站、枢纽工程区的竣工环保验收结果均表明，施工建设在水环境保护、大气污染防治、噪声控制、固体废物处置、人群健康保护、水土保持等方面，切实执行了环评报告及批复意见提出的要求与措施，有效降低了不利因素造成的环境影响，满足验收要求。

漫忆篇

任青春流淌　我以热血诉衷肠

——三峡水环境监测散记

卓海华

从三峡工程 1992 年开始建设以来，长江流域水质监测中心（以下简称"流域中心"）的同仁们就一直在三峡水库水环境监测战线默默耕耘着，至今已经 20 多年了。蓦然回首，监测工作中的点点滴滴与往昔场景仍历历在目，倍觉鲜活：当年的我们，挥洒青春的汗水，奔波在三峡的广大区域，为三峡工程建设添砖加瓦；满腔热血化作源源不断的动力，只为守护"一库清水"。

一、"赶水头"的人

2003 年上半年，三峡工程二期建设进入尾声，工程计划于 6 月正式下闸蓄水。水库 135 米蓄水共分三个阶段进行，第一阶段从 5 月初至 20 日自然壅高至 78 米；第二阶段是从 5 月 25 日至 31 日，为蓄水准备期，逐渐提升蓄水位，保证 85% 的蓄水率；第三阶段是正式蓄水阶段，自 6 月 1 日起，至 6 月 10 日晚蓄至目标水位 135 米。全过程共历时 10 天，坝前水位从 106 米上升至 135 米，共计升高 29 米，平均每天上升近 3 米。

蓄水期间，水位上升快，类似于中等规模的天然洪水，此间水库水质受多种因素影响，易出现突发水质事件，需要密切关注这一非常时期水库水质变化状况。另外，开展蓄水期水环境质量状况动态调查、监测将为后续更高水位的蓄水提供生态环境保护方面的科学依据，同时也是对大型水库建设工程全面有效进行环境监测和评价的有益探索。自 2003 年 4 月中旬，至 7 月中旬，流域中心"长江水环监 2000"监测船马不停蹄地穿梭在三峡库区的干支流间两岸，完成了蓄水前、蓄水过程中和蓄水基本稳定后的全过程监测。特别是在 135 米蓄水的第三阶段，为掌握回水范围内水质变化情况，监测船不停地在坝前至回水段往返动态监测。期间，取样检测工作强度特别大，一天需采集、检测 100 多个水样。工作人员通常是早上天刚亮、匆匆吃罢早餐即开始工作；等一天所有的监测任务和资料整理结束，已经是凌晨一两点了。仅在这一阶段，"长江水环监2000"监测船在库区回水范围往返就有5个航次！也正是在这一阶段的监测，发现了在某些支河流口发生"水华"。任务结束返汉后，参加这次行动的20余名同志中不少人竟然出现"晕陆"现象。

"赶水头"是个古礼，就是在堤坝放水后由官员骑快马赶在水头前面，向下游最高长官报告。我在此借用这一词，但是意境已经完全不一样。蓄水时，随着水位的抬升，水库末端不断向上游延伸。开展三峡蓄水过程监测，是我们紧跟蓄水的脚步，去追赶回水的"水头"；通过赶，去掌握在水文情势变化过程中水质变化规律，是为壮丽三峡水生态环境质量变化把脉。作为水环境监测工作者、三峡水资源保护的践行者，我们骄傲，我们以热血诉衷肠！在其后，我又亲身经历了三峡水库2006年156米高程蓄水、2007年165米高程蓄水、2008年172米高程实验性蓄水及之后的175米高程蓄水的生态环境动态监测过程，到现在每个工作场景还历历在目！

二、跋山涉水与游山玩水

如果我邀请你去三峡旅游，你一定会非常兴奋，雄伟的大坝、三峡、小三峡、神农溪、神女溪、悬棺、纤夫等一长串的名字肯定会立即在脑海中闪现，不管你是从来没去过还是故地重游！但是，如果是邀请我从事监测的同事，却可能是另一番滋味。水质监测是一个"苦"差事，日出而作、日落而息，有点面朝黄土背朝天的味道；也是一个"幸福"差事，可以免费旅游。自1992年开展三峡工程施工区生态环境监测工作开始，我的"前辈"同事的足迹就印在了三峡库区的每一个沟沟坎坎。和这些"前辈"同事一起去三峡出差，他们会突然指着大宁河的某一段说"喏，那个地方原来一脚可以跨过去"，或者当监测船行驶在长江干流瞿塘峡段时会告诉我们，"唉，蓄水了，没以前看得过瘾了"。一句话就能勾起无限的回忆和感慨。自我加入这个队伍以来，三峡水库干流及大大小小几十条支流，我也"游览"了不知多少遍，一到朋友聚会吹牛，羡煞不少闲人。

感慨归感慨，有些事情不服还不行。有一次，海河流域水环境监测中心的同行来流域中心交流水生态监测，正好有到三峡巡测的任务，于是就邀请她一道上船体验现场监测的过程。去过三峡的朋友都知道，在神农溪和大宁河个别江段还保存着悬棺。有天上午，我们仍按照计划进行监测工作，一位一直正在舱内工作的同事告诉那位同行，说你可以暂停一下，拿个相机去船外拍悬棺，如果错过了就没有了。同行依言果然拍到了悬棺。事后她非常好奇地问我的同事，你又没有出去，船也是时停时走，快

漫忆篇

慢也不一致（因为河道和要停船采样），你如何知道得这样准？同事笑了，一年来几遍，年年如是，能不烂熟？大实话！虽然取样后我们一般都会在船上实验室内做检测，不会特意去欣赏舱外的美景，特别是像我们这种"老油条"（因监测需要，笔者曾有一年就在库区干支流往复5次），三峡库区的长短支流、沟沟岔岔我哪里都熟。

三峡水环境监测就是这个样子，"苦"与"幸福"同在，但有一次却让我对我们从事的事业有了更深的一层理解。摸清库区潜在的污染源，特别是三峡蓄水后，就是一个非常迫切的课题。2007年，我参加了三峡库区重大潜在污染源分布及排污量调查、监测工作。在2个多月的时间内，我们几乎跑遍了库周20多个市、区、县，有很多地方甚至跑到了村一级，"游"（跋）山涉水，不曾懈怠。这项工作基础比较差，为了掌握第一手的信息，很多地方我们就是靠一双脚去寻获具体位置；为了分析污染源的特点及潜在危害，通常我们早上出发时背着一个装满水的大背包，晚上回酒店时就变成了满满一包各色的水样了！外业调查结束，我一双皮鞋厚实的牛筋底也磨损殆尽，完美体验了一把"天不知地知、你不知我知"的神奇。

三、"被跟踪"

记得在2007年5—6月，长江流域水资源保护局和央视法制栏目一起做了一组节目"长江行动"，节目主要聚焦节能减排，重点的工作范围是对长江干流沿线入河排污情况的明察暗访并予以曝光。一条明线就是利用流域中心的"长江水环监2000"监测船沿着长江干流自重庆至上海，开展沿江干流直接入河排污口调查、监测。这档节目在当年引起了很大的社会反响。其中有一期节目在重庆市洛碛镇，主要关注某大型合成制药企业入河排污问题。该企业依长江而建，有一个大型的排污口直通长江。节目组在入河排污口现场拍摄、取样监测的过程中，遭到了一群不明身份人员的盘问和纠缠；节目组成员不得不藏起设备，分散才得以脱身。

2009年，我们的"长江水环监2000"监测船在库区的一次巡测中，再一次发现该排污口正在排放污水，而且排放量很大。船上负责监测的同志立即请船长在江心停船放冲锋艇靠岸取样。但是，就在船舶停稳放下冲锋艇的时间里，我们从望远镜中观察到那个口门排污量正迅速减小。等我们的小艇靠岸时，口门中已经没有污水流出，只看到口门附近河岸有些土灰色泡沫。工厂"应急响应"能力和水平不得不让人叹服！傍晚，监测船夜泊洛碛镇边码头后，我们突然发现岸边隐约多了很多人影，当时我们并没有特别注意。但当劳累了一天的船员工作完上岸散散步或去镇子里补充食物的过程中，却发现有人一对一地跟踪！后来才了解到，因我们2007年的那期节目影响太大，长江沿岸一些企业对我们的防范之心非常重，所以才有这些反应。联想到在库区，我们的监测船那段时间经常被拒泊的情形，也就不难理解了。

近年来，我们的监测船也持续在三峡库区长江干流开展水质巡测工作；但在巡测的过程中我们遇到的这些"突发"事件越来越少；而主动为我们的工作提供便利和线索的变多了。在2017年开展的长江片入河排污口核查过程中，重庆市总体配合程度非常良好。这种改变，一方面随着节能减排进程，入河排污口得到整治，排污行为也逐渐得到规范，企业也愿意接受监督；另一方面公众对于水资源保护重要性的认知也在加强，参与度也在加强，让企业不敢随便排。从"跟踪"我们，到关注、参与我们的行动，我们十分乐于接受这种转变！

近几年，流域中心最初参加三峡水环境监测的同志都已退休，我们这些后来的同志也一个个从而立到不惑。一路走来，我们感受到了前行路上肩负的重担，但也收获了沉甸甸的果实和更多的理解，我们的工作已经在大江两岸向往青山绿水的公众心中注入一湾活水、撒下环保的种子，为未来播撒下希望！

三峡，留下我们青春脚步的地方，伴随我们成长的地方，见证我们成就事业的地方！

三峡，我永远怀念的第二故乡！

漫忆篇

我与三峡的编年史

史　方

2006 年，为攻读博士学位，我来到了位于武汉的水生态所，就此和三峡工程结下不解之缘。回首这十年间，每一年中我的工作都与三峡息息相关。

2006—2009 年，我在攻读博士期间，参与了农业部渔业局和国务院三峡办水库司共同实施的"三峡工程珍稀鱼类增殖放流项目"，负责其中一种珍稀特有鱼类——岩原鲤的放流群体种质鉴定工作。从生物 DNA 提取到 PCR 扩增，对我而言都是全新的领域，我沉浸在新知识和技能的学习中，足不出户地待在实验室。然而，在那时我的脑海中，三峡工程只是工作的主语，是一个高大而模糊的影子，并没有清晰的概念和具体的含义。

2010 年初，我进入了水利部中国科学院水工程生态研究所，加入了长江委的大家庭。"十一"期间，澳大利亚格里菲斯大学河流研究所 Martin 教授来访，我有幸陪同参观了三峡大坝。站在观景台上俯瞰整个三峡工程，雄伟的三峡大坝、高大的水电站厂房和双线五级船闸等建筑物，还有那条奔流不息的长江，都是如此的令人震撼。Martin 教授称赞三峡大坝"spectacular"！但于我而言，除了视觉的冲击，更多的是内心的激荡。年底，我负责科技部国际合作项目"三峡库区的生态系统功能与生物多样性保护策略"的成果整理工作，"特有及濒危水生物种保护""水体富营养化和水华控制""消落带植被构建与生态恢复"……看着琳琅满目的各项成果、论文、专利，三峡工程的种种在我脑海中逐渐清晰起来。

2011 年，水生态所全体技术力量投入国务院三峡办委托的三峡后续规划编制工作中，我也光荣地成为其中的一分子。在规划编制工作中，万成炎主任、陈小娟博士、潘晓洁博士时常和我一起彻夜讨论改稿，对规划文本逐字逐句推敲，务求准确达意。在各位领导和技术骨干的指导帮助下，我从连三峡工程涉及省市都不清楚变为对规划内容如数家珍。直至如今，闭上眼睛，三峡库区规划涉及的 20 区县、库区主要支流名称和位置仍能在我脑海中清晰浮现。

2012 年，三峡后续规划工作进入实施阶段。在前期工作的基础上，我负责"水库水域生态与生物多样性保护"部分的项目征集和报告编制工作,主要工作为收集整理三峡库区各区县相关部门对三峡水库水生态与生物多样性保护的需求和建议。实施规划涉及专业广、单位多,调研工作、组织分工与协调工作难度大,这一切都让我深深地感觉到,三峡水库水生态保护工作任重而道远。

2013年,国务院三峡办委托水生态所开展三峡水库生态渔业相关研究,探讨三峡水库生态渔业产业化与移民收益机制。三峡水库的水生态状况与水环境质量,直接关系到整个工程效益的发挥和库区水质的安全。同时,三峡水库形成初期是鱼类种群格局发生变化的关键时期,其间的渔业利用模式关系到今后渔业资源利用的可持续性。如何实现三峡水库渔业发展和水质保护的双重目标?我们多次前往三峡水库和新安江水库开展生态渔业调研,与武汉大学、西南大学等多家科研单位开展讨论,集思广益,明确了三峡水库生态渔业发展的总体思路。

2014年,我奔走于北京、湖北与重庆之间,通过座谈讨论、资料收集与现场查勘,与相关部门领导和专家一同对发展三峡水库生态渔业进行了深入探讨,形成了对于三峡水库生态渔业而言,人工增殖放流、水生生境修复、渔业资源捕捞都是需深入研究的重要问题的共识。10月10日,农业部和国务院三峡办以农渔发〔2014〕32号文联合发布了我所编制的《三峡水库生态渔业技术规程》,对三峡水库生态渔业发展的各技术环节予以指导和规定,标志着为期两年的编制工作圆满完成。

2015年,因国家科技支撑项目"三峡库区及长江中游生态系统结构与功能完善关键技术研究与示范"需要,我们一群青年技术人员前往库区支流小江,开展鱼类资源调查和鱼类增殖放流标记工作。轻轻地将每尾鱼苗打上带有唯一编码的T型标记,看着一车车带有放流标记的鱼苗被放入河中,有的随水流游走,有的在岸边迟迟不想散去,愿它们在库区茁壮成长、生生不息。

2016年,受农业部长江办委托,我负责开展"三峡水库消落对横坪至三峡坝址库区干流及其区间支流消落区鱼类产卵孵化的影响调查与损失评估"。在3—6月鱼类繁殖期间,我们青年技术人员在三峡库区秭归江段沿岸调查早期资源量,日出而作,日落而息。调查中百感交集,既为在水草上发现干死的鱼卵惋惜痛心,又为在浅滩发现成群刚孵化的鱼苗欢呼雀跃。每当夕阳西下,我们乘船调查归来,库区的晚霞总会让我们心生欢喜,感觉所有的努力都有了更深的意义。

2017年,我负责的国家自然科学基金面上项目"三峡水库食物网结构及营养动态研究"正式启动。待秋季叶落之时,我又将奔向库区开展现场调查监测……

回首往事,历历在目,想来我与三峡工程的不解之缘,定是要一直延续下去了吧。

漫忆篇

那片绿水青山

梁开封

记得 20 多年前一个暑假之夜，与同学闲聊起长江三峡，一直觉得那个地方很是瑰丽神奇，望着天上满月，不经意间有了个期待，要是有机会去三峡走一趟就好了。没想到两年后就如愿以偿，而且一去竟是 13 载。

三峡工程正式开工那年，我来到长江委工作。1996 年，在参加工作的第三个年头，单位组建三峡库区一期移民综合监理常驻站点，包括湖北省四站移民和重庆市三站（当时属四川省），我有幸被派往重庆市奉节移民综合监理站，成为一名三峡库区工作者，直到 2009 年底调离奉节，离开库区。

自离开奉节、离开三峡后，总在不经意间想起那 13 年工作和生活中的点点滴滴，想起那些清澈的河流，想起河流两岸层层的梯田、果园、菜地、河滩，想起被农田和山野包围着的城街、集镇和村庄，想起那些事、那些人……那片山水中的如歌岁月、如风往事，很多次在出神发呆中从远方走来，一个个场景鲜活如昨，有蓝天为穹，青山为屏，带着四个季节的色彩，如卷展开……

奉节县城，最有质感的记忆

4000 多个日夜居住的县城，留给我最具触觉和质感的记忆，我完整见证了老县城的消失和新县城的新生。1996 年 10 月 12 日踏上奉节大南门码头时，我满怀新奇和激动打量着这座古城，来之前就知道这是个赫赫有名的地方，有 2300 多年历史，是著名的三国城和诗城，没想到只一个转身，便照面一座诗意的城门——依斗门，建于明成化十年，其名取自杜甫客居夔州所吟诗句。

奉节这段沿江城墙是整个三峡库区保存最为完好的古城墙之一。顺着依斗门往下直到小南门，城墙城门均保存较好。小南门又唤"开济门"，也取自杜甫赞美诸葛亮的诗句。我们单位驻奉节单项工程监理站就在离小南门不远处的丝绸公司租用办公室达三四年之久。

奉节老县城，约10万人居住在长江和梅溪河交汇处的二级台地上，其历史文化积淀深厚，有刘备托孤所在地永安宫、刘备之甘夫人墓、诸葛亮的水八阵遗迹、清静庵、彭咏梧烈士墓等。在县城任何较开阔地方都能看见直插天际的赤甲山与夔门，它们是第五套人民币上的国家名片。赤甲山是瞿塘峡北岸的山峰，和对岸的白盐山扼守三峡西门户，双峰欲合，如门半开，锁镇全川之水，扼控巴蜀咽喉，是为夔门。奉节县几万外迁移民也是从这里走出故乡，走向他乡。夔门前的半岛上则屹立着千古白帝城。

如此有"内涵"的县城，是三峡库区几座全淹全迁县城之一。奉节县城迁建是整个库区最富特点的建设过程，建成后的县城，也是全库区最有特点的新县城。

我们1996年进驻奉节时，离1997年11月大江截流只有1年多时间。而作为新奉节主城区的三马山小区尚未动工兴建，主要原因是选址一波三折，奉节县坚持"三不脱离"的"情感选址"，长江委地质专家坚持"地质选址"，从1992年8月宝塔坪小区为中心的新县城开工建设，到两年后因地质因素停建，再到1997年3月开工兴建以三马山为中心的新县城，导致奉节县城迁建较其他二期全淹县城迁建起步晚了3年，离二期蓄水淹没老县城也只有6年多时间。县城中心新址三马山至头道河一带位于朱衣河口，紧邻长江，地形较宝塔坪更为破碎，选址三马山一带实属无奈之举，也为2008年奉节县在朱衣河谷启动西部新区建设埋下伏笔。朱衣河谷为长江委一直推荐的新城地点，溯朱衣河而上近20千米，该处农田成片，朱衣河和几条小沟穿过其间，为建城良址。

新县城中心选址三马山后，整个新县城形成从王家坪到宝塔坪28千米沿江大道"一线串珠"的组团状结构。一路串起王家坪、三马山、头道河、白马、茶店、金盆、宝塔坪等7个小区，大量基础设施亟待开工。当时摆在奉节人民面前的是如何抢回延误的时间，将县城迁建进度赶上去。而摆在我们综合监理工作面前的，则是首先要摸清当前县城建设的实际情况，准确统计分析其工程进度和资金完成量。同时密切关注已建和在建工程质量，在此基础上，分析县城迁建进度与三峡移民工程总进度的差距，提出加快进度的建设性建议。1997年初，随着公司奉节单项工程监理站成立，以余楚谦总监为主的20余人新县城建设监理队伍加入，为我们获取县城迁建第一手数据和资料提供了很好的条件。

奉节综合监理站组建之初就被公司寄予厚望，安排了具有丰富水利工程建设经验，也从事过单项工程监理的孙录勤作为站长。由于综合监理是开创性的新生事物，刚开始时调查工作总是屡屡碰壁。后来在孙站长带领下，转而走深入一线调查、凭翔实数据和扎实基础工作获取发言权的路线，再到积极要求参与县里移民工作，帮助分

漫忆篇

析问题、提出建设性对策和建议，并通过综合监理报告向上级反映和解决县城迁建质量进度投资情况及重大问题。以踏实的工作作风逐渐得到了县人民政府、县移民局和广大移民的理解和支持。县长陈孝来、副县长李应兰、移民局局长孙开武都特许我们随时进入办公室，向他们反映情况，分析问题，共商移民之计。

经过4年多的建设，2001年底，三马山新城从最初的荒山野岭到层见叠出的盘山公路和鳞次栉比的高楼大厦，倾注了奉节县建设者们大量的汗水、泪水甚至血水，置身其中，我们充分感受到建设的艰辛。刚开始"三通一平"期间，三马山工地"晴天一身灰，雨天一身泥"，纵使天晴，也要穿套鞋进去。随着建设推进，道路渐次成形，两旁高挡墙一路绵延，跨沟过河的桥梁新增十几座，基础设施难度系数较规划增大的问题日益显现；不良的地质条件也使房屋基础普遍超深；削顶切脚的山间场平和道路建设，新增多处高边坡；加之地形破碎可用地系数低，实际征地规模超规划，使征地及移民安置资金超补偿投资较多。凡此种种，一方面要抓紧建设，另一方面资金不足，面对这些情况，奉节人在国家大力支持下，克服诸多困难，最终将问题一一化解，使县城建设进度一年年赶上去。欣慰的是，每当这些问题初露端倪，我们综合监理都及时开展专题调研，或奔赴每个工地现场，结合设计图纸和施工资料，一一核准数据，建立台账，或奔赴移民村组，仔细核实征地规模和占地移民人数，结合移民资金使用情况进行双包干分析。通过综合监理月报、季报、半年报、年报和专题报告等，及时将出现的新问题和面临的客观困难向上级反映，一方面为上级主管部门科学决策提供了重要参考，另一方面也及时协助奉节县解决了问题，为抢抓进度赢得时间。最终，奉节县用4年多时间，完成了三马山中心片区建设，为县城顺利搬迁创造了基本条件。几年锻炼中，为满足工作需要，也为配合公司资质需要，在工作之余，我坚持学习，不断给自己充电，几年下来也小有收获，先后考取了国家住建部注册监理工程师、注册造价工程师、注册一级建造师、国家发改委注册咨询工程师等，工作内容也从只负责农村移民安置综合监理，到能熟练开展城集镇迁建、工矿企业搬迁、专业项目复建及农村移民安置等全站综合监理业务。2000年孙站长调到万州中心站任站长后，我接任负责全站工作。

路修好了，房屋建起来了，但并不意味着移民能顺利搬迁。随着迁入新县城的移民逐渐增多，"三民"（占地移民、纯居民、进城安置农村移民）安置问题、纯居民商业门面补偿及还建等问题都逐渐显露出来，并形成焦点问题之势。这些问题如不及时解决，会降低已移民安置质量，也影响尚未搬迁处于观望状态移民的搬迁进度。针对这些问题，我们分别开展专题调研和监测评估，提出"三民"安置和门面清理等咨询建议20余条，受国务院三峡办、重庆市和奉节县重视，县里及时出台政策，妥善解决占地移民和进城农村移民生产生活问题，维护了地方稳定，同时及时开展门面清理工作，研究门面区位等级划分和偿还方案，出台管理政策，还利于民，也及时解决了纯居民门面偿还问题，大大促进了移民搬迁进度。

按计划，二期蓄水将在2003年进行。2001年底，奉节新县城各小区都已具备迁入条件，但是，老县城单位和居民的搬迁紧迫感不强。为加快搬迁进度，奉节县决定率先实施全库区拆迁第一爆，那是以定向爆破的方式拆除奉节老县城四个标志性建筑：一是县城所在地永安镇人民政府大楼，二是县教委大楼，三是县火电厂，四是县自来水厂。言其标志性，并非外观有多突出，而是分别代表了政府办事、子女上学、用电和用水这四个与老百姓生活休戚相关的方面，能对单位和居民的搬迁心态产生强烈的导向作用。四个爆破点又以永安镇人民政府为首爆，中央电视台进行了现场直播。我们因工作因素，需对所有与移民相关的事情保持高度的敏感和"好奇心"，也在现场进行必要的影像留取工作，看到主持人张泉灵在现场主持和解说，也看到了那个不顾一切奔到自己工作多年的办公室里呜呜大哭、最后被公安人员硬生生架出的中年人，场景感人至深。四处爆拆之后，老县城拆迁大幕正式拉开，新县城从大建设转入大搬迁。至此，奉节人以超凡的毅力和拼搏精神，在迁建进度被逼进死角后绝地反击，倔强又任性地打了漂亮的翻身仗，用响彻三峡库区的第一声爆破宣告全库区首个县城大搬迁的到来。

奉节老县城面积不大，仅1平方千米有余，晚饭后的一次散步就可将县城基本走一遍。一栋栋老旧楼房拆倒后，熟悉的街道、巷子，被堆放的砖块瓦砾模糊了边界，多次走过的县政路、中华路、人民路、南门路、月牙街、铁匠街、大东门、广场北路、西坪路、公馆街、十字街、红旗桥、三道拐、七道拐……慢慢消失在眼前。站在毫无遮挡的十字路口，方向已然迷失，老县城赖以立足的土地一览无余，那一小块台地，紧靠卧龙岗下，东倚梅溪，南临长江。

蓄水那天，我和很多老居民一样，在岸边怀着复杂心情等待，江水悄然上涨，库区山水重新剪裁，当我们以为江流还是那江流时，135米水位已经到来。没有惊心动魄的急流，也没有喧嚣嘶叫的漩涡，依斗门下500多级台阶、无数次停泊船只和上下乘客的老码头，以及数千年岁月的记忆，都永远深藏水下。在沿江大道上回望，老城已隐没江水之中，江风拂过，清澄的库水微起波澜。远处夔门两岸山色如血，那是经霜的红叶兀自年年岁岁。

搬迁后的一年春季，我到宝塔坪小区开展一项工作。当天丽日景明，东望瞿塘峡口，只见赤甲山下，波光粼粼的湖水与长江交汇处，白帝城宛如一粒浮珠，被古色古香的风雨廊桥如项链般戴在新城颈下，江流欲夺，双峰争护。西边的耀夔塔，静默仁

漫忆篇

立梅溪河口，隔河相望的老县城安卧长江之中。有《临江仙》词云：春风解舞草堂湖，城影摇乱波痕。赤甲白盐欲掩门。荧荧宝塔望，寂寂老街沉。三马山前起新市，随形叠上层分。一线穿团势如奔。野圳延古州，辉煌旭以伸。

奉节农村，思忆的灵魂居所

当回忆的画面似无人机航拍状态时，那是思绪在奉节农村的山水间飘飞。在奉节站老中青结合的团队里，我起初负责农村移民安置综合监理。为掌握农村移民安置的各种情况，需要定期或不定期下乡调查，下乡第一站往往是各移民乡镇集镇，那些古老集镇也给我留下了深刻记忆。对这些集镇，有从江上盘山路上远眺的印象，有在工作结束后漫步老街的印象；有在乡镇食堂吃工作餐的印象；有夜晚住宿面对黑寂群山和满天星光的印象；有白帝新镇遥望赤甲山桃子峰的印象；有安坪老镇偶遇节庆活动的印象。对奉节集镇的记忆很多，印象最深的是一次在江南老集镇的留宿。

那是一个夏季，为对135米水位下农村移民进行搬迁前的本底调查，逐户建立移民信息档案并留取生产生活设施的声像资料，我和孙站长扛着几十斤重的摄像机箱子，走遍全县135米水位淹没涉及的所有移民乡镇，到每一户移民家中采访调查。为赶进度，我们安排在集镇居住，不回县城。那晚留宿的江南集镇是所有淹没涉及集镇中最简陋的，整个集镇均是旧房子，主街是一条窄窄的石板街道，有居民房屋从上跨街而过，偶有骡子驮着货物，不紧不慢地向后山走去。小镇位于长江南岸山坡，西面是一条与长江斜交的陡峭山谷，山谷两岸长着茂密的松林，一到晚上，万籁俱静，一片漆黑，只有江上三两行船灯火和天空星光闪亮。忽听见山风吹过，松林哗哗作响，那声音使人顿生禅意。虽入住的私人旅社阴暗潮湿、霉味扑鼻、鼠虫叽叽，但独对一整片山林的心境至今仍忘不了。现在那集镇早已拆迁，只剩青山依旧。

135米水位下农村移民基线调查，一是形成历史资料，其成果是二期蓄水后不可再得的基本资料；二是便于与搬迁后移民生产生活情况作对比。这次调查成果，为公司后来每年进行移民社会经济状况调查、向上级反映移民生产生活安置质量，为上级部门出台相关政策提供基础数据和有关建议打下良好基础。

集镇是堡垒，移民农村是我们工作的广阔天地。在全县淹没涉及区域内，我们多次开展全面调查、监测和统计工作，如农村移民安置进度定期统计和移民安置情况监测，移民开发土地清理，淹没实施指标复核，农村移民后靠安置容量测算，移民社会经济状况年度监测，工矿企业迁建效果评估，试验性蓄水影响监测统计，地质灾害情况调查统计，污水、垃圾处理及农村面源污染情况调查，175米水位移民迁移线下移民安置剩余任务核查，各期蓄水库底清理情况监测，协助奉节县开展各年度稽查基础工作，协助奉节县、重庆市和三峡办开展二三四期移民的自验、初验和终验工作，以及个案或专题调研等。这些调查结果，有的通过综合监理报告上报，得到国务院有关部门和两省市的高度重视；有的为国家出台相关政策提供有力的决策支撑，如"两个调整"、"两个防治"、移民安置规划及投资概算调整等。

每次调查，奉节广阔移民乡村的山水间都留下了我们的足迹。相较于按部就班的工作，路途中的某些场景给人印象更深，最终成为一段难忘的记忆。那些年，库区农村交通刚开始改善，远谈不上便捷，奉节地处三峡库区核心，淹没涉及的农村移民乡镇沿长江和朱衣河、梅溪河、草堂河、大溪河"一江四河"分布，点多面广，一些小河汊更使岸线迂回延长，乡村的交通乃"山重水复疑无路"。我们出行，根据不同乡镇交通情况，有时搭乘班车，有时租用面包车，有时乘小客船沿江而行，有时乘摆渡船横渡长江，有时还租用小渔船沿河往返。通常走水路上岸后，还要步行一段路才能到达目的地。

回想那些年，因为刚到奉节不久，想尽快掌握全镇农村移民安置现状，独自一人在康坪乡的长江边迷过路；为抓紧时间调查统计试验性蓄水影响突发状况，在白帝镇瞿塘村横渡夔门后又在一叶扁舟中惊险漂过瞿塘峡，到达永乐镇三义村；为清理全县农村移民开发土地，在康乐镇长沙村太阳炙烤的谷地中测量、绘图，差点中暑而被迫沮丧返程；在新城乡袁梁村完成农村移民社会经济调查后，乘坐小船行驶在梅溪河上，看见大片墨绿橙园随山坡铺上蓝天，累累硕果在夕阳下金光点点……外业调查工作是辛苦的，而辛苦中能时常保有乐观情绪和积极态度，无疑有着重要意义。而且，当辛苦所得成为一个个成果报告报回武汉、报向北京时，内心的欣慰表明这一切都是多么值得。

作别那片山水

我离开奉节、离开三峡库区，是一个渐次的过程。2009年5月收到公司调回文件，但因工作需要不能马上辞离奉节站。下半年接到巴南区规划任务，主要时间放在巴南规划项目上，同时兼顾奉节监理工作。2010年春节后，开始在公司本部工作，但仍兼管着奉节监理站，只是回奉节的时间渐渐少了。当时三峡工程建设已近尾声，三峡后续工作也在逐步启动，我对奉节监理站的工作慢慢进行了交接，单项站总监也已由余总换成了涂总……这个渐次离开的过程，让我感觉好像欠奉节和三峡库区一个正式告别。多年来，对奉节已有第二故乡的感觉了，我想象最后一次携带行李，站在江流

漫忆篇

中待启的船上，仰望岸上熟悉的城市，或惆怅满怀，或激情奔涌，或恋恋回头的种种情形，都没有机会出现。

回忆的过程是美好的，也是伤感的。离开奉节和三峡库区已经七个年头，却总觉得离开时间不长。如今在武汉，经过楼下水果店，每次听到"新到奉节脐橙"的吆喝声，总是禁不住感慨万千，仿佛听到自己家乡特产一样，激动且欣喜。那些年每次春节回家，都不辞辛苦舟车劳顿往回带，如今奉节脐橙已畅销全国了，这与库区交通的大力改善是分不开的，如今高速公路和动车都已通达库区。不仅交通，这七年间，奉节和三峡库区的各方面都发生了日新月异的变化。国家在三峡工程建成后，开展了三峡后续工作，给这片山水带来了充足的发展后劲。开展三峡后续工作，是党中央、国务院的重大战略决策，不仅促进了库区经济社会发展，加快库区全面小康社会建设，也构建和完善了生态环境保护体系，使国家战略性淡水资源库得到有效保护，并对有关地质灾害进行了更有效的治理，保障了库区人民群众生命财产安全，库区人民安居、乐业，并安享着世界最大水库"一江碧水、两岸青山"的完美生态。

13年的时间，可以让一个人从青涩到成熟，也可以只如明月秋风一梦，也许留不下多少辉煌篇章，但一定能成就一段人生情怀。确实，又有多少人能有幸参与到三峡工程这一旷世伟业中呢？何况还能结识那么多志同道合的友人，共同在一片热土上燃烧过青春、挥洒过汗水，他们之中有区县分管移民的领导，有移民局局长，有移民乡镇镇长，有各科室的科长和科员，有乡镇移民办工作人员，有移民村社长和移民老百姓，现在想来，那些笑颜如在眼前。恰如：

> 眷心鱼复州，萦梦峡江流。叹往事追忆无休。
> 方圆河川重剪裁，换天地，写春秋。
> 百谷碧溪沟，千峰云白头。一处处画图难收。
> 绿水青山金银山，山不老，人长留。

云安，我的骄傲与温暖

刘卫娟　彭友琴

　　背井离乡的游子总是怀念故土，从小生长在江西，却心念云安——那是我祖籍的地名，父母念叨的归根之处，我童年向往的"山的那边"。

　　父亲眷恋故乡，在他的故事里，那里是熙熙攘攘的繁华重镇，是人才辈出的风水宝地，是满山瓜果桃李的世外桃源，是他缤纷多彩的童年寄托。在我的记忆里，云字悠扬洒脱，安字平静和谐，两个字组合在一起，每每听他念起时，心里总是充满骄傲和温暖。

　　长大后，我两次受导师安排到云阳调研，从博物馆和历史档案中，才真正对这个每次履历填写的"祖籍云阳"有了真正的认知，了解了父母口中的"云安场"的历史文化地位。这个小镇有漫长的2000多年历史，这里有充满传奇的民间故事，这里曾称雄巴蜀、名闻遐迩，这里的人勤劳质朴，祖祖辈辈以盐为生。从公元前206年建成"白兔井"至1988年"云二井"停采，他们凿井置灶，购卤煮盐，挑担运盐，续烧2000年不断。先辈们一步一步跋山涉水，用脚步走出古盐道，也走出了云安精彩的历史，走出了个响亮的名头——"千年盐都"。

　　盐业兴盛带来小镇经济和文化的繁荣，到1946年有商号近500家、学校4所，人口达2万多，云安成为川东工商业交汇重镇，富甲一方，有"银窝厂"之称。人们沿汤溪河两岸，修街巷、建会馆、筑庙宇，南来北往，川流不息，人烟腾茂，市场繁荣，恰似一幅鲜活的《清明上河图》，"轱辘喧万井，烟火杂千家"成为古镇的热闹场面的写照。在这里，不同地域文化的碰撞交融，与制盐文化伴生佛道文化、商贸文化、会馆文化、民俗文化、建筑文化等，在汤溪河的一个小小转弯处形成了一个"川东特色传统文化的大观园"，使得云安古镇成为三峡库区传统特色小镇的典型代表。

　　然而，三峡大坝蓄水，父亲思念了半生的故乡已被拆迁，大半淹没入汤溪河中。我这个没有到过云安的后人，已无缘用脚步来丈量故乡的古街小巷，体验小镇的烟火日常，感受小镇深厚的传统文化。每一份逝去的活力都让我伤感，只能在残存的青石板古盐道上，静静守候古镇的文峰塔下，刻着岁月痕迹的祖师庙、盐场宿舍、豪宅大

漫忆篇

院旁、邵雍演易台前，来仰望这一方蓝天，环顾四面青山，望着脚下奔流不停的汤溪河，在静谧的午后，翻开厚厚的档案，在横平竖直的文字中，感受父亲对这方土地的浓郁思念。而这一方山水，这一处人文，都充满了无穷的魅力，这一段历史不应该被忘却，千年盐都的文化和历史地位应该予以尊重和保护。

机缘巧合，我毕业后加入了长江工程监理咨询有限公司，正值公司致力于参与三峡库区的后续扶持工作。在开展三峡库区经济发展、社会稳定、环境保护和灾害防治工作的同时，公司着力推进移民社会重建过程中对传统文化遗产的保护和挖掘工作，以提高三峡库区的文化向心力和文化凝聚力。2011年，公司牵头编制《三峡库区自然与历史文化遗产保护和完善专题规划》，作为《三峡后续工作总体规划》的专项规划之一。搬迁后的云安古镇被纳入保护范围，为文峰塔、白兔井、云安井盐制作工艺等一批物质文化遗产和非物质文化遗产争取了保护资金。刚入职了解到这些，更加增加了我对公司的企业文化的认同感和加入这个集体的自豪感。

2015年开始，公司文化旅游科室在深入研究云安古镇的历史文化地位后，与市县相关文化部门和移民部门一道，积极参与到云安古镇保护资金申请和发展规划研究中。每在翻阅资料和踏勘现场时，我心里总有一股特殊的情感，猜想着这喧嚣的集市上是否有父亲和母亲当年的足迹；看着主任为云安古镇奔走时，心里总有一股敬佩之情和感激之情，敬佩这种人文关怀，也感激他对老家的用心；在做云安保护和发展设想时，也总是希望能够尽力做好，充分保护和利用好这一先辈遗留的珍贵遗产，以寄托像父母一般的云安百姓的故乡情怀。

如今，云安古镇的保护发展资金渠道已落实，规划已趋完善，既有对古镇遗存传统文化遗产的保护与利用，又有对淹没古镇的追忆；既有对盐都制盐文化的展示，又有对衍生文化的体验；既有传统文化体验、老镇怀古及对家园的追忆，又有文化创意、礼佛观光、休闲度假。相信规划能够早日落地实施，让遗留文物得以保护，让古镇焕发新颜，让传统文化得以传承弘扬。

三峡蓄水后，云安人大部分搬迁至新的县城，这个古镇人烟稀少，留下来的老人们静静守候着故土。有脚步蹒跚的老人拄着拐杖从我身旁走过，我望着他佝偻的背影，心想，他年轻的时候，是不是也用强有力的手提起过卤盐的大桶，会不会也清洗过煮盐的大灶，为挑担的工人装满担子白花花的盐，为小镇的繁荣贡献了自己的一份力。现在他是不是也如我一样，希望新规划的实施使古镇重新苏醒，让古镇美名世世代代传承。

站在牛头山顶，眺望这半入汤溪的千年古镇，它所经历的兴衰起伏，抑或是淹没搬迁，都如汤溪河水一般，远非我这小小的情怀所能承受的分量。千余年来，多少风流人物走进云安，创造云安的绚烂历史，又有多少风流人物走出云安，把云安的精神传向九州。人们在这里生活或者离乡远去，总会有人像父亲一样，半生长于此地，半生怀念此地；也会有人像我一般，未曾亲历，却也被云安的底蕴感染，将云安二字铭刻心底，为它的美好而努力。

云安，她虽是我没有生活过的故土，却始终是我的骄傲与温暖。

漫忆篇

为三峡库区文物保护尽一份绵薄之力

——记三峡地面文物保护综合监理项目部

魏 理

　　长江三峡地区地处我国腹地，是长江上游和中游衔接地带，上接巴蜀天府之国，下连湖广鱼米之乡，是古人类重要的活动地区，也是巴蜀文化、楚文化、中原文化交会融合的地带。丰富的地面、地下文化遗存是长江文明的重要组成部分，更是中华民族宝贵的历史财富。壮丽 600 千米的峡江黄金水道两岸，既是这些文化遗存的核心区，又是三峡工程水库淹没区和移民迁建区，因而三峡库区文物保护成为三峡库区淹没处理的一项重要任务，自三峡工程论证、规划以来一直受到国内外各阶层的高度关注，一时成为舆论关注的热点。

　　三峡地区文物保护工程在国务院三峡办和国家文物局的正确领导下，在全国几十所文物保护单位和有关单位的配合下，以改革创新的精神，在全国文物保护行业率先全面推行先规划后实施、推行业主负责制、招标投标制、建设监理制和综合监理制等先进的现代管理制度，创新保护理念、保护技术。自 1992 开始总体规划，到 2009 年基本完成，历时 17 年，共完成各类地面文物保护项目 365 处；完成考古勘探面积 1219.84 万平方米，完成考古发掘 177.85 万平方米，出土文物 24.78 万件，完成地下文物 772 处，同时还陆续出版了大量高水平的考古研究成果。三峡库区文物保护工作"不仅圆满完成了规划任务，而且基本廓清了三峡地区古代文化脉络，保护和传承了辉煌灿烂的三峡古代文化"，在保护手段和理念上有许多创新，建成世界第一座"水下博物馆"。三峡的文物保护既完成了预期目标，又保障了三峡工程顺利蓄水发电，不仅消除有关人士的担心，而且得到国内外的广泛赞誉。

　　三峡文物保护是新中国成立以来最大的文物保护工程，是一项文物保护配合基本建设的典范工程。在这项工程中，长江工程监理咨询有限公司地面文物保护综合监理项目部，也努力尽绵薄之力，在监理中得到提高，得到发展。

　　三峡工程建设全面推行建设监理等现代先进的建设管理制度。水库移民安置工程十分复杂，除有一定投资规模的基本建设项目可以推行项目建设监理外，大量是分散小工程项目、非工程项目及日常行政管理工作。这些项目虽小，工作琐碎，但却和整个移民工程的质量和成败密切相关。如何将这部分工作纳入监理范畴，国务院三峡建委开创性地提出移民工程综合监理的管理制度（一定投资规模的单项工程建设项目仍同时实行建设监理）。这项移民综合监理制是三峡工程为我国水利水电工程移民在规划设计和管理方面三大开创性的贡献之一。

移民综合监理在三峡库区全面推行，库区文物保护工程于 2005 年开始。三峡库区地下文物保护综合监理由中国社会科学院考古研究所承担。对地面文物保护综合监理，由于长江移民工程监理咨询公司是三峡水库移民综合监理总成单位，而且公司中有不少同志，从三峡工程论证到编制库区移民安置规划大纲就参与文物保护专题的工作，在《库区文物保护规划》核查中承担部分地面文物的测绘核查，还参与了《三峡库区水文文物题刻图集》的编制，因而受国务院三峡办和国家文物局委托，库区地面文物保护工程综合监理的任务就历史地落在监理咨询公司的肩上。

公司充分认识到这项工作的重要性、复杂性，成立了以董事长和总经理为负责人的老、中、青三结合地面文物保护综合监理项目部。项目部首先完成《地面文物保护综合监理纲要与实施方案》的编制和报批；接着深入库区核查各个地面文物项目的现实状况；为每一个地面文物项目建立综合监理本底档案卡，编制保护过程的综合监理过程各类表格，共计 500 余张。

项目部深入分析综合监理任务，更深切地认识到三峡库区地面文物保护的重要性、复杂性和艰巨性。第一，地面文物项目多而且分散。365 个项目分散在 22 个区县近 1 万平方千米的淹没区和移民迁建区，很多还散布在荒野江滩、悬崖峭壁之间。第二，文物项目种类繁多，历史跨度大。保护项目有各式民居、祠堂、教堂、寺庙、衙署、古桥梁、古栈道、塔、碑、阙、亭台、楼阁、牌坊、摩崖造像、摩崖题刻、水文题刻，以及古代战争、抗日战争和土地革命战争遗址等 20 余类，时间跨度从汉代一直到现代，长达 2000 余年。而且文物保护的规模、体量和投资差异很大。第三，保护方案与方式多样性和复杂性。留取资料保护要确定文字、测绘图件、图片、摄像等资料的完整性和质量。对于原地保护项目和易地搬迁项目，不但要完成资料留取工作，而且要确定原地保护加固保护方案的可行性、可靠性。易地搬迁复建项目要达到原结构、原材料、原工艺，修旧如旧复建外，还有地形环境因素相近和可持续开发利用的要求。第四，各保护项目的进度要与三峡工程分期蓄水相衔接，并与移民搬迁安置的计划相协调。项目部深刻认识到，要认真完成三峡地面文物保护综合监理任务，不是我们原来的知识结构和知识水平所能胜任的。因此，项目部首先采取做学生的态度，认真安排多方面的学习。主要有以下几个方面。

漫忆篇

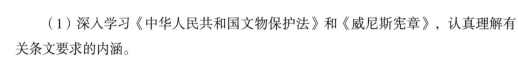

（1）深入学习《中华人民共和国文物保护法》和《威尼斯宪章》，认真理解有关条文要求的内涵。

（2）认真研读有关古建筑、摩崖造像、题刻、牌坊、碑、阙、古桥梁等专业性的著作和文献。如《中国古建筑构造答疑》《中国古建筑二十讲》《中国古桥梁》等著作以及《中国园林建筑施工概预算定额》等规程，以丰富对各类地面文物保护知识。甚至浏览梁思成的《中国建筑史》、宋《营造法式注释》等专著和资料，以增加知识视野的广度。

（3）阅读三峡和巴蜀地区历史、城集镇发展、建筑、交通、艺术、文化方面的书籍和资料，如《巴蜀城镇与民居》《西南民族建筑研究》等各类专门著作、图册、资料，提高对三峡地区历史、文化、艺术发展的了解，以提升文化素养。

（4）认真研读有30余分册的《长江三峡工程淹没区和迁建区文物保护规划报告》。该报告由国家文物局委托，中国历史博物馆牵头，组织国内顶级文物保护单位及大学文化院系权威专家承担完成的文化保护成果，虽然因印刷匆忙有一些错漏之处，但确是有很高的文化含量的成果，更是我们地面文化保护综合监理的工作的重要依据。

（5）认真研读各项地面文物项目保护的设计方案文本和图纸，因为它是文物保护设计单位在保护设计中深刻认识的表达，它一定会有比我们一般人更独到的理解，启发我们。它是地面文物保护工程建设监理和综合监理的直接依据。

（6）利用一切机会向从中央及省市、区县文物保护的专家们，以及文物管理人员、保护工程设计人员、施工人员、建设监理人员虚心学习、求教遇到的文物保护问题。

（7）实地参观考察国内著名的有关文物保护工程，如三门峡永乐宫、刘家峡炳灵寺、永济黄河古蒲津遗址等古建筑与古遗址复建、修复保护工程，开拓视野，增加感性认识。

（8）为加深对库区地面文物价值的认识和理解，巩固在这方面知识，项目组承担了从库区传统聚落形态到60多处典型的古民居、祠庙、城门、塔、亭、阙、坊、古桥梁的测绘工作，完成《长江三峡工程库区古建筑测绘图集（选编）》《长江三峡工程库区古建筑图片集》，并完成《长江三峡库区古建筑评述》等研究成果，使项目组对三峡地面文物的历史价值、文化价值、社会价值和保护的重要意义有很大的提高。

（9）学习党中央、国务院关于文化产业建设指导性文件和政策。学习国内外园林建筑、旅游资源规划与开发理论知识，研究鄂渝两省（直辖市）及库区各区县旅游发展规划资料，并实地考察国内经典开发项目。研究三峡地面文物保护如何与地方园林建设、环境保护和旅游开发相结合，推动历史文化的可持续传承与发展。

项目部把三峡地面文物保护综合监理的工作过程，作为一个学习文物保护知识、提升文化素养的过程，在学习中监理，又在监理中学习，提升、扩展专业能力。

根据三峡地面文物的特点，综合监理项目部在各区县移民综合监理站协助下，掌握各个保护项目的动态情况，采用定期和不定期巡查、专项巡查相结合的工作方式。通过简报、专题报告、半年报、年报的方式，向国务院三峡办、国家文物局和湖北省、重庆市的移民局、文物局六家管理部门定时和不定时反映整个三峡地面文物保护工程的进度、质量、安全、投资等情况与问题。自 2005 年 5 月至 2011 年 2 月，共发出综合监理简报 75 期、专题报告 7 期、半年报和年报 11 期。共反映保护进度问题 61 项次、保护质量问题 36 项次、综合保护安全方面问题 68 项次。反映保护资金方面问题 54 项次，提出建议 34 项，发挥了上级管理部门"眼睛"和"技术参谋"的作用，为管理部门决策提供了依据。

项目部还参与国务院三峡办每年组织的文物保护质量大检查、安全大检查，以及文物保护审计、稽查，有关事故处理方案的评审和文物保护工程竣工验收工作，对规划、实施过程中的进度、质量、安全、资金、管理运行和开发利用等方面的问题提出意见或建议。此外，项目部利用熟悉水利工程规划设计的优势，为多项涉水文物质量处理、安全运行提出多项重大建议。例如，复建的房屋类古建筑屋面系统耐久性差问题的意见；文物保护应融入库区文化产业振兴规划之中的建议；白鹤梁交通廊道存在重大航运安全隐患，需抓紧制定防护措施的意见；关于白鹤梁题刻保护舱内水体"浑浊"和絮状漂浮物问题的意见；石宝寨围堤工程应优化排水模式，改造完善集水井系统的建议；加强对保护文物价值研究和文物知识的普及工作；因文物保护开发利用而转移的居民享受与工业园、农业园同等待遇的建议；建议有关部门编制工程类文物保护项目竣工验收规范，进一步改进、完善、提高竣工验收工作，促进文物保护事业进一步规范化、制度建设的意见和建议等。这些意见和建议得到有关方面的重视、好评，有的得到了采纳，有的已开始实施。项目部为三峡工程实现分期蓄水和建成实验性蓄水运行起到应有的作用，为三峡工程建成作了贡献，为三峡地面文物保护尽了一份绵薄之力。

在承担三峡地面文物保护综合监理任务的同时，项目部把眼光延伸到库区的文物古迹保护如何实现可持续保护和发展的探索上。项目部不断学习、贯彻党中央、国务院关于文物保护的精神，进一步认识到三峡库区的文物是传统文化传承的重要载体，优秀的传统文化是凝聚库区人民自强不息的精神财富，是发展社会主义先进文化的深厚基础。因此，库区文物、文化资源的整理，重点文物单位的保护，历史文化名城名镇名村保护都是库区文化产业振兴的重要方面。于是项目部先后承担完成《兴山县古夫后河沙滩浴场建设项目可行性研究》《兴山县三峡后续旅游发展规划》《巴东平阳

漫忆篇

坝湖北巴东神农溪景区溪丘湾—平阳坝乡村湿地休闲度假区旅游基础与配套设施建设项目可行性研究报告》《湖北巴东神农溪景区沿渡河旅游服务基地建设项目可行性研究报告》，还参与完成了《三峡工程后续工作自然与历史文化遗产保护规划》《三峡后续工作旅游业发展扶持规划》。这些规划有的已得到局部实施。

党的十八大站在新的历史起点上提出了"五位一体"的中国社会主义事业总体布局，将文化建设提到了前所未有的高度。综合监理项目部进一步明确在国家文化产业建设中的定位和方向，增加技术人员和专业结构配置，成立咨询部旅游文化景观设计科室，先后完成《三峡后续自然与历史文化遗产保护政策研究》《三峡后续旅游业发展与扶持政策研究》《长江三峡国家公园建设研究》《云阳县滨江岸线文化景观规划》《巫山县高唐观大遗址公园建设保护规划》《云阳县云安镇盐业遗址公园规划》《三峡库区兴山县香溪河流域生态经济带规划》等近百项咨询、规划设计工作，以三峡文物保护综合监理为基础，向其他文化旅游规划和设计方面延伸。

三峡地面文物保护综合监理项目部，以其认真负责的职业操守、谦逊好学的态度、不断上进的精神，在探索中学习，在学习中成长，在工作融入创新的理念，努力把这件事做成一份执着的理想事业。

一起走过的岁月

——三峡后续工作规划参与有感

罗春燕

引　子

2009 年启动的三峡后续工作规划，是国务院针对三峡工程提出的又一重大战略举措，具有举足轻重的历史意义。

扬子江工程咨询有限公司承担了三峡后续工作规划中消落区岸线环境整治规划工作。该规划关系到三峡库区库岸的稳定、生态环境的建设、人民的生命财产安全等，意义重大。为做好这项工作，扬子江工程咨询有限公司的领导和员工齐心协力，不断开拓思路，历时 10 个月克服重重困难，最终为三峡后续工作规划交出了满意的答卷。工作期间涌现出不少感人的事迹。而今回忆起来，仍历历在目。

——谨以此文献给当年一起并肩作战的同仁们。

风华正茂谱华章

三峡后续工作规划涉及 20 多个区（县），查勘工作量大，报告编写任务重，且规划提交时间紧，扬子江工程咨询有限公司承担的是规划中消落区岸线环境整治规划工作，公司领导对此项任务高度重视，第一时间成立了项目工作组。

规划任务接受之初，摆在面前最困难的就是人员缺乏。为顺利完成任务，经过公司及项目组领导的多次商讨，最终确定了"公司骨干员工负责＋邀请资深老专家现场指导＋聘用在校学生兼职配合"的规划组人员构成模式。在这个思路的指导下，公司组建了包括 40 余名工程技术人员和 10 余名后勤及管理人员的规划组；为保证规划进展，又将其划分成 9 个规划小组，实行分区域负责。9 个规划小组的负责人均由公司领导或骨干员工担任。

　　7月，是库区最炎热的季节，气温高达38~40摄氏度，9个规划小组分别奔赴三峡库区各区（县），开展了20余天的现场调研。此次调研任务涵盖范围非常广泛，包括宣讲、座谈、深入沟通、收集资料、现场查勘等。所有的工作需要各个规划小组的负责人进行周密计划和多方联络沟通，才能顺利完成。其中，各区县重要岸线的现场查勘工作至关重要，且工作量巨大。为按时完成任务，各规划小组每天早上7点左右出门，下午6点多才收工。顶着炎炎烈日，大家奔波在重要岸线段的沿线，听取相关人员的情况介绍、拍照、取样、记录、绘图等。一段段岸线沿程走下来，骄阳晒红了脸庞，汗水湿透了衣衫。虽然我们提前做足了防暑降温的措施，带上了防暑降温的药品，准备了足够的饮用水，甚至戴上了久违的草帽，但在这7月酷暑，暑气依然难以抵挡，有的同志感到阵阵眩晕，只能短暂停歇，再继续前行。对于我们的到来和我们正在做的工作，库区的老百姓都非常激动，对于规划远景充满了憧憬，而我们也为自己能真真切切为老百姓做实事深感自豪。辛苦的一天外业查勘工作结束之后，我们拖着疲惫的身体返回住处，简单地用过晚餐后，开始每天的小型碰头会议，交流、沟通并总结一天的工作，并对下一步的工作进行安排。有时遇到小组无法决策的问题，还要及时上报规划组负责人，听取负责人的建议后再进行安排。会议之后，则是大家分头整理白日所得资料，这么一来，不知不觉往往已忙到深夜。

　　现场调研工作虽然充满了艰辛，但是我们乐在其中，在完成工作的同时也收获了很多快乐。在调研的过程中，我们要么乘车驰骋在两岸绵延的山路上，要么乘船航行在波光粼粼的江（溪）面上，从而有幸领略了三峡库区的山山水水。秀美怡人的景色，古老而美丽的传说，经常让我们陶醉其中：古代四大美人之一王昭君的故乡——兴山县昭君镇，大名鼎鼎的"鬼城"——丰都，传奇和历史皆具的石宝寨，被誉为"三峡之魂"的白帝城，文学家郭沫若曾留下"若言风景异，三峡此为魁"赞叹的瞿塘峡，堪称"三峡至美处"的巫峡，闻名遐迩的神女峰……三峡的美景数不胜数。

　　7月底，调研任务全面完成。为保证规划的质量和进度，在规划组领导的精心策划下，我们又奔赴湖北省麻城市的龟峰山，在那里集中进行规划的编制工作。这里地处偏远的大别山中，因其地形山势酷似一只昂首吞日的神龟而得名"龟山"，环境偏僻幽静，不易受外界干扰，最适合静心赶工。

　　规划编制的任务依然繁重。首先需要整理调研收集的所有资料，完善各区县的规划项目清单。接下来就是规划组的内部审核清单，由各组的负责人汇报情况，规划组的审核小组逐一审核，最终确定项目清单及排序。根据确定的项目清单，各规划小组进行各项目的规划方案设计，并据此计算投资。最终汇总形成整个库区的消落区岸线规划方案。

如此繁重的任务带来的压力，让每个人都感到喘不过气来，调研归来的身心疲惫还未消除，就要马上投入这一轮的持久战。依然是晨曦微露时，走出山林间的宿舍，踏上山间道路，开始一天的工作。深夜，披星戴月从会议室返回临时栖息的"家园"，简单洗漱后，就很快进入了梦乡。在一轮轮的小组讨论、制定方案及大组审核之后，我们加班加点终于形成规划送审稿，取得阶段性的胜利。

在参与这次紧张而繁重的规划任务的过程中，大家克服重重困难，在离家近两个月的时间里，每个人都全身心投入规划工作，无暇顾及家庭和子女，他们的敬业精神让人钦佩。规划组项目负责人江小青同志凭借多年积累的库区工作经验和丰富的人脉，运筹帷幄，精密筹划，带领规划组圆满完成任务；技术负责人罗晓峰总工程师在当时公司技术力量不足的情况下，殚精竭虑地为各个小组的技术难题把关，同时还为公司的长远发展计议，努力发掘培养技术人才；汤平副总工程师和招标部主任李磊在公司技术人员缺乏的情况下，亲自带领调研小组深入库区，即使已不再年轻，依然奋战在工作一线；墨运涛同志当时正处于即将为人父的重要人生转折点，但他一直坚持将任务完成，在妻子已经入院待产时才赶回家中，所幸没有错过女儿出生的宝贵瞬间；周晖同志的母亲生病住院、孩子假期没人照看，她想尽各种办法，仍然坚持和同事一道，加班加点，一直战斗在最前线；负责后勤工作的李艳、叶芳、王珏等同事在规划期间尽心尽力地为我们提供最好的后勤服务，为我们解决了后顾之忧，规划的成果也同样凝聚了她们的辛劳付出……

回顾规划的历程，心中一直有很多感慨。这次宝贵的经历，让我们更加领略了三峡工程的伟大，也在这种领略中丰富了自己的人生阅历，于困难和坚持中全面提升了自己。在那段日子里，在那种氛围中，我们遇见了最好的自己。

老当益壮 余晖璀璨

在调研和规划的近两个月里，管浩清、林文亮及钟琦同志一直跟随着我们的队伍，同我们并肩作战。随着我们攀越高山，跨越长江，深入基层，任劳任怨地用他们的毕生经验，毫无保留地为我们提供指导。管浩清和林文亮分别指导湖北片区和重庆片区的调研及规划方案编制工作，钟琦同志是规划报告的技术指导人。

那一年，管浩清同志和钟琦同志都已 72 岁，林文亮同志稍年轻，也已 63 岁，他们都是长江委的退休干部，都曾经在不同时期、不同阶段参与过三峡工程的建设，他们都对三峡工程倾注了半生的情感，有着深深的情结。虽然已届高龄，可在家安享晚年，但当他们接到我们的邀请时，仍然毫不迟疑地应允。凭着对三峡工程深厚的情感

漫忆篇

和爱恋，在退休后还能有机会参与三峡后续工作规划的部分工作，对于他们来说这是不可多得的机遇。他们满怀着激情，重新踏上三峡后续的征程，立誓要继续为三峡移民做实事。

调研期间，老专家们虽已年迈，但敬业精神却一点不弱。他们跟着我们一同清晨出门，日落而归，夜晚也继续和我们总结讨论白天的工作情况，分析工作形势，商讨下一步的工作安排。

查勘完毕后，他们又和我们一起来到了规划编制集中地，在偏僻幽静的龟峰山上，继续指导我们研究梳理项目清单，制定项目规划方案，编写分区县的规划报告。每一项工作，他们都倾力指导，尤其是对于在读的研究生学子们，他们甚至从最基础的理论知识开始教起，不厌其烦，学生们直呼受益匪浅。

规划任务初步完成后，老专家们相聚一起，抽空爬上了高程1320米、被誉为"天下第一龟"的龟峰山顶！陡峭的天梯，攀爬起来并不容易，更有多处绝壁需要借助铁链才能爬上去，对老人家来说，真是充满惊险。但他们却老当益壮，一路笑语，一路前行，用他们那坚韧不拔的精神登上了山顶，一如他们在工程技术领域不断勇攀高峰。

而休闲之余，谈起这次工作的体会，他们一致认为：工作虽然辛苦，但是想到这是三峡工作的延伸，是在为对三峡工程作出牺牲和贡献的三峡移民服务，心里就觉得是一种安慰，这种辛苦是值得的。

青春年少正当歌

在规划组里，有一部分年轻人来自武汉大学和河海大学的在读研究生，他们所在的院校是水利人的摇篮，而他们也是水利事业的传承人。因为项目邀约，他们与我们聚集到一起，承担起最基础的配合工作。在规划期间，他们挥洒汗水，激扬青春，谱写了一曲曲赞歌。

对于他们来说，这次的规划经历，算是他们跟三峡工程的首次亲密接触吧！在规划初始的动员会上，看得出一张张青春的脸庞都意气风发、斗志昂扬，对即将开始的工作都充满了憧憬。当然，对于规划的艰辛和可能遇到的各种困难，规划的负责人也在会上作了详细的介绍，但他们并没有望而退却。真是"初生牛犊不怕虎"呵！

分在我们组的三个学生，协助我一起圆满完成了兴山县和巴东县的规划任务，彼此结下了深厚的情谊。于我而言，他们是弟弟妹妹，年纪相隔不大，又有着类似的求学经历，沟通起来自然顺畅。外业查勘时，我们分工协作，有的绘图，有的拍照，还有的记录。遇到上船、下船，碰到不好走的山路，他们主动搀扶老专家，爱心满满。

内业整理时，也是各司其职，和我们一起通宵达旦。面对疑惑，总是虚心地向身边的前辈和专家求教，完全融入了我们扬子江的规划队伍，毫无违和感。

在龟峰山的日子里，这群青春少年，给龟峰山带来了蓬勃生机。清晨山路上，三三两两的青春少年结伴而行，他们精神饱满，准备开始一天的工作。傍晚，是短暂放松的时间，他们成群结队地或散步，或打篮球，或打乒乓球，各自选择适合自己的运动，缓解一天的疲劳。虽然他们很清楚这只是短暂的休息，夜晚的挑灯夜战还在等着他们，但对于他们这群青年来说，拥有最宝贵的青春，还有什么可畏惧的呢？

规划结束后，同学们各奔东西，有的返回学校，继续钻研学问，有的奔赴祖国的四面八方，踏上人生新的征程。岁月的车轮不断前行，虽然联络不多，但我也时常会回想起这群青春少年，我想，不管他们到了哪里，在做什么，这段宝贵的经历于他们都是最珍贵的财富，对三峡工程的特殊情怀应该会一直萦绕在心底，踏实、敬业的水利人精神传承足以让他们受益终生。

尾　声

这一次的规划参与，让我们与三峡后续工作结下了不解之缘。规划编制任务完成后，扬子江工程咨询有限公司有幸参与并见证了规划的实施过程。从规划分期实施方案的编制，到项目前期工作成果的咨询评估，直至年度项目计划的审核，我们一路前行。一天天，一月月，一年年，我们看到了三峡库区真切的蜕变，当年在纸上书写的篇章正一步步如画卷般真实地展现在我们面前，为自己亲历了这一伟大的过程而感到无比自豪。回想当年在规划调研期间了解到的库区民众们的殷切期盼，我想，如今他们应该是满足的吧，而我们终究也没有辜负当年那些真挚的眼神。每当想到这里，作为一个三峡工程建设者的幸福感和满足感油然而生，正如无数三峡工程圆梦者所感慨的：能够参与三峡工程，真是机遇之偏爱，人生之极幸。

漫忆篇

筑梦三峡　情系奉节

余　勇

三峡工程是一项举世瞩目的宏伟工程，承载着中华民族的百年梦想，1994年底时任国家总理李鹏的一声号令，开启了我们这代人的筑梦时刻。通过千万三峡工程建设者近二十年的无私奉献和奋力拼搏，于2009年完成了这一前无古人、后无来者的历史壮举。其间，涌现了许许多多令人感动的人和事，也凝聚着每个参建者浓浓的三峡情怀。我也是一个三峡移民工程建设的经历者，这里我想以笨拙的笔触记录我在重庆市奉节县13年的监理工作经历，以抒发我对三峡工程、对奉节的情怀。

有幸成为三峡移民工程建设者

我是一个水利工作者，一直工作和生活在鄂东，1996年60岁从湖北省阳新县水利局局长岗位退休，对三峡知之甚少，曾在20世纪50年代出差乘船路过三峡，没去过奉节，"朝辞白帝彩云间，千里江陵一日还。两岸猿声啼不住，轻舟已过万重山。"唐代诗仙李白的这首《早发白帝城》和刘备托孤白帝城的三国故事是我对三峡和奉节最深刻的印象。退休闲暇的日子，晨练暮憩和养花弄草也难消寂寞与无趣。一次与在长江委工作的儿子闲聊，儿子说公司要开拓三峡库区移民工程单项监理市场，需要一些有经验的老同志带队，你可到我们公司去发挥余热，我一听正合我意。就这样，我这个刚退休的老头在花甲之年有幸参加了举世瞩目的三峡工程建设，这也是每个水利工作者梦寐以求的事业，一干就是13年，迎来了我人生又一个"黄金时段"，使我的退休生活丰富而又有意义，也使我有生之年多了一个最引以为豪的经历，实乃人生之大幸。

1997年2月初，我与长江工程监理咨询有限公司（当时为长江委水利水电开发总公司移民工程监理部）签订了总监理工程师聘用合同，2月20日我从家乡阳新县乘5个小时汽车到武汉，第二天换乘5个小时大巴到宜昌，再换乘10个小时客轮（1998年有了快艇只需5个小时，长江截流后还需汽车转运翻坝），一路舟车劳顿，当客轮逆江逐一驶过西陵峡、巫峡和瞿塘峡时，我的心情与以前乘船路过不一样，一方面再次感受到了三峡的秀美和险峻，同时，也有一种参与实现三峡梦的使命感。从武汉到奉节，那时前后需花15个多小时。1955年7月我从武汉乘船逆江而上至长寿花了6天时间，那时川江航道暗礁险滩都未炸除，不能夜航，船舶上行在青滩（原张飞庙处）都要用人力推绞盘缆索将船拉到滩上游，每航行一米都很困难。现在三峡库区通了高速公路，快艇也退出历史舞台，少了转车转船翻坝的麻烦，交通方便多了，真乃今非昔比，祖国的面貌日新月异。客轮抵达奉节县长江码头，沿几百级陡峭的台阶拾级而上，穿过著名的依斗门，喧闹繁荣的奉节老城夔州就映入我眼帘。"赤甲白盐俱刺天，间阎缭绕接山巅。枫林橘树丹青合，复道重楼锦绣悬。"杜甫这首《夔州歌》，写出了瞿塘峡夔门的雄伟壮观，夔州古城的隽永秀美。从踏进依斗门这一刻，我也就正式融入了奉节，与其朝夕相处了13个春秋，结下了不解之缘。

当时，公司已在奉节县设立了移民综合监理站，站长是孙录勤，通过他的介绍，我了解了一些公司和当地移民工作情况。公司在1997年1月24日与奉节县新城建设指挥部签订了新县城建设一揽子监理合同，甲方代表为县政协副主席祝振栋，公司代表为项和祖副处长，这个合同除要求开展单项工程监理外，还要求公司全面介入奉节新县城建设的策划、管理等，实质上是要依托公司的管理力量和经验为奉节新县城建设出谋划策和保驾护航，是奉节新县城建设的技术支撑单位，也代表着长江委的形象，责任重大是不言而喻的。

大雨中拉开奉节新县城建设序幕

到奉节县的头一周主要是熟悉情况。孙录勤站长带着我和几位工程师跑遍了新县城新址现场，学习了移民政策、移民规划、地方性法规、监理管理文件，并熟悉了部分设计文件和图纸。2月28日，孙录勤站长带着我和朱朝峰正式到县移民局报到，接待我们的是局城迁股周彦平股长（后到县建委任副主任）。我们先通报了公司单项工程监理站组建情况，并明确我为总监理工程师。接洽结束时周股长告诉我们，奉节县3月1日将在新县城新址三马山举行新县城建设开工奠基典礼大会，县四大家班子领导出席会议，县直各单位组织人员参加，设计、监理、施工等单位都要派人参加，并要求我做好到主席台就座并发言的准备。

1997年3月1日上午，孙录勤站长带领公司移民综合监理站和单项工程监理站的全体监理人员9时抵达会场，会场是依山坡推出的一块平地，平地后方是一矮山包，主席台设在矮山包上，布置简洁，台正上方悬挂着奠基典礼大会的横幅，两边插有各

漫忆篇

色彩旗。主席台就座的有县四大家班子领导：县委书记王远顺、县长陈孝来、常务副县长李应兰、副县长肖敏、政协常务副主席祝振栋，还有新县城建设管理委员会的领导。台下由县直各部门负责人、施工单位负责人带领列队站在划定的各自区域，孙录勤站长带领公司监理人员站在监理人员区位。我作为监理单位总监列座主席台，坐在我前排的是县政协常务副主席祝振栋，会前与这位和蔼可亲、待人诚实的分管移民的县领导聊了有关监理工作，聊得很投机。上午10时，县长陈孝来宣布大会开始。首先由县委书记王远顺同志作题为"顾全大局、齐心协力，为加快新县城建设而奋力拼搏"的讲话，随后县四大家领导相继发言，当设计方代表发言时下起雨来，雨越下越大，大会只好中止发言，仓促进行奠基填土仪式，主席台上的人员全部挥锹铲土完成了奠基仪式。就这样，奠基仪式在大雨中匆忙结束，但仪式是严肃而庄重的，就像吹起了战斗的号角，奉节新县城建设由此正式拉开序幕。

在40来年的水利事业中，我也参加过很多次项目建设开工奠基典礼仪式，但还是头次参加在大雨中举行的开工仪式。此情此景，想起即将面临艰巨的奉节县新县城建设任务，感觉肩上担子分外沉重，也不由联想起明代陈继儒的名句"花繁柳密处，拨得开，才是手段；风狂雨急时，立得定，方见脚根"，这也是一个负责任的监理单位所必须具备的素质和担当。

谈到奉节县新县城建设，不得不说说其新址的地质条件。三峡地区地质条件复杂，而湖北的巴东县、重庆的巫山县和奉节县尤为突出，国家单独为这3个县的新县城建设考虑了地质难度系数，额外增加了移民投资。从奉节县城迁建的选址经历也可见一斑。最初长江委优先推荐的新址是在距长江20千米的朱依河中心地带，但由于奉节县的"长江情结"，新址先是定在临长江的宝塔坪一带，开挖后发现地质条件满足不了新城建设要求。经长江委地质大师崔政权和其他专家反复论证比较后，1995年9月，又将县城新址改选在南临长江、西依朱衣河的三马山一带。同年12月，四川省建委和省移民办（重庆市直辖前隶属四川省）重新组织奉节县城新址选择论证会，新址获通过，并将宝塔坪调整为一个居民小区。这一折腾，导致奉节新县城建设滞后计划进度二三年。新址三马山一带的地质条件也是很复杂的，地质破碎、滑坡多、地势狭窄，其建设难度在库区是独一无二的，县城从王家坪到宝塔坪由沿江大道连接，连绵28千米。从建成的新县城来看，城区高切坡、挡土墙随处可见，诗仙广场加筋土挡土墙高达55.4米，房屋深基础一般10~20米，最深的桩基深达43米，堪称库区第一。城区深沟纵横，建有各类桥梁14座，被称为"桥梁博物馆"，足见奉节新县城的建设难度之大、时间之紧。2008年奉节县结合城镇化建设，又启动了朱衣河胡家坝西部新城区建设，国家在三峡后续工作中再次对其新城区建设给予了倾力支持。

创建三峡工程监理品牌

奉节新县城建设的复杂性和紧迫性，给奉节县人民政府、项目业主、施工单位、监理单位、设计单位都带来巨大压力。由于公司与奉节的特殊合同关系，加之当时人们对监理行业还不理解，监理工作的开展非常困难，如何让公司在奉节立足，创建长江委监理品牌，是我们要面对的挑战。

要做好移民监理工作，技术能力只是一方面，更重要的是要具备较高的思想素质，讲奉献、拒腐蚀、扬正气，公平公正地开展监理。因此，我在工作中注重思想教育、廉洁监理，组织监理人员学习三峡移民政策、建设监理知识，学习监理人员行为准则和公司各项纪律规定。通过学习讨论，提高监理人员认识，树立为三峡移民工程作奉献的思想，端正监理行为，大家也对建设监理有了更深刻的认识。建设监理制度是当时国家建设领域的重大改革措施，也是发展社会主义市场经济的必然结果，具有独立性、公正性、科学性、服务性。我在奉节县工作近 13 年，始终致力于监理人员的思想教育与廉政建设，用职业道德规范监理人员的行为，树立作奉献、拒腐蚀的正气。曾多次有外单位高薪聘我任总监或甲方代表，都被我婉言谢绝；也有施工单位在结算时办宴请、送红包，均被我拒收。有人说我傻，我认为这不是傻，是人生价值观的不同。我认为在我有生之年，能参与具有伟大历史意义的三峡移民迁建工作是我的荣幸，公司为我提供了展现自我的平台，我必须好好珍惜，同时公司及奉节县党政部门、业主，对我的工作给予了充分认可，这是不可以用金钱来衡量的。我也带领全体监理人员以公平公正、廉洁正气、热忱服务的监理行为打动了施工单位、项目业主、设计单位、管理部门。13 年来，我处处以身作则，带领监理人员遵纪守法、廉洁监理，未发生过违法违纪事件，也未发生重大工程质量安全事故。这就为公司在奉节县乃至三峡库区创造监理品牌打下了坚实基础。

三峡工程"功在当代，利在千秋"，质量是关键，奉节县城建设在赶进度形势下，更应重视建设程序和工程质量安全。针对新县城移民工程建设政策性强、涉及面广、标段多战线长、工程分散、专业技术复杂交叉、时间紧、施工单位素质差异大的特点，我在监理工作中，落实了"定人、定标段、定项目"岗位责任制，要求监理人员做到"一学（加强学习）、二看（认真看设计文件、看施工现场）、三参（参加设计图优化审查、参加设计变更审查、参加施工组织设计审查）、四勤（脑勤、脚勤、手勤、嘴勤）"，组织编制了 140 余个监理细则等技术文件和 180 余种监理表格，严格监理工作纪律和监理程序，认真把好技术文件审查关、检验检测关、工程计量关和支付结算关，严格

漫忆篇

控制工程质量和投资。在我当总监的13年里，公司先后监理了334个大大小小的项目，总投资28亿元，涉及房屋、桥梁、挡土墙、市政基础设施等工程，所有项目均验收合格，未发生重大质量安全事故，还多次获得奖项，并受到奉节县和上级管理机构的表彰。

在监理工作中，我始终要求监理人员要突出"理"和服务的"双重性"。"理"即协调、疏导、理顺关系，促使发包方和承包方相互理解、实事求是、信守合同。服务的"双重性"即监理单位受业主委托服务于业主，对承包单位有监督控制权，亦有提供服务的责任，解决施工单位的实际困难。按照这一监理工作理念，我们在工作中注重以理服人、以德感人，有理有节，注重与项目业主和施工单位一起研究解决问题，而不是简单按规定监理了事，突出服务意识，既为业主着想，也为施工单位着想，很快得到项目业主和施工单位的认同。

作为新县城迁建的技术支撑单位，我们在县城迁建的决策、管理中发挥了重要作用，多次出谋划策，提出建议和措施方案，取得成效。县领导和上级管理机构多次对我们提出表扬，公司在奉节县和库区监理市场树立了良好形象，成为监理单位的"品牌"，为长江委争了光。

从事监理行业是艰辛的，10多年来，监理人员坚守现场、坚持原则，为奉节县移民迁建作出了巨大贡献。为满足现场监理工作需要，我们通常在现场工作3个月才能回家探亲10天，一年现场工作300天以上，我最长一次坚持现场工作了6个月。大家牺牲了陪伴妻儿、孝敬父母的机会，放弃了享受生活的时光。长期在外业工作的同志，每每有一种意象在脑海萦绕，那就是憧憬着在工作之余，节假日里，陪着亲朋好友"春天一起踏青赏花，夏天一块消暑纳凉，秋天一道登高望远，冬天一同围炉取暖"。但为了奉节新县城建设进度需要和公司的发展，他们在外业现场度过了元旦、春节；度过了端午、中秋；度过了生日、大寿；度过了结婚纪念日、亲朋好友团聚日。我的七十大寿就是在奉节度过的，这些重要的日子常常勾起我们的思亲思乡之情，"我住长江头，君住长江尾，日日思君不见君，共饮长江水"总煎熬着热恋中的青年男女，"举头望明月，低头思故乡""每逢佳节倍思亲"更是我们时时油然而生的感慨。

奉节新县城也是长江委监理人的骄傲

创业之路就像著名央视主持人白岩松说的"痛并快乐着"。历经十多年的建设，2009年奉节县全面完成了移民搬迁安置任务，建设工程项目经受住了三峡工程175米水位试验性蓄水考验，2015年一次性通过国家整体验收，有着千年人文底蕴的奉节县迎来了一座现代化的县城，它闪亮呈现在世人面前，这一切成就都与长江委监理人作出的巨大贡献密不可分。每每想起它的一砖一瓦也浸润着我们长江委监理人的汗水和心血，我们所有的付出、所有的委屈都得到了安慰和升华，这无疑是我们长江委监理人的骄傲。长江委监理不仅影响着奉节县，更给奉节县带来了新变化。

长江委监理转变了奉节县移民工程参建单位对监理的认识，实现了从"要我请监理"到"我要请监理"的转变。1997年，奉节县正式启动移民建设时，监理还是一个新鲜事物，奉节县一些管理部门、业主单位认识不到位，认为是改革要求搞监理，是文件规定要他们请监理，实施过程中有些抵触情绪，甚至不配合。通过监理实践和传导监理理念，他们逐步感受到请监理的好处，移民综合监理、单项工程监理在工程管理控制、质量控制、进度控制、投资控制等方面都发挥了巨大作用，促进了移民工程建设。发展到后来，至1999年奉节县全面推行了工程建设监理制，参与奉节县移民建设的监理单位从最初的2~3家发展到十多家，这与长江委监理在奉节建筑监理市场中起到的引领作用是密不可分的。

长江委监理加快了移民工程建设进度，节省了移民投资。奉节县城因新址调整，整体建设进度滞后，通过努力，至2000年移民稽查时，县城基础设施建设进度还滞后规划进度15个百分点，如何加快建设进度成了奉节县人民政府的头等大事。县政府多次召开会议研究赶工措施。长江委监理作为奉节县监理单位的领头单位，也多次献计献策，并得到采纳，促进了县城搬迁进度。监理过程中协助施工单位优化施工方案，寻找施工关键线路和关键环节，制定针对性的赶工措施。针对奉节县城挡土墙多数设计方案都是采用施工工期较长的加筋土挡墙、施工难度大的锚杆挡墙、造价较高的钢筋混凝土悬臂挡墙等情况，长江委监理经调查研究，提出可尽量采用就地取材的浆砌片石仰斜式挡墙、重力式挡墙，少用加筋土挡墙、锚杆挡墙和钢筋混凝土悬壁挡墙的建议，建议被县政府、设计单位采纳，大大提高了县城建设进度，并节约了移民投资。长江委监理还对县自来水公司的黄井水库大坝施工方案进行审查，提出了需重新选址建坝的建议。被设计单位比选采用重新设计，取得最佳的社会效益和经济效益。至2003年二期移民验收时，奉节新县城建设进度已达到规划进度，满足验收要求，仅长江委监理合理化建议就节约投资2000多万元。

长江委监理改变了施工单位重进度轻质量安全的行为。奉节新县城建设进度滞后，县政府将这一压力层层传导到了参建各方，各方都在全力以赴加快建设进度，但也出现了重进度轻质量安全的情况。针对该情况，长江委监理多次向奉节县领导、管理部门反映此事。1997年4月15日，分管副县长李应兰亲自主持召开由新城管委会、施工单位、监理单位、设计单位参加的工程质量安全联席会，强调"百年大计，质量第一"思想，强调要在确保质量安全的前提下抢进度，强调监理对工程质量的认可权、工程计量的确认权、结算支付的签证权。我作为监理、单位总监对各施工单位质量安全工作提出了具体要求。经过 2 年的引导和经济制约，遏制了部分施工单位只顾施工进度、忽视质量安全的错误倾向。

长江委监理的项目提升了奉节县整体形象。通过 10 多年的努力，长江委监理克服困难，尽职尽责，啃下了许多硬骨头工程，为奉节县监理出了多个经典工程，提升了奉节县整体形象。一条条高规格城市道路连接着县城的四方八面；一幢幢鳞次栉比的高楼大厦耸立在大街小巷；一座座大桥横跨县城中的沟沟壑壑。我们监理的特大桥李家沟大桥是奉节县城中轴线的焦点，是连接东片和西片的新城地标建筑，是奉节新城一道亮丽的风景线。围绕李家沟大桥开发出的商业街，已成为奉节县城当之无愧的中心，带动了奉节县城发展。我们监理的诗仙广场挡土墙高达 54.4 米，接近 20 层楼高，挡土墙经装饰，具有浓厚的历史文化气息，目前已成为奉节县居民休闲娱乐的中心。

梦筑三峡梦已成，情系奉节情长留

因奉节新县城已建成，加之年事已高，2009 年 5 月 9 日，我告别了筑梦 13 年的三峡库区诗城奉节，也以我的方式实现了个人的三峡梦。我在奉节当总监期间，公司共监理了 17 座桥梁、150 余万平方米房屋、70 余千米道路、90 多千米给排水管网、近 100 处高切坡治理，工程项目数量总计达 334 个（439 个标段），总投资达 28 亿元，所有工程项目竣工验收合格，其中优良工程 20 个（含桥梁 3 个）。经我个人提出的合理化建议，节省工程投资约 1300 万元。我多次获公司年度先进个人荣誉，1998 年被评为奉节县新县城建设指挥部先进个人。1999 年 12 月，重庆电视台《三峡大移民》栏目组还对我做了专访，并于 2000 年 1 月在该栏目第 100 期中作了电视专题报道。我于 2004 年 5 月被聘为国务院三峡办移民管理咨询中心专家，全程参加了奉节县城安全评价工作。我还是被奉节县编入《奉节县三峡移民志》中人物特载篇的 3 个外地人之一（另 2 个是长江委地质大师崔政权和山西省农科院院士仲济学），以表彰我们对奉节县移民工作作出的突出贡献，这是奉节县给我这个外地人的至上荣誉。

我在奉节工作的近 13 年中，也结识了很多良师益友，建立了深厚的感情，有的成为好朋友，时常问候互动。公司的黄德林、项和祖、张华忠、周运祥、周志勇等老总，一直关心支持着奉节监理站和我，他们的开拓创新、领导风采令我敬佩；与我一道奋战在监理一线的孙录勤、梁开封、江小青、周凤、孔凡辉、彭海峰、金华清、刘正权、覃开战、陈云华等年轻人和陈振华、钟郯、王汉亭、吴应元、田克勤、熊文川、孙广雄等老同志，他们爱岗敬业、无私奉献的精神令我感动；时任奉节县县长陈孝来，县委常委、副县长李应兰和熊圣忠，县政协常务副主席祝振栋，县移民局局长王和彩和孙开武、副局长刘长富、程功勋，县建委主任唐爱群、副主任周彦平，新县城建设管理委员会副主任兼总工程师、常务副指挥长罗世民等，他们对家乡的热爱、对移民工作的热情令我赞赏。我还记得西南市政设计院重庆分院院长王健，长江委奉节地质站站长闫志刚，重庆市质监站驻奉节质量监督小组组长罗连生，县质监站站长陈明友、副站长邱成建，县自来水公司经理李应和、县西江建设集团董事长唐秀熙等，他们对监理工作的理解支持，令我深受感动。这些人（有的已去世）伴随着一些情景时时在我脑海浮现，他们都是我做监理工作时的良师益友，直至现在我还与许多朋友保持着密切联系，经常打电话、发微信、视频问候彼此。

当前党中央、国务院对推动长江经济带发展做出了重大决策部署，按照生态优先、绿色发展的战略定位，共抓大保护，不搞大开发，三峡库区迎来了新一轮的发展机遇，奉节县也将在打造长江经济带重要节点城市上大有作为。梦筑三峡梦已成，情系奉节情长留，愿三峡更美丽，愿奉节更美好。

漫忆篇

怀念三峡那段青葱岁月

江小青

　　大滴的春雨，来得让人猝不及防，断线的雨滴在空中划出道道优美的线条。远处的层山峻峦，被迷雾渲染得若有若无，只在绵密的空隙中偶露出一丝牵人心弦的墨绿……空荡而冷寂的街道上，偶有三三两两奔忙躲雨的行人。一阵阵脆铃般的雨声，带着我的思绪倾泻而出，在时而静谧、时而汹涌的峡江上飘飞不息。

　　1997年，我刚大学毕业，被分配到了长江委工程管理局。报到当天，领导找我谈话说目前正在开展三峡工程建设，我们主要从事三峡库区移民工程监理工作，而移民工作是三峡工程成败的关键之一，容不得半点闪失，眼下重庆库区的奉节监理站正缺人手，希望我能常驻奉节工作。

　　关于三峡工程，我之前只是从各种新闻报道中有所了解，知道是一个举世瞩目的世纪工程，当听到自己将要参与其中的建设时，感到无比自豪和兴奋。于是第二天，我便跟随奉节站的一位副总监出发前往奉节。当时的交通还没有现在这么方便，更没有高铁动车，宜昌以上的高速路还没有开始建设，需要先坐4个多小时的长途大巴从武汉到达宜昌，再沿长江逆流而上转乘轮船或水上飞翼艇才能到达奉节。

　　那时的三峡工程还未截流，我们乘坐的飞翼艇在两岸高耸入云、延绵不绝的悬崖峭壁的包裹中，沿着并不宽阔的江面逆流而上，沿途景色让我目不暇接，水天极目之处，犹如一幅壮丽的泼墨山水画。这是我人生第一次进入长江三峡，内心的激动难以言表。从西陵峡到延绵不断的巫峡画廊，再由巫峡至险过百牢关的瞿塘峡，虽然瞿塘峡口的那块黑色巨礁早已炸掉，但仍可想象出当时顺流而下的雷霆万钧。一出瞿塘峡口，就到达了我此次的目的地——奉节老县城。

　　沿着码头拾级而上，越过石阶尽头的依斗门，还没来得及感受诗句中她的气派雄伟、她的兵临城下、她的玄妙神秘，映入眼帘的却是斑驳的城墙，坑洼的石板路面，不足两米宽的街道，临街老旧的楼房和各式搭建的小摊小铺，此起彼伏的叫卖声，路面一滩滩的污水，人力车、电动三轮车、面包车……仿佛无处不透出与生俱来的贫瘠和历史的沧桑。

这一刻，我的心紧缩了一下。当初考大学的动力和愿景就是跳出小县城，来到大城市，可这里就像我家乡的一个乡镇，这多少有点令我心灰意冷，还来不及感慨，我就随副总监来到了距码头不远的长江委监理站驻地，当晚我失眠了。第二天跟着县里工程建设指挥部的车到了我即将奉献6年青春的奉节新县城建设工地——三马山片区。在三峡工程库区，奉节老县城属于全淹县城，几年后会永远浸没在蓄水后的长江中。奉节新县城原本选址在老县城下游的宝塔坪，但因地质原因，中途又变更到距老县城上游几千米处的三马山。我们监理站的现场办公室被安排在建设指挥部临时搭建的两层办公楼里。那时正值夏天，室内没有空调，门窗也关不严实，在办公室里支了张床，这就是我们在工地办公和休息的地方了。

新城建设刚刚启动，施工现场漫天灰尘，晴天一脚灰，雨天一身泥。办公室、床铺不一会儿就能堆积很厚一层灰。夏天，办公室里热得睡不了，只能把竹垫铺到户外的地上，席地而睡。一开始蚊虫叮咬、蜘蛛作伴，老鼠在房间里窸窸窣窣地跑动，一夜辗转反侧难以入眠。更有时夜晚翻身掉出了竹垫，早上醒来直接成了灰人。到后来，逐渐习惯了它们的陪伴，高强度的工作也加速了我的睡眠，后来在这种环境中入睡成了轻而易举的事。

新县城建设包含了道路、桥梁、给排水、场平、房建、地灾防治、水利等各类工程。我作为刚出校园的学生，缺乏工作经验和完整的专业知识，为了能够胜任工作，必须加强学习。我一方面在工作现场向建设者学习请教，一方面利用闲暇时间恶补相关专业规范和教材。为了赶工期，工地上加班加点。为了保障施工进度、质量和安全，每天晚上工地上都要安排监理人员值班。为了照顾老同志，同时也可以多点时间学习，我都会主动留在工地值夜班，让老同志回老县城休息，因此基本很少再回老县城监理站了。也许是当年还年轻，我很快就能够独立开展工作，有时还能够单独解决一些技术上的问题了。

按期完成奉节县二期蓄水搬迁工作作为当时的一项政治任务，压在包括长江委监理工作者在内的所有参建者的肩上。虽然那时规定3个月有10天的假期，但是每年能回家2次都不错了，偶尔能回老县城监理站，心情也从当年初到奉节老城的心凉，到后来感受老县城的"繁华"，就像刘姥姥进了大观园般幸福，还能一饱老县城煎土豆和"下岗牌"卤鸡蛋的口福。

这样的日子一过就是6年，直到2003年我即将离开奉节，调往开县——另一个需要攻坚的地方。此时的奉节县三马山片区在所有建设者的辛勤付出下，已经从一片光秃秃的荒山，到慢慢有了路，有了桥，有了住宅，有了学校……逐渐地，一座美丽新县城的雏形展现在所有人面前。看着自己参与监理的大片移民统建房、防护牢固的

漫忆篇

高切坡、当时亚洲之最的填筑公路路基用的 72 米高路基加筋土挡土墙以及难以计数的道路和桥梁等，都已经开始发挥它的作用，为奉节人民提供着舒适的住所、便利的交通、可靠的安全保障，就像看到被自己养大的孩子成长为国家和社会的栋梁。作为一名参与建设的长江委人，我的成就感和自豪感在心中油然而生，所有吃过的苦、受过的累、度过的寂寞时光、付出的 6 年青葱岁月，最终换来的是宝贵的经历和难忘的回忆，使得我的生命变得充实、饱满而熠熠生辉。

2006 年，我回到曾经战斗过的地方，此时的奉节老县城旧址已经永远沉睡在三峡水库中，我漫步在奉节新县城，欣赏着我奉献了 6 年宝贵青春的地方，宽敞的街道，雅致的高楼群，绿树成荫，广场上彩灯齐放，民众欢声笑语。相比之前消失的老县城，新县城翻天覆地的变化让我心潮澎湃、感慨不已。在这里我青春过、迷茫过、追寻过、实现过，我不仅亲自投身到这项伟大工程的建设中，更在历史长河中见证了这辉煌的一刻。奉节，不管是已沉浸在一江清水下那有着斑驳历史的老城旧址，还是现在充满朝气的新城，都如此迷人，如此美好。

三峡工程，凝结了长江委三代人的梦想。今日的三峡，虽已无过去的奔狂乖张，放荡不羁，但依然保留了那一份原始的气息，充满了活力和激情，充满了梦幻和诗意，充满了对未来与理想的不懈追寻。今天，回望那段岁月，我是多么激动而又欣慰。长江依然在奔腾，蜿蜒曲折，永不退却，就像无数治江工作者一样，不忘初心，奉献三峡，献身水利让我们用热血青春为祖国书写更加恢宏绚丽的篇章。

不负重托　截流在望

——长江三峡工程建设回眸

李民权

长江三峡水利枢纽工程是解决长江中下游严峻防洪问题的关键工程。

长江三峡更是中华民族的水电宝库，这里的电能将为可持续发展战略和富国强民注入强大动力。

按照长江委的设计方案，三峡工程分三期施工：一期工程历时 5 年；1997 年大江截流后进入二期施工，2003 年大坝临时蓄水至 135 米，电站第一批机组开始发电；三期施工主要是截断导流明渠，修建右岸电站厂房，2009 年前三峡枢纽工程全部完工，全部机组发电。

1994 年 12 月 14 日，国务院总理兼国务院三峡建委主任李鹏向世界宣告——长江三峡工程正式开工。在三峡工程开发总公司的统筹下，来自长江委、葛洲坝集团公司、武警水电部队等一流设计、施工劲旅奋战峡江，肩负起党和人民交托的重任。

时隔 2 年，在三峡工地浇筑第一方混凝土的地方已矗立起巍峨的纵向围堰。永久船闸已经进行二期开挖。临时船闸上下闸首已开始浇筑混凝土，1~6 号厂坝工程也正在按进度要求开挖至设计高程。二期上石围堰江北段下游戗堤开始水下清淤和平抛垫底。

据三峡工程开发总公司提供的资料，三峡工程已完成土石方开挖 1.3 亿立方米，混凝土浇筑 300 余万立方米，土石方填筑 4500 余万立方米。通桥、通航、通路等重要配套项目均已按计划完成。

工程质量符合设计要求，建设速度之快，彰显了建设者搞好三峡工程的信心和力量。

人们把关注三峡工程的目光投向 1997 年——香港回归与三峡工程截流，定使中华民族双喜临门。

长江设计院常务副院长袁达夫在接受记者采访时透露：长江委已经对三峡工程大江截流的方案、填筑材料的比选做了大量的水工模型试验和截流试验，截流的主要技

漫
忆
篇

术问题已经解决。

据悉，三峡工程截流特点是水头虽然不高，但水深达60多米，在这种情形下实施大江截流在国际上还没有先例。1997年，三峡工程建设者将上演一台深槽平抛垫底最终腰斩长江的大戏。为了确保截流期间不断航，三峡工程的进程关键在于"两线一闸"，即右岸明渠要在1997年汛期通航；临时船闸通航，修筑好临时船闸。

一流的工程需要一流的设计做保证。目前，三峡工程的大坝、电站建筑物、永久船闸、垂直升船机、机电、二期上游横向围堰、建筑物安全监测共7个单项工程技术设计已经由三峡工程开发总公司组织国内专家终审通过。变动回水区航道及港口整治单项技术设计大纲已报三峡工程建设委员会。茅坪溪防护工程招标文件已编制完成，目前正在建设。二期工程大坝和厂房招标设计是我国水利史上规模最大、技术最复杂的标书，长江设计院组织了30个科室500多人加班加点奋战，提前一年完成招标设计，共设计图纸295张，标书文字80余万字。据统计，长江委已为三峡工程提供各类正式报告217份，图纸843张，确保了工程建设顺利实施。

三峡库区移民安置规划工作进展顺利。由长江委会同湖北省及库区秭归、巴东、兴山、宜昌4县已完成分县规划，并经湖北省人民政府正式审批。

受四川省委托，长江委已经提交万县市天成、龙宝、五桥三区、巫山、巫溪、奉节、云阳、忠县五县的分县规划汇总报告。此外，开县、石柱、丰都、涪陵、武隆、长寿、渝北、巴南、重庆、江津的分县规划报告已完成初稿，可望在最近提交送评稿，组织专家评估。三峡工程建设委员会办公室、移民局先后致函长江委、长江设计院，表示感谢和慰问。

三峡建设者和他们心中的三峡工程将在1997年再添捷报。

手持长缨缚蛟龙

——三峡工程大江截流设计综述

王　猎　刘　军

1997年6月30日，举国上下沉浸在喜迎香港回归的氛围中。三峡建设者以特殊的方式为节日献上了一份厚礼：总吨位1.2万吨的10艘施工船舶组成2个"品"字形编队，在三峡导流明渠试航成功。长江委三峡监理部负责人认为，目前导流明渠的开挖深度已基本满足过船要求。

导流明渠试航成功为11月中旬大江如期截流又加上一道保险。随着截流日期的迫近，三峡工程大江截流愈来愈多地进入世人的视野。

三峡大江截流设计由长江委完成。多年的潜心研究，设计者们成功地解决了一道道难题，截流设计充分可靠，交出了一份令各方都满意的合格答卷。今年早些时候，三峡总公司的有关负责人充满信心地向世界宣布：大江截流稳操胜券！

怎样截流？

三峡工程大江截流是一期工程过渡到二期工程的主要标志。

三峡水利枢纽坝址河床右侧有中堡岛，将长江分隔为主河床和后河。一期工程在后河上、下游及沿中堡岛左侧修筑一期土石围堰形成一期基坑，在围堰保护下开挖明渠，修建混凝土纵向围堰，同时在左岸修建临时船闸，并开始永久船闸及升船机施工。此时，长江水流从主河床宣泄。

大江截流工程截断长江主河床，迫使江水从导流明渠通过。截流合龙后继续修筑上下游土石围堰，使其与混凝土纵向围堰共同形成二期基坑，为二期工程创造干地施工条件。大江截流是二期土石围堰修筑和二期基坑形成的前提，直接关系到二期工程施工和整个工程工期，因此称它为三峡工程建设的关键工程。

水电工程大流量河道的截流方案可归纳为平堵和立堵两大类。平堵是在河道上架设浮桥、栈桥等，由自卸汽车在其上抛投料物直至戗堤出水合龙；立堵是由河道两岸

漫忆篇

开始抛投料物，一段段向预定龙口部位进占直至合龙。葛洲坝大江截流工程是我国在长江干流上第一次进行的规模巨大的截流工程，设计对浮桥平堵、栈桥平堵、单戗立堵、双戗立堵四种截流方案进行了深入研究，最后选用单戗立堵方案，并在工程建设中大获成功。三峡大江截流设计借鉴葛洲坝大江截流的成功经验，研究比较了上游单戗立堵和浮桥平堵两种方案，最终选用了上游单戗立堵方案。

到截流开始前，目前宽 460 米的江面，将被左、右两岸的预进占戗堤束窄为仅宽 130 米的龙口。戗堤顶宽龙口段为 30 米，可满足 4~5 部 45~77 吨的自卸汽车在堤头同时抛投进占。设计安排龙口 4 天合龙，两岸进占平均抛投强度为每天 5 万 ~6 万立方米。

攻克世界级的技术难题

三峡工程截流设计的流量为 14000~19400 立方米每秒，最大水深为 60 米，最大落差为 0.8~1.2 米，流速为 2.86~3.67 米每秒，抛投强度为 6 万立方米每天。目前世界上最大的水电工程巴西和巴拉圭合建的伊泰普工程，以上各项指标相应是 8100 立方米每秒、40 米、3.76 米、6.1 米每秒和 11 万立方米每天。不难看出，流速、落差及抛投强度影响截流的水力学指标，三峡较伊泰普优越，而三峡工程的截流流量及 60 米的截流水深，堪称世界之最。三峡大江截流大流量、低流速、大水深的截流条件世界罕见。

大江截流与二期围堰设计施工是三峡工程的重大技术课题之一，多年来，长江委对此进行了大量勘测设计和科学试验研究工作，其间先后攻克了一系列技术难关，最有代表性的，应属解决了堤头坍塌问题。

堤头坍塌是在截流设计模型试验中暴露出的难题。在进行 1∶80 整体截流水工模型和 1∶40 龙口断面水工模型试验时，龙口合龙过程中，戗堤头部坍塌现象较为严重，沿堤头方向最大坍塌可达长 15~20 米、宽 5~8 米的范围。

传统的截流理论，从水力学角度出发，解决的是大流速、大落差条件下的问题：经过长期的研究和发展，已形成比较成熟的体系。然而，在这个体系下做出的截流设计方案，却不能很好地解决三峡大江截流试验中的堤头坍塌问题。考虑到三峡流速低、落差小的特点，设计者们拓宽研究思路，终于找出了"病根子"。

在截流进占中，抛投物在戗堤坡面自上而下呈减速运动，直至稳定停留下来。水深，则抛动物运动的距离长；落差小，流速慢，则河水冲击力小；加上突出于坡面大块石的阻挡，抛投物因此容易停留在戗堤上、中部使边坡变陡。在以后抛投物和施工机械不断加载的情况下，过陡的边坡容易失稳，造成堤头坍塌。

设计者们对症下药，采取在龙口河床预平抛垫底、均匀抛投、严格控制截流抛投物等综合措施，解决了这一难题。

平抛垫底施工将用底开驳船抛投 60.07 万立方米的砂石料及中小块石，将龙口河床水深由最大 60 米降低到 30 米左右，这一措施能有效防止堤头坍塌。由葛洲坝工程局承担的平抛垫底施工，按设计要求从去年 11 月开始进行，目前进展顺利。

大江截流不会导致断航

大江截流时及以后二期工程施工期长江通航问题引起了各方面的关注，设计者们结合枢纽布置和施工期通航要求，确定采用"三期导流，明渠通航"的施工导流方案，圆满解决了通航问题。导流明渠试通航成功更证明了这一设计的可行性。

大江截流以后，江水从导流明渠宣泄。导流明渠位于长江右岸，沿中堡岛右侧布置，右岸边线全长 3950 米，设计泄洪流量为 50 年一遇洪水流量 79000 立方米每秒，通航流量标准为长航船队 20000 立方米每秒，地方船队 10000 立方米每秒。

在 1997 年 6 月 30 日进行的导流明渠试通航试验中，船队从下游沿渠道上溯至上游进口，在长江主河床调头后原路顺流返回，共用时约 70 分钟。

三峡大江截流设计标志我国这项技术世界领先

长江委成功地完成了三峡工程在大流量、深水、低流速的特殊条件下的截流设计，受到国内外同行的广泛赞誉。这标志着我国的大江大河截流设计技术水平世界领先。

设计者们成功地解决了截流中堤头坍塌这个设计的最大难题，不仅为工程的顺利实施提供了保证，还在截流理论上开拓了新的研究空间。

在深水、低流速河道中的截流技术，第一次得到了较系统的研究，它与传统的截流技术从理论到实践都有相当大的差别。"在深水、低流速河道中截流，戗堤稳定性主要由土力学条件控制。它与大落差、高流速河道截流的堤头稳定机理、戗堤设计原则、合理抛投进占方面有本质差别。"这是长江委的设计者对其研究成果的科学论述，被认为是截流理论的新发展。

实践中，堤防的决口堵口、海堤的修筑以及在平原河道、中下游河道中截流等，都存在渗水、低流速等类似条件，这项技术大有用武之地。

大江截流是 1997 年最后的热点，届时它必将吸引全世界的目光。从 1956 年毛主

漫忆篇

席提出"截断巫山云雨"算起，三峡工程已走过了 41 年的风风雨雨。想想三峡工程从论证到决策、到实施的历程，总有一个明晰的感觉：三峡工程不仅仅是世界超级工程，它还是一所超级学校，它不断地提出问题，让人们去寻求答案，为我国的水电事业培养了无数的技术人才，也为水利科学的发展提供了舞台。长江委为三峡大江截流设计所做的研究，很好地证明了这一点。

万众一心　万无一失

——三峡大江截流战前准备扫描

杨声金

1997年8月，大江截流战前现场准备到了关键时刻。截流时间提前到11月上旬，对三峡建设者来说，更是一刻值千金了。时间在递减，要做的事情很多，加上7月间出现的几次较大洪峰的干扰，迫使有关部位施工进度滞后，因而更加大了8月的施工强度和难度。8月里，特别紧张的是导流明渠堰外段水下开挖和二期围堰预进占段防渗墙施工，这是直接影响汛后围堰非龙口进占日程安排的卡关项目。

明渠必须通航，预进占段防渗施工场地务必拆除，这两项准备缺一均难以顺利进占。

为了尽快完成明渠航道疏浚扫尾工程，确保10月1日明渠正式通航，承担明渠施工的葛洲坝集团公司三峡指挥部于7月洪峰过后，立即组织水上作业队重返施工水域，头顶烈日，脚踩波涛，克服了水深浪大船舶不易稳定等重重困难，截至8月中旬，已将洪峰到来之前遗留的10多万立方米的岩石海底捞针似的挖掉了近7万立方米，剩余的3万余立方米可望于8月底全部搬完。9月明渠试航已稳操胜券。

预进占段防渗施工已进入最后拼搏阶段。根据设计安排，围堰进占主战场在左岸，左岸非龙口进占将于9月选择合适时间最先开始进占，因此，左岸防渗施工场地必须于8月底拆除，为围堰进占让出道路。

为了尽快完成预进占段的防渗施工，承担该项目监理的责任，长江委三峡工程监理部二期围堰监理处调集了40多名监理人员，日夜三班全天候坚守现场，配合施工部门出主意、想办法、抓质量、抢进度，保证了防渗施工的顺利进展。据监理人员介绍，左岸上、下游围堰预进占段防渗施工至8月中旬已接近尾声，8月底可拆除，符合围堰进占程序安排。

根据大江截流与二期围堰招标设计工期安排，最近，业主单位——三峡总公司提出将截流时段提前到11月上旬进行。这涉及截流设计中的一系列技术问题，必须论证研究提前截流的可能性。为此，长江委三峡代表局自6月多次组织设计、科研和监理部门共同研究，并在前坪试验场 1∶100 截流水工模型上做提前时段截流水力学试验和明渠通航水力学试验，7 月前完成了几种方案共 12 组试验测试，为设计提供了科学依据。据此，结合宜昌水文站 114 年的水文资料分析，截流龙口合龙时段提前至 11 月上旬是有可能的。经过设计、科研及其他有关专家两个多月的共同奋战，提前截流的有关技术措施都集中到了设计方案之中，并于 8 月上旬向业主单位正式发送提前截流的有关设计文件。

前坪试验场几十名科研人员夜以继日地在露天模型上冒着酷暑连续加班一个多月，克服住处路途远等生活上的困难，按时完成了提前截流所需要的各项试验任务。

目前，二期围堰左岸进占场地正在加紧备料和修整进场道路，临时船闸下引航道 A、B 区围堰正在拆除，总长 3650 米的下引航道即将连成整体。一种万众一心、万箭待发、万无一失的大江截流即将开战的气氛越来越浓。

永不消退的记忆

——漫忆三峡工程正式开工和大江截流采访

王　宏

一

时光倒转，1994 年 12 月 14 日，全世界的目光都投向中国宜昌三斗坪。在三峡工程一期基坑，一大早就汇集了 5000 余名建设者，他们将见证一项世界级的水电工程诞生。当天作为记者的我跟随建设大军早早地来到了现场。

在这万众瞩目的时刻，站在开工典礼主席台下右侧的三峡工程设计总成单位的长江委代表们的心情显得与众不同。多少梦回萦绕，多少千辛万苦，化作一张张幸福的笑脸，他们手持彩球静候着为之奋斗的事业即将实施。

在开工奠基石一侧，全国五一劳动奖章获得者、时任长江委总工程师郑守仁脸上挂满了微笑。他对记者说：今天三峡工程正式宣布开工，作为工程设计总成和监理单位之一的长江委一定不辜负党和人民的期望，精心设计，为把三峡工程建设成世界一流的工程作出更大贡献。

10 时，有人喊：李鹏总理来了！在欢快的乐曲中，时任国务院总理李鹏率有关部委领导走上主席台，向全场的建设大军挥手致意。台下的长形方阵中，一个身躯高大的老者显得特别激动，这个从 20 世纪 50 年代开始就想圆三峡梦的人，就是时任长江委三峡工程设计代表局的副总工程师王世华。王总从大学毕业分配到长江委就一直做三峡工程的设计工作，20 世纪 80 年代，因工作需要到喀麦隆工作了两年。回国后，又因组织安排到一家公司做咨询工作两年。这期间，他难受过，也向组织反映和要求干老本行。后来，他终于如愿以偿回到他朝思暮想的单位，继续从事三峡工程的设计工作。有人不解地问，您老都 62 岁了，还大老远从武汉跑到三峡工地来做啥？他却乐呵呵地说，我的三峡梦还没圆，你们能理解我吗？

10 时 40 分，激动人心的时刻终于到来，时任国务院总理李鹏向全世界庄严宣布：

三峡工程正式开工！顷刻间，彩球腾空升起，象征吉祥的和平鸽展翅高飞；观礼台下鼓乐齐鸣、人声鼎沸。随即，李鹏总理一行走下台阶，来到奠基纪念碑旁，拉开了正式进军三峡的序幕。

看到眼前的这一幕，站在观礼台上的长江委原总工程师、80岁高龄的杨贤溢乐了，站在另一侧的全国工程设计大师、时任长江委技术委员会副主任洪庆余泪光闪烁，望着自己倾注毕生精力和心血的理想终于变成了现实，两位中国水利界的大咖发出了开怀的笑声。

典礼仪式结束后，时任长江委副主任傅秀堂接受了记者的采访。他说，今天是值得庆贺的日子，长江委几代人为之奋斗，历经千辛万苦梦寐以求的工程终于得以实施，这是全长江委人的荣耀。他表示相信在党中央的关怀下，在全国人民的支持下，在库区人民的努力和相关单位的配合下，长江委一定能拿出一流设计、一流工程质量，保质保量地完成好各项任务。

时任长江委水文局预报处副处长金兴平是参加开工典礼的青年代表之一，他说，人的一生能遇到三峡和南水北调两项全国乃至全球最大的水利工程是最大的幸运，作为年轻的专业人员，能直接参与，就是人生价值的最好体现。

二

1997年11月8日，是中华民族载入史册的一天，也是长江委人引为自豪的日子——三峡工程大江截流。我清晰地记得：14时许，不少老同志早早地来到长江委防汛调度大楼附楼一层的三峡展览大厅，观看中央电视台的现场直播，等待那怦然心动的历史时刻。15时30分，时任国务院总理李鹏向全世界宣布三峡工程大江截流成功的声音刚落，聚集在大厅的长江委部分领导、专家顿时欢呼起来，掌声经久不息，不少老同志眼里噙着泪花……

负责三峡工程规划工作的时任长江设计院副院长、教授级高级工程师张荣国按捺不住内心的激动告诉记者，三峡工程大江截流成功，表明长江委几代人梦寐以求的理想将变成现实。他说，大江截流规模和截流水深是世界上最大的，表明我们中国人有能力建好世界上最大的水利枢纽。

时任长江科学院副院长王德厚看到最后一车石料被推进龙口时，脸上露出了舒心的笑容。他说，截流成功表明了我们的科研工作是严谨科学、充分扎实的。为了这一刻，长江科学院广大科研人员，特别是宜昌前坪试验基地的科研人员通过预先设计的模拟研究，为长江大江截流的顺利实施提供了大量翔实的科学依据，此时此刻我们感到了莫大的荣幸。

　　三峡工程的环境保护问题一直是社会各界关注的热点。时任长江水资源保护局党委书记、副局长邹永庆看完截流后说，水保局从 20 世纪 70 年代末以来就一直围绕三峡工程做了大量的环评工作。他认为三峡大坝修建后，防洪效益会带来巨大的生态效益，因此期待着大江截流，让工程早日造福人类。

　　"砰、砰、砰！"随着三颗信号弹腾空飞起，标志着三峡工程截流合龙成功。发枪手之一就是长江委三峡工程监理总监杨浦生。熟悉的面孔、自信的神情，向世人昭示三峡工程的建设将在我们手中建成。看到这一幕，展厅里的领导和专家们乐开了，长江委原水文处处长张干伸着大拇指说道："这么大的工程，长江委有幸参与，真是幸运，特别是作为三峡工程设计总成单位真是了不起。"

　　时任长江委技委会委员、教授级高级工程师崔志豪此刻也自豪地说，一切都是按长江委预先设计的方案进行。长江委几代人几十年执着追求，为三峡工程顺利实施奠定了雄厚的科学基础，截流成功完全在预料之中。

　　来自中央、省市等新闻单位的记者用摄影机、照相机、录音机在这里留下了长江委人的影音。

　　时间转瞬而逝，历史的指针已跳过 20 年。回忆起三峡工程开工和大江截流时的一幕幕，却依然让我血脉偾张。20 年来，三峡工程在防洪、发电、通航等方面，发挥了极其重要的作用。作为长江委的一员，这两段三峡工程重要历史时刻的采访经历，将成为永不消逝的记忆，刻在我脑中，历久弥新。

漫忆篇

为了这一刻

——写在三峡工程双线五级船闸试通航之际

张伟革

在长江三峡，有一支专业水文勘测队伍，126年的历史，积累了重达数吨的水文资料，为长江的治理开发，特别是三峡工程建设，提供了翔实的水文依据。三峡工程两次截流，他们以最先进的技术和最佳的精神，赢得业主"水文监测尤为突出"的赞誉；三峡水库"135蓄水"，他们连续奋战2个多月，为蓄水调度及时提供了大量准确的水文实测数据，他们就是三峡工程建设先进集体——长江委三峡水文局。在三峡工程五级船闸通航之际，为了这一刻，默默奉献了数十载的水文人，仍在测量着大坝上下的水位、流量，计算着通航水流条件的各种水文监测数据……

为了这一刻，三峡水文局精心组织，运用高新技术全力开展水文、泥沙和河道、水质监测。他们急工程之所急，在水库蓄水前新建、改造了10多个水位站，建成了三峡水情测报网络，装配了先进的自记设备，提供的水位从每日4次增加到8次，坝上坝下3个断面的流量测验从每日一次增加到一天二三次。为了满足水库调度的需要，无论是刮风下雨，还是夜半三更，他们全天候实施水文监测；在坝上工作的数十名测员，连续60多天忘我工作在测报一线，每天工作12个小时以上，而且生活没有规律，没有节假日，蚊虫、蛇蝎袭扰，艰苦、疲劳困扰，他们无怨无悔。为了这一刻，水质监测人员常常是白天取样，晚上分析，半夜才回家，24个监测项目让他们一天24小时没有闲暇；成堆的泥沙样、分析成果说要就要，分析人员不得不加班加点，家事、私事全抛在了一边。船闸通航调度需要水下地形、水面流速等水文河道监测资料，被评为三峡工程建设优秀班组的河勘队的测员们，随时出测，从不讨价还价。

这是一个激动人心的时刻，一位水文船员的女儿在测验现场见到忙碌的父亲，一句"老爸真伟大"，令憨厚的父亲不知所措；一名测员的妻子，见到变得又黑又瘦的丈夫，湿润着双眼什么也说不出来；只有看望船员儿子的妈妈，高兴地连称道："长大了，懂事了。"

这是一个难忘的时刻，应邀参加船闸试通航仪式的三峡水文局的2名工程技术人员，代表着 200 多名三峡水文人见证了又一个伟大目标的实现。在仪式现场，三峡局副总工叶德旭道出了全体三峡水文人的心声："我为能参加这一伟大民族工程建设而荣幸，也为水文测报工作在三峡工程建设中起到的重要作用而自豪！"

中断了 67 天的三峡航道恢复了通航，三峡水文局的水文测验工作却没有停止。高峡平湖，青山碧水蓝天间，红白相间的水文测旗仍在猎猎飘扬……

漫忆篇

三峡工程：长江设计院的光荣与梦想

——写在三峡工程 156 米蓄水之际

李 真 许立泉 彭耀宗

即将于 2008 年建成的三峡工程是长江治理开发的关键性工程，它的建成与运用将为长江中下游人民彻底解除水患而发挥显著作用。它是中华民族的百年梦想，是长江委人半个多世纪的不懈追求，是长江设计院和广大三峡建设者的不朽丰碑。

9 月 20 日，三峡工程在 135 米水位的基础上开始蓄水至 156 米，三峡水库将形成 110 多亿立方米的防洪库容，它标志着三峡工程提前一年达到初期运行要求，明年汛期将为长江中下游发挥其初期防洪效益，三峡工程建设已进入一个新的里程。

长江设计院作为三峡工程的设计单位，为实现中华民族的这一百年梦想，几代设计者殚精竭虑、前赴后继，为把三峡工程建成世界一流的工程，实现了一个又一个零的突破，创造了一个又一个世界之最，为中国水电设计行业打造出了辉煌品牌。在国务院三峡三期工程验收闭幕式上，验收组组长、水利部部长汪恕诚说，我相信三峡工程的业绩，一定能成为长江设计院走向世界的一把钥匙。

三峡大坝 铸就设计之魂

设计是一种思想、一种灵魂。对于三峡大坝来讲，设计者几代人的梦想就是要把中国人励精图治、创新进取的精神融入三峡工程的每一个设计方案中。三峡工程是目前世界上最大的水电工程，无论是工程规模还是设计难度都是世界之最。要想攻克筑坝技术中的世界级难题，没有一群乐于奉献、敢于拼搏的设计队伍，没有一种精益求精、负责到底的设计精神，没有几代人对筑坝技术孜孜不倦的追求和创造，就浇筑不了三峡工程这一世界之坝。

2006 年 5 月 20 日，三峡工程大坝浇筑到顶，标志着三峡大坝已具备全线挡水条件，标志着中国坝工技术可以"笑傲江湖"。这是长江设计院在设计理念、设计目标以及工程实践中，不断追求技术创新的结晶。他们兼收并蓄，博采众长，不断采用新技术、新方法，有力地保障了三峡工程的建设质量和进度。尤其是三峡三期工程解决了混凝土裂缝问题，被两院院士潘家铮称为"创造了奇迹"。

"战战兢兢、如临深渊、如履薄冰。"这是三峡工程建设者最熟悉的一句名言，对于设计者来讲，它是每一张图纸的修改，每一个技术方案的完善，也是每一个难关被攻克的过程。从大江截流到导流明渠截流，从临时围堰浇筑到成功爆破拆除，从二次风冷到三米升层，从大型机组蜗壳埋入方式到机组联调，从双线连续五级梯级船闸二次完建到升船机设计技术……无一不是空前绝后的技术难题，然而在众志成城的设计者手中，难题被一一破解。

三峡三期工程是三峡工程整体建设中的一个重要阶段。据长江委总工、三峡工程设计负责人郑守仁院士介绍，三峡三期工程设计主要包括右岸大坝、电站厂房、护岸的导流底孔的封堵，以及双线五级船闸的完建，地下电站、电源电站、升船机的建设等。三峡三期工程建设特点是边运行边建设，设计不仅要保证三峡三期工程的建设，还要保证二期工程各个建筑物的安全运行。在三峡总公司的领导下，在长江设计院和全体建设者的共同努力下，三峡三期工程以优良质量顺利通过了国务院验收委员会156米蓄水验收。同时，长江设计院也从技术上保证了已经投入运行的二期工程，如左岸大坝、茅坪溪防护坝、右岸电站、船闸等的安全运行。

的确，三峡三期工程量大，技术难题多。能否在这些难题上取得突破，直接关系到三峡工程的整体质量和进度。

长江设计院院长钮新强认为，三峡工程的设计技术创新主要包括六个方面：第一，通过泄洪设计和地质深层抗滑处理体现了坝工技术的创新。第二，采用先进的、稳定的、可靠的设计技术使得机电设计在三峡工程中有较大的创新。第三，联合国内科研机构历经了数十年的科研攻关，在通航建筑物设计中取得了一大批独创性的科研成果，并成功地运用于设计方案之中。第四，根据三峡工程施工进度的不同要求，采用科学先进的导截流技术，确保了三峡工程二、三期导截流技术的成功。第五，与全国多所院校多年开展泥沙问题研究，取得的研究成果已经与目前的观测情况基本一致，为今后进一步开展泥沙研究提供了较好的前期研究成果。第六，围绕混凝土防裂技术开展一系列的技术攻关，取得重大成果，尤其是三峡工程三期大坝混凝土浇筑400多万立方米，没有出现一条裂缝，被专家称为"奇迹"，大大推进了混凝土施工技术的发展。

为了心中的梦想——三峡工程，一批一批的设计者从少年到白发，从学子到专家，他们以创新求实的态度、科学民主的作风、集体主义的精神、甘于奉献的品格铸就了三峡大坝的设计之魂。多少人长年驻守工地，多少人因设计工作繁忙顾不得照顾家人，多少人为了三峡工程献了青春献终身……他们是那样普通而平凡，而三峡工程回报给设计者们的是骄傲和自豪。

在三峡工程建设中重塑自我

三峡工程是举世瞩目的宏大工程，工程设计的技术和质量必须有一流的工程咨询企业、一流的勘察设计队伍予以保障。为了给三峡工程提供一流、可持续的优质技术服务，长江设计院在改革中苦练"内功"。

长江设计院是一个有 50 多年事业体制历史，由多个事业单位合并转制而成的大型国有勘察设计科技型企业。一大批大中型工程的锻炼，使企业聚集了许多优秀的技术人才，铸就了一面金字招牌，但长期的计划经济体制，也使企业累积了机制不活、负担沉重、项目储备不足等诸多问题，如何保障企业核心竞争力的提高、保障技术创新、保障技术人员的积极性充分调动是企业发展的深远问题，也是目前为三峡等大工程提供技术保障的重大问题。

长江设计院院长钮新强说，思想决定方向，方向决定命运。设计院在市场经济的环境中，如果不勇于突围，就只能坐以待毙。

于是，长江设计院拉开了改制的大幕。他们请来专业咨询机构，通过研究政策，分析形势，理清了改制的思路，即改革产权制度，建立科学机制；引进战略伙伴，争取市场优势；实行主辅分离，辅业改制，解决历史遗留问题。改制方案向人们展示了机制再造、负担减轻、市场广阔、队伍稳定的美好前景。

企业改制也得到了广大职工的积极拥护，他们也时时刻刻在思索着设计院的发展与自己的命运。设计院一位职工在网上也发表了自己的观点：在一个战场上的胜利，未必就代表全部战场都会取得胜利。三峡工程或许曾经让我们忘记了忧患，这就是一种深层的危机。我们不能故步自封、自以为是，要将危机变成催人奋进的动力，不再等、靠、要。大家同心协力，不断追求进步和创新，设计院的明天才会更美好。

改制的号角全方位地促进了设计院的各项工作，技术人员的责任意识、创新意识空前提高。在三峡工程建设中，长江设计院不断通过良好的技术服务，重塑自我，频创佳绩。在创新精神的指导下，通过不断优化设计方案，全力保障了三峡工程建设的顺利推进，并初步形成了以创新精神为核心的企业文化，同时在设计技术的质量管理上推行"精细设计"的理念，强化质量管理体系责任制，不断提升技术服务水平。

2006 年 5 月 21 日，当三峡工程大坝浇筑到顶的喜讯还未散去，一个新生命也在悄然诞生：长江委、三峡总公司、长江设计院签署合作协议，按照现代企业制度构建的一家新公司初具雏形。水利部部长汪恕诚在签字仪式上对长江设计院充满希望，他说，长江设计院的设计水平一直在全国水电行业名列前茅，经过多年的磨炼，尤其是在三峡工程建设中，树立了为业主服务的理念，已经逐渐适应市场。三峡工程的顺利实施，从全方位来衡量，长江设计院在国内的设计院中仍然是走在前列的。他同时勉励长江设计院，认清企业身份，继续为业主提供优质服务，广泛地进入国内国际市场，不断提高设计水平，在行业中继续领跑。

长江设计院的改革和各项工作得到了长江委的全面支持，长江委为设计院的发展创造了一个良好的环境，提供了一个广阔的平台。长江委主任蔡其华不断鼓励设计院奋发进取，她说，设计院的工作是长江委工作的基础，是长江委的"台柱子"。她希望设计院以体制、机制创新为动力，进一步推动各项工作创新。要以保证质量为前提，进一步增强核心竞争力。要进一步推进人才战略实施，培养优良的经营人才、学科带头人和技术队伍。

部、委领导的关心和鼓励极大地促进了设计院的工作，使得设计院的改制不断取得实质性进展，内部管理逐步深化，职工积极性特别是技术人员的主动性、创造性显著提高，从而也保证了三峡、南水北调等大中型工程的技术进步和取得了优良成果。同时，设计院市场经营成效显著，大型水电前期项目增长迅速，在工程总承包、监理、交通等专业领域取得喜人成果，国际市场拓展取得突破性进展，新成立的上海分院发展势头良好，今年西藏分院也应运而生……长江设计院不断赢得各路业主的好评。

光荣与梦想，长江设计院，你又一次站在了起跑线上。

在三峡工程建设中超越自我

三峡工程将于 2008 年完工，比原计划要提前一年实现防洪、发电、航运等目标。国务院三峡建设委员会制定的关于三峡建设的十六字方针是"一级开发，一次建成，分期蓄水，分期移民"。三峡工程实现 156 米蓄水后，这只是三峡工程建设的里程碑，其后续建设的设计任务还极为艰巨。

长江设计院院长钮新强介绍，长江设计院将继续围绕三峡工程后续工作，从工程建设的技术供应和保障方面做好五个方面的工作：一是右岸三期主体工程，特别是右岸的电站厂房，基本上要安装调试完毕，所以我们在技术供应方面一定要跟上，确保2007 年右岸电厂的首台机组发电，这不仅关系到整个三峡工程的建设目标，还关系到 2007 年度汛条件。二是导流底孔的封堵，明年要封堵完成。导流底孔的封堵技术难度非常大，也是确保工程安全的一项关键工程。三是升船机工程，马上进入实战性

漫忆篇

阶段。升船机工程也是世界上没有先例的，对我们来讲，是要面对跟三峡永久船闸一样技术难度的挑战。四是船闸的完建工程。这是必须确保长江航运畅通的一个重要任务，也是确保2007年度汛的一个关键性工程。五是右岸地下电站。

三峡工程规模难度已引起世界工程界的极大关注，特别是从实现156米蓄水到实现175米蓄水的过渡阶段。156米蓄水后，三峡主体工程大坝、主体建筑物等进入高水位考验，对技术服务也提出了新的目标要求。对于设计人员来说，工程设计中的技术能否达到原来设计的目标，能否保证建筑物和设备的安全，这是实实在在的考验。

在国务院三峡三期工程枢纽验收会上，验收组组长、水利部部长汪恕诚说，长江委和长江设计院能够顺利把三峡工程设计好，而且质量和标准高，已经引起了全世界业内人士的关注。现在我到国外出访的时候，凡是谈到这个单位参与了三峡工程，他们马上就有个概念：这是世界级水平的。

两院院士、国务院三峡建委专家组组长潘家铮非常关心长江设计院的发展。他说："长江委跟长江设计院经过这么几年的锻炼，更加成熟了，又有新的进步。三峡工程的设计，现在可以说，首先称得上正确，没有失误。其次是很多问题都研究得很深入、透彻，好像国际国内还没有一个设计单位承担过三峡这样一个水利枢纽的设计总成。所以长江委和长江设计院完全可以以此感到自豪。我希望长江设计院永远保持谦虚谨慎的态度，虚心吸收别人的优点，为我所用，与时俱进。"

追求发展，就要不断地勇于挑战，挑战自我，超越自我。2006年新年伊始，长江设计院召开专家咨询会，邀请全国12位院士、设计大师及专家为设计院技术发展及重大技术问题出谋献策。院士、大师及专家肯定了长江委"维护健康长江、促进人水和谐"的治江战略思想，赞同长江设计院提出的技术发展规划思路，同时就各自不同的专业领域为长江设计院作了精彩的咨询报告。

长江委主任蔡其华曾寄语长江设计院：使命光荣，责任重大，千帆竞发，百舸争流，勇立潮头，舍我其谁！

三峡工程建设的一小步，乃是世界水电发展的一大步。如果把三峡工程比作世界水电巨人，那么三峡工程建成后，长江设计院的目标就是站到巨人的肩膀上。为实现中华民族的光荣与梦想，为长江的治理开发，为建成国际一流的工程公司，他们必将竭尽全力，在世界水电技术发展史上书写精彩的华章。

为了三峡工程 156 米蓄水

——记长江中游河道勘测人

樊孝祥

为赶在 2006 年 10 月三峡水库达到 156 米蓄水位前夕，掌握全面、系统、准确的三峡库区本底地形资料和长江中下游河道地形本底资料，为研究三峡库区河床演变规律，服务于工程建设，并为今后长江中下游河势河床演变分析研究留存详尽的本底资料，长江委水文局组织了一场空前规模的长江长程水道地形测量大会战。

这是一场声势浩大的"战役"，一次为长江进行的全面"体检"，更是三峡工程蓄水以来对长江进行的第一次比较全面的勘测。长江中游局承担了繁重的勘测任务，广大勘测队员发扬了长江委水文人特别能吃苦、特别能战斗的优良传统，克服困难，历经艰辛，顽强拼搏，为按时、优质完成测量任务而辛勤工作。

不畏艰辛克难奋进

长江中游河道两岸属于血吸虫疫区，很多测区江心洲滩面积广阔且数量众多，洲滩上沟渠交错、芦苇丛生，给测量工作带来很大的难度，还增加了感染血吸虫病的风险。广大测量人员克服了重重困难，不顾白天烈日暴晒，晚上蚊虫叮咬，以及血吸虫的威胁，疾病的困扰……而最让人头疼的，是大沙洲上一望无际的芦苇荡所构成的险恶环境。

5 月的芦苇荡，犹如北方的"青纱帐"。茂密的芦苇有一人多高，又深又广，不仅难以通视，进入芦苇荡里很容易迷失方向，严重影响测量进度。最难受的是上午，芦苇荡里湿气很重，火辣辣的太阳一晒，蒸汽很大，人在里面就像在洗桑拿浴，又闷又热，有一种缺氧的感觉。芦苇荡里蚊虫多，时而还有毒蛇出没。最不幸的是，有时还遇上飞机在芦苇荡上空喷洒农药灭虫，农药气味很浓很难闻，几乎令人窒息。面对这些困难和危险，我们的测量健儿们毫不畏惧，他们抢晴天，战雨天，起早摸黑，忍饥耐劳，饿了啃口干粮，渴了喝口凉水，表现得英勇顽强。

漫忆篇

为按时完成任务，各作业组克服洲滩多、芦苇深等多种困难，加班加点作业。第一控制组承担的是城陵矶至洪湖石码头的测量任务。5 月 1 日这天，他们测至江南镇，为满足第二天三个地形组的控制需要，保证成果精度，平面高程导线需要接测江南镇的两个 GPS 引据点。虽天色已晚，大家却依然拿出手电筒，在路灯及车灯的照射下，坚持夜测，完成了当天的测量任务，回到驻地时已是深夜。他们在辛勤工作中度过了一个有意义的劳动节。

自长江长程河道地形测量开展以来，天气多变，时而骄阳似火，气温高达 30 多摄氏度，好似盛夏；时而狂风暴雨，气温陡降十几摄氏度，犹如寒秋；时而阴雨绵绵，似乎在告诉人们，这里正是江南的梅雨时节。测量人员在这样的天气情况下，为了抢时间，赶进度，确保工程质量，晴天一身汗，雨天一身泥，和老天打起了"游击战"。

活跃在各个测区的 6 个图根控制组就是巧打"游击战"的高手。他们晴天起早摸黑拼命干，雨天瞅准机会打"游击战"。只要不下雨，他们就出击。刚刚还是雷雨交加，但暴雨一停，他们就又活跃在江堤边；雨下大了，全组人员就回到车上躲避一下，待雨停后再出击。当然，也有躲避不及被雨淋透的时候，那就一身湿衣坚持干。就这样，他们和老天巧打"游击战"，保证了测量进度。

大写的水文人

在这次长江长程河道地形测量中，中游局全体参战人员克服困难，顽强拼搏，涌现出了许多可歌可泣的感人事迹。

为确保工程进度和质量，许多职工带病工作，表现得英勇无畏。河道队工程师曾和平患重感冒，高烧不退，仍每天坚持带队外出测量，直到晕倒在工地上。同事们将他送到医院后，医生说，再晚来就有生命危险。他不等病全好，又奔忙在工地上；岳勘队工程师汪洪能患颈椎炎，疼得胳臂都抬不起来，仍坚持在图板上绘图；控制组的邹青每天跋山涉水查勘选点，长期在灌木丛中行走，双腿被灌木刺得红肿疼痛，但他咬牙坚持……

技师代书湘是安勘队测量小组组长。5 月 7 日，当人们还沉浸在"五一"长假的欢乐气氛中时，他在工地上接到了岳父去世的噩耗，心情十分悲痛。此时如果他向领导请假回家奔丧，是合情合理的要求。但他考虑到自己是测量小组负责人，又担任着现场绘图的重任，长江水道地形测量工期十分紧张，如果此时请假，必然会影响工作的正常进行。他毅然放弃了回家的念头，始终坚守在测量工地上。5 月 19 日下午，因仪器故障代书湘驱车 4 个多小时风尘仆仆地回后方更换仪器。回到后方后，他没有先回家看看，而是先领到仪器并进行了仔细检查。此时天已经黑了，按理说他离家外出测量已经20多天，完全可以休整一晚，次日再趁早赶到工地。然而，他为了早日完成长江长程水道地形测量任务，只到家中稍稍看了一下，便连夜返回了工地。次日清早，以为他还在家中的安勘队队长打电话询问他时，他已经在工地上开始忙碌了。此时，队长默默无言……

常言道，打虎亲兄弟，上阵父子兵。在测量工地，就有这样的父子兵。父亲赵佑祥是中游局仙桃水文站退休职工，儿子赵良华是仙桃水文站水文勘测工。早在4月下旬，小赵随中游局测量大部队一起出征。由于当时正值农忙季节，找测量辅助小工比较困难，小赵打电话向父亲求援，老赵师傅接到电话后，立即带着一批家乡的小工赶到黄冈测量工地。本想留下小工自己就返回仙桃的老赵师傅，看到人员不够，就毅然留了下来。60岁的老赵师傅每天和这些年轻人一样起早贪黑，抢晴天、战雨天，踏晨露、顶烈日、钻芦苇、披星出、戴月归，艰苦奋战在长江沿岸，无怨无悔。

一支《夫妻双双把家还》的黄梅曲，把中华民族男耕女织、夫妻勤劳致富、共建美好生活唱得深入民心。今天在长江中下游河道地形测量会战中，演绎了一出现代版的"夫妻双双上战场"的情景，他们是中游局河道队职工叶成涛、谢兴华和莫登华、龙姣荣两对夫妻。

4月下旬，叶成涛、莫登华就出征了，随后他们的妻子谢兴华和龙姣荣也来到了测量工地，各负责2个地形测量小组的现场绘图。每天晚上等野外测量人员回来后，她们将全站仪的测量数据传输到计算机里，然后连夜在计算机上进行绘图，发现问题及时反馈给测量组进行质量控制。野外测量人手不够时她们还帮忙跑棱镜测地形，被烈日晒得黑里透红。

在测量工地，许多职工克服家庭困难，一心扑在测绘上。作为独生子，没有在家陪七十有八的老母亲过"五一"节、母亲节，叶成涛感到内疚；莫登华、龙姣荣把即将上小学的儿子甩给了姥姥，夫妻双双上了工地；测工岳建春的妻子患病，儿子要参加高考，家里无人照护；中游局河道队队长赵承海、工程师姚万胜等都有儿女要参加高考，但他们无暇顾及。

在工地上，还有一批近几年招录进来的大学生，他们和广大测量人员一道起早贪黑、摸爬滚打。"五四"青年节这天，当领导慰问到工地，看到被太阳晒得皮肤发黑的戴永红、魏猛、魏凌飞、刘世振等大学生时，问他们："当一名河道测量工作者是否辛苦？"大学生们异口同声地说："测量工作确实辛苦，但是从事了这一行，我们无怨无悔，我们工作生活得非常充实，特别是今天，在测量一线庆祝我们的节日，值得！"

漫忆篇

明知山有"火"，敢向"火"山行

今年7—8月，持续的高温干旱天气使四川重庆成为万众瞩目的焦点，山城重庆更是成为名副其实的火炉。火辣辣的太阳、燥热的空气，一踏上这块土地就感觉让人喘不过气来。7月底，完成了长江中下游城陵矶至九江全长513千米河段水道地形测量任务的长江中游水文水资源勘测局河道勘测队的队员们又打点行装，明知山有火，敢向火山行，4个测量组一行20多人来到了烈日炎炎的巴渝地区。

8月上、中旬，重庆地区几乎每天都是高温红色预警，渝东云阳江段骄阳似火，大江边上无遮无掩，热浪滚滚。烈日下，中游局河勘队副队长、共产党员郑江虹有条不紊、一丝不苟地在展绘测点，汗水顺着脸颊不停地往下滴，衣服都被浸透了。为了使图纸不被汗水打湿，在炎热的夏天他只好戴上手套，胳膊下垫条毛巾。为了保证仪器能够正常工作，仅有的一把遮阳伞让给了全站仪观测员，自己头顶烈日，脚踏赤地。持续的高温天气，晴天暴晒，阴天闷热，他们的衣服是湿了又干，干了又湿，反反复复不知多少遍。当地的船老板感叹道：你们这些测量人真辛苦啊，当地的农民工都吃不了这个苦，嫌天太热不干了，你们却是那样认真，裤子都被"汗烂"了，还是我帮着缝的。地方的老百姓们无不敬佩长江委测量人员顽强的毅力和高度的敬业精神。

万州地区最偏远的一个小镇——武陵镇，中游局测量小分队在这里作业。野外持续的高温，又高又陡的坎子，杂草丛中的测量队员常被蚊虫、马蜂叮咬和荆棘刺伤。由于持续高温，用电量大，测量队员沿江租住的小镇上经常停电。停电了，晚上休息不好是小事，仪器设备不能充电耽误第二天的工作是大事。测绘人员白天展绘测点，晚上还要加班加点将观测数据导入计算机，绘制当天的电子图。他们常常央求旅店老板发几个小时的电，赶紧给仪器充电，保证第二天的测绘工作正常开展。

恶劣的气候，艰苦的环境，已经连续野外作业一个多月的川江下游测量队的勇士们，从忠县测到云阳县，一路艰辛，他们每天日出而作，日落而息，一日三餐都在船上吃，遇到集市才能买到一点荤菜。他们挥汗如雨抢进度，有的干脆赤膊上阵，每天工作时间都在10个小时以上。古人说蜀道难于上青天，川江两岸山高坡陡、荆棘丛林，一不留神就会"挂彩"，测量队员们就是在这样艰苦的工作、生活条件下，为赶在三峡水库156米蓄水前完成川江测量任务，头顶烈日、脚踏热土、不畏艰险、顽强奋战，把汗水洒在了川江，把脚印留在了两岸，把声名留在了三峡库区……

"天下第一爆"：凸显水利人的智慧

杨　莹　张志杰

12.888 秒，961 响起爆，爆破拆除规模、难度均为世界第一的三峡工程三期上游碾压混凝土围堰爆破拆除成功。2006 年 6 月 6 日下午 4 时，长江西陵峡爆破现场，掌声雷动、礼花鸣放，人们拥抱庆祝，又一项世界级的纪录在三峡工程中诞生。此刻，作为围堰爆破的设计总成单位，负责围堰爆破前勘测、规划、设计及研究工作的长江委水利人脸上洋溢着喜悦。

围堰爆破——三峡大坝安然无恙

随着三峡大坝全线到顶，今年汛期大坝已具备挡水条件，建成于 2003 年的三期围堰的历史使命宣告结束。对 110 米以上围堰进行爆破拆除成为继大坝全线到顶后世人关注的又一个焦点。

爆破拆除对大坝、电站厂房及其他重要设施的安全会产生影响吗？

三期围堰由纵向围堰和横向围堰组成，横向围堰平行于大坝布置，围堰轴线距离大坝轴线仅 114 米。此次爆破采用了两端钻孔炸碎和中间倾倒爆破的方式，为了在爆破拆除时不影响主体建筑物的安全，爆破专家采取了控制最大一段起爆药量、气泡帷幕等措施，对爆破振动、水击波、飞石等进行严格控制。根据爆破后现场各种监测数据：围堰爆破对大坝没有产生影响。

负责爆破拆除工程设计的长江设计院副总工王小毛介绍，此次爆破区域长达 480 米，如何确保爆破时大坝等建筑物的安全成为一大难点，因此在设计时选择了数码微差起爆网路，避免重段或串段现象发生。同时，在爆破振动的安全防护上，由于爆破区长、单段起爆药量控制严格、分段多，因此，采用了毫秒延期起爆网路。

除严格控制爆破振动外，在围堰触地产生振动的安全防护上，长江设计院在纵向围堰与大坝之间还设置了一层柔性垫层，以减弱爆破产生的振动，保护大坝的安全。

长江设计院施工处主任工程师陈敦科说，为防止爆破产生的水击波对大坝、闸门等建筑物造成冲击，专家严格控制了爆破单响药量、药孔堵塞质量，除对裸露在水中的导爆索进行覆盖外，还在大坝与围堰间布设了两道气泡帷幕，形成缓冲屏障，有效削弱水击波的冲击力。

据介绍，为配合爆破拆除工作，设计专家提前一天将围堰内水位充水至139.5米，与堰外水位形成4.5米落差，从而增加倾倒的可靠性，减少爆破时围堰前江水下泄对大坝和电站进水口闸门的影响，确保爆破万无一失。

两种方法——创新与实际完美结合

爆破，一个与炸药打交道的专业，需要的是极高安全性与精确性。负责此次倾倒爆破技术设计的长江委长江科学院爆破与振动研究所所长吴新霞说，爆破成败的标志在于是否按预定目标实现倾倒，该保留的地段要纹丝不动。

据了解，此次围堰总拆除工程量18.63万立方米，钻孔总工程量1.5万立方米，总装药量达191.3吨。爆破拆除的规模、难度和重要性在国内外均无先例，采取的"围堰中段380米预埋药室（孔）倾倒爆破与两端深孔爆破相结合"的创新方案在爆破界更属首次。

为确保围堰中段倾倒爆破方案的安全可行，专家在经过无数次的查阅资料、现场测量、精确计算后，决定在倾倒爆破的堰块中，预埋354个药室，分三大区域。每个区域药室数量确定为1号178个、2号78个、3号98个，并将药量分别设置为50千克、690千克、150千克。爆破过程中，不同的药室数量和药量可在围堰上形成一个三角形的倾倒缺口，使围堰上部堰块能整块倒向堰外。

爆破专家说，由于待拆除围堰距大坝等重要建筑物较近，且拆除堰体大部分处于水下，拆除难度和拆除工作量巨大，中间380米选用倾倒爆破的方式比钻孔炸碎爆破更符合三峡工程的实际情况。它不仅能减少工作量，堰体整块倾倒后，低于三峡水库的库底高程，减少爆破后的水下清渣量，同时比传统的爆破方式减少了一半的炸药量，节约了资金。

因围堰爆破拆除在水位139.5米以下进行，所埋设的炸药、雷管等火工材料最大水深达45米，故选择的火工材料需具有很好的抗水、抗压性能。专家介绍："我们选用了高精度系列雷管，其中数码雷管2000多发。这些数码雷管在50米水深的条件下浸泡7天仍能可靠起爆，其延时在起爆前能现场任意设置与更改。这是在国内爆破工程中首次应用数码雷管，一次使用数码雷管的规模已处于世界领先水平。"

设计试验——艰辛付出挑战世界难度

三期碾压混凝土围堰轴线长 580 米，堰顶高程 140 米，最大堰高 121 米，顶宽 8 米，混凝土浇筑量 167.3 万立方米，相当于一座中型水电站的混凝土浇筑总量。建设之初，专家们就已考虑这样一座巨大的围堰结束挡水发电的使命后，该如何安全拆除。包括长江委专家在内的国内外众多爆破行业专家均提出了自己的设想。三峡工程作为世界上最大的水利水电工程，是中华民族的骄傲，应立足于自主创新，三峡总公司经过反复斟酌，最终确定采用长江委制定的倾倒爆破与深孔爆破相结合的方案，并在混凝土围堰浇筑时预留了爆破药室和断裂孔。

早在 20 世纪 80 年代葛洲坝工程二期围堰防渗墙拆除时，长江委设计科研人员即翻开了中国水电工程爆破技术一次性成功拆除的新一页。随后，2002 年三峡工程二期围堰防渗墙爆破拆除成功，2005 年底丹江口大坝加高混凝土爆破拆除成功等，均为三峡三期围堰爆破拆除积累了经验。

此次，长江委成立了爆破领导小组，由长江设计院及长江科学院分别承担相应工作，对爆破方案进行全面的技术研究。在设计上，为确保爆破万无一失，长江设计院通过不断的调研、试验研究及经验积累，对起爆间隔时间、起爆段数等难点问题进行充分论证；在科研上，按照设计要求，长江科学院在 2005 年先后进行试验，专门浇筑了 20 个 1 立方米的混凝土块，在长江 20~25 米的水下和陆地进行爆破，从而计算出相同的爆破力水下安放炸药量是陆地的 2~4 倍。随后又开展了 1∶100 围堰模型倾倒试验等。设计者与科研者的艰辛付出与探索，有力地证明了两端钻孔炸碎和中间倾倒爆破方式相结合的可行性。围堰爆破后，三峡工程正式由围堰挡水发电期进入大坝挡水发电期，并提前两年开始发挥防洪效益。

漫忆篇

长江设计的千秋丰碑

——写在三峡工程蓄水至 175 米之际

陈松平　秦建彬

青山绿水，烟雨三峡。2010 年 10 月 26 日，举世瞩目的三峡工程在雨雾中首次达到初步设计的 175 米正常蓄水位，标志着三峡工程的防洪、发电、通航、补水等各项功能都达到设计要求，其综合效益将全面发挥。

千百年来，峡江的水，从未这般宁静，从青藏高原奔腾而来的滚滚江水，在雄伟的三峡大坝前化为一面平湖。高峡平湖，见证着长江委数以千计的工程设计人员的智慧和心血，他们用自己的青春和汗水为三峡工程建设提供了强有力的技术支撑。

精益求精　科学论证

从古老峡江畔的第一个钻孔到坝址的最终确定，从举世罕见的反复论证到工程开工兴建，三峡工程正是在几代长江委勘测设计工作者不懈的努力下，从梦想变为现实。

这是一段艰辛曲折的勘测设计之路。

自 20 世纪 50 年代党中央作出关于兴建三峡工程的一系列指示开始，半个世纪来，种种怀疑、担忧，甚至非议，始终伴随着三峡工程的勘测、设计和论证过程。

作为三峡工程的"总设计师"，面对担忧和质疑，长江设计院的工程设计人员感到前所未有的压力，但同时又充满建功立业的信心：任务异常艰巨，具有极大的挑战性，唯一的解决之道就是踏实工作，兢兢业业，谦虚谨慎，加强研究，优化设计，千方百计提高设计水平，不放过任何一个问题。

围绕区域构造稳定性及地震危险性、水库工程地质条件及移民选址，水库诱发地震，及三峡坝区、坝段、坝址和方案的比较，长江设计院进行了大量的地质勘测工作，为三峡坝址的选定、三峡工程的论证和工程方案的决策以及保证工程的正常施工和运行提供了翔实可靠的地质依据。全国工程勘察设计大师、长江设计院院长钮新强介绍，在选择坝址的地质勘探过程中，为了使坝址经得起历史考验，勘测设计人员几乎踏遍了三峡坝址区的每一块岩石。三峡工程地质勘探累计完成钻探进尺 378005.9 米，相当于打穿了 45 座珠穆朗玛峰。

为了使设计细致周密，在每个设计阶段，工程技术人员都以如履薄冰的态度，兢兢业业、唯恐有半点差错。为此，各种方案研究了一遍又一遍，各种实验做了一次又一次，各种分歧讨论了一轮又一轮，图纸改了一稿又一稿，苦苦追求"好处最大、坏处最小的方案"。

数不清的论证，无数次的试验，不停地给这一"千秋工程"增加着保险系数和科技含量。仅一张枢纽布置图就设计、修改了 40 年……50 年来，长江设计院光三峡工程的设计报告及图纸就达上千吨，可装满 200 辆卡车；完成各类科研成果报告数万份，加起来有 6 层楼高。枯燥的数字完整地记录了设计人员科学求索的坚实步伐……

长江委广大工程技术人员进行的大量勘测设计和科研工作，提出了科学的、切实可行的峡工程建设方案，为中央决策提供了科学依据。1992 年 4 月，全国人大通过了《关于兴建长江三峡工程决议》。凝聚着几代长江委工程技术人员心血和努力的三峡工程构想终于从蓝图走向现实。

科技创新　缔造传奇

设计是工程建设的灵魂。长江设计院作为三峡工程设计总成单位，为实现中华民族的这一百年梦想，几代设计人员呕心沥血、前赴后继，为把三峡工程建成世界一流的工程，实现了一个又一个零的突破，创造了一个又一个世界之最，为中国水电设计行业打造出了辉煌品牌。

大江截流和导流明渠截流，其综合技术难度均为世界截流史上所罕见。设计人员创造性地提出"预平抛垫底、上游单戗立堵、双向进占、下游尾随进占"的截流方案。在两次截流中，通过开展大量水力学模型试验、数值计算和机理分析研究，取得了一系列技术创新成果，使我国河道截流技术跃居世界领先水平。

世界水利建设史上有"逢坝必裂"的说法，而三峡工程的三期工程却打破了这个魔咒。在右岸大坝上，没有发现一条裂缝，被世界筑坝权威——美国垦务局的工程师称赞为"世界工程史上的杰作"。三峡大坝混凝土浇筑初期的裂缝问题，是大坝混凝土施工的最大顽症。设计人员对混凝土温控防裂开展专题研究，创造了混凝土骨料二次风冷技术、综合温度控制技术等综合措施，开创了夏季浇筑大坝混凝土 3 米升层技术的先例，为三峡大坝提前 10 个月到顶奠定了基础。

三峡双线五级连续船闸是世界上规模最大、水头最高、级数最多的船闸。船闸需

漫忆篇

适应的上游水位变幅大、坝址复杂河势和含沙水流等条件的复杂程度，都远远超过了世界各国已建船闸的标准和难度。在没有成功经验可资借鉴的情况下，设计人员通过对船闸工程及其重大技术问题的大胆创新，以敢为人先的气魄，潜心研究，反复论证，逐个攻破，保证了船闸建设的顺利进行，使世界船闸建设技术实现了一个大的飞跃。通过对船闸输水系统布置、闸门设备研究，采取通气和快速开启方式，解决了高水头的船闸水力学问题；采用防排结合降低边坡地下水位及预应力锚索、锚杆等锚固技术，解决了船闸高边坡稳定问题，以及闸首变形影响人字门的应用等问题；为适应高大人字门变形，在其底枢采用了自润滑结构形式；船闸闸室采用了高强锚杆和薄衬砌墙新型结构形式；大跨度高水头人字门及液压启闭机居世界领先水平。"三峡双线五级船闸"先后荣获国家科技进步奖二等奖、詹天佑土木工程大奖和国家优秀工程设计金奖。

从大江截流到导流明渠截流，从混凝土二次风冷到三米升层，从大型机组蜗壳埋入方式到机组联调，从双线连续五级梯级船闸二次完建到升船机设计技术……一个个世界级难题被攻克，三峡工程成为水利科技创新的丰碑，设计也成为具有自主知识产权的"三峡品牌"技术的重要组成部分。长江委人在取得十几项优化设计成果，推广应用一系列新技术、新工艺和新材料的同时，还为工程投资节省了数亿元人民币。

钮新强说，据不完全统计，自1993年开工以来，三峡工程已有10多项科研项目获得国家级科技成果奖，200多个科研项目获得省部级科技成果奖。在三峡建设过程中申请和应用的发明专利达700多项。去年，三峡工程设计获国庆60周年"十佳感动中国工程设计"大奖，三峡工程获"新中国成立60周年经典工程"称号。

殚精竭虑　冲刺 175 米

2006年，三峡工程蓄水至156米，进入初期运行期，比初步设计提前1年实现目标。今天，三峡工程首次达到初步设计的175米正常蓄水位，由初期运行期转入正常运行阶段，较初步设计提前3年实现这一目标。

这背后，是长江委设计人员殚精竭虑的付出。

长江设计院深知，蓄水至175米是三峡工程接受"大检阅"的新高度，也是该工程初步设计的主要任务。它涉及防洪、发电、航运、补水等综合利用效益的发挥和泥沙、库区移民、地灾治理、水环境保护、枢纽工程、清水下泄对下游的影响等诸多方面。长江设计人发扬"团队、创新、奉献"精神，积极开展专题研究，重点根据移民、地质灾害治理进度，结合新观测资料和156米运行以来出现的新情况对泥沙、水环境、清水下泄等问题进行补充研究，全面统筹分析，提出每年蓄水方案，为科学进行试验性蓄水提供了有效的技术支撑。

围绕 175 米试验性蓄水，长江设计院人早已开始谋划，科学分析和论证，为三峡工程早日全面发挥综合效益作出贡献。

2008 年汛末蓄水前，长江委设计人员编制完成的《三峡水库 2008 年试验蓄水至 175 米方案》得到国务院三峡建委的批准，至此三峡工程开始了试验性蓄水至正常蓄水位 175 米运用。2008 年 11 月 4 日蓄至最高蓄水位 172.8 米，2009 年 11 月 24 日蓄至最高蓄水位 171.4 米。

在总结前两次试验性蓄水规律的基础上，加强对泥沙、库区地质灾害、当年来水情况分析，长江设计院编制完成《三峡水库 2010 年汛末蓄水方案研究》。该方案采用汛末期设计洪水进行调洪计算，分析 9 月各种不同起蓄水位条件下蓄水，均可以保证防洪安全，为今年 175 米蓄水成功提供了重要技术支撑。

175 米是三峡工程设计的正常蓄水位，也是其全面实现各项功能的重要标志线。在这个高程下，三峡工程防洪能力将得到充分验证，水电资源可实现最大限度利用，长江航道成为更顺畅高效的"黄金水道"。蓄水至 175 米之后，长江设计人并没有沉浸在喜悦之中，而是一如既往坚守在三峡一线。围绕 175 米试验性蓄水，中国工程院院士、长江委总工程师郑守仁在三峡坝区，召集设计人员部署相关监测和试验性工作，着重要加强对大坝、船闸闸首、机组等在高水位运行状态下的监测，以及水轮机组高水位运行下的试验。

135 米、156 米、175 米，三峡工程经历 7 年三期蓄水，如今终于步入全面收获期。承载着中华民族千年治水梦想，巍巍大坝紧紧拥抱滚滚江水，用坚实的身躯，在 175 米水位线上，托起一片宽阔壮丽的"高峡平湖"，也充分展现了长江设计院卓越的综合实力。

（写于 2010 年 10 月 26 日三峡工程首次蓄水至 175 米当晚）

漫忆篇

三峡水质总体平稳的背后

李　真

2010年10月26日，举世瞩目的三峡工程平静地迎来了其成功蓄水至175米最高设计水位的时刻。在三峡后续建设逐渐展开时，三峡库区的水质状况依然是国内外各界关注的重点。

长江流域水资源保护局根据三峡水库在135米、156米、175米三个不同的蓄水期前后水质监测资料分析，均得出了"库区干流水质总体保持平稳，部分支流及库区城市江段、近岸水域水质较差，部分支流的局部河段时有水华发生"的结论。

三峡水库水质总体平稳的背后，水环境监测究竟开展了哪些工作？从2003年主汛前三峡水库135米蓄水到2010年汛末175米试验性蓄水，7年中监测措施手段有了哪些改进？三峡库区水质危机是否依然存在？我们将如何应对？让我们来一起寻找答案。

擦亮眼睛——竭力做好库区水环境监测

三峡工程论证期间，库区水环境及生态保护问题与泥沙问题等一直是专家乃至社会各界关注的焦点。按照国务院要求，2003年，库区将实现135米的第一次蓄水目标（围堰期挡水）。

2003年初，长江流域水环境监测中心受三峡办水库管理司委托，根据长江流域水资源保护局的部署，制定了蓄水前水质本底监测方案，并于4月开始实施监测，收集了三峡库区干流蓄水前宝贵的第一手资料，主要包括放射性物质水平在内的水质、底质、水生生物等方面的资料。6月，三峡水库开始第一次蓄水至135米。监测人员根据事先制定的监测方案，对库区干支流开展了长达40多天的水质监测分析及调查。监测中，监测人员首次监测到秭归附近的香溪河发生水华现象，他们一边及时向上级部门报告，一边继续收集相关数据，科学分析研判。

2006年5月，国务院批准三峡工程汛后蓄水至156米。长江流域水环境监测中心在总结 135 米蓄水期间水质监测经验的基础上，系统安排三峡工程 156 米蓄水期间的水质监测，制定了《三峡水库 156 米蓄水期水质监测方案》，同时在库区内选择了三条有代表性的重要支流设置连续监测点，放置监测探头，实施 24 小时高频率的加密观测，对重点水域的敏感因素加强监控，为库区水质变化查找原因及规律。

在 2008 年、2009 年三峡库区试验性蓄水期间，他们持续针对库区干流和支流库湾水质变化开展了重点监测与研究。2010 年，随着三峡水库试验性蓄水至 175 米工作启动，长江流域水环境监测中心再次全力投入到三峡库区试验性蓄水的水质监测工作中。由于三峡工程 175 米试验性蓄水的起蓄时间提前，监测人员在 8 月就完成了蓄水前的水质监测，9 月 10 日开始针对蓄水过程展开了加密水质监测，重点关注库区支流和新增淹没区水位对水质的影响。

自三峡工程第一次蓄水后，长江流域水环境监测中心加强了对三峡库区的水质巡测，尤其是将库区支流的水质监测纳入日常工作计划，并按国务院三峡建委水库管理司的要求，承担了组建和实施三峡库区支流水质监测重点站的工作。7 年来，通过长系列系统监测与调查，为三峡库区积累了大量水资源监测数据与基础资料。

先利其器——完善网络提高手段

"工欲善其事，必先利其器。"从 20 世纪 70 年代起，长江流域水环境监测网在三峡库区设有重庆、涪陵、万县、巴东、三斗坪等 10 个水文水质监测断面，监测项目 30 多项。1998 年后，在朱沱、官渡口设置了省界监测断面，开展了水质监测。作为三峡工程生态与环境监测系统水文水质同步监测重点站，长江委从 1996 年以来，全面负责了三峡工程水质监测子系统及库区支流富营养化的监测工作。

2000 年，"长江水环监 2000"号下水，正式肩负起长江干流水环境移动监测任务。这艘装有雷达及卫星定位系统的水质监测船，能对 200 米水深范围内的水质、水生生物及底质样品进行采集和分析，是我国内河上规模最大、设备最先进的水环境监测船，其航行区间覆盖了长江从宜宾至上海的干流及支流、湖泊等水体。

与此同时，在距三峡坝前 10 多千米的兰陵溪设置的水质自动监测实验站投入使用。水质自动监测实验站安装了分别从日本、美国、德国进口的 COD 分析仪、氨氮分析仪等一系列水质监测仪器设备，监测参数 112 项。实验站采取无人值守、有人看管的方式，为三峡水库的水质监测把好重要一关。

三峡库区水质监测已形成现代技术与常规技术相结合、巡回监测与定点监测相结合的方式，为三峡库区蓄水至 175 米积累了监测经验。

漫忆篇

如今，"长江水环监2000"监测船为长江流域水资源保护"服役"已10年，为三峡库区水质监测立下了汗马功劳。

"长江水环监2000"监测船是长江流域水资源保护监督管理的重要手段之一，如何能使"长江水环监2000"监测船真正成为长江流域水资源保护卫士，成为长江流域实行最严格的水资源管理的一个利器？长江流域水资源保护局副局长臧小平认为，目前，监测船上亟待加强监测能力建设，需要运用高密度监测、低空信息探测、水下层析探测等高新监测技术，构建水资源质量的立体式快速综合诊断系统，通过水体的物理、化学、生物的各方面信息采集分析，快速诊断人为污染对水资源质量的影响情况。

与此同时，长江流域水资源保护局大力加强水资源保护能力建设。2009年初，他们着力推进长江流域水资源保护远程实时监控系统建设，选择事故易发区、省界水体和三峡库区、丹江口库区、长江口等重要水域开展水环境远程监控的试点建设工作，目前试点工作正在有序推进。

危机潜伏——水资源保护仍需上下求索

2003年6月，长江委下发了由长江流域水资源保护局制定的《三峡水库135米蓄水及运行期间重大水污染事件报告办法》和《三峡水库135米蓄水及运行期间重大水污染事件应急调查处理规定》的紧急通知，以规范突发性重大水污染事件的报告制度，加强三峡水库水质监测与管理。

三峡水库蓄水至135米水位后，由于水库水文情势发生显著变化，水深增加，流速减缓，成为易出现富营养化的敏感水域。2004年7月，长江流域水资源保护局完成《三峡库区水域纳污能力及限制排污总量意见（送审稿）》并报部审查。长江委主任蔡其华认为，这是三峡库区水污染防治的基础性工作，她要求应促进有关部门将限排意见落到实处，尽快编制三峡成库后的水质监测规划方案，同时加强水质监测。

为此，2009年4月，为进一步加强三峡水库水资源保护工作，按照实行最严格的水资源管理制度和贯彻落实《三峡水库调度和库区水资源与河道管理办法》的要求，长江流域水资源保护局组织编制提出了《三峡水库水资源保护规划任务书》。三峡水库水资源保护规划将成为三峡后续建设和管理的重要基础工作。

目前，三峡库区水资源保护主要存在六大问题：一是库区部分水功能区水质不达标；二是库区部分支流回水区"水华"现象不容忽视；三是库区流动污染源仍是水污染源之一；四是库区存在突发性水污染事件的风险；五是库区水生态平衡尚需一个较长的过程；六是水资源监测体系不够完善。

三峡库区水资源保护问题多、任务重，为此，长江流域水资源保护局局长洪一平认为，目前三峡库区水资源保护最迫切的问题是要加强管理。

三峡库区水质存在的潜在问题，主要是上游面源和库区点源的控制、消落区的影响、网箱养鱼等。要有效地解决这些问题，需要在管理上下功夫。库区的水质绝不能等污染严重了再来采取措施治理。应利用三峡工程建设的机遇，很好地调整产业结构，合理布局，使其与相应的水域纳污能力相适应。加强库区水资源保护要采取综合性的治理措施。另外，库区污水处理厂规模较大，污水集中处理，日处理量大，一旦发生意外，都会增加用水安全的风险。此外，库区污水的管网也会因地质条件的不稳定，导致一些突发性事件，相应加大库区水污染的风险。有些地方的污水处理主要限于满足达标排放要求，没有考虑水功能区的纳污能力，这样即使达标排放也可能不满足供水的要求，留下供水安全隐患。

这些困扰三峡库区水质保护的问题都与管理密切相关，因此迫切需要加强管理。要加强机制、体制、法治建设，充分发挥各部门的作用，理顺关系，加强统一协调。

另外，值得注意的是，三峡工程建成后，在降低长江中下游洪灾风险的同时，可能引起中下游另外一些生态环境风险的增加，应采取有效措施，把可能增加的风险限制在我们能承受的范围之内。比如说，鱼类产卵的保障条件、栖息地的保护、河口的生态保护等。

漫漫三峡库区水资源保护路，我们当继续上下求索。

漫忆篇

见证 185

刘　萍　周长征　杨亚非　万会斌

2006年5月20日14时，一个跨越时代的水利奇迹展现在世人面前：随着最后一方混凝土的浇筑完毕，举世无双、横锁长江的三峡大坝全线到顶。

一座巍巍大坝，一个旷世传奇。映着峡江的青山绿水，全线达到185米设计高程的三峡大坝，以气吞山河的气势矗立于西陵峡口。它见证着中华民族的能力，也见证着三峡工程设计总成单位——长江委挑战世界水电设计技术之巅的智慧。

肩负历史重任

世纪三峡梦，今日始辉煌。经历3080个日日夜夜的奋战，数万三峡建设大军终使设计高程185米的三峡大坝巍然傲立。从此，桀骜不驯的长江水将随梦想而流淌。

在三峡大坝建成的那一刻，这个银色巨人对做了半个多世纪三峡梦的长江委人来说，是一个精神图腾。

从20世纪50年代开始，作为三峡工程的"总设计师"，长江委人始终以"不留隐患既是三峡工程的最高原则，也是最低标准"为准绳，委历届领导都把三峡工程设计作为首要大事，相关专业都抽调精兵强将，优先保证三峡工程技术力量，为工程提供全方位、一流的技术服务。

为使坝址经得起历史考验，长江委人几乎踏遍了三峡坝址区的每一块岩石，累计完成钻探进尺378005.9米，相当于打穿了45座珠穆朗玛峰。

就三峡工程的泥沙等重大技术问题，长江委开展了大量的科研工作，共完成各类科研成果报告近3000份，20多项科技成果达国内领先或国际先进水平。

水文在设计洪水、施工期水文泥沙观测、大江截流和明渠截流水文监测等方面进行了深入的研究，为工程规划、设计、施工、运行等提供了重要的基础资料和分析成果。

三峡工程移民搬迁113万人，移民规模和安置难度堪称世界之最。长江委规划设计人员按照开发性移民思路认真编制了三峡移民安置规划，指导移民搬迁安置。百万民众成功大移民，改写了世界工程的移民史。

百年大计，质量第一。在13年的工程监理实践中，长江委监理人员采用工程项目管理的理论和方法，遵循"守法、诚信、公正、科学"职业准则，严格监理，保证了工程在受控状态下有序施工，质量得以控制。

针对三峡工程环境影响报告书中提出的不利影响，长江委开展了三峡工程环境保护初步设计，提出了应对措施。工程开工后，相继编制了系列环境保护规划，长江委水资源保护技术人员也一直严密监测着库区的水质。

三峡库区水土流失是全社会关注的话题。长江委以治水为主线，以小流域为单元，实施了水土保持重点防治工程，累计治理库区水土流失面积近2万平方千米。

所有这一切，都折射了长江委人在三峡工程建设中践行科学发展观，走可持续发展的新型水电开发道路的坚实步伐，更让人们看到一种人水和谐的治江新境界。

创新问鼎世界之最

登上三峡大坝坝顶，触摸钢筋水泥构筑的伟岸躯体，满眼都是"世界之最"。

大坝上的一组世界级数字，足以让世界科技"汗颜"：大坝坝轴线全长2309.47米，混凝土浇筑总量为1600万立方米，是世界上最大的混凝土重力坝，其施工规模及工期是当之无愧的世界第一。国际大坝委员会主席维奥蒂在参观三峡工程时说，中国已代表国际筑坝技术先进水平。

设计是工程的灵魂，设计质量是工程建设质量的基础。在三峡设计这一充满艰辛、曲折和辉煌的进程中，长江委人始终坚持开放式设计原则，以创新的思维，充分运用最新科学试验研究成果、最新工程技术，借鉴国内外工程实践经验，推陈出新，与时俱进，引领世界水电设计潮流，创造了一个个奇迹，跨越了一座座世界水电天堑。

国务院三峡建委三峡枢纽质量检查专家组组长潘家铮院士在检查验收完后感慨地说："三期工程400多万方混凝土的大坝没有查出一条裂缝，这一实践使我们知道，大坝确实可以做到不裂，温控和防裂的理论是正确的。"

三峡机组具有单机容量大、水头变幅大、过机水流含有泥沙和启停频繁等特点，如何适应这些特点，既要安全运行，又能最大程度发挥工程的发电效益，长江委设计人员进行了十几项重大科技攻关，根据水头和负荷分区稳定性提出了考核指标，基本解决了巨型混流式水轮发电机组运行稳定性的世界难题。

13年来，围绕三峡工程的技术难题，长江委人认真计算分析，在三峡大坝不同高程布置了底孔、深孔、表孔，攻克了泄洪建筑物多、布置困难的难题；对世界水电

漫忆篇

领域首屈一指的通航建筑物的布置、船闸高边坡的稳定等做了大量的计算研究，保证了船闸的安全稳定运行……

一个个世界级难题被攻克，三峡工程成为水利科技创新的丰碑，设计创新也成为具有自主知识产权的"三峡品牌"技术的重要组成部分。

设计人员还创下十几项优化设计成果，推广应用一系列新技术、新工艺和新材料，为工程节省投资数亿元。他们只是三峡工程的设计者，但他们拨的却是国家、民族利益的大算盘。

奉献铸就精神丰碑

大音希声，丰碑无言。当三峡大坝巍然耸立于大江之上时，长江委人和其他三峡建设者们以智慧和汗水铸就的不仅是世界上最大的大坝，更是一座科学求实、创新进取、团结协作、无私奉献的精神丰碑。

据不完全统计，长江委常年有 3000 多人从事三峡工程设计、勘测、科研等各方面的工作。

在三峡工地，长江委技术人员无私奉献的感人事迹比比皆是，他们将长江委的良好形象活生生地树立在三峡工程建设者的心中，写在了三峡工程建设史上。

几十年前从事野外勘测饱含了长江委人多少的辛酸自不必说，单是工程开工的 13 年里，他们舍小家、顾大家，克服各种困难，长年坚守工地一线的感人事迹就随处可见。

郑守仁，长江委总工程师，被誉为"三峡的脊梁"，在工地一住就是 10 多年。他主持的设计优化，为国家节省大量资金。国家奖励的数十万元奖金，他全部捐给了水电建设者。有人说："郑总具有神话般的人格力量。"

历史的接力棒在三峡传递。长江委一大批老领导、老专家在三峡工地继续燃烧着激情的设计岁月，弥久而不减。在他们的人格魅力感召下，一大批青年骨干脱颖而出，成为三峡工程设计的中流砥柱，有数十人被授予"三峡工程优秀建设者"称号。

万里长江奔腾不息，三峡大坝巍然屹立。矗立于青山绿水之中的三峡大坝，就是一座丰碑，一座物质和精神的双重丰碑，成为长江委人为三峡工程而奋斗的历史见证！

在三峡工程劳动竞赛中尽显风采

陈功奎

今日的三峡工程雄伟壮丽。

每每参观雄伟壮丽的三峡工程，回想起建设三峡工程的壮观场面，总会由衷地想到全国总工会、三峡开发总公司、长江委和湖北省总工会倡导发起的一场具有全国引领性的国家重大工程劳动竞赛——三峡工程劳动竞赛在三峡工程伟大实践中的巨大作用。在这一过程中，长江委涌现出一大批三峡工程优秀建设者、建设先进集体和单位，金光闪烁的奖杯、奖状和奖牌，凸显着他们的智慧和奉献，铭记着他们的艰辛与忧乐，叙述着他们的光辉历程和感人事迹。

三峡工程劳动竞赛，是一场长达 13 年、有着巨大影响的群众生产运动。它以"一流的工程质量、一流的管理、一流的文明施工"为目标，以"三比一赛"（比质量、比管理、比贡献、赛文明施工）为内容，注重广泛性、多样性、阶段性，极大地激励和调动了广大三峡工程建设劳动者的积极性、主动性和创造性，凝聚起各方力量，齐心协力推动三峡工程建设任务的全面高效完成，显示了社会主义市场经济体制下，劳动竞赛在国家重大工程中的巨大作用和强大生命力。

长江委作为三峡工程设计总成单位，经历几代人和几十年的勘测、规划、设计、研究，以极为独特的身份，积极参与谋划、发起和组织了三峡工程劳动竞赛。

回想起来，1992 年 4 月，第七届全国人民代表大会第五次会议通过《关于兴建长江三峡工程决议》。1993 年 7 月，三峡工程开始施工准备，1994 年 12 月，三峡工程正式开工建设。此后，全国总工会就开始谋划运作三峡工程劳动竞赛。

1996 年 5 月，为了开展三峡工程劳动竞赛，全国总工会水电工会副主席唐志强受全总主席的委托，来长江委沟通策划三峡工程劳动竞赛相关事宜，当时由我联系并陪同他在红楼二楼西侧找长江委主任黎安田汇报全总的意向及具体构想。黎主任听取汇报后很高兴，欣然同意。并指出：三峡工程乃是实现伟人夙愿、长江委人的期盼、全国人民的梦想的伟大壮举。建设三峡工程，国运所系，民心所向。长江委作为水利部在长江流域的派出机构，作为三峡工程设计总成单位，有职责有义务、有能力配合

漫忆篇

全国总工会、三峡开发总公司开展好三峡工程劳动竞赛。同时明确长江委由总工程师、三峡工程代表局局长郑守仁挂帅，长江工会具体负责联系和协调。黎主任的一席话给唐志强副主席以信心和力量，他表示一定组织好这场国家重点工程劳动竞赛，团结动员和组织三峡工程建设者们为建设好三峡工程争作贡献。

为了组织好这场史无前例的重点工程劳动竞赛，全国总工会专门作出了《关于开展长江三峡工程劳动竞赛的决定》（以下简称《决定》）。为贯彻《决定》的精神，加强对三峡工程劳动竞赛活动的组织、指导和管理，使劳动竞赛工作规范化、科学化。全国总工会组织全国水电工会（后来为能源化学工会）、湖北省总工会、三峡总公司、长江委以及有关参建单位组成了长江三峡工程劳动竞赛委员会，负责三峡工程劳动竞赛工作的领导协调、检查监督和评比表彰。竞赛委员会下设办公室，办公室设在三峡总公司工会。长江委总工、三峡工程代表局局长郑守仁被任命为长江三峡工程劳动竞赛委员会副主任委员。竞赛委员会在全国总工会的领导下制定了《长江三峡工程劳动竞赛实施办法》，并于1997年9月6日在三峡工地召开长江三峡工程劳动竞赛启动大会，拉开了我国在市场经济条件下开展的首个国家重大工程——三峡工程劳动竞赛的序幕。

三峡工程劳动竞赛实行"统一领导、分级实施、分类考核、集中评比"的竞赛体制。以劳动竞赛为载体，通过立功竞赛、敬业爱岗、广泛开展技术协作、技术革新、合理化建议等活动，充分调动广大三峡建设者的积极性，推动举世瞩目的三峡工程建设。

三峡工程劳动竞赛分四个类别进行，即施工类、监理类、设计科研类、运行管理类，各类按各自的竞赛内容进行考核评比。分两级实施，即各参建单位要成立相应的组织机构，负责本单位的竞赛活动。实行年度竞赛与阶段竞赛目标相结合。以单位之间的年度竞赛为主，阶段目标之中的单项竞赛为辅，通过阶段目标竞赛和单项竞赛将劳动竞赛推向高潮。

三峡工程劳动竞赛作为三峡工程建设管理的一个重要辅助手段和激励机制，同业主负责制、招标投标制、建设监理制、合同管理制四个约束机制一起共同构成了"4+1"的工程管理体制，为三峡工程建设和顺利完工发挥了积极作用。

三峡工程劳动竞赛，是在社会主义制度下充分发挥劳动者积极性、主动性和创造性，推进经济建设的重要方法。在市场经济条件下，如何把只有合同关系、没有行政隶属关系的几十个参建单位团结激励起来，把全体建设者组织动员起来，建立起为长达十多年的工程建设服务的有效机制？三峡工程劳动竞赛很好地解决了这个重大工程领域面对的"新课题"，成功地凝聚起各方力量，有力地推动了三峡工程建设任务全面高效完成。同时也凝练形成了以"为我中华、志建三峡"为核心，以"公平竞争、团结协作"为时代特征，以"坚持创新、实现一流"为价值取向，以"甘于奉献、超越自我"为人格品质的"科学民主，团结协作，精益求精，自强不息"的"三峡精神"，为建设三峡工程凝聚了技术支撑和精神力量。

三峡工程是人才辈出的舞台，是劳动者奉献的平台。自1997年9月直至2010年3月，三峡工程劳动竞赛在三峡工地上有组织、有系统、有规划地持续组织开展了13年。13年间，三峡工程劳动竞赛坚持每年都评选出一批三峡工程建设先进集体、单位、班组和优秀建设者，树立先进标杆。

长江委主要根据竞赛办法的要求和三峡工程建设的作用与分工，参与了监理类和设计科研类的劳动竞赛。为此，长江委成立了三峡工程劳动竞赛领导小组，黎安田主任任工作组组长，郑守仁任副组长，有关部门和单位的领导参加。领导小组下设办公室，办公室设在长江工会，具体承担三峡工程劳动竞赛的组织协调工作。长江委也制定了《长江水利委员会三峡工程劳动竞赛办法》，修订了《长江工会"一争双创"劳动竞赛办法》。从此，长江委自始至终参与了三峡工程劳动竞赛的组织工作。

13年间，长江工会在委党组、上级工会和三峡工程劳动竞赛委员会的领导下，始终坚持党的全心全意依靠工人阶级的指导方针，坚持科学发展观，以人为本，与时俱进。通过深入开展劳动竞赛活动，广泛团结参建单位和广大职工，努力提高科学技术水平，坚持自主创新，不断促进工程建设，全面完成了长江委在三峡工程建设时期各阶段的建设任务，为三峡工程的顺利完工发挥了积极作用，为国家重点工程劳动竞赛的开展进行了有益探索，也为长江委自身开展劳动竞赛注入了新的活力。

长江委组织三峡工程劳动竞赛从一开始就坚持强化统一领导，整个劳动竞赛坚持由长江委三峡工程劳动竞赛委员会领导，委属单位和人员积极组织和参与。1. 坚持突出重点，紧紧围绕工程质量、工程进度、安全生产、履行合同、文明施工以及社会综合治理、精神文明建设等各方面内容，突出完成任务、科技创新和质量安全重点，精心组织水文、监理、地质、测量、设计、科研等单位和人员参与竞赛。2. 坚持对标考核，按照《三峡工程劳动竞赛实施办法》和《三峡工程劳动竞赛考评实施细则》，采取专项考核、综合评比、定期考核、年度评比的考核办法，分类进行考核评比。3. 坚持物质奖励与精神奖励并举。三峡工程是一项民族工程，是一个世界级的工程，参建单位和人员都以能够参与三峡工程建设为荣，劳动竞赛产生"三峡工程劳动竞赛先进单位""三峡工程建设先进集体""三峡工程劳动竞赛先进班组"和"三峡工程优秀建设者"荣誉称号。在竞赛活动中，三峡工程竞赛委员会既给予竞赛优胜者精神奖励，也给予应有的物质奖励，极大地调动和激发了参建单位和人员的主动性、积极性和创造性，使三峡工程劳动竞赛充满了生机。

漫忆篇

13年间，长江委参与三峡工程劳动竞赛取得了丰硕成果，面对世界上在建的最大水利枢纽工程中的一系列前所未有的世界级难题，长江委始终坚持以科技为先导，立足优化设计，着重攻克难题，开展科技创新，解决了一大批工程施工中的重大技术问题，一批科技成果荣获国家科技进步奖和省部级科技进步奖，在国内外产生了很大的影响。

13年间，长江委一批三峡工程建设先进单位、先进集体、先进班组和三峡工程优秀建设者从三峡工程建设中产生，并且走向全国。先后产生三峡工程建设先进单位5个、先进集体13个、先进班组22个、三峡工程优秀建设者34名，以及多名全国劳动模范、全国五一劳动奖章获得者和省部级劳模，还有全国五一劳动奖状1个（长江设计院）。长江委荣获的荣誉在整个三峡工程劳动竞赛评比中占据了相当高的比重，从中可见长江委在三峡工程建设中的作用和贡献。长江委参加三峡工程建设的单位和职工用自己的智慧、力量和行动在三峡工地一展雄姿，创出了自己的信誉，把自己的聪明才智无私奉献给宏伟的三峡工程，并通过三峡工程的建设，完美地诠释了"团结、奉献、科学、创新"的长江委精神，同时也为创造可贵的"三峡精神"贡献了一份力量。

长江委在三峡工程劳动竞赛中涌现出的先进单位、先进集体、先进班组和优秀建设者，都是中国水利建设的标杆、楷模、精英和骄子。如长江设计院在三峡工程劳动竞赛中荣获"三峡工程先进单位"称号，并获得全国五一劳动奖状。长期驻扎在一线的三峡工程设计代表局和三峡工程建设监理部也分别荣获"三峡工程先进单位"称号，特别是三峡工程建设监理部连续三次荣获"三峡工程先进单位"称号，实现了"三连冠"，这在三峡工程劳动竞赛中独一家。还有一批长期坚守三峡工程工地，直接为工程施工提供专业技术服务，且有着突出贡献的单位。如三峡工程代表局施工设代处，三峡勘测研究院，水文局三峡水文水资源勘测局，三峡工程监部工程设备监理处，设计院枢纽处、机电处，设计院枢纽处三峡地下电站项目组，三峡院三峡地质大队，长江科学院宜昌科研所等，共13个单位被竞赛组委会授予"三峡工程先进集体"称号。同时还有一批项目、专业技术班组，如设代局围堰防渗墙设计组、水保局三峡工程施工区生态与环境监测组、设代局三峡永久船闸二期工程设计基础验收组、设计院三峡工程船闸完建项目组、科学院三峡工程安全监测项目班组、三峡监理部塔带机监理站、三峡水文局黄陵庙水文站等22个专业技术班组荣获"三峡工程先进班组"称号。这些集体荣誉给长江委金字招牌闪烁光辉增添了绚丽色彩。

在13年前，首批入选的10名三峡工程优秀建设者中，领衔者是长江委在三峡工程建设的前方总指挥，人称"大坝的基石"的郑守仁，以及长江委三峡工程监理部总监杨浦生。在2013年的三峡工程劳动竞赛中评选出的245名"三峡工程优秀建设者"

中，长江委就有 34 名，而且全部是水利水电建设队伍中的领军人物，其中较为典型的有刘宁、钮新强、薛果夫、袁达夫、谢修发、王小毛、张小厅、谢向荣、生晓高、宋维邦、许春云、杨天明、戴水平、陈磊等。这些被三峡工程劳动竞赛委员会评选授予的"三峡工程优秀建设者"，享誉三峡工程建设者的最高荣誉称号，永远被载入三峡工程建设的史册。

13 年间，因为对三峡工程建设有突出贡献，长江委的一批专家、专业技术人员荣获全国劳模、全国先进工作者、全国五一劳动奖章、水利部先进工作者和湖北省劳动模范等荣誉。如郑守仁、刘宁、钮新强、薛果夫、袁达夫、王小毛、张小厅、刘华亮、许春云、陈磊等，受到了党中央、国务院、中华全国总工会、水利部和湖北省人民政府的表彰。郑守仁还两次被选进京分别出席江泽民和胡锦涛主持召开的劳模代表座谈会，并代表劳模发言，受到党和国家领导人的高度评价。

在三峡工程建设中涌现出的优秀建设者和劳动模范都是参与三峡工程建设者中砥砺奋进的杰出代表和光辉旗帜。在三峡工程建设中形成的三峡精神，会同劳模精神、劳动精神、工匠精神和长江委精神是极为宝贵的精神财富。

全国总工会、三峡开发总公司、长江委和湖北省总工会联合倡导、发起和组织的三峡工程劳动竞赛，充分调动和激发了广大建设者的劳动热情和创新精神，广大建设者用自己的智慧、汗水和力量把三峡工程铸就成为一个为广大人民谋利益的造福工程、实践先进生产力的创新工程、发展先进文化的文明工程，成为一座不朽的世界级水电建设物质和精神的丰碑，永远铭刻着广大建设者们的光辉事迹、伟大精神和崇高形象。

漫忆篇

图书在版编目（CIP）数据

三峡工程情怀．漫忆篇 / 中国农林水利气象工会长江委员会，中国水利作家协会编．-- 武汉：长江出版社，2025.5

ISBN 978-7-5492-6658-6

Ⅰ．①三… Ⅱ．①中… ②中… Ⅲ．①中国文学－当代文学－作品综合集 Ⅳ．① I217.1

中国版本图书馆 CIP 数据核字 (2019) 第 193247 号

三峡工程情怀．漫忆篇
SANXIAGONGCHENGQINGHUAI.MANYIPIAN
中国农林水利气象工会长江委员会　中国水利作家协会　编

责任编辑：高婕妤 李春雷 张晓璐 许泽涛 张蔓
装帧设计：刘斯佳
出版发行：长江出版社
地　　址：武汉市江岸区解放大道 1863 号
邮　　编：430010
网　　址：https://www.cjpress.cn
电　　话：027-82926557（总编室）
　　　　　027-82926806（市场营销部）
经　　销：各地新华书店
印　　刷：湖北金港彩印有限公司
规　　格：787mm×1092mm
开　　本：16
印　　张：29.25
彩　　页：16
字　　数：560 千字
版　　次：2025 年 5 月第 1 版
印　　次：2025 年 5 月第 1 次
书　　号：ISBN 978-7-5492-6658-6
定　　价：680.00 元（共 4 册）